LOS GANADORES

OTROS TÍTULOS DE FREDRIK BACKMAN

Nosotros contra todos

Beartown

Gente ansiosa

Cosas que mi hijo necesita saber sobre el mundo

Un hombre llamado Ove

Britt-Marie estuvo aquí

Dos novelas de amor y redención

FREDRIK BACKMAN

Traducción de Óscar A. Unzueta Ledesma

HarperCollins*Español*

Este libro es una obra de ficción. Los nombres, personajes, lugares y sucesos son fruto de la imaginación del autor o se utilizan de forma ficticia y buscan únicamente proporcionar un sentido de autenticidad. Cualquier parecido con sucesos, lugares, organizaciones o personas, vivas o muertas, es pura coincidencia.

Los libros de HarperCollins Español pueden ser adquiridos con fines educativos, empresariales o promocionales. Para más información, envíe un correo electrónico a SPsales@harpercollins.com.

Título original: *Vinnarna*

Publicado en sueco por Forum en Estocolmo, Suecia, en 2021

PRIMERA EDICIÓN EN ESPAÑOL, 2025

Traducción: Óscar A. Unzueta Ledesma

Diseño: Janet Evans Scanlon

Este libro ha sido debidamente catalogado en la Biblioteca del Congreso de los Estados Unidos.

ISBN 978-0-06-325871-6

25 26 27 28 29 LBC 5 4 3 2 1

Para ti que hablas demasiado y cantas demasiado alto y lloras con demasiada frecuencia y amas algo en tu vida más de lo que deberías.

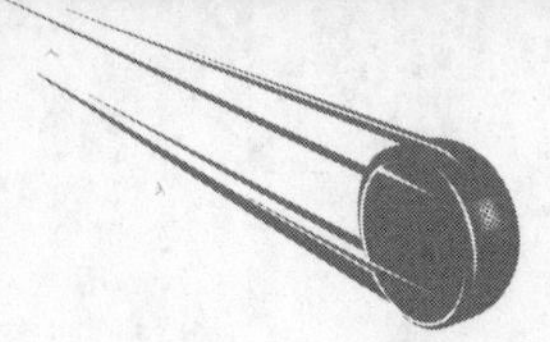

HISTORIAS

Quienes conocieron a Benjamin Ovich, en especial quienes lo conocimos lo bastante bien como para llamarlo tan solo Benji, probablemente sabíamos en lo más profundo de nuestro ser que él nunca fue de esas personas que tendrían un final feliz.

Aun así, por supuesto que deseábamos ese final feliz. Por Dios, cuánto lo deseamos. Los sueños inocentes son la última línea de defensa del amor; por eso, de alguna forma, siempre nos convencemos de que ninguna tragedia terrible afectará a aquellos que amamos, y de que las personas cercanas a nosotros podrán escapar de su destino. Por ellos soñamos con una vida eterna, añoramos tener superpoderes e intentamos construir máquinas para viajar en el tiempo. Lo deseamos. Por Dios, vaya que lo deseamos.

Pero la verdad es que, en sus propias historias, los muchachos como Benji casi nunca llegan a viejos. Esos muchachos no son protagonistas de relatos extensos y no mueren de manera apacible en asilos de ancianos, con sus cabezas reposando en suaves almohadas.

Los muchachos como Benji mueren jóvenes. Mueren de forma violenta.

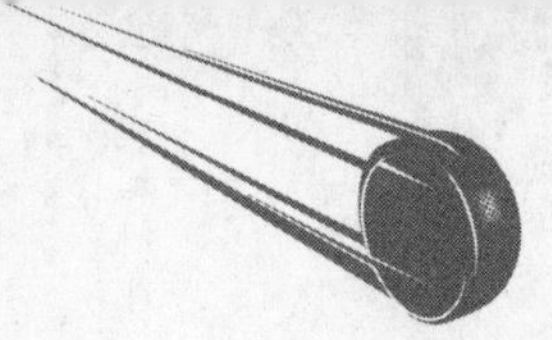

TORMENTAS

«No te compliques». Ese es un consejo común tanto en el hockey como en la vida. No compliques las cosas más de lo necesario, no pienses demasiado, de preferencia no pienses para nada. Tal vez eso también debería aplicar a historias como esta, pues contarla no debería llevar mucho tiempo: empieza justo ahora y termina en menos de dos semanas, y ¿cuánto puede suceder en dos pueblos entregados al hockey durante ese tiempo? No mucho, por supuesto.

Solamente todo.

El problema tanto con el hockey como con la vida es que los momentos simples son escasos. Todos los demás representan una lucha. Esta historia no empieza hoy; ha estado desarrollándose durante dos años, porque fue entonces cuando Maya Andersson se mudó de este lugar. Se fue de Beartown y viajó a través de Hed en su camino rumbo al sur. Las dos comunidades en medio del bosque yacen tan cerca una de la otra y tan lejos de todo lo demás que se sintió como si estuviera emigrando. Algún día, Maya dirá en una canción que quizás a las personas que crecen tan cerca de una tierra salvaje les resulta más fácil entrar en contacto con el lado salvaje que hay en su interior; tal vez será una exageración y una subestimación al mismo tiempo; casi todo lo que se dice sobre nosotros lo es. Pero si viajas a este lugar y te extravías, y entonces acabas en el pub La Piel del Oso, y no recibes una cachetada por ser lo bastante estúpido como para preguntar cuántos años tiene ella o por pedirle una maldita rodaja de limón en tu bebida, tal vez Ramona, desde detrás de la barra, te contará algo importante: «Aquí, en el bosque, la gente es más dependiente de los demás que en las grandes ciudades. La gente está atrapada aquí, nos guste o no, tan cerca unos de otros que si algún bastardo se voltea demasiado rápido mientras duerme, algún otro bastardo pierde su camisa en el lado opuesto del municipio».

¿Quieres comprender este lugar? Entonces tienes que entender su contexto, la forma en la que todo y todos están atados entre sí con hilos invisibles de relaciones y lealtades y deudas: la arena de hockey y la fábrica, el equipo de hockey y los políticos, la posición en la tabla de la liga y el dinero, el deporte y las oportunidades de trabajo, los amigos de la infancia y los compañeros de equipo, los vecinos y los colegas y las familias. Esto ha hecho que la gente se mantenga unida y sobreviva en este lugar, pero también ha hecho que cometamos crímenes terribles unos contra otros. Ramona no te lo contará todo, nadie lo hará, pero ¿quieres comprender? ¿Comprender de verdad? Entonces tienes que saber qué nos trajo hasta este punto.

Hace dos años y medio, en el invierno, Kevin Erdahl, el mejor jugador de hockey jamás visto por estos rumbos hasta entonces, violó a Maya. Nadie usa la palabra «violación» en estos días, desde luego; uno dice cosas como «el escándalo» o «eso que pasó» o «bueno, tú sabes...». Todos sienten vergüenza, nadie puede olvidarlo. Al final, la cadena de acontecimientos que se inició en esa fiesta afectó las decisiones políticas y movió el dinero de un pueblo a otro. A su vez, esto llevó a una primavera y un verano de horribles traiciones, y luego a un otoño de odio y un invierno de violencia. Empezó con un conflicto en la arena de hockey y casi terminó con una guerra en las calles: los hombres con chaquetas negras a quienes la policía llama «pandilleros»

—pero que todos en Beartown simplemente conocen como «la Banda»— atacaron a sus enemigos allá en Hed, y los hombres de Hed respondieron incendiando el pub La Piel del Oso. En su búsqueda de venganza, la Banda sufrió la pérdida de Vidar, un joven a quien amaban más que a nada en el mundo, en un accidente de tráfico. Esa fue la culminación de todo lo que había sucedido, la consecuencia final de años de agresión; y, tras esto, nadie pudo soportarlo más. A Vidar lo enterraron, dos hombres de Hed terminaron en prisión y se declaró una tregua entre los pandilleros, pero también entre los pueblos. Por lo general la tregua se ha mantenido desde entonces, pero ahora, cada día se siente más y más frágil.

Kevin y su familia se fueron de aquí, jamás volverán, nadie lo permitiría. Beartown entero ha hecho todo lo que ha podido para borrar cada uno de los recuerdos de Kevin y, aunque nadie aquí lo reconocería, fue mucho más fácil hacerlo después de que Maya también empacó su maleta. Se fue hasta la capital, ahí empezó a estudiar en el Conservatorio de Música y casi se convirtió en otra persona, de modo que todos los que se quedaron pudieron hablar de «el escándalo» cada vez menos hasta que casi fue como si nunca hubiera sucedido.

Benji Ovich, quien alguna vez fuera el mejor amigo de Kevin, también empacó su maleta. Era mucho más pequeña que la de Maya, pero él se fue mucho más lejos; ella se marchó para ir a algún lugar mientras que él tan solo se marchó. Ella buscó respuestas en la luz y él, en la oscuridad, ella en el arte y él, en el fondo de unas botellas. Probablemente ninguno de los dos tuvo éxito en realidad.

En el lugar que dejaron atrás, el Club de Hockey sobre Hielo de Beartown estaba a punto de irse a pique. En un pueblo que siempre ha tenido sueños imposibles, ya casi nadie se atrevía a soñar. Peter Andersson, el papá de Maya, renunció a su puesto de director deportivo y abandonó el hockey por completo. Los patrocinadores huyeron y el gobierno municipal incluso habló de desaparecer al club entero y dejar que el Club de Hockey sobre Hielo de Hed asumiera todos los recursos y todos los subsidios. De hecho, fue solo hasta el último minuto cuando sumas de dinero fresco y obstinados empresarios locales salvaron a Beartown. Los nuevos dueños de la fábrica, que residen en el extranjero, vieron al club como una forma de ser aceptados por la comunidad local, y un político arribista llamado Richard Theo vio la oportunidad de ganar votos; y, entre todos ellos, reunieron muy a tiempo justo el capital suficiente para evitar la desaparición del club. De manera simultánea fueron reemplazados los antiguos miembros de la junta directiva, se llevaron a cabo reuniones centradas en «la marca comercial» del club y, en poco tiempo, se presentó con orgullo un «sistema de valores» completamente nuevo. Se enviaron folletos con un mensaje de exhortación: «¡No solo es fácil patrocinar al Club de Hockey de Beartown, también es lo correcto!». Y, contra todo pronóstico, la situación, en efecto, dio un giro, primero sobre el hielo y luego fuera de él. Elisabeth Zackell, la entrenadora de Beartown, se postuló para un puesto en un club más grande, pero no lo consiguió. Fue el entrenador de Hed quien se quedó con el empleo, de tal modo que el entrenador abandonó el bosque y se llevó con él a varios de los mejores jugadores de Hed. De la noche a la mañana, Hed se vio sin un líder y, en poco tiempo, se enterró él solo en el mismo agujero de intrigas y luchas de poder en el que parecen terminar todos los clubes en esa situación. Entretanto, Zackell construyó un nuevo equipo en Beartown, designó a un hombre joven llamado Bobo como su entrenador asistente y reunió a una banda de jugadores que eran todos unos rufianes, con un chico de dieciséis años llamado Amat al frente de todos. Ahora, Amat tiene dieciocho y es, por mucho, la estrella más grande de toda la región, un talento tan grande que el invierno pasado corrieron rumores de que sería seleccionado en el *draft* de la NHL y llegaría a ser jugador profesional en Norteamérica. Amat dominó cada partido durante toda la temporada anterior hasta que se lesionó en la primavera; si eso no hubiera sucedido, el pueblo entero está convencido de que Beartown habría ganado el campeonato y habría ascendido a una división superior. En cambio, si Hed no hubiera logrado ganar unos cuantos puntos de forma milagrosa en sus últimos partidos, habría terminado en el último lugar y habría descendido a una división inferior.

Así las cosas, todo lo que parecía por completo improbable cuando Maya y Benji se marcharon de aquí, dos años después se siente como una mera cuestión de tiempo: el pueblo verde va en ascenso y el pueblo rojo va en descenso. Cada mes, parece que Beartown consigue nuevos patrocinadores y Hed tiene menos, la arena de hockey de Beartown acaba de ser renovada mientras que el techo de la de Hed está a punto de venirse abajo. Los más grandes empleadores de Beartown, la fábrica y el supermercado, están contratando personal de nuevo. El más grande empleador de Hed, el hospital, tiene que hacer recortes cada año. Ahora, es Beartown el que tiene el dinero, es aquí donde hay empleos, nosotros somos los ganadores.

¿Quieres comprender todo esto? Entonces debes entender que se trata de algo más que de mapas. Visto desde arriba, es probable que solo tengamos la apariencia de ser dos pueblos boscosos comunes y corrientes, apenas poco más que aldeas a los ojos de algunos. Lo único que en realidad separa a Beartown de Hed es un camino sinuoso entre los árboles. Ni siquiera parece ser tan largo, pero pronto descubrirás que es un paseo a pie que no debe tomarse a la ligera si vienes aquí e intentas recorrerlo cuando la temperatura se encuentra bajo cero y el viento sopla de frente... y aquí no hay otro tipo de temperaturas y de vientos. Odiamos a Hed y Hed nos odia a nosotros; si ganamos todos los demás partidos de hockey durante la temporada entera, pero recibimos una paliza en un solo juego contra ellos, a pesar de todo se siente como un año perdido. No basta con que nos vaya bien a nosotros, también es necesario que les vaya muy mal a ellos, y solo entonces podemos ser de verdad felices. Beartown juega con camisetas verdes que portan un oso y Hed con camisetas rojas que muestran un toro; suena simple, pero los colores hacen imposible decir dónde terminan los problemas relacionados con el hockey y dónde empieza el resto de los problemas. No hay una sola cerca en Beartown pintada de rojo y no hay una sola en Hed pintada de verde, independientemente de si al propietario de la casa le interesa o no el hockey, así que nadie sabe si los clubes de hockey tomaron sus colores de las cercas o viceversa. Si el odio dio origen a los clubes o los clubes dieron origen al odio. ¿Quieres comprender a los pueblos que viven por el hockey? Entonces necesitas entender que, en este lugar, el deporte se trata de mucho más que del propio deporte.

¿Quieres comprender a las personas? ¿Comprenderlas de verdad? Entonces también debes saber que, dentro de muy poco, una terrible catástrofe natural destruirá cosas que amamos. Porque puede ser que vivamos en un pueblo entregado al hockey, pero antes que nada somos gente del bosque. Estamos rodeados de árboles y piedras y extensiones de tierra que han visto cómo surgen y se extinguen especies en el transcurso de miles de años; quizás podamos fingir que somos grandes y fuertes, pero no podemos pelear contra el planeta. Cierto día, el viento empieza a soplar aquí y, durante la noche siguiente, parece como si nunca fuera a parar.

Pronto Maya cantará acerca de nosotros, los que estamos cerca de lo salvaje, por dentro y por fuera. En sus canciones dirá que el lugar donde creció se define por las tragedias, las que nos afectaron y de las que fuimos culpables. Cantará sobre este otoño, cuando el bosque se vuelve en nuestra contra con toda su fuerza. Dirá que todas las comunidades son la suma de sus elecciones y que, al final, lo que nos mantiene unidos son nuestras historias. Cantará:

Empezó con una tormenta

Es la peor tormenta por estos rumbos en una generación. Quizás decimos eso de cada tormenta, pero esta va más allá de cualquier comparación. Se ha dicho que la nieve tal vez se presente tarde este año, pero los vientos llegan temprano; agosto termina con un ominoso calor sofocante antes de que el otoño abra la puerta de una patada con el cambio de mes y las temperaturas se desplomen en caída libre. La naturaleza a nuestro alrededor se vuelve errática y agresiva, los perros y los cazadores lo perciben primero, en poco tiempo todos los demás también. Notamos las advertencias, pero, aun así, la tormenta llega con una fuerza tal que nos deja sin aliento de un solo golpe. Devasta el bosque de raíz y oscurece el cielo, arremete contra nuestras casas y nuestros pueblos como un hombre adulto que le pega a un niño. Los troncos de árboles antiguos se desploman, esos que habían estado de pie imperturbables como un peñasco, de pronto no son más resistentes que una hoja de césped debajo del pie de alguien, el viento ruge con tanta fuerza en nuestros oídos que la gente en las cercanías solo ve los árboles caer sin siquiera oírlos partirse. Más adentro, entre las casas, el ventarrón desprende paneles y tejas de sus techos y los lanza con pesadez por los aires, proyectiles afilados a la caza de cualquier persona que simplemente trata de llegar a su hogar. El bosque se desploma y cae atravesándose en los caminos, hasta el punto de que venir aquí es tan imposible como irse; los apagones que le siguen dejan ciegos a los pueblos durante la noche y los teléfonos móviles solo funcionan de manera intermitente. Todos aquellos que logran contactar a un ser querido gritan las mismas palabras en el teléfono: ¡No salgas de tu casa, no salgas de tu casa!

Sin embargo, un joven de Beartown, presa del pánico, va conduciendo un auto compacto a través de caminos estrechos para llegar al hospital de Hed. No se había atrevido a dejar su casa, pero tampoco se atrevió a quedarse, su esposa embarazada está junto a él y ya es hora, con tormenta o sin ella. Él le reza a Dios como lo hacen los ateos en las trincheras, ella grita cuando el árbol se estrella sin misericordia sobre el capó y el metal cede con tanta violencia que el impacto la lanza contra el parabrisas. Nadie los oye.

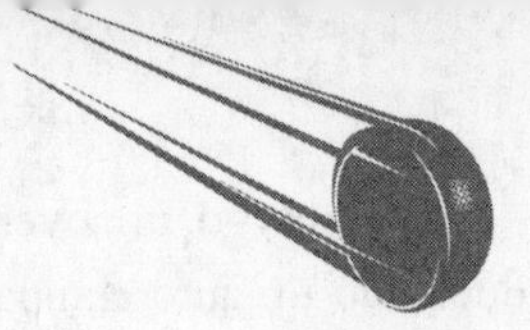

BOMBEROS

¿Quieres comprender a las personas que viven en dos pueblos que aman el hockey? ¿Comprenderlas de verdad? Entonces tienes que saber las peores cosas de las que somos capaces.

El viento no silba sobre la casa a las orillas de Hed, más bien ruge. Los muros son succionados hacia afuera, el piso vibra haciendo que se mezan las camisetas y los gallardetes en color rojo del Club de Hockey de Hed colgados por todos lados en las paredes. En retrospectiva, los cuatro chicos en este lugar dirán que sentían como si el universo hubiera intentado matarlos. Tess es la mayor, diecisiete años, luego siguen Tobías de quince, Ted de trece y Ture de siete. Tienen miedo, como cualquier chico, pero están atentos y preparados, pues no son del todo como otros chicos. Su mamá es partera, su papá es bombero, y a veces pareciera que las crisis son las únicas ocasiones en las que esta familia funciona de verdad. En cuanto se dieron cuenta de lo que se avecinaba, los chicos salieron al patio a recoger los muebles del jardín, los columpios y el juego de escalada, para que no salieran disparados hacia las ventanas cuando la tormenta los encontrara. Su papá, Johnny, salió corriendo a prestar ayuda en un jardín calle abajo. Su mamá, Hannah, llamó por teléfono a todos sus conocidos para preguntarles si les hacía falta algo. Fueron muchas llamadas, pues ellos parecen conocer a todo el mundo. Los dos nacieron y crecieron en Hed y, considerando que uno trabaja en la estación de bomberos y la otra en el hospital, al final no hay una sola persona que no sepa quiénes son. Esta es su comunidad, sus hijos aprendieron a andar en bicicleta en los mismos callejones sin salida que ellos, y están siendo educados según principios sencillos: ama a tu familia, trabaja duro, alégrate cuando el Club de Hockey de Hed gane un partido, pero alégrate aún más cuando el Club de Hockey de Beartown reciba una paliza. Ayuda a la gente que necesita ayuda, sé buen vecino y nunca olvides de dónde vienes. Los padres no enseñan esta última regla a sus hijos recitándola, sino llevándola a la práctica. Les enseñan que uno puede discutir por lo que sea, pero, cuando de verdad importa, te mantienes unido a los demás, pues las oportunidades de ganar son nulas si uno está solo.

La tormenta afuera de la ventana interrumpió otra tormenta adentro; los padres estaban enfrascados en otra más de sus peleas, una de las peores. Hannah es una mujer baja de estatura y de peso, y ahora está parada junto a la ventana de la cocina mordiéndose las mejillas, masajeándose los moretones. Está casada con un idiota. Johnny es alto y ancho de hombros, con una barba espesa y puños pesados; como jugador de hockey, era conocido por ser el primero en arrojar los guantes y liarse a golpes. El toro loco en el escudo del Club de Hockey de Hed bien podría haber sido una caricatura de Johnny. Es impetuoso y obstinado, está chapado a la antigua y lleno de prejuicios, uno de esos estereotípicos bulliciosos de secundaria que nunca maduró de verdad. Jugó al hockey tanto tiempo como se lo permitieron y después se convirtió en bombero; intercambió un vestidor por otro y siguió compitiendo en todo: quién puede levantar más peso en el *press* de banca, correr más rápido en el bosque, beber más cerveza en una parrillada. Ella supo desde su primer día con él que aquello que lo volvía encantador algún día podía transformarse en algo peligroso; los malos perdedores pueden llegar a ser agresivos; un temperamento apasionado puede convertirse en violencia. «Mecha larga pero mucha pólvora, esa gente es la peor», acostumbraba decir el suegro de Hannah. En el vestíbulo hay un jarrón que alguna vez acabó destrozado en cien pedazos, y después fue reconstruido pegando sus piezas con mucho cuidado, para que a Hannah no se le olvidara.

Johnny viene del jardín; entra a la casa. La mira de reojo para ver si todavía está alterada. Sus peleas siempre terminan de esta forma, pues ella está casada con un idiota y él nunca escucha, de modo que algo siempre se rompe.

A menudo, ella piensa en cómo él trata de convencer a todo mundo de lo duro que es, pero en realidad puede ser increíblemente sensible y fácil de ofender. Cuando apalean al equipo de hockey de Hed, es como si lo apalearan a él también. La primavera pasada, cuando el periódico local dijo: «El Club de Hockey de Beartown representa el futuro, mientras que el Club de Hockey de Hed simboliza todo lo que es anticuado y obsoleto», él se lo tomó como algo personal, como si al mismo tiempo hubieran dicho que su vida entera y todos sus valores eran un error. El club es el pueblo y el pueblo es su familia, así de inquebrantable es su lealtad, y eso siempre saca lo mejor y lo peor de él. Siempre trata de hacerse el duro, jamás muestra miedo alguno, siempre será el primero en correr directo hacia una catástrofe.

Hace unos años, el país fue asolado por terribles fuegos forestales; ni Hed ni Beartown resultaron afectados, pero la situación era muy mala a solo un par de horas de distancia. Johnny y Hannah y sus hijos habían salido de vacaciones por primera vez en mucho tiempo; iban de camino a un parque acuático al sur del pueblo cuando oyeron las noticias en la radio. La discusión ya había empezado antes de que sonara el teléfono de Johnny, pues Hannah sabía que, en cuanto lo hiciera, él daría la media vuelta con el auto. Los chicos se agacharon en los asientos traseros de la furgoneta, porque no era la primera vez que pasaba: la misma discusión, los mismos gritos, las mismas manos cerradas en un puño. Casada con un idiota.

Cada día que Johnny pasaba fuera de casa en los incendios

forestales, las imágenes en las noticias de la televisión se iban volviendo más y más terribles; todas las noches Hannah tenía que fingir que no estaba preocupada para nada mientras los chicos lloraban hasta quedarse dormidos, y luego se derrumbaba a solas junto a la ventana de la cocina. Entonces, por fin regresó a casa, después de poco más de una semana, que se sentía como si hubieran sido cien; estaba demacrado y tan desaseado que parecía como si algo de esa suciedad jamás se hubiera podido limpiar del todo de su piel. Ella estaba en la cocina, y lo vio cuando se bajó de un auto a lo lejos en la intersección y recorrió el último tramo del camino solo, tambaleándose y luciendo como si en cualquier momento fuera a desmoronarse y convertirse en una pila de polvo. Hannah corrió hacia la puerta de la cocina, pero los chicos, que también lo habían visto, bajaron volando por las escaleras y la hicieron a un lado al pasar junto a ella, atropellándose entre sí mientras salían. Hannah permaneció junto a la ventana y los vio lanzarse a los brazos de Johnny, de modo que los cuatro terminaron aferrados a su enorme cuerpo como si fueran monos: Tobías y Ted alrededor de su cuello, Tess sobre su espalda y el pequeño Ture colgando de un brazo. Su papá estaba mugriento, sudoroso y exhausto, pero, aun así, los levantó a los cuatro y los metió a la casa cargándolos como si no pesaran nada. Esa noche, Johnny durmió en un colchón en la habitación de Ture, y los demás chicos también terminaron llevando a rastras sus propios colchones al mismo cuarto; pasaron cuatro noches antes de que Hannah lo tuviera de regreso. Antes de que pudiera tan solo sentir que sus brazos la rodeaban y respirar a través del suéter de su esposo otra vez. La última mañana estaba tan celosa de sus propios hijos y tan enfadada consigo misma y tan cansada de haber reprimido todos sus sentimientos que arrojó ese maldito jarrón al suelo.

Unió los pedazos de nuevo con pegamento, y nadie de la familia se atrevió a hablarle hasta que hubo terminado. Entonces, su esposo se sentó junto a ella en el piso, como de costumbre, y le susurró:

—No estés enfadada conmigo, no soporto cuando estás enfadada conmigo.

Hannah sintió como si su voz se estuviera quebrando cuando logró responder:

—Ni siquiera era tu incendio, amor, ¡ni siquiera estaba ardiendo AQUÍ!

Él se inclinó hacia delante con cautela, ella sintió su aliento sobre las palmas de sus manos cuando él las besó y, entonces, dijo:

—Todos los incendios son mis incendios.

Cómo odiaba y admiraba a ese idiota por esto.

—Tu trabajo es llegar a casa. Tu único trabajo es llegar a casa —le recordó ella, y entonces él sonrió:

—Estoy aquí, ¿no?

Ella lo golpeó en el hombro con todas sus fuerzas. Había conocido a muchos hombres idiotas que se convencen a sí mismos de que son de esa clase de individuos que serían los primeros en correr directo hacia un incendio para salvar a otras personas, pero su idiota es la clase de idiota que sí lo hace. Así que tienen la misma discusión cada vez que él se va, pues en cada ocasión ella se enfada de forma idéntica consigo misma por sentir tanto miedo. Esta situación siempre termina con ella rompiendo algo. Aquella vez fue un jarrón y hoy fueron sus propios nudillos. Cuando la tormenta comenzó y él se fue de inmediato a cargar su móvil para estar preparado, ella estrelló su puño contra el fregadero. Ahora, está masajeándose los moretones mientras suelta palabrotas. Ella quiere que él vaya, pero también odia todo esto, y así lo expresa.

Él entra en la cocina, ella siente su barba en la nuca. Él cree que es muy duro y muy fuerte, pero, en realidad, es el más sensible de todos, por eso nunca le contesta a su esposa a los gritos. La tormenta golpea la ventana con fuerza y ambos saben que el teléfono sonará pronto y él tendrá que irse, y entonces ella se enfadará otra vez. «El día que deje de estar enfadada contigo, es cuando debes preocuparte, porque eso significa que ya no te ama», le dijo su papá cuando se casó con Hannah. «Esa mujer tiene mecha larga pero mucha pólvora, así que ¡ten cuidado!», agregó su papá entre risas.

Hannah quizás esté casada con un idiota, pero tampoco es que ella sea una sabia; sus estados de ánimo pueden llevar a Johnny al límite del cansancio y su comportamiento caótico puede volverlo loco. Él entra en pánico cuando las cosas no están ordenadas de modo que él sepa en dónde está todo; eso aplica para el carro de bomberos y su guardarropa y el cajón de la cocina, y se casó con una persona que ni siquiera cree que uno necesite tener un lugar fijo en la cama. Una noche, Hannah se acostaba en el lado izquierdo del colchón, y la siguiente noche se acostaba en el lado derecho, y Johnny ni siquiera sabía dónde empezar con su frustración. ¿Quién no tiene lugares fijos *en la cama*? Además, ella se mete a la casa con los zapatos puestos, no enjuaga el lavabo después de usarlo e intercambia de lugar los cuchillos para mantequilla y los rebanadores de queso, de manera que cada maldito desayuno se convierte en una búsqueda del tesoro. Es peor que los chicos.

Pero, ahora, Hannah extiende la mano hacia arriba y deja que sus dedos pasen por la barba de Johnny, y las manos de él se cierran alrededor de la cintura de ella, y entonces todo da igual. Se han acostumbrado el uno al otro. Ella ha aceptado que la vida con un bombero tiene una cadencia que otras personas jamás comprenderán. Por ejemplo, ella tuvo que aprender a orinar en la oscuridad, pues las primeras veces después de que empezaron a vivir juntos, cuando ella encendía la luz a mitad de la noche, él se despertaba y creía que era la luz en la estación de bomberos que los alertaba de una llamada de emergencia. Todavía adormilado, se levantaba volando de la cama y se vestía, y tenía tiempo de salir y llegar hasta donde estaba el auto antes de que ella lo alcanzara corriendo, solo con su ropa interior puesta, preguntándose qué carajos estaba haciendo él. Pasaron unas cuantas noches confusas más antes de que Hannah aceptara que él no podía dejar de comportarse así, y que en lo más profundo de su ser ella tampoco quería que lo hiciera.

Él es de esas personas que corren hacia el fuego. Sin dudas, sin preguntas, solo corre. Son escasas esas personas, pero uno sabe quiénes son cuando las ve.

●●●

Ana tiene dieciocho años. Está mirando al exterior por una ventana en la casa de su papá en las afueras de Beartown. Cojea levemente, pues hace poco dio la casualidad de que se lastimó la rodilla en un entrenamiento de artes marciales, después de que un muchacho de su edad dijera algo acerca de que las chicas no pueden patear como es debido. Ella le rompió las costillas de una patada y le dio un rodillazo en la cabeza, y aunque el cráneo de ese chico estaba vacío, por desgracia era muy duro, de modo que ahora ella está cojeando. Siempre ha tenido un cuerpo que se mueve con la rapidez de un rayo, pero también un juicio lento; es mala para entender a las personas, pero buena para interpretar la naturaleza. Ahora puede ver los árboles moverse al otro lado de la ventana; ya los había notado esta mañana y supo que la tormenta estaba en camino mucho antes que la mayoría de las demás personas. Los hijos de padres que son buenos cazadores a la larga aprenden a sentir ese tipo de cosas, y no hay mejor cazador por estos rumbos que el papá de Ana. Ese hombre ha pasado tanto tiempo en el bosque que a menudo olvida la diferencia entre un radio de caza y un teléfono, y dice «cambio» al final de cada frase cuando el teléfono suena en su casa. Así las cosas, Ana aprendió a gatear y a caminar en ese bosque, pues era la única forma de poder estar con él. El bosque era su patio de recreo y su escuela, su papá le enseñó todo sobre las criaturas salvajes y las fuerzas invisibles en la tierra y en el aire. Fue su obsequio de amor para ella. Cuando era pequeña, él le mostró cómo rastrear una presa y cómo disparar, y cuando fue más grande empezó a llevarla con él en sus búsquedas: el gobierno municipal lo llamaba tras un accidente de tráfico que involucraba un animal de caza, y había que encontrar y sacrificar a un animal herido. Si vives rodeado por el bosque aprendes a protegerlo, pero también cómo puede protegerte a ti. Al final esperas con ansias las mismas cosas que las plantas, como la primavera y el sol, pero también les temes a las mismas cosas: al fuego, como es lógico, pero casi todavía más, al viento. Porque no puedes detenerlo o extinguirlo, no esquiva ni los troncos de los árboles ni la piel, el viento aplasta y quebranta y mata lo que quiera.

Ana pudo oír la tormenta en la copa de los árboles y percibirla en su pecho mientras todo estaba aún en silencio y en calma allá afuera. Llenó con agua todos los bidones y todos los baldes, fue por la cocinilla de gas al sótano y puso baterías nuevas en las linternas de cabeza, sacó velas y cerillos. Por último, cortó trozos de leña durante varias horas, de forma mecánica y resuelta, y la acarreó al cuarto principal. Ahora que la tormenta está llegando a Beartown, cierra puertas y ventanas, lava los trastes en medio de un gran estrépito en la cocina y reproduce en el estéreo las canciones de Maya, su mejor amiga, pues su voz la tranquiliza, y los ruidos más cotidianos de Ana tranquilizan a los perros. Cuando era pequeña ellos la protegían, pero ahora es al revés. Si le preguntas a Maya quién es Ana, te responderá: «Una luchadora». Pero no solo lo dice porque Ana puede darle una paliza a quien sea, sino porque la vida ha intentado darle una paliza a Ana desde que nació y nunca tuvo una sola posibilidad de hacerlo. Ana es inquebrantable.

Cursa el último año de la escuela preparatoria en Beartown pero ha sido adulta por mucho tiempo; las hijas de padres que se esconden en el fondo de una botella maduran más rápido. Cuando Ana todavía era pequeña, su papá le enseñó a vigilar el fuego en la chimenea, a siempre poner un poco más de leña justo en el momento exacto, de modo que nunca se apagara por completo. Cuando él tiene uno de sus episodios, a veces durante varios días y a veces durante varios meses, ella vigila su borrachera de la misma forma. Él nunca se vuelve malvado, ni siquiera escandaloso, es solo que nunca está realmente sobrio. Permanecerá dormido todo el tiempo que dure esta tormenta, roncando en su silla de la sala, entre todos los trofeos de artes marciales de Ana que lo hacen sentirse tan orgulloso, y todas las fotografías de su hija cuando era niña, de las cuales Ana eliminó a su madre recortando su contorno con mucho cuidado. Su papá está demasiado ebrio como para oír que el teléfono suena. Ana está lavando los trastes y sube el volumen de la música en la cocina, los perros están acostados a sus pies, tampoco lo oyen. El teléfono suena y suena y suena.

Al final, en lugar del teléfono, suena el timbre de la puerta.

•••

—No hay nada de qué preocuparse, solo es un poco de viento —susurra Johnny.

Hannah intenta creerlo. Esta vez su esposo no se marchará a luchar contra un incendio; los demás bomberos y él van a salir con motosierras para abrir un camino a través de los árboles caídos, de manera que los demás vehículos y equipos de emergencias puedan pasar por ahí. Johnny se queja con frecuencia de que ser bombero en este lugar significa ser leñador el noventa por ciento del tiempo, pero Hannah sabe que él, aun así, se siente orgulloso. Él pertenece a este bosque.

Ella se da la vuelta, se pone de puntillas y le da una mordida a Johnny en la mejilla, y las rodillas de su esposo se doblan. Casi a dondequiera que va él es el más grande y el más fuerte, pero, más allá de lo que otros pudieran creer, sabe que, si los chicos estuvieran al otro lado de un incendio, ella lo atravesaría más rápido que él. Ella es complicada, rebelde, inflexible y, sin duda, no tan fácil de complacer, pero él la ama sobre todo por su instinto de protección brutalmente intransigente. «Ayudamos a los que podemos», le susurra ella siempre al oído después de los días más funestos, cuando él ha perdido a alguien en su trabajo o ella en el suyo. Como bombero, él tiene que estar preparado para contemplar la muerte en todas las etapas de la vida, pero, como partera, ella la contempla en los peores momentos posibles: los primeros segundos de la existencia. Las palabras de ella son tanto un consuelo como una forma de recordarles a ambos su deber. Ayudamos si podemos, cuando podemos, a quien podemos. Es un tipo especial de trabajo, pero también un tipo especial de persona.

Él la deja ir despacio; nunca se acostumbra al hecho de que una pendenciera desordenada como ella todavía puede ponerlo de cabeza. Va a revisar que su teléfono esté cargándose y ella lo mira por un buen rato; nunca se acostumbra al hecho de que un pedante latoso como él, después de veinte años, todavía puede ser la clase de persona a quien ella quiere arrancarle la ropa si él tan solo le lanza una mirada.

Ella oye el teléfono en el vestíbulo. Ya es hora. Cierra los ojos y maldice para sí y se promete que no va a pelear con él. Él jamás promete volver a casa sano y salvo, porque eso sería de mala suerte. Más bien, siempre le dice que la ama, una y otra vez, y ella le responde: «Más te vale».

El teléfono sigue sonando; ella piensa que él debe estar en el baño pues no lo contesta, así que grita su nombre porque las ventanas ya están vibrando con un ruido ensordecedor por el viento. Los chicos están parados en la escalera, formados en una fila para darle a Johnny un abrazo de despedida. Tess rodea con los brazos a sus tres hermanos menores: Tobías, Ted, Ture. Su papá pensaba que era ridículo que todos tuvieran nombres que empiezan con la misma letra, pero cuando él y Hannah se enamoraron, él estuvo de acuerdo en que ella podría ponerles nombre a sus hijos si él podía ponerles nombre a sus perros. Nunca tuvieron un perro. Ella siempre ha sido mejor negociadora.

Ture llora en el suéter de Tess, ninguno de sus hermanos le dice que se detenga. Ellos también lloraban cuando eran pequeños, pues uno no tiene alguien en la familia que es bombero, así no funcionan las cosas, toda la familia es parte del cuerpo de bomberos. Ellos no pueden darse el lujo de pensar «eso no va a pasarnos a nosotros», deben tenerlo claro. El acuerdo que hay entre los padres es sencillo: nunca ponerse en peligro al mismo tiempo. A los chicos siempre les debe quedar uno de sus progenitores en caso de que suceda lo peor.

Johnny está en el vestíbulo y alza la voz en su teléfono, al final está gritando, pero no hay nadie al otro lado. Cree que por error presionó el botón equivocado, así que revisa el historial de llamadas, pero nadie le ha marcado desde que habló con su mamá hace diez minutos. Pasan varios timbrazos antes de que se dé cuenta de que no es su móvil el que suena, sino el de Hannah. Confundida, ella toma su teléfono, se queda mirando el número, oye la voz de su jefe al otro lado de la línea. Treinta segundos después se echa a correr.

•••

¿Quieres comprender a las personas? ¿Comprenderlas de verdad? Entonces tienes que saber todo lo mejor de lo que somos capaces.

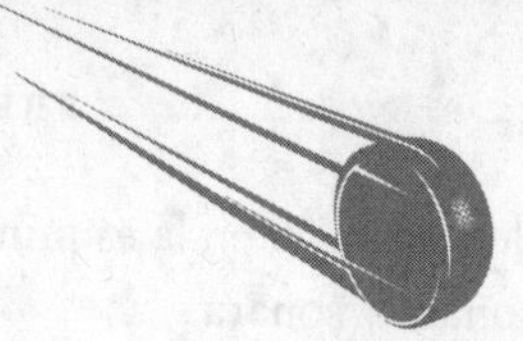

SALVAJES

A Benji lo despertará el sonido de un impacto. No sabrá en dónde está cuando se incorpore; la resaca arruinará su sentido de la proporción y sentirá que es demasiado grande para esta habitación, como si se hubiera despertado en una casa de muñecas. Esto no es nada fuera de lo común, ha estado sucediendo por mucho tiempo, en estos días pareciera que cada mañana abre los ojos sorprendido de todavía estar vivo.

Será el día después de la tormenta, pero él no lo sabrá aún, no sabrá si ha olvidado lo que estaba soñando o si todavía está soñando. Su largo cabello caerá frente a sus ojos, le dolerá cada articulación y cada tendón, su cuerpo aún carga con la sólida musculatura de una vida en y alrededor del hockey, pero ahora tiene veinte años, y no se ha puesto un par de patines de hielo desde hace casi dos años. Fuma demasiado y come muy poco. Intentará levantarse de la cama, pero se tambaleará y caerá sobre una de sus rodillas; las botellas de alcohol vacías rodarán por el piso entre papeles para cigarros y encendedores y pedacitos de papel aluminio, y el dolor de cabeza lo golpeará con tanta fuerza que ni siquiera con las palmas de las manos pegadas a sus orejas sabrá decir si el ruido proviene del exterior o de su propio interior. Entonces se oirá otro sonido estrepitoso, las paredes se sacudirán con tanta intensidad que él se agachará, temeroso de que la ventana encima de la cama se rompa y lo entierre bajo fragmentos de vidrio. Y, en la esquina de la habitación, su teléfono sonará y sonará y sonará.

Hace dos años abandonó Beartown y desde entonces ha estado viajando. Dejó el lugar donde había vivido toda su vida, y tomó trenes y barcos e hizo autoestop en camiones, hasta que las ciudades a lo largo del camino ya no tenían equipos de hockey. Se ha perdido a propósito y se ha destruido a sí mismo de todas las formas imaginables, pero también encontró cosas que no sabía que había estado deseando. Miradas y manos y alientos en su cuello. Pistas de baile sin preguntas. Se necesitó caos para liberarlo, soledad para dejar de estar solo. Por su cabeza no ha cruzado un solo pensamiento acerca de dar la media vuelta, ir a casa; su casa bien podría ser un planeta extraño ahora.

¿Es feliz? Si preguntas esto es probable que no entiendas a Benji en lo absoluto. La felicidad nunca fue algo que él estuviera esperando de la vida.

Estará de pie junto a la ventana de la pequeña habitación de hotel, con resaca y apenas despierto, mirando el mundo de allá afuera sin ser parte de él. Dos autos se habrán estrellado allá abajo en la calle, ese impacto fue el sonido que lo despertó. Gente que grita. Un zumbido resonará en los oídos de Benji. Resuena, resuena, resuena, hasta que al final se da cuenta de que es su teléfono.

—¿Hola? —logrará decir él, afónico por haber usado demasiado su voz, y luego no haberla usado durante muchas horas.

—Soy yo —susurrará su hermana mayor en el otro extremo de la línea, con pesadez y cansancio.

—¿Adri? ¿Qué pasó?

Ella será cuidadosa con sus palabras, él está demasiado lejos como para que ella pueda sostenerlo del modo en el que una hermana quiere sostener a su hermano menor cuando tiene que decirle esto. Él escuchará en silencio, ha entrenado toda su vida para no revelar cuando algo se apaga dentro de él.

—¿Falleció? —logrará decir él finalmente, y su hermana

tendrá que repetir lo que dijo, como si él hubiera olvidado parte de su idioma.

Al final, él se limitará a susurrar «okey», y el crujido que se oye en el auricular cuando exhala será el único indicio de la pequeña onda expansiva que nace cuando su corazón se rompe.

Colgará la llamada y empacará su maleta. No le llevará mucho tiempo, ha estado viajando ligero, siempre listo para dejar todo atrás.

—¿Qué pasa? ¿Qué hora es? —susurrará otra voz desde la cama.

—Tengo que irme —dirá Benji, dirigiéndose ya a la puerta, su torso todavía desnudo. El enorme tatuaje de un oso en su brazo parecerá más pálido después de meses al sol, y el color rosa de sus muchas cicatrices brillará contra su piel bronceada, del mismo modo que lo hace en la gente que vive en un entorno salvaje. Más en los nudillos que en el rostro, pues él es mejor para ser salvaje que la mayoría.

—¿Irte a dónde?

—A casa.

La voz gritará algo detrás de él, pero Benji ya estará a mitad de camino escaleras abajo. Podría responder y prometer que llamará por teléfono al hombre en el piso de arriba, pero si hay algo que Benji había aprendido en el lugar donde se crio es que ya no tiene ánimos para mentirle a nadie.

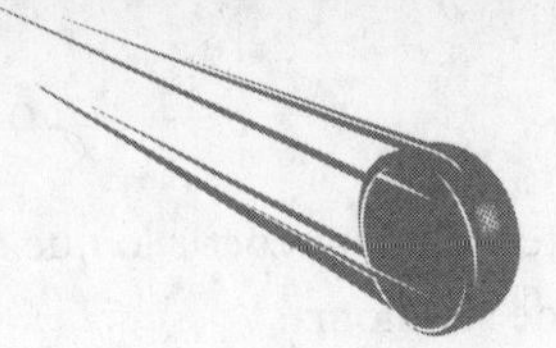

PARTERAS

Esta noche, una tormenta cruza dos pueblos entregados al hockey, derribando árboles y personas. Mañana, dos jóvenes, él con un oso tatuado en su brazo y ella con una guitarra y una escopeta tatuadas en los suyos, volverán a casa para acudir a un funeral. Esta vez, así es como empieza todo. En las comunidades rodeadas de vida salvaje, la gente está conectada con hilos invisibles, pero también con ganchos afilados, de modo que, cuando uno gira demasiado rápido, no siempre es la camisa lo único que pierde alguien más. A veces nos arranca el corazón a todos.

•••

En Hed, Johnny corre junto a su esposa a través de la casa, suben las escaleras y entran a la recámara; ella le resume la situación mientras empaca su mochila de trabajo: una pareja joven de una granja al norte de Beartown está esperando a su primer hijo y, cuando la fuente se rompió, salieron de su casa rumbo al hospital de Hed, ignorando lo violenta que sería la tormenta. Trataron de tomar un atajo a través de los pequeños caminos provenientes del este en lugar de ir por el camino principal, y estaban en medio del bosque entre los dos pueblos cuando tuvieron que esquivar un árbol caído. No vieron caer el siguiente árbol, y ahora el auto está atrapado por ahí en algún lugar. Lograron llamar al hospital, pero no había ninguna ambulancia en las cercanías, y nadie sabe si podrían siquiera abrirse paso entre el caos ahora que los caminos del bosque son intransitables. La esperanza más grande para la mujer y para el bebé en el auto es una partera, quien da la casualidad de que no está de servicio esta noche y vive lo bastante cerca como para llegar ahí por sí misma, incluso si tiene que caminar el último tramo.

Johnny está de pie junto a la puerta de la recámara; en realidad quiere preguntarle a su esposa si está completamente loca, pero, después de veinte años, él sabe cuál sería la respuesta. De pronto, ella se vuelve de una forma tan brusca que su frente golpea el pecho de su esposo, cuyos brazos la envuelven con ternura, y ella desaparece en él.

—Te amo, con un carajo, te amo tanto, maldito idiota —susurra ella.

—Más te vale —responde él.

—Hay mantas extra en el baúl del desván, y las linternas están...

—Lo sé, no te preocupes por nosotros, pero realmente debes... O sea, no puedes... —empieza a decir y, cuando ella entierra el rostro en el suéter de su marido, siente que él está temblando.

—No te enfades conmigo, amor. Yo soy la que se enoja, tú debes ser el sensato —murmura ella en el pecho de Johnny.

Él lo intenta. Vaya que lo intenta.

—Tienes que llevar a alguien contigo. Alguien que conozca el bosque, amor, va a estar oscuro y...

—Tú no puedes acompañarme. Lo sabes. Nunca debemos estar los dos en el mismo avión, nunca debemos estar allá afuera en una tormenta al mismo tiempo, los chicos necesitan...

—Lo sé, lo sé —susurra él, resignado; jamás se había sentido tan impotente, y para un bombero, es terrible experimentar eso.

Las tontas supersticiones de su esposo siempre le impiden a Hannah decir «regresa sano y salvo» cuando él se marcha para atender un llamado de emergencia, y por eso ella acostumbra pensar en alguna cosa cotidianamente banal que Johnny tenga que hacer al día siguiente, de manera que él se vea obligado a prometer que estará en casa para ese entonces: «No se te olvide que mañana tienes que ir al vertedero», o «Vamos a almorzar en casa de tu mamá a las doce». Esto se ha convertido en su pequeño ritual secreto.

Así que ahora él no dice «vuelve a casa sana y salva». Ni siquiera le dice que no vaya, porque sabe lo que él mismo habría respondido. Johnny podrá ser fuerte, pero ni siquiera él puede detener el viento. Ella puede asistir a una mujer en el parto, es a ella a quien necesitan ahora. Ayudamos si podemos, cuando podemos, a quien podemos. Al salir de la recámara, él tan solo la toma del brazo, quiere decirle algo banal y cotidiano para que ella se acuerde de que hay un mañana, y lo único que se le ocurre es:

—¡Mañana voy a tener sexo contigo!

Ella se ríe a carcajadas de él, justo en su cara.

—Algo anda muy mal contigo.

—¡Solo quiero que tengas muy claro que mañana voy a tener sexo contigo!

Él tiene lágrimas en los ojos, ella también, oyen la fuerza del viento que sopla afuera y saben que no deben imaginarse que son inmortales.

—¿Conoces a alguien que pueda ayudarme a encontrar el camino en esa parte del bosque? —pregunta ella, tratando de controlar su voz.

—Sí, conozco a alguien, voy a llamarlo y le diré que vas en camino —contesta él, y anota el domicilio a pesar de que su mano tiembla.

Ella toma la furgoneta y se marcha, adentrándose en la noche y en una tormenta que está partiendo árboles por la mitad y matando lo que se le da la gana. No promete que regresará a casa sana y salva. Él está de pie con los chicos junto a la ventana de la cocina.

•••

Son los perros los que al final reaccionan ante el hecho de que hay alguien en la puerta principal; quizás es más su instinto que el timbre lo que los hace empezar a ladrar. Ana se dirige con cautela al vestíbulo y echa un vistazo por la ventana. ¿Quién carajos podría estar afuera ahora, con este clima? Hay una mujer de pie, sola, en los escalones; la capucha de su impermeable levantada, su cuerpo esbelto encorvado contra el viento.

—¿Está tu papá? —grita la mujer cuando Ana fuerza la puerta para abrirla; el bosque entero ruge como si estuvieran dentro de una lata de conservas que unos gigantes patean de un lado a otro.

La furgoneta de la mujer está estacionada sobre el césped a un par de metros de distancia, mecida por el ventarrón. Qué vehículo tan idiota para salir durante una tormenta, si es que no tienes más remedio que salir a algún lado durante una tormenta, piensa Ana. Además, la mujer tiene puesta una chaqueta roja, o sea que ¿ha manejado hasta aquí desde *Hed*? ¿Quizás la mujer no es real? Ana está tan ocupada reflexionando sobre todo esto que apenas si reacciona cuando la mujer se acerca y sigue hablando a voces:

—¡Hay un auto atrapado en el bosque y mi esposo dice que si alguien puede llevarme ahí en este clima es tu papá!

La mujer escupe las palabras, Ana se limita a parpadear, todavía confundida.

—Entonces... ¿qué? O sea, tú sabes, ¿por qué hay un auto en el bosque en un momento como este?

—¡La mujer en el auto va a tener un bebé! ¿Está tu papá en casa o no? —bufa la mujer con impaciencia y de un paso entra en el vestíbulo.

Ana intenta detenerla, pero la mujer no tiene tiempo de ver el pánico en su mirada. Las latas de cerveza y las botellas de vodka vacías están alineadas en la encimera de la cocina; la hija las enjuagó con cuidado para que no desprendan ningún olor en el contenedor de reciclaje, y así evitar sentirse avergonzada frente a los vecinos. Los brazos de su papá cuelgan lánguidos a los lados del sillón en la sala, pero sus pulmones maltratados hacen que su pecho suba y baje despacio, con las respiraciones de un adicto.

La partera está estresada y tiene el corazón en la garganta, de manera que cuando baja de golpe directo a su estómago, la caída es más fuerte de lo que ella esperaba.

—Yo... Entiendo. Perdón... perdón por molestar —le dice a Ana con un murmullo, avergonzada, y se vuelve con rapidez hacia la puerta, entonces se apresura a salir al jardín y a subirse en la furgoneta.

Ana duda por un instante antes de salir disparada tras ella. Golpea la ventanilla. La mujer la baja, titubeante.

—¿A dónde vas? —grita Ana.

—¡Tengo que encontrar a la mujer en el bosque! —grita la mujer mientras intenta encender la furgoneta, pero la maldita cafetera nada más tose.

—¿Estás loca o qué? ¿Sabes lo peligroso que es eso en este clima?

—¡VA A TENER UN BEBÉ Y YO SOY PARTERA! —grita la mujer en un repentino arrebato de ira y golpea con fuerza el tablero de instrumentos de la furgoneta, que sigue por completo inerte.

En retrospectiva, Ana no podrá decir con exactitud qué sucede en su interior en ese preciso momento. Quizás fue algo poético, el tipo de cosas que las personas dicen en las películas, que se sintieron «llamados a cumplir con un propósito más importante». Pero, sobre todo, es probable que solo sea porque esa mujer parece estar tan loca como todo el mundo siempre dice que parece estar Ana.

Ana entra corriendo a la casa, alimenta a los perros y sube el volumen de la canción de Maya, la favorita de los canes, y regresa con las llaves de una camioneta oxidada en la mano y una chaqueta demasiado grande que se agita detrás de ella como una capa en el viento.

—¡PODEMOS TOMAR LA CAMIONETA DE MI PAPÁ!

—¡NO PUEDO LLEVARTE CONMIGO! —grita la mujer.

—¡TU COCHE ES UNA PORQUERÍA!

—¿CREES QUE NO LO SÉ? —vocifera la mujer.

—¡ESTARÁS MUCHO MÁS SEGURA SI YO ESTOY CONTIGO, MALDITA SEA!

La mujer se queda viendo a esa muchacha loca de dieciocho años. Este no es el tipo de situaciones para las que te entrenan cuando te preparas para ser partera. Al final suspira resignada, toma su mochila y sigue a la muchacha a la camioneta de su papá.

—¡ME LLAMO HANNAH! —dice ella a voces.

—¡ANA! —ruge Ana.

En cierto modo, es apropiado que sus nombres sean tan parecidos, pues Hannah tendrá muchas oportunidades para unas veces maldecir y otras veces reírse por lo mucho que esta adolescente loca le recuerda a ella misma. Ambas trepan al asiento delantero; tienen que luchar un buen rato para poder cerrar las puertas como es debido, mientras el viento retumba en la carrocería como si fuera granizo. Entonces, Ana ve el rifle en el asiento trasero. Su rostro se tiñe de un rojo oscuro por la vergüenza, toma el arma y corre de nuevo al interior de la casa. Cuando regresa, dice sin hacer contacto visual:

—A veces olvida el rifle en la camioneta cuando ha... tú sabes. Lo he regañado un millón de veces por eso.

La partera asiente con incomodidad.

—Tu papá y mi esposo se conocieron durante los incendios forestales de hace algunos años. Creo que llamaron a tu papá porque sabían que él entiende el bosque. Se han ido de cacería juntos unas cuantas veces desde entonces. Me parece que, de hecho, tu papá es la única persona en Beartown a quien mi marido respeta.

Es un patético intento de aligerar el ambiente, ella misma lo siente así.

—Es fácil que mi papá les agrade a los demás, solo que él no siempre se agrada tanto a sí mismo —responde Ana, con una franqueza que le provoca un nudo en el estómago a la partera.

—Tal vez deberías quedarte en casa con él, Ana, ¿no crees?

—¿Para qué? Está borracho. Ni siquiera va a notar que me fui.

—Mi esposo me dijo que, si tengo que salir al bosque, solo debía confiar en tu papá y en nadie más. No me siento cómoda con que tú...

Ana resopla.

—¡Tu esposo es un estúpido si cree que los hombres entrados en años son los únicos que conocen bien el bosque!

La partera sonríe con resignación.

—Si crees que esa es la única razón por la que mi esposo es estúpido, no conoces a muchos hombres...

Ella le ha estado diciendo a Johnny todo el año que lleve la furgoneta a un taller mecánico de verdad, pero él se ha limitado a mascullar que todos los bomberos pueden reparar sus propios autos. En respuesta, ella ha señalado que no, que todos los bomberos *creen* que pueden reparar sus propios autos. Hannah opina que es fácil estar casada: solo escoges una discusión para la que eres muy buena y la repites al menos una vez por semana por toda la eternidad.

—Entonces, ¿dónde está esa mujer que va a tener un bebé? —pregunta Ana con impaciencia.

La partera titubea, suspira, al final saca un mapa. Tomó el camino principal desde Hed hasta Beartown, pero el suyo fue el último vehículo que logró pasar. Hannah vio los árboles caer justo sobre la calzada detrás de ella; debería haberse asustado, pero la adrenalina la contuvo. Ahora, señala un punto en el mapa:

—Están en algún lugar por aquí, ¿ves? No tomaron el camino principal, intentaron tomar un atajo por los caminos viejos del bosque, pero probablemente la mayoría de ellos están bloqueados ahora. ¿Será posible llegar hasta ahí?

—Ya lo veremos —responde Ana.

Hannah se aclara la garganta.

—Perdón por preguntar, pero ¿al menos tienes la edad suficiente para tener licencia de conducir?

—¡Sí! O sea, ¡tengo la *edad* suficiente, por supuesto! —responde Ana de forma evasiva, y arranca con violencia.

—Pero... ¿tienes licencia de conducir? —pregunta la partera, un poquito preocupada, cuando Ana sale derrapando al camino.

—No, o sea, no exactamente. Pero mi papá me enseñó a manejar. Con frecuencia está un poquito borracho, así que necesita a alguien que lo lleve en el auto.

Eso no tranquiliza mucho a la partera. La verdad que no.

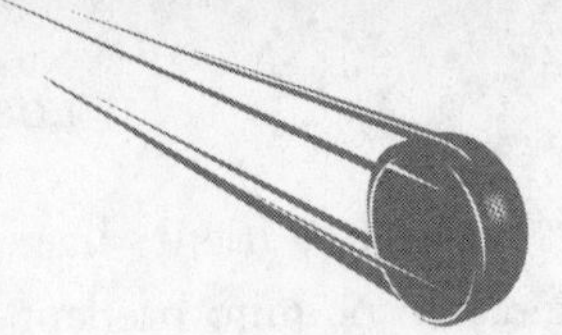

SUPERHÉROES

Matteo tiene catorce años. Él no importa en esta historia, no aún. Solo es una de esas personas que pasan por ahí en segundo plano, uno de los muchos miles de rostros que constituyen la población de una comunidad. Nadie le pone atención cuando anda en bicicleta por Beartown al inicio de la tormenta, no solo porque todos están ocupados tratando de resguardarse, sino además porque Matteo simple y sencillamente no es de esas personas a las que les pones atención. Si la invisibilidad es un superpoder, ese nunca fue el que Matteo soñó tener. En su lugar habría preferido poseer fuerza sobrehumana para poder proteger a su familia. O el poder de cambiar el pasado, para salvar a su hermana mayor. Pero él no es ningún superhéroe, es tan impotente ante su propia existencia como el pueblo en el que vive lo es ante la naturaleza.

La pequeña casa que sus padres alquilan justo en la frontera entre las últimas construcciones y el inicio del bosque se queda sin energía eléctrica; él está ahí, solo, cuando el viento empieza a azotar los árboles. Su papá y su mamá viajaron al extranjero para traer a su hermana a casa. Matteo no tiene problema con estar solo, pero no lo soporta si en la casa no hay luz, así que toma la bicicleta y se va. El adolescente rebelde dentro de su cabeza no quiere pedirle ayuda a nadie y, al mismo tiempo, el niño asustado dentro de su pecho espera que alguien vea que necesita que lo cuiden. Pero nadie tiene tiempo para ello.

Un hombre alto y gordo vestido de traje pasa corriendo junto a él en la dirección opuesta. Matteo no sabe cómo se llama, solo sabe que todo mundo le dice «Frac» y que es el dueño del enorme supermercado y que es uno de los hombres más ricos del pueblo. El hombre ni siquiera se fija en el muchacho; se dirige a las astas que están afuera de la arena de hockey, en un intento, lleno de pánico, de arriar las banderas verdes que ostentan un oso, para que el viento no las haga jirones. En una situación de peligro, ese es el primer instinto de este hombre: salvar las banderas, no a la gente.

Mientras Matteo avanza a través de Beartown, ve a los vecinos ayudarse entre sí a vaciar sus jardines de objetos sueltos: entran a sus casas cargando bastones y las porterías que estaban puestas en cada callejón; los niños de por aquí juegan sobre el pavimento con pelotas de tenis en esta época del año, pero, tan pronto como llegue la nieve, casi todos los papás verterán agua en sus patios para convertirlos en pistas de hockey sobre hielo. Matteo ha oído a muchos vecinos reírse entre dientes al decir «en este pueblo tenemos buenos amigos y malos patios», pues en el sur la gente quizás presuma de sus céspedes perfectos y sus arriates bien cuidados, mientras que aquí, uno gana estatus al tener óvalos de gravilla y discos de hockey en la tierra de las plantas cuando la nieve se derrite. Eso demuestra que dedicaste los meses congelados a hacer lo que es debido.

A menudo, Matteo se pregunta si él sería tan extraño y solitario en otros lugares como lo es aquí. Si alguien habría hablado con él, si habría tenido amigos, si habría sido visible. En dónde naces y quién llegas a ser ahí es una lotería, lo que está bien en un lugar y está mal en otro. En casi todo el mundo, estar obsesionado con el hockey te convertiría en un intruso, un tipo raro, pero no aquí. Aquí es como el clima, todas las charlas en todas las situaciones sociales tratan de uno o del otro. En Beartown, no puedes escapar ni de las tormentas ni del deporte.

La oscuridad y el frío caen con rapidez, la nieve no ha llegado todavía pero el viento ya está devorando carne y huesos, el chico no trae guantes y va perdiendo la sensibilidad en los dedos. Pedalea sin saber en realidad a dónde va, suelta uno de los manubrios para hacer que la sangre circule de nuevo en su mano y pierde la concentración por un segundo, ve el vehículo demasiado tarde. Viene muy rápido y las luces lo encandilan. Matteo frena tan fuerte que la bicicleta se desliza de lado. Los faros lo dejan ciego y él solo espera el impacto, y cuando este no llega, al principio cree que ya está muerto; pero, en el último instante, de alguna forma logra desplazar el peso de su cuerpo y se lanza él mismo y a la bicicleta fuera del camino. Matteo da vueltas, se raspa las manos y los brazos y deja escapar un grito, pero nadie lo oye por encima del viento.

Ni la joven que maneja el vehículo ni la partera que va sentada a su lado lo ven en la oscuridad. Es un incidente muy breve, todo sucede muy rápido, pero, si el parachoques hubiera rozado apenas al chico de catorce años, lo habría lanzado con una fuerza atroz directo contra los árboles. Si hubiera terminado inconsciente ahí, en medio de la tormenta, es probable que nadie hubiera encontrado su cuerpo inerte por varios días, y, para entonces, esta cadena de eventos habría cortado los hilos invisibles entre él y todo lo que está por suceder. Pero, ahora, se levanta con mucho esfuerzo, lleno de moretones pero vivo.

Así de pequeño es el margen entre la posibilidad de que nunca hubiéramos oído hablar de Matteo y el hecho de que, en poco tiempo, nunca podremos olvidar su nombre.

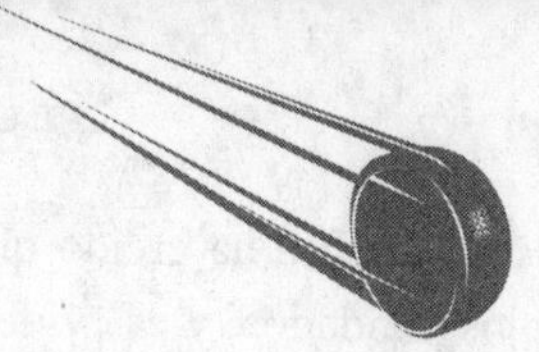

HIJOS

Beartown y Hed son pueblos antiguos en medio de un bosque todavía más antiguo. Se dice que con la edad llega la sabiduría, pero, para la mayoría, eso no es verdad: cuando envejecemos solo hemos acumulado más experiencias, buenas y malas. El resultado es cinismo, más que sabiduría. Cuando somos jóvenes, no sabemos nada de todas las cosas más terribles que pueden afectarnos, y menos mal porque, de lo contrario, jamás saldríamos de nuestra casa.

Y, definitivamente, nunca soltaríamos a nuestros seres queridos.

•••

—¿Sabes... a dónde vas? —pregunta Hannah con ansiedad.

En su calidad de partera, Hannah desearía que llegaran rápido a su destino, pero en su calidad de ser humano que quiere seguir existiendo, desearía que Ana no estuviera conduciendo como si acabara de robarse la camioneta.

La muchacha no responde. Tiene puesta la chaqueta de su papá, de un color anaranjado intenso y cubierta de reflejantes, con las palabras «ACCIDENTE CON ANIMALES» en la espalda. Su papá la usa cuando rastrea animales que han sido golpeados por vehículos; toda la camioneta está llena de equipo para moverse a través del bosque en la oscuridad, la mitad de la infancia y la adolescencia de Ana consistió en correr detrás de él y de los perros.

Ella siempre ha creído que podría encontrar el camino con los ojos vendados, y es evidente que esta tormenta piensa ponerla a prueba.

—Entonces... ¿sí sabes adónde vas? —pregunta Hannah de nuevo, pero esta vez tampoco recibe una respuesta.

Dos pelotas de tenis ruedan por el piso, a los pies de la partera. Hannah recoge una y sonríe con timidez.

—Y... ¿cuántos perros tienen?

Sigue sin haber respuesta, así que se aclara la garganta y prosigue:

—Es que nadie juega realmente tenis por aquí, los únicos usos que se me ocurren para una pelota de tenis en Hed y en Beartown son tres: si tienes perros, si juegas al hockey sobre césped o si metes un edredón en la secadora...

Ana solo mira con los ojos entreabiertos por encima del volante, en silencio, y maneja aún más rápido.

—¿Qué raza de perros son? —insiste la partera, y entonces la muchacha por fin suspira:

—Eres de esas personas que hablan cuando están nerviosas, ¿verdad?

—Sí... —reconoce la partera.

—Yo también —dice Ana.

Entonces no pronuncia ni una palabra por varios minutos. La partera cierra los ojos y se agarra con fuerza. Hace su mejor esfuerzo para no hablar, pero, cuando el ritmo de los latidos de su corazón se acelera, su boca ya no le obedece.

—¡Mi esposo quiere tener perros! Ha estado dándome lata con eso desde que nos conocimos. Para ser honesta, no me gustan mucho los animales, pero he estado pensando en que tal vez podría sorprenderlo en su cumpleaños, ¡y dejarlo comprar uno con el que pueda irse de cacería! ¡Incluso platiqué con un criador de perros! Al parecer, un buen perro de caza debe tener un botón de «encendido y apagado» bien definido para que se sienta entusiasmado cuando esté cazando, pero pueda tranquilizarse en cuanto llegue a su casa. ¿Es cierto? Me reí cuando escuché eso, porque desearía que lo mismo también aplicara para los bomberos y los chicos que juegan hockey...

La camioneta aumenta la velocidad. Ana mira a Hannah de reojo y dice entre dientes:

—Sabes mucho de perros para ser alguien a quien no le gustan.

—¡Gracias! —exclama la partera, y alza los brazos frente a su rostro, convencida de que van a chocar con un árbol caído que Ana esquiva en el último instante.

Entonces, la muchacha gruñe:

—Muy valiente de tu parte venir a Beartown con esa jodida chaqueta. Yo llevo puesta la mía para que no nos atropellen si estamos paradas en el camino y tú te pones una que va a hacer que la gente se lance hacia nosotras...

—¿Qué? —casi grita la partera, antes de darse cuenta de que está vestida con la chaqueta de su hijo mayor, la de color rojo con el escudo del Club de Hockey de Hed en el pecho; la agarró sin pensarlo cuando iba de salida.

Ahora, la chaqueta le queda demasiado pequeña a Tobías, pero, aun así, es demasiado grande para ella. Así de rápido se va la vida.

—Jodido equipo de mierda —declara Ana con tanta vehemencia, que Hannah se pone furiosa de repente:

—¡Cuidado con lo que dices! ¡Es el equipo de mis hijos!

—No es culpa de tus hijos que los dejes jugar en un jodido equipo de mierda —responde Ana, totalmente impasible.

La partera se la queda viendo. Entonces, sonríe contra su voluntad.

—¿Así que te gusta el hockey?

—Odio el hockey, pero odio más a Hed —contesta Ana.

—Esta temporada nuestro primer equipo seguramente va a aporrear al suyo —dice la partera esperanzada, y agradecida de tener algo de qué hablar para distraerse.

Ana suelta un resoplido y baja la velocidad durante algunos segundos mientras intenta orientarse en la oscuridad.

—Tu equipo ni siquiera podría aporrear una alfombra. Necesitas un calendario para medir el tiempo que les lleva a tus defensas moverse de una zona a otra... —musita ella, y mira a través del parabrisas con los ojos entrecerrados.

La partera pone los ojos en blanco.

—Mi esposo tenía razón, no hay nada tan arrogante como la arrogancia de Beartown. No ha pasado tanto tiempo desde que el club entero estuvo al borde de la quiebra, pero ahora ¿de pronto se vuelven soberbios? Y ustedes solo fueron buenos en la temporada pasada porque tenían a ese muchacho, Amat. Sin él es probable que no les sea tan fácil ganar...

—Todavía tenemos a Amat —bufa Ana, y deja que la camioneta ruede despacio hacia delante.

—Estaba en Estados Unidos y va a jugar en la NHL, ¿no? Parece que el periódico local no escribió sobre otra cosa la primavera pasada. Lo superior que es el programa juvenil del club de Beartown, los jugadores talentosos que producen, que ustedes son el nuevo estilo de hockey y nosotros el viejo...

La partera puede oír la amargura de su esposo en su propia voz, y esto la sorprende, pero así es la vida en Hed estos días: uno se lo toma todo de manera personal. Cada éxito de Beartown es un revés al otro lado de la frontera entre los pueblos.

—A Amat nunca lo seleccionaron en el *draft*. Está de vuelta en casa. Solo está lesionado, eso creo... —empieza a decir Ana, pero guarda silencio cuando avista lo que estaba buscando: un sendero estrecho entre los árboles, quizás no lo bastante ancho para la camioneta.

—Sabes mucho de hockey para ser alguien a quien no le gusta el hockey —sonríe la partera.

Ana detiene la camioneta por completo, mide la abertura con la vista y respira hondo. Entonces dice:

—No importa si Amat juega o no, de todos modos, vamos a ganarles, ¿sabes por qué?

—No.

Ana se muerde el labio inferior y suelta el embrague.

—Porque ustedes son un jodido equipo de mierda. ¡AGÁRRATE!

Entonces deja el camino con la suficiente velocidad para no quedarse atascada en la cuneta y gira la camioneta para adentrarse entre los árboles. La abertura es lo bastante ancha, pero justo apenas, y Ana puede oír cómo los troncos raspan la pintura. La partera sostiene la respiración y deja de parlotear, dan tumbos sobre la superficie irregular y ella se golpea la cabeza contra el parabrisas, pareciera que esto sigue y sigue durante horas hasta que, de repente, Ana frena en seco. Baja la ventanilla y asoma la cabeza, y entonces retrocede unos cuantos metros para estar razonablemente a salvo si un árbol llegara a caer.

—¡Aquí! —dice y señala con la cabeza hacia el mapa de la partera y luego hacia afuera a través de la ventanilla.

La partera ni siquiera puede ver su mano frente a ella en la oscuridad cuando se bajan de la camioneta, pero Ana hace gestos con su chaqueta y la partera se agarra de ella. La muchacha la guía por el último tramo a través del bosque, agachada para esquivar el viento. Es asombroso que sepa en dónde está, es como si estuviera olfateando para encontrar el camino que debe seguir; entonces, llegan de repente al lugar donde está el auto, oyen a la mujer gritar adentro y, enseguida, al hombre llamar a voces:

—¡ALGUIEN VIENE, CARIÑO! ¡AQUÍ ESTÁ LA AMBULANCIA!

El hombre se pone furioso cuando se da cuenta de que no hay ninguna ambulancia; el miedo convierte a algunas personas en héroes, pero la mayoría de nosotros solo revelamos nuestras peores facetas cuando estamos bajo su sombra. La partera no puede evitar tener la clara impresión de que tal vez el hombre no está irritado por la clase de vehículo en el que llegaron, sino, más que nada, porque habría preferido que vinieran paramédicos hombres.

—¿Estás segura de que sabes lo que estás haciendo? —exige

saber el hombre, cuando Hannah sube al asiento trasero y empieza a susurrarle a la mujer.

—¿A qué te dedicas? —responde la partera con otra pregunta, controlando su voz.

—Soy pintor —contesta él, después de aclararse la garganta.

—¿Qué te parece si yo decido cómo ayudamos a tu esposa a dar a luz, y tú tomas las decisiones la próxima vez que pintemos una pared? —dice ella, y lo hace a un lado con suavidad.

Ana se sube en el asiento delantero, su mirada revolotea por todos lados como si fuera una maniaca.

—¿Qué puedo hacer? —dice ella entre jadeos.

—Habla con ella —dice la partera.

—¿De qué?

—De lo que sea.

Ana asiente, confundida, entonces se asoma por encima del asiento, mira a la mujer que está en labor de parto y dice:

—¡Hola!

La mujer logra sonreír en medio de las contracciones.

—Ho... Hola... ¿Tú también eres partera?

El hombre se entromete, exasperado.

—¿Estás bromeando, cariño? ¡Tiene como doce años, con un carajo!

—¡Vete a pintar algo, idiota! —le responde Ana con brusquedad, y la partera se ríe a carcajadas.

Por un instante, el hombre se siente tan insultado que se baja del auto e intenta azotar la puerta detrás de él, pero el ventarrón lo impide y arruina su gesto dramático. Apenas si logra mantenerse erguido afuera, pero, con el viento en los ojos, tal vez le resulta más fácil convencerse a sí mismo de que no es el miedo la causa de sus lágrimas.

—¿Cómo te llamas? —resopla la mujer en el asiento trasero.

—Ana.

—Gracias... Gracias por haber venido, Ana. Lamento que mi esposo...

—Solo está enfadado porque te ama y cree que tú y el bebé van a morir y él no puede hacer nada —deja escapar Ana.

La partera la fulmina con una mirada de desaprobación, por lo que Ana dice entre dientes, poniéndose a la defensiva:

—¡Tú me dijiste que hablara!

La mujer en el asiento trasero sonríe con cansancio.

—Para ser tan joven sabes mucho de los hombres.

—Ellos solo creen que queremos que nos protejan todo el maldito tiempo, como si necesitáramos su estúpida protección —resopla Ana.

La partera y la mujer en el asiento trasero se ríen por lo bajo.

—¿Tienes novio? —pregunta la mujer.

—No. Bueno, sí. ¡Pero se murió!

La mujer la mira fijamente. Ana tose arrepentida y añade:

—¡Pero mira, estoy segura de que tú no te vas a morir!

Entonces la partera dice, con tono amable pero firme, que un poco de silencio tal vez no sería tan mala idea, después de todo. Entonces, la mujer grita y su esposo se lanza de regreso al interior del auto y toma su mano, y él también empieza a gritar cuando ella casi le rompe los dedos.

•••

Johnny pasa toda la noche sentado junto a la ventana de la cocina, un lugar insoportable para un bombero. Los cuatro chicos duermen sobre colchones en el piso, alrededor de él. Ture, el menor, en los brazos de Tess, la mayor. Tobías y Ted, los dos de en medio, alejados al principio, pero en poco tiempo, tan cerca de los otros como les es posible. En las crisis buscamos por instinto lo único que de verdad importa, incluso mientras dormimos: la respiración de otros, un pulso para que el nuestro le siga el ritmo. De vez en cuando, el papá pone su mano con delicadeza en la espalda de su hija y de sus hijos, uno a la vez, para asegurarse de que respiran. No hay ningún motivo razonable para creer que no lo estarían haciendo, pero no hay nada de razonable en ser el padre o la madre de alguien. Lo único que todos le dijeron cuando iba a convertirse en papá por primera vez fue: «No te preocupes». Qué comentario tan absurdo. Cuando oyes el primer llanto de tu hijo, el amor tiene tal magnitud que se desborda de tu pecho, cada sentimiento que alguna vez hayas tenido se amplifica hasta el límite de lo absurdo, los hijos abren las compuertas en nuestro interior, tanto las que dan hacia arriba como las que dan hacia abajo. Nunca te has sentido tan feliz, y nunca te has sentido tan asustado. No le digas «No te preocupes» a alguien en esa situación. No puedes amar a alguien de esta forma sin preocuparte por todo, para siempre. A veces se siente un dolor en el pecho, un malestar físico genuino que hace que Johnny se incline al frente y respire con dificultad. Su esqueleto cruje, le duele todo el cuerpo, nunca hay suficiente espacio para el amor. Debería haber sabido que tener cuatro hijos no era lo ideal, debería haberlo reflexionado primero, pero todos le dijeron «no te preocupes» y él siempre ha sido un idiota fácil de convencer. Menos mal. Nos engañamos a nosotros mismos creyendo que podemos proteger a las personas que amamos, pues, si aceptáramos la verdad, jamás los perderíamos de vista.

Johnny pasa toda la noche junto a la ventana de la cocina, y esta es la primera vez que de verdad siente lo que su esposa ha sentido cada hora de cada noche que ha estado sin él desde que se enamoraron: ¿Qué voy a hacer si no vuelves a casa?

●●●

Hannah sabe cuando algo anda mal. Es cierto que el instinto es el resultado del entrenamiento y la experiencia, pero, después de un número suficiente de años, también es algo más. Si ella no supiera cómo son las cosas, diría que es casi espiritual. Pueden ser detalles minúsculos, el más mínimo cambio en el color de la piel, o un pequeño y frágil tórax que sube y baja una fracción de segundo demasiado lento. Ella sabe cuando esto sucede, antes de que ocurra. Dar a luz a un bebé debería ser algo imposible, el océano es muy grande y nuestra embarcación muy precaria, ninguno de nosotros debería tener siquiera una oportunidad.

Esta vez, incluso Ana tiene miedo. Cuando el viento parte un árbol un metro detrás de ellos, en el interior del auto suena como el disparo de una pistola; y cuando el tronco cae y no golpea el auto por una distancia menor a la anchura de una mano, las ramas raspan la carrocería con un chirrido tal, que el sonido hace eco en la cabeza de la muchacha por varios minutos. El piso tiembla y, cuando llegan las peores ráfagas de viento, todos creen en numerosas ocasiones que más árboles se han desplomado encima de ellos; entonces, algo se acerca volando y se estampa contra el parabrisas; es un milagro que el vidrio no se rompa, probablemente solo fue una piedra o una vara enorme, pero el impacto es tan fuerte que se oye como el choque con un alce a cien kilómetros por hora.

Sin embargo, entre todo el caos y el ruido, la voz de la partera sigue siendo tranquila y amistosa, promete que todo va a estar bien. El hombre está ahora en el asiento delantero junto a Ana, con el rostro pálido. Entonces, el bebé llora por primera vez y el mundo deja de girar. La partera les sonríe al papá y a la mamá con calidez, y no es sino hasta que mira de reojo a Ana que la muchacha se da cuenta de que algo anda mal. La partera se inclina al frente desde el asiento trasero y susurra:

—¿Qué tanto puedes acercar la camioneta de tu papá?

—¡Muy cerca! —promete Ana.

—¿Qué está pasando? ¿Por qué susurran? —exclama el hombre, lleno de pánico, agarra a la partera del brazo y la partera deja escapar un grito, entonces Ana reacciona por instinto y golpea al hombre directo en la mandíbula.

El hombre cae hacia atrás, contra la ventanilla. La partera se queda viendo a él, y luego a Ana. La muchacha parpadea avergonzada.

—Perdón, no era mi intención pegarle tan fuerte. Voy por la camioneta.

El hombre se acurruca por el dolor, la mitad de su cuerpo en el asiento y la mitad en el piso, la sangre fluye de su labio. La voz de la partera es suave, sus palabras muy duras.

—Tu bebé y tu esposa tienen que ir al hospital de inmediato. Estoy bastante segura de que no puedes llevarnos hasta allá pintando. Por supuesto que esa muchacha no está bien de la cabeza, pero, ahora mismo, ella es todo lo que tenemos. ¿Entiendes lo que te estoy diciendo?

El hombre asiente, desesperado.

—¿Va a...? Por favor, dime, ¿nuestro bebé va a...? ¿Va...?

—Tenemos que ir al hospital —susurra la partera, y ve en los ojos del hombre cómo se detienen los latidos de su corazón.

Ana corre a toda prisa entre los árboles con los brazos extendidos, para que las yemas de sus dedos puedan memorizar en dónde se encuentran. Entonces conduce la camioneta de su papá de reversa y a ciegas entre los troncos. La partera y el nuevo papá mueven al bebé recién nacido y a la nueva mamá de un vehículo a otro con mucho, mucho cuidado. Entonces, Ana maneja a través de la oscuridad guiándose por sus presentimientos; solo tiene visibilidad de unos cuantos metros frente a ella, pero eso es todo lo que necesita, unos cuantos metros a la vez y luego unos cuantos metros más. No alcanzan a ver el enorme árbol que se mece y se inclina, antes de caer con una terrible fuerza encima del auto que justo acaban de dejar atrás en medio de la noche. Tal vez es mejor así. No siempre es una bendición saber qué tan cerca has estado de morir.

Exhausta y aterrorizada, la mamá en el asiento trasero intenta susurrar algo; la partera tiene que acercarse a su boca para alcanzar a oírla.

—Quiere que sepas que lamenta lo de tu novio —dice la partera, al tiempo que pone con suavidad una mano sobre el hombro de Ana.

El hombre en el asiento del acompañante tiene sangre en el cuello de la chaqueta, y se siente muy avergonzado.

—¿Qué... qué le pasó a tu novio?

—O sea, se murió, pero eso fue hace dos años, así que está bien, digo, lo amaba, ¡pero a veces también era súper fastidioso! —suelta Ana de golpe.

Ella vira de forma brusca entre dos árboles y, durante unos cuantos segundos, da la sensación de que las cuatro ruedas se hubieran despegado del piso; el hombre no puede ver otra cosa más que oscuridad al otro lado del parabrisas, pero de repente, Ana entra en lo que parece ser un sendero.

—TU NOVIO, ¿CÓMO SE LLAMABA? —grita el hombre, más que nada para poder gritar algo.

—¡VIDAR! —dice Ana a voces y entonces acelera, los demás se agarran de las puertas llenos de pánico, así que tal vez no es el mejor momento para que ella diga:

—¡MURIÓ EN UN ACCIDENTE DE COCHE!

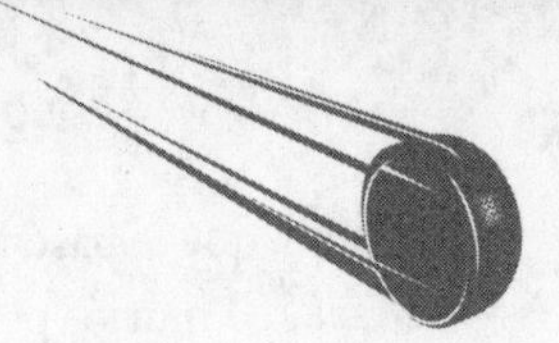

CAZADORES

—¡CUIDADO! ¡CON MIL DEMO...!

El auto frena con violencia, las llantas tratan de aferrarse con desesperación al pavimento, el hombre ruge a través de la ventanilla que acaba de bajar y toca la bocina con fuerza. Pero la joven que está frente a él sigue cruzando la calle con tranquilidad, como si nada hubiera sucedido. Está anocheciendo aquí en la capital, casi no hay viento, nadie sabe nada sobre las tormentas en los bosques del norte. Ni siquiera Maya Andersson. ¿Quieres comprender a Beartown? Entonces tienes que entenderla a ella, la muchacha que se fue de ese lugar.

El conductor del auto toca la bocina de nuevo, esta vez más resignado que furioso, al principio Maya ni siquiera nota que va dirigido a ella. Atraviesa la calle aunque la luz esté en rojo y da un saltito para subirse a la acera al otro lado, zigzaguea entre los edificios de apartamentos y las obras viales. Solo le llevó dos años convertirse en una nueva persona. Una persona de la gran ciudad.

El conductor del auto le grita algo, ella no alcanza a oír qué, pero voltea y se fija en la primera mitad de la placa del vehículo.

DEC.

Parece que ha transcurrido una vida entera desde que Maya pensó en esas letras, ella ha cambiado una enormidad. El conductor del auto se rinde y acelera de forma ostentosa para irse de ahí;

Maya se da cuenta varios segundos después de que está parada en medio de la acera soñando despierta, por lo que la gente tiene que abrirse camino con los codos para pasar junto a ella. No sabe qué le está pasando hoy, toda la tarde ha estado de tan buen humor que se siente... ligera. Va de camino a una fiesta con sus compañeros del Conservatorio de Música, arrastrada por una suave oleada de expectativas, con la sensación de apenas haber aprendido a no sentirse culpable por ello. Se ha dicho a sí misma una y otra vez durante los últimos meses que tiene derecho a ser feliz, tiene derecho a divertirse. Dentro de unas cuantas horas, va a odiarse por eso. Siempre se ha preguntado qué tan lejos podría llevarla su talento musical, y esta es la respuesta: tan lejos que ni siquiera sabe que Beartown entero está a punto de volar en pedazos mientras ella va a una fiesta.

Tiene una llamada perdida en su teléfono, de Ana, pero piensa llamarla más tarde. Viven tan lejos una de la otra en estos días que no le marca de inmediato. Ya no están tan unidas.

Maya empieza a andar de nuevo, más deprisa. Cuando se mudó aquí no entendía por qué todos caminaban tan rápido y, ahora, cuando regresa a Beartown y ve que en el pueblo todo el mundo se mueve muy lento, se vuelve loca. Ya no se acuerda del hombre en el auto, se ha vuelto muy hábil para vivir en una gran ciudad: aquí, tienes que olvidarte de todas las personas con las que te encuentras en un segundo, de lo contrario el cerebro no tendrá lugar para tantas impresiones; nadie puede llegar a significar algo.

En los bosques del norte, donde se crio, hay una tormenta; pero, aquí, ni siquiera ha abotonado su abrigo delgado, tan dichosamente ignorante de los vientos que están desgarrando casas y personas. Recibe un mensaje de texto de sus compañeros del conservatorio que están en la fiesta y, por la puntuación, se da cuenta de que todos los que están ahí ya se encuentran ebrios. Se echa a reír, pues, de vez en cuando, se percata de lo singular que es esto: en menos de cuatro periodos escolares ha construido toda una vida nueva. La última vez que estuvo en Beartown, dijo por accidente que se iba a «casa» cuando tenía que regresar. Vio lo mucho que eso lastimó a su papá, y, ahora, hay una especie de silencio entre ellos dos. Él no estaba listo para dejarla ir, los padres nunca lo están, es solo que no tienen opción.

Maya sabe que todos creen que se mudó aquí porque quería hacerse mayor, pero, de hecho, es lo contrario. Kevin le quitó muchas cosas, mucho más de lo que ella podría explicar; para él la violación duró unos cuantos minutos, pero para ella nunca terminó. Él le robó todas las mañanas soleadas del verano, todo el aire fresco del otoño, la nieve bajo los pies, las risas que hacen que el pecho duela, todo lo que era simple. La mayoría de las personas no pueden señalar el momento exacto en el que dejaron de ser niños, pero Maya sí; Kevin le quitó su infancia, y cuando ella se mudó aquí, arañó y desgarró y arrancó una pequeña parte de esa infancia y la recuperó. Se enseñó a sí misma a ser inocente de nuevo, pues todavía no quiere ser adulta, no quiere vivir una vida sin ilusiones. No quiere aprender que, algún día, no podrá proteger a sus propios hijos. Que todas las chicas pueden ser víctimas y todos los chicos pueden ser victimarios.

Al final, parecía que solamente su mamá había entendido por qué se fue en realidad. «Estoy muy enfadada contigo porque vas a abandonarme, pero me voy a enfadar todavía más si te quedas aquí», susurró Mira al oído de su hija esa última mañana en Beartown. «Prométeme que vas a tener cuidado, en todo momento, pero que... mmm... que no siempre lo tendrás. No madures, no por completo y de una sola vez, también sé tonta e irresponsable. ¡Pero no demasiado!». Maya se rio a carcajadas y lloró y abrazó a su mamá en penúltimo lugar, y a su papá al final, pues él no la dejó ir sino hasta justo antes de que el tren empezara a moverse. Ella saltó a bordo y el bosque se cerró alrededor de las ventanas y, entonces, Beartown dejó de ser su hogar.

Maya se acostumbró en poco tiempo a las multitudes y al tráfico en horas pico y a la libertad que el anonimato ofrece aquí. Parecía que esto era la respuesta a todo.

—Si nadie sabe quién eres, puedes ser quien tú quieras —le dijo a Ana por teléfono la primera primavera.

—Me importa una mierda, te quiero como eres, ¿para qué quieres cambiar? —le espetó Ana.

No era un cumplido menor, viniendo de una chica que miró a Maya la primera vez que trató de encender un fuego cuando eran pequeñas y le dijo: «Varios millones de espermas, ¿y TÚ fuiste la que ganó? ¡¡¡Increíble!!!». Ana jamás dejará el bosque, sus raíces son más profundas que las de los árboles, esto le parece a Maya incomprensible y envidiable al mismo tiempo. A decir verdad, es probable que ella ya no sepa dónde está su «hogar», ha empezado a entrecomillar esa palabra, incluso cuando piensa en ella. Ha tratado de explicarle a Ana que ahora se siente más como una nómada, pero Ana no puede entenderlo, un nómada no sobreviviría un invierno en Beartown, si no encuentras un hogar ahí morirás congelado antes del amanecer. Pero, al final, Maya le dijo: «Aquí puedo ser algo que yo haya hecho, en Beartown solo soy algo que me sucedió». Ana sí entendió esto.

Llega otro mensaje de sus compañeros del conservatorio que están en la fiesta. Maya cruza otra calle para tomar un atajo a través del gran parque, piensa que así llegará más rápido, sin detenerse a reflexionar en lo que podría estar escondiéndose ahí. Eso demuestra lo mucho que ha cambiado.

DEC.

Maya va caminando por el estrecho sendero de gravilla, está a medio camino de atravesar el parque cuando las letras de la placa retumban de nuevo en su conciencia. Sus recuerdos luchan para definir qué emociones van a evocar, piensa en Ana y casi se echa a reír, casi empieza a llorar. Parece como si no se hubiera acordado de ella en años, pero ¿no habían hablado por teléfono justo el otro día? ¿O fue hace una semana?

La distancia entre las luces en el parque se hace más grande, los sonidos del tráfico y de la humanidad van disminuyendo, y Maya camina más despacio sin pensar en ello. Olvida mirar a su alrededor, no se da cuenta de que el hombre que va no muy lejos detrás de ella también aminora el paso. Cuando ella acelera el ritmo de nuevo, él también lo hace.

Maya realmente debería extrañar a Ana cada vez menos, entre más tiempo vivan separadas, pero parece suceder lo contrario. Recuerda cada detalle de la expresión en su rostro, esa vez que exclamó:

—Tú sabes, ¿no? ¿«Dispara... entierra... calla»? ¡DEC!

—¿Qué? —dijo Maya, y Ana, quien nunca podía ocultar su asombro por todas las cosas que Maya no sabía sobre el mundo, bufó:

—¿En serio NUNCA lo habías oído mencionar? ¿Ese Toronto donde vivías antes todavía está en el planeta TIERRA, o qué? O sea, a veces parece como si te hubieran creado en un laboratorio, y por eso eres tan bonita, ¡pero hay varias conexiones sueltas ahí dentro! —dijo Ana, al tiempo que sonreía de manera burlona y le daba unos golpecitos a Maya en la cabeza.

Maya se sentía como si fuera un extraterrestre. Recuerda que, durante todo su primer año en Beartown, se sintió confundida y temerosa, tanto por la naturaleza salvaje como por la gente, tanto porque este nuevo lugar parecía llevar la tristeza en el corazón como porque siempre parecía que la violencia flotaba en el aire. Por mucho que lo intentara, no podía entender cómo la gente podía querer vivir así por su propia voluntad, en un pequeño grupo de casas asediadas por la oscuridad y el frío y los árboles, los árboles, los árboles, nada más que millones de árboles en todas las direcciones. El camino estrecho a través del bosque por el que conducías para llegar ahí parecía no tener fin, adentrándose en un mundo sin horizontes, tan lejos y tan en lo profundo que al final aparentaba dar vuelta hacia abajo y desaparecer en un abismo. Maya no era más que una niña, y en todos los cuentos que había leído, solo las brujas vivían en lugares como este. Pensó que jamás se acostumbraría a ello, pero los niños se acostumbran a casi todo.

Durante los años en los que creció y se convirtió en adolescente, nunca se dio cuenta en realidad de lo mucho que Beartown la había cambiado. Ni siquiera sabía que tenía un acento local hasta que se marchó. Ahí en el bosque, Ana se burlaba de ella por pronunciar mal las vocales, pero cuando los nuevos compañeros de Maya en el Conservatorio de Música querían fastidiarla, se mofaban de su gramática, de su manera de hablar sin conjugar los verbos. Ella fingía que era divertido, a pesar de que fallaban al querer imitar el dialecto, por unos cientos de kilómetros de distancia.

Entonces, Maya trató de cantar de la forma en la que los maestros querían que lo hiciera, limando sus asperezas hasta que sonara como todos los demás. La mayoría de sus compañeros habían acudido a escuelas de música y habían recibido costosas lecciones privadas desde que eran pequeños, conocían todos los códigos secretos, sabían con exactitud lo que se esperaba de ellos. Maya había llegado ahí solo por su talento en bruto. Durante los primeros meses lloraba a mares por las noches, al principio por no sentirse segura de sí misma, y luego por la ira. Parecía como si todo lo que los demás jóvenes necesitaban para entrar al conservatorio fuera tener padres ricos y cantar de forma aceptable, mientras que todo lo que Maya necesitó para llegar ahí fue ser la mejor. La mejor de todos.

En el primer periodo escolar de Maya, uno de los maestros habló sobre la industria de la música, y dijo que era necesario tener en cuenta que «vivimos en un país pequeño». Maya pensó que solo una persona que no es capaz de leer dos terceras partes de un mapa podía decir eso. Se sorprendió al darse cuenta de que tenía compañeros que creían vivir en el centro del país, cuando en realidad vivían bastante cerca de uno de sus extremos. Maya pensó en el papá de Ana, en cómo, de vez en cuando, se topaba en el bosque con turistas provenientes del sur que se asombraban de las grandes distancias que podías caminar sin ver una sola construcción, y, cuando él volvía a casa, siempre mascullaba: «Creen que son los dueños del país, ¿y ni siquiera saben que el setenta por ciento está cubierto de árboles? ¡El terreno sobre el que se han construido edificaciones solo es el tres por ciento de todo el país! ¡¡¡El tres por ciento!!!». En una ocasión, le dijo en voz muy alta a Maya: «En este país hay menos tierras para cultivo que ciénagas, ¡pero ellos probablemente ni siquiera saben qué es una ciénaga!», y entonces Ana tuvo que explicarle a Maya con susurros qué era una ciénaga, para que Maya pudiera asentir en señal de acuerdo. Y, ahora, ella misma estaba rodeada de gente que no tenía ni idea de las cosas. Al final se dio cuenta de que, en realidad, quienes merecían ser considerados unos palurdos sin educación eran sus compañeros del conservatorio —con todo y sus prendas caras y sus sonrisas de gente de mundo—, y no ella. Fue entonces cuando dejó de llorar por las noches. Dejó de esperar y empezó a crearse un espacio para sí misma, dejó de imitar las voces de otras personas y comenzó a cantar con la suya propia. Todo cambió.

El invierno pasado, encontró una pequeña pista de patinaje en medio de las torres de apartamentos y el tráfico de horas pico; al día siguiente llevó a varios de sus compañeros a ese lugar, y recuerda lo conmocionada que estaba por el hecho de que muchos de ellos no sabían patinar. Todos los niños de Beartown pueden hacerlo, quizás más de los que saben andar en bicicleta. Después de todo, ¿cómo es posible que alguien NO sepa patinar? Cuando llegó el otoño, sus nuevas amigas se quejaron del frío y de que la oscuridad las deprimía. Maya se sintió avergonzada cuando se dio cuenta de lo rápida que era para menospreciarlas por su debilidad. ¿Deprimidas por la oscuridad en una ciudad donde las luces siempre están encendidas por todos lados? ¿Frío? ¡Este no es *frío* de verdad!

Ella recuerda cómo se quedó sin aliento cuando, a los seis años, cayó a través del hielo mientras patinaba sola en el lago de Beartown. Ese sí era *frío*. Sucedió justo después de que su familia se mudara ahí; nadie sabía siquiera que Maya estaba en el lago, habría perdido la vida si esa mano no hubiera aparecido de la nada repentinamente y la hubiera jalado para sacarla del agua. Ana, tan escuálida que parecía que no le daban de comer en su casa pero ya muy fuerte desde entonces, se sentó en el hielo junto a ella, con los ojos como platos, y se preguntó qué rayos estaba haciendo Maya. ¿Acaso no había visto las variaciones en el color del hielo? ¿Acaso no entendía nada de nada? Ana pensó que Maya era una tonta y Maya pensó que Ana era una idiota, y se hicieron mejores amigas en cosa de un segundo. Ana le enseñó a Maya a disparar con un rifle, y el papá de Ana decía entre dientes que ellas dos eran «el equipo de cacería más pequeño de la región, y probablemente el más peligroso también». A veces, aunque fuera por un instante, Maya lograba convencerse de que en verdad pertenecía a Beartown. Como es obvio, esa sensación nunca duraba demasiado.

En cierta ocasión, cuando ambas eran pequeñas, Maya se quedó a pasar la noche en la casa de Ana. Casi todas las demás veces durante su infancia la situación era al revés, pero, ese día, el plan original era pernoctar afuera en el bosque; sin embargo, el clima empeoró y se fueron a la casa más cercana, la de Ana. Más tarde, al anochecer, oyeron al papá de Ana contestar el teléfono. Alguien había visto un lobo. El papá de Ana preguntó de forma concisa:

—Pero no lo han reportado aún, ¿verdad?

Maya no comprendió lo que eso significaba, de modo que Ana le explicó en voz baja:

—Se supone que tienes que reportar los avistamientos de un

lobo a las autoridades, pero, si lo haces, eso significa que el lobo existe, ¿sí me entiendes?

Maya no la entendió realmente, de modo que Ana suspiró:

—Si reportas a las autoridades que viste un lobo, sabrán que el lobo existe, y si luego desaparece porque lo mataste, las autoridades sabrán que les falta ese lobo. Pero no pueden echar de menos algo que no saben que existe. Así que... DEC.

Entonces, un hombre vino y se llevó al papá de Ana; tenía un rifle en el asiento delantero de su camioneta, y unas palas en la caja. Cuando regresaron al amanecer del día siguiente, tenían tierra y sangre en sus botas. Dispara, entierra, calla. Así fue como Maya aprendió eso.

Cuando Mira fue por ella unas cuantas horas después, Maya actuó como si nada hubiera pasado; le llevó varios años darse cuenta de que su mamá también había estado fingiendo. Ella sabía muy bien lo que le había pasado al lobo, todos en Beartown lo sabían. Maya se pregunta si su mamá también piensa en eso de vez en cuando, si ese silencio reflejaba todos los demás silencios que Beartown les enseñaba a sus niños.

La única persona que no calló fue Ramona. Maya apenas lo recordó hace poco tiempo, era uno de esos recuerdos que su cerebro había archivado pero que, de repente, surgió cierto día, cuando ya se encontraba en el otro extremo del país. Unos cuantos días después de que aprendiera qué significaba DEC, tuvo que acompañar a Ana al pub La Piel del Oso para recoger las llaves de la camioneta de su papá, pues, cada cierto tiempo, él terminaba lo bastante ebrio como para vender su vehículo a cambio de un último par de cervezas, y Ramona siempre lo dejaba hacer eso, porque era mejor que se fuera caminando a su casa después de dos cervezas más que dejarlo manejar sin haberlas bebido. Por desgracia, la mochila de Ana estaba en la camioneta y necesitaba su libro de Matemáticas para una clase al día siguiente, así que a las niñas no les quedó más remedio que caminar hasta el pub. Como es natural, los padres de Maya se habrían vuelto locos si hubieran sabido que su hija había estado en La Piel del Oso; el lugar se encontraba lleno de los hombres con chaquetas negras que se liaban a golpes con aficionados del equipo rival en las noches de hockey y entre sí casi todas las demás noches. Ramona le entregó las llaves a Ana por encima de la barra y le dijo que no se olvidara de llevarse el rifle a su casa también, pues su papá lo había olvidado en la camioneta como de costumbre. Ana le prometió que lo haría. Entonces, Ramona bajó la vista para echarle una mirada a Maya; la vieja parecía una bruja, la niña no se atrevía a verla a los ojos.

—Oí que viste las palas. Esos viejos estúpidos podrían haberles ahorrado eso a ustedes dos. Pero supongo que tarde o temprano tienen que aprender que hay que encargarse de los depredadores. Tal vez las cosas no sean así en todas partes, pero sí lo son aquí —gruñó Ramona, luego le dio una galleta de chocolate a cada una y se echó a toser, tanto que casi no pudo seguir fumando. Pero solo casi.

Entonces se desató una riña salvaje junto a la barra entre dos hombres y dieciséis cervezas, Ramona maldijo y blandió una escoba y Maya, llena de terror, se llevó a Ana con ella de ahí. Como era lógico, Ana se sintió tan indiferente ante la violencia que lo único que la molestó fue que se le cayera un pedazo de su galleta cuando iban de salida. Las niñas tenían tipos diferentes de padres, estaban acostumbradas a esperar cosas completamente distintas de los adultos. Maya aprendió a un ritmo más lento, pero sí aprendió.

Dispara. Entierra.

Maya piensa ahora que Ramona estaba equivocada. La gente en Beartown no se deshacía de los depredadores, se deshacía de los problemas. Porque, cuando Maya salió corriendo de la habitación de Kevin unos años después, no era al depredador al que todos querían atacar, sino a ella. Porque habría sido mucho más fácil para todo el mundo si ella hubiera desaparecido, en lugar de que desapareciera Kevin. Ella era el problema.

Calla.

Maya camina más despacio. Hay tanto silencio en el parque que puede oírse el movimiento de cada piedrecilla debajo de sus suelas. Mira de reojo por encima de su hombro. No, no es su imaginación, ese hombre la está siguiendo. Maldición. De repente se siente tan estúpida que, por un instante, ese sentimiento le impide tener miedo. ¿Cómo pudo dejar que su cerebro se perdiera entre sus recuerdos y no se fijara en el peligro? «¡Tranquilízate, Maya! ¡Piensa!», se dice a sí misma con un gruñido. Una de las farolas en el parque está apagada, ella se ha estado moviendo entre círculos de luz, pero, ahora, las sombras la han devorado. «¿Qué carajos estoy haciendo? ¿Por qué tomé este atajo a través del parque? ¡Si alguien debería haber sabido que tenía que ser prudente era yo!», grita dentro de su cabeza. Eso demuestra lo mucho que ha cambiado, lo bien que se ha enseñado a sí misma a ser inocente otra vez. Ve al hombre por el rabillo del ojo, a poca distancia detrás de ella, ahora un poco más cerca que antes, chaqueta negra y capucha levantada.

Maldición maldición maldición.

Tiene tiempo para pensar en su mamá. Tiene tiempo para desear haber estado en casa.

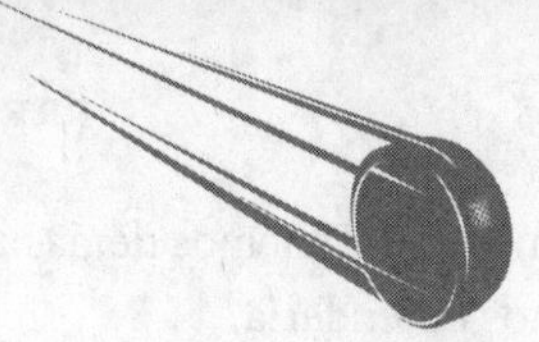

MAMÁS

«Hogar».

Debería haber varias palabras distintas para esto, una para el lugar y otra para la gente porque, después de una cantidad suficiente de años, la relación de una persona con su pueblo o su ciudad se parece cada vez más a un matrimonio. Ambos se mantienen unidos por historias que tenemos en común, los pequeños relatos de los que nadie más sabe, los chistes íntimos que solo nosotros creemos que son graciosos, y esa risa especial que surge de ti nada más conmigo. Enamorarse de un lugar y enamorarse de una persona son aventuras afines. Al principio corremos alrededor de las esquinas de las calles entre risas tontas y exploramos cada centímetro de la piel del otro, con los años llegamos a conocer cada adoquín y cada cabello y cada ronquido, y las aguas del tiempo van puliendo nuestra pasión hasta convertirla en un amor fiel; y, al final, los ojos junto a los cuales despertamos y el horizonte afuera de nuestra ventana son la misma palabra: hogar.

Así que debería haber dos palabras para esto, una para el hogar que puede llevarte a cuestas a través de tus momentos más oscuros, y otra para el hogar que te ata. Porque, a veces, permanecemos en la comunidad donde vivimos y en nuestro matrimonio simplemente porque, de lo contrario, no tendríamos una historia. Tenemos demasiado en común. Creemos que nadie más nos entendería.

•••

Mira Andersson está sola en su oficina allá en Hed cuando la tormenta cobra impulso de verdad. Había enviado a todos sus empleados a sus casas cuando la radio empezó a reportar el desplome de los primeros árboles en los caminos. Incluso la mejor amiga y colega de Mira, con quien comparte la propiedad de la firma, terminó por irse. Desde luego que al principio se negó y afirmó que «son solo unos viejos en la radio que sufren de incontinencia en cuanto sopla un poquito de viento», pero Mira le hizo notar que, cuando hay una tormenta, la gente acostumbra hacer acopio de víveres importantes, y que tal vez se agotaría todo el vino; fue entonces cuando la colega entró en pánico y se marchó.

Por supuesto que Peter, el esposo de Mira, también quiso quedarse, pero Mira insistió en que debía irse a casa, en Beartown, para que Leo no estuviera solo. En realidad, no es que eso fuera a marcar una gran diferencia, ese adolescente va a sentarse frente a su computadora y esconderse debajo de sus audífonos; mientras no se queden sin energía eléctrica, la tormenta bien podría haber sido una invasión extraterrestre, y aun así, él no se daría cuenta de nada. Viven en la misma casa, pero sus padres apenas si lo ven; ahora tiene catorce años, lo que significa que ya no tienen un hijo, sino un inquilino.

Peter se rindió y se fue de la oficina antes de que ese escenario se transformara siquiera en una discusión. Mira no sabe si lo que vio en los ojos de su esposo fue decepción o alivio. Hace dos años renunció a su puesto de director deportivo del Club de Hockey de Beartown para trabajar en la firma de Mira, dejando atrás una vida entera que solo se había centrado en el deporte; y, ahora, está casado con ella cuando se encuentran en casa, pero es su empleado cuando están aquí. A veces, los dos olvidan la diferencia. De vez en cuando, ella le pregunta si está bien, y él sonríe y asiente. Pero ella puede ver que él no es feliz. Está enfurecida consigo misma por estar enfurecida con él debido a esa situación.

Hoy, ella le prometió que solo haría unas cuantas cosas más que estaban pendientes antes de irse a casa, pero en realidad no ha encendido su computadora desde que la puerta se cerró detrás de él. Afuera de la ventana la naturaleza se está destrozando a sí misma, y ella está sentada al otro lado del vidrio, con las yemas de los dedos tocando una fotografía enmarcada de sus hijos.

No hace mucho tiempo, su sicólogo le dijo que ella a menudo vuelve a la idea de que es una mala madre. No que siente que sea mala, cree que lo es. Ella respondió que era verdad, pues podría haber tenido simplemente un trabajo, pero eligió tener una carrera. Las personas tienen un trabajo por el bien de su familia y una carrera por su propio bien. Mira es egoísta con su tiempo. Podría haber vivido para ellos, pero eso no le basta.

—Ya hemos hablado antes de tu necesidad extrema de tener el control de las cosas...

—¡No es extrema!

Ha estado viendo a este sicólogo desde hace apenas un par de meses. No se lo ha contado a nadie porque no es nada serio, solo ha tenido ataques de pánico de nuevo. Le paga al sicólogo en efectivo para que Peter no vaya a encontrar alguna factura en el correo y piense que ella tiene problemas. Mira no tiene ningún problema.

—Okey. Pero tus dos hijos ya son grandes. Leo tiene... catorce, ¿cierto? ¿Y Maya dieciocho? Ella incluso se mudó de aquí, ¿verdad? —dijo el sicólogo.

—¡No se mudó! Está estudiando en un conservatorio de música, vive en una residencia estudiantil, ¡no es lo mismo! —espetó Mira, cerca de llegar a las lágrimas y de gritarle al sicólogo que ella no tiene dos hijos, tiene tres: Isak, Maya, Leo. Uno en el cielo y dos que apenas si contestan el teléfono. Pero, en lugar de eso, ella le dijo entre dientes:

—Por favor, ¿podemos enfocarnos nada más en la razón por la que estoy aquí?

—¿Tus ataques de pánico? Me inclino a pensar que están relacionados con el hecho de que eres...

—¿Qué? ¿Una mamá? ¿Se supone que debo dejar de serlo solo porque tengo que dirigir una firma?

El sicólogo sonrió.

—¿Crees que tus hijos te describirían como sobreprotectora?

Mira se enfurruñó en silencio. Quería gritarle al sicólogo «¿Sabes qué es lo peor de ser una mamá sobreprotectora? ¿Eh? ¡Que a veces una tiene razón!». Pero se mantuvo callada, porque no le ha contado al sicólogo lo que le pasó a Isak, ni lo que le pasó a Maya. No quiere hablar de ello, solo quiere una solución para estos ataques de pánico, que le den medicamentos o lo que sea necesario. Hasta con los sicólogos quiere ser eficiente y mostrar lo inteligente que es.

Pero él tiene razón. Sus hijos son pequeños en todas las fotos sobre el escritorio en su oficina, porque eso la ayuda a olvidarse de lo grandes que son ahora. Leo es un adolescente y, en poco tiempo, Maya ya ni siquiera será eso. Han pasado dos años desde que se mudó a la gran ciudad para estudiar en su querido Conservatorio de Música. Dos *años*. El que su hija se haya ido por tanto tiempo es casi tan inconcebible como el hecho de que la propia Mira haya empezado a usar la frase «la gran ciudad». Siempre se reía entre dientes de lo provinciano que se oía eso, cuando la gente de por aquí decía ese tipo de cosas en la época en la que Peter y ella y sus hijos se mudaron a este lugar. Ahora, Mira se ha convertido en uno de ellos. Gente del bosque. La clase de persona que masculla «En el sur, hasta los alces son flojos», y solo habla medio en broma cuando dice «La gran ciudad no tiene nada de malo, simplemente es muy difícil llegar a ella».

—Todos los adolescentes creen que sus mamás son sobreprotectoras. Yo podría estar en prisión y aun así ellos pensarían que me han visto demasiadas veces —masculló ella al final, para responderle al sicólogo.

Él juntó las manos en su regazo, pues, a estas alturas, ya había aprendido que, si anotaba algo, Mira de inmediato le exigía saber con exactitud qué había escrito. No porque ella necesitara tener el control, obviamente. No, para nada.

—Suenas como mi propia madre —dijo él con suavidad.

Las pestañas de Mira se estremecieron.

—Eso es porque ustedes no entienden. Somos sus madres. Nosotras los amamos a ustedes primero. Tal vez todos los demás los aman ahora, pero nosotras los amamos primero.

—Que te sientas así, ¿no te convierte en una buena madre?

—Solo me convierte en una madre.

El sicólogo soltó una risita.

—Bueno, tienes razón en eso, desde luego. Casi tengo sesenta años y a mi mamá todavía le preocupa que no esté comiendo adecuadamente.

Mira alzó el mentón, pero bajó la voz.

—Somos sus madres. No pueden impedirlo.

El sicólogo desearía de verdad poder haber anotado eso.

—¿Qué hay de Peter, tu esposo? Renunciaste a muchas cosas por su carrera durante muchos años, y ahora él renunció a su carrera por ti desde hace poco tiempo. ¿Todavía te sientes culpable por eso?

La respiración de Mira silbó en sus fosas nasales.

—No entiendo por qué tenemos que hablar de eso. Ya te he dicho que yo... bueno... sí, ¡sí me siento culpable! Porque no sé cómo hacerlo feliz. Eso es lo único que tuve que hacer por él en todos los años que le dedicó al hockey, yo hacía todo en la casa y amoldé mi vida entera a su carrera, pero jamás tuve que hacerlo feliz. El hockey hacía eso. Y ahora no sé si yo pueda.

El sicólogo preguntó, tal y como preguntan los sicólogos:

—Pero entonces, ¿es realmente tu deber tratar de hacerlo feliz?

Puede que la voz de Mira tambaleara, pero su respuesta fue firme:

—Es mi esposo. Él no puede impedirlo.

Ella lo dijo en serio, todavía lo dice en serio; sin embargo, ahora está sentada aquí, en su oficina, a solas. Todavía tiene tiempo de llegar a su casa, pero no se va. Solo mira al exterior a través de la ventana y ve la tormenta aproximarse, no le tiene miedo, aunque debería.

•••

Puedes aprender todo lo que necesitas saber sobre Ana por la forma en que conduce esta noche. Lo hace como si fuera culpa suya si no sobreviven todos, si no son todos felices, si algo sale mal. Lo que sea. La partera lo nota, lo reconoce, alarga la mano y toca el hombro de la muchacha, le hace el cabello a un lado para que no le cuelgue frente a sus ojos. Es probable que Ana ni siquiera lo haya notado; está mirando a través del parabrisas con los ojos entreabiertos, sus nudillos blancos agarran el volante y sus pies bailan sobre los pedales, y la camioneta avanza con rapidez a través de la oscuridad. En el futuro, los otros apenas si recordarán cómo lograron salir del bosque, pero, de repente, la camioneta ya está rodando sobre un camino y, en poco tiempo, ven las luces afuera del hospital.

Ana se detiene justo afuera de la entrada y, entonces, todo ocurre con una velocidad pasmosa: el personal del hospital parece salir disparado de todas direcciones para recibirlos. Todas las puertas de la camioneta se abren, el viento ruge allá afuera, las enfermeras se gritan entre sí y Ana está sentada en medio del caos, siente que estorba a un grado tal que no se atreve a moverse en absoluto. Hannah, el papá, la mamá y el bebé desaparecen en la marea de gente, y las puertas de la camioneta se cierran detrás de ellos y, de pronto, todo queda envuelto en silencio. Un silencio insoportable.

Ana saca su teléfono y le marca a Maya. Quiere contarle todo esto a alguien, pero ¿cómo podría empezar siquiera? Al final no tiene que hacerlo. Maya no contesta. Ana deja el teléfono en el compartimento de la puerta y apoya la cabeza contra el volante.

Después de una hora, la madre y el bebé se encuentran estables; hasta entonces se le ocurre a Hannah que quizás Ana todavía está sentada afuera, en el estacionamiento. Cuando la partera sale, la muchacha aún tiene la frente recargada en el volante, sus ojos aún están bien abiertos. Hannah sube y se sienta en el asiento del acompañante, tiene que usar todas sus fuerzas para cerrar la puerta e impedir que el viento rompa las bisagras y la arroje por los aires como si fuera un guante. El auto se mece, empieza a llover y, por un buen rato, las dos permanecen sentadas en silencio bajo el golpeteo en el techo, hasta que Hannah dice:

—Lo hiciste muy bien, Ana.

Ana parpadea con fuerza.

—¿El bebé está bien?

—Sí, todo va a estar bien. Gracias a ti. ¿*Tú* estás bien?

—Sí, sí, sí. Eso fue... O sea, cuando ayudaste a que el bebé naciera ahí en el auto, cuando lloró por primera vez, no sé cómo describirlo... ¡Fue como estar drogada! ¿Sabes a lo que me refiero? O sea, ¡no estoy diciendo que yo use drogas! ¡Pero tú sabes! Digo... tú sabes, ¿no?

—Creo que sí.

—¿Así es esto siempre?

—No siempre.

—¿Porque te acostumbras?

Las pequeñas líneas en la piel alrededor de los labios de la partera son cicatrices de alivio más que arrugas causadas por las risas cuando responde:

—Porque no siempre sobreviven todos. Tienes que disfrutar los finales felices cada vez que tengas la oportunidad.

El peso del silencio que sigue las hunde profundamente en sus asientos.

—Tengo que irme a casa con mi papá —susurra Ana.

—¿Tu mamá está en la casa?

—Ella no vive con nosotros.

La muchacha dice esto con tanta naturalidad que la partera no hace más preguntas. No existe ninguna mamá. Existe una mujer que alguna vez dio a luz a Ana, que ahora vive en algún otro lugar y tiene una vida nueva, pero ya no existe ninguna mamá. Cuando la partera posa sus dedos con cuidado en la mejilla de la muchacha, Ana empieza a salir de su estado de shock y sus lágrimas se escurren por encima de la mano de Hannah.

—¿Me prometes que el bebé va a estar bien?

—Te lo prometo, Ana.

—Perdón por haber golpeado a ese estúpido pintor. Y perdón por haber manejado tan rápido. Y perdón por...

La partera la hace callar con delicadeza.

—Esta noche salvaste la vida de un bebé, Ana. Sí, estás un poquito mal de la cabeza, no voy a negarlo. Ni siquiera te habría dejado usar mi máquina de coser si no hubiera habido una tormenta, eso puedo asegurártelo. Pero también eres muy, muy valiente. Eres de esas personas que corren hacia el fuego. Créeme, reconozco a ese tipo de gente.

Ana intenta asentir como si lo creyera. Cuando llega a su casa, su papá sigue dormido en su silla, la botella todavía en su mano, ni siquiera se ha dado cuenta de que el mundo se está cayendo a pedazos por fuera de las ventanas. Ana termina de lavar los platos y revisa las baterías de las linternas antes de acostarse en el suelo debajo de una manta, frente a la chimenea, con los perros acurrucados a su alrededor. Olvidó su teléfono en la camioneta, ahí está mientras suena y suena y suena.

Al día siguiente, Ana no le cuenta a nadie lo que hizo anoche, ni siquiera a Maya.

•••

En el hospital hay una mujer acostada en una cama. Nadie le dijo cómo se sentiría en realidad ser la mamá de alguien. Menos mal. Ahora va a tener miedo por el resto de su vida.

—Vidar es un buen nombre —susurra ella.

—Es un nombre estupendo —solloza el papá.

Y lo es. Un nombre para un niño que nació en lo profundo del bosque, en medio de dos pueblos que se odian entre sí, en una noche brutal durante la peor tormenta que podamos recordar. Un hijo del viento, salvado por la hija de un cazador. Si alguna vez este niño empieza a jugar hockey, ese será, de entre todos, uno de nuestros mejores cuentos de hadas.

Vamos a necesitarlos. Son los cuentos de hadas lo que nos ayuda a sobrellevar los funerales.

•••

Hannah entra de regreso al hospital, a los vestidores, se cambia de ropa y apoya la frente contra la puerta. Entonces, se permite a sí misma una leve crisis nerviosa, una pequeña, solo por un instante. Deja que la totalidad de las cosas más brillantes y las cosas más oscuras se expresen en su interior, sin oponerles resistencia. Luego, cierra todas las válvulas y todas las escotillas dentro de ella y abre los ojos, para no llevarse todos esos sentimientos a su casa. Nadie puede soportar sentirlo todo, todo el tiempo. Solo está a unos cuantos kilómetros de su hogar, pero, cuando va hacia el estacionamiento, se da cuenta de que la furgoneta sigue aparcada afuera de la casa de Ana en Beartown. En este momento es demasiado peligroso irse caminando en medio de la tormenta, especialmente cuando está tan exhausta, de modo que llama por teléfono a su esposo y apenas si tiene fuerzas para hablar:

—Todo salió bien, amor, pero la furgoneta no está aquí en el hospital, así que me voy a quedar hasta que la tormenta...

Pero Johnny ya colgó. Sin despertarlos, lleva cargando a sus cuatro hijos con los vecinos, quienes le prestan su auto para que vaya hasta el hospital y recoja a su esposa. Ni siquiera una catástrofe natural puede impedir que ese idiota esposo de Hannah haga esto.

•••

Mira está a solas en la oficina, sentada ante su escritorio; en la ventana no puede ver otra cosa más que a ella misma, el otro lado está a oscuras como la boca de un lobo, el cielo se ha tragado la tierra. Ha pensado cien veces en llamar por teléfono a su hija, pero ya es muy tarde, y es probable que esté en alguna fiesta con sus compañeros del conservatorio, Mira no quiere preocuparla. Pero, sobre todo, no quiere que Maya oiga en su voz lo asustada que está. Lo perdida que se siente.

La tormenta será peor de lo que dijeron en las noticias, mucho, mucho peor. Sin embargo, Mira no se va a su casa. Debería hacerlo, pero no se va.

Los pueblos y los matrimonios están hechos de historias. Donde empieza una, termina la otra.

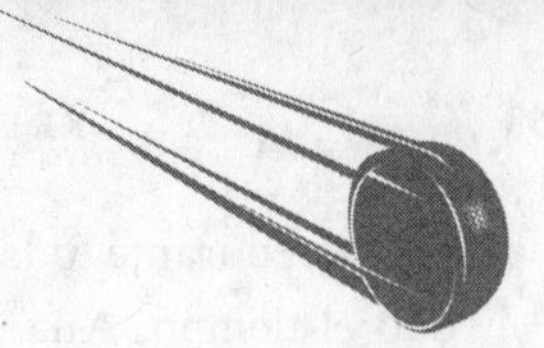

AVES MIGRATORIAS

En Beartown, Maya ha oído infinidad de veces que «en las crisis descubres quién eres realmente». En los pueblos donde reina el hockey, la gente ama esos malditos refranes. «Cuando tu espalda está contra la pared, descubres de qué eres capaz», afirman, sin siquiera cuestionar qué significa eso en realidad. Después de todo, en su mayoría, las personas nunca descubren de qué son capaces, no saben si en el fondo son la clase de animal que huye o la clase de animal que caza, jamás han pensado siquiera en ello. Maya los envidia. Los envidia a más no poder.

Camina un poco más rápido a través del parque, pero sin empezar a correr; sabe que, si lo hiciera, el hombre detrás de ella la alcanzaría en un par de segundos. Intenta ganar un poco de tiempo, acercarse lo más que pueda a la salida del parque antes de tratar de escaparse, tiene la esperanza de hacer que él la subestime.

Idiota.

Maya acostumbraba observar las aves migratorias cuando pasaban por encima del bosque entre Hed y Beartown durante la primavera, y se preguntaba por qué lo hacían.

—O sea, entiendo por qué se van, pero no sé por qué regresan —le comentó a Ana, pero Ana solo se encogió de hombros y dijo:

—Se van durante toda la temporada de hockey. ¡Qué listos!

Todo el tiempo, Ana se tomaba a risa cualquier cosa que le causara dolor, pero, cuando Maya se mudó para ir al Conservatorio de Música, ella susurró:

—Ahora tú eres como esos pájaros. Te vas volando.

Maya deseaba en verdad que esto hubiera sido así de fácil.

Las dos pasaron su primera noche en extremos opuestos del país platicando por teléfono hasta que salió el sol. Maya se esforzaba mucho para fingir ante sus compañeros del conservatorio que era una persona normal, pero cuando hablaba en su móvil, todo se caía a pedazos. Una vez admitió ante Ana, en voz baja, que había llegado a preguntarse si era una sicópata que ya ni siquiera se arrepentía de haber puesto esa escopeta en la frente de Kevin. Ana suspiró al otro lado de la línea:

—¡Por Diooos, ya eras una sicópata desde *mucho* antes que eso!

Maya sonrió. Siempre terminaban con una broma, de alguna de las dos, para no profundizar demasiado. Maya se odiaba por haber estado en esa habitación con Kevin, Ana se odiaba por no haber estado ahí. Maya fue indulgente con él en ese sendero para correr, pero Ana jamás lo habría sido.

—Todos los animales luchan por sobrevivir antes que nada, cazan si está en su naturaleza, matan si tienen que hacerlo —dijo Ana, y Maya reflexionó por un tiempo antes de responder:

—Pero no todos los animales se vengan, nosotros somos los únicos que lo hacemos, esperamos en la oscuridad toda la noche para poder desquitarnos de alguien por algo. Solamente nosotros hacemos eso.

Ana resopló y le contó a Maya sobre uno de los perros de caza de su papá al que su mamá le pegó en la nariz, y entonces, unas cuantas semanas después, el perro salió de la casa de manera sigilosa y jaló y tiró al suelo toda la ropa blanca que su mamá había colgado en el tendedero.

—Se estaba vengando —dijo Ana con una sonrisa socarrona.

Siguieron hablando por teléfono, cada vez con menor frecuencia, cada vez menos sobre animales. Maya en verdad estaba tratando de olvidarlo todo. Sus nuevos compañeros de clase no sabían nada sobre ella, así que decidió convertirse en alguien más, alguien a quien no le había sucedido nada. Casi le funciona.

Idiota idiota.

—Nunca nos cuentas nada de ti, te conocemos desde hace dos años, ¡pero parece que no sabemos casi nada de ti! —exclamó uno de sus compañeros del conservatorio hace poco, cuando estudiaban en la biblioteca. Maya se quedó perpleja cuando vio que todos los demás alrededor de la mesa estaban de acuerdo. No era una acusación, solo era curiosidad, ellos no tenían idea de qué puertas estaban tratando de abrir. Maya trató de tomárselo a broma y dijo que en realidad era una asesina a sueldo de la mafia, con su acento de Beartown lo más marcado posible pues sabía que esto siempre los hacía reír. ¿Qué otra cosa se supone que iba a decir? ¿Por dónde podría empezar? El mundo de sus compañeros era demasiado pequeño para entenderla, todavía eran unos niños, se emborrachaban en todas las fiestas porque no tenían miedo de perder el control, pues nunca les había pasado nada. Jamás se han odiado tanto a sí mismos que hayan querido quitarse la vida, nada más porque, cuando tenían quince años, fueron a una fiesta en un pueblo donde después todos los demás desearon que ellos nunca hubieran existido, porque no se puede violar a quien no existe. Jamás se han preguntado qué habría pasado si tan solo no hubieran ido a la policía, si tan solo no hubieran dicho nada, si tan solo hubieran dejado que la vida siguiera su curso sin poner de cabeza el mundo entero para todos sus seres queridos. Jamás han soñado con una escopeta apoyada en una frente ni se han despertado tan aliviados como Maya, pues ella prefiere soñar con lo que le hizo a Kevin que con lo que él le hizo a ella. Jamás se han preguntado si tal vez deberían haber hecho lo que el pueblo le enseñó a ella: Dispara. Entierra. Calla.

Hace unos meses, en una fiesta, un muchacho le preguntó a Maya por qué nunca bebía más de una o dos copas de vino, y ¿qué respondería ella? Por chicos como tú. Porque ustedes están por todos lados.

Pero Maya casi logró convertirse en una persona diferente en esta ciudad. Casi logró cambiar. Lo logró a un grado tal que, una noche, tomó un atajo a través del parque, en la oscuridad, sin detenerse a pensar en ello.

Idiota idiota idiota.

Acelera sus pasos sobre el sendero de gravilla, solo un poco, el hombre detrás también camina más rápido. Tal vez está equivocada. Tal vez es su imaginación. Así que reduce la velocidad y él casi se detiene enseguida. Cando Maya empieza a moverse de nuevo, ya no tiene dudas sobre lo que él quiere y, para entonces, ya es demasiado tarde. Ella busca a tientas en su bolso, pero sus dedos se sienten torpes, su móvil se le escapa de las manos y aterriza en el sendero. El hombre se le está acercando muy rápido. Ella oye la respiración de él y, un instante después, siente su aliento en la mejilla.

Tiene tiempo para sentirse muy enfadada consigo misma, para sentirse muy furiosa con todo y con todos, pero sobre todo con ella. Porque ya tiene el cuchillo en la mano. Esto era lo que estaba buscando en su bolso cuando se le cayó el móvil, sabe que de todos modos no tendría tiempo para llamar a alguien, sino solo para defenderse. La hoja es delgada y no muy larga; alcanza a decirse a ella misma que va a apuntar a las manos del hombre, él no trae guantes así que, si lo hiere en esa parte de su cuerpo, quizás el dolor sea lo bastante fuerte como para darle una ventaja a Maya cuando empiece a correr. Se descubre a sí misma pensando que son muy pequeñas, las manos del hombre. La última cosa que pasa por su mente es el deseo de haber atado las agujetas de sus tenis con más fuerza. Eso demuestra lo mucho que ha cambiado: se ha convertido en una de esas de personas que no ata las agujetas de sus zapatos como debe ser cuando sale a la calle. Como si el mundo no estuviera lleno de hombres.

Él se mueve. Ella lo ataca.

Maya se oye a sí misma gritar, no de miedo, sino de rabia. Dos años. Casi logró convertirse en una persona diferente en este lugar. Pero, ante una crisis, descubre la verdad sobre sí misma y, entonces, recuerda la respiración de Kevin, la forma en la que él la sujetó con firmeza, su propio corazón latiendo fuertemente. Pero también recuerda los jadeos de él, las yemas temblorosas de sus dedos cuando vio la escopeta, el olor que desprendió cuando, aterrado, se orinó encima. ¿Todavía estará él allá afuera en el sendero para correr, por las noches, así como ella todavía está en la habitación donde él la violó? ¿Alguna vez habrá regresado él del bosque a su casa? ¿Todavía le tendrá miedo a la oscuridad? Ella espera que sí.

El hombre frente a ella en el parque grita, un pequeño y lastimoso gimoteo. ¿Lo habrá alcanzado con el cuchillo? Por Dios, espera que sí.

Fue Ramona quien le dio el cuchillo a Maya, en la mañana de su último día en Beartown antes de que se marchara.

—Toma esto y consérvalo en tu bolso. Allá en el sur, en la capital, la gente es tan jodidamente quisquillosa que es probable que ni siquiera te dejen llevar un rifle si sales al centro. Pero, carajo, no le vayas a contar nada de esto a... —empezó a decir Ramona, pero Maya la malinterpretó y se apresuró a prometerle:

—No se preocupe, ¡no le diré nada a mi papá!

En respuesta a esto, Ramona resopló con tanta fuerza que las velas en el otro extremo del bar se apagaron:

—¿Por qué demonios pensarías que le tengo miedo a tu *papá*? Tu mamá, por otro lado... Si se enterara de que te di un cuchillo, probablemente yo terminaría con él en el trasero. Literalmente hablando.

Ramona no era buena para eso de los abrazos, así que Maya hizo casi todo el trabajo, pero al menos terminó siendo un abrazo. Maya ha pensado en deshacerse del cuchillo miles de veces, pero sigue estando en su bolso.

—Supongo que ya todos te preguntaron qué sentido tiene mudarse de aquí —dijo Ramona, como palabras de despedida—, así que todo lo que voy a decir es que necesitas tener muy en claro que las únicas personas que se mudan de Beartown son esos bastardos engreídos que creen que realmente son alguien. Y eso es bueno. Yo quiero que tú creas que eres alguien, chiquilla.

—Espera. ¡ESPERA!

Maya no se da cuenta al principio de que es el hombre quien grita, la voz es demasiado joven, demasiado aguda. Él dio un salto hacia atrás y Maya detiene el cuchillo en el último instante. El hombre está de pie con una mano en el aire, la otra extendida sosteniendo el móvil de Maya, le tiembla tanto que el teléfono casi se cae al piso de nuevo. La vergüenza invade a Maya cuando cae en la cuenta de que ni siquiera se trata de un hombre, es una chica, tal vez de unos trece años. Una mocosa. La chica mira fijamente el cuchillo en la mano de Maya con lágrimas corriendo por sus mejillas.

—¡Perdón! ¡¡¡Perdón!!!

—¿Qué CARAJOS? —grita Maya y suelta el cuchillo dentro de su bolso, presa del pánico, ahora está temblando sin control y la chica, llena de nervios, tartamudea:

—¿Puedo... puedo caminar contigo? Me quitaron mi teléfono, pero yo no quería darles la clave, así que empezaron a perseguirme y entonces te vi y pensé...

En ese momento Maya ve a las otras tres chicas, de la misma edad, más a lo lejos en el parque. El corazón de Maya late tan fuerte que los oídos le zumban, y lo único en lo que puede pensar es en lo que su mamá le dijo sobre la diferencia que había con mudarse al pequeño Beartown desde un Toronto con sus varios millones de habitantes: «En Beartown solo necesitas temerles a los animales depredadores si sales por la noche, Maya, pero, en una gran ciudad, tienes que temerle a todo». Ella estaba equivocada y es probable que ya lo supiera incluso desde entonces, era una mentira tanto por su propio bien como por el de su hija. En todos lados hay depredadores, solo que de diferentes clases.

—Ten... Es tu teléfono —susurra la chica frente a ella.

Maya nota las marcas rojas en las muñecas de la chica, sabe cómo llegas a tener marcas como esas: cuando alguien te agarra y logras soltarte, cuando luchas por tu vida. Maya toma el teléfono, las chicas a la distancia ven que la luz de la pantalla ilumina su rostro, tal vez creen que está llamando a la policía pues se voltean con la misma rapidez con la que aparecieron y se desvanecen.

—Ven, apúrate —susurra Maya, y jala a la chica para que se vaya con ella en la dirección opuesta.

La chica corre a su lado, muy cerca de ella, hasta que llegan a la orilla del parque.

—¿Dónde... dónde puedes conseguir un cuchillo como ese? —pregunta la chica cuando por fin se atreve a hablar.

Maya se inclina y, jadeante, apoya las manos en las rodillas, desearía que Ana estuviera aquí para burlarse de su mala condición física. Evade la mirada de la chica y dice entre dientes:

—Me lo dio una bruja en el bosque.

—¿Qué?

—No importa. No deberías conseguirte un cuchillo.

—¿Por qué no?

—Porque solo debes tener uno si estás preparada para usarlo —susurra Maya, y desea que la chica jamás esté tan preparada para una cosa así, como ella lo está.

Maya le extiende el teléfono a la chica, le dice que llame a sus padres, la chica obedece. Maya la oye cuando explica lo que sucedió y jura una y otra vez que se encuentra bien. Maya nota que está tratando de no llorar, no por ella misma sino por la tranquilidad de sus padres. La mayoría de la gente no sabe cuándo termina su infancia, pero, ahora, está chica lo sabrá por siempre con exactitud.

Maya se acuerda del hospital, después de la violación, cuando su propia mamá quiso matar al pueblo entero y su papá susurró: «¿Qué puedo hacer?», y lo único que Maya logró decir fue: «Ámame». Es un momento terrible para todos los hijos, cuando nos damos cuenta de que nuestros padres no pueden protegernos. De que no podremos proteger a nuestros hijos. De que todo el mundo puede venir a llevarnos en cualquier momento.

La chica le devuelve el teléfono, dice que su mamá quiere hablar con Maya, y oye a una mujer que solloza al otro lado de la línea:

—¡Gracias, MUCHAS GRACIAS, estoy tan feliz de que mi hija haya tenido la suerte de encontrarte! ¡Le hemos enseñado que, si algo pasa, tiene que correr a pedirle ayuda a un adulto!

Esta es la primera vez que alguien le dice así a Maya. Espera con la chica hasta que ve que el auto de los padres de ella se aparece al doblar la esquina, la chica aparta la mirada de Maya por un instante y, cuando se vuelve de nuevo, Maya ha desaparecido. Desaparecido en una ciudad donde nadie sabe quién eres y puedes ser quien tú quieras.

Pero ¿quién quieres ser?

A un par de manzanas de distancia, Maya se sienta con precaución sobre una banca gélida y se derrumba. Llora con tanta fuerza que no puede respirar. Todo lo que ella ha tratado de olvidar durante estos meses de pronto está de regreso: el sonido del botón de su blusa al caer al piso, los carteles en los muros de la habitación de Kevin, el peso del cuerpo del muchacho y el pánico, el pánico, el pánico. El olor de él que después se le quedó a ella en la piel y que trató de quitarse restregándose el cuerpo hasta sangrar.

La gente dice que en nuestros peores momentos se revela quiénes son nuestros amigos de verdad, pero, sobre todo, se revela quiénes somos nosotros mismos. Maya toma su teléfono, podría llamar a cualquiera de sus compañeros del conservatorio, pero ¿qué les diría? Ellos no llevan un cuchillo en sus bolsos o en sus mochilas. No lo entenderían.

Por encima de todo, solo quiere llamar a su mamá, quiere oírla preguntar: «¿Estás bien, corazón?» y poder contestarle con un susurro: «No, mamá, no estoy bien no estoy bien no estoy bien». Quiere gritar en el teléfono que su mamá debería conducir a través del país entero para venir por ella, como lo hizo tantas veces cuando Maya era niña y se iba a acampar en el bosque con Ana y la oscuridad le daba miedo. Su mamá siempre estaba a bordo del auto antes de que Maya hubiera tenido tiempo de terminar la pregunta, siempre dormía con la ropa puesta cuando sus hijos no estaban en casa. Eso es lo único que le impide a Maya llamarla ahora. Su mamá habría partido de inmediato y habría manejado toda la noche y recorrido todo el trayecto sin vacilar; pero justo acaban de decirle «adulta» a Maya. De modo que eso es lo que trata de ser.

Por todo esto, prefiere llamar a la única persona que tiene, la única persona que siempre ha tenido, porque esa es la pregunta que nos plantea una crisis: ¿quién es tu persona? Así que llama a Ana.

No hay respuesta. Llama una y otra vez y; al final, envía un mensaje de texto: «Contesta! Te necesito!!». Se sentirá muy avergonzada por esto dentro de unas cuantas horas. Se odiará muchísimo a sí misma cuando se entere de lo que ha estado sucediendo en casa.

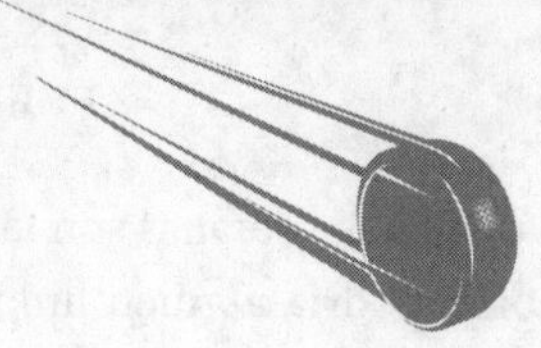

ASTAS

«Hogar». Matteo nunca ha sentido que esto sea su «hogar». Este pueblo nunca ha querido saber nada de él.

Está sentado de cuclillas en la cuneta; cuando salió volando de su bicicleta aterrizó encima del brazo, y ahora le duele tanto que, por unos cuantos segundos, cree que de hecho lo atropellaron. Cuando se pone de pie se le escapa un gemido; hace mucho que la camioneta ya se alejó internándose en la oscuridad. Ana, quien manejaba, y Hannah, que iba sentada a su lado, ni siquiera lo vieron. Los árboles chirrían en el viento, como el sonido del metal rasguñando una pieza de porcelana. Esto solo constituye el lapso de un parpadeo en una vida entera, pero es quizás en este momento y en este lugar, que Matteo por fin decide que ya ha tenido suficiente de esa sensación de impotencia. De esa sensación de ser débil. Se decide a devolver los golpes, a quien sea, de la forma que sea.

Con gran esfuerzo sube al camino de nuevo, se inclina contra el viento y arrastra su bicicleta tras él. Se desorienta. Cuando alza la mirada, se da cuenta de que se ha ido en la dirección equivocada. Se encuentra en la Cima, donde están las casas más caras del pueblo. Matteo puede llegar aquí caminando en menos de media hora partiendo desde su propia calle, pero este lugar es como si fuera otro país. Las residencias que hay en esta zona son tan enormes, que es probable que dos personas puedan gritarse una a la otra desde cada extremo de la casa y, aun así, no alcanzarían a oírse; las ventanas son tan altas que Matteo ni siquiera entiende cómo podría alguien limpiarlas. En cada entrada de garaje hay dos autos estacionados, y, en cada jardín, una cama elástica. Este pueblo es bastante bueno para decirte qué cosas están fuera del alcance de tu bolsillo.

Matteo se detiene sobre el sendero para correr, en un punto donde hay una vista que abarca el lago entero; si sigues la orilla con la mirada puedes alcanzar a ver hasta la arena de hockey. Afuera de ella se encuentran doce astas organizadas en dos líneas perfectas; en la cima de los postes siempre ondean unas banderas verdes con el oso; pero, ahora, alguien las está arriando, una por una, para que la tormenta no las haga jirones. Lo hace con amor y con mucho cuidado, como si cada una de ellas fuera increíblemente valiosa.

La cadena de la bicicleta de Matteo se ha zafado, intenta colocarla en su lugar de nuevo, pero sus dedos congelados le tiemblan demasiado. Arrastra la bicicleta por casi todo el camino hasta el centro de Beartown, y, al final, se da por vencido y la abandona.

Ninguna de las personas que están afuera lo ve, nadie le ofrece ayuda, lo único que les importa son unas banderas.

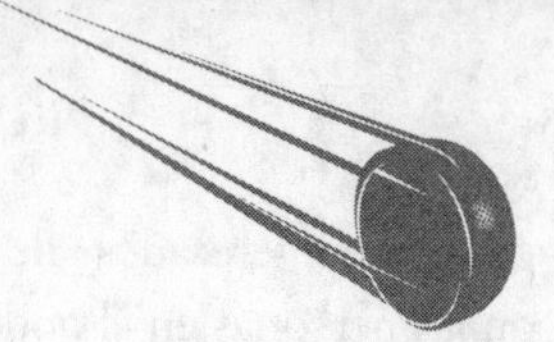

TECHOS

Todo y todos están conectados en este bosque, estamos conectados a un grado tal que, cuando el techo de una arena de hockey en Hed se derrumba, un hombre empieza a correr de forma automática en Beartown. Uno de los antiguos entrenadores de hockey de este hombre dijo alguna vez: «El éxito se obtiene teniendo una integridad excepcionalmente enorme, pero absolutamente cero prestigio. Porque la integridad se trata de quién eres, pero el prestigio se trata solo de lo que otras personas piensan de ti». A menudo, el hombre piensa que esto tal vez sea verdad en el caso de los deportes, pero cuando estás hablando de la supervivencia de un pueblo, sucede todo lo contrario: el prestigio lo es todo. Por eso corre.

Pocos saben con exactitud cuándo, pues esto ni siquiera se mencionó en el periódico local, pero en algún punto durante los últimos dos años, unos cuantos hombres y mujeres se reunieron en una pequeña habitación del edificio del ayuntamiento y tomaron una decisión política que, en ese entonces, parecía una nimiedad: se determinó posponer la renovación de la arena de hockey de Hed y, en su lugar, se adelantaría la renovación de la arena de hockey de Beartown. Hoy día, nadie puede recordar exactamente por qué razón se tomó esa decisión, pero es la historia de siempre: en estos rumbos, los asuntos de política no siempre los resuelven los políticos.

Lo que en realidad sucedió fue que un pequeño pero ruidoso

«grupo de interesados» de Beartown había estado entrevistándose con las personas en el poder durante meses, en salas de reuniones y en cabañas de caza y en el supermercado, al mismo tiempo que la junta directiva allá en el Club de Hockey de Hed había estado demasiado ocupada tratando de reclutar a un nuevo entrenador, como para tener tiempo de protestar. Como es natural, no todos los políticos estaban convencidos de que la arena de hockey de Beartown era más importante que la de Hed, pero un número suficiente de ellos cedió ante el temor de perder aliados. La realidad política es dura: los lapsos entre cada elección parecen hacerse más y más cortos, y las campañas electorales, más y más largas.

El grupo de interesados logró hacer pública un acta de inspección, con la que se demostraba que el peligro de derrumbe en la arena de hockey de Beartown era, de pronto, «inminente», lo que, por supuesto, despertaba una preocupación adicional, considerando el amplio programa juvenil del club. Uno tiene que pensar en los niños, ¿no es así? El hecho de que casualmente el acta hubiera sido emitida por el hermano de alguien que pertenece a la junta directiva del Club de Hockey de Beartown jamás se discutió. Cuando alguien pidió echarle un vistazo a esa misma acta un par de semanas después, nadie pudo encontrarla. Para entonces la decisión ya se había tomado, y ya se le había dado prioridad a una arena de hockey por encima de la otra.

El gasto más grande de la renovación correspondió al nuevo techo de la arena de Beartown. Justo después de que los trabajos terminaron y el gobierno municipal pagó las facturas, un patrocinador financió por sí solo doce astas en el estacionamiento, de las cuales pendían enormes banderas de Beartown que ondeaban en lo más alto, a manera de celebración. Por pura coincidencia, ese mismo patrocinador resultó ser el líder del «grupo de interesados», que, como es natural, no aportó ni un centavo para el costo del techo, pues los techos no son tan llamativos como las banderas, desde luego. La gente ve las banderas cada vez que acude a un partido, pero nadie le pone atención a un techo hasta que el viento lo destroza.

A casi nadie le importaron las decisiones políticas entonces, pero, ahora, la tormenta ha llegado, y lo primero que se desploma en Hed es el techo de la arena de hockey. Al mismo tiempo, un hombre corre a través de Beartown para salvar doce banderas. Desde luego que parece algo ridículo, hasta que nos fijamos en las consecuencias. Una tormenta azota un bosque, una arena de hockey se derrumba y otra sigue en pie, dentro de poco esto conducirá a los habitantes de dos pueblos a una nueva lucha por los recursos, y terminará de la forma en la que todo parece terminar por estos rumbos: con violencia. Tantas cosas habrán pasado para entonces que habremos olvidado cómo empezó todo, pero esto empieza aquí. Ahora.

El hombre que corre hacia las astas mide casi dos metros de alto y para escribir su peso se requieren tres cifras. Su chaqueta se agita en el viento detrás de él. Trata de desatar las cuerdas para arriar las banderas, pero los nudos están apretados y sus dedos, fríos, y termina gritando en voz alta por la frustración. Quien no lo conozca quizás creería que se ha vuelto loco, pero si le preguntaras a aquellos que sí lo conocen, exclamarían: «¿Vuelto loco? ¡Pero si ya lo estaba!».

La gente le dice Frac, pero tiene otro nombre, uno real, como es lógico. Muchos hombres en este pueblo tienen dos nombres: el que les dieron sus padres y el que les dio el hockey. Cuando él era joven, siempre trataba de destacar entre la multitud vistiéndose de traje cuando todos los demás llevaban pantalones de mezclilla y camisetas, pero, una vez, el equipo entero acudió a un funeral y todos estaban ataviados con un traje, de modo que, para sobresalir en esa ocasión, él se puso un frac. Desde entonces, nadie lo ha llamado de otra forma.

Frac patina sobre el suelo con sus zapatos y tiene que subirse el pantalón constantemente, pero sigue luchando contra los nudos de forma tenaz. Cuando se dirigía a este lugar pasó corriendo junto a un muchacho, no sabe que se llama Matteo, ni siquiera lo vio. Solo podía pensar en los trozos de tela verde que ondean en lo más alto de unos postes. Por el amor de Dios, solo son unas banderas, podría pensar la gente de otros lugares, solo es un maldito club de hockey. Pero no para Frac.

Toda su vida lo han subestimado y lo han ignorado, lo han calificado de estúpido y se han reído de él. Su tienda de abarrotes ha estado cerca de hundirse, él ha estado al borde de la quiebra varias veces, pero sus enemigos dicen que es como la mala hierba: no puedes deshacerte de él. Lo han perseguido las autoridades tributarias, y es tan conocido por sus chanchullos financieros y la manipulación de cifras en sus libros contables que una de las cosas más amables que se dicen de él en estos días es: «ese bastardo puede encontrar un atajo en una línea recta». Pero Frac sigue adelante, siempre adelante. Siempre con una sonrisa y un puño apretado, y el constante grito de guerra: «¡Manos a la obra!». Ha sobrevivido todas sus batallas y, en años recientes, ha acumulado una pequeña fortuna. Si le preguntas, con gusto te contará que es gracias a que siempre ve un poco más allá que todos los demás, y si no le preguntas de todos modos te lo dirá. Después del hospital en Hed y la fábrica en Beartown, su supermercado es la mayor fuente de empleos de toda la región. Además, es uno de los más grandes patrocinadores del Club de Hockey de Beartown, y uno de los secretos peor guardados del pueblo es que él mismo ha escogido a varios de los miembros de la junta directiva. Si quieres controlar a este pueblo, en primer lugar, debes controlar los empleos y, en segundo lugar, el hockey; y si quieres tener algo que ver con cualquiera de ellos, hoy día tienes que acudir a Frac. Nadie sabe realmente con exactitud cuándo demonios se dedica a administrar su supermercado, pues pareciera que pasa más tiempo en la arena de hockey que los jugadores, y que pasa más tiempo en el edificio del ayuntamiento que los políticos. Todos tienen una opinión de él, pero nadie puede ignorarlo. Lo intentaron hace poco más de dos años, y no va a dejar que se olviden de él otra véz.

Esto sucedió después de lo que él llama «el escándalo», pues en realidad no es capaz de decir «la violación». Del mismo modo, nunca dice «Maya» a pesar de que ha conocido a su papá casi de toda la vida, solo dice «la joven». Es obvio que fue un año terrible para todos, pero, como de costumbre, nadie parecía comprender quién era en realidad la verdadera víctima: un hombre de mediana edad con grandes intereses económicos. Frac estuvo cerca de perderlo todo.

Es probable que muy pocas personas en la región entiendan lo cerca que estuvieron los políticos de desaparecer el Club de Hockey de Beartown y de dejar que el Club de Hockey de Hed lo asumiera todo. A Beartown lo salvaron en el último instante los aficionados entregados, los nuevos miembros de la junta directiva y las sumas de dinero fresco que la fábrica aportó por concepto de patrocinio, pero todos saben que Frac trabajó en las sombras sin cesar. Y, por si acaso no lo sabían, en la primavera pasada un periódico local le hizo una entrevista, y Frac le dijo al reportero: «Yo trabajo *en las sombras*, ¿sabes?, ¡actúo sin ser visto!». Luego, ofreció varios consejos muy útiles sobre la manera en la que el reportero debía fotografiarlo y qué tan grande debía aparecer su imagen en el diario, y después le mostró los folletos que había mandado imprimir para todas las empresas locales: «¡No solo es fácil patrocinar al Club de Hockey de Beartown, también es lo correcto!», decían los folletos. Porque, cuando Beartown se enfrentaba a la peor crisis de su historia tras «el escándalo», Frac alzó la mirada en dirección al horizonte y vio más allá.

Beartown había sido un club como todos los demás, afirmó, pero, ahora, se convertiría en un club como ningún otro. De repente, abrazó todo aquello que antes había desdeñado como modas políticamente correctas, y lo hizo con tanto entusiasmo que casi nadie podía seguirle el paso. Con orgullo, le dijo al periódico local: «Hay muchos clubes que no asumen sus responsabilidades sociales, ¡pero el Club de Hockey de Beartown es diferente! ¿Ya les conté de la gran inversión que estamos haciendo en el hockey femenino infantil? ¡Es algo único en su tipo!».

Algunas personas llamarían a sus acciones «oportunismo descarado», pero Frac lo tomaría como un cumplido: ser oportunista significa ver una oportunidad y luego aprovecharla. Durante su época como jugador de hockey aprendió que, vista en retrospectiva, cada decisión táctica será considerada una genialidad o una idiotez, dependiendo por completo de cuál sea el resultado final.

Como era lógico, Frac también mencionó a Amat, quien a pesar ser de la zona más pobre de Beartown, llegó a convertirse en la estrella más grande del club, lo que prueba que el hockey en verdad «está abierto a todo el mundo». Desde luego que Frac no tenía cifras exactas de cuántos jugadores más de la Hondonada habían sido parte alguna vez del primer equipo, pero ¿acaso la mamá de Benjamin Ovich no vivía *prácticamente* en la Hondonada, y en ese caso él también debía contar? Y es verdad que Benjamin se marchó al extranjero hace dos años y ya ni siquiera juega al hockey, pero, de hecho, él era *homosexual*, ¿sabía eso el reportero? «Y no es que eso nos importara, desde luego, ¡en este club tratamos a todos igual!», aseguró Frac, sin que eso explicara de verdad por qué no sintió la necesidad de identificar a todos los demás jugadores del equipo por su orientación sexual.

Por supuesto que Frac no quiso hablar de «el escándalo» con el periodista, «por respeto a todos los involucrados», pues ser respetuoso era algo muy importante para Frac. Pero se había asegurado de que el folleto mostrara de manera prominente una fotografía de Peter Andersson, aunque ya no trabajaba en el club, y justo al lado de Peter, Frac había agregado la imagen de una niña pequeña del equipo infantil. No se le veía la cara, pero podías ver su largo cabello, del mismo color que el de Maya, tan solo un recordatorio sutil para que los patrocinadores hicieran memoria de a quién le pertenecía el club de Beartown. No le pertenecía a Kevin, sino a Maya. Bueno, en todo caso era un recordatorio «sutil» tratándose de Frac. «También es lo correcto».

Él pagó por las doce astas afuera de la arena del hockey con dinero de su propio bolsillo, de modo que todas las personas que se dirigieran a un juego pasaran ahora a través de una majestuosa avenida flanqueada por enormes banderas verdes con el oso plasmado en el centro; y, dado que el periódico local escribió del tema y a las personas en general les gustan mucho más las banderas que los techos, muchos se quedaron con la idea de que Frac había costeado toda la renovación. No el gobierno municipal.

Obviamente, el propio Frac era demasiado modesto como para presumir de ello, así que solo se lo dijo en confianza a quizás unas doscientas personas, además de a ese periodista. ¿Oportunismo descarado? Solo si lo consideras como algo malo.

Desde luego que Ramona, allá en el pub La Piel del Oso, siempre aprovecha cada oportunidad que tiene para decirle a Frac lo tonto que es. Sin embargo, a sus espaldas —pues esa es la única ocasión en la que no se mofa de él—, cierta vez incluso admitió: «Es condenadamente fácil burlarse de hombres como Frac, pero ¿sabe qué es él? Es el entusiasta ideal. Este pueblo es la obra de su vida. Puedes reírte de eso, pero ¿tú qué carajos has creado? ¿Qué has construido en este pueblo? ¿Qué ha construido el estado? ¿Crees que el gobierno va a venir aquí a arreglar la situación del empleo y la vivienda? ¡Ni siquiera saben que existimos!». Luego bebió su desayuno complementario y añadió: «Frac podrá ser un grandísimo idiota, pero, sin esa clase de grandísimos idiotas, los lugares como este no sobreviven».

Quizás haya sido una exageración, pero, sin lugar a dudas, no era una mentira. Frac sabe que todo está conectado, las banderas son un símbolo del club, si terminan hechas jirones por la tormenta, mañana la gente creerá que el hockey es una cosa endeble. Pero si las ven ondeando tan orgullosas como siempre, como si

Beartown fuera inmortal, entonces la gente sentirá que, en efecto, lo es. Esa es la razón por la cual Frac se echó a correr, porque ve un poco más allá que todos los demás.

Y porque es un grandísimo idiota.

La tormenta retumba tan fuerte en sus oídos que ni siquiera sabe si está gritando o no cuando el nudo de una cuerda atrapa la punta de uno de sus dedos y le arranca la uña. El dolor es tan fulminante e insoportable que cae de rodillas y siente que su mano y sus mejillas se humedecen.

A duras penas consigue ponerse de pie y golpea la puerta de la arena de hockey. Como nadie le abre, grita y patea la lámina de metal con desesperación.

Toctoctoc.

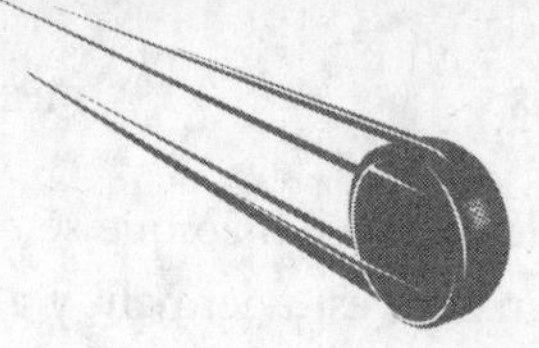

REYES

Matteo toma un camino que atraviesa una zona residencial, con la esperanza de que el viento no sople con tanta fuerza entre las casas. El chico se aferra a las paredes y a las cercas cuando puede, con los ojos cerrados, pero, aun así, el aire corta a través de las rendijas entre sus párpados, como si quisiera obligarlo a ver la destrucción. Pasa frente a una casa con un letrero de madera en la puerta, escrito hace mucho tiempo por un niñito que ahora es un adolescente: «AQUÍ VIVEN LEO Y MAYA Y PETER Y MIRA ANDERSSON». Matteo camina un poquito demasiado cerca de la entrada del garaje y un sensor de movimiento enciende una luz. En esta parte del pueblo todavía no se han quedado sin energía eléctrica, solo en las afueras a la orilla del bosque, donde vive Matteo. El hombre que está adentro, en la sala de la casa, se pone de pie de un salto y mira al exterior por la ventana. Matteo sabe quién es, todos lo saben, se llama Peter Andersson y era el director deportivo del Club de Hockey de Beartown. Alguna vez fue jugador profesional en la NHL. Todos los pueblos que aman el hockey son monarquías, y Peter era el rey de estos rumbos. Pero ahora se ve más viejo que antes, más solitario, más infeliz. Esto alegra a Matteo. El chico desea que los hombres del mundo del hockey en este pueblo, todos y cada uno de ellos, pierdan todo lo que aman para que también sepan lo que se siente.

Peter echa un vistazo con los ojos entrecerrados a través de la ventana, trata de ver qué fue lo que se movió afuera en la entrada del garaje e hizo que se encendiera la luz, como si esperara que un auto estuviera ahí y alguien hubiera llegado a casa. Pero no distingue nada, Matteo ya se fue corriendo, adentrándose en el viento. Peter jamás sabrá que él estuvo ahí; de hecho, ni siquiera sabe quién es el muchacho. No aún.

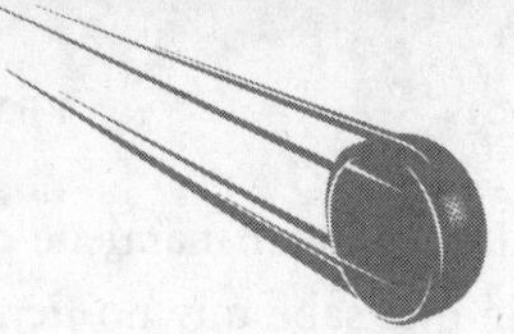

BOLITAS DE CHOCOLATE

Toc toc toc.

Toctoctoctoctoc.

Por un momento se oye como si fueran discos de hockey estrellándose contra la pared de la casa, pero solo es una rama del cercado de arbustos en el jardín que, movida por el viento, golpea un contenedor de basura que el aire tiró al suelo. Peter Andersson ve esto con decepción por la ventana; afuera la tormenta está barriendo con el pueblo entero, pero él está seco y seguro aquí dentro, no tiene que salir a rescatar a nadie pues nadie necesita su ayuda. Siente lástima de sí mismo por ello, estos días siente lástima de sí mismo buena parte del tiempo, sobre todo siente lástima de sí mismo por sentir tanta lástima de sí mismo. Es una forma de desprecio hacia su propia persona, y no puede verle el fin.

Solo han pasado dos años desde que renunció a su puesto de director deportivo en el Club de Hockey de Beartown, pero luce como si hubiera envejecido diez. Cada vez le toma menos tiempo peinarse en la mañana, cada vez le toma más tiempo orinar. Hoy se dedicó a limpiar, a cocinar y a hornear pan; ha empezado a volverse bueno para esto, como sucede si tienes demasiado tiempo para practicar. Maya está en su conservatorio de música al otro lado del país y Leo, aunque se encuentra en su habitación, pareciera estar igual de lejos que ella. Mira sigue en la oficina allá en

Hed, y Peter mantiene caliente la comida de su esposa a pesar de que sabe que no tiene caso. Pequeños rituales en la guerra contra la soledad, ilusiones efímeras de que alguien necesita de su ayuda.

«Papá, ¿has...? O sea, tal vez deberías hablar con alguien, ¿no crees? ¡Te ves muy desanimado!», le dijo Maya cuando estuvo en casa el verano pasado.

Esa fue la ocasión en que ella dijo sin querer que se iba a «casa» cuando se marchaba de Beartown, y vio lo mucho que eso entristeció a su papá. Desde luego que él mintió y dijo que solo estaba cansado, pues ¿con quién podía hablar? ¿Con un sicólogo? Eso sería como pagarle a alguien para quejarse del clima. Porque ¿cómo podría explicarlo? En Canadá, tuvo un entrenador al que le gustaba decir una y otra vez que «la velocidad es la que mata» sobre el hielo, lo peligroso no es el tamaño del jugador que te hace una carga sino la velocidad con la que llega; Peter no se dio cuenta de que eso era mentira sino hasta el día en que se fue de la arena de hockey por última vez. Lo que mata es el silencio. Ya no poder ser parte de algo. Dejó el puesto de director deportivo en el Club de Hockey de Beartown por su propia voluntad, empezó a trabajar con su esposa porque quería ser un mejor marido y un mejor papá, y está bastante seguro de que lo consiguió. Ahora es una mejor persona. Entonces, ¿cómo podría explicar que no se arrepiente, pero aun así se arrepiente? ¿Que simplemente no estaba preparado para que se olvidaran de él tan pronto?

El club se encuentra en mejores condiciones de lo que ha estado en mucho tiempo. Tiene nuevos patrocinadores, el apoyo de los concejales del municipio, una situación financiera más fuerte de la que ha tenido en años y un buen equipo. Un equipo muy, muy bueno. En la temporada anterior, cada vez que jugaban contra el Club de Hockey de Hed, le daban una paliza tan grande que rayaba en la humillación; los pueblos ya ni siquiera estaban al mismo nivel, Beartown casi ganó el campeonato de la liga y Hed casi descendió a una división inferior. Ambos clubes se enfrentarán de nuevo este año, pero da la sensación de que será la última vez que suceda; Hed parece estar encaminado a una inexorable trayectoria descendente a través del sistema de ligas de hockey, y Beartown va en camino ascendente. Un club se vuelve más pobre y el otro más rico, todo cambió muy rápido, hace tan solo unos cuantos años la situación era al revés.

Entonces, ¿cómo podría Peter reconocer que ese éxito con el que todos soñaron lo lastima como si alguien lo cortara con un cuchillo? ¿Que se siente como si él fuera el problema? Pasó una vida entera en el Club de Hockey de Beartown, pero, cuando se marchó, fue como sacar una bota de un balde de agua, no dejó ninguna huella, fue como si nunca hubiera estado ahí. Para alguien ajeno al hockey quizás sea un jueguito tonto, pero jamás lo será para alguien que ha estado involucrado en él. Explicar cómo se siente el hielo es tan imposible como explicarle a alguien que ha vivido toda su vida bajo tierra cómo se siente volar. ¿Qué importancia tiene el cielo si nunca lo has visto?

Entonces, ¿qué podría decirle a un sicólogo? ¿Que desearía que alguien lo necesite? ¿Que su vida no es suficiente? No. Es suficiente. Tiene que serlo.

La tormenta estremece las ventanas y las canaletas, en su búsqueda de algo que no esté bien sujetado para arrancarlo. Peter observa a través de la ventana de la sala cuando se enciende la luz en la entrada del garaje, con la esperanza de que Mira haya llegado a casa. Pero no hay más que sombras y un viento desaforado allá afuera.

Peter mira su teléfono y considera llamarla, pero no quiere ser un fastidio. También piensa en llamar a Maya, pero no quiere ser una molestia.

Así que tan solo se queda parado ahí junto a la ventana, y se odia por sentir tanta lástima de sí mismo.

•••

Toc toc toc.

Maya sigue sin aliento, su corazón late tan fuerte que la hace sentir náuseas. Camina hacia el apartamento donde sus compañeros del conservatorio celebran su fiesta, pero se detiene en la calle, afuera del edificio, sola, incapaz de entrar, demasiado aterrorizada de que sus compañeros le hagan preguntas y puedan ver en sus ojos lo que ha hecho. Jamás la entenderían, jamás han pensado en animales que huyen y animales que cazan, los únicos animales de los que saben algo están en el zoológico o en el refrigerador. Son niños buenos e inocentes. No como Maya.

Maya mira a su alrededor. Al otro lado de la calle se encuentra un pequeño pub, un anuncio de neón roto en su exterior y una hilera de borrachines sentados en bancos frente a un barman cansado de la vida. Maya sigue estando tan poco acostumbrada a tener dieciocho años que a menudo olvida que ya puede entrar a los bares, ha luchado con tantas fuerzas para evitar crecer que no se percató de cuando ocurrió esto; pero, ahora, en vez de subir a la fiesta de sus amigos, cruza la calle y abre la puerta y deja que la penumbra la devore. La recibe un olor a cerveza derramada, pero nadie alza la vista, los clientes solo miran fijamente sus vasos incluso cuando hablan entre sí, este es el tipo de lugar donde la ausencia de espejos en los baños es un acto de misericordia.

Toc toc toc. Toma asiento en el rincón más alejado, pide una copa de vino, se la bebe de un trago. El barman le pide una identificación, pero, cuando Maya empieza a buscar en su bolso, él suspira y hace señas con la mano para darle a entender que no es necesario que se la muestre.

—Solo quería saber si tenías una identificación —gruñe él.

Maya también se bebe la siguiente copa de una sola vez. Su

corazón todavía late con fuerza, en parte porque tuvo que correr y, ahora, porque está cayendo en la cuenta de lo cerca que estuvo de apuñalar a la chica en el parque. Ahora sabe de lo que es capaz. Nunca se ha sentido más solitaria que en el momento en el que toma conciencia de esto.

Toc toc toc. Maya se percata con lentitud de que no es su corazón el que está emitiendo ese sonido, viene de la televisión en la pared. Sabe qué es antes de siquiera levantar la mirada, podría reconocer ese ruido en donde fuera, el hockey es un deporte de sonidos más que cualquier otra cosa. Las cuchillas de unos patines deslizándose sobre el hielo, un cuerpo pesado que estrella a otro contra el plexiglás, el eco en la arena, el disco que alguien dispara como una bala contra la valla de madera que rodea la pista: toctoctoctoctoc. Alza la vista y ve el juego en la pantalla encima de la barra, el mismo tipo de hombres de siempre, incluso si con cada año que pasa lucen más jóvenes. Oye al comentarista decir que este es un partido de entrenamiento, la temporada en sí todavía no ha empezado; Maya se acuerda de cuando su papá le explicó esto cuando era pequeña, y ella exclamó: «¿Quieres que veamos un PARTIDO DE ENTRENAMIENTO? ¡Eso es algo así como ver la clase de educación física de alguien, papá!». Jamás olvidará la forma en la que se rio su mamá de todo esto.

Bebe otra copa de vino, esta vez un poco más despacio. Su corazón palpita y palpita, y piensa en la sicóloga con quien sus padres la llevaron hace dos años, la que le dijo que a veces es difícil para el cuerpo humano entender la diferencia entre esfuerzo físico y mental, entre haberse quedado sin aliento porque estuviste corriendo y que tengas dificultades para respirar porque estás sufriendo un ataque de pánico. «Tal vez por eso algunos deportistas juegan como si en ello se les fuera la vida, porque eso es lo que sienten», dijo la sicóloga con una sonrisa sin pensarlo bien, pues, en el lugar donde Maya creció, hasta los sicólogos hacen analogías con el hockey. Incluso después de lo que le pasó a ella.

Toctoctoc.

Por primera vez en mucho tiempo, el hockey no hace que Maya sienta ira. Quizás es el vino, o la adrenalina, o la soledad. Pero está sentada en un pub de una ciudad en el otro extremo del país y el hockey suena como... estar en casa. Toc. Toc. Toc. Suena como tener ocho años y comer bolitas de chocolate y sostener la mano de su papá.

●●●

Toc. Toc. Toc.

Peter toca a la puerta de la habitación de Leo con delicadeza. Como no hay respuesta, asoma la cabeza de todos modos y le pregunta a su hijo adolescente si quiere algo de comer. Los hijos jamás entienden que esta es la forma más fácil de sentirnos útiles: cuando ellos comen. Pero, como era de esperarse, su hijo solo maldice cuando el papá lo distrae y pierde la partida del videojuego en su computadora. Antes era más fácil ser papá, piensa Peter, antes al menos era posible servir un emparedado sin que alguien en internet le disparara a tu hijo en la cabeza. Nadie te dice antes de procrear que lo más difícil de ser un buen padre es que nunca sientes que lo eres. Si estás ausente, cometes un gran error, pero si estás presente, todo el tiempo cometes un millón de pequeños errores, y los adolescentes llevan la cuenta. Vaya que lo hacen.

—¡Cierra la PUERTA, papá! —grita Leo muy enfadado.

Peter obedece, se marcha y, al sentarse se hunde en el sofá. Las fotografías enmarcadas sobre la pared junto a la ventana tiemblan de vez en cuando, afuera la tormenta realmente está avivándose ahora; la casa se ubica en el centro del pueblo, pero ni siquiera aquí estarán seguros. Se come el emparedado que había preparado para su hijo, de nuevo considera mandar un mensaje de texto a Mira o a Maya, pero al final desiste. En la televisión hay un partido de hockey, sube el volumen, pero ver a los jugadores en acción no se siente tan bien como antes. El deporte le recordaba quién era él, pero ahora solo le recuerda lo que ya no es. Incluso cambia de canal por un rato, pero en poco tiempo usa el control para volver al partido, se obliga a sí mismo a perderse en el juego para al menos no preocuparse tanto por todo lo demás.

El partido es entre dos equipos de la gran ciudad al sur, allá donde no sopla el viento, así que les importa un comino que el bosque acá en el norte se esté viniendo abajo, piensa él. Ramona acostumbraba decir «Mientras no haya árboles sobre las autopistas, a los medios nacionales no les importa que las zonas rurales terminen destruidas, pero si caen cinco centímetros de nieve se suspenden los viajes en tren y las escuelas cierran y los periódicos lo reportan como si hubieran invadido el país», y había mucho de cierto en ello.

Las fotografías en la pared tiemblan de nuevo, así que Peter se levanta y las quita de su lugar. Casi todas son de sus hijos, por supuesto. Tuvieron tres, enterraron a uno. Maya y Leo ni siquiera guardan recuerdos de Isak, su hermano mayor; él era muy pequeño cuando falleció, pero su papá todavía sigue estando a punto de desplomarse cada vez que mira la sonrisa de su primogénito. Los vidrios en los marcos tienen huellas dactilares pues, a veces, Peter se apoya en ellos por las noches, cuando siente que no tiene identidad. Quizás ya no sea jugador de hockey o director deportivo de un club, pero les pertenece a ellos.

Sostiene una fotografía en sus manos por más tiempo que las demás, la tomó cuando Maya y Leo eran pequeños y patinaban sobre el lago. Peter lo recuerda como si lo hubieran hecho cada fin de semana, a pesar de que es probable que en realidad solo fuera unas cuantas veces en cada invierno. No tenía tiempo para más durante la temporada de hockey, pero todo lo que sucede durante la infancia es una tarjeta postal que los padres se envían a sí mismos. Las cosas nunca son realmente como las recordamos.

Cierta ocasión, cuando Maya era pequeña —es probable que todavía estuviera en uno de los primeros grados de la escuela primaria—, tenía un par de patines nuevos y, después de diez minutos de usarlos, empezó a quejarse de que tenía rozaduras en los pies. Peter la regañó con tanta dureza por rendirse con demasiada facilidad que ella empezó a llorar y él empezó a odiarse a sí mismo. Ella trató de patinar una última vez, pero se cayó y se golpeó y, entonces, fue él quien estuvo a punto de llorar, en vez de Maya.

—No fue tu culpa, papá —susurró ella cuando él la abrazó y le pidió perdón, y él le contestó también con un susurro:

—Todo lo que te pasa es mi culpa, Calabacita.

Después, se sentaron en un muelle y comieron bolitas de chocolate, y ella puso su mano en la de su papá, y él no puede recordar ningún momento de su vida que haya sido mejor que ese.

•••

La puerta del bar se abre, Maya no necesita levantar la mirada para oír a los jóvenes cuando entran tambaleándose, son de esos que siempre se hacen notar en todos lados, conservan sus bufandas puestas a pesar de que están bajo techo y le piden al barman que les recite toda la gama de cervezas que ofrece. Uno de ellos voltea a ver la televisión esperanzado y suspira de forma dramática cuando ve que lo que hay en la pantalla es hockey.

—¡Maldita sea, creí que era futbol! ¿Por qué carajos están viendo el HOCKEY?

Maya bebe el último trago de su copa de vino y considera arrojársela al muchacho. Cuando se mudó a esta ciudad creyó que encontraría mil tipos diferentes de hombres, pero aquí también son todos iguales, solo que son iguales de una forma distinta a la del lugar de donde ella proviene. En vez del hockey les gusta el futbol, votan por partidos políticos distintos, pero están igual de convencidos de que su visión del mundo es la única que existe, creen que tienen mucho mundo cuando en realidad viven en el mismo pueblecito de mentalidad cerrada que todos los demás.

Recuerda una historia que los vecinos siempre le contaban cuando era niña, acerca de cuando su papá era el capitán del equipo de hockey de Beartown e iban a jugar un partido decisivo aquí en el sur, en la capital, y cómo fue que, desdeñosamente, los periódicos apodaron al club de esa pequeña localidad en medio del bosque «El llamado de la naturaleza». El papá de Maya, quien casi nunca alzaba la voz, se enteró y les gritó a sus compañeros de equipo en el vestidor: «Ellos podrán tener el dinero, pero ¿el hockey? ¡El hockey es NUESTRO!».

Cuando era pequeña creía que era una historia tonta; ahora está sentada en un bar y quiere gritarles esas mismas palabras a unos desconocidos. El joven en la barra le pide al barman que cambie de canal y, en vez de hacerle caso, el barman sube el volumen. Maya decide darle el doble de propina solo por eso.

En ese partido de hace veinte años, su papá dio sobre el hielo todo lo que tenía, y aun así perdieron. En realidad, él nunca se recuperó de eso, y fue como si Beartown, como colectividad, tampoco lo hubiera hecho. Es probable que esa haya sido una de las razones por las que convenció a la mamá de Maya de volver a casa desde Canadá todos esos años después, para tratar de recuperar todo eso, para compensar lo que no pudo lograr la primera vez.

Maya baja la mirada y se queda viendo la copa de vino y trata de hacer que su corazón lata más despacio a fuerza de voluntad. En la televisión suena toc toc toc. El sonido de su infancia. A ella le encantaba comer calabazas, con todo y semillas, pero cuando tenía nueve años hizo que su papá dejara de llamarla así, «Calabacita»; y, a partir de entonces, extrañó eso en secreto, casi de forma constante. A Maya le gustaba el lago en la época del invierno, porque su padre era muy feliz con los patines puestos, se sentía muy tranquilo, eran para él lo que la guitarra es para ella.

—Carajo, este es un deporte para estúpidos, ¡mejor vayan a tener sexo con un lince o algo así, malditos palurdos! —balbucea uno de los jóvenes hacia la televisión, y sus amigos se ríen a carcajadas con un acento que ni siquiera es un acento, solo es un enorme y ansioso vacío.

Maya siente que el alcohol quema sus sinapsis, como fuegos artificiales en su cerebro. Se le viene a la mente un invierno de cuando era niña, uno de esos días perfectos en los que el viento estaba en calma, toda la familia patinaba en el lago y su mamá dijo:

—Qué lugar tan increíble es este, a pesar de todo.

Su papá respondió:

—Lo increíble es que todavía sigue aquí. Que todavía hay gente aquí.

Al pronunciar esto sonó muy triste, Maya no entendió por qué en ese entonces, pero lo entiende ahora: en el bosque terminan por cerrarlo todo, todos se mudan a las grandes ciudades, incluso tus propias hijas. Es increíble que aún quede algo. La gente en Beartown dice que las personas que viven aquí en el sur «sienten muy poca vergüenza»; Maya nunca había estado de acuerdo con ello, pero ahora sí lo está.

—¡Hola! ¡Tierra llamando a la chica! ¿Quieres un trago o no?

Los jóvenes están sentados a una corta distancia de ella y le están haciendo señas con las manos. Ella dice no con la cabeza.

—¿Qué demonios...? ¡Oye, no seas tan amargada! ¡A ver, una sonrisita! —dice uno de ellos, con una pequeña risa socarrona.

Ella aparta la mirada, él le dice algo más, pero ella ni siquiera lo oye pues el barman ya tomó su propina de la barra y puso el control remoto de la televisión enfrente de Maya, con un guiño amistoso. Ella sube el volumen: TOC TOC TOC TOC TOC TOC.

Maya se acuerda de la bolita de chocolate que había quedado tan helada después de estar guardada en su mochila, que tuvo que quitarse el guante para descongelarla en la palma de la mano, y luego su mano estaba tan fría que tuvo que calentarla metiéndola en el guante mucho más grande de su papá y sosteniendo la mano de él ahí dentro. Se acuerda de los chicos, unos cuantos años más grandes que ella, que jugaban al hockey un poco más a la distancia, sobre el hielo del lago. Siempre el hockey, por todos lados, siempre. Toctoctoc. Cuando uno de los chicos anotó un gol y gritó de júbilo, ella le preguntó a su papá:

—¿Quién anotó?

Lo dijo no porque le importara, sino porque sabía que a su papá le importaba. Él respondió tan rápido que el rostro se le tiñó de un rojo brillante por la vergüenza.

—¡Isak! No... Quiero decir...

Se quedó callado.

—Dijiste «Isak» —mencionó Maya en voz baja.

—Perdón, a veces... a veces ese niño se parece tanto a Isak de un modo... — confesó él.

Maya masticó despacio y por un buen rato el resto de su bolita de chocolate antes de atreverse a preguntar:

—¿Extrañas a Isak todos los días?

Peter le dio un beso en el cabello.

—Sí, todo el tiempo —admitió él.

—Yo también quisiera extrañarlo, pero la verdad ni siquiera me acuerdo de él —respondió Maya con tristeza.

—Creo que aun así puedes extrañarlo igual —le aseguró su papá.

—¿Qué se siente? —preguntó ella.

—Como si tuvieras raspones en el corazón —dijo él.

Maya descongeló una bolita de chocolate entre sus dedos y se la comió lentamente, entonces metió su mano fría en el guante de su papá, y ella no tenía idea de por cuánto tiempo él lo recordaría. Cuando la mitad de los chicos sobre el hielo alzaron sus bastones y gritaron una vez más de alegría, ella preguntó:

—Ahora ¿quién metió el gol?

Su papá sonrió y respondió, y no tenía idea de por cuánto tiempo ella lo recordaría:

—Se llama Kevin.

La primera vez que Maya recuerda haber oído ese nombre fue su papá quien lo dijo, con admiración en su voz.

Toc toc toc.

Los jóvenes en el bar se han acercado.

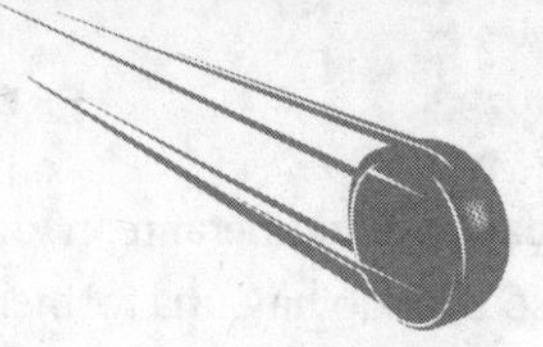

ARMAS

Matteo se detiene afuera del pub La Piel del Oso. Adentro, una vieja sola recoge vasos de cerveza. Las luces están encendidas y, cuando Matteo se para muy cerca de la puerta, puede percibir el olor a comida frita y a humo de cigarro. Solo tiene catorce años, pero piensa que la dueña del pub quizás podría hacer una excepción a las reglas del límite de edad solo por hoy, él nada más quiere un lugar para esperar a que pase la tormenta, cualquier lugar que no sea su casa. Trata de bajar la manija, pero la puerta está cerrada con llave. La golpea con fuerza, pero la vieja no lo oye.

Entonces, este lugar también se queda sin energía eléctrica. La mujer sube a la planta alta, el ruido del viento contra el techo ahoga todos los gritos del muchacho. Tal vez las cosas habrían sido diferentes si ella hubiera abierto la puerta. Jamás lo sabremos.

Temblando de frío, Matteo se marcha a su casa. Ahora, todas las casas en la calle donde él vive se han quedado sin electricidad, pero puede ver los círculos de luz de las linternas que rebotan por todos lados en el piso superior de la casa de los vecinos. Ahí vive una pareja de edad avanzada, pero él no se atreve a tocar a la puerta. Sabe que a ellos no les agrada su familia, por la misma razón por la que a muchas otras personas tampoco les agrada su familia: la gente los considera raros. No peligrosos, ni desagradables, solo raros. Si pasas demasiados años siendo raro, los demás comenzarán a pensar que eres inquietante, y si eres lo bastante inquietante, nadie querrá dejarte entrar a su casa, incluso cuando hay una tormenta.

Así que Matteo busca hasta encontrar una barra de hierro en la caseta que usan los vecinos para las herramientas, y abre la ventana de su sótano a la fuerza. Está igual de oscuro ahí abajo que en su propia casa, pero en este lugar puede oír las voces de la pareja de ancianos, y así por lo menos sabe que no está muerto. El pequeño cuarto es una mezcla de habitación para huéspedes y oficina, aunque parece que no ha sido usada como ninguna de las dos cosas en mucho tiempo; aun así encuentra una bolsita con velas de té y fósforos en el cajón superior de una cómoda. Las parejas de edad avanzada como esta, que ya vivían en Beartown mucho tiempo antes de las redes de distribución eléctrica modernas, siempre están preparadas para los cortes de electricidad, así que tienen fósforos casi en cada habitación.

A la luz temblorosa de las velas de té, Matteo pasa la noche como un ladrón que allanó una morada. Las voces en el piso de arriba ya han guardado silencio, o tal vez solo las está ahogando el estruendo de la tormenta, cuando el chico encuentra el armario de las armas de fuego.

No logra abrirlo. No esta noche.

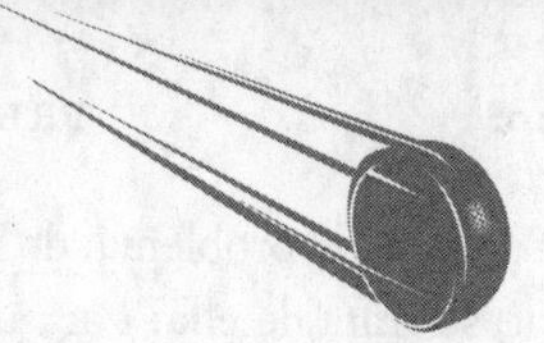

VIOLENCIA

Mientras la noche cae afuera al otro lado de la ventana de la sala, Peter va dejando las huellas de sus dedos en el cristal de las fotografías enmarcadas. La vida ha transcurrido condenadamente rápido, pero, de hecho, él debería haber estado preparado para ello porque, después de todo, el hockey se lo advirtió. Una de las primeras cosas que aprendes como jugador del equipo infantil es a disparar de inmediato cuando ves una abertura, pues, de lo contrario, otras mil cosas pueden suceder y la oportunidad de anotar un gol se ha ido en un parpadeo. Tienes que ser un oportunista.

En el estante de los libros en la sala, Peter avista dos baquetas; no sabe por qué las dejó ahí, pero sabe con exactitud cuándo sucedió: el día que Maya se mudó, la última vez que tocaron juntos. Peter no era un gran baterista, por desgracia; logró engañarla por unos cuantos años cuando ella era pequeña, pero, en poco tiempo, su hija se volvió tan buena con la guitarra que él tuvo que esforzarse tan solo para poder seguirle el paso. Ese es el destino de los padres: al principio todas las actividades son para nuestros hijos, al final son para nosotros mismos. Terminamos por darnos cuenta de que, en realidad, todo gira en torno al hecho de que queremos estar donde ellos estén, tanto como sea posible, por tanto tiempo como ellos nos lo permitan. Peter sopesa las baquetas en la palma de la mano. Maya odiaba el hockey y él anhelaba con gran desesperación que la música los acercara; entonces ella creció y la música se la llevó de aquí.

Ese es el problema, de hecho: todo se trata de él, incluso cuando se trata de ella. Para un hombre adulto es algo terrible tener que admitir ante sí mismo que, a decir verdad, no todo lo que ha hecho ha sido por el bien de sus hijos, en realidad casi nada lo fue.

Peter se sintió tan orgulloso cuando renunció a su puesto en el club y empezó a trabajar para Mira. Antes de ello, habían pasado tantos años en los que todos en la casa ya estaban dormidos cuando él llegaba por las noches que, de hecho, ahora no estaba nada mal que fuera Mira la que regresaba tarde de la oficina y tenía remordimientos de conciencia por ello. Peter era quien se iba a casa primero, llevaba a Leo a sus diversas actividades y, cuando se disponía a acostarse, dejaba una nota en la mesa de la cocina que decía «tu cena está en el refrigerador, te amo». Fue él quien condujo por todo el país hasta el dormitorio de Maya en su nueva escuela y la ayudó a taladrar agujeros en la pared y a montar unos estantes para libros. Es cierto que terminaron un poco chuecos pero, aun así, fue él quien estuvo ahí, no su mamá, y se sintió muy satisfecho cuando su hija le susurró: «Gracias, papá, ¿qué haría sin ti?».

La siguiente vez que Peter la visitó, los estantes estaban derechos. Maya había comprado un taladro y ella misma los enderezó. Como es natural, ella nunca se lo dijo porque no quería herir sus sentimientos, y él carraspeó para aclarar el nudo en su garganta y fingió que no se había dado cuenta. Nuestros hijos nunca nos advierten que están pensando en crecer, un día simplemente son demasiado grandes para querer tomarnos de la mano; es mejor que nunca sepamos cuándo será la última vez, pues de lo contrario, jamás los soltaríamos. Te vuelven loco mientras son pequeños y gritan cada vez que dejas la habitación, porque en ese momento no te das cuenta de que cada vez que alguien grita «¡Papá!» significa que eres importante. Es difícil acostumbrarse a no serlo.

Peter sacrificó el hockey para convertirse en un mejor padre, pero, ahora, sus hijos ya no necesitan un padre. Él ya no es nada para nadie. Lo peor de dejar el hockey fue que solo entonces se dio cuenta de que jamás sería igual de bueno para nada más. Le había dado a ese juego su vida entera y se convirtió en uno de los mejores de todo el mundo. Solo jugó cuatro partidos en la NHL y se lesionó el pie en el quinto; los doctores bien podrían haberle arrancado los pulmones del cuerpo cuando le dijeron que nunca podría volver a jugar, pues no fue capaz de respirar durante varios años, pero él estuvo *ahí*. De entre todos los millones de chicos que juegan al hockey, fue él quien pudo jugar con los mejores del planeta. ¿Cuántas personas llegan tan lejos en algo?

Entonces, Peter llegó a casa y se convirtió en el director deportivo del club de su pueblo natal, reconstruyó el programa juvenil por completo, sintió como suyos los logros de los chicos. Ahora, ya nadie lo llama siquiera para pedirle su opinión. No hay nada mejor para mostrarte lo que ya quedó en tu pasado que el hockey y los niños, te envejecen con demasiada celeridad.

Entonces, ¿qué le diría a un sicólogo? ¿Que extraña las emociones, incluso las decepciones, pues en una oficina nadie se pone de pie y lanza un grito de alegría o de frustración? ¿Que, ahora, cada día es como cualquier otro, el trabajo es solo un trabajo, pero el hockey era su obsesión, y una vida sin obsesiones es como estar sentado en una sala de espera sin puertas? Nadie va a llamar tu nombre. Esperas para que no suceda nada.

Peter le dio su vida a este juego, ese fue su error, no necesita ningún sicólogo para saberlo. Estuvo mirando en la dirección equivocada. Sintió como suyos los logros de los chicos equivocados. Para cuando renunció a su trabajo y dejó el hockey, ya era demasiado tarde; para entonces Maya y Leo podían arreglárselas sin él. La infancia se va tan rápido; si se te da la oportunidad pero no reaccionas y la aprovechas, pueden suceder mil cosas y esa oportunidad se ha ido en un parpadeo.

Cierta vez dijo, agobiado por la amargura: «¿Qué nos puede dar el deporte? Le dedicamos toda nuestra vida, ¿y qué podemos esperar obtener, en el mejor de los casos? Unos cuantos momentos... unas cuantas victorias, unos cuantos segundos en los que nos sentimos más grandes de lo que realmente somos». Entonces, recibió esta respuesta: «¿Pero qué carajos es la vida, Peter, aparte de momentos?». Obviamente era Ramona con quien estaba hablando. De esa vieja no obtendrás un descuento ni en el precio de las cervezas ni en los regaños.

A veces, Peter pasa por La Piel del Oso de camino a su casa desde el trabajo, como su padre siempre lo hacía, solo que sin emborracharse como él. «Así son las cosas con los hijos de padres a quienes les gustaba el whiskey un poquito de más: o lo beben todo el tiempo o no lo beben nunca», acostumbra bufar Ramona cuando le sirve café quemado en un vaso para cerveza. Pero, en cierta ocasión, cuando ella había bebido el doble de su desayuno normal y por casualidad se extravió en sus sentimientos, pinchó a Peter con su dedo y gruñó: «Así son las cosas con los hijos que tuvieron malos padres: o ustedes también se vuelven malos padres o terminan siendo muy buenos. Pero que tu papá, que era un papá tan jodidamente malo, no lograra hacer de ti un mal padre en lo más mínimo, para mí eso es todo un maldito misterio».

Peter solo se quedó mirando la barra, con tanta intensidad que podría haberle taladrado agujeros. Ramona guardó silencio, pues creyó que él estaba pensando en todas esas veces que su papá llegó a casa después de estar en esta misma barra y había tratado de encontrar razones para golpear a su esposa y a su hijo. Peter terminó su café y se fue; más que nunca, sintió que era un fraude. Porque no estaba pensando para nada en su papá, solo en sí mismo. Solo pensaba en el sonido de los discos de hockey.

Durante un invierno, cuando la familia se acababa de mudar de regreso aquí, y Maya ni siquiera había empezado a ir a la escuela en ese entonces, un niño que era unos pocos años mayor que ella desapareció en el bosque cuando hacía un frío congelante hasta en los huesos. Se trataba de un chico que había jugado un partido de la categoría infantil y había fallado un disparo en los segundos finales. Como todos los demás jugadores de hockey en Beartown, el chico ya había aprendido que lo único aceptable era la perfección, así que estaba furioso e inconsolable, y en la noche, huyó de su casa. Todos sabían lo rápido que un cuerpo pequeño puede morir aquí por congelamiento en la oscuridad, así que Beartown entero salió a buscarlo. Lo encontraron sobre el lago. Había llevado hasta ese lugar, con mucho esfuerzo, una portería y algunos discos de hockey y todas las linternas que pudo encontrar, y estuvo ahí disparando con el mismo ángulo desde el cual había fallado el último tiro del partido. Llorando de ira, luchó como un animal herido contra cualquiera que intentara acercársele; no fue sino hasta que Peter dio un paso al frente, le agarró las manos y lo abrazó, que el niño se tranquilizó. En ese entonces, todos en el pueblo admiraban tanto al director deportivo que había sido jugador profesional en la NHL que, para el chico, Peter era como un miembro de la realeza. «Sé que quieres llegar a ser el mejor, y te prometo que voy a hacer todo lo posible para ayudarte a que hagas realidad tu sueño, pero el entrenamiento se terminó por esta noche», le susurró Peter al chico en el oído. Todavía sollozaba cuando Peter lo levantó en brazos y se lo llevó cargando a su casa. Durante los años siguientes, Peter mantuvo su promesa: lideró el club que ayudó a Kevin Erdahl a convertirse en el mejor jugador que este pueblo había visto, le enseñó que era invencible, que jamás debía tolerar una derrota. O un no. Fue Peter quien lo levantó en brazos sobre el lago. Fue Peter quien se llevó cargando a ese chico hasta su casa.

Diez años después, Peter estaba sentado en un hospital con su hija de quince años; él susurró «¿Qué puedo hacer?», y ella le contestó «Ámame».

Entonces, ¿qué podría decirle un sicólogo a Peter ahora? Nada. Él ya sabe que todo lo que les pasa a sus hijos es su culpa.

Todo.

•••

—¿Maya?

Maya no escucha, está ocupada con el vino y el hockey y el

golpeteo que proviene tanto de la televisión como de su interior. «Somos los osos», sonríe para sí misma, con esa incapacidad para distinguir entre lo que está pensando y lo que de hecho está cantando en voz alta, que es producto de la borrachera: «Los ooosos de Beeeartooown...». Piensa en cómo su mamá decía que «este maldito lugar es un pueblo entregado al hockey que tiene un problema con el alcohol durante seis meses del año, y un pueblo alcohólico que tiene un problema con el hockey durante los otros seis meses». Maya los extraña a los dos, a su mamá y a su hogar. O al menos como los recuerda a ambos. Las cosas son diferentes ahora.

Maya piensa en la vez que regresó a Beartown durante el verano pasado y, por casualidad, vio uno de los folletos que Frac, el amigo de la infancia de su papá, había impreso para atraer nuevos patrocinadores al club. Yacía en el piso del supermercado, alguien lo había tirado o se le había caído por accidente, y Maya leyó el encabezado varias veces: «¡No solo es fácil patrocinar al Club de Hockey de Beartown, también es lo correcto!». En su interior se encontraba una fotografía del papá de Maya y, junto a él, la imagen de una niña pequeña del programa infantil. Maya nunca le contó a su papá que había visto el folleto, pero comprendió con exactitud qué quería lograr el club con él: de pronto, Beartown era el club de Maya, ahora que ella les era de alguna utilidad. Ahora que había dinero que ganar, de repente se volvieron el club deportivo más progresista e igualitario de todo el país. En realidad, ella tenía previsto quedarse en Beartown un par de días más ese verano, pero tiró el folleto, cambió su boleto de tren y se marchó a la mañana siguiente.

—¿Maya? —repite la voz en el bar, seguida de inmediato por otra voz:

—¿Eres tú? ¿Por qué no has subido al apartamento? ¿Por qué estás sentada aquí como una... borrachina?

Sorprendida, Maya aparta la vista del hockey y se queda mirando a dos chicas, sus compañeras del conservatorio. Ellas sueltan una risita nerviosa, como si acabaran de ver la computadora de Maya y hubieran encontrado porno. El peinado de las chicas es perfecto a pesar de que están ebrias, y Maya las detesta de verdad por ello, solo se fueron de la fiesta para cruzar la calle y preguntarle al barman si podían comprar algo de hielo. Pagar por hielo, piensa Maya. ¿A qué planeta se ha mudado?

—¿Estás... bien? —pregunta una de sus compañeras de clase con peinado perfecto.

—Sí, sí, solo estoy cansada, necesitaba estar a solas y pensar un poco... —murmura Maya.

—¿Pensar? —sonríe la otra chica con el peinado aún más perfecto, como si esa palabra fuera increíblemente exótica.

Los jóvenes en el bar notan lo que está sucediendo y uno de ellos grita, sin perder ni un segundo, lleno de regocijo:

—¡Chicas! ¿Ustedes se conocen? ¡Ahora podemos tener una fiesta! Y, por cierto, ¿podrían animar a esa gruñona o algo?

Las compañeras de Maya les ponen los ojos en blanco a los jóvenes, pero Maya ni siquiera se fija. De nuevo le subió el volumen a la televisión.

—Maya, vente ya a la fiesta con nosotras, vamos a... —empiezan a decir las muchachas, pero Maya las hace callar.

—Esperen, esperen... ¡Les digo que ESPEREN!

El comentarista en la televisión está hablando de varios partidos de entrenamiento que iban a jugarse esta noche, pero que han sido pospuestos. «Con motivo de la tormenta», dice él, y entonces nombra un equipo tras otro, todos ellos con sede en pueblos del norte, y Maya se da de golpecitos en la frente, en un esfuerzo por hacer que las referencias geográficas cuadren. Beartown está en medio de todos los lugares que mencionó el comentarista. Toma su teléfono para revisar las noticias más recientes y sus dedos empiezan a temblar cuando ve el reporte del clima: «¡Alerta de tormenta!». Por eso Ana no le contestó. Maya ha estado aquí sentada, compadeciéndose de sí misma, ¿y en casa el viento está destruyendo todo a su paso?

—Oye, ¿vas a venir a la fiesta, o qué? —pregunta con impaciencia una de sus compañeras.

—Es que no entiendo, ¿estás sentada aquí viendo... hockey? O sea... No es ironía, ¿verdad? ¡No creí que te gustaran esas cosas! —dice la otra muchacha.

Uno de los jóvenes se alegra cuando oye eso y se baja de su banco de un salto. Al hacerlo, su bufanda se engancha y casi lo estrangula, pero aun así, en medio de un giro involuntario de su cuerpo entero, logra decir:

—¡Justo estaba diciendo eso! ¿A qué clase de chica le gusta el hockey, eh? ¡Eso no es ningún deporte, es pura VIOLENCIA!

—¿Verdad que sí? —concuerda la compañera de Maya.

Esta vez Maya sí oye lo que están diciendo, pero no responde, solo mira fijamente su teléfono. «La tormenta puede ser la peor catástrofe natural en la región desde los incendios forestales», lee en el sitio web del periódico local de Beartown, y siente como si estuviera en otro país. Se pone de pie demasiado rápido, y el vino se agita dentro de su cabeza como un nivel de burbuja estropeado, da dos pasos tambaleantes y casi se cae. El joven se arranca la bufanda y extiende la mano para atrapar a Maya, pero ella logra recuperar el equilibrio y lo rechaza con tanta fuerza que el joven da un salto hacia atrás, por desgracia no con la suficiente rapidez. Porque ella ya está tan furiosa que, por instinto, da una zancada al frente, empuja al joven en el pecho y lo envía volando contra los bancos detrás de él. Sus compañeras del conservatorio balbucean el nombre de Maya, intentan tocarla, pero, cuando ven la mirada negra en sus ojos, se achican y retroceden.

—¿Violencia? ¿Qué carajos saben ustedes de violencia? —sisea Maya y, entonces, pasa junto a todos ellos y sale a la calle.

Sus compañeras están tan estupefactas como para siquiera llamarla a voces. Durante dos años han querido saber más de ella, y ahora lo saben todo. Ahora, ella les ha mostrado qué clase de animal es.

•••

Peter descansa los codos en la mesa de centro y la frente en las palmas de las manos, y anhela con desesperación que se encienda la luz en la entrada del garaje. Hizo que su amigo Jabalí instalara un sensor de movimiento que enciende la luz cuando Mira da vuelta con el auto para entrar. Peter dice que lo hizo por su esposa, para que pueda ver mejor, pero en realidad lo hizo por él mismo. Para poder contar los minutos que ella permanece sentada en el coche antes de serenarse y entrar a la casa. Cada vez pasa más y más minutos ahí. A menudo, él finge estar dormido cuando oye la llave en la cerradura, porque sabe que eso espera ella.

Le envía un mensaje de texto a Mira. La respuesta de ella es breve, así es como se comunican en estos días, dos o tres palabras cada vez. «Ya vienes?». «Sí, ustedes?». «Ya en casa». «Leo está bien?». «Todo bien. Tú?». «También».

Pero ella no se va de la oficina. Peter cierra los ojos y se los frota lo más fuerte que puede y, cuando los abre de nuevo, todo sigue estando a oscuras. Empieza a parpadear, al principio confundido y luego asustado, tantea en la oscuridad y se cae del sofá. Entonces, una sola fuente de luz lo encandila, y oye la voz de su hijo:

—¿Qué demonios estás haciendo, papá?

Leo ilumina a Peter con su móvil.

—¡Nada! ¿Por qué apagaste todas las luces? —dice Peter, respirando con dificultad.

Leo resopla.

—¡Nos quedamos sin electricidad, maldita sea! ¿Te dio un derrame cerebral o qué?

Peter parpadea para disipar todo lo que siente en su interior. Alcanza a Leo con el brazo y lo lleva al garaje para buscar unas linternas. Leo toma una y, al principio, regresa a su habitación;

pero, después de un rato, sale otra vez. Tiene catorce, así que obviamente no le teme a la oscuridad, claro que no, pero de todos modos se sienta en el sofá con su papá, ¿por qué no?

Leo juega videojuegos en su móvil hasta que se le acaba la batería, entonces juega con el de Peter hasta que también se queda sin carga. Lo último que Peter alcanza a ver es un mensaje de texto de Mira: «Estoy por salir». Él solo responde «Ok» y, en cuanto la pantalla se apaga, Peter se arrepiente de no haber escrito «Te amo».

●●●

En casa, en su dormitorio estudiantil, Maya está sentada en el piso debajo de sus estantes de libros; actualiza los sitios web de noticias y los informes meteorológicos una y otra vez, en busca de novedades sobre la tormenta. Por turnos, se echa a llorar y llama a Ana por teléfono, hasta que finalmente solo llora. Considera por un buen rato llamar a sus padres, pero ellos oirían en su voz que está ebria, su mamá se enfadaría y su papá se sentiría decepcionado. Al final le marca a su hermano menor, pero su teléfono está apagado.

—Maldita sea, Leo, por favor contesta... —susurra ella en la oscuridad, pero él ni siquiera se dará cuenta de que ella llamó sino hasta que, a la mañana siguiente, la energía eléctrica regrese y él pueda cargar su móvil. Así es como él termina siendo el que llama a su hermana, la despierta y le cuenta lo que sucedió.

—¿Se murió? ¿Có... cómo que se murió? —balbuceará Maya, apenas despierta y con resaca.

Entonces, reservará un boleto de tren, empacará una maleta y viajará al norte. Pensará en su papá durante todo el camino a casa.

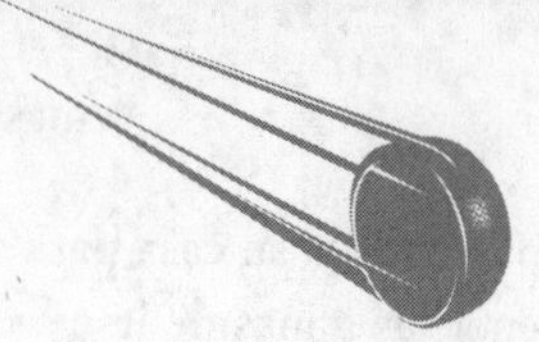

MUERTE

«Hogar». En verdad debería haber más palabras para eso. Una que abarque a las personas que tenemos ahí, otra con espacio para aquellos que hemos perdido.

Mira está de pie en su oficina en Hed, sus ojos se pierden en la noche allá afuera, hasta que la tormenta presiona los cristales del edificio hacia adentro con tanta fuerza claustrofóbica que ella entra en pánico. Se vuelve hacia su escritorio, pero, de repente, también ese lugar queda a oscuras, la energía eléctrica se va de una manera tan precipitada que se siente como un asalto. Mira se estremece y maldice en voz alta cuando se golpea la rodilla con una silla, entonces se desploma en el piso, sola, inundada por un sentimiento de impotencia. La oscuridad parece convertir la oficina desierta en un espacio gigantesco.

Su colega y ella mudaron la firma a este sitio el año pasado cuando el negocio estaba creciendo y contrataron más personal; en realidad era demasiado grande, pero Mira se enamoró del edificio: una estación con más de cien años de antigüedad. Mira ha comenzado a amar las cosas viejas, ella que siempre soñó con construcciones nuevas y decoraciones modernas, tal vez es una señal de que, ahora, ella es más gente del bosque que cualquier otra cosa. Solo me faltan los esquís de fondo y negarme a conjugar los verbos, piensa ella con amargura.

Se acuesta sobre el piso y cierra los ojos mientras las ventanas vibran con más y más intensidad. Piensa que debería haberse marchado a su casa para estar con Peter, y se avergüenza de no tener las ganas de irse a casa que se supone debería tener. Sabe que, si prefiere quedarse, algo está mal en su interior.

En algún lugar entre el sueño ligero y estar casi dormida, Mira recuerda que, no hace mucho tiempo, Peter tomó el auto y manejó hacia el sur hasta la nueva ciudad de Maya, su nuevo hogar, para ayudarla a montar unos estantes en su dormitorio estudiantil. Y recuerda que, en ese ínter, la propia Mira estaba aquí, sentada en su oficina, y su teléfono sonó cuando su esposo le mandó una fotografía del auto, estacionado bastante cerca de una intersección, con la pregunta: «Crees que puedo estacionarme aquí sin que me multen?». Ella empieza a reírse en la oscuridad de lo tonto que fue todo eso. La historia del amor entre ellos dos es tan peculiar que él pensaba de verdad que ella podía calcular una distancia de diez metros en una fotografía y determinar si el auto estaba demasiado cerca de la intersección o no. Tal vez por eso ella se atrevió a abrir esta firma, pues él realmente cree que ella puede lograr lo que sea, y a veces, eso puede ser contagioso.

Quizás es por este simple hecho —piensa ella para sí con amargura, en algún lugar entre los pensamientos y los sueños— que no se atreve a contarle a Peter sobre los problemas financieros por los que está pasando la firma ahora. Han perdido varios grandes clientes y están hasta el cuello de deudas, pero ella solo guarda silencio respecto a todo esto, pues no puede decepcionar a su esposo cuando él lo ha sacrificado todo. Cuando eres joven y estás enamorado, crees que la parte difícil de estar en una relación es admitir que necesitas ayuda, pero, cuando has estado casado la mitad de tu vida, sabes que lo más difícil es admitir que en realidad no la necesitas: no necesitas ayuda de nadie para sentir que eres un inepto, que eres un fracasado, que eres un inútil. Porque nadie es tan bueno para hacernos sentir todas esas cosas como nosotros mismos. Mira puede verlo en los ojos de Peter cada vez que se le ocurre criticarlo de manera casual. Él querría gritarle a Mira «No necesito ninguna ayuda», pero lo único que ella recibe es silencio. Ella sabe exactamente cómo se siente él, porque en eso, ella también es la mejor.

Mira ama esta oficina; el único problema con el edificio de la antigua estación es que se encuentra en Hed, no en Beartown. Ella ha tenido que vivir con la ira silenciosa que Peter siente al respecto, a un extremo tal que, a veces, Mira se ha preguntado si quizás esa fue la razón subconsciente por la cual escogió este lugar: para obligar a su esposo a distanciarse aún más del hockey, de modo que el deporte no pueda atraerlo de vuelta. Pero ¿para qué? ¿En beneficio de quién? Esto no ha salvado su matrimonio, tal vez solo lo ha prolongado. Ella no vuelve a casa, a su hogar, ni siquiera cuando se avecina una tormenta, así que ¿cuándo te irías a tu casa entonces? ¿Qué es un «hogar», por cierto, cuando últimamente ella pasa más tiempo aquí en Hed que en Beartown? ¿En qué la convierte eso?

Estos malditos pueblos, piensa ella, tal vez más que nada para sentir que hay alguien más a quien culpar. Estos malditos pueblos y sus insignificantes sentimientos pueriles de envidia y odio que siempre obligan a todo el mundo a elegir un bando para lo que sea. Porque desde luego que Peter no era el único al que le irritaba que la oficina estuviera en Hed. Frac, su amigo de la infancia, se apareció aquí hace tan solo un par de semanas con otros cuatro hombres, tuvieron el cuidado de aclarar que no era una «visita oficial» y que no representaban «ni al gobierno municipal ni al club», sino que simplemente eran «algo así como un grupo de interesados». Beartown y sus malditos intereses, pensó Mira cuando los oía parlotear, ese maldito pueblo y su maldito juego. Frac, siendo fiel a su apodo, estaba demasiado arreglado para la ocasión, a un grado que llegaba a la ridiculez, pues vestía un traje a rayas encima de un chaleco y una corbata, mientras que los otros cuatro portaban el uniforme habitual de los vaqueros empresariales de la región: pantalón de mezclilla, camisa, chaqueta ajustada y un delirio de grandeza absoluto. Mira pensó en lo que la colega le dijo cuando fundaron su firma: «Lo único que un par de mujeres como nosotras necesita para tener éxito en el mundo de los negocios es diez años acumulados entre las dos de estudios en derecho, treinta años acumulados de experiencia profesional y una autoconfianza acumulada igual a la de un solo hombre de mediana edad de veras mediocre».

Todos y cada uno de los cinco hombres eran empresarios exitosos en la región, patrocinadores del Club de Hockey de Beartown y «ciudadanos preocupados» con presencia recurrente en la sección de cartas de lectores en el periódico local. Se reunieron alrededor del escritorio de Mira como si fuera una instalación artística, se veía igual al escritorio de un hombre salvo que detrás de él estaba sentada una mujer, y esto parecía resultarles fascinante. Uno de ellos creyó que la colega de Mira en realidad era su asistente, así que le preguntó si le podía servir un capuchino, a lo que la colega respondió, con tono amable, que se lo iba a dar en la cara si no tenía cuidado, y Mira tuvo que agarrarla del brazo para impedir que le mostrara al tipo que esto no era una amenaza vacía. Otro de los hombres preguntó si Peter no iba a participar en la reunión, a lo cual la colega contestó:

—¡Por supuesto, de hecho, él prepara un excelente capuchino!

Frac captó la indirecta y, magnánimo, extendió los brazos a los lados:

—Señoras mías, no queremos malgastar su valioso tiempo.

Tras lo cual malgastó cuarenta minutos.

—La verdad, esto no luce muy bien —sonrió Frac, con lo que se estaba refiriendo al hecho de que Mira, en su calidad de la señora Andersson, esposa del antiguo director deportivo del Club de Hockey de Beartown, había elegido establecer su exitosa firma en Hed—. La gente de Beartown tiene que mantenerse unida, ¿no crees? En un pueblo pequeño todo está conectado, Mira, las empresas y los políticos y los habitantes... —afirmó él, pero se contuvo de añadir «¡y el hockey!», pues vio que la colega estaba sopesando su taza de café en la palma de la mano, como si estuviera tratando de determinar qué tan fuerte podía arrojarla. En lugar de eso, Frac mostró con orgullo, como si se tratara de una pintura del Renacimiento, un documento que resultó ser un contrato de alquiler, bastante ventajoso, de unos locales de oficinas en Beartown que estaban recién renovados. Los locales eran propiedad del municipio, pero eso no representaba ningún problema, les aseguró Frac; él había negociado una disminución del monto de la renta directamente con los concejales—. Y desde luego que esto solo es temporal, ¡pues máximo en dos años podrán mudar la firma AQUÍ!

Frac presentó más documentos y los esparció sobre el escritorio, y luego declaró de manera triunfal:

—¡El Parque Industrial de Beartown!

Estos malditos hombres y sus planes ambiciosos, pensó Mira, siempre tienen algo entre manos. En los últimos años han fantaseado de manera sucesiva con un aeropuerto, un centro comercial, ser sede de un campeonato mundial de esquí y ahora esto. Nuevos edificios de oficinas justo al lado del supermercado de Frac, un centro para la vida empresarial de toda la región, construido con dinero del municipio y con él en medio de todo. Y, al lado de la arena de hockey, se construirá al mismo tiempo un nuevo complejo de entrenamiento, explicó Frac, quien agregó henchido de orgullo:

—¡Estamos invirtiendo en los niños, Mira, todo esto es en beneficio de ellos!

Pero, en realidad, nada de esto lo es y nunca lo ha sido, desde luego. Los niños siempre son solo la excusa. «Parque Industrial de Beartown». Incluso el nombre era perfecto en el contexto de su reluciente estupidez. Nunca deja de sorprenderla el hecho de que nunca dejan de sorprenderla, estos hombres que van camino a la vejez. Frac tomó el silencio de Mira como una señal de admiración y sonrió abiertamente, como solo pueden hacerlo los hombres que no conocen la diferencia entre un diálogo y un monólogo:

—¡Necesitamos mantenernos unidos, Mira! ¿No es así? ¡Lo que es bueno para el pueblo también es bueno para nosotros!

Por instinto, Mira tuvo ganas de arrojarlo a través de la ventana, sin antes abrirla, como es lógico; pero, por desgracia, se fijó en que el contrato sobre el escritorio estipulaba que la renta que Frac le ofrecía en Beartown era la mitad de lo que estaban pagando por ocupar el edificio de la antigua estación aquí en Hed. Era un hecho que a sus finanzas les vendría bien esta ayuda. Ni siquiera la colega sabe qué tan mal van las cosas, Mira les ha ocultado todo a todos, se ha obstinado en pensar que encontrará una forma de solucionar toda esta situación ella misma. Eso no está bien, lo sabe, pero ya se ha prolongado por demasiado tiempo como para dar marcha atrás. De ahí que, cuando la colega observó a Mira con los ojos entrecerrados y de forma suspicaz al ver que por lo menos estaba considerando la oferta en el contrato, Mira se vio obligada a hacerse la dura y preguntar:

—¿Y qué hay de ti, Frac? ¿Qué es lo que tú y el club quieren a cambio?

Frac extendió los brazos a los lados, en un gesto tan teatral que tiró un montón de carpetas.

—¿Qué queremos? ¡Se trata de *ayudarnos* entre nosotros, Mira! ¿Verdad? Somos amigos. ¡Casi vecinos!

Solo entonces otro de los hombres se inclinó al frente y sugirió, con la mejor de las intenciones y para «aportar su granito de arena a la conversación», que tal vez Mira y la colega podrían considerar la posibilidad de patrocinar al Club de Hockey de Beartown con un monto que, por pura coincidencia, podría equivaler al descuento que Frac había negociado en el contrato de alquiler con el municipio.

—Y, obviamente, ese monto por concepto de patrocinio sería deducible de impuestos; nuestros contadores podrían encargarse de ello. ¡Es una situación en la que ganamos todos!

Así que esa era la razón detrás de todo. Por supuesto. Siempre hay una segunda intención oculta, siempre hay un plan. Fraudes, fraudes y más fraudes, eso nunca se termina. Si Beartown es una familia, la arena de hockey es el niño consentido que come y come hasta dejarlos a todos sin casa y sin hogar.

—Bueno... Es decir... solo es una sugerencia —Frac se aclaró la garganta, y Mira se dio cuenta de que estaba deseando que el otro tipo no hubiera dicho eso de una forma tan directa.

A Frac le encantan los secretos, es consciente de que los secretos representan poder. Por eso es probable que tampoco hubiera estado planeado que el tipo a su lado volviera a abrir la boca. El viejo se estaba impacientando e hizo lo que todos los viejos hacen cuando se reúnen con mujeres como Mira y su colega: las subestiman.

—Dentro de poco, *ninguna* empresa va a querer permanecer en Hed, ¿saben? ¡Porque en poco tiempo no quedará nada aquí! ¡En poco tiempo Hed ni siquiera tendrá un equipo de hockey!

Aterrado, Frac le dio un codazo al viejo, pero ya era demasiado tarde, Mira alzó una ceja y adoptó su sonrisa más inocente y preguntó:

—¿No me diga?

Como era natural, el viejo no pudo resistirse:

—¡El ayuntamiento quiere cerrar el Club de Hockey de Hed! Quieren que solo haya un club en la región, fue por eso que durante años trataron de cerrar el club de Beartown, pero ahora las cosas son diferentes, ahora Beartown es el hermano mayor y Hed el hermano menor, ¿entiendes lo que te digo? ¡Nosotros tenemos el mejor equipo con la mejor situación financiera y los patrocinadores más importantes! ¡Así que el club de Hed será el que va a desaparecer, y luego todo lo demás seguirá la misma suerte! Para cuando terminemos con esto, Beartown será una gran ciudad y Hed un pueblucho atrasado, así que aprovechen para volver mientras puedan, ¡pues quizás en poco tiempo ya no les alcancen los recursos para hacerlo!

El viejo se rio con tantas ganas que se formaron olas en su estómago, como cuando el viento sopla contra una enorme lona mojada. Frac tenía una sonrisa muy forzada en el rostro y evitó la mirada de Mira mientras murmuraba, casi avergonzado:

—Sí, bueno... obviamente... esto no es algo oficial. Todo ese asunto de los clubes de hockey. Nadie sabe que se están llevando a cabo discusiones al respecto, ni siquiera... tu esposo.

No pudo siquiera obligarse a sí mismo a decir «Peter». Mira y la colega se pusieron de pie para indicar que la reunión había terminado. Asintieron de manera diplomática, o en todo caso Mira lo hizo, estrecharon la mano de los hombres y prometieron que iban a pensar en la oferta del cambio de domicilio.

Cuando los pantalones de mezclilla y las chaquetas salieron pesadamente de la oficina, Frac alzó la mano en un triste saludo dirigido a Peter, quien estaba solo en su oficina detrás de una puerta transparente. Peter estaba sentado ahí, en su jaula de cristal, como un león que había perdido su melena, y Mira se sentía como una mujer que había perdido a su hombre. Hubo una época en la que Peter conocía todos los secretos en este bosque, pero, ahora, Mira sabía más sobre los clubes de hockey que él. Ahora, ella era más importante que su esposo.

La puerta se cerró detrás de Frac y los otros hombres. Mira se sentó en su escritorio y se quedó viendo las fotos. Durante las semanas que han transcurrido desde entonces, Peter ha estado yéndose a casa cada vez más temprano para recoger a Leo, y ella llega a casa cada vez más tarde, y se queda sentada cada vez más tiempo a bordo del coche, en la entrada del garaje. Fue idea del propio Peter empezar a trabajar aquí, pero tal vez solo lo hizo porque creyó que eso era lo que ella quería, y ahora ella ya no sabe qué quiere. Lo más difícil de un matrimonio es que, incluso si lo haces todo bien, nunca puedes decir «misión cumplida».

No es culpa de Peter que el trabajo haya terminado así, tampoco es culpa de ella, la firma simplemente creció demasiado, con demasiada rapidez. Cuando él comenzó a trabajar aquí, Mira le prometió que podría ocuparse de temas de «recursos humanos» y «cuestiones relativas al personal», y las cosas fueron bien cuando no tenían tantos empleados, pero ahora son demasiados, y él es como el jugador menos talentoso en un equipo de hockey que ascendió a una división superior. No está hecho para este nivel. Todos los demás tienen formación y experiencia, él solo está casado con la jefa. Mira trata de ocultar el hecho de que él no tiene a cargo tareas importantes con más papeleo, pero la situación no hace más que empeorar. Peter no se ha encogido por el éxito de su esposa, pero ella ha crecido tanto que, ahora, él se ve más pequeño a su lado.

—Pronto tendrás que fundar una firma de mentira y contratar actores que trabajen de mentira, para que él crea que realmente está haciendo algo importante —dijo la colega no hace mucho, en son de burla.

—¡Oye, las cosas no están tan mal! —respondió Mira.

La colega se encogió de hombros. Ella se mofa muy a menudo de Peter, tanto que él cree que ella lo odia, lo que al final hizo que ella más bien sintiera simpatía por él. Cuando Peter comenzó a trabajar aquí, fue la primera vez en su vida que tuvo que usar corbatas, lo que resultó un reto de por sí, pues, cuando se las anudaba, siempre parecían quedarle demasiado largas o demasiado cortas. Así que empezó a ponerse esa clase de corbatas que ya tienen el nudo hecho, hasta que la colega de Mira se fijó en la correa de velcro que sobresalía del cuello de su camisa, y exclamó:

—¡No sabía que fabricaran ese tipo de corbatas para adultos!

Sonrojado, Peter trató de defenderse, alegando que no era una corbata para niños, sino que, de hecho, se trataba de una «corbata de seguridad», la clase de corbatas que usa un guardaespaldas para no terminar estrangulado si alguien jala de ella. El rostro de la colega se partió en una gran sonrisa:

—¿Un guardaespaldas? ¿Como Kevin Costner en esa película?

Peter se dio cuenta de su error demasiado tarde, y entonces tuvo que soportar que la colega cantara «*I will always love youuuuu*» cada vez que ella pasaba por su oficina, y es que la colega encontró una cantidad inverosímil de razones para hacer eso cada día, considerando que su propia oficina estaba al otro lado del edificio. Mira ha fingido no darse cuenta de que Peter estuvo practicando una y otra vez todas las mañanas desde entonces, pero, aun así, la corbata siempre termina quedándole demasiado corta o demasiado larga. Él nunca se sentirá realmente a gusto en el mundo de su esposa.

Hace unos cuantos días, la colega terminó por ver a Mira a los ojos y le dijo:

—Sabes, en mi experiencia la mayoría de los hombres solo quieren dos cosas de una mujer: que refuerce su confianza en él mismo y que lo deje en paz. Cuando un hombre se vuelve realmente estúpido, por lo general es porque, o tiene poca confianza en sí mismo, o porque se siente asfixiado. Pero ¿en el caso de Peter? Carajo, creo que puede que lo hayas dejado demasiado en paz...

Mira le respondió con brusquedad, señalándole que una mujer que no puede mantener una relación a menos que ella misma se adhiera con pegamento a un hombre mientras él duerme, quizás no era una experta en el tema. Con calma, la colega le respondió a su vez que Mira había estado casada por una eternidad y que eso tampoco parecía haber sido de mucha ayuda. Entonces, Mira cerró los ojos y susurró con los dientes apretados:

—Maldita sea. ¿Hasta este extremo han llegado las cosas ahora?

—¿A qué te refieres? —preguntó la colega.

—¿Que hasta tú estás del lado de Peter?

La colega se quedó callada por un buen rato antes de decir con franqueza:

—Yo no sé nada del matrimonio. Pero no creo que la idea sea que ustedes dos estén en lados distintos.

Carajo, piensa Mira ahora, en el piso de la oficina, a solas. Carajo. Carajo. ¡Carajo!

Desde luego que sabe lo que todos los demás piensan: ¿Por qué no simplemente dejar que Peter vuelva a trabajar en el club de nuevo? ¿Por qué no devolverle el hockey?

Porque ella sabe cómo terminaría eso, pues ha pasado la mitad de su vida viviendo la vida de Peter. Uno no puede estar un poquito involucrado con ese club, es un monstruo, consume relaciones como un amante celoso. El hockey nunca podrá estar satisfecho, uno nunca es suficiente, pero eso también aplica para la vida afuera de la arena de hockey.

Hace dos años, después de que todos los horrores del mundo hubieran afligido a Maya, Mira y Peter se olvidaron por unos instantes de estar al pendiente de Leo. Así que su hijo encontró nuevos amigos, de la peor calaña, de esos que usan chaquetas negras y que hicieron que saliera toda la oscuridad que él llevaba dentro. Mira y Peter tuvieron un vistazo preliminar de cómo sería la vida de Leo si lo abandonaban a su suerte, con todo y sus demonios y su incapacidad para controlar sus impulsos. Una vez que eso quedó atrás, se prometieron el uno al otro que uno de ellos tendría que estar más tiempo en casa. Para tener a su hijo a la vista.

¿No es esto razonable? ¿Acaso Mira no ha hecho su parte, por todos esos años? ¿No es su turno de poder dedicarse de lleno a su trabajo ahora? Empieza a redactar diez mensajes de texto diferentes para Peter, pero los borra todos, al final solo escribe: «Estoy por salir». Casi tiene la esperanza de que él le conteste con una llamada y empiece a gritarle, porque esa es una mentira más que evidente, pero él solo responde: «Ok».

Carajo.

En el cajón del escritorio hay una linterna, pero ella la deja ahí. La lluvia suena contra las ventanas, la luz de su móvil es lo único que ilumina su rostro al tiempo que se desplaza a través de años y años de fotos que ha preservado de sus hijos, fiestas de cumpleaños y peleas con bolas de nieve y domingos de patinaje en el lago congelado por el invierno. Tienen la apariencia de una familia perfecta y, como tantas otras veces, se pregunta si en realidad alguna vez lo fueron.

Ella dormita acurrucada sobre la alfombra, pero nunca se

queda dormida de verdad. Poco a poco, su cerebro se acostumbra a los golpes y al estruendo provenientes del exterior, su cuerpo deja de estremecerse. No oye cuando Peter entra; él puede caminar de una forma muy silenciosa, tocarla con mucha delicadeza. Ella siente su aliento en la nuca, y sus manos ásperas, con sus dedos torcidos por las fracturas en arenas de hockey grandes y pequeñas por igual, que la rodean por la cintura. Ella sonríe, pero mantiene los ojos cerrados, cada vez con más fuerza, pues no quiere abrirlos y darse cuenta de que solo está soñando con él.

—¿Tenemos que acostarnos en el piso? —finalmente le susurra él al oído.

—¿Qué? —murmura ella.

—Que si tenemos que acostarnos en el piso, querida —repite él.

Ella no sabe si abrazarlo o regañarlo, de modo que lo único que logra decir es:

—¿Cómo llegaste aquí?

—Caminando.

—¿CAMINANDO?

—Sí. Con una linterna, a través del bosque.

—Ay, cariño, ¿por qué?

—Leo está con los hijos de los vecinos. No quería estar solo.

—Estás loco —dice ella, entrelazando de manera firme sus dedos con los de su esposo.

—Ya me lo han dicho —responde él, y ella puede sentir su sonrisa contra su espalda.

Yacen acostados ahí, escuchando el viento, y ella siente, por primera vez en mucho tiempo, que quizás no es demasiado tarde para arreglarlo todo. Se queda dormida. Casi se olvida de todo esto.

Mira se despierta cuando su móvil empieza a sonar. Al principio solo se queda sentada en el suelo, confundida y soñolienta, tratando de asimilar el hecho de que al otro lado de la ventana está amaneciendo. Durmió durante una *tormenta*, ¿qué tan exhausta debes estar para hacerlo? El teléfono suena y suena y suena, y su corazón se acelera y cae igual de rápido cuando ve el nombre de Peter en la pantalla. Él jamás estuvo aquí. Hay diez mil cosas que quiere decir, pero, cuando contesta el teléfono, no tiene tiempo para lograr decir ni una sola. Nadie más ha oído el llanto en la garganta de Peter; si te golpean cuando eres un niño, aprendes a contener tus sollozos, pero no ante ella. Nunca ante su esposa.

—¿Murió...? ¿Cómo que murió? —es todo lo que Mira puede decir una vez que él se lo ha contado, pues ella no puede estar muerta, ¿verdad? ¿*Ella* no?

Durante varios días después de la tormenta, Peter estará de pie en su recámara, tratando de anudarse la corbata de forma que tenga la longitud perfecta para el funeral. Mira estará de pie afuera de la puerta, y nunca encontrará un instante para tomar aire con la suficiente profundidad como para romper el silencio. Esa noche, el bosque perdió muchos de sus árboles más hermosos, y lo que lo hace todavía más insoportable es haber perdido también a una de sus personas más valiosas.

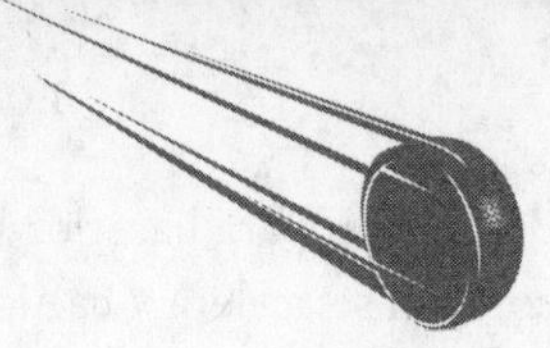

OSCURIDAD

En menos de una hora, Fátima yacerá en una cuneta, pero en este momento, está haciendo la limpieza en la arena de hockey. Está acercándose a la mediana edad, se ve mucho más joven, pero se siente considerablemente más vieja cuando endereza la espalda en lo alto de las gradas. Siente dolor, pero lo oculta muy bien; es buena para guardar secretos, tanto los de otros como los suyos. Todos los días limpia esta arena de hockey en su totalidad, y al día siguiente vuelve a empezar, siguiendo la misma rutina estricta. No se queja, se siente agradecida, siempre agradecida, agradecida, agradecida. Por este trabajo, por el pueblo, por el país que los recibió a ella y a su hijo hace muchos años, cuando él todavía era pequeño. Agradecida, agradecida, agradecida por todo lo que él ha recibido aquí. Todo lo que ha podido llegar a ser.

—¡Fátima!

Es el conserje, gritando de nuevo; lo ha hecho toda la tarde, cree que ella debería irse a su casa antes de que la tormenta empeore y los autobuses que van a la Hondonada dejen de circular. Pero ella no va a dejar las cosas a la mitad, el vejestorio lo sabe, solo que él no tiene otra forma de comunicar su preocupación más que con refunfuños. Cierta vez, el conserje le sonrió a Fátima de manera socarrona, y dijo que hay muchas cosas buenas que uno puede ser en un club de hockey, pero ninguna de ellas es mejor que no ser valorado. Era un lindo pensamiento, desde luego, las encargadas de la limpieza y los conserjes nunca verán sus nombres en un pendón colgado en el techo de la arena de hockey al final de sus carreras, pero permanecen ahí por más tiempo que todos aquellos que reciben ese honor. Los entrenadores y los jugadores van y vienen, y se puede reemplazar al equipo entero en el transcurso de un par de temporadas, pero las personas que están en segundo plano van a su trabajo cada lunes como de costumbre. Si hacen su labor a la perfección, nadie notará siquiera lo importantes que son sino hasta el día en el que desaparezcan. Muchas veces ni siquiera entonces, por desgracia.

El día que la entierren, Fátima no será recordada ante todo por la persona que fue, sino por haber sido la madre de alguien. La madre de Amat, el chico que llegaría a ser el mejor. Eso es todo lo que importa en los pueblos donde el hockey es el rey.

●●●

El viento aporrea la puerta, pero el conserje no le presta atención. Se requiere algo más que un poco de aire para asustarlo tanto que decida irse a su casa.

—¡Tienes que irte a casa pero ya, tonta! ¡Puedes terminar de limpiar mañana! —le grita a Fátima desde la parte baja de la arena, junto a la valla.

—¡Algunos de nosotros sí trabajamos de verdad, no solo fingimos como tú, viejito! —contesta ella a voces desde las gradas.

—¿Viejito? ¡Vete al lago y échate un clavado en él!

—¡Oh, cierra el pico!

Solo hay una persona a quien Fátima llega a alzarle la voz aparte de a su hijo, y esa persona es el conserje. Así de cercana es la relación entre ellos ahora, la tonta y el viejito; él ha trabajado en este lugar desde siempre y, dentro de poco, ella habrá estado aquí por tanto tiempo que nadie podrá recordar cuándo empezó; con los años han construido una amistad de confianza, que se sustenta en unas pocas palabras y un humor sencillo. No hace mucho tiempo, el conserje vio una foto de una estatua ubicada en otra parte del país; en su base, estaban inscritas las palabras

«Áspera por el trabajo, suave por el amor». Y, en ese momento, pensó en Fátima.

—¡Te faltó una mancha ahí! —grita él.

—¡Solo ves manchas porque tienes cataratas en los ojos! —contesta ella, también a gritos.

El conserje suelta una risita alegre, no hay muchas personas que puedan lograr que él haga eso. Se dice a menudo que «los niños y los borrachos siempre dicen la verdad», pero, si vas a un pueblo que respira hockey y quieres saber lo que en realidad está pasando, debes ir a la arena y preguntárselo al conserje. Solo hay un problema, él no te contará ni una maldita cosa, pues los clubes de hockey necesitan «techos altos y paredes gruesas», y el conserje se toma ese lema muy en serio. Ha visto a entrenadores y juntas directivas llegar e irse, fue testigo de cuando el club se convirtió en el segundo mejor de todo el país y fue testigo de cuando estuvo a punto de irse a la quiebra, hace dos años. El conserje es experto en cerrar la puerta del almacén y encender el afilador de las cuchillas de los patines para no escuchar sin querer a los patrocinadores y a los políticos cuando pactan algún acuerdo turbio en los pasillos. No fue a la escuela ni un día más de lo necesario, pero entiende lo suficiente en cuanto a cifras como para saber que ningún club en este país habría sobrevivido si hubieran seguido todas las regulaciones en materia de contabilidad; todos aquí hacen lo que sea necesario para sobrevivir. Y entonces, uno mantiene la boca cerrada. Al conserje le ha tocado vivir cuentos de hadas y catástrofes en esta arena de hockey, ha visto a muchachos convertirse en hombres y a hombres convertirse en estrellas, pero, a menudo, los ha visto apagarse con la misma rapidez. Vio llegar a Peter Andersson de su casa con los ojos morados, pero nunca dejarle el ojo así a alguien más, lo vio crecer hasta convertirse en capitán del primer equipo, se despidió de él con un gesto de mano cuando Peter se marchó a Canadá para volverse jugador profesional de la NHL, y aún seguía aquí cuando regresó y ocupó el cargo de director deportivo. Hasta hace solo un par de inviernos, al conserje jamás se le habría ocurrido decir otro nombre si le hubieran preguntado quién es el mejor jugador de Beartown de todos los tiempos. Pero, entonces, llegó Amat. Se dice con mucha frecuencia que un jugador «alcanzó el éxito de la noche a la mañana», o que «apareció de la nada», pero desde luego que eso nunca es verdad. Amat tuvo que luchar cada día de su vida para llegar a ser mejor que todos los demás, pues cualquier esfuerzo menor no será suficiente si eres un muchacho pobre en la arena de hockey de los muchachos ricos. Tienes que ser el mejor. El conserje lo sabe, pues si amas un club por tanto tiempo como él lo ha hecho, al final ese club no puede ocultarte nada en absoluto.

Cuando Fátima llegó aquí con su hijo pequeño hace muchos años, proveniente de algún lugar al otro lado del mundo, jamás había visto siquiera una pista de patinaje sobre hielo, pero aprendió con rapidez que, sin importar cuál sea tu lengua materna, la palabra más importante en el dialecto local de estos rumbos es «hockey». El conserje y el propio Peter se aseguraron de que Amat pudiera tomar prestados unos patines, los dos estuvieron de acuerdo en que eso sería mejor que darle lecciones de idiomas, si es que él iba a integrarse. Cuando Amat creció, el conserje se vio obligado a pagar las consecuencias de tener un buen corazón, pues el muchacho tenía sus sesiones adicionales de entrenamiento antes del amanecer y después del ocaso, y los días laborales del viejo se volvieron al menos cuatro horas más largas, desde la apertura hasta el cierre de la arena. Peter y él se sintieron casi tan orgullosos como Fátima cuando Amat debutó en el primer equipo. «Ese chico es tan rápido como un gato que se escapa de un saco», se reía entre dientes el conserje, y Fátima estallaba por dentro cada vez que su hijo anotaba un gol. Esto es algo que los chicos jamás entenderán, la manera en la que los ven sus madres. ¿Cómo podrían hacerlo? Aún no han tenido que dividir sus propios corazones.

Así que tampoco pueden entender cuando sus madres se derrumban por ellos, no son capaces de entender que los sueños rotos pueden dolerles más a aquellos que nos aman que a nosotros mismos. A Fátima le encantaba el otoño, pues el conserje y Peter le enseñaron que, en Beartown, es entonces cuando empieza el año, al inicio de la temporada de hockey. Pero no este año, no para su hijo.

Nadie sabe en realidad qué le pasó al chico, ni siquiera el conserje. No tiene el corazón para preguntárselo sin rodeos a Fátima, pues puede ver en los ojos de la mujer, día tras día, que está rota por dentro. La primavera pasada, Amat era la estrella más famosa del pueblo, estaba en camino de ganar la liga con Beartown, pero entonces se lesionó y el equipo tuvo que jugar sus últimos partidos sin él; los derrotaron y perdieron la oportunidad de ascender a una división superior. Ya desde entonces corrían rumores de que no estaba lesionado de verdad, de que simplemente no quería arriesgarse a sufrir una lesión, de que el *draft* de la NHL, que iba a tener lugar durante el verano, era más importante para él que Beartown. La sangre del conserje empieza a hervir de tan solo pensar en todo eso. ¡Nadie, *nadie* en absoluto se ha sacrificado más por Beartown que Amat! Pero este pueblo en verdad puede llegar a ser el lugar más hermoso y, a la vez, el más repugnante.

Amat se tomó esos rumores de manera personal, Fátima también, el conserje lo notó, aunque ella no decía nada. Así que, ahora, el conserje no sabe cómo preguntar lo que todo el mundo quiere saber: ¿Qué pasó con Amat cuando viajó al *draft* de la NHL el verano pasado? Ningún equipo lo seleccionó, eso lo saben todos, pero ¿por qué no lo escogieron? Él volvió a casa, y circularon rumores de que se había lesionado de nuevo, otros rumores decían que eso solo era un pretexto, pero ¿un pretexto para qué? Cuando empezaron los entrenamientos de pretemporada para el Club de Hockey de Beartown, Amat no apareció, pero tampoco firmó un contrato con ningún otro equipo. Simplemente se ha encerrado en casa, en el apartamento de la Hondonada. Él era el cuento de hadas con más magia de este pueblo, pero, ahora, se está convirtiendo en su misterio más insondable; y, en el centro de todo, se encuentra su mamá, la mujer que moriría por él.

El conserje mira la pista de hielo vacía, y suspira con la tristeza de un hombre que no tiene nietos. El viento golpea la puerta de la arena de hockey, hasta que cae en la cuenta de que no es el viento. Alguien está gritando allá afuera.

•••

—¡HE ESTADO TOCANDO POR QUINCE MINUTOS! —ruge Frac, cuando la puerta se abre de forma súbita y casi le da un golpe que lo habría dejado inconsciente.

—¿BAMBI? ¿QUÉ ESTÁS HACIENDO AQUÍ AFUERA CON ESTE CLIMA, ZOPENCO? —le responde a gritos el conserje, irritado.

Él es el único que llama «Bambi» a Frac, pues el conserje ha trabajado en este lugar por tanto tiempo que, en una ocasión, hace treinta años, algún bufón talló una pequeña figura de madera que representaba al propio conserje, sentado en una máquina pulidora de hielo, con un globo de texto como los de las historietas encima de su cabeza expresando enfado, y el bufón colocó esa figura detrás del nacimiento en la iglesia, de modo que parecía que la figura les estaba gritando a los padres de Jesús y a los Reyes Magos «¡QUÍTENSE PARA QUE PUEDA PULIR EL HIELO!». Como era lógico, el conserje descubrió de inmediato qué muchachito era el responsable, pues los conserjes lo descubren todo, pero no se lo contó a nadie, ni siquiera al pastor. Techos altos, paredes gruesas. Pero, cuando el bufón en cuestión iba a jugar su siguiente partido, el conserje se esforzó bastante para afilar los patines del bufón de forma dispareja, de modo que no pudiera patinar en línea recta, y, cada vez que se caía al hielo, el conserje gritaba «¡Bambi!» desde las gradas. Desde luego que, hoy día, todos los demás lo llaman «Frac», pero el conserje nunca ha dejado que se olvide de su primer apodo. El bufón creció hasta llegar a ser un vendedor de comestibles con sobrepeso y de mediana edad, pero, para el conserje, nunca dejará de ser un júnior de barba incipiente.

—¡LAS BANDERAS! ¡TIENES QUE AYUDARME A ARRIAR LAS BANDERAS! —exclama Frac entre jadeos.

—¿VINISTE AQUÍ EN MEDIO DE LA TORMENTA POR... UNAS BANDERAS? —espeta el conserje.

Siempre ha sido un hombre con prioridades muy raras, ese Frac, pero esto es el colmo, ¿no es así?

—¡SON DEMASIADO GRANDES! ¡VAN A ATRAPAR EL VIENTO Y A ROMPER LAS ASTAS!

Es hasta entonces cuando el conserje ve que la mano de Frac está sangrando. Lo jala al interior del edificio a través de la puerta y masculla:

—Cualquiera que sea alérgico al polvo no sería capaz de hacerte una lobotomía. ¿Qué te dije cuando compraste esas banderas, eh? ¡Te dije que eran demasiado grandes! ¡Te dije...!

—¡SÍ, SÍ, TENÍAS RAZÓN! ¡SOLO AYÚDAME! —grita Frac a pesar de que están dentro de la arena, como si el viento lo hubiera dejado sordo.

El conserje está tan impactado de que Frac haya reconocido de inmediato que se había equivocado en algo que se olvida de ser malo con él.

—Bueno, okey, veamos... —se limita a decir el conserje entre dientes, y entonces va por vendas para la mano de Frac y un cuchillo para las cuerdas.

Entonces, los dos hombres salen a la tormenta. No es que no sea una idea estúpida, porque lo es, pero, a veces, la estupidez es la única opción lógica. Hay que arriar las banderas para poder izarlas de nuevo mañana. Eso tal vez no sea importante en otros lugares, pero es importante aquí. Mientras las banderas estén ondeando afuera de la arena de hockey, todos sabrán que está abierta, y mientras esté abierta, la vida seguirá su curso;

y no hay mañanas en que la vida necesite hacer eso más que en la mañana después de una tormenta. El conserje podrá ser testarudo y Frac podrá ser un cabeza de chorlito, pero ambos lo entienden. Frac dedica su vida a Beartown. Era un patinador lamentable incluso antes de que alguien afilara sus patines de forma dispareja, pero, aun así, luchó con gran empeño hasta lograr entrar al primer equipo, en el que Peter era la gran estrella, y el único talento de Frac era repartir golpes bajos y provocar a sus oponentes para que se enfrascaran en una pelea y, entonces, los castigaran con una expulsión temporal. Cuando los equipos contrarios que provenían del sur llegaban a Beartown durante el invierno, con temperaturas de menos veinte grados, Frac convencía al conserje de apagar la calefacción en el vestidor de sus contrincantes, y, si tenía la oportunidad, escondía su equipamiento en los almacenes y arruinaba sus bastones, entre más sucios fueran sus trucos dentro y fuera de la pista de hielo, mejor. Si le preguntaras a Frac, te diría: «¿Crees tú que yo no hubiera preferido ser la estrella del equipo y anotar todos los goles? ¡Por supuesto que sí! Pero si no puedes hacer lo que quisieras, tienes que contribuir de cualquier forma que te sea posible. Somos un club pequeño en un pueblo pequeño, ¡si jugamos con las reglas de las grandes ciudades no tendremos ni una oportunidad!». Luego, sonreiría de manera socarrona: «¿Trampa? ¡Solo es trampa si te descubren! ¿Quieres ganar o no?». Fue así como el conserje y él iniciaron una amistad tan larga como disfuncional. Pues el conserje odia las trampas, todos en Beartown las odian, pero más les encanta ganar.

Cuando la carrera de Frac en el hockey se terminó, se volvió parte de «la élite invisible del poder» en esta región, como la ha llamado el periódico local. No es muy invisible que digamos, desde luego, y, por desgracia, tampoco es muy silenciosa, Frac ha sido expulsado de todos y cada uno de los clubes de cacería de toda la región porque ahuyenta a los animales. Está en la arena de hockey casi todos los días, aun cuando no tenga algún asunto oficial que atender ahí, sobre todo va para pelearse por los horarios de las actividades en la pista de hielo; todo el tiempo quiere que el conserje los reacomode para favorecer a alguno de los equipos juveniles, pues uno de los jugadores de ese equipo tiene un papá acaudalado, y Frac quiere convencer a ese papá de que se convierta en patrocinador del club. El conserje acostumbra arrebatarle la pluma a Frac cuando calcula las horas de forma incorrecta, y suspira al decir: «Uno no debería sorprenderse de que alguien como tú que no sabe contar terminara siendo un hombre de negocios, si no podías patinar y aun así trataste de jugar hockey...».

Sin embargo, al final, los dos llegan a un arreglo, a pesar de todo, pues ambos quieren lo mismo: lo que es mejor para el club. Siempre. Frac le promete todo el tiempo al conserje que dentro de poco se edificará el «Parque Industrial de Beartown», lo que incluye planes para un nuevo centro de entrenamiento de lo más moderno al lado de la arena de hockey, y, cuando esté listo, entonces habrá suficiente tiempo en la pista para todos. El cabeza de chorlito tiene metida su cuchara en todas partes, para bien y para mal. Quizás haya sido Peter Andersson el que oficialmente le consiguió a Ramona un lugar en la junta directiva del club hace dos años, pero fue Frac quien le dio esa idea, y por eso Frac tiene el respeto del conserje. También el de Ramona, aunque ella nunca lo admitiría. Cierta vez, después de once o tal vez doce cervezas en La Piel del Oso, ella le dijo en confianza al conserje: «La gente cree que Frac ama a un *equipo*. Tonterías, él no ama a ningún equipo. Él ama a un *club*. Cualquiera puede amar a un equipo, ese es un tipo de amor egoísta, exigente, fácil de herir y al que se puede renunciar sin problema... pero amar a un club, un club entero, en todos sus aspectos, desde el programa infantil hasta el primer equipo, pasando por los remaches que mantienen juntos al techo de la arena y a las personas... ese tipo de amor no tiene lugar para el egoísmo».

—¡MÁS TE VALE QUE ESTO HAYA SIDO IMPORTANTE, BAMBI! —grita el conserje por encima del viento, una vez que han arriado todas las banderas. Ahora, las manos del conserje también sangran.

—¡LO JURO! —contesta Frac con un rugido.

En realidad, no está tan seguro como parece, pero, de hecho, al final tendrá la razón, solo que no de la forma que cree.

La tormenta no derribará ni una sola de las astas. Mañana, Frac y el conserje van a izar todas las banderas de nuevo. Lo que no saben en este momento es que las izarán a media asta.

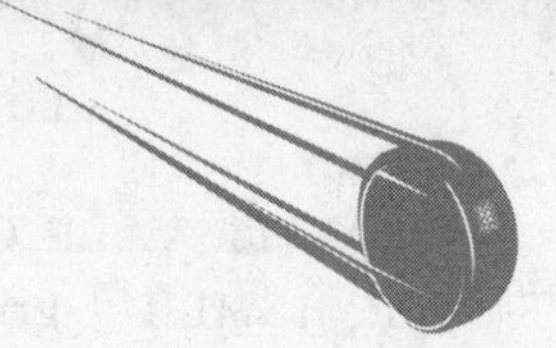

GRITOS

Se dice que las malas noticias viajan más rápido que las buenas nuevas, que, si una persona muere, la gente del pueblo se enterará más pronto que si una persona nace; pero, si le preguntas a Ramona allá en La Piel del Oso, desde luego que mascullará: «Tonterías. Solo se siente así porque, hoy día, es mucha más gente la que muere en este pueblo que la que nace, hay más funerales que bautizos». Ella debería saberlo, La Piel del Oso es el abrevadero de la región, pero también es su departamento de censos no oficial; cada aumento o disminución en el número de habitantes se celebra o se lamenta por alguien en la barra de Ramona. La mayoría de las personas han aprendido a festejar con el doble del fervor que sienten al llorar sus pérdidas, como una manera de compensar, y es probable que sea por eso que han amado el hockey más que nunca en años recientes. De nuevo son un pueblo ganador, viven más de lo que mueren.

Si piensas que esto suena como una exageración y, sin andarte con rodeos, le preguntas a Ramona si el hockey de verdad es tan importante, es probable que te responda: «No. Pero ¿qué carajos es importante en la vida realmente?». Ella no dará muchos discursos en funerales, hay que decirlo, pero puede ser que tenga razón.

Existe una anécdota que a la gente le gusta contar, acerca de Ramona y un turista de la gran ciudad que, cierto verano, iba de paso por el pueblo y detuvo su auto afuera de La Piel del Oso.

Miró a través de la ventana y se fijó en que tenían una televisión ahí dentro, así que entró al pub a toda prisa y preguntó a voces: «¿Puedo ver el partido de futbol aquí?». La tele proyectaba una grabación de video bastante borrosa de un viejo partido de hockey. Un pequeño grupo de señores de avanzada edad estaba mirando la pantalla y se contaban unos a otros lo que iba a suceder a continuación; resultaba evidente que no era la primera vez que lo hacían. Ramona permaneció de pie detrás de la barra, le lanzó una mirada fulminante al turista y masculló:

—¿Futbol? ¿Cuál futbol?

El hombre exclamó, sorprendido y desconcertado por partes iguales:

—¿Cuál fut...? ¿Cómo que cuál futbol? ¡Se está jugando la *final* de la Copa del Mundo!

Ramona se encogió de hombros.

—En este pueblo solo vemos hockey. ¿Vas a ordenar algo? Esto no es ningún transporte público, no puedes quedarte ahí parado con cara de estúpido por nada.

Es solo una anécdota, tal vez ni siquiera es verídica, pero eso no significa que sea algo improbable. Este es el tipo de pub que, de una u otra forma, dice todo acerca de un pueblo y de sus habitantes, de su lugar en el mundo y de la visión que tienen de él. La Piel del Oso está tan cerca de la fábrica como de la arena de hockey; la mayoría de quienes beben aquí viven sus vidas entre estos tres recintos. La idea de que La Piel del Oso ha estado aquí por más tiempo que el propio pueblo, de que las personas construyeron casas alrededor del pub del mismo modo que un pueblo se construye alrededor de un pozo, es una mentira tan vieja que casi parece verdad. Hace dos años, el edificio estuvo cerca de arder por completo, y, ahora, tras su reconstrucción, la gente bromea con frecuencia diciendo que el bar olía mejor justo después del incendio que antes de que se quemara.

En el interior del pub, las paredes están cubiertas por todos lados con fotografías de jugadores de hockey. Es probable que algunos de ellos, como Benji y Vidar, hayan pasado más tiempo en La piel del Oso que en la arena de hockey durante ciertas temporadas, y eso dice mucho de ellos. Otros, como Amat, nunca han puesto un pie aquí, y eso dice todavía más sobre ellos. Ramona siempre ha tenido un lugar en su corazón para aquellos que han tenido éxito en la vida, pero el espacio que reserva para aquellos cuyas vidas se han ido al infierno siempre será infinitamente más grande.

La Piel del Oso está en un sótano, solo puedes ver el cielo a través de sus pequeñas ventanas. Pero, si te plantas en la escalera con la puerta abierta, en el sitio donde Ramona fuma cuando el clima muestra su peor cara y no es posible hacer que el encendedor funcione afuera en la calle, puedes alcanzar a vislumbrar las astas que se encuentran junto a la arena de hockey. Ella jamás lo admitiría ante Frac, pero han empezado a gustarle; cada vez que va a una reunión de la junta directiva y pasa por debajo de ellas camina todavía más despacio, exultante por la oportunidad de fastidiar una vez más a todos esos viejos en la sala de conferencias.

Sin embargo, en este momento alguien arría las banderas allá a los lejos, y la tormenta le impide incluso a Ramona encender su cigarro afuera del bar, por lo que esta noche tiene que fumar adentro. Es probable que el viento hubiera arrancado la puerta de sus goznes si la hubiera abierto. Por eso no ve cuando, dentro de un rato más, Fátima se va de la arena de hockey, y luego permanece de pie en la parada del autobús sobre el camino principal, antes de rendirse y empezar a caminar en solitario rumbo a la Hondonada. Ramona tampoco ve a Matteo, el chico de catorce años, quien ha estado deambulando a solas por el pueblo toda la tarde y en las primeras horas de la noche. Ramona no oye cuando el muchacho grita y aporrea la puerta de La Piel del Oso. Es casi un hecho que ella le habría abierto si hubiera alcanzado a escucharlo. A través de los años ha dejado que todo tipo de idiotas entren aquí, incluso turistas a los que les gusta el futbol, por lo que es probable que hubiera tenido espacio para un chico de catorce años que se sentía asustado y se estaba congelando. Simplemente no lo ve. Pero no es así como Matteo recordará este momento, solo lo recordará con las palabras más simples posibles.

«En este pueblo solo ven el hockey».

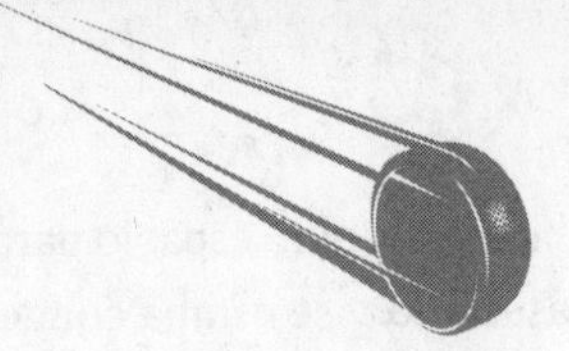

GATOS

Lo último que Fátima hace es limpiar la planta alta de la arena de hockey, donde antes dominaban las oficinas del club y la sala de juntas; pero, ahora, tanto las oficinas como la sala de juntas están apretujadas al fondo, en un espacio más pequeño. Ahora, la mayor parte de la superficie de esta planta está ocupada por el nuevo kínder. Algunos niños de por aquí aprenden a pararse con los patines de hielo puestos antes que aprender a caminar, lo que en verdad dice todo lo que necesitas saber sobre la relación de este pueblo con el hockey: este deporte siempre obliga a la vida a seguir adelante. Por más terrible que pueda ser.

Últimamente, Fátima ha empezado a evitar a otras personas en el supermercado; todos quieren preguntarle qué le pasó a su hijo, y ella no puede responderles. La primavera pasada todo era como un sueño, él sumaba victorias y todos lo amaban, entonces se lesionó y los decepcionó a todos. Luego viajó a Norteamérica para que lo seleccionaran en el *draft* de la NHL, cosa que Fátima apenas si entiende qué es. En cierta ocasión, él se sentó en la mesa de la cocina y se lo explicó como si ella fuera la niña y él fuera el adulto: «La NHL es la mejor liga de hockey, mamá, es donde juegan los profesionales, en Norteamérica. Cada verano, la liga tiene un *draft*, donde los equipos se turnan para escoger doscientos jugadores jóvenes, que tienen la oportunidad de convertirse en jugadores profesionales en esos países. Eso es lo que yo podría llegar a ser ahora. ¡Como Peter!». Amat le prometió a su mamá que le compraría una enorme casa en la Cima y un Mercedes cuando firmara su primer contrato como profesional. Ella resopló: «¿Y eso de qué me serviría? Si quieres regalarme algo, regálame una nueva máquina lavaplatos y un poco de paz y tranquilidad».

Amat tenía sueños tan grandes en esa primavera, que apenas si había espacio para ellos en su estrecho apartamento. Ahora, todo lo que queda de esos sueños es una máquina lavaplatos averiada. Él se encerró en su habitación y casi no ha salido de ahí por varios meses, y ¿qué clase de madre es ella que ni siquiera puede decirle a la gente qué anda mal con su hijo? El conserje le enseñó a Fátima que, en el hockey, uno nunca dice con exactitud cuál es la parte del cuerpo de un jugador que está lesionada, porque, entonces, sus oponentes aprovecharán esa información para lastimarlo en el mismo lugar de nuevo, así que uno solo dice «lesión en la parte inferior del cuerpo» o «lesión en la parte superior del cuerpo». Pero Fátima ni siquiera sabe cuál de esas dos lesiones tiene Amat. Si es su pierna o su corazón lo que está roto.

Ella apaga las luces, sube a las gradas y mira hacia abajo al círculo central; lucha por contener las lágrimas. Habrá nuevos jugadores que ganarán y perderán en esa pista, mucho tiempo después de que Amat se haya ido de aquí, eso no le importa al hielo. Es muy fácil para los demás creer que, si quieres saber algo sobre el deporte juvenil, deberías observar la sonrisa de un adolescente que acaba de lograr convertirse en jugador profesional, pues, cada año, Fátima puede ver a cientos de padres dedicarle miles de horas a esta arena, con la esperanza de que justo eso ocurra con sus hijos. Esos padres llegan aquí estresados y se van a sus casas exhaustos, sudan en sus coches y se congelan en los entrenamientos, pagan una pequeña fortuna por las cuotas de membresía y pagan aún más por todo el equipamiento, pero, con todo y eso, tienen que vender boletos de lotería y trabajar en el quiosco siempre que el club se los pida sin cobrar un solo centavo. Se espera de ellos que tengan todo el tiempo del mundo, que nunca se quejen, que sequen las cuchillas de los patines, que enjuguen las lágrimas y, sobre todo, que laven la ropa. Dios santo, toda esa ropa. Lo que se espera es que todos se sacrifiquen en pos de un sueño para sus hijos, desde luego, pero si quieres saber algo sobre el deporte juvenil, si de verdad quieres saberlo, entonces no basta con que conozcas el nombre de los chicos que alcanzaron su objetivo. También debes conocer a aquellos que solamente estuvieron cerca de lograrlo.

Fátima deja que sus ojos recorran la pista de hielo, de un extremo a otro, trata de recordar qué tan rápido podía patinar esa distancia su hijo. «Como un gato que se escapa de un saco», según decía el conserje, «algún día, ese chico podría recorrer todo el trayecto hasta llegar a la meta». Fátima aprendió que eso significaba convertirse en jugador profesional. «Todo el trayecto hasta llegar a la meta» implicaba ganar dinero con un juego. Esa es la razón por la cual esto no era un juego para nadie en estos rumbos, pues no solo Amat obtendría algún beneficio, todos ganarían algo. «¡Nada es gratis en el hockey, mamá, tienes que darlo todo!», le dijo Amat cuando era pequeño, y tenía razón. Él jugó con equipamiento de segunda mano durante su infancia y adolescencia; siempre dependían de la caridad de gente como Peter Andersson. «No lo llamen caridad, es una inversión», dijo Peter, con el afán de ser amistoso, pero cuando Amat llegó a ser el mejor, Fátima comprendió lo que eso significaba: todos querían cobrar sus dividendos.

Ella parpadea para ahuyentar las lágrimas, respira hondo con los ojos cerrados y baja por las gradas rumbo a la puerta principal de la arena. Se encuentra con el conserje, él titubea por un instante y mira de reojo la tormenta que azota afuera, y dice con timidez:

—Oye, Frac está aquí, puedo pedirle que vaya por su auto y te lleve a tu casa...

—No necesito nada de ese hombre, voy a tomar el autobús —responde Fátima.

No hay odio en su voz, pero ese tono es lo más cerca que ella puede estar de ese sentimiento. El conserje intenta convencerla de que cambie de idea, pero no se puede razonar con ella. Así que suspira y la deja ir.

Frac está de pie afuera con su cabello despeinado y los puños de su camisa manchados de sangre. El viento hace que casi choquen, pero Frac se quita del camino con un salto y Fátima pasa junto a él dando zancadas, antes de que Frac tenga tiempo de abrir la boca siquiera. Ella sabe que él quiere preguntarle cómo está Amat, pues todos en el pueblo lo preguntan, pero a nadie le importa en realidad. No les importa si él es feliz. Solo quieren saber si puede jugar, si puede ganar, si puede aparecer en sus folletos. Pero ya ni siquiera su mamá sabe qué es lo que él puede hacer.

Fátima camina hacia la parada del autobús, encorvada contra el viento, medio paso atrás por cada paso adelante. Espera a que pase el autobús, pero nunca llega. La tormenta ha vaciado a la comunidad. Podría haber regresado a la arena para pedirle a Frac que la llevara en su auto, a pesar de todo, pero no puede evitar sentir que preferiría morir antes que pedirle ayuda a ese hombre.

Así que empieza ella sola la larga caminata de vuelta a su casa en la Hondonada, siguiendo el camino principal. El viento le jala el cabello cuando lucha por avanzar, unos cuantos pasos a la vez. Las piernas le duelen todo el tiempo, pero las punzadas en su espalda llegan en ráfagas, sin advertencia alguna, a veces con tanta violencia que la hacen tambalearse.

Los árboles se inclinan sobre el camino y hacen que el cielo desaparezca, y ella se acuerda de cuánto le temía a la naturaleza en este lugar, cuando Amat y ella llegaron hace tantos años. El viento y el frío y el hielo y el bosque interminable, parecía que todo estaba esperando una oportunidad para matarte, el clima era tan helado que ni siquiera creyó que podría sortear el primer invierno. Ahora, no se le ocurre algo más hermoso. A veces, la naturaleza todavía la hace sentirse aturdida, cuando la nieve es tan blanca que los ojos no soportan mirarla por más de unos cuantos segundos a la vez, cuando el hielo es tan brillante que, si uno está de pie sobre el lago que se encuentra detrás de la arena de hockey, el paisaje se extiende y se extiende hasta que se fusiona con el cielo. Este mundo sin formas definidas puede marearte, el bosque puede estar tan callado que te deja sordo, como si los árboles succionaran todos los sonidos hasta que el mundo quedara en silencio. En el pasado, la gente le caía bien a Fátima y ella quería proteger a su hijo de la naturaleza; pero ahora, es al revés.

Ella se detiene al costado del camino. Sabe en lo más profundo de su ser que no debería hacerlo, que es peligroso, tiene que llegar a casa antes de que la tormenta empeore. Pero sus piernas no tienen fuerza para seguir adelante, siente calambres en la espalda, sus pulmones se están encogiendo. Se encuentra a medio camino entre la arena de hockey y la Hondonada, es el peor tramo para estar sola, esta sección del camino no es más que pavimento y soledad. Está de pie con las manos en las rodillas, trata de recuperar el aliento. El hockey se le viene a la mente. No es tan extraño que suceda esto: cuando tienes miedo buscas refugio en tus momentos más felices, y los momentos más felices de Fátima son los momentos más felices de su hijo. Es algo que los hijos jamás entenderán.

Amat se parece mucho a su papá, la misma voz suave, la misma mirada resuelta. Para Fátima, el hecho de que cada momento de orgullo también llegue acompañado de una puñalada silenciosa de tristeza es tanto un gozo como una maldición. El papá de Amat falleció antes de que vinieran aquí, y nunca pudo ver a su hijo volverse muy bueno en un deporte que él ni siquiera supo que existía; el muchacho nació en un pueblo cerca del desierto, pero encontró su hogar en un lugar hecho de hielo.

Todo es culpa de ella, piensa Fátima, pues fue ella quien le enseñó a estar agradecido por todo. Este pueblo quebró a su hijo, pero fue ella quien le enseñó a dejar que el pueblo se lo hiciera. «Tenemos que estar agradecidos», repetía ella, hasta que esas palabras se convirtieron en tatuajes invisibles en el lado interno de los párpados del muchacho. Él llegó a ser el mejor de todos y ella se sentía feliz, pues la gente por fin trataba a su hijo como si perteneciera a este lugar. Como si este fuera su club, su pueblo y también su país. Es solo que ella no sabía que lo único que pesaba más que los prejuicios de Beartown eran sus expectativas. Amat todavía es solo un muchachito, este es apenas su decimoctavo año sobre la faz de la Tierra, pero el hockey le ha puesto encima una carga que ningún hombre adulto podría soportar.

Hace tan solo unos cuantos años, parecía demasiado pequeño y débil como para jugar hockey. Lo peor de todo era esa aparente debilidad; desde luego, aquí no se te permite ser débil. Fue Peter quien consoló a Fátima en ese entonces; ella había oído las historias acerca de cómo fue que, justo antes del partido más importante en la historia del pueblo, él se plantó en un vestidor y dijo a voces que las grandes ciudades podrían tener el dinero, pero «¡el hockey es nuestro!»; así que ella lo escuchó. Peter le dijo que, lo que los demás veían como debilidad, en realidad era la fortaleza del chico: él era ágil, cuando patinaba parecía como si no tuviera que esforzarse, y por eso se movía más rápido que todos los demás. Fátima pensó para sí misma que sí, tal vez era por eso, o tal vez porque Amat simplemente intentaba huir de todos los muchachos que tenían el doble de su tamaño y trataban de matarlo. Este es un deporte muy violento, y Fátima nunca se acostumbró a ello, ni a los pequeños oseznos sobre el hielo ni a los enormes osos fuera de él, pues eso era lo que parecían todos los papás de los demás chicos cuando se colocaban alrededor de la valla de la pista y gritaban durante los partidos: lentos y pesados a primera vista, pero brutales y rápidos como un rayo en cuanto te tenían en la mira. Fátima aprendió que, en estos rumbos, el hockey era una especie de aristocracia, así era como ellos lo querían, solo los nacidos en la familia correcta debían tener acceso a ella. Por esa razón inventaron tantas tradiciones y códigos, un lenguaje entero con su propia terminología, para que incluso los pequeñines pudieran distinguir entre aquellos que pertenecían a este mundo y aquellos que no eran parte de él. En una ocasión, Fátima oyó a uno de los hombres decir en broma: «¡Hay demasiado deporte en los deportes!», y ella supo qué quería decir con eso. Ellos no deseaban un deporte puro, de verdad que no, querían un juego amañado donde pudieran comprar un lugar para ellos y para sus hijos.

Fue Frac quien lo dijo, apenas si le había dirigido una palabra a Fátima durante todo el tiempo que ella había trabajado aquí, hasta que Amat logró entrar al primer equipo. Entonces, de repente, Frac quiso darle consejos a Fátima sobre «el futuro», quiso decirle qué era «lo mejor para el muchacho», quiso hablar de la NHL y de agentes y de contratos. Quizás Fátima no comprendió todas las palabras grandilocuentes, pero sí entendió que él creía que su hijo Amat era propiedad de Beartown. Frac imprimió un folleto con la foto de Amat y un texto que decía que no solo era fácil patrocinar a Beartown, sino que también era lo correcto, pues, de pronto, resultaba conveniente que Amat proviniera de la Hondonada. Frac llegó al extremo de querer tomar una fotografía que mostrara a Fátima y a Amat recogiendo latas vacías en las gradas, pues había oído que los dos hacían eso con el fin de reunir dinero para la renta; pero el conserje lo regañó de una forma tal que las ventanas temblaron en toda la arena de hockey. La propia Fátima no dijo nada, trató de estar agradecida, pero eso se estaba volviendo más y más difícil.

Ella abre los ojos. Se sienta en cuclillas en medio del camino entre la arena de hockey y la Hondonada. Con lentitud, clava los talones en el suelo, se pone de pie y comienza a caminar otra vez, pero apenas si tiene fuerzas para hacerlo. El aire sopla por detrás de ella, como una patada en la parte baja de la espalda, y trata de resistir, pero al final ya no puede más, se tropieza y cae cuan larga es en la cuneta. Yace en el suelo con el viento retumbando en sus oídos. Y se queda dormida.

La primavera pasada, Frac dio una entrevista al periódico local, y ella leyó todo lo que él dijo sobre Amat: que el chico había vivido «una historia como la de la Cenicienta» y que él demostraba que «en Beartown, cualquiera puede jugar hockey». No, pensó Fátima, es justo por eso que es una historia como la de la Cenicienta: porque eso casi nunca sucede. Leyó cómo Frac se jactaba también de «la inversión hecha en el equipo femenino», aunque Fátima sabía que, cada semana, él trataba de convencer al conserje de que les diera a las muchachas los peores horarios en la pista, de modo que los muchachos de los papás ricos tuvieran los mejores. No querían tener chicas en el club, así como tampoco querían tener chicos de la Hondonada, eran sus rivales por el tiempo disponible sobre el hielo. Porque el hockey era suyo, tal y como Peter lo había dicho.

Los pensamientos de Fátima vagan hasta llegar a sus primeros años aquí; no sabía nada acerca de los osos en ese entonces, pero había imágenes de ellos por todos lados en la arena de hockey, así que tomó prestado un libro de la biblioteca y empezó a leerlo con la esperanza de poder comprender mejor al pueblo si comprendía a ese animal. Y lo hizo. Una de las primeras cosas de las que se enteró fue que casi el cuarenta por ciento de todos los oseznos fallecen durante su primer año de existencia, por lo general, a manos de un oso macho adulto que no es su papá —la causa de muerte más común—. Fue entonces cuando Fátima entendió que, algún día, ella también tendría que ser un oso cuando alguien amenazara a su cachorro. Así que luchó por el derecho de su hijo a ser un niño libre de preocupaciones, inocente y alegre, como todos los demás. A poder jugar y divertirse. Porque, para ser sinceros, ni siquiera ella creía que Amat llegaría a ser así de bueno, que él recorrería «todo el trayecto hasta llegar a la meta»; a ella tan solo le encantaba el hecho de que él no tuviera que pensar cuando se encontrara sobre el hielo. En ese lugar el chico no sentía dolor, era libre, y con eso bastaba. Pero, de manera gradual, a medida que crecía, el hockey, de hecho, parecía volverse más y más justo. Cuando eran pequeños, los niños ricos tenían una ventaja; pero, cuando Amat se convirtió en adolescente, ya no le importaba a nadie quiénes eran sus padres, solo les importaba su talento. Mientras el equipo ganara, todos lo amaban. Él se acostumbró en poco tiempo a esto. Quizás Fátima también lo hizo. Ahora se avergüenza de ello, le preocupa la posibilidad de haber desafiado a Dios y al universo y haber dado todo por sentado, todo lo que te pueden dar también te lo pueden quitar con la misma celeridad. Ella fue la primera que se dio cuenta de que algo andaba mal la primavera pasada, Amat aún seguía anotando goles en cada partido, pero ya no era tan ágil. Se sentía tenso, pues jugaba con el peso del mundo entero sobre sus hombros, hasta que su cuerpo ya no pudo soportarlo más.

Poco tiempo después, alguien de la Hondonada que vivía junto a Fátima le contó que los vecinos se sentían ofendidos por «los rumores», y que todos estaban del lado de Amat. «¿Cuáles rumores?», preguntó Fátima, y le respondieron que había gente del pueblo diciendo en internet que creían que Amat estaba fingiendo su lesión. Que lo único que le importaba era el *draft* de la NHL, y que no había sido «leal». ¿Leal? ¿A qué? Como si su cuerpo les perteneciera a ellos.

Muchos hombres se aparecieron en la arena de hockey y en el supermercado, todos querían aconsejar a Fátima, hasta que al final ya no escuchó a ninguno de ellos, ni siquiera a Peter. Amat viajó a Norteamérica y lo perdió todo y regresó a casa vacío por dentro.

Ella no tiene idea de por cuánto tiempo yace ahí en el suelo, pero, cuando al fin reúne fuerzas una última vez y se levanta con mucho esfuerzo, está tan adolorida que el viento le lastima la piel. Por un instante, tiene tiempo de arrepentirse de haber sido tan orgullosa cuando no llegó el autobús, debería haber regresado a la arena de hockey y haberle pedido a Frac que la llevara a su casa. El hecho de que esté pensando esto revela lo asustada que se siente.

La tormenta silba en sus oídos, con tanta fuerza que apenas si puede oír a Amat gritar «¡Mamá!». Esto es algo que ellos nunca entienden, los hijos, que esta es la palabra más grande que hay en el mundo. «Mamá. Mamá. ¡MAMÁ!». Pasa mucho tiempo antes de que Fátima alcance a ver que él viene corriendo hacia ella por el camino. Ya no luce como él mismo en realidad. Él, que siempre había sido delgado como un palo, se ha vuelto rollizo y fofo, no se ha rasurado y huele a alcohol. Pero sus manos son tan fuertes como las de un hombre cuando ayuda a su mamá a ponerse de pie.

—¿Qué estás haciendo aquí? —pregunta ella con ansiedad.

—¿Qué estás haciendo TÚ aquí, mamá? ¿Por qué vienes a la casa CAMINANDO? —ruge Amat por encima del viento.

El conserje de la arena es de las mejores personas que puedes encontrar en un club de hockey, es lo bastante inteligente como para darle a Fátima el valor que merece. Cuando ella se fue de la arena, el conserje llamó a la empresa de transporte público y pidió que lo enlazaran con el chofer del autobús para asegurarse de que ella lo hubiera abordado. Cuando le dijeron que habían suspendido la ruta por la tormenta, el conserje llamó a Amat de inmediato. El viejo estaba a punto de salir él mismo a buscar a Fátima, pero Amat logró convencerlo de que no lo hiciera, para que el muchacho no terminara buscándolos a los dos. Fue una conversación torpe, el conserje veía a Amat todos los días en la arena desde que él era niño, pero el muchacho no ha estado ahí desde que se lastimó el pie en la primavera y se perdió el final de la temporada. Ni siquiera había dejado la Hondonada desde que regresó del *draft* de la NHL el verano pasado, apenas si ha salido de su apartamento. Esta es la primera vez que se ha echado a correr desde que se lesionó.

Pero vaya que corre. Como un gato que se escapa de un saco.

Desde la Hondonada, a lo largo del camino, a través de la tormenta, hasta que avista a su mamá. Se quita su chaqueta a tirones y se la pone encima a Fátima, envolviéndola. Entonces se van caminando a su casa, acurrucados contra las fuerzas de la naturaleza, ella con su brazo metido debajo del de su hijo.

—¿Tienes hambre? ¿Quieres que vayamos a comprar ese pan que te gusta? —grita ella, sobreponiéndose al viento.

—¡El supermercado está cerrado, Mamá! ¡Ya no hables, tenemos que irnos a la casa! —le contesta él a voces.

—¡No deberías haber venido corriendo hasta acá, tienes que cuidar tu pie! —dice ella a gritos.

—¡Deja de preocuparte por mí! —le pide él.

Amat podrá decir eso cuantas veces quiera, desde luego, pero ella es su mamá. Buena suerte con tratar de impedírselo.

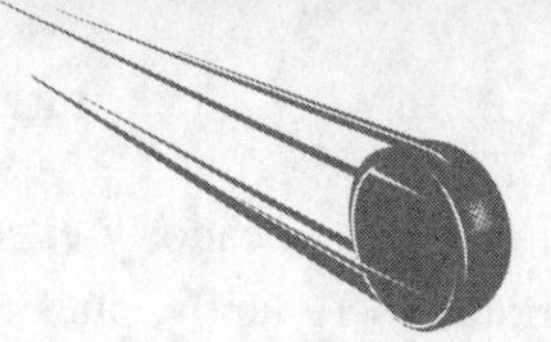

NOMBRES

Al reconstruir La Piel del Oso después del incendio, hace dos años, Ramona ni siquiera se tomó la molestia de colocar un letrero con el nombre del pub. De todos modos, eso no importa, todos saben dónde está La Piel del Oso, todos saben quién es Ramona.

Nadie diría que ella es «agradable», nadie diría que el pub es «acogedor», esa no es la función de esta clase de bar. Ramona te insulta si te tomas demasiado tiempo para ordenar, pues de todos modos no hay ninguna maldita opción, y será igual de generosa con los insultos si intentas apresurarla. No te sentirás bienvenido, pero sentirás los lazos, pues hay bufandas verdes colgadas por todos lados en las paredes que te dirán que, en este pueblo, nos mantenemos unidos. Detrás de la barra hay un sobre en el que están escritas las palabras «El fondo», dentro del cual aquellos a los que les sobre algo de dinero al final del mes pueden dejar un billete o dos, para que Ramona pueda darle ese efectivo a alguien que esté contra las cuerdas. Se cuentan muchos chismes sobre la vieja bruja detrás de la barra, pero la peor mentira que se dice de ella es que perdió la razón hace poco. Es evidente que en realidad la perdió cuando menos hace treinta años. Su corazón, por otro lado, está donde debería estar.

Holger y ella llevaban La Piel del Oso juntos, hacían todo juntos, iban a todos los partidos de hockey juntos. «Letal en el bosque pero inútil en cualquier otro lugar», le decía ella a él entre dientes cuando Holger ponía los vasos de cerveza en el lugar equivocado, y él sonreía de manera socarrona y le respondía «Te amo», pues nada la enfurecía todavía más cuando ya estaba enfadada. Pero él la amaba de verdad, como solo un hombre realmente bueno podía hacerlo, de forma discreta pero sin medida. Lo único que él le exigió a ella alguna vez fue que dejara de fumar.

—Tienes que vivir más tiempo que yo, porque no soportaría tener que vivir después de que te hayas ido —dijo él, y ella le acarició la mejilla con ternura y susurró:

—¡Oh, cállate!

Uno de los parroquianos de La Piel del Oso acostumbraba contar un viejo chiste acerca de un hombre que, en un partido de hockey con la arena llena de gente, estaba sentado en las gradas con un lugar vacío junto a él, la persona al otro lado le preguntó por qué estaba vacío el asiento, y el hombre le respondió con tristeza:

—Es de mi esposa, pero falleció hace poco.

La persona junto a él dijo consternada:

—Lo lamento mucho. Pero ¿no había nadie de tu familia o algún amigo que quisiera venir contigo al partido?

Y el hombre contestó:

—No, todos están en el funeral.

Como es obvio, la broma era que Holger sería ese hombre el día en el que enterraran a Ramona, de modo que nadie ha contado ese chiste desde que él falleció, hace ya varios años. Ella era la que fumaba, fue él quien se enfermó de cáncer. Ella nunca dice que él murió, dice que la abandonó, y esto denota de alguna forma que ella es la peor perdedora en un pueblo lleno de malos perdedores. Simple y sencillamente no ha perdonado aún a ese viejo bastardo por haberse marchado primero. «Los hombres van y se acuestan, y las mujeres siguen trabajando», dice ella entre dientes si alguien menciona el tema, y entonces no se vuelve a mencionar de nuevo por un tiempo.

Ella sigue fumando igual que antes, bebe todavía más, lo único que dejó de hacer fue ir al hockey, porque sus pulmones no podían soportarlo. Se marchitaron sin su esposo. Durante mucho, mucho tiempo, ni siquiera fue capaz de ir al supermercado cuando no sentía el pulso de Holger en la mano ni su parloteo en el oído, así que los hombres jóvenes con chaquetas negras que consideraban La Piel del Oso como su segundo hogar hacían las compras por ella; la mantuvieron en una sola pieza para que ella pudiera seguir manteniendo en una sola pieza a todos los demás. Ellos escribieron las palabras para la esquela de Holger en el periódico, porque el llanto le impedía hacerlo por sí misma. «Maldita sea, Holger, ¿cómo van a saber ahora los jugadores cuándo deben disparar, si no estás aquí para decírselo a gritos?», decía el texto. Ella se rio por lo bajo y sirvió más cerveza. La esquela seguía colgada en una pared del bar, entre camisetas y bufandas del inútil y maravilloso Club de Hockey de Beartown que tanto amaba y odiaba Holger, cuando el fuego se llevó el edificio. Casi se llevó a Ramona también, y, a veces, ella probablemente desea que lo hubiera hecho. La gente puede enterrar a muchos de sus seres queridos durante toda una vida y, aun así, se levantará a la mañana siguiente, pero hay algo en su interior que se vuelve cada vez un poco más pesado. Ella ha tenido uno que otro amanecer en los que ha despertado sin creer que tendrá fuerzas para salir de la cama una vez más.

Entonces, de repente, cierto día a inicios del verano pasado, ella subió el precio de la cerveza. Como era lógico, esto causó un gran alboroto entre los clientes asiduos, en un pub donde no hay otra clase de clientes, pues la última vez que ella había elevado los precios había sido hacía quince años. No hace otra cosa más que subir los precios, esa vieja bruja.

De hecho, los jóvenes con chaquetas negras fueron los únicos que no se quejaron. Porque a Teemu, el idiota más grande en una enorme pandilla de grandísimos idiotas, no se lo había visto tan feliz en mucho tiempo.

—¿Por qué tienes esa sonrisota? —le espetó Ramona, y Teemu confesó:

—Si subes los precios, es que estás pensando en el futuro.

Las personas como ellos dos necesitan un futuro, de lo contrario se hunden. La misma noche que La Piel del Oso ardió en llamas perdieron a Vidar, el hermano menor de Teemu, en el accidente de tráfico. El muchacho tenía por costumbre hacer sus tareas de la escuela en la barra de La Piel del Oso cuando era pequeño, obligado por su hermano mayor, quien jamás hizo una sola tarea escolar en su vida porque nadie lo forzó. Sus papás se habían marchado hacía mucho tiempo y su mamá estaba en casa, pero vivía desconectada del mundo por las pastillas, Teemu y Vidar habían visto tanta violencia y abuso de sustancias antes de siquiera empezar a ir a la escuela que su refugio más apacible era un bar. Estaban a salvo en La Piel del Oso, ahí encontraron a todos sus amigos, en ese lugar Teemu construyó un nuevo sentimiento de pertenencia con las chaquetas negras, quienes siempre protegerían a su hermano menor. Ramona nunca tuvo hijos propios, pero estos chicos eran suyos; cuando murió Vidar, Teemu y ella eran como árboles viejos que habían sido arrancados de raíz, no podían encontrarle ningún sentido al futuro. Con excepción del hockey, que hizo que la vida siguiera adelante, un partido a la vez y un acalorado debate a la vez, tras el juego, en La Piel del Oso, acerca de qué jugador debería haber hecho el disparo. No hay dos individuos en este pueblo que puedan discutir como Ramona y Teemu, pues la gran mayoría de las personas no tienen la energía que exige agradarse mutuamente. Rara vez se comunicaban con palabras, no hacía falta, la vieja bruja detrás de la barra subía el precio de la cerveza y el pandillero casi empezaba a llorar, y con eso bastaba. Se pertenecían el uno al otro.

Cuando la tormenta se extiende por encima de Beartown y la oscuridad envuelve las edificaciones, Ramona piensa en él. En sus muchachos. Es probable que también piense en Holger, desde luego, pues siempre lo ha hecho cuando el crepúsculo se convierte en noche. A él le encantaba irse a acostar, a Holger, ese bastardo perezoso. Cuando el viento empieza a sacudir las ventanas y todas las luces se apagan, ella pone los vasos de cerveza en su lugar debajo de la barra y busca la linterna en la oscuridad guiándose con las manos. Detrás de un tenue y vacilante haz de luz, sube a tientas hacia su recámara por la escalera, moviendo despacio un viejo pie tras otro, pasa junto a gallardetes y bufandas y cientos de fotografías que la gente del pueblo reunió para ella después del incendio. Saludos silenciosos de parte de una vida entera en y alrededor de un club de hockey.

Ella fue uno de los primeros patrocinadores. En años recientes ha ocupado un lugar en la junta directiva. Uf, vaya si se ha peleado con los vejetes que la conforman, y uf, cómo se ha divertido. El equipo de hockey de Beartown es mejor de lo que ha sido en muchos años y Hed es realmente malísimo, y es probable que no puedas experimentar algo más divertido que esto sin estar desnudo, si le preguntas a Ramona. Ella se acuesta en su cama con la fotografía de Holger en sus brazos. La tormenta sacude la edificación y mece a la dueña del pub hasta que se queda dormida.

Poco antes, en medio del bosque, la misma tormenta había sacudido un pequeño auto que se dirigía al hospital de Hed. La mujer embarazada que iba a bordo le había dicho a su esposo alzando la voz «¡Ya es hora, ya es hora, ya viene!», y entonces partieron de su casa. Un árbol cae sobre el auto en medio del bosque, pero una partera y una chica de dieciocho años que no está bien de la cabeza llamada Ana los rescatan. La pareja le pondrá a su hijo el nombre de un muchacho a quien Ana y Ramona amaron. Vidar. El final de la vida es tan incontenible como su inicio, no podemos detener la primera y la última vez que respiramos, así como tampoco podemos detener el viento.

Ramona no se pone el camisón, se queda dormida con la ropa que llevaba, de modo que nadie tendrá que llevársela de aquí vestida de forma indecorosa. Al mismo tiempo que el pequeño Vidar nace en el bosque, ella muere en La Piel del Oso. No hay nada de extraño en esto, ya era hora.

Cuando la entierren, la gente dejará tantas bufandas verdes encima de su tumba que el nombre escrito en la lápida quedará oculto. Eso no importa, todo el mundo sabe quién es ella. Lo que nos mantiene unidos en este bosque son nuestras historias, y nunca dejaremos de contar la historia de Ramona.

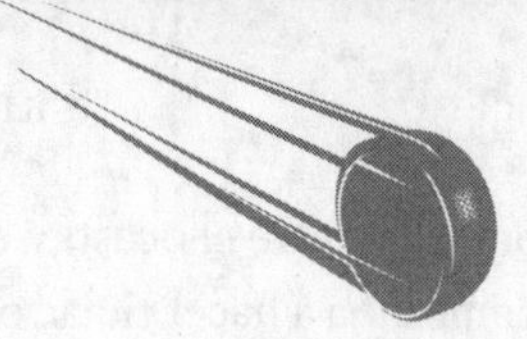

PÉRDIDAS

Lo más insoportable de la muerte es que el mundo simplemente sigue adelante. Al tiempo no le importa. En la mañana después de la tormenta, el sol sale como si se mofara de nosotros, por encima de un bosque devastado y de un pueblo destrozado. Dos, de hecho. Si Ramona todavía estuviera entre nosotros, habría dicho que siempre hay dos de todo, «uno que gana y el otro bastardo». Existen dos pueblos, existen dos clubes y siempre existen dos jugadores de hockey: el que ocupa un lugar en el equipo y el que ocupa un lugar en la barra de La Piel del Oso. «Dos de todo, uno que vemos y uno que no vemos, un lado positivo y un lado negativo», acostumbraba decir con un gruñido, y quizás haya que reconocer que, a menudo, ya había bebido una buena cantidad de desayuno para entonces, y, a veces, se desviaba hacia un comentario final tan obsceno que podía abochornar a un marinero. Pero, cuando se mantenía enfocada, podía extender la mano por encima de la barra para darle a alguien unas palmaditas afectuosas en la mejilla, y entonces declaraba: «Todo y todos están conectados en estos rumbos, nos guste o no». Tenía razón, hilos invisibles y ganchos, por eso todo y todos se detuvieron por un instante cuando falleció.

«¡Salud por las mujeres fieles y los hombres de fiar donde quiera que estén, para el resto de ustedes, montón de inútiles, ya es momento de irse a su casa!», decía a voces cuando sonaba la campana para la última ronda. El pequeño oasis de alcohol en el periodo entre el ocaso y el amanecer se terminaba, el segundero empezaba a hacer tictac otra vez y había que sacar los móviles de los bolsillos a regañadientes para leer mensajes de texto enfadados. Aquellos individuos que eran lo opuesto a los ganadores y al lado positivo caminaban en zigzag rumbo a sus casas, a través de la oscuridad, de vuelta a la vida real, con la plena certeza de que podrían regresar aquí al día siguiente; pero, una mañana, Ramona había dejado de existir, y era inconcebible que, aun así, saliera el sol. Que tuviera fuerzas para hacerlo. Que se atreviera.

●●●

El día después de la tormenta, la gente hace llamadas telefónicas para hablar de lo sucedido, es un shock igual de impactante para todos los que contestan y reciben el mensaje; pero es probable que la llamada más inesperada de todas sea la primera.

Es Teemu quien encuentra a Ramona, pues él es el primero que la echa de menos. Diremos que fue temprano por la mañana después de la tormenta, pero, de hecho, la tormenta todavía no se acaba. Teemu estaba a medio día de distancia en auto, cuando la tormenta llegó estaba dedicándose a esa clase de ventas diversas que Ramona no le permitía realizar en Beartown. Ella sabía cómo se ganaba él la vida, es solo que también sabía que era mejor dejar que lo hiciera lejos de ella, pues, al igual que todos los chicos, él simplemente encontraría algo aún peor que hacer cuando ella no lo viera. Teemu nunca ha tenido padres de verdad, y Ramona tampoco pensaba de ninguna maldita forma intentar serlo, pero, en la medida en que ella podía expresar sentimientos y él podía corresponderle, hicieron esto gracias a que ella estableció unas pocas reglas, y él las acató.

Teemu la llamó por teléfono al enterarse de los reportes del clima, cuando no le respondió supo que algo andaba mal; ella jamás lo habría reconocido, pero siempre tenía su teléfono a la mano cuando él andaba recorriendo caminos. Dio media vuelta con su viejo Saab y manejó toda la noche en carreteras apenas transitables, contra el viento, tan rápido como podía, y abrió la puerta de La Piel del Oso de una patada. Al amanecer, cuando la tormenta por fin les quitó la mano de encima a los pueblos destruidos y todo lo que quedaba era la lluvia contra las ventanas, Teemu se sentó junto a la cama de Ramona y se echó a llorar, como un niño y como un hombre. Cuando somos pequeños, lloramos a la persona que hemos perdido, pero, cuando ya somos grandes, lloramos por nosotros mismos. Él lloró por la soledad de Ramona, pero también por la suya.

«Toda la gente sensata que conozco tiene dos familias, la que le tocó y la que escogió. No puedes hacer nada respecto de la primera, ¡pero debes hacerte responsable de la segunda, con un carajo!», le gritaba Ramona a Teemu cada vez que alguien de la Banda causaba problemas después de un partido de hockey, se robaba una moto de nieve del almacén equivocado o golpeaba en la cara a la persona indebida, y él no lo había detenido. Ella siempre lo hacía personalmente responsable de todos los idiotas que lo seguían, y cuando él se enfadaba y preguntaba por qué, ella le respondía con un rugido: «¡Porque espero más de ti!».

Ramona nunca lo dejó ser menos que aquello de lo que él era capaz. Todos los demás solo veían en él a un loco violento, un pandillero y un criminal, pero ella veía a un líder. Él siente afecto por sus muchachos de la Banda, pero tiene que guiarlos. Ama a su mamá, pero siempre es responsable de ella. A su mamá le gustan las pastillas que la ayudan a no sentir nada, así que él tiene que sentirlo todo por ella. Cuando falleció Vidar, su hermano menor, su mamá le dijo que, a veces, ella observaba a las familias felices en el lago durante el invierno, una mamá y un papá y un hijo que patinaban y reían, una de esas familias funcionales que vivían en una casa donde no faltaba nada.

—Finjo que es Vidar, ese muchachito, que él tuvo una familia como esa —le susurraba ella a su hijo mayor, a través de la neblina en la que estaba inmersa por las drogas. Y no es que deseara eso para Teemu, solo para Vidar, necesitaba a Teemu demasiado como para siquiera fantasear con una vida distinta para él.

Ramona lo sabía, comprendía que esa responsabilidad constante por otras personas es abrumadora para un hombre joven, no es visible por fuera pero poco a poco le va poniendo cada vez más presión por dentro. Teemu es la primera llamada telefónica para demasiadas personas siempre que algo se va al carajo. Únicamente en La Piel del Oso, ya entrada la noche, justo antes de que se apagaran las luces y se cerrara la puerta con llave, podía relajarse y dejar que sus hombros descendieran unos cuantos centímetros. Abrir sus puños apretados. En ese lugar, recibía una última cerveza y una palmadita en la mejilla, y Ramona le preguntaba «¿Cómo estás?». Nadie más hacía eso.

Así que temprano por la mañana, cuando la tormenta por fin se va, él está sentado en el borde de la cama de Ramona, y desea haberle dicho que ella tenía razón. Uno tiene dos familias. Ella era la que él escogió.

Teemu saca un cigarro de la cajetilla que está sobre la mesita de noche y fuma con ella una última vez. De repente empieza a reír porque, incluso muerta, se ve muy enfadada. Si ella está en algún tipo de cielo ahora, Vidar también está ahí, y su hermanito va a recibir un regaño épico por haberse atrevido a morirse antes que ella, piensa Teemu. Entonces, cierra los ojos de la vieja con mucho cuidado, le da unas palmadas en la mejilla y susurra:

—Salúdame al cabroncito de mierda. Y a Holger.

Luego, Teemu tan solo se queda sentado ahí, sin saber qué hacer con el cuerpo o a quién llamar. Ramona era lo más cercano a un adulto normal que él tenía en su vida, así que no sabe qué hacen los adultos normales cuando pierden a otros adultos normales. Al final, termina por llamar a Peter Andersson.

Quizás esto es tan inconcebible como obvio. Durante años se odiaron, cuando Peter era el director deportivo del Club de Hockey de Beartown y el principal símbolo de todo lo que la Banda odiaba: la pequeña élite privilegiada de hombres ricos que gobernaban el club como si les perteneciera. Las cosas llegaron tan lejos que la Banda publicó una esquela de Peter en el periódico y se encargó de que su esposa recibiera la llamada de una compañía de mudanzas para hablar con ella sobre el asunto de vaciar su casa.

Fue en la barra de La Piel del Oso donde Teemu y Peter finalmente dejaron de ser enemigos, bajo la mirada vigilante de Ramona, después de que Peter hubiera renunciado a su puesto de director deportivo; sin embargo, jamás se volvieron amigos. Aun así, Teemu no tiene a nadie más ahora. Espera a medias que Peter le cuelgue de inmediato, pero en lugar de ello, le responde con afabilidad:

—Espera, espera, ¿qué me estás diciendo, Teemu?

Las palabras salen de Teemu todas juntas en tropel.

—Está muerta, con un carajo —solloza él.

—¿Muerta? —susurra Peter.

—Mmm —logra decir Teemu, como si lo único que le quedara fuera consonantes.

—Dios santo. Dios santo, Teemu. ¿Estás bien? —pregunta Peter.

Teemu no sabe qué responder, pues nunca un hombre adulto le había hecho esta pregunta.

—Mmm.

—¿En dónde estás? —dice Peter, como si estuviera esforzándose por no asustar un venado en su jardín.

—En mi auto, con ella —solloza Teemu, de forma que apenas si se lo puede escuchar.

—¿Con... con quién? —pregunta Peter.

—¡Con Ramona!

Peter se limita a respirar en el teléfono, a la espera de oír que se trata de una broma. No lo es.

—¿La tienes en tu *auto*, Teemu?

—¡No sabía qué hacer así que voy para tu casa, pero no quise dejarla sola! —sisea Teemu en el teléfono poniéndose a la defensiva, y se sorbe la nariz.

Peter suspira muy, muy, muy profundo al otro extremo de la línea. Entonces le pide a Teemu que se detenga a un lado del camino. No sabe con exactitud bajo qué tipo delictivo se clasificaría llevar un cadáver por ahí en un viejo Saab, pero está bastante seguro de que debe haber alguno.

—Solo quédate donde estás, voy por ti.

Teemu obedece, lo que se siente extraño, no solo porque Ramona está sentada junto a él y está muerta, sino también porque nunca en toda su vida ha tenido a alguien que vaya por él.

•••

La gente hace muchas llamadas telefónicas, primero de un vecino a otro, luego uno más y uno más hasta que alguien contacta a Adri Ovich en el criadero de perros. Cuando se entera de lo que pasó con Ramona, tiene que hacer una llamada de muy larga distancia.

—Benji —susurra ella, y entonces le cuenta todo con tanta delicadeza como puede, y lo oye partirse en pedazos.

Él se levanta, empaca sus cosas y se marcha, sin dudarlo ni un instante, ahora está durmiendo sobre una banca en un aeropuerto al otro lado del planeta. Uno de sus ojos es una sola y enorme hinchazón rojiazul, y sus orificios nasales se ven negros por la suciedad y la sangre seca. Tiene veinte años, y los últimos dos los ha vivido embriagado y libre, como solo un mentiroso que se automedica puede hacerlo, joven e inmortal. En esta parte del mundo, por fuera de las ventanas, el sol va en ascenso, hacia otro día más lo bastante caluroso como para andar con el torso desnudo en playas infinitas; pero Benji va muy al norte, hacia temperaturas bajo cero y pueblos que aman el hockey.

La prueba de que las máquinas del tiempo jamás existirán estriba en que, si alguna vez hubieran sido inventadas, en algún punto en el futuro, alguien que amara a Benji habría usado una de inmediato para viajar de regreso a este preciso instante, y lo habría detenido. Alguien estaría parado aquí, lo tomaría del brazo y le diría con una amplia sonrisa: «¡Ah, que se joda el vuelo! ¡Ven, vamos a la playa, tomemos una cerveza! ¡Compremos un bote!». Porque, entonces, todo lo que va a pasar jamás habría sucedido, si tan solo alguien se hubiera aparecido ahora y le hubiera impedido viajar a casa. Así es como sabemos que las máquinas del tiempo no existen. Porque son muchas más de las que Benji cree, las personas que lo aman.

●●●

Leo Andersson no puede recordar la última vez que sintió una felicidad tan pura y simple como cuando la energía eléctrica regresa a la casa en el centro de Beartown el día después de la tormenta y su computadora se enciende de nuevo. La vida comienza otra vez. Su papá recibe una llamada telefónica de alguien y a Leo no le importa el contenido de la conversación, pero oye que su papá cuelga, luego le marca de inmediato a la mamá de Leo y le cuenta que alguien murió. Leo no alcanza a oír quién. Sin demora, su mamá conduce a la casa desde su oficina en Hed, donde estuvo toda la noche, y en cuanto entra por la puerta, su papá va de salida. Se miran por un instante muy breve, como si el amor pudiera esperar mientras están ocupados, como si imaginaran que el tiempo que necesitan para decir todo aquello que anhelan expresar simplemente aparecerá como por arte de magia un buen día. Leo no le ha contado a nadie qué tan seguido piensa en cómo resolver todos los problemas prácticos que surgirán cuando se divorcien, cómo van a vivir y cómo podrá él transportar su computadora de ida y vuelta. Porque la situación se siente como un conteo regresivo.

La puerta principal se cierra detrás de su papá, y su mamá se va a la cocina para hacer más llamadas telefónicas. Leo cierra la puerta de su habitación, regresa a su videojuego en la computadora y exhala como si le hubieran dado un calmante, libre de tener que pensar; el parpadeo de la pantalla y los disparos en sus audífonos podrán ser insoportables para otras personas, pero, para él, son una forma de meditación. Aparta la mirada del monitor por un instante cuando le llega un mensaje de texto. Es de su hermana. «Voy camino a casa», dice al inicio. Él sonríe.

En otra parte de Beartown, en una casa mucho más pequeña, Matteo está sentado frente a su computadora. Los dos muchachos tienen la misma edad, están jugando el mismo juego, la hermana de Matteo también va camino a casa. Pero él no sonríe.

●●●

El mensaje de texto de Maya empieza con «Voy camino a casa». Su mamá justo acaba de llamarla para contarle, le explicó que no hace falta que venga, que todo está bien. Entonces, Maya empaca su maleta y le escribe a su hermano: «No les digas nada a mamá ni a papá porque van a querer venir por mí. Voy a tomar el tren. Sé bueno con papá porque está más triste de lo que parece por lo de Ramona, okey? Te quiero!!». Leo nada más responde «ok», pero sonríe. Extraña a su hermana. Se quedó con la habitación de Maya cuando ella se mudó, la organizó completamente en torno a su computadora: una silla ergonómica que quiso como regalo de Navidad, audífonos nuevos, pantalla nueva. Leo ha aprovechado muy bien el hecho de que, aunque a sus padres no les gusta la violencia del mundo de sus videojuegos, la prefieren a que pase las noches afuera en el mundo real.

Matteo está sentado en el piso en una pequeña habitación al otro lado del pueblo, está conectado al wifi de sus vecinos y su computadora es una mezcolanza de partes que rescató de máquinas desechadas cuando el área de oficinas de la fábrica en la que trabajan sus papás tiró sus equipos viejos en un contenedor. Desde luego que sus papás no saben que él tiene esta computadora, nunca se lo permitirían. En la familia de Matteo nadie juega ningún juego, apenas si ven siquiera la televisión, y no es que

Matteo alguna vez haya descubierto con exactitud qué es lo que Dios tiene en contra de todo eso, pero jamás lo ha cuestionado. Su familia vive en medio del silencio y el terror. No es que Matteo les tema a sus padres, nunca le han pegado, el control que tienen sobre sus hijos siempre ha sido diferente. La vergüenza y la culpa y la decepción, las herramientas más efectivas del diablo.

Al otro lado del pueblo, Leo quita los ojos del juego por unos cuantos segundos mientras lee el mensaje de Maya. La sonrisa se le desvanece del rostro cuando se vuelve otra vez hacia la computadora y ve que alguien le ha dado un tiro en la cabeza.

Matteo cierra el puño frente a su pantalla cuando ejecuta el disparo. Va a la misma escuela que Leo, pero está bastante seguro de que Leo ni siquiera sabe quién es él; son de la misma edad, pero viven en realidades distintas. A uno de ellos le dan emparedados sin siquiera tener que pedirlos, el otro está sentado con hambre en una casa vacía. Los padres de uno de ellos apenas si son personas religiosas y, aun así, él recibió una costosa silla ergonómica como regalo de Navidad; los padres del otro no hacen más que hablar de Dios y de Jesús, pero ni siquiera celebran la Navidad. Leo tiene todo aquello de lo que Matteo carece, en todos los sentidos, de modo que los videojuegos son justos de una manera en la que el mundo real nunca lo es. Ahí, un chico sentado en el piso con una computadora de segunda mano puede buscar a un chico rodeado de la tecnología más nueva y más cara, esperar a que pierda la concentración y dispararle en la cabeza.

Durante un solo segundo, Matteo puede cerrar el puño y sentirse como un ganador. Entonces, se corta la luz de nuevo.

•••

Peter llega corriendo por el costado del camino, su cabello está despeinado y viste un pantalón de mezclilla desgastado y una sucia sudadera verde con capucha y el logo del oso. Teemu baja la ventanilla del Saab, avergonzado como si lo hubieran detenido por circular a exceso de velocidad.

—Siempre has puesto la seguridad ante todo —asiente Peter, con solo una pizca de ironía, cuando ve que Teemu le puso el cinturón de seguridad a Ramona.

Teemu no sabe cómo interpretarlo, así que masculla:

—No supe qué hacer. No me pareció correcto ponerla en el maletero.

Ramona está en el asiento del acompañante, y da la impresión de que va a despertarse en cualquier momento y regañar a Teemu por manejar como una anciana. Peter cierra los ojos con rapidez, los abre despacio, por tan solo un instante parece que querría posar su mano en la mejilla de Ramona con delicadeza, pero se contiene y, en vez de ello, susurra:

—Está bien, Teemu. Tú y yo vamos a solucionar esto.

Teemu pasó toda su infancia practicando no llorar frente a otras personas, Peter también, ambos hacen buen uso de esos conocimientos el día de hoy. Peter hace todas las llamadas que los adultos normales harían, entre los dos acuestan a Ramona con cuidado en el asiento trasero y manejan despacio rumbo al centro del pueblo. La funeraria no tiene un horario fijo para abrir, nada más un letrero en la puerta con un número telefónico, en estos rumbos los que trabajan con la muerte solo lo hacen cuando se los necesita. Peter y Teemu tienen que aguardar varias horas antes de que se presente alguien, así de difícil es atravesar los caminos del bosque.

Durante todo el tiempo que están a la espera, Peter oye un zumbido, al principio a lo lejos, como un insecto irritante atrapado dentro de un vaso de vidrio, pero el sonido va creciendo hasta convertirse en un rugido, y Peter se restriega los dedos en las orejas, por si acaso se trata de su imaginación. Es hasta que oye gritos y ve un árbol caer no muy lejos del auto que se da cuenta de qué es ese ruido: motosierras. Una sinfonía de gruñidos que sube y baja por todos lados a su alrededor. Apenas si ha llegado la luz del día, la tormenta justo acaba de amainar, pero el bosque ya está lleno de personas que apartan los árboles caídos y los escombros. Peter nota que muchos de ellos son bomberos, pero ninguno necesitó que le dieran la orden de salir a ayudar. Los equipos siempre son disparejos, las tormentas contra la humanidad, pero, a la larga, la perseverancia de la humanidad termina por vencer.

—No sabía que Ramona estaba enferma, ojalá hubiera estado ahí —dice de pronto Teemu, vacilante.

Peter asiente con un leve gesto, y desearía haber sabido qué decir para consolar a Teemu.

—Ya era una persona de edad avanzada, Teemu. Esto no es culpa de nadie. Ramona te quería mucho —es lo mejor que logra decir Peter.

La punta de la nariz de Teemu se mueve hacia arriba y hacia abajo, de manera casi imperceptible.

—A ti también.

—No como a ti y a Vidar, Teemu. Ustedes fueron como hijos para ella.

Las cejas de Teemu rebotan.

—¿Estás bromeando? ¿Sabes cuánto alardeaba de ti la vieja bruja? Cómo odiaba yo eso, carajo. Pensaba que tú eras un bastardo arrogante que se creía mejor que el resto de nosotros, solo porque no bebes y demás mierdas por el estilo. Pero ella... Bueno, tú sabes... hasta que ella me explicó qué clase de papá tuviste. Entonces lo entendí. Tuviste una infancia del carajo, pero a pesar de eso saliste adelante. Por eso ella alardeaba.

—Eso fue hace mucho tiempo, las cosas eran diferentes entonces, los papás eran... diferentes —dice Peter en voz baja, a pesar de que sabe que eso no es verdad; Teemu tiene la mitad de su edad y su papá era igual al de Peter.

—Está bien decir que tu papá era un hijo de puta —dice Teemu, para nada sorprendido, sino como un muchacho que, cuando era niño, nunca conoció a un hombre que no fuera violento.

Peter mira a Teemu y, como siempre le pasa cuando lo ve, se sorprende de lo delgado que es. Tal vez sea el hombre más temido en todo el bosque, pero, a la distancia, se lo podría confundir con un chico de clase alta que estudia en una escuela de internado. Su cabello es pulcro y está bien peinado, la postura de su cuerpo es relajada, sus ojos no son laberintos de oscuridad. Por el contrario, a menudo casi se ve alegre, como un chiquillo travieso. La forma en la que la capacidad para la violencia funciona es una cosa extraña, piensa Peter, no es algo que puedas ver en el exterior de un hombre, sino algo que sientes en su presencia.

Las generaciones más antiguas de aficionados al hockey en Beartown hablan a menudo de jugadores que «llevan un perro por dentro». Peter lo sabe, pues, cuando era joven, la gente lo describía mencionando que eso era algo que le faltaba. «¿Peter Andersson? Sí, claro, probablemente es talentoso con el bastón, pero no lleva un perro por dentro». Peter se rehusaba a pelear, incluso cuando lo atacaban sobre la pista de hielo; esto hizo que una buena cantidad de hombres no confiaran en él y que otros lo desafiaran, él aprendió a reconocer la diferencia. Muchos hombres podrán decir que están dispuestos a liarse a golpes, pero, a la hora de la verdad, todos tienen un puente que cruzar, que va desde las criaturas pacíficas que hemos aprendido a ser hasta los animales en los que tenemos que convertirnos para poder destruir a un ser humano. La longitud de ese puente varía según las personas, aquellos con el puente más corto se comportan como el papá de Peter. Pero ¿Teemu? Peter jamás se ha sentado al lado de alguien como él. Teemu no tiene ningún puente, entre los dos extremos que hay en su interior solo media una zancada de distancia. Por fuera, no podrías distinguir entre él y otros cien hombres, pero por dentro, es un perro de pies a cabeza.

Apenado, Peter se frota la barba incipiente y replica:

—Mmm, no sé, ha habido papás peores. Ahora, yo mismo tengo hijos, y a menudo siento que tampoco soy tan bueno para esto...

Teemu aparta la mirada hacia la ventanilla, y tal vez debería haber dicho lo que está pensando: que él ha conocido a algunos malos padres, y Peter no es uno de ellos. Tal vez Peter también debería haberle dicho algo a Teemu, preguntarle cómo se siente. Pero ninguno de los dos puede encontrar la manera de formular sus pensamientos, de modo que, al final, solo empiezan a hablar de hockey. Esto es lo mejor del deporte: nunca terminas de hablar del tema.

—Entonces, ¿qué opinas del equipo este año? —pregunta Peter, casi por mera cortesía, pero también en parte por genuina curiosidad. Hubo un tiempo en el que todos le imponían sus opiniones a Peter, y, ahora, no pude evitar extrañar eso, aunque sea un poco.

—Más bien tú deberías decírmelo, ¿no crees? —resopla Teemu, antes de darse cuenta de que, ahora, es probable que Peter sepa menos del equipo que él. Casi le dan ganas de disculparse.

Peter mueve la cabeza de un lado a otro con lentitud.

—Tú sabes que, en este pueblo, las personas siempre andan contando chismes, Teemu, y cuando les preguntan «¿Cómo te enteraste de eso?» nada más responden «La gente habla, tú sabes». Yo ya no oigo nada de eso. Nunca me hablaban a mí, solo le hablaban al director deportivo.

Teemu asiente, con una pizca de compasión. Han pasado dos años desde que Peter se fue, y el club ni siquiera ha designado a un nuevo director deportivo; reemplazaron su puesto con un «comité de toma de decisiones» que está conformado por la entrenadora y unos cuantos miembros de la junta directiva, lo que debería haber sido un desastre, pero, por el contrario, ha coincidido con las mejores temporadas del club en muchos años. Es difícil para alguien como Peter evitar sentir que tal vez él era el problema. Teemu lo entiende, pues sabe lo que es amar a un club que preferiría no tener nada que ver contigo.

—¿Puedo preguntarte... qué es lo que tú...? Es decir, ¿qué haces todos los días sin el hockey? —quiere saber Teemu.

—Horneo pan —dice Peter.

—¿Pa... pan?

Peter asiente. Mira la hora, y luego el camino desierto.

—Y, para ser honesto, el pan ni siquiera me gusta tanto. Así que, si vamos a hablar de algo, ¿por qué mejor no me cuentas qué opinas del equipo? Porque, sin Ramona, no hay nadie más a quien pueda preguntárselo.

Por un momento, Teemu luce como si creyera que esto es una trampa.

—Okey... Yo creo que el equipo necesita resolver dos temas. El primero es que Amat es un gran jugador, pero parece que nadie sabe qué le sucede, cuál es su problema. El segundo es que... bueno, qué rayos... tú sabes, casi ganamos el campeonato en la primavera, pero, en los momentos clave, dimos el brazo a torcer. Necesitamos a alguien que no se eche para atrás. Alguien que... alguien con...

Teemu busca las palabras correctas, como un padre que trata de evitar el frasco de las groserías.

—Alguien que lleve un perro por dentro —dice Peter, tratando de ayudar.

Teemu se echa a reír.

—Suenas como Ramona.

Peter lo niega con la cabeza.

—No, solamente sueno como un viejo.

Teemu sonríe de manera socarrona.

—Pero tienes razón. Él es quien nos hace falta. El número dieciséis.

No tiene que decir su nombre, Peter lo sabe. Todo el pueblo lo sabe.

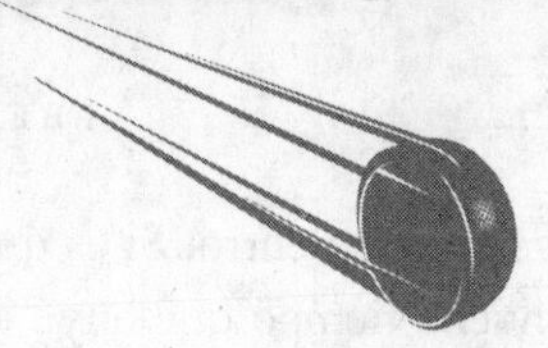

HERMANAS

«BENJAMIN OVICH», anuncia una voz cansada a través de un altavoz chisporroteante en el aeropuerto. «BENJAMIN OVICH, FAVOR DE ACUDIR A LA PUERTA NÚMERO 74». Benji se despierta sobre una banca, en parte porque lo están llamando por su nombre y en parte porque las lágrimas hacen que las heridas en su rostro le ardan. No sabe qué hora es en Beartown, no recuerda si la diferencia de horario es de seis o de ocho horas, pero cree que una ventaja de haber bebido todas las noches y dormido todos los días durante los últimos meses es que será inmune al *jet lag*. Se sienta y gime por el dolor en su cuerpo.

Ramona le dijo alguna vez que su problema más grande era que tenía un cerebro sin usar y un corazón desgastado, y que sus pies solo caminaban en una maldita dirección. Ella tenía razón, desde luego. La gente en el aeropuerto rodea la banca, la nariz y la boca de Benji están más manchadas de sangre que sus puños. De camino al aeropuerto, el muchacho terminó en una situación en la que debería haber dado marcha atrás, y esto es lo que pasa cuando uno nunca aprendió a hacerlo.

El tablero de los vuelos de salida parpadea, así que Benji se levanta a duras penas de la banca con todo y maleta y se va cojeando hacia su avión. A través de los años, la gente ha creído muchas cosas equivocadas acerca de él, pero si Ramona todavía estuviera aquí, probablemente habría dicho que ninguna mentira ha sido más grande que la idea de que este muchacho lleva un perro por dentro. Si es que alguna vez hubo un perro ahí, hace mucho tiempo que huyó asustado. Hoy en día, en el interior de Benjamin Ovich no quedan más que demonios.

•••

El día después de la tormenta, casi a la hora de almorzar, Ana llama a su mejor amiga. Ella no le contesta, de modo que Ana hace la única cosa razonable: llama otra vez y otra vez y otra vez. Al final Maya termina por responder, bastante irritada. Está a bordo de un tren, lo que desde luego no habría sido un problema si no hubiera dado la casualidad de que estaba sentada en el baño del tren, lo que, a su vez, desde luego que tampoco habría sido un problema si Ana no se hubiera obstinado en hacer una videollamada.

—¿No puedes captar la indirecta cuando alguien rechaza tus llamadas o qué? —bufa Maya, mientras intenta equilibrar su móvil sobre el lavabo.

—¿Estás haciendo caca? —pregunta Ana imperturbable, con la boca llena de papas fritas.

—Sabes, si yo estuviera haciendo eso y al mismo tiempo tú estuvieras comiendo papas fritas, *yo* sería la única que se sentiría asqueada.

—¿Por qué habría de sentirme asqueada? ¡Ni siquiera puedo ver la caca! —cuestiona Ana, y se atiborra de más papás fritas.

—Algo no funciona bien en tu cabeza.

—¿En mi cabeza? Eres tú la que está hablando de caca. ¿Pasa algo malo con tu caca? ¿Estás enferma?

—¡Ya deja eso!

—¿Está como pegajosa? No debería estar pegajosa.

—¿Qué *quieres*, Ana?

—¡Uy, perdóname por existir! Nada más quería preguntarte si quieres que te recoja en la estación del tren.

—No tienes licencia de conducir.

—¿Y?

—No tengo fuerzas para ponerme a discutir esto contigo. No te preocupes. Voy a tomar el autobús.

—¿Por qué no llamas a tus papás?

—Porque entonces irían por mí.

—¿De verdad?

—¡Sí!

—¿No es ese el punto?

—El punto es que no quiero molestarlos. Ya tienen suficientes cosas de qué preocuparse... ¿Qué haces? ¿Estás bien?

—Solo se me atoraron unas papas en la garganta. Ahora tengo flemas en la pantalla. Espérame, la voy a limpiar.

—Qué encantador, Ana, ¿eh? En serio.

—Oye, eso que está junto a ti ¿es tu guitarra? ¿Llevas tu guitarra contigo cuando haces caca?

—Estoy a bordo de un tren, imbécil, ¡no quiero que alguien se la robe!

—¡Nadie quiere tu guitarra inservible, tonta!

—Va a ser genial volver a casa, de verdad que sí.

—Mmm. No digas estupideces, me extrañas un montón.

Maya sonríe.

—Extraño a mi mejor amiga.

Ana se ablanda y le dice a la pantalla con un susurro:

—Yo también te extraño.

Ante esto, Maya obviamente no puede evitar agregar:

—En serio que deberías conocer a mi mejor amiga, ¡es mucho más divertida que tú!

Es una suerte para ella que esto sea una videollamada, pues Ana solo puede pegarle a la pantalla; y, aun así, Maya se estremece. La vez anterior que Maya había viajado a casa, Ana le dio por accidente un golpe de verdad cuando lo había lanzado en son de broma, y Maya no pudo dormir sobre ese hombro durante una semana.

—Toca algo para mí —masculla Ana, y hace un gesto con la cabeza hacia el estuche de la guitarra.

—Yo solamente toco para mi mejor amiga —sonríe Maya de manera burlona.

—¡Ja! Eso me habría lastimado como no tienes idea... si tuviera un corazón —replica Ana, y las dos se ríen a carcajadas.

Entonces, Maya abre el estuche, saca la guitarra y toca para su mejor amiga, sentada en un baño estrecho a bordo de un tren que se zarandea. Ana la adora por hacer esto. La canción es nueva, las palabras no:

Tú y yo, tú y yo
Que sea el mundo entero contra las dos
No saben de lo que yo soy capaz
Seguro que no han visto algo así jamás
Ellos son símbolos de estatus, frívolos anhelos
Tú eres ojos valientes y un rifle dispuesto
Déjalos que hablen, no tienen nada que dar
Déjalos que odien, somos un dúo letal
Déjalos que griten, déjalos pelear
Y déjalos irse, déjalos marchar
Ninguno de ellos me conocía de verdad
Aun así no necesité a nadie más
Que lo que deba caer caiga hasta el fondo
Somos tú y yo contra todo y todos
Cuando sea difícil, cuando no lo sea
Ahora y para siempre, venga lo que venga
Tú y yo, tú y yo
El maldito mundo entero contra las dos

Las últimas notas de las cuerdas de la guitarra rebotan entre las pantallas, hasta que el espacio devora todos los ecos. El tren retumba en el extremo de la línea de Maya, la secadora en el de Ana, está lavando las sábanas de su papá y Maya no necesita preguntar para saber que él tuvo una recaída. Ana siempre llama cuando lava la ropa de cama o las prendas de vestir, para no tener que estar sola. Las dos permanecen en silencio por lo que deben ser unos diez minutos, antes de que Ana diga:

—Qué bonita canción. Le debe gustar mucho a tu nueva mejor amiga.

Maya se ríe de forma tal que la guitarra rebota sobre su estómago.

—Eres una estúpida.

—Mmm. Eso dice la muchacha que va al «conservatorio de música». Si hubiera un campeonato mundial para encontrar a la persona más estúpida del planeta, tú no podrías participar porque reprobarías la prueba antidopaje de la estupidez. El jurado diría algo así como: no, lo sentimos, todos los demás han luchado para llegar a ser estúpidos, pero es obvio que tú simplemente te caíste en un barril lleno de MERMELADA DE ESTUPIDEZ cuando eras una niña, ¡así que no sería justo que tú participaras en esta competencia!

Maya se ríe a carcajadas, con tanta fuerza que está bastante segura de que todo el tren puede oírla. No le importa. Ana y ella se encuentran a medio país de distancia durante varios meses, pero basta una sola llamada telefónica para que parezca que nunca se hubieran separado. Como si nunca hubiera sucedido nada terrible.

—Perdón, no me di cuenta de que había una tormenta en casa, debí haber... —empieza a decir Maya, pero Ana la interrumpe:

—Ya cállate, ¿cómo se supone que ibas a saberlo?

—Te extraño —susurra Maya.

—Llámame en cuanto llegues a tu casa —le responde Ana, también con un susurro.

Maya lo promete, y le da un dolor de cabeza de tan solo pensar en lo inconcebible que es que haya personas que no tienen a alguien como Ana en sus vidas y aun así pueden funcionar como seres humanos.

Las dos finalizan la llamada, y Maya tiene que hacer maniobras para sacar del baño el estuche de la guitarra. Es el mismo estuche que tenía cuando se mudó de Beartown, ella tenía dieciséis años entonces, ahora dieciocho; se marchó poco después del funeral de Vidar y ahora viaja de regreso para acudir al de Ramona. No sabe si se siente triste porque está de luto o porque la aqueja la nostalgia. Casi no conocía a Ramona, a decir verdad, pero, cuando algunas personas mueren, es como ver que se rompe la cuerda de un globo. No extrañamos lo que ella era, sino lo que perdemos al estar sin ella.

Maya se pregunta quiénes irán al funeral. Sobre todo, se pregunta si Benji estará ahí. En el fondo de un compartimiento, dentro del deteriorado estuche de la guitarra, se halla la letra de la última canción que escribió antes de que ambos se fueran del pueblo.

Un amor que no seas capaz de controlar
Que vivas aventuras con toda intensidad
Espero que puedas salir de aquí
Espero que seas de esas personas que tienen un final feliz

Ha estado pensando mucho en él. El ser humano más salvaje y solitario que conoce.

•••

Benji ha hecho todo lo posible para no pensar en nadie en lo absoluto, pero el escudo de alcohol y humo se vuelve más frágil cuando su corazón golpea contra el boleto de avión en el bolsillo de su camisa. Tiene una tarjeta postal en la mano, la última que iba a enviarle a Ramona; siempre hubo más vacío que palabras entre ellos dos, pero él pensó que a ella le gustaría colocarla en una pared del bar, a pesar de todo. Hace mucho tiempo que Benji dejó de abrigar la esperanza de que alguien se sintiera orgulloso de él, pero espera que Ramona al menos no haya pensado que él era una vergüenza.

De camino al aeropuerto, Benji había encontrado un bar que

le recordó a La Piel del Oso. Si quieres saber lo poco que él ha cambiado, basta con saber que le llevó cuatro bebidas terminar en una pelea con dos muchachos que hablaron mal de su cabello largo y sus tatuajes. Si quieres saber lo mucho que él ha cambiado, basta con saber que perdió esa pelea. Ya no es tan fuerte como antes, no es tan rápido, quizás ni siquiera es tan salvaje.

Uno de sus ojos está destrozado y tiene sangre en sus orificios nasales, pero no le importa que le duela. Al menos puede sentirlo, hacía mucho tiempo que no sentía nada en absoluto.

Se pregunta cómo lo verá su pueblo natal cuando regrese. Cuando se marchó era un jugador de hockey y un maldito puto, y no sabe si la gente va a tolerar que siga siendo lo segundo si ya no es lo primero. En Beartown las personas te aman si ganas, Benji aprendió eso a temprana edad; puedes salirte con la tuya para casi cualquier cosa, siempre y cuando ganes y ganes y ganes. Pero ¿ahora? Ahora, él no vale nada para nadie.

Ha viajado muy lejos y por mucho tiempo, con la esperanza de encontrar todas las respuestas, pero nadie consigue eso nunca. Solo encuentras más cuerpos, más pistas de baile, más mañanas de resacas tan terribles que te duele parpadear. No hay vidas nuevas, solo diferentes versiones de la vieja. Las personas hablan de «salir del clóset» como si se tratara de hacerlo una sola vez, pero es obvio que la gente nueva en tu vida nunca se acaba, de manera que sigues teniendo que salir y salir hasta que te derrumbas. Noche tras noche, Benji sueña que permaneció junto a Kevin en esa fiesta. Han pasado casi dos años y medio desde entonces, pero todavía no puede evitar que vuelva a suceder cada vez que cierra los ojos.

Cuando eran niños lo hacían todo juntos, Benji nunca se apartaba de Kevin. Cuando algunos chicos encuentran a su primer mejor amigo, este es el primer amor verdadero de sus vidas; aunque todavía no saben qué es enamorarse, de modo que así es como aprenden qué es el amor: se siente como trepar un árbol, se siente como brincar en un charco, se siente como tener una sola persona en tu vida con quien ni siquiera te gusta jugar al escondite pues no soportas estar sin él un solo minuto. Como es lógico, para la gran mayoría de los chicos este enamoramiento se desvanece con los años, pero, para unos cuantos, jamás se extingue. Benji viajó por todo el mundo, pero nunca encontró un solo lugar donde pudiera dejar de odiarse a sí mismo por seguir amando a Kevin.

Cuando eran pequeños, los chicos pasaban la noche en casa del otro todo el tiempo, leyendo historietas de superhéroes y platicando de pesadillas de las que jamás le contarían a alguien más. A veces, Benji despertaba de una realmente terrible agitando los brazos, y Kevin tenía que hacerse un ovillo para no terminar con la nariz rota. Cuando viajaban a torneos y tenían que dormir con otros chicos en gimnasios, Kevin se escabullía por las noches y cerraba el saco de dormir de Benji hasta su barbilla, de modo que, si alguien más lo despertaba sin querer, Benji no podría sacar las manos del saco de dormir para darle un golpe en la cara, antes de que Kevin pudiera intervenir. Cada verano se marchaban solos al bosque, nadaban desnudos en los lagos y pasaban varias semanas seguidas durmiendo en una isla de cuya existencia solo ellos sabían. En el invierno, Kevin era el héroe del hockey más grande del pueblo y Benji era el que los viejos en las gradas llamaban «la póliza de seguro» porque, si te metías con Kevin, Benji iba tras de ti y te cazaba hasta el fin del mundo. Benji era el mejor amigo de Kevin y, para Benji, Kevin era el amor de su vida.

Así que es culpa de Benji, él lo sabe. Su trabajo era proteger a Kevin de todos los demás, y a todos los demás de Kevin. Si tan solo Benji hubiera permanecido en la fiesta, Kevin no habría violado a Maya, y entonces la vida simplemente habría continuado como de costumbre. Si tan solo Benji no hubiera sentido celos cuando Maya llegó a la fiesta y él vio la forma en la que Kevin la miraba, si tan solo se hubiera quedado cuando Kevin se lo pidió, entonces la vida de Maya jamás habría terminado hecha pedazos.

Ella habría sido feliz. Es casi un hecho que Kevin estaría jugando en la NHL ahora. Del mismo modo, quizás nadie habría sabido la verdad sobre Benji, pero eso no le habría importado, él preferiría que todo hubiera seguido siendo como antes, en lugar de tener la posibilidad de ser él mismo. Quizás todavía estaría jugando hockey ahora y quizás eso habría valido la pena. Porque extraña lo simple que era: solo tienes que ganar. Y entonces te amaremos. Benji extraña liarse a golpes por otras personas, significar algo en un grupo, ser la persona que sus oponentes temen que brincará sobre la valla si ellos tocan a sus compañeros de equipo. Extraña los vestidores y la espuma de afeitar en los zapatos y sentarse hasta atrás en el autobús para arrojarles cacahuates en la cabeza a Bobo y a los demás idiotas. Extraña sentir la palma de la mano del entrenador dándole unos golpecitos en la parte superior del casco de la misma forma en que el dueño de un perro acaricia la cabeza de su mascota, pues entonces Benji sabía que había hecho algo bien. Extraña tener un lugar al cual pertenecer, incluso si fue una mentira, eso era preferible a estar perdido en la verdad.

Todos tenemos cien personalidades falsas que dependen de con quién nos relacionemos. Fingimos y disimulamos y nos reprimimos solo para poder encajar. La última vez que se vieron, Benji le dijo a Kevin estas últimas palabras: «Espero que encuentres a esa persona: al Kevin que estás buscando». No sabe si Kevin alguna vez lo hizo. Benji ha estado buscando a un Benji al que pueda soportar, pero todavía no ha tenido éxito en encontrarlo.

Cuando por fin aborda el avión, aprieta su cinturón de seguridad lo más que puede, antes de deslizar sus manos debajo de él para no pegarle a alguien en caso de que se despierte.

Entonces, se queda dormido y sueña con máquinas del tiempo. Esas son sus peores pesadillas.

●●●

Cuando hay otro apagón, Leo sale de su cuarto, entra a la cocina y se sienta a la mesa por un rato con su mamá. En la silla junto a ella, no la que está enfrente. Comen emparedados y beben leche con chocolate, e incluso a un chico de catorce años se le dificulta negar lo bien que se siente que algo tan simple pueda hacer tan feliz a alguien, como a ella en ese momento.

Matteo entra a gatas en la casa de sus vecinos por la ventana del sótano, se acuesta sobre el piso en la oscuridad y escucha el sonido de sus voces. Otra vez intenta abrir el armario de las armas, pero vuelve a fracasar.

Leo no le comenta nada a su mamá acerca de que su hermana viene en camino. Será una sorpresa.

Matteo desearía poder llamar por teléfono a su hermana y decirle que se quede donde está, sea donde sea. No quiere que vuelva a casa. Ella puede estar en cualquier lugar en el mundo, siempre y cuando no regrese a casa. La felicidad que Matteo siente por haberle disparado en la cabeza a Leo en el juego abandona su cuerpo con rapidez. Leo aún tiene todo lo que Matteo ha perdido.

«Dos de todo, uno que vemos y uno que no vemos», como decía Ramona. Dos funerales. Dos chicos de catorce años en dos casas, que esperan a sus hermanas mayores. Dos chicas que van camino a casa, al pueblo del que en realidad jamás pudieron escapar. Una de ellas viene en un tren, la otra en una urna.

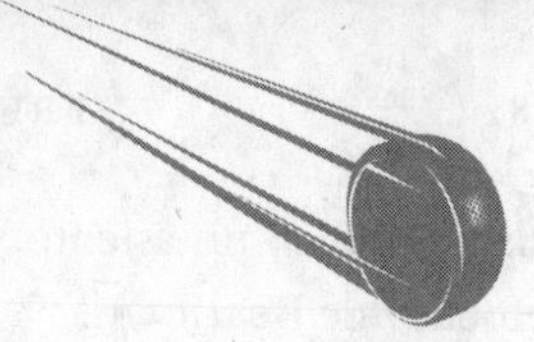

SUEÑOS

Mucha gente tiene la idea equivocada de que las personas peligrosas no tienen emociones. De que no son sentimentales. Eso casi nunca es verdad; de hecho, en la mayoría de los casos, la gente sentimental y sensible es la más peligrosa de todas, porque no solo es capaz de abusar de otros, sino que también puede justificar ese abuso. Las personas sensibles nunca sienten que están haciendo algo malo, pues sus sentimientos siempre los convencen de que están del lado del bien.

«Los machos de *La guerra de las galaxias*», los llamaba Ramona. «Muéstrales esas películas a cien hombres con cien opiniones políticas distintas, y cada uno de esos cabrones creerá que él es el tal Luke Skywalker. Ningún bastardo cree jamás que él es Darth Vader». A Ramona no le interesaban mucho las películas en realidad, pero cuando Vidar era pequeño, las veía con él, ella no las amaba, pero amaba a ese chico. También amaba tener la razón, pero seguramente hasta ella odiaría cuánta razón iba a tener durante los próximos días.

Cuando Frac se entera de que falleció, ya se ha levantado de la cama. Va a la arena de hockey y ayuda al conserje a izar las banderas a media asta. Entonces empieza a hacer llamadas telefónicas. Tiene lágrimas en los ojos y esto hace que sea fácil subestimarlo, pero él ya ha comenzado a ver más allá que cualquier otra persona. Ramona no solo deja atrás un pub vacío, sino también un asiento vacío en la junta directiva del Club de Hockey de Beartown.

Cuando la mayoría de nosotros recordemos la tormenta dentro de muchos años, ni siquiera podremos contar las anécdotas en el orden correcto. Es por eso que los sicólogos hacen que sus pacientes que han vivido un trauma empiecen por elaborar una línea de tiempo, tratando de armar una cronología hecha de fragmentos, pues el terror hace que confundamos las fechas. A veces, también a las personas. Pero el recuerdo que compartiremos, ese del que todos en Beartown y en Hed se acordarán de forma más clara, probablemente sea el silencio, que llega tan pronto como el viento se rinde y los árboles dejan de oscilar, y es casi tan brutal contra nuestros oídos como el caos que lo precedió. El centro de Beartown y el centro de Hed lucen como si en esos rumbos hubieran explotado unas bombas, pero no es ahí donde la situación es peor: en las mesas de las cocinas en las afueras de ambos pueblos, hombres y mujeres que han sido dueños del bosque por generaciones están sentados con sus calculadoras estimando el costo de haber sobrevivido, con la herencia entera para sus hijos y sus nietos borrada de la faz de la Tierra, el viento aplastó sus vidas contra el suelo y solo dejó tras de sí las ruinas de tragedias silenciosas. No todos en la región tenían sus seguros en orden y, como es obvio, las compañías aseguradoras harán todo lo posible para evitar pagarles incluso a aquellos que sí están en regla. En las semanas posteriores a la tormenta, los más jóvenes de sus respectivas familias se turnarán para mantenerse despiertos y sentarse junto a sus parientes mayores, con el fin de asegurarse de que no estén pensando en tomar su rifle y marcharse al bosque. Así es como le dicen los cazadores. Nadie dice «suicidio» por estos rumbos.

Todas las fronteras entre Beartown y Hed se vuelven más borrosas justo después de la tormenta, no solo entre los lotes de terreno sino también entre los vecinos. A veces eso es bueno, a veces es devastador. A partir de ahora, dedicaremos muchos años a reflexionar sobre qué nos afectó y qué causamos nosotros mismos en los días que siguieron, qué fue una coincidencia y qué fue una conspiración. Pero esto empieza, como siempre lo hace, con la política.

Frac es quien se asegura de que todos los hombres y mujeres más poderosos del municipio se reúnan el día después de la tormenta, a la hora del almuerzo. «Para concertar un plan ante la crisis», repite en el teléfono. Como es natural, los políticos tendrán muchas reuniones con los líderes empresariales locales en los próximos días, incluso en Hed, pero la primera reunión de todas se celebra en la oficina del supermercado en Beartown. Visto en retrospectiva, sabremos que esta fue una mala idea, que la gente de Hed interpretó esto como algo simbólico. Todas las voces más fuertes de la comarca vienen a la reunión, pero la persona que más habla es Frac, él ni siquiera ocupa un cargo de elección popular, pero, aun así, parece que él lo dirige todo, y con el tiempo nos daremos cuenta de que esto también fue una mala idea.

El primer punto en el orden del día es a qué trabajos de descombro se les debe dar prioridad. El cuerpo de bomberos y los voluntarios ya están en los caminos, tratando de hacerlos transitables, pero alguien tiene que tomar la decisión de qué vías se deben limpiar de obstáculos primero. Todo el mundo espera que Frac, con su habitual falta de modestia, sugiera que el camino que lleva a su supermercado se sitúe entre los primeros lugares de la lista, pero en lugar de ello, se pone de pie y dice:

—¡Lo más importante ahora, lo más importante de todo, es que pensemos en los niños! ¿No creen? Por eso propongo que, antes que nada, acordemos que a todos los equipos del Club de Hockey de Hed, que trágicamente perdieron su arena de hockey, ahora se les permita venir a entrenar a la arena de Beartown. Es un evidente gesto de solidaridad, ¿no les parece? Así que ¿cómo ven, podemos acordar esto?

En el mismo instante en que empieza a recibir murmullos de aprobación de los presentes, Frac añade:

—¡Entonces, obviamente necesitamos limpiar primero todos

los caminos que llevan a la arena de hockey de Beartown! ¿Están de acuerdo?

Ahora, los murmullos ya no suenan tan entusiastas, todos saben que los caminos que conducen a la arena casualmente son los mismos caminos que conducen al supermercado de Frac; sin embargo, hacer notar esto ahora te haría parecer como si fueras alguien que está en contra de los niños. O peor aún: en contra del hockey. Para callar a todos los críticos en potencia antes de que siquiera abran la boca, Frac se lanza a dar un discurso didáctico en su propia defensa:

—¿Saben ustedes qué es lo que siempre se agota primero en mi supermercado cuando la comunidad está en crisis? ¡El papel higiénico! ¿Saben por qué? Porque nos da la sensación de que tenemos el control del caos. Cuando el mundo no parece ser un lugar seguro, las personas van y compran a lo grande, porque eso los hace sentir que están *haciendo* algo. Pero no saben qué es lo que deberían llevar. ¿Leche? No puedes comprar cien litros de leche, obviamente se echaría a perder. ¿Latas de conservas? ¿Pasta? Las personas corren de un lado a otro como pollos decapitados y toman mil cosas diferentes de los estantes, pero ¿saben qué es lo que compran todos y cada uno de ellos? ¡Papel higiénico! Porque es una de esas cosas que adquieres cada vez que vas de compras, y toda la familia lo usa todos los días. ¿Podemos vivir sin él? ¡Claro que podemos! Pero se nos ha inculcado que el papel higiénico es un producto cotidiano, que es parte de una normalidad, de modo que, cuando tenemos miedo, arrastramos enormes paquetes de rollos de papel a nuestra casa, no porque los necesitemos sino porque dan la sensación de que estamos tomando el control de la situación. ¿Entienden a qué me refiero? La gente necesita una sensación de normalidad cuando está en medio de una crisis. Y en estos rumbos, para la gente como nosotros, el hockey es como el papel higiénico. Tiene que estar ahí. No puede agotarse. Lo que necesitamos en este municipio justo ahora, más que la energía eléctrica y que la calefacción, son símbolos y sueños. Ayer hubo una tormenta, pero hoy la vida debe continuar. ¡Y la vida empieza con el hockey!

Lo cierto es que nadie puede argumentar en contra de lo que dice, no aquí, por lo que la decisión de cuáles caminos es prioritario limpiar termina por ser aprobada, al igual que la decisión de dejar que Hed y Beartown se repartan los horarios disponibles de la pista de hielo en la arena de hockey de Beartown.

Recordaremos esta reunión de diferentes formas, dependiendo de cuál sea el pueblo en el que vivamos. Con el paso de los años, algunos de los involucrados ni siquiera recordarán si de verdad estuvieron presentes en la reunión o si les han contado la historia tantas veces que creen haber estado ahí.

Lo único en lo que estaremos de acuerdo es en que ambas determinaciones fueron catastróficas. Pateamos un avispero. Quizás fue un error de Frac, quizás hizo todo esto de manera intencional.

Pero nadie, absolutamente nadie, amaba *La guerra de las galaxias* más que él cuando era niño.

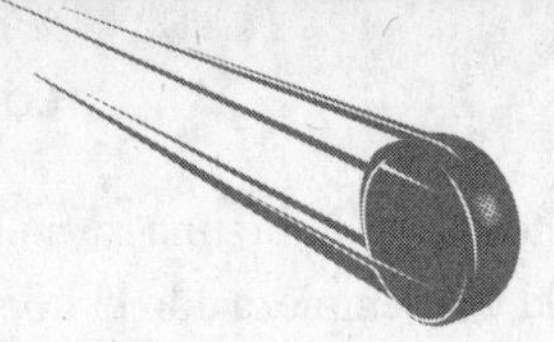

CLICHÉS

Amat se despierta temprano en la mañana después de la tormenta. Se ata las agujetas de sus tenis para correr como si se le hubiera olvidado cómo hacerlo, sale a hurtadillas de su apartamento y se escabulle entre las sombras, junto a las paredes de los edificios, como si fuera una rata, como si lo que está a punto de hacer fuera un pecado terrible. De hecho, es lo contrario, pero no quiere que nadie lo vea, en caso de fallar en el intento.

Fátima lo ve marcharse del apartamento, pero finge no darse cuenta, canta en su interior, pero trata de impedir que sus pies bailen con ese ritmo. Cuando los dos llegaron a casa la noche anterior, después de que él la encontró en el camino durante la tormenta, Amat le susurró:

—Perdón por haberte decepcionado, mamá.

Ella respondió como siempre lo hace:

—Lo único que haría que me sintiera decepcionada de ti sería que te dieras por vencido.

Así que, ahora, Amat está corriendo otra vez. Al principio unos cuantos pasos tentativos y cargados de vergüenza, pero, en poco tiempo, ya va a toda velocidad. La ansiedad y el alcohol lo han hecho subir de peso desde el verano pasado, pero sus pies habían estado anhelando esto. Solo tienen que aprender todo de nuevo, convertirse otra vez en una máquina, para que su cerebro pueda apagarse sin que su cuerpo se detenga. En los últimos años ha oído hablar mucho de su gran «talento», pero la gente que usa esa palabra no sabe nada de hockey. Dicen «talento» como si obtenerlo fuera gratis. Como si Amat no hubiera sido el primero en la arena de hockey cada mañana y el último en irse a su casa desde que estaba en la escuela primaria; como si, año tras año, no hubiera entrenado con más ahínco que todos los demás, andado en patines miles de horas más, salido a correr hasta terminar vomitando, practicado sus regates conduciendo latas vacías en su apartamento hasta que sus manos se llenaban de ampollas y sus vecinos estaban furiosos. Como si el hockey no le hubiera costado precisamente lo mismo que le cuesta a cualquiera que quiere ser bueno: todo.

Lo único que Amat ha aprendido acerca del talento es que la única clase de talento que tiene algún valor es el talento para someterse por completo al entrenamiento y para poder soportarlo. Hoy, cuando apenas empieza a trotar, ya está jadeando, pero, en cuanto se aparta de la zona edificada, corre a toda velocidad, alejándose de la Hondonada, subiendo por la cuesta hacia el bosque, internándose en la maraña de árboles caídos. En unas cuantas ocasiones debe brincar hacia los lados, aterrado por las raíces arrancadas y las ramas que se desploman, pues el bosque puede ser todavía más peligroso después que durante una tormenta; pero no tiene otro lugar a donde ir. No podría soportar llevar a cuestas las miradas críticas que recibiría si corriera a través del pueblo, y ni siquiera sabe si es bienvenido en la arena de hockey después de todo lo que sucedió en la primavera. Ahora, solo se tiene a sí mismo. Se detiene en un claro, en el punto más alto de la colina; ese claro no existía antes de la tormenta, un puño invisible atravesó a golpes y acabó con la vegetación. Desde aquí, Amat podría haber divisado casi el pueblo entero, si sus ojos no hubieran estado llenos de lágrimas después de haber vomitado por el esfuerzo. Antes, él podía subir y bajar corriendo esta colina unas cien veces sin siquiera perder el aliento, pero ahora se siente como un viejo borrachín que no puede subir unas escaleras sin jadear hasta el punto de sufrir un infarto.

Pero, al menos, está aquí. Corriendo de nuevo. De regreso hacia la persona que solía ser.

•••

—¿Qué es lo que me están diciendo? ¿La tienen en el AUTO? —exclama el hombre de la funeraria cuando por fin hace acto de presencia.

Es el día después de la tormenta; el pueblo está sumido en el caos y, aun así, el hombre está vestido con un traje y unos zapatos elegantes, un individuo gris que da la impresión de haber tenido sesenta años desde que tenía quince.

—Eran circunstancias algo especiales —dice Peter.

—Tenía puesto el cinturón, con un carajo —gruñe Teemu.

Si hubiera sido una persona diferente en un pueblo diferente, tal vez el hombre de la funeraria habría pronunciado unas cuantas palabras mal elegidas respecto a todo esto, pero es Teemu Rinnius, un hombre conocido por su mala reputación, y es Beartown, así que el hombre se aclara la garganta y se limita a decirle en voz baja a Peter:

—Esto no ocurre así por lo regular. Realmente esto no ocurre así por lo regular.

Peter asiente en señal de que entiende a qué se refiere el hombre de la funeraria, se disculpa diciendo que la tormenta y el apagón y la conmoción lo hicieron tomar una decisión irreflexiva. No culpa a Teemu, él mismo asume toda la responsabilidad. En un intento inútil por encontrar un tema de conversación amistoso, le pregunta al hombre:

—Entonces, ¿qué opina usted del equipo de hockey este año?

—No estoy al pendiente de ningún deporte —contesta el hombre de forma escueta.

Teemu pone los ojos en blanco con tanta intensidad que Peter cree que se va a desmayar. El hombre entra a la funeraria, Peter suspira y lo sigue. El hombre hace algunas llamadas que tienen que ver con el manejo del cuerpo de Ramona; Peter y Teemu se sientan como dos muchachitos avergonzados en la oficina del director de la escuela, y matan el tiempo leyendo los fragmentos de poemas frecuentemente citados en esquelas, que cuelgan enmarcados de la pared. «No digas que no queda ni un solo rastro de la más bella mariposa que la vida ha dado», dice uno de esos fragmentos, y Teemu le da un golpecito con el codo a Peter en el costado y sonríe de manera socarrona:

—Ramona habría odiado ese, ¿verdad? ¡Pongámoslo en la lápida!

Peter se echa a reír de una forma tal que tiene que pasar varios minutos disculpándose con el hombre de la funeraria que se queda mirándolos y masculla: «Qué maneras, propias de unos rufianes» cuando cree que no pueden oírlo, y entonces Teemu se ríe tan fuerte que se le va la respiración.

Peter lee los demás poemas sobre la pared: «Cuando una madre muere, pierdes uno de los puntos cardinales, pierdes la mitad de tu aliento, pierdes un claro en el bosque. Cuando una madre muere, por todos lados crece la maleza», dice otro de ellos.

—¡Eso ni siquiera rima! —declara Teemu.

—Cuéntame más de tus amplios conocimientos en el campo de la poesía —le dice Peter para fastidiarlo.

—Las rosas son rojas, las violetas son azules, ¡dame una cerveza y golpearé a mil gandules! —replica Teemu con una enorme sonrisa.

Peter señala con la cabeza hacia un cuadro que está en el extremo más alejado de la hilera y dice:

—Creo que ese le habría gustado.

Teemu lo lee y por una vez guarda silencio. «Un día serás tú uno de aquellos que vivieron hace mucho tiempo», dice el fragmento. Teemu asiente. Cuando, no hace mucho, uno de los viejos en La Piel del Oso se quejó como siempre de que Ramona había subido el precio de la cerveza, y la dueña del pub estaba lo suficientemente ebria para idear insultos cien por ciento nuevos, ella respondió: «Sí, sí, todos vamos a morir, y antes de que nos marchemos de este mundo, nos arrebatarán todo lo que amamos. ¡Deja de compadecerte de ti mismo, miserable viejo bastardo!». Eso se habría visto bien enmarcado.

El hombre gris de la funeraria se aclara la garganta, es evidente que ahora tiene tantas ganas de librarse de sus visitantes como ellos de irse. Les pregunta cuándo desearían que se llevara a cabo el funeral. Peter ni siquiera lo había pensado, pero, una vez que ha contado los días, dice por instinto:

—Tiene que ser este domingo.

El hombre gris parece aterrado.

—¿Pasado mañana? ¡Imposible! Lo habitual es esperar al menos...

—No puede ser la próxima semana, porque es cuando empieza la temporada de caza de alces —dice Peter con seriedad.

—Tampoco la semana siguiente, porque es cuando empieza la temporada de hockey —hace notar Teemu, todavía con mayor seriedad.

—Así que tiene que ser este domingo —declara Peter.

El hombre gris mira abajo hacia su calendario con ojos fulminantes, y logra decir:

—Ya hay un funeral programado para el domingo. ¿Dos el mismo día? ¿En Beartown? ¡Realmente no acostumbramos hacer eso!

Sintiéndose de buen humor, Teemu le da una patada a Peter en la pantorrilla y dice entre risitas tontas:

—¿Sabes qué deberíamos poner en la esquela? «Ramona se ha ido. Ahora, la cerveza será más cara en el cielo».

Peter lo mira de reojo, de pronto tiene un ánimo travieso y bromista como no le había sucedido en años, y responde:

—Sí, bueno, las esquelas son algo así como tu especialidad. ¿Qué fue lo que escribiste en la mía?

—Con un carajo, no fui *yo* el que... —dice Teemu entre dientes, ofendido, y Peter se ríe tan fuerte que el hombre gris de la funeraria tiene cara de que realmente está arrepentido de haber contestado el teléfono esta mañana.

●●●

Amat ha jugado hockey durante toda su vida, y cada vestidor es una fábrica de clichés, te acostumbras tanto a la mayoría de ellos que al final ni siquiera los oyes; pero hay uno que Sune, el antiguo entrenador del primer equipo, decía con frecuencia a voces, y que se le quedó grabado a Amat en la mente: «Hoy es el único día en el que puedes influir. No puedes hacer ni una maldita cosa por el día de ayer o el de mañana, ¡pero HOY puedes hacer algo!». El muchacho repite esas palabras en silencio y como un maníaco mientras la garganta le arde y las piernas se le doblan, y lo único en lo que puede pensar es en lo largo que es el camino de regreso. Hoy, solo hoy.

Amat está de pie en el claro, observando la Hondonada; la zona donde están esos apartamentos de alquiler se encuentra muy por debajo de él, ese grupo de construcciones sobrevivió a la tormenta mejor que otras partes del pueblo porque fue edificado sobre las laderas que descienden hacia el viejo yacimiento de grava. Las cosas fueron peores para la Cima, el sector más adinerado en lo alto de la colina al otro lado del pueblo, con su amplia vista sobre el lago. Cuando los vientos llegaron les importó un carajo si tenías dinero, arrancaron los techos de las residencias más grandes y lanzaron carísimas parrillas de gas contra ventanas panorámicas recién pulidas. Que Amat recuerde, esta fue la primera vez que una injusticia en Beartown ha afligido a aquellos que están en la élite de la sociedad. Cada vez que siente una alegría maligna recorrer cálidamente todo su ser, provocada por ese infortunio ajeno, sabe que así es como todos los demás deben haberse sentido el verano pasado cuando la propia vida de Amat se fue al infierno.

El chico baja corriendo la colina, se detiene para respirar con las manos en las rodillas, y entonces se vuelve y asciende de nuevo a tropezones. «El deporte siempre nos muestra la verdad», le decían todos los adultos en Beartown cuando era niño, «no hay ningún lugar donde te puedas esconder en la tabla de posiciones de los equipos». Ellos aman esas frases hechas, los hombres de por aquí. «La presión es un privilegio», «Solamente los perdedores tienen excusas», «La actitud importa más que la calidad». El silbato al final de un partido es, para ellos, una liberación sin complicaciones, cuando todos los demás aspectos de la vida están llenos de áreas grises. En el hockey sabemos quiénes son los ganadores, pues los ganadores ganan. Esto hacía que vivir dentro del mundo del deporte fuera algo fácil, incluso para Amat; pero, al final, se volvió insoportable.

Para esta época el año pasado, él tenía diecisiete años, todos sabían que era un jugador prometedor, pero nadie había hablado aún de la NHL. Beartown es un club pequeño de una de las divisiones inferiores en lo profundo del bosque, se requiere algo extraordinario para atraer a los agentes y a los cazadores de talentos hasta este lugar. Alguien oyó hablar de Amat durante el otoño, luego unos cuantos más supieron de él en el invierno, y, para enero, ya estaba en boca de todo el mundo. Había crecido varios centímetros de estatura, y ganado varios kilos de músculo; y, de la noche a la mañana, todo era muy sencillo. Podía hacer lo que quisiera sobre el hielo, como si el tiempo se moviera más lento para él que para el resto, se sentía inmortal. Tan solo hace tres años, cuando tenía quince, poder siquiera jugar en el equipo júnior con Kevin, Benji, Bobo y los otros parecía un sueño imposible. Entonces, de pronto, él estaba ahí, y el primer equipo parecía inalcanzable; y entonces, de pronto, él estaba *ahí*. Todo se mueve muy rápido en el hockey, una sustitución de jugadores, un partido, temporadas enteras simplemente pasan corriendo ante nuestros ojos. En el invierno, todo giraba a una velocidad tal que Amat terminó perdiendo el equilibrio y se desplomó.

Todo empezó con un sentimiento de afecto, siempre empieza

así. Amat anotaba goles en todos los partidos, y los viejos en el supermercado los detenían a él y a su mamá para estrecharles la mano y decirles que el pueblo estaba muy orgulloso de él, la clase de hombres que antes acostumbraban palpar el bolsillo donde tenían su billetera si Amat se les acercaba un poquito de más ahora se comportaban, de buenas a primeras, como si fueran parientes del muchacho. Como es natural, les gustaba apretarle la parte superior de los brazos y decirle entre risitas que necesitaba «más músculos», y de vez en cuando le lanzaban una indirecta afirmando que «en los viejos tiempos, siempre teníamos cinco metros de hilo para suturas a la mano para cada partido de Beartown, y a veces eso no era suficiente y se agotaba, así que en esos casos solo te ponían un pedacito de cinta plateada en la ceja ¡y entonces podías jugar de nuevo!». No les gustaba que Amat prefiriera apartarse de un salto antes que recibir un golpe sobre el hielo, consideraban que era un poco blando, pero lo adoraban cuando obtenía la victoria. Fruncían la nariz cuando los amigos de Amat que vivían en la Hondonada acudían a los partidos, pero él sencillamente seguía ganando y ganando y ganando. Al principio, los chicos de la Hondonada comenzaron a gritar «¡Yo soy Amat!» cuando jugaban en la calle; luego los chicos de la Cima empezaron a hacer lo mismo. Al final, los chicos allá en Hed también lo hacían, aunque no dejaban que sus padres los oyeran.

De un día para otro, todos empezaron a hablar de la NHL, de una vida como jugador profesional, de todos los millones. Amat se esforzó por no escuchar nada de eso. «Sé agradecido y humilde», le decía su mamá de manera constante cuando él la ayudaba a limpiar la arena de hockey en las últimas horas de la tarde; pero cuando suficientes personas están lo bastante convencidas de que puedes llegar a la meta, al final es difícil no empezar a creerlo tú mismo. Entonces, el «puedes» se convierte en un «vas a», y luego el «vas a» se convierte en un «debes». Ahora, debes recorrer todo el trayecto hasta llegar a la meta. La esperanza se transforma en presión, la alegría se transforma en estrés; los viejos en el supermercado dejaron de elogiarlo si anotaba dos goles porque debería haber hecho tres. Al inicio de la temporada, estaban contentos si Amat salvaba al equipo de Beartown de descender a una división inferior; sin embargo, cuando eran los líderes de la liga en la época de año nuevo, de pronto eso no era suficiente: entonces todos empezaron a hablar de las posibilidades que tenía el club de ascender a una división superior. En unos cuantos meses, todo el mundo pasó de hablar acerca de lo que Amat le había dado al pueblo a hablar acerca de lo que le debía. Así que agachó la cabeza y entrenó aun con más ahínco. Agradecido, agradecido, agradecido. Humilde, humilde, humilde.

Hizo todo lo que le pidieron. Lo hizo todo bien. Aun así, todo se fue al infierno.

•••

Peter y Teemu se marchan de la funeraria después de que el hombre gris preguntara «cómo se resolverá el tema del pago», y Peter se da cuenta de la increíble rapidez con la que Teemu puede escabullirse silenciosamente del interior de un negocio cuando la gente empieza a hacer las cuentas de lo que hay que pagar. Está de pie junto al auto fumando un cigarro cuando Peter sale.

—¿Puedes llevarme a mi casa? —pregunta Peter.

Teemu asiente volteando a ver el asfalto a sus pies.

—Claro, claro. Pero ¿podrías...? O sea, ¿puedo...? Es decir... todos los papeles de La Piel del Oso. El banco y... las cosas de adultos. ¿Podrías ayudarme con eso? ¿Y con el funeral? ¿Podrías... tú sabes qué hay que hacer?

Peter se aclara la garganta, incómodo.

—¿No deberías pedírselo a alguien más cercano a Ramona?

—¿Quién carajos era más cercano a ella? —pregunta Teemu con sinceridad.

Peter siente un golpe en el pecho cuando se da cuenta de que no sabe qué contestar en absoluto. Así que no se niega, no dice ni una sola palabra, tan solo se dirigen a La Piel del Oso y le envía un mensaje de texto a Mira para avisarle que se ausentará por un par de horas más, y ella solo le contesta: «Ok». Peter manipula su teléfono por varios minutos, pero no escribe nada más.

Parece como si la contabilidad de Ramona hubiera sido escrita en clave para esconder las pistas que llevan al tesoro enterrado de un pirata, pero en realidad solo llevan a impuestos adeudados y a declaraciones de impuestos no presentadas. Peter hace una llamada telefónica tras otra para resolver una cosa a la vez, y le sorprende lo bien que esto lo hace sentir: poder organizar algo de nuevo. Por un instante, le recuerda tanto cómo era ser director deportivo que casi sospecha que Ramona se murió a propósito, nada más para fastidiarlo.

—¿Habías visto esto? ¡Obviamente tu foto iba a estar colgada en el sitio de honor, Don Perfecto! —dice Teemu, al tiempo que señala la hilera de fotografías de antiguos jugadores del equipo de Beartown colocadas sobre la pared.

Peter le echa un vistazo a su foto de joven; nunca le ha gustado, es de la temporada en la que casi llegaron a ser los mejores de todo el país. Solo casi. Esto le recuerda que nunca logró lo que todos le exigían. «Un día serás tú uno de aquellos que vivieron hace mucho tiempo», piensa para sí mismo, y entonces pregunta con la mente distraída:

—¿A qué te referías con eso de «Don Perfecto»?

Teemu se ríe entre dientes.

—Los viejos en el bar te llaman así, porque Ramona nunca paraba de hablar de lo bueno que eras para todo. Tú eres la razón por la que soñamos sueños imposibles en este pueblo, decía ella una y otra vez, carajo, ¡porque empezaste de la nada y llegaste a ser el mejor de todos!

Peter se ruboriza con tanta intensidad que puede sentirlo descender hasta su cuello. Jamás había oído un apodo menos adecuado para alguien en toda su vida.

—Casi el mejor —murmura él.

Teemu nota que los hombros de Peter se hunden, por lo que ya no dice nada más. Entonces, halla una fotografía en la parte inferior de una pared, la descuelga de su gancho y la coloca con cuidado sobre la barra. Es una imagen de Ramona, está de pie al lado de Vidar, ambos ríen. Peter la mira y tampoco dice nada. Los dos limpian el bar y ordenan los papeles durante varias horas, y cuando al fin comienzan a hablar de nuevo, solo hablan de hockey. Ya llegó el otoño, y es entonces cuando aquí empieza un año nuevo, una nueva temporada en la que todo es posible otra vez. Es entonces cuando puedes olvidar todo lo que ya fue y conversar acerca de todo lo que anhelas. Soñar sueños imposibles.

Teemu va al baño y deja su móvil sobre la barra. El teléfono vibra cuando recibe un mensaje de texto, Peter no reacciona, ni siquiera cuando el aparato vibra diez veces más. Los rumores han comenzado a circular, la gente ha empezado a hablar, pero no con Peter, no aún. Así que él no sabe qué se acordó hoy en la reunión entre Frac y los políticos. No sabe que cada vez que el teléfono de Teemu se mueve unos cuantos centímetros sobre la barra, la comunidad entera se mueve al mismo tiempo. En la dirección equivocada.

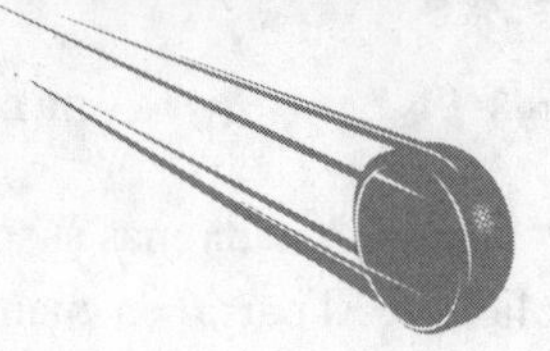

RUMORES

Una partera y un bombero están de pie en un pasillo del hospital de Hed. La mente de Hannah y el cuerpo de Johnny están exhaustos. Hacen lo que pueden para no desquitarse el uno con el otro, pero no les está resultando muy bien. Es el día después de la tormenta, y él ha trabajado de forma ininterrumpida en el bosque, así que ella ha tenido que trabajar de forma ininterrumpida con todo lo demás. El personal del hospital que vive allá en Beartown no puede venir al trabajo porque el camino está bloqueado por los árboles caídos, así que Hannah y el resto de los empleados que viven aquí en Hed se han visto forzados a laborar turnos dobles, pero alguien también tiene que cuidar de los chicos en casa, y esto se vuelve una ecuación imposible: Hannah no puede irse a su casa sino hasta que el camino esté despejado, pero Johnny tampoco puede irse a su casa porque él es quien está despejando el camino. De alguna forma, esto resume bastante bien toda su relación, entre ellos y con su comunidad. Alguna vez, Hannah escuchó a un consejero matrimonial decir en la televisión que «lo importante en un matrimonio es tener metas en común y mantener la mirada en la misma dirección», pero ella piensa a menudo que el problema con esto es que, si ambos miran en la misma dirección, jamás se verán el uno al otro.

—Entonces, ¿qué quieres que haga? —pregunta Johnny ahora, mugriento y sudoroso.

Hannah nada más suspira, a falta de una buena forma de explicarlo. Él partió en cuanto los vientos amainaron, ese es su trabajo, pero también se ofreció a ayudar esta noche después de su jornada al papá de otro bombero que necesita despejar su terreno, y al peluquero de Hed que va a cambiar una ventana enorme. Hannah puede ver la obsesión en los ojos de su marido, él cree que ahora debe salvar al mundo entero de nuevo, que puede hacerlo. Ella odia ser la persona que tiene que retenerlo, pero nadie más lo hará. Todos piensan que él es Superman.

—¿Qué tal tomarte un descanso? ¿Ir a la casa y ver a tus hijos, pasar una hora con ellos para que puedan comprobar que sigues vivo? ¿Tal vez dejar de creer que puedes hacerlo todo tú mismo? —sugiere Hannah desesperada, con el rostro salpicado de arrugas y una enorme necesidad de darse un baño, beber una copa de vino y disfrutar de dieciséis horas de sueño.

Ella puede darse cuenta de lo mucho que esa última observación lastima a Johnny, pues sabe que él está trabajando con el doble de esfuerzo, en comparación con todos los demás que están allá afuera con las motosierras, para compensar el no haber estado ahí ayer. Tuvo que quedarse en casa cuando Hannah se marchó al bosque con Ana, esa chica lunática de dieciocho años, para asistir en el parto de un bebé en un auto, mientras los colegas de Johnny en la estación de bomberos ya estaban en el pueblo tratando de ayudar a la gente. Un árbol se desplomó encima de uno de ellos, Bengt, y le fracturó una pierna. Por eso todos los bomberos están en el hospital, un hecho que no se le escapa a nadie, pues el sonido de una docena de hombres riéndose hace eco desde la habitación de Bengt cada diez segundos. Es un jefe popular, rápido para decir bromas y lento para dar regaños, es veinte años mayor que Johnny y fue él quien le consiguió el trabajo de bombero. Eso fue en la época en que los bomberos reclutaban a su gente ellos mismos, no como ahora que tienen que seguir un complicado proceso de contratación. A menudo, Johnny dice entre dientes que «ahora todo debe ser tan condenadamente igualitario que debemos emplear exactamente el mismo número de bomberos inútiles que de bomberos competentes, para que ni un solo grupito en la sociedad se sienta excluido». En su época, a uno lo reclutaban directamente del equipo de hockey, pues entonces los hombres que habían pasado la mitad de sus vidas a tu lado en los vestidores podían corroborar que eras el tipo ideal de muchacho. Puedes aprender a ser bombero, pero, o eres el tipo ideal de muchacho, o no lo eres. Bengt lo sabía, y ahora Johnny siente que ha decepcionado a su mentor. Debería haber estado ahí anoche. Todos los árboles que caen son sus árboles. Todas las piernas fracturadas son culpa suya.

—Debí haber estado ahí, podría haber… —empieza a decir Johnny con irritación.

—¡Eso no habría cambiado nada! —responde Hannah.

Es lo más desalmado que le podría haber dicho, lo sabe bien, afirmar que alguien que ha dedicado su vida laboral a marcar una diferencia es impotente.

—Debí… —murmura él.

—Lo sé, lo sé, perdón —contesta ella, y los dos se sienten avergonzados.

Cuando empezaron a salir, hace unos cien años, Johnny le dijo en cierta ocasión: «Yo no puedo hablar todo el tiempo de cómo me siento, porque no soy una persona sentimental como tú», y esta es quizás la cosa más tonta que Hannah lo haya oído decir alguna vez. ¿Que no es una persona sentimental? ¡Pero si eso es todo lo que es! Ella quizás habla demasiado de sus sentimientos, pero a él lo manejan los suyos, esa es la diferencia. Sin embargo, esto es lo que hace de él un buen bombero, y también un buen padre, y fueron los sentimientos de él de los que ella se enamoró. Además, los sentimientos hacen que sus hijos sean buenos jugadores de hockey y que su hija sea una fantástica patinadora artística, pues solo llegas a ser bueno de verdad en un deporte si eres lo bastante sensible para que signifique todo para ti, si tomas cada adversidad como algo personal, si sientes como si estuvieras muriéndote con cada derrota. Así que no vengas a hablar de «personas sentimentales» con Hannah, porque ella solo vive con esa clase de personas.

—Tendré cuidado, no hay de qué preocuparse, más que nada vamos a cortar árboles y a dirigir el tráfico, eso es todo… —dice Johnny con timidez.

—¡No me digas eso! ¿Qué es lo que siempre les dices a los chicos cuando se está quemando algo? ¡Que según las estadísticas el riesgo de que te atropellen por atender un accidente en la autopista es más grande que el riesgo de que te mueras en un incendio! —replica ella.

—Volveré a la casa a tiempo para la cena, lo prometo. Y yo puedo llevar a los chicos al hockey mañana —dice él con la voz temblorosa por el remordimiento de conciencia.

—¿En qué los vas a llevar? Tenemos que ir por la furgoneta… —suspira ella, molesta consigo misma por sonar molesta con él.

Su vehículo todavía se encuentra estacionado frente a la casa del papá de Ana, donde Hannah lo dejó durante la tormenta.

—La recogeré esta noche, uno de los chicos puede llevarme en cuanto terminemos de despejar el camino —asiente Johnny, ni siquiera había pensado en la maldita furgoneta.

Ella asiente despacio.

—Perdón, solo estoy cansada, ha sido un día muy estresante. Es que todo esto es… una locura. ¿Recibiste el correo electrónico de los entrenadores? Todos los chicos van a entrenar en…

Se muerde la lengua. Demasiado tarde. Él estalla de inmediato.

—¡Sí, en la arena de *Beartown*! ¡Me enteré por los demás en la estación! ¡Vaya descaro! ¿Eh? ¿Así que ahora debemos estar agradecidos por su gran corazón, por que nos permitan ir a tomar prestada su arena? ¡Por supuesto que pudo soportar la tormenta, considerando que acaban de renovarla con un costo de varios millones, mientras que dejaron que la nuestra se fuera deteriorando! ¡El ayuntamiento debió haber renovado *nuestra* arena antes de…

Johnny se detiene, sabe que ella no puede soportarlo cuando

se pone así, pero Beartown saca lo peor de él en todas las formas posibles.

—Sí, sí, lo sé, pero las cosas son como son —concluye ella de forma resuelta.

Él no puede evitar contestarle con irritación:

—¡Las cosas son como son porque lo permitimos! ¿Viste a donde nos enviaron hoy a despejar los caminos primero? A Beartown, al camino que lleva a su arena y al jodido supermercado de ese bastardo de Frac. ¡Como si no hubiera caminos que limpiar también en Hed! ¡Como si nadie viviera aquí!

Johnny masculla al inicio de su respuesta, y masculla al final. De hecho, el camino al que siempre se le da la mayor prioridad es al camino que conduce aquí al hospital, pero desde luego que ella entiende a qué se refiere su esposo. Si el ayuntamiento sigue diciendo que un pueblo es más importante que el otro, al final los habitantes empezarán a creerlo. En especial las personas sentimentales. Ella se inclina, pone su mano en la mejilla de Johnny y susurra:

—Hacemos lo que podemos, ¿okey? Tenemos que ignorar las cosas que no podemos controlar. Concéntrate en las cosas por las que realmente puedes hacer algo.

Él asiente, y las comisuras de su boca se estremecen debajo de su barba de tres días.

—Okey, Dalai Lama.

Ella le da un golpe en el brazo y él la besa por unos instantes que se exceden un poco del tiempo que quizás sea apropiado para un lugar de trabajo. Él le susurra que la ama, y ella le contesta también con un susurro diciéndole varias cosas indecentes, que lo dejan tan perplejo que ella estalla en risas.

—Llévate a tus compañeritos de juegos al bosque de nuevo, antes de que destrocen todo el hospital —dice ella, haciendo un gesto con la cabeza hacia el pasillo donde las voces de los bomberos todavía retumban, provenientes de la habitación de Bengt.

Johnny le obedece, pero antes de irse exclama entusiasmado:

—¿Quieres oír un chiste? ¡Bengt nos lo contó el otro día!

—No tengo tiempo, amor… —intenta decir ella, pero desde luego que ya es demasiado tarde. Johnny ya empezó a narrar su chiste, que involucra partes corporales y un lenguaje que no serían adecuados para un programa infantil. Hannah ya lo ha oído antes pero aun así se ríe, no con Johnny sino de él.

—¿Verdad que es bueno? —dice él entre risitas tontas, tan alegre que se vuelve contagioso.

—¡Ya vete! —suspira ella, y el aire que entra se convierte en una risa más al salir.

Así que por fin se va, se lleva a todos los demás bomberos y las carcajadas siguen oyéndose mucho tiempo después de que se han ido. Son como hermanos, y esto vuelve loca a Hannah, pero también la hace sentir envidia, el hecho de que él tenga toda una familia adicional. La mayoría de ellos han sido amigos desde que eran niños y, si tienes compañeros de juegos así, en realidad nunca necesitas crecer. Fueron a la escuela juntos y jugaron hockey juntos y, ahora, pescan y cazan y hablan de autos que no pueden reparar y de mujeres que no pueden comprender y compiten en el *press* de banca y son colegas y papás y bomberos juntos. Un grupo.

—¿Quieres salir a fumar? —pregunta una enfermera mientras pasa a toda prisa, es obvio que se trata de una broma pues ella sabe muy bien que Hannah dejó el cigarro hace varios años.

—¡Si empiezo otra vez te prometo que lo haré contigo! —sonríe Hannah.

En lugar de irse con la enfermera, camina con sigilo por la fuente de los chismes, o «la sala de personal», como le dicen todavía algunas personas. Como de costumbre, tiene justo el tiempo suficiente para prepararse una taza de café, pero no para bebérsela antes de que alguien la llame a voces otra vez, aunque está ahí el tiempo suficiente para oír a la gente hablar. Sobre el hockey, desde luego, ¿qué otra cosa podría ser? Pero hoy, se escucha un tono diferente. Este es un lugar de trabajo mixto, la mitad del personal vive en Beartown y la mitad en Hed, todos aprenden a eludir el tema de los deportes de la misma forma en que la gente probablemente lo hace con la religión o la política en otros lugares del mundo. Pero hoy, la mitad del personal de Beartown no está aquí, así que da la casualidad de que muchas personas están diciendo lo que sienten de verdad.

Todo empieza con una queja porque el equipo juvenil de Hed tiene que entrenar en Beartown. Luego, alguien dice que corre un rumor de que el ayuntamiento no va a reconstruir la arena de hockey de Hed ni remotamente. Y luego, alguien más dice que ha oído que los concejales tienen un plan secreto para fusionar los dos clubes, ahora que cuentan con una oportunidad para hacerlo.

—¿Cuál van a desaparecer? —pregunta alguien.

—¿Cuál crees tú? ¡El que tiene menos dinero! —exclama alguien más.

—Pero ¿de dónde viene el dinero de Beartown, eh? ¿No fue el gobierno municipal el que pagó la renovación de su arena? ¿Hay que suponer que los de Hed solo pagamos impuestos para apoyar a *su* club?

Hannah espera en silencio junto a la cafetera eléctrica, sabe hacia dónde va esta discusión, ha estado en curso desde siempre, pero, a últimas fechas, se ha vuelto peor. Hannah desearía no estar de acuerdo con ellos, desearía poder ser la voz de la razón en este lugar, pero la verdad es que se limita a permanecer callada. Porque lo entiende. El hospital siempre está abrumado por los rumores de más recortes y, tal vez, hasta de su cierre total, de modo que, si el municipio amenaza siquiera con eliminar el club de hockey, entonces probablemente lo mejor para todos los involucrados sería que detuvieran por completo los trabajos de limpieza del camino hacia Beartown. Y que en lugar de limpiar construyeran un muro de inmediato.

Desde luego que Hannah es una hipócrita, lo sabe. ¿Acaso todo el dinero de los impuestos que se ha invertido en el Club de Hockey de Hed a lo largo de los años no habría hecho más bien aquí en el hospital? Por supuesto. Sin embargo, cuando los propios hijos de Hannah están sobre la pista de hielo, no existe nada más, el mundo se desvanece, y ¿qué está ella dispuesta a sacrificar por todo esto? Pregunta tonta. ¿Qué no sacrificaría? Además, el dinero de los impuestos dedicado al hockey sobre hielo jamás habría terminado en el hospital, eso nunca sucede, habría ido a parar a centrales eólicas o a una investigación de los políticos centrada en cómo enseñar a los tejones a expresar sus sentimientos a través de acuarelas o alguna otra ocurrencia estúpida. Al menos el hockey da algo a cambio. Algo para todo el pueblo, para viejos y jóvenes, algo que los apasione y los una: el hecho de que todos odian Beartown. Como es natural, hay gente en Hed a la que no le gusta el hockey, pero, en este lugar, eso es visto casi como una perversión sexual: lo que hagas en tu casa es asunto tuyo, pero guárdatelo para ti mismo, por favor.

Alguien en la cafetería tiene un cuñado que ha dicho cosas acerca del «Parque Industrial de Beartown», según alcanza a oír Hannah.

—¡Tratan de mantenerlo en secreto, pero ahora están ofreciéndoles oficinas en ese lugar a todos los empresarios de Hed! ¿Qué quedará aquí entonces?

—¿Vieron ustedes que la asociación de hockey modificó el calendario de partidos del primer equipo a causa de la tormenta? No están seguros de si los equipos del sur podrán viajar hasta aquí, así que adivinen contra quién vamos a jugar en el primer partido: ¡contra Beartown!

—Maldita sea.

—¡Aunque es una gran oportunidad! ¿No les parece? No pueden desaparecer un club ganador, de manera que, si *ganamos* ese partido, entonces…

—¡Pero no basta con que le ganemos a ese club de tramposos de mierda! ¡Tenemos que *aplastarlos*!

—¡Será una guerra!

—En todo caso, espero que ese cabrón de Amat no pueda jugar…

—¿Qué tal si por pura casualidad se rompiera la pierna? Tal vez podría tener un accidente, ¿verdad?

Se ríen como si eso fuera algo divertido, y así continúa. Hannah no tiene tiempo de escuchar más, alguien grita su nombre en el pasillo y ella deja su café intacto sobre el fregadero y se echa a correr. Tiene tiempo de desear que los tontos de sus hijos no lleguen a enterarse de los rumores antes de que se vayan a entrenar en Beartown mañana, porque entonces habría problemas como de costumbre. Por encima de todo, desea que Johnny, el tonto más grande entre de todos ellos, no se entere de esos rumores.

Pero ya es demasiado tarde, desde luego.

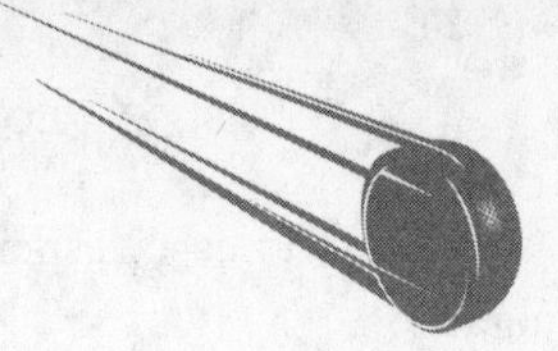

PAPÁS

El tren que salió de la capital se abre camino lentamente hacia el norte; se detiene en una estación tras otra, ubicadas en comunidades que bien podrían haber sido Beartown o Hed, este país está lleno de ellas. La mayoría de los nombres aparecen y caen en el olvido con la misma prontitud, pero unos cuantos se han aferrado a la conciencia nacional gracias a alguna especialidad local: un pastel, un festival musical, un parque acuático, quizás una prisión. O un equipo de hockey. Lo que sea que haga que las personas digan «Ah, ustedes son los que…» cuando les cuentes dónde naciste. Lo que sea que ponga un lugar en el mapa.

Con cada kilómetro que el tren avanza hacia el norte, el daño que causó la tormenta empeora, y entre más denso es el bosque, más evidente es la destrucción. Un hombre de edad avanzada aborda en una estación cuyo nombre todos olvidan antes de que el tren siquiera haya pasado frente al letrero y a la que llegas después de internarte varias horas en el país. Nadie le presta atención, excepto la muchacha de dieciocho años en el asiento frente al del señor, ella se levanta de inmediato con cortesía y lo ayuda a subir su maleta al estante del equipaje, sin que él tenga que pedírselo.

—Muchas gracias, señorita, ¡le estoy muy agradecido, muy agradecido en verdad! —dice él, como una reliquia salida de una película en blanco y negro proyectada en una matiné.

La sonrisa de la muchacha la hace lucir más joven de lo que es.

La forma en la que el señor usa su paraguas como bastón tiene el efecto contrario en él.

—Avíseme cuando vaya a bajarse del tren, para ayudarlo con su maleta —sonríe Maya haciendo gala de buenos modales.

—Gracias, eso sería muy amable de su parte. Es probable que el tren no viaje ahora hasta el final de su ruta después de la tormenta, así que seguramente tendré que descender en la misma estación que usted y de ahí tomar un autobús…

Ella se tensa de repente, él se da cuenta de que la ha asustado, así que señala con la cabeza hacia el gorro de lana de Maya, en un afán explicativo:

—El oso de Beartown, uno puede reconocerlo. ¿He de suponer que es ahí a donde usted se dirige?

Maya exhala, un poco demasiado deprisa, abochornada por su paranoia.

—Sí, sí, claro… es de mi papá. No acostumbro usarlo. Simplemente pensé en ponérmelo ahora que voy a… casa. Hace más frío allá en el norte.

Ella sonríe apenada. Él asiente, en señal de que comprende a qué se refiere.

—Uno se vuelve más apegado a su lugar de origen entre más lejos esté de casa.

Ella pasa las yemas de sus dedos por su gorro.

—Sí, supongo que es verdad. Es solo que no creía que ese fuera mi caso.

Hace años, su mamá solía decir que solo debes confiar en alguien que tenga algo que ama con locura. Maya puede identificarse cada vez más con eso.

El señor frente a ella se inclina y le susurra algo, como si fuera un gran secreto:

—Voy a visitar a mi hija, ella reside en Hed, pero ojalá usted no me guarde rencor por eso.

Maya se ríe a carcajadas.

—Por Dios, no, eso es algo que *no* extraño cuando estoy lejos de casa, de ninguna manera. La idea de que tenemos que odiar a Hed y ellos tienen que odiarnos a nosotros. Eso es condenadamente ridículo.

—Sí, por lo que me ha dicho mi hija, tengo entendido que bastantes cosas giran en torno al hockey por allá en el norte...

Ella pone los ojos en blanco.

—No, no, no bastantes cosas. Nada más todo.

—Si he de ser honesto, creo que la gente de Hed siente un poquito de envidia. Pareciera que, en estos días, las cosas van mejor en Beartown que en Hed, ¿no es así? Y no solo tratándose del hockey. La fábrica que se encuentra ahí se ha ampliado y ha contratado más personal, según leí. Las empresas se están mudando a Beartown en lugar de marcharse. No hay muchos pueblos de ese tamaño que puedan presumir eso.

Maya asiente en señal de acuerdo, a pesar de que es muy raro oír que alguien hable así de su pueblo de origen, como un lugar al que le está yendo bien. «Las cosas cambian rápidamente en el hockey», acostumbraba decirle su papá cuando ella era pequeña y algo le resultaba mal, «y las cosas también pueden cambiar rápidamente en la vida, ¡solo tienes que seguir avanzando!».

—¡La gente de Beartown es emprendedora y trabaja duro! —le recita ella al señor que tiene enfrente, y se sorprende de lo orgullosa que suena.

El señor se percata de que el acento de la muchacha se va volviendo más marcado. Él echa una mirada al bosque afuera, que va espesándose alrededor de las ventanas, hasta que se siente como si estuvieran viajando a través de un túnel.

—¿Se dirige usted a su casa por la tormenta? Mi hija dice que fue bastante terrible.

—No... o bueno, en cierta forma sí. Voy a casa para acudir a un funeral.

—Mis más sentidas condolencias. ¿Era alguien cercano a usted?

Todo ese año en el que ella cumplió dieciséis tiene tiempo de retumbar en su interior antes de responderle al señor. Cuando su papá la llevó a la estación de policía, cuando ella les contó todo y cuando casi lo despiden a él del Club de Hockey de Beartown porque Kevin no pudo jugar en el partido más importante de la temporada debido a ella. Cuando se celebró una reunión en la que todos los miembros del club tuvieron que votar para decidir su futuro, y cuando parecía que el pueblo entero estaba contra la familia de Maya. La primera persona que se puso de pie para hablar en defensa de ellos fue Ramona. Ella estaba respaldada por la Banda, Maya sabe cuánto le molesta eso a su papá, pero ni él ni Maya olvidarán nunca lo que hizo Ramona: le creyó a una muchachita de quince años cuando nadie más confió en su palabra. La defendió cuando nadie más se atrevió a hacerlo. Maya le sonríe con tristeza al señor en el asiento de enfrente.

—Mi papá la conocía mejor. Ellos dos eran... muy viejos amigos. Ella era la dueña de un pub, y con frecuencia mi papá tenía que ir por mi abuelo a ese lugar cuando había bebido demasiado.

El señor suelta una risita.

—Ah, esa vieja historia. Pero ¿usted nunca tuvo que ir por su papá?

—¡Mi papá no toma!

Ella dice esto con un tono demasiado enérgico, siempre demasiado ansiosa por defenderlo. El señor alza las palmas de las manos a manera de disculpa.

—Mil perdones. No era mi intención ofenderla.

Ella suspira.

—No, está bien... entiendo. Es solo que si usted conociera a mi papá... Él es algo así como la persona más correcta del mundo. Uno de esos que nunca rompen ni una sola regla.

—¿A él le interesa el hockey tanto como a todos los demás en Beartown?

Ella rompe en una sonora carcajada.

—¿Está usted bromeando? De hecho, él era el director deportivo del club del pueblo. Pero ahora trabaja en la firma de mi mamá.

—Ah, así que la mamá de usted es una de esas personas «emprendedoras» de Beartown que usted mencionó —le dice el señor en tono bromista.

Maya sonríe.

—En realidad su firma está en Hed. Mi papá está muy disgustado por eso.

—Puedo imaginármelo. ¿Cómo fue que él dejó su cargo de director deportivo?

—Él ama a mi mamá.

Ella dice esto de una forma tan instintiva que el señor pierde la compostura por un instante. Sonríe con tristeza y baja la mirada a sus manos; Maya no puede ver ningún anillo de boda. El señor se estira para alcanzar su portafolio, saca un grueso montón de papeles y los coloca en su regazo.

—Entonces ambos son muy afortunados —dice él, sin alzar la vista de los papeles.

Maya asiente. El señor permanece callado por tanto tiempo que ella empieza a imaginarse que lo ha ofendido, así que le pregunta:

—¿Qué está leyendo?

—Informes anuales.

—Guau. Eso suena… emocionante.

—Puede serlo, si uno sabe dónde buscar —le asegura él.

Ella no le cree. Eso es un error.

●●●

Un viejo auto estadounidense se encuentra estacionado afuera de La Piel del Oso. Peter está de pie en la entrada, observándolo, no sabe quién es el dueño y apenas si tiene un interés marginal en los autos, pero da la casualidad de que, de hecho, él sabe con exactitud de qué año es este modelo. Cuando llegó a la NHL, un compañero de equipo que justo acababa de comprar un auto idéntico lo llevó en él a sus primeras sesiones de entrenamiento. En ese entonces estaba recién salido de la fábrica, pero el que se encuentra en la calle ahora está desvencijado y cubierto de herrumbre. Peter se siente igual.

Teemu ha salido del baño y está en la barra leyendo todos los mensajes en su móvil. Peter pensará mucho tiempo después que es extraño que un hombre como Teemu no estalle ante las malas noticias. Contrario a lo que dicen los rumores, este joven no tiene un temperamento irascible. Más bien, lo que lee en su teléfono disminuye su temperatura corporal, unos cuantos grados a la vez, se va volviendo más frío y más silencioso mientras que Peter se siente más y más incómodo. Peter ha aprendido a juzgar a qué hombres debería temer, no por su comportamiento cuando están cerca de él, sino por su propio comportamiento cuando él está cerca de ellos.

—Tengo que irme, ¿podemos seguir con esto mañana? —pregunta Teemu con la vista clavada en su móvil.

Peter asiente sin saber si debería decir algo más. Justo cuando están apagando las luces y cerrando el lugar con llave, la mirada de Peter aterriza en una foto junto a la puerta: una niñita está de pie sobre el hielo con una camiseta verde y una expresión oscura, todavía es tan pequeña que ni siquiera han podido encontrarle guantes del tamaño ideal.

—Ella va a ser mejor que tú —dice Teemu detrás de él, y Peter se sorprende por lo repentino del amor en su voz.

De hecho, el propio Teemu también parece sorprendido, casi avergonzado. Ambos evitan la mirada del otro, se aclaran la garganta y salen a la calle. Peter ha oído hablar de la niña, desde luego. Tiene seis o siete años, su nombre es Alicia y pasa mucho tiempo en la casa de Sune —quien hoy día es un hombre viejo, pero alguna vez fue el entrenador del primer equipo de Beartown—, donde ella hace todo lo posible por destrozar las paredes disparando discos de hockey. Es la clase de niña que tiene una vida terrible, pero no lo bastante terrible como para recibir algún tipo de ayuda; se está criando en una casa llena de armarios de cocina vacíos y manos cerradas en un puño, pero esos armarios nunca están lo bastante vacíos y esos puños nunca son lo bastante duros como para que las autoridades se la lleven de ahí. Así que el jardín de Sune es su refugio y su patio de recreo, y Ramona logró que Teemu hiciera lo más que pudieron hace un par de años: cierta noche, unos cuantos hombres vestidos de negro fueron a la casa de Alicia cuando ella dormía, entraron marchando directo a la cocina, dejaron una maleta de hockey llena de equipamiento sobre la mesa y les explicaron a los adultos que se encontraban ahí que, ahora, la niña estaba bajo la protección de la Banda. Desde entonces, su casa le ha dado muchos menos ojos morados, y la arena de hockey muchos más moretones. Y, algún día, llegará a ser la mejor.

Teemu camina hacia su auto, Peter lo sigue y cae en la cuenta de lo mal que esto se habría visto no hace mucho tiempo: subirse a un auto con el rufián más terrible de la región. Pero ¿ahora? A nadie le importa ya lo que Peter haga, ni siquiera a él mismo. Si se le da el tiempo suficiente, el bosque desgasta todas las fantasías, incluyendo las de Peter. Porque él sabe todo sobre los actos violentos de Teemu, pero también recuerda, como todo el mundo, que la policía no tuvo tiempo de venir cuando una pandilla de ladrones llevó a cabo una serie de robos a casas en el municipio hace unos cuantos años, pero esa misma policía sí tuvo recursos para enviar un equipo armado de fuerzas especiales y un helicóptero porque había un rumor de que alguien estaba cazando lobos de forma ilegal en el bosque. Fue la Banda la que se encargó de los ladrones, Peter no quiso saber con exactitud cómo, pero en todo caso comprendió de dónde provenía la autoridad de Teemu. No son sus credenciales de persona violenta las que lo distinguen de la policía, son sus credenciales de persona de fiar. Basta con que le preguntes a Alicia.

El auto estadounidense sigue estacionado en la calle cuando

pasan caminando. El móvil de Teemu vibra al recibir más mensajes, pero él no reacciona, en este momento todos dicen lo mismo.

—¿Hoy amaneciste muy popular? —pregunta Peter.

—Solo es gente que está diciendo cosas —responde Teemu con un tono de voz neutro.

—Mis hijos también envían mensajes de texto todo el tiempo. Ni siquiera escriben palabras, solo mandan un montón de esos dibujitos. ¿Qué ya nadie llama nunca por teléfono?

Teemu se ríe a carcajadas.

—Carajo, Peter, ¿tienes cien años o qué?

—A veces me siento así.

Se suben al Saab de Teemu y viajan una distancia corta sin decir nada; cuando el silencio se vuelve incómodo Teemu lo rompe con el hockey, como era de esperarse:

—Entonces, ¿crees tú que él va a jugar este año? —sondea Teemu.

—¿Quién? —pregunta Peter.

—¡Amat! Dicen que ha estado tomando mucho…

—¿Quién dijo eso?

Teemu se encoge de hombros.

—Tú sabes, la gente habla.

La gente hace eso, ciertamente, solo que no con Peter. El tiempo no espera a nadie, los chicos se convierten en hombres y los talentos se convierten en viejas glorias y los demonios pueden alcanzar a quien sea. Tal vez incluso al patinador más veloz del pueblo. Alguna vez, Sune dijo que la mejor cualidad de Peter como director deportivo era que él veía «a todos los chicos en el club como si fueran sus propios hijos», y esto fue un cumplido en ese entonces, pero, cuando Mira le dijo lo mismo unos cuantos años después, fue una acusación. La primavera pasada, Peter trató de hablar con Amat para darle algunos consejos sobre el *draft* de la NHL, pero, para entonces, el muchacho ya se había convertido en hombre y Peter se había hecho viejo.

—No lo sé —tiene que confesar Peter.

Teemu suspira.

—Amat estuvo bestial en la temporada pasada. O sea, realmente bestial. Mejor que Kevin. Mejor que... tú.

—Nunca me viste jugar —bufa Peter para ocultar lo abochornado que se siente, a lo que Teemu resopla como un pony sobresaltado:

—¡Ramona exhibía todos tus partidos en videos! ¡Hasta los juegos de la NHL!

—No fueron muchos de esos, así que no debió haberle llevado tanto tiempo —murmura Peter.

—¡Fueron cinco partidos! ¿Crees que no los he visto? ¡Como unas cien veces! Tú crees que solo soy un pandillero estúpido, pero yo amo el hockey tanto como tú, maldito bastardo. Esa es la única razón por la que nunca te di un golpe en la cara cuando eras director deportivo y estabas haciendo todas esas estupideces como tratar de deshacerte de la grada de pie. Yo sabía que tú amabas el hockey como lo amo yo. Respetaba eso. ¡Incluso cuando te comportabas como un payaso!

Peter tiene que respirar varias veces para poder digerir que lo haya llamado «payaso» un tipo que alguna vez se metió a la fuerza en el autobús de un equipo que vino a jugar en Beartown como visitante y les prendió fuego a treinta bolsas de plástico llenas de mierda de perro. Lo más ofensivo de todo esto fue que Teemu ni siquiera tenía un perro. ¿La planeación y la logística requeridas para conseguir treinta bolsas de esa cosa? Por Dios. Si ese tipo hubiera dedicado sus habilidades mentales a algo que fuera sensato, podría haberse apoderado del mundo.

—Estás equivocado —dice Peter al final con una sonrisa.

—¡No estoy equivocado!

—Nada más jugué cuatro partidos. Cuando entré a la pista en el quinto, me lesioné casi de inmediato. Y no creo que seas un pandillero estúpido.

—Sí, claro —masculla Teemu.

Peter se ríe por lo bajo.

—Bueno, no creo que *solo* seas un pandillero estúpido, en todo caso…

Teemu estalla en carcajadas con tanta fuerza que casi se sale del camino, y, por un solo instante, Peter comprende qué es lo que todos ven en él. Por qué todos lo siguen. Cuando él se ríe, uno se ríe con él. Teemu le lanza una breve mirada y dice:

—Deberías haber hablado con Amat en la primavera, antes del *draft* de la NHL. Creo que estaba recibiendo consejos de la gente equivocada. Necesitaba a alguien como tú.

Peter baja la vista, no quiere admitir que lo intentó, pues es evidente que Teemu tiene una muy buena opinión de él, y Peter tiene la sensación de que ha pasado mucho tiempo desde que alguien pensara lo mismo.

•••

Si la gente tiene que adivinar, siempre cree que Maya tiene menos de dieciocho años, y esto la irrita a menudo, aunque en realidad ella tampoco es muy buena para estimar la edad de los demás. Por ejemplo, cree que el hombre sentado frente a ella en el tren se jubiló hace mucho, pero, de hecho, apenas tiene sesenta años. El cuerpo de algunos hombres tan solo tiende a castigar a su administrador por una vida pecaminosa con todos los achaques de la vejez al mismo tiempo. La camisa a cuadros tiene que estirarse para cubrir el estómago, la respiración le llega en jadeos pesados a través de los orificios nasales. Tiene puesto un sombrero café, el cabello debajo de él se ha vuelto más escaso y la barba mudó a un color gris; los rasgos de su cara se han suavizado como consecuencia de demasiadas bebidas alcohólicas y muy pocos compromisos. El dolor en sus articulaciones lo obliga a caminar con alguna clase de apoyo, de modo que siempre lleva un paraguas sin importar las condiciones del clima, pues aún no es lo bastante viejo para usar un bastón, maldita sea. Sin embargo, su mirada es firme y su mente sigue siendo aguda, es bueno en su trabajo, quizás todavía mejor ahora que luce tan alicaído. Eso hace que sea más fácil que la gente lo subestime, y él sabe cómo sacarle provecho.

Los dos charlan durante todo el viaje, de una forma tan despreocupada que Maya nunca se da cuenta de lo hábil que es el señor para esto. Una preguntita inocente lleva a la otra y, en poco tiempo, Maya le ha contado mucho acerca de ella misma y el señor no ha dicho nada de él.

Cuando ella se levanta para ir al baño de nuevo, hace un ademán de querer llevarse el estuche de la guitarra.

—Probablemente yo podría arreglármelas para vigilarlo —se ofrece el señor.

Ella sonríe incómoda, como si el estuche y la guitarra fueran tan queridos para ella que no es que se los vayan a robar, sino más bien que no quiere estar sin ellos. Sin embargo, al final Maya cede y se va, y cuando ha desaparecido, el señor abre el estuche de inmediato y le echa un vistazo. En el interior de la tapa se encuentra una fotografía, pegada con cinta adhesiva, de la muchacha con su familia: hermano menor, mamá, papá. La foto parece bastante reciente, aunque la camiseta del papá se ve vieja, es de un color verde claro desgastado con el logo del club de hockey sobre el abdomen. «Después de todo lo que le ha pasado a esa familia, todavía se visten con prendas que tienen el oso estampado», reflexiona el señor y cierra el estuche. Se estira para alcanzar su portafolio y, en un pequeño bloc de notas, anota lo que la muchacha le dijo hace un rato: «Mi papá es uno de esos que nunca rompen ni una sola regla». Maya ha cambiado en los últimos dos años: nuevo peinado y un cuerpo más maduro, más alto y más fuerte. De hecho, el señor apenas si pudo reconocerla al principio, a pesar de que se tomó muchas molestias para averiguar qué tren tomaría ella hoy, echando mano de favores que le debía un antiguo contacto de la empresa ferroviaria, así como favores que le prometió a esa misma persona. Las fotos más recientes que el señor ha visto de ella son de cuando tenía quince años, casi dieciséis, y a partir de entonces se volvía más difícil investigarla. Después de ese año, tras la violación, ella dejó de publicar fotos en internet.

El señor sabe que su propia hija va a decir que acercarse a Maya de esta forma fue algo excesivo. Tal vez incluso poco ético. Pero toda una vida como periodista le ha enseñado que, si vas a revelar un gran escándalo, tienes que contar una buena historia, de lo contrario, los lectores perderán interés mucho antes de que hayas llegado al punto, y una buena historia es como un informe de cuentas anuales: puede ser muy, muy aburrida si no sabes dónde empezar a buscar. Él siempre ha tratado de enseñarle esto a su hija; la relación entre los dos ha sido turbulenta y complicada, pero él está bastante seguro de que al menos hizo un buen trabajo enseñándole sobre periodismo; de otro modo, ella no se habría mudado a Hed y no se habría convertido en editora en jefe del periódico local el año pasado.

Así las cosas, cuando ella lo llamó hace poco para contarle las historias que había desenterrado acerca del club de hockey y para pedirle su ayuda, él le preguntó por qué no usaba a sus propios reporteros. «Por favor, papá, estos no son dos pueblos cualesquiera, tengo reporteros con hijos que van a la escuela en Beartown, a la misma escuela que los hijos de los hombres que pueden terminar en la cárcel si publicamos esto. ¿Cómo podrían atreverse mis reporteros a escribir sobre esto?».

Su papá entendió, desde luego, así que ahora está sentado en un tren. Por su hija, pero también por él. Desperdició toda la infancia de ella bebiendo y, aun así, su hija quiso tener la misma profesión que él. Ella nunca le había pedido ayuda. Nunca subestimes a un papá que está tratando de que lo perdonen, es capaz de hacer cualquier cosa.

El montón de papeles en el regazo del señor está conformado por los informes de cuentas anuales a nombre del Club de Hockey de Beartown, correspondientes a los últimos diez años. Los instintos de su hija estaban en lo correcto: la existencia entera del club está sustentada en actos de delincuencia financiera. Los fraudes han sido tan sistemáticos que es imposible que todo esto haya tenido lugar sin que lo supieran la junta directiva, los patrocinadores y los políticos. El señor se da cuenta de que han hecho todo lo posible por borrar sus huellas, la mayoría de los periodistas con menos experiencia no habrían sabido por dónde empezar a indagar. «Pero nadie escarba como tú, papá, eres un demente», le dijo su hija al teléfono, y casi pudo oírla sonreír. Así que él ha estado escarbando. Debajo de los informes de cuentas anuales se encuentran contratos y transferencias bancarias y documentos, una pieza de rompecabezas tras otra que integran la verdad de un club deportivo totalmente corrupto. Como es natural, muchos de los hombres culpables han sido demasiado inteligentes como para firmar algo, pero hay un nombre recurrente, la misma rúbrica al pie de cada documento: Peter Andersson.

En su bloc de notas, el señor escribe: «El gorro de Maya es verde, con la imagen de un oso. Le queda un poquito demasiado grande».

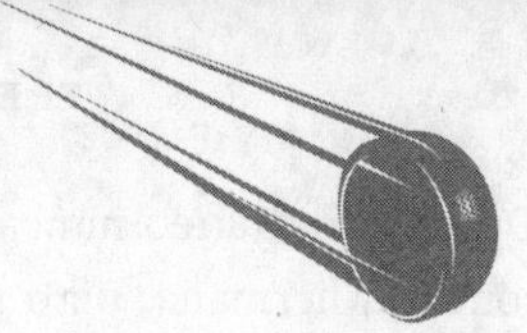

HOMBRES DE DIOS

Matteo no recordará cómo se enteró de que la dueña del pub había fallecido. Él no habla con nadie, pero tal vez lo lee en algún lugar de internet cuando la energía eléctrica vuelve, o tal vez solo oye a la pareja de ancianos en la casa de al lado hablar del tema en la planta alta, mientras él yace acurrucado sobre el piso del sótano la mañana después de la tormenta. Se despierta de un sueño acerca de su hermana y, por unos cuantos instantes, su corazón se siente como cuando sostienes tus manos congeladas frente a un fuego. Al principio estás entumecido, luego te duelen un poco porque estás muy frío y entonces llega el dolor de verdad: cuando empiezas a entibiarte. Es solo hasta que el adormecimiento del frío y del sueño te sueltan, y tu cuerpo sabe que está a salvo y seguro, que te deja sentir lo terribles que son las cosas. Matteo encuentra una pequeña botella de licor casero en el fondo de una canasta junto al armario de las armas, tal vez olvidada ahí después de que el viejo de la casa se fuera de cacería, o tal vez solo la escondió de su esposa. Matteo la bebe despacio con los ojos cerrados, empieza a sentir su cabeza tibia y su corazón frío de nuevo.

Sale arrastrándose a través de la ventana del sótano y se mete a hurtadillas a su casa. La vivienda está vacía. Sus papás todavía no han regresado a Beartown con su hermana, supone que su mamá tuvo que hacer una parada en cada iglesia a lo largo del camino. Su hermana mayor siempre discutía con su mamá sobre

Dios, pero Matteo nunca lo hace. Él tenía tan poca fe en Dios como su hermana, pero nunca quiso herir a su mamá, ella era demasiado frágil.

—Tú eres el único ser humano bueno que conozco —solía decirle su hermana al tiempo que le alborotaba el cabello.

Ella era la única persona que platicaba con él. Nadie le dirigía la palabra en la escuela, y sus padres pasaban tanto tiempo conversando con Dios que ya ni siquiera se hablaban entre ellos. Matteo y su hermana eran los milagros de sus padres, su mamá había sufrido cuatro abortos naturales y le había rezado a Dios para pedirle un bebé sano, y entonces tuvo a su hija. Unos cuantos años después, llegó Matteo. Su mamá tenía tanto miedo de perderlos que ni siquiera se atrevía a ser feliz. El cielo le había demostrado su poder y, desde entonces, ha vivido toda su vida con el implacable temor de que podría quitárselo todo en cualquier momento. Ella le repetía la misma cosa a su hijo una y otra vez:

—Tienes que crecer para convertirte en un hombre de Dios excepcional. ¡No un pecador! ¡Un hombre de Dios!

Matteo nunca le llevó la contraria a su mamá, pero una noche que estaban a solas él y su hermana, ella bufó:

—Sabes que mamá es una enferma mental, ¿verdad?

Matteo nunca había estado más enfadado que en ese momento, pero no con su hermana, en realidad. Sobre todo, estaba enfadado con su papá, quien no había hecho nada para ayudar a su mamá y solo se limitaba a guardar silencio. Iba a su trabajo, llegaba a su casa, comía su cena, leía sus libros, se iba a la cama. Silencio, nada más que silencio.

—Entiendes que tengo que irme de aquí, ¿verdad? ¡Necesito vivir, Matteo! —le susurró su hermana la noche que se marchó de Beartown.

Le prometió que se haría rica en algún otro lugar y volvería por él. Él la esperó. Ahora, ella va camino a casa, pero no para llevárselo y, una vez más, Matteo está enfadado sobre todo con su papá. Si tan solo su papá hubiera sido otra clase de papá, todo habría sido diferente. Si hubiera sido un hombre poderoso, un hombre rico, un hombre del mundo del hockey. En ese caso, la hermana de Matteo habría recibido ayuda, en ese caso la gente le habría creído, se habría puesto de su lado. En ese caso, ella estaría viva.

Los hombres de Dios no pueden salvar a nadie. No aquí.

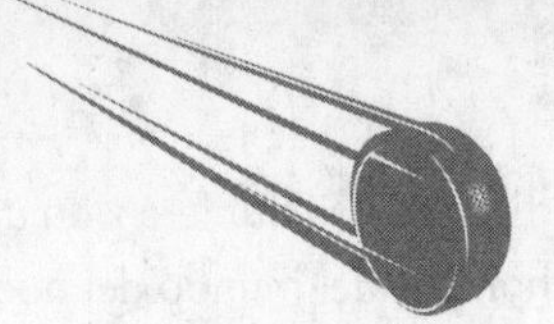

CHICOS DEL MUNDO DEL HOCKEY

Amat corre en el bosque, tan lejos como le es posible, pero eso no importa. De todos modos, nunca termina solo.

En el hockey, a todo el mundo le encanta hablar sobre las mentes de los jugadores: necesitas tener una «actitud ganadora» y un «espíritu perseverante». Si juegas hockey cuando eres niño, la gente te dirá que debes ser «mentalmente fuerte», pero, por otro lado, te explicará muy poco lo que eso significa en realidad. Oirás muchas cosas sobre las lesiones y el dolor, pero nada acerca de esa clase de dolor que no aparece en las radiografías. Aprenderás todo sobre cómo funcionan las diferentes partes del cuerpo, excepto la parte que controla todo lo demás.

Amat corre y corre internándose cada vez más en el bosque, pero, aun así, no puede huir de las voces dentro de su cabeza:

«Sí, es bueno, pero ¿no es demasiado pequeño?».

«¿Qué hay de su mentalidad? Ya sabes cómo puede ser eso. Él no… bueno, tú sabes… Él no proviene de una familia del mundo del hockey, exactamente».

«¡Pero tiene buenas manos! ¡Y es más rápido que Kevin!».

«Sí, puede ser, pero Kevin tenía un espíritu perseverante. Tenía una actitud ganadora».

Amat los ha oído por todos lados, en la arena de hockey y en el supermercado y en la escuela, y él sabía muy bien qué significaban en realidad las palabras en clave «familia del mundo del hockey». A ellos les encantaba cuando él metía goles para su equipo, pero desearían que luciera como todos los demás chicos del mundo del hockey, que viviera en la misma zona residencial elegante, que se riera de los mismos chistes. Desearían que él fuera Kevin; lo dejaban ser Amat siempre y cuando ganara. Así que eso fue lo que hizo. Ganar, ganar, ganar.

En la época de año nuevo, Beartown era el líder de la liga y Hed estaba en el último lugar. Durante toda la infancia y la adolescencia de Amat, Hed había sido mejor, más rico, más grande y más poderoso, pero Amat se convirtió en el símbolo del cambio. Los hombros le dolían todas las mañanas, al principio por el esfuerzo físico en los entrenamientos, y después por el peso de las expectativas. El conserje lo dejaba entrar a la arena de hockey cada mañana, pero Amat pasaba cada vez menos tiempo sobre la pista del hielo y cada vez más en el gimnasio. Sabía que todos decían que era demasiado pequeño para la NHL, así que luchaba contra las barras de las pesas hasta que apenas si tenía fuerzas para caminar a su casa, siempre pensando en todos los demás clichés que había oído de algún entrenador o director deportivo o de algún otro viejo: «¡No juzgamos las competiciones al inicio sino en la línea de meta! ¡La actitud importa más que la calidad! ¡La voluntad importa más que el talento!».

Una noche, al salir de la arena de hockey, Amat estaba tan exhausto que, cuando iba caminando a zancadas entre los montones de nieve, se resbaló y cayó al suelo en medio de la oscuridad. Al principio la muñeca no le dolía tanto, pero, cuanto más entrenaba, más se le hinchaba. No le dijo nada a nadie. Ningún club de la NHL selecciona en el *draft* a un chico lesionado. Tenía que seguir jugando, tenía que seguir ganando, no podía decepcionar a todos ahora. No solo a los viejos del supermercado, sino además a todos sus amigos de la Hondonada, quienes lo hicieron prometer que les iba a comprar relojes lujosos cuando se convirtiera en jugador profesional. Sin ellos, él no habría estado aquí. Hace unos cuantos años, durante un verano entero, se turnaron para correr junto con Amat en la colina detrás de los edificios de apartamentos, para que no se diera por vencido. El sueño de Amat se convirtió en el sueño de los demás. Él tenía que retribuírselo a ellos. Tenía que retribuírselo a su mamá. A su entrenadora. Al pueblo. A todos.

En un partido, anotó tres goles, pero retrocedió para evitar que alguien le hiciera una carga. En el vestidor, los demás jugadores bromearon diciéndole:

—Sí sabes que en la NHL las cargas son todavía más duras, ¿verdad, princesa?

Cuando salió de la ducha, había una caja de tampones en su casillero. Solo era una broma, desde luego, siempre empieza así.

En el siguiente partido, Amat recibió otro golpe en la muñeca. El dolor era tan intenso que se volvió claustrofóbico; tomó unos analgésicos, pero ni siquiera ayudaron a mitigar su sufrimiento, así que, al anochecer, fue a buscar a una chica que conocía en la Hondonada, cuyo hermano vendía bebidas alcohólicas. Cuando la chica regresó con una botella, le dijo a Amat:

—Si le dijera a mi hermano que es para ti, la tendrías gratis. ¡Te adora! ¡Todo el tiempo está hablando de que alguien de la Hondonada llegará a la NHL!

Amat movió la cabeza de un lado a otro. La chica añadió, con un tono más serio:

—Mi hermano dice que toda la gente rica del pueblo está tratando de aprovecharse de ti. Solo les importas porque puedes hacer que ganen dinero. No dejes que nadie te engañe, ¿okey?

—Okey —prometió Amat.

—¡No digas «okey» si no lo dices en serio! —le espetó ella.

—Okey, okey, okey —sonrió Amat con tristeza, y ella le respondió con otra sonrisa triste, y le dijo algo que él no ha podido olvidar:

—Tú sabes que todos los niñitos en la Hondonada te miran y piensan que, si tú puedes llegar a ser alguien, ellos también pueden, ¿verdad? Así que no lo eches a perder, ¿okey? ¡Debes llegar a ser alguien! Ellos te miran y piensan que tú no tienes un papá rico que jugó al hockey unos cien años y te compró unos patines como regalo de Navidad cuando eras bebé, a diferencia de todos esos jodidos muchachos de la Cima. Tú has tenido que hallarlo todo en tu interior. ¡Todo! Por eso todos los muchachos en la Cima te odian. Precisamente como todas las chicas que viven allá arriba nos odian a quienes tenemos mejores calificaciones que ellas en la escuela. Porque todos ellos saben en el fondo que, si hubieran nacido en las mismas condiciones que nosotros, nunca habrían logrado nada, se habrían hundido, ¡han recibido todo gratis y jamás han merecido algo!

Se lo dijo para levantarle el ánimo; no podía saber que solo lo iba a hundir todavía más. Esa no fue una charla motivacional, sino una piedra más en su mochila. Amat se fue a su casa y tomó para ahuyentar el dolor en su muñeca y así poder dormir, y escondió la botella medio vacía en la maleta de hockey dentro de su guardarropa, para que su mamá no la encontrara; en un par de semanas ya le resultaría más difícil esconder las botellas vacías que las llenas.

Amat no recuerda con exactitud cuándo empezó a sonar su teléfono. Al principio fueron uno o dos agentes, pero, de pronto, parecía como si en cada ocasión fuera una voz nueva. Le dijeron que él podía ser seleccionado en el *draft*. «Podía ser» se convirtió en «iba a ser», lo cual a su vez pronto se convirtió en «debía ser». Amat nunca fue a una preparatoria orientada al hockey, no lo había seguido ninguno de los clubes más grandes para observarlo y estudiarlo, pero tenía el talento en bruto. Le dijeron que la suya era una historia como la de la Cenicienta. «¡Saliste de la nada, pero puedes llegar hasta la meta!». Vas a. Debes. Los agentes le decían que firmara un contrato con ellos, que no se preocupara por nada, «solo déjanoslo todo a nosotros». Amat ya había conocido antes a esa clase de hombres. Cuando Kevin era la gran estrella de todo el pueblo y Amat sabía la verdad sobre la violación, el padre de Kevin se apareció en su auto lujoso y trató de comprar su silencio. Los hombres que lo llamaban ahora por teléfono sonaban como él; el año pasado ni siquiera sabían quién era Amat, pero, ahora, de repente era un bien que se podía negociar. Buscó sus nombres en internet y encontró cientos de rumores acerca de actividades oscuras: agentes que firmaban contratos con niños antes de que fueran adolescentes siquiera, otros agentes que de la nada les daban empleos bien pagados a entrenadores de equipos júnior de clubes pequeños a cambio de que llevaran determinados jugadores a sus agencias, padres que recibían dinero sucio por debajo de la mesa. Todos los hombres en el teléfono de Amat sonaban igual cuando afirmaban que esas cosas solo las hacían los demás agentes, nunca ellos mismos, así que ¿cómo se suponía que Amat podía saber quién era de fiar y quién era un absoluto mentiroso?

En poco tiempo, Amat tuvo que sacar los patines de la maleta de hockey a fin de hacer más espacio para más botellas vacías. La muñeca le dolía por las noches, la cabeza por las mañanas, y al final dejó de contestar el teléfono y punto.

El periódico local escribió una pieza acerca de sus posibilidades en el *draft* de la NHL, el vestidor cambió, las bromas se volvieron algo serio. Si perdía un disco o fallaba un tiro, oía risas de burla. Ya no bastaba con que fuera el mejor en cada partido. Tenía que ser invencible. Las voces en su cabeza gritaban: «Eres un fraude, solo has tenido suerte, no te has enfrentado más que a defensas malos».

El hielo se convirtió en arenas movedizas, entre más luchaba más lento se volvía. Cierto día, ya entrada la noche, cuando entrenaba a solas en el gimnasio y su camiseta estaba negra por el sudor, el conserje entró y se disculpó porque ya tenía que cerrar la arena. Se *disculpó*. «Estoy orgulloso de ti», le dijo el viejo cuando se separaron en el estacionamiento y cada uno se fue por su lado. Para el conserje no eran más que unas palabras amables, pero para Amat, eran cien toneladas más de piedras en su mochila.

La primavera llegó, la nieve se iba derritiendo y cada centímetro de asfalto que se asomaba representaba un día más cerca del *draft*, que tendría lugar en junio. Amat tenía pesadillas, a veces se despertaba y notaba que le había sangrado la nariz, empezó a tener ataques de migraña. ¿Y si ya habían descubierto que mintió sobre su lesión? ¿Y si no lo seleccionaban? Anotaba dos goles en partidos donde debería haber anotado tres, uno donde debería haber anotado dos, al final ni uno solo. Todo el mundo se sentía calificado para darle consejos, todos y cada uno de esos bastardos sabían qué era lo que él tenía que hacer. En el periódico describían al Club de Hockey de Beartown como una «fábrica de talentos» y a Amat como un «producto hecho en casa». Un día, su mamá llegó al apartamento de regreso del supermercado y le contó que Frac, el dueño de la tienda, le había pedido algo: «Tiene que decirle a Amat que, incluso si lo seleccionan en el *draft*, ¡debe exigir que lo dejen jugar en Beartown un par de temporadas más! ¡Eso sería lo mejor para él! Amat debe quedarse aquí, Fátima, para que pueda seguir desarrollándose, ¡dígale eso!». Casi parecía asustada cuando le transmitió el mensaje.

—Hablaba de ti como si fueras un... un producto de la tienda... como si tuvieras un código de barras.

Esa noche, Amat estaba acostado en la cama con su computadora, y vio que en algún lugar de internet alguien había escrito que, si lo escogían en el *draft*, Beartown recibiría trescientos mil dólares de la NHL. Trescientos mil *dólares*. Pero también leyó: «Después del *draft*, el club de la NHL, previo acuerdo con el agente del jugador, a menudo permite que el atleta seleccionado juegue una o varias temporadas en una liga menor para que pueda desarrollarse, antes de que se lo lleven a Norteamérica». Por esta razón, Frac le dijo todo eso a Fátima, Beartown quería el dinero que recibiría por Amat, pero, además, querían que él siguiera ganando partidos para el club. Su mamá tenía razón. Él no era más que un código de barras.

•••

El tren hace una parada, y un grupo de chicos que rondan los quince años sube a bordo. Maya regresa del baño y se los queda viendo fijamente un poquito de más, y se ruboriza cuando se da cuenta. El señor frente a ella alza una ceja por encima de sus informes anuales cuando Maya se sienta.

—¿Los conoce? Puedo moverme si quiere pedirles que se sienten…

—No, no, no los conozco. Solo conozco a miles de chicos exactamente iguales a ellos. Usted sabe, chicos del mundo del hockey…

—¿Cómo sabe que son chicos del mundo del hockey?

—¿Está bromeando? Los mismos tenis, los mismos pantalones deportivos, las mismas gorras con la visera hacia atrás. La misma mirada confundida porque a todos les han dado con demasiados discos en la cabeza. Una reconoce a los chicos del mundo del hockey en donde sea…

El señor se ríe entre dientes. Entonces le hace una pregunta a Maya, como si él solo estuviera pensando en voz alta y la interrogante no tuviera una intención más profunda:

—¿Su padre también es así? ¿También es un chico del mundo del hockey?

El señor ve que las pestañas de la muchacha tiemblan por un breve instante. La sonrisa de Maya se vuelve menos genuina y más un mecanismo de defensa.

—Probablemente lo era. Pero ahora ya es viejo.

—Entonces, ¿ahora es un… viejo del mundo del hockey? —le sonríe el señor a modo de respuesta.

Ella dice que no con la cabeza, casi como si se sintiera culpable.

—No, no, ya dejó el hockey. Ahora solo trabaja con mi mamá.

El señor asiente con la mirada baja clavada en los informes anuales. Luego les echa un vistazo a los chicos que están un poco a la distancia. Ya son muy grandes, muy ruidosos, están muy acostumbrados a tener un físico privilegiado: todos los lugares les pertenecen.

—¿Puedo hacerle una pregunta que probablemente suene tonta?

—Claro —asiente Maya.

—¿Cree usted que todos los chicos del mundo del hockey lucen idénticos para hacer que a alguien que sea diferente le resulte más difícil entrar en el grupo? ¿O cree que lucen idénticos porque ellos mismos le tienen miedo a ser diferentes?

Maya se queda en silencio por tanto tiempo que el señor empieza a temer haber ido demasiado lejos, que ella lo haya descubierto. Quizás era demasiado obvio que se trataba de la pregunta de un periodista. Pero justo cuando él está a punto de desestimar todo ese asunto con una pequeña broma, ella alza la vista, mira al exterior a través de la ventana y responde:

—Todos los que se dedican al hockey hablan y hablan de «pelear». Tienen que aprenderlo cuando son niños: «Entra ahí y pelea», y como que eso se les queda grabado en el cerebro, así que, cuando ya han crecido, todavía se comportan como si estuvieran bajo ataque. O sea, siguen siendo agresivos, como si estuvieran tratando de... sobrecompensar.

—¿Sobrecompensar qué? —pregunta el señor.

Maya cruza su mirada con la de él.

—¿Alguna vez ha ido a un partido de hockey? ¿Se ha sentado cerca de la pista de hielo y ha visto lo rápido que se mueve el juego? ¿Lo duros que son los choques? ¿Las lesiones que sufren? Si se nota que un jugador tiene miedo, sus oponentes lo atacarán diez veces más fuerte de lo normal. Así que los jugadores aprenden a proyectar la imagen de que no le tienen miedo a nada. Como...

Se queda callada. El señor completa la frase con timidez:

—¿Como un guerrero?

—Sí. Algo así.

—Tal vez por eso también quieren lucir idénticos fuera de la pista. ¿Para recordarse a sí mismos y a todos los demás que ellos son un ejército?

La muchacha baja la mirada y esboza una sonrisa vaga.

—Mmm, no lo sé. Solo estoy diciendo tonterías.

Al señor le preocupa haberla presionado demasiado, de modo que cambia de tema preguntándole si puede ayudarlo a bajar su maleta del estante. Tiene sus medicamentos ahí, le dice a Maya mientras respira pesadamente, para recordarle que solo es un viejo inofensivo. Y le funciona.

—¿Está usted bien? —pregunta ella.

—Simplemente he vivido demasiado tiempo —gruñe el viejo.

—Usted suena como Ramona —sonríe ella con tristeza.

—¿Quién es ella? —pregunta él, como si no lo supiera.

—¿Recuerda que le dije que iba a un funeral? Ese funeral es para ella.

—Oh, ¿la amiga de su padre? ¿A ella también le interesaba el hockey?

—¿Que si le interesaba? ¡Más bien le obsesionaba! Incluso perteneció a la junta directiva del club al final de su vida.

—¿De verdad? Entonces, ¿ella trabajaba con su padre?

—No, él dejó su puesto de director deportivo el mismo año que ella fue elegida para ser parte de la junta directiva. Pero probablemente la veía más después de que renunció que antes, mi mamá me contó que mi papá acostumbraba pasar por La Piel del Oso casi todos los días, cuando iba de camino a casa desde la oficina. Probablemente extrañaba tener a alguien con quien hablar de hockey, a nadie en la oficina de mi mamá le interesan los deportes...

Maya se ríe. El señor frente a ella también lo hace. Él se disculpa y se dirige al baño, cojeando más de lo necesario. Una vez que ha cerrado la puerta, escribe en su bloc de notas:

«Peter todavía tenía influencia sobre el club a través de Ramona, incluso después de haber renunciado de manera oficial al cargo de director deportivo».

Más abajo en su bloc, el señor sigue escribiendo: «Cuando Maya habla de los chicos del mundo del hockey como si fueran guerreros, pienso en el soldado que entrevisté en Afganistán, quien decía que su más grande temor no era la muerte; lo peor para él habría sido que ya no le permitieran ser soldado. Su peor temor era ser excluido. ¿Qué es un soldado sin un ejército?».

Pensativo, el señor le da unos golpecitos al bloc con su bolígrafo por un buen rato antes de escribir al pie de la página:

«¿Qué es un hombre en Beartown sin su club de hockey?».

•••

Cierto día, al inicio de la primavera pasada, el periódico local publicó que la policía había llevado a cabo redadas antidrogas en el edificio de apartamentos de alquiler al otro lado del jardín que Amat y Fátima pueden ver desde la ventana de su cocina. Cuando, esa noche, Amat le compró más alcohol a la chica, ella le contó que se habían llevado a su hermano. «Cuando la calefacción no funciona y llamamos al casero, pasan seis meses antes de que envíen a alguien, pero si una persona vende dos gramos de hachís, los polis llegan con todo y sus perros en cinco minutos» dijo ella, temblando de rabia y desesperanza por partes iguales.

La noche siguiente, Peter Andersson estaba sentado en la cocina con la mamá de Amat cuando el muchacho llegó a su apartamento. Era evidente que Peter no había venido por su propia voluntad, Amat se dio cuenta de que Frac y los demás patrocinadores lo habían enviado aquí porque creyeron que él podía hablar con Amat para «inculcarle un poco de sensatez». Como si Amat también le debiera todo a él. Peter estaba «preocupado», según dijo él. Amat le prometió con la mirada en el suelo que no tenía por qué estarlo.

—Peter opina que deberías hablar con alguno de los agentes que te ha llamado, uno que conozca… —dijo su mamá, pero ¿qué sabía ella de todo esto? ¿Qué le había dicho Peter? ¿Acaso él la había hecho sentir culpable por el hecho de que Peter había conseguido equipamiento para Amat cuando era niño? ¿Ahora Amat tenía que pagar su deuda, o algo así?

—Okey, voy a pensarlo —prometió Amat lacónico, solo para evitar que su mamá se sintiera triste.

Esto podría haber terminado ahí, pero, cuando Peter estaba por irse, le dijo a Amat en voz baja para que su mamá no alcanzara a oírlo:

—Noté que hueles a alcohol, Amat, yo solo quiero ayudarte…

No fue culpa de Peter, es solo que, en ese instante, todo le cayó encima a Amat al mismo tiempo. Miró a Peter a los ojos y le espetó:

—¿A cuántas personas más en la Hondonada está tratando usted de ayudar? ¿Está ayudando a alguien que no sea bueno para el hockey? ¡Ya deje de decir mentiras! ¡Usted nada más quiere beneficiarse conmigo igual que todos los demás!

Amat se quedó mirando a Peter a los ojos cuando se le terminó el aire. El antiguo director deportivo salió del departamento caminando con lentitud, y Amat cerró la puerta de un golpe detrás de él. Esa misma noche, le preguntó a la chica de la Hondonada si podía conseguirle algo que no fuera alcohol. Ella volvió con unas pastillas. Amat durmió de forma ininterrumpida hasta el amanecer y tenía menos dolor en la muñeca cuando despertó.

•••

Los chicos en el tren están ocupados en alguna especie de competencia, se muestran cosas entre ellos en sus móviles y dicen en voz muy alta bromas que solo ellos entienden. Todo es una competencia para ellos, Maya lo sabe, pues todo Beartown está lleno de hombres que eran esa clase de chicos de quince años, y en realidad nunca dejaron de serlo. Ahora, como adultos, solo compiten para ver quién tiene la casa más grande, el auto más nuevo, el equipo de caza y de pesca más caro o un hijo que sea el mejor jugador del equipo juvenil. Ana acostumbraba decir que todos los chicos del mundo del hockey en realidad solo juegan para sus papás, para estar a la altura de sus expectativas o para demostrarles que estaban equivocados, para hacerlos sentirse orgullosos o para fastidiarlos. Tal vez Ana los entendía porque ella misma tenía a todos esos papás condensados en un solo hombre que vivía en su casa.

Maya mira a los chicos de quince años, y le sorprende sentirse mucho mayor que ellos y lo mucho que ha transcurrido la vida. Ella puede ver en sus amplias sonrisas, tan seguras de sí mismas, que su entrenador ya les enseñó lo valiosos que son, pero se pregunta si ellos saben que son valiosos siempre y cuando ganen sus partidos, si han entendido que son productos que pueden ser descartados en un segundo por sus agentes y por los clubes grandes si se lesionan o no juegan bien o simplemente sobresalen, aunque sea un poco del grupo. Si son diferentes. Si no son unas máquinas.

Maya se pregunta si ellos todavía aman este deporte como lo hacían cuando eran niños y jugaban en el lago o en la entrada de sus garajes. Si todavía se lanzan contra el plexiglás en las arenas de hockey por sentirse felices al anotar un gol. Ana los imitaba muy bien, todo el tiempo juraba que los chicos del mundo del hockey se ven iguales cuando tienen un orgasmo en la cama que cuando anotan sobre la pista de hielo. Una vez, cuando solo quedaban Maya y ella en los vestidores de la escuela después de la clase de Educación Física, Ana se pegó a la pared de la ducha y murmuró con desesperación y con el rostro desencajado: «¡Mírame! ¡Apruébame! ¡Dime que ahora ya soy un hombre de verdad, papi!». Maya recuerda lo mucho que se rio, todavía eran niñas en ese entonces, nada era mortalmente serio aún.

Los chicos de quince años en el tren se ríen, y ella se pregunta qué les parece tan gracioso. Qué fotos están enseñando. Si usan los nombres de las chicas cuando hablan de ellas o si emplean otras palabras. Se pregunta si los mejores de entre esos chicos se atreven a protestar cuando los peores se pasan de la raya. Porque ella puede ver en ese grupo a un Benji y a un Bobo y a un Amat, así que se pregunta si también hay un Kevin entre ellos. Si lo hay, desea que esos chicos sepan quién es, porque, cuando nadie más puede ver las diferencias entre ellos como parte de un grupo, se vuelve todavía más importante que ellos las vean.

Maya mira afuera por la ventana y se da cuenta de que, de pronto, reconoce en dónde están. Los chicos del sur nada más verían un bosque, pero ella sabe con exactitud lo cerca que está ahora de casa. Cierra los ojos y todo lo que no puede olvidar se va volviendo más nítido con cada kilómetro: los detalles en la habitación del muchacho. Cómo estaban colocados los muebles. Cada sonido. Todas las respiraciones. Una violación nunca termina, no para ella. Se pregunta si él siente lo mismo respecto de la escopeta y el sendero para correr. Si él recuerda cómo se orinó encima, si él cierra los ojos y todavía siente el frío del metal contra su piel cuando ella presionó el arma contra su frente. Si el clic que se oyó cuando ella jaló del gatillo todavía hace eco en su cabeza. Se pregunta dónde estará él ahora y si todavía tendrá tanto miedo que necesita dormir con la lámpara encendida.

Ella espera que sí. Vaya que lo desea, con un carajo.

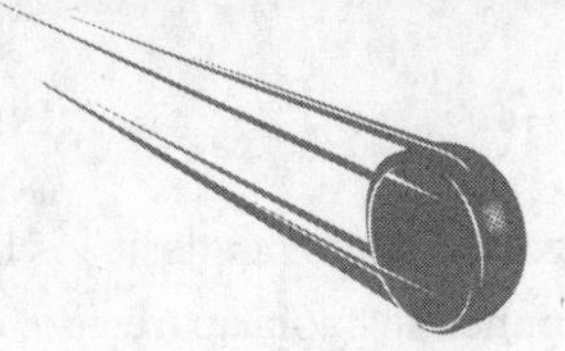

MARIPOSAS

La hermana mayor de Matteo tenía una mariposa tatuada en el hombro, en secreto, como era lógico; sus padres se habrían vuelto locos. Ella escogió ese tatuaje después de haber leído que el aleteo de una mariposa puede causar una tormenta al otro lado del mundo. Ella se sentía tan impotente que esa era la cosa más poderosa que podía soñar llegar a ser: un insecto.

La mariposa se ve en una fotografía de su hermana que Matteo conserva detrás de otra foto en su pared, para que sus papás no la vean si entran en su habitación. Es probable que hubieran odiado el tatuaje más que las drogas y el alcohol; profanar tu cuerpo era obra del diablo, tantas cosas en la Tierra son obra del diablo que, cuando la hermana de Matteo en verdad quería lastimar a su mamá, exclamaba: «Entonces, ¿cuándo es que Dios realmente hace algo?». La única razón por la cual su hermana no se comportaba de manera más cruel aún en esos momentos era que Matteo también se entristecía cuando su mamá se entristecía, y su hermana jamás quería herirlo. Esa era la única arma de Matteo, él protegía a todos en su familia de ellos mismos, usando su propio corazón como escudo. Cuando su hermana se fue de Beartown, ella actuó de manera inteligente, les dijo a sus padres que se iba a una iglesia, incluso había contactado a la parroquia y los había convencido de que le permitieran vivir ahí. Ya habían recibido antes a «chicos y chicas con problemas». Sus padres creyeron que la hermana de Matteo por fin había visto la luz, su mamá lloró, y, para cuando la iglesia los llamó por teléfono y les dijo que su hija nunca se había aparecido, ella ya se había marchado del país. Eso fue hace dos años y medio.

Cuando llegó la siguiente llamada hace poco, en medio de la noche, y un oficial de policía al otro lado de la línea pronunció el nombre de su hija con un inglés defectuoso, fue como si sus padres ni siquiera pudieran llorar por ella pues ya habían estado de luto por haberla perdido mucho tiempo atrás. «El diablo se la llevó», fue todo lo que susurró la mamá de Matteo, y Matteo no fue capaz de herirla preguntándole: «Entonces, ¿por qué Dios no la salvó? ¿No valía la pena luchar por ella?».

Ahora, sus padres van camino a casa con las cenizas de su hija, y Matteo mira fijamente la pantalla negra de su computadora. El lugar donde naces y la persona que llegas a ser son como una lotería cruel. Matteo se pregunta cuánto fue con exactitud lo que los separó a su hermana y a él de la felicidad, si es posible siquiera medir todos los «si tan solo» y los «si tan solo no» porque, a la hora de la verdad, la vida no es más que eso.

Si tan solo Beartown y Hed no hubieran sido dos lugares tan inmundos. Si tan solo la gente no hubiera sido tan terrible. Si tan solo la policía hubiera escuchado a la hermana de Matteo. Si tan solo sus padres hubieran creído en la palabra de su hija tanto como creían en la palabra de Dios. Si tan solo Matteo y su hermana hubieran nacido en algún otro lugar donde hubieran tenido algún valor. Si mejor hubieran nacido en el seno de la familia Andersson. Si Matteo hubiera sido Leo y su hermana hubiera sido Maya. Si su mamá hubiera sido abogada y su papá hubiera sido el director deportivo del club de hockey.

Entonces alguien habría luchado por ella también.

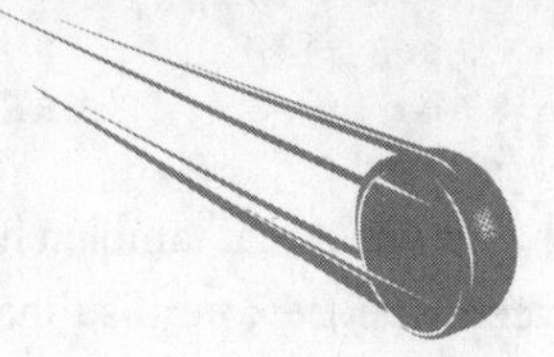

MÁQUINAS LAVAPLATOS

Cierto día de la primavera pasada, un hombre solitario en sus cincuenta se apareció de repente en las gradas de la arena de hockey durante el entrenamiento. Era bajo de estatura, tenía sobrepeso y poco pelo, y portaba una pesada cadena de oro por encima de un grueso suéter de cuello alto debajo de una chaqueta de cuero delgada. «¿Quién es el chofer de taxi?», bromearon algunos de los jugadores que tenían poco tiempo de haber llegado al equipo, pero cuando ninguno de los jugadores que crecieron por estos rumbos se rio, guardaron silencio casi de inmediato. El hombre en las gradas siguió a Amat con la mirada durante todo el entrenamiento, no le dijo una sola palabra a nadie después de que la práctica se terminara, pero volvió a la siguiente sesión. Y a la siguiente, y a la siguiente. Al final, uno de los jugadores más nuevos preguntó una segunda vez:

—¿Es en serio? ¿Quién es el viejo ese?

Amat fingió que no sabía, la mayoría hizo lo mismo. Pero uno de los jugadores que creció en la Cima, y que por tal motivo estaba convencido de su propia inmortalidad, resopló por la nariz:

—¡Ese viejo se llama Lev! ¡Es uno de esos bandidos del basurero que viven cerca de Hed! ¿Nunca habías oído hablar de esos vagabundos?

Amat tenía presente que ese jugador no era muy duro que digamos dentro de la pista de hielo, pero los vestidores siempre se sienten como un lugar seguro para los hombres pequeños. Desde luego que Amat también había oído todos los rumores que corrían acerca de Lev, pero su mamá le enseñó desde que era pequeño a no hablar mal de ninguna persona, ya que puede revelarse con el tiempo que no era una persona cualquiera.

En cambio, su compañero de equipo estaba muy contento dando una conferencia acerca de los «bandidos del basurero», llamados así porque hace unos cuantos años se apoderaron del viejo cementerio de coches que está en las faldas del cerro a las afueras de Hed. Nadie sabía en realidad de dónde provenían, al principio solo eran Lev y unos cuantos más, pero ahora se rumoreaba que en las pequeñas casas rodantes que se encontraban en esa zona vivían más de veinte personas. Algunos afirmaban que vendían piezas de automóviles robadas, otros que vendían drogas, unos más que hacían cosas mucho peores. El ambiente en el vestidor se fue volviendo más relajado de manera gradual, pues todos los músculos se relajan ahí, en especial las lenguas. Entonces, uno de los jugadores recién llegados hizo de nuevo esa broma del chofer de taxi, y esta vez bastantes de ellos se rieron. Envalentonado por las risas, el primer jugador soltó un chiste acerca de que las cosas se habían vuelto un poco desordenadas cuando los bandidos del basurero se apoderaron del cementerio de coches, pues no entendían cómo iban a tener espacio para sus camellos debajo del capó de los autos; fueron menos los que se rieron de esto, pero el jugador ya había tomado impulso y continuó diciendo:

—El depósito de chatarra bien podría ser la empresa familiar más grande de la región ahora, pues todos los monos están emparentados entre ellos, ¿verdad?

De repente, todos se quedaron callados e, inquietos, miraron de reojo a Amat, como si estuvieran esperando que se enfureciera. El rostro del jugador se tiñó de un rojo brillante, y esto probablemente reveló mucho acerca del tipo de bromas que él acostumbraba decir cuando Amat no se encontraba en la misma habitación, pero reveló todavía más acerca de los demás jugadores, considerando que solo se limitaron a permanecer sentados en silencio. Así que Amat fingió que no había oído nada, empacó sus cosas y se marchó a su casa, al tiempo que se convencía de que tenía cosas más importantes de qué preocuparse que todas esas estupideces.

Lev regresó al siguiente entrenamiento, y al siguiente, nunca hablaba con nadie y nada más mantenía la vista puesta en un solo jugador. Ya nadie decía bromas acerca de él, en todo caso no frente a Amat, pero la sensación de un malestar silencioso empezó a crecer en el interior del edificio. Los viejos que acostumbraban presenciar cada sesión de entrenamiento se alejaron más y los jugadores les echaban un vistazo a las gradas cada vez con mayor frecuencia. Nadie le dijo nada a Amat, era probable que estuvieran esperando que él mismo dijera algo, como si tuviera que pedirle perdón a todo el equipo por la clase de personas que atraía a la arena. Él era muy bueno para eso, para pedir perdón, pero, por alguna razón, esta vez no lo hizo. Quizás estaba harto de esas bromas, quizás solo estaba harto de sentirse responsable de todo.

Así las cosas, esta situación continuó durante casi dos semanas, hasta que, una noche, Amat se vio con la chica de la Hondonada porque quería conseguir más pastillas, pero ella sacudió la cabeza.

—Discúlpame, pero ya no me dejan seguir vendiéndote cosas.

Amat exclamó sorprendido:

—¿Quién te lo prohibió?

Ella respondió de manera concisa:

—Lev.

Amat preguntó:

—¿Es él a quien se las compras?

Cuando ella dijo que no con la cabeza, él le espetó:

—Entonces ¿qué tiene que ver él con todo esto?

Ella solo se encogió de hombros:

—¿Eso qué importa? ¿Crees que quiero suicidarme, o qué? Si Lev dice que no, es no. No pienso pelearme con los bandidos del basurero. Tendrás que hablar tú mismo con él.

Así que, al día siguiente, después del entrenamiento, para gran sorpresa de sus compañeros de equipo, Amat subió directo a las gradas, miró fijo a Lev y rugió:

—¿TÚ TAMBIÉN CREES QUE ERES MI PAPÁ COMO TODOS LOS DEMÁS EN ESTE PUEBLO? ¿EH?

Lev estaba reclinado en su asiento, vio a Amat directo a los ojos y movió la cabeza de un lado a otro con tranquilidad, acomodó su cadena de oro y dejó que Amat permaneciera ahí de pie el tiempo suficiente para que sintiera su propio pulso en los oídos.

—Yo no soy el papá de nadie. Tú no necesitas un papá. Y tú eres un hombre que no depende de otros, ¿sí? Tú no necesitas un papá —dijo al final.

Amat permaneció en silencio por un buen rato, y entonces preguntó de una forma mucho más cautelosa:

—Entonces, ¿qué haces aquí?

Lev respondió:

—Quiero ayudarte, ¿sí?

Su gramática no dejaba en claro si esa era una pregunta o no, así que Amat murmuró:

—Eso es lo que quieren todos los demás viejos en este pueblo...

El rostro de Lev se partió en una ancha sonrisa:

—¿Me veo como todos los demás viejos en este pueblo?

Lo dijo en el idioma de la mamá de Amat, a pesar de que para nada tenía pinta de provenir del mismo país que ella.

—¿De dónde eres? —preguntó Amat en el idioma de su mamá, sintiéndose avergonzado por su mala pronunciación, pues ella era la única persona con quien había empleado esas palabras alguna vez.

—No soy de ningún lugar, me sé muchos idiomas, tú también te sientes así a veces, ¿sí? ¿Como que no eres de ningún lugar? —sonrió Lev.

Al principio fue una relación precaria. Lev le ofreció a Amat llevarlo a su casa después del entrenamiento, Amat dudó por un buen rato, pero al final aceptó la oferta, tal vez sobre todo movido por la curiosidad.

—No debes tomar esas pastillas de mierda que compras en la Hondonada. Si sientes dolor, yo me encargo de conseguirte medicinas de verdad, ¿sí? —dijo Lev con seriedad. Amat asintió. Lev lo miró a los ojos y le preguntó:

—Entonces, ¿sientes dolor?

Amat asintió de nuevo. Era la primera vez que lo admitía ante otra persona. En lugar de decir algo más al respecto, Lev empezó a hacer otras preguntas, pero no acerca del hockey como todos los demás, sino acerca del propio Amat y de su mamá, y de cómo era crecer en Beartown. Al principio, Amat contestaba con pocas palabras, pero sus respuestas se fueron convirtiendo gradualmente en largos monólogos. Le contó a Lev del odio que se tenían Hed y Beartown, y Lev le respondió que eso solo era un sentimiento de odio hacia la gente con dinero.

—La diferencia entre sus habitantes no viene de la diferencia entre Hed y Beartown. Solo es la diferencia entre ricos y pobres, mi amigo. Yo vivo en Hed, ¿sí? Pero ¿no te pareces más a mí que a un hombre de la Cima? Porque para los ojos de ese hombre, nosotros somos iguales, tú y yo. Nosotros somos pobres. Somos sus esclavos. Los hombres como él exigen que seas agradecido ahora, Amat, ¿verdad que sí? Pero ¿qué tienes que agradecer? ¿Tú crees que les importarías a esos hombres ricos si no fueras bueno para el hockey? Ellos no son como nosotros, Amat. Nunca seremos una parte de su pueblo.

Esta fue la primera vez en mucho tiempo que Amat sintió que alguien lo comprendía.

•••

—Cuidado con ese árbol —exclama Peter, apuntando a uno que está bloqueando la mitad del camino.

Yacen por todos lados, un juego gigante de palitos chinos, Teemu reduce la velocidad y está a punto de caer a la cuneta en varias ocasiones. El teléfono vibra en su bolsillo de nuevo.

—Agarra el volante —dice Teemu al tiempo que lo suelta, lo que obliga a Peter a cruzarse sobre los asientos.

Teemu empieza a contestar un mensaje de texto mientras Peter trata de maniobrar entre los restos que dejó la tormenta.

—¿Vas a...? ¿No podrías...? ¡TEEMU! —termina por gritar Peter, y Teemu frena en el último instante antes de que se estrellen contra algo que parece la mitad de una cerca y un jacuzzi para exteriores que se escapó por la entrada del garaje de alguien.

Teemu para el auto, pero sigue tecleando en su teléfono.

—Parece que la gente está hablando mucho hoy —masculla Peter.

—Cambiaron el calendario de los partidos. ¿Sabes contra quiénes vamos a jugar en la primera jornada? ¡Contra Hed! —responde Teemu con un bufido.

—Oh —dice Peter, porque no encuentra una palabra mejor.

—Hay muchos rumores en este momento, maldita sea, tengo que... —sigue hablando Teemu, pero entonces parece arrepentirse de inmediato.

—¿Rumores de qué? —pregunta Peter, a pesar de que en realidad no quisiera saberlo.

Teemu lo mira de reojo, aparentemente está sopesando qué debería decir y qué no, entonces suelta un suspiro y le explica a Peter:

—El ayuntamiento tuvo una reunión esta mañana con tu amigo Frac. La arena de hockey de Hed se vino abajo durante la tormenta, así que todos sus equipos van a poder venir a entrenar en nuestra arena.

Peter permanece en silencio por un buen rato. Las ventanillas están cerradas, pero, aun así, tiene la impresión de que puede percibir el viento que viene del lago, más allá de la arena de hockey donde las banderas ondean a media asta; su ropa se siente demasiado delgada.

—Estoy seguro de que solo es temporal, Teemu, tus muchachos y tú no deberían...

—El ayuntamiento va a usar esto como una excusa para tratar de fusionar los clubes, ¡y tú lo sabes! —lo interrumpe Teemu.

Peter asiente, titubea, tiembla de frío.

—Ya han tratado de fusionar los clubes antes, Teemu. Yo mismo he estado sentado en esas reuniones. Eso jamás…

—Esta vez es diferente.

—¿Por qué?

Las cejas de Teemu se hunden.

—Porque esta vez es Beartown el que tiene el dinero. Ahora, la gente como Frac tiene algo que ganar si hay una fusión.

En cuanto las siguientes palabras salen de sus labios, Peter se arrepiente de haber dicho algo tan estúpido:

—¿Y eso sería tan malo? Todos los recursos del municipio se destinarían a un solo club, tal vez eso podría…

Teemu no contesta de forma agresiva, lo que de alguna forma hace que sus palabras sean todavía peores:

—Este club no le pertenece a Frac, nos pertenece a nosotros. Si quieren fusionar nuestro club con el de esos bastardos rojos, eso sucederá sobre mi cadáver.

Peter baja la mirada a su regazo y asiente, no contesta nada pues sabe que eso no es verdad. Eso sucederá sobre los cadáveres de otras personas, cualquiera que por casualidad se interponga en el camino. Eso es lo que Teemu quiere decir con «nos pertenece a nosotros» porque, o eres parte de «nosotros» o no lo eres, y Peter sabe demasiado bien por experiencia propia que el lugar más peligroso en este bosque es el que está entre los hombres y el poder. Los dos permanecen en silencio hasta que el auto se detiene afuera de la casa de Peter, quien le agradece a Teemu que lo haya traído, Teemu se limita a asentir y Peter dice sin hacer contacto visual:

—Teemu, sé que esto no significa nada para ti porque soy yo el que te lo dice, pero ha habido paz entre tus muchachos y los muchachos de Hed por bastante tiempo, ¿no es cierto? Tus muchachos te siguen, hagas lo que hagas, así que tú puedes elegir…

bueno… Ahora, tú puedes ser una herramienta para el pueblo, o puedes ser un arma. Eso va a hacer toda la diferencia.

Teemu sonríe de una forma tal que revela todos sus dientes.

—Realmente suenas como ella.

—Gracias —dice Peter en voz baja.

—Pero estás equivocado. Nunca ha habido paz. Solo una tregua —añade Teemu, casi con pena.

—¿Cuál es la diferencia?

—Las treguas se terminan.

Extiende la mano, Peter la estrecha. Entonces, Teemu dice algo que es muy poco común tratándose de él:

—Gracias.

—No fue nada —murmura Peter.

—Lo digo en serio. Gracias por todo lo de hoy —dice Teemu con la mirada en el volante.

Al tiempo que el joven se marcha en su auto, Peter permanece de pie en el lugar donde estaba, y se avergüenza de lo contento que se siente. Cuando Mira y él se mudaron aquí desde Canadá hace muchos años, él le prometió que las relaciones en este pueblo se irían sintiendo menos complicadas con el paso del tiempo. Terminó sucediendo lo contrario. Hoy día, todo y todos están cada vez más estrechamente conectados hasta que, al final, uno apenas si puede moverse.

•••

Cierta noche, cuando Lev llevaba a Amat a su casa, le preguntó al muchacho qué pensaba comprar cuando se convirtiera en jugador profesional.

—Un Mercedes y una casa para mi mamá —dijo Amat. Lev sonrió.

—¿Eso es lo que ella quiere?

Amat se rio y movió la cabeza de un lado a otro.

—No, solo quiere una máquina lavaplatos.

Lev estalló en risas de una forma tal que su estómago rebotó.

—Yo lo prometo, te ayudaré a conseguir un contrato en la NHL para que puedas contratar a un sirviente que le ayude a tu mamá. Ella ya no tendrá que lavar platos nunca más, ¿sí?

Lev le dio a Amat una pequeña caja con pastillas para el dolor en su muñeca que requerían una receta para su venta. Amat titubeó, y entonces le entregó su teléfono a Lev. A partir de entonces, cada vez que llamaba un agente, era Lev quien respondía.

En la siguiente ocasión que iban a bordo del auto, Lev le dijo a Amat:

—Ellos dicen: el hockey es un deporte de contacto, ¿sí? Ellos dicen: eso es porque el deporte es violento sobre la pista de hielo. Pero no, no, ¡es violento afuera de la pista de hielo! ¿Un deporte de contacto? ¡Todo este deporte está hecho de contactos! ¿Cuántos jugadores de la NHL se parecen a ti, Amat? ¡Casi ninguno! ¿Por qué? Porque ningún entrenador se parece a ti. Ningún agente se parece a ti. Porque los hombres ricos solo se dan trabajo entre ellos. Ellos se mantienen unidos, ¿sí? Por eso ganan. Así es como mantienen a la gente como nosotros lejos del poder y del dinero.

Amat asintió. Lev siguió yendo a todos los entrenamientos y, después de que terminaba cada sesión, siempre platicaban de lo mismo cuando iban en auto a la casa de Amat en la Hondonada. Los días se volvieron más largos, la luz del sol más generosa, el verano estaba en camino. Cierta noche, Amat vio desde su balcón a un grupo de personas que encendía velas en la colina. Un día después, se enteró de que el hermano de la chica a la que le compraba el alcohol acababa de salir de una prisión preventiva, se encontraba en otro pueblo, se había involucrado en una pelea y terminó apuñalado. Estaba internado en una unidad de cuidados intensivos. Al día siguiente, Beartown tenía un partido de visitante y, en la parte trasera del autobús, de camino a ese juego, varios compañeros de equipo de Amat, que nunca habían puesto un pie en la Hondonada, estaban hablando de todo esto:

—Fue un asunto de drogas —dijo uno de ellos.

—¿Cómo sabes? —preguntó otro.

—¿Crees que fue una casualidad que lo acuchillaran, o qué? O sea, tú sabes de dónde es, sabes cómo son las cosas ahí…

Amat no dijo nada, pero lo escuchó todo.

Bobo, el mejor amigo de Amat en el equipo y, hoy día, entrenador asistente bajo las órdenes de Zackell, estaba sentado hasta adelante en el autobús y, por lo tanto, no oyó nada. No era culpa de él, ya no estaba al tanto de lo que se decía en los vestidores, estaba ocupado con su trabajo. Él y Amat pasaban cada vez menos tiempo juntos fuera de la pista de hielo, Amat no sabía si era su culpa o de Bobo, simplemente sentía que ya no tenían nada en común. Sin embargo, justo antes del partido, Bobo le preguntó a Amat si se sentía bien, y tal vez Amat podría haberle dicho la verdad en ese momento, pero, en vez, respondió:

—Sí. Todo está bien.

Bobo sonrió:

—Okey… Es que parecías estar enfadado. Avísame si tienes algún problema. ¡Confiamos en ti el día de hoy, superestrella!

Bobo dijo esto con la mejor de las intenciones. Aun así, Amat estaba furioso.

Cuando quedaba un minuto en el reloj, el partido se encontraba empatado, y Beartown tenía un cara a cara en la zona ofensiva, Zackell pidió un tiempo fuera y reunió al equipo en el banquillo. Todos los jugadores estaban esperando las instrucciones tácticas de su entrenadora, pero, en lugar de dar instrucciones, solo miró a Amat y le preguntó:

—¿Qué opinas?

Él debería haberse dado cuenta de que ella lo estaba poniendo a prueba, pero estaba demasiado cansado, demasiado enfadado. Así que respondió:

—¿Qué opino? ¿De la estrategia? ¡La estrategia es que ustedes me pasen el disco y se hagan a un lado!

Amat les dio la espalda antes de que alguien tuviera tiempo de responderle. Le pasaron el disco, anotó un gol, nadie celebró con él. Ni siquiera Bobo.

Después de que el partido terminó, Zackell reunió a sus jugadores, pero Amat no estuvo ahí, había subido directo a las gradas hasta donde se encontraba Lev, y se fue a casa en su auto en vez de viajar en el autobús con su equipo. Fue así como Amat ganó un partido y perdió la estima de sus compañeros.

•••

El tren finalmente se detiene, Maya se pone de pie y ayuda al señor a bajar su maleta de nuevo. Él mete sus informes anuales en su portafolio, se pone su sombrero café, recoge su paraguas y hace una ligera reverencia. Ella ríe y se la devuelve. Se separan en el andén y ella ya no vuelve a pensar más en él, pero él pensará aún más en ella.

Una mujer de treinta y pocos años está pie a cierta distancia, vestida con una chaqueta gruesa y un gorro de lana ajustado hacia abajo que le cubre toda la frente, como lo llevan puesto en esta época del año solo los que tienen poco tiempo de haberse mudado aquí. Los dos esperan a que Maya haya desaparecido de su vista antes de darse un abrazo.

—Hola, papá —dice la mujer.

—Hola, editora en jefe —dice él entre risitas y con una reverencia.

Sin embargo, ella pude oír el orgullo detrás de ese tono irónico. Cuando era niña, todo el tiempo decía que quería ser periodista igual que su papá, y él siempre refunfuñaba diciendo que ¡no se había matado trabajando durante toda su vida para que ella llegara a ser algo tan poco civilizado! Pero, en lo más profundo de su ser, es obvio que al señor le encanta que ella terminara siendo como él y no como su mamá.

—¿Tuviste buen viaje? —pregunta ella.

—¿Por qué suenas tan preocupada?

Él ha extrañado esa arruga en la frente de su hija.

—¡Tú lo sabes, papá! ¿Estuviste hablando con esa muchacha? ¿Con Maya?

—Durante todo el camino —gruñe él, lleno de contento.

Su hija suspira profundamente, dos minutos juntos y ya está sufriendo una de esas migrañas que solo su papá le provoca.

—¿Y no le contaste que eres periodista? ¿No le dijiste qué vas a hacer acá en el norte?

—Eso habría sido contrario a nuestros propósitos —bufa el señor.

—Eso no es ético, papá, podría socavar toda la investigación...

El señor agita su paraguas en un gesto de desacuerdo, y empieza a caminar a lo largo del andén.

—¿No es ético? ¡Tonterías! Estamos hablando de la hija de Peter Andersson. ¿Sabes qué fue lo que me dijo? «Mi papá es una de esas personas que siempre obedecen todas las reglas». ¡Esa es la cita perfecta para iniciar con toda la serie de artículos! ¿Qué te he enseñado acerca de cuántos pensamientos pueden tener las personas en su cabeza a la vez?

—Ya es suficiente, papá... —se queja ella, pero no puede evitar reírse.

—¿Cuántos?

—Uno. Las personas solo pueden tener un pensamiento en su cabeza a la vez, papá.

Él asiente con tanto empeño que el sombrero café se desliza y por poco se le cae de la cabeza. Ella suelta una carcajada, pues esto es tan típico de él, siempre con algún detallito estúpido que lo distingue del común de la gente. Cuando ella era pequeña, su papá siempre tenía puesta una corbata de moño cuando todos los demás traían una corbata normal, siempre un reloj de bolsillo en lugar de un reloj de pulsera, siempre yendo contra la corriente de alguna forma. El señor fija la mirada en su hija:

—Exactamente. Y la única razón por la cual el Club de Hockey de Beartown se ha salido con la suya durante tanto tiempo, tratándose de actos de delincuencia financiera, es el hecho de que gente como Peter está por encima de toda sospecha. ¡Especialmente después de lo que le pasó a su hija! La gente solo puede pensar en una cosa a la vez y, justo ahora, el Club de Hockey de Beartown está en el lado de los buenos, el lado decente, el lado honesto. Es el club de la familia Andersson, el club que tenía un jugador públicamente homosexual, el club cuyo astro más grande proviene de la zona más pobre del pueblo y el hockey lo descubrió nada más porque su madre era la encargada de la limpieza en la arena. ¿Ya *leíste* el folleto que me enviaste? «¡No solo es fácil patrocinar al Club de Hockey de Beartown, también es lo correcto!». Por Dios, ¿alguna vez habías oído una afirmación tan arrogante?

Su hija respira profundo, armada de paciencia.

—Escúchame, papá: estoy agradecida de que hayas venido aquí. De verdad. Y yo quiero lo mismo que tú, pero tenemos que hacer esto siguiendo… tú sabes… siguiendo las reglas. Tengo una fuente en el edificio del ayuntamiento que dice que los concejales están pensando seriamente ahora en tratar de fusionar a Beartown con el Club de Hockey de Hed, y eso tal vez les daría la oportunidad de empezar a llevar una nueva contabilidad y de enterrar todo rastro de malversaciones y de corrupción. Pero necesito hacer esto como es debido, papá. No quiero hacerlo algo… personal.

El señor extiende los brazos a los lados, de forma que su estómago se bambolea debajo de su camisa a cuadros. Pesa al menos diez kilos más que la última vez que ella lo vio. Su barba es más gris, su tos de fumador es peor.

—¿Cómo es posible que esto no sea personal? El Club de Hockey de Beartown está usando su imagen políticamente correcta como un escudo que lo protege de cualquier escrutinio. ¡Ni siquiera tus propios reporteros se atreven a arremeter contra ellos!

La mirada de su hija se oscurece, después de todos estos años él todavía se sorprende de lo rápido que eso puede suceder.

—Son buenos periodistas, papá. Pero tú no vives aquí. No sabes cómo son las cosas. No solo vamos a arremeter contra el club de hockey, sino contra toda la economía local. El sustento de la gente.

Él inclina la cabeza, de pronto con una actitud dócil, y asiente.

—Okey, okey, tienes razón, discúlpame.

—Solo tienes que ser un poco precavido. Si vamos a empezar a arremeter contra Peter Andersson tienes que comprender… y lo digo en serio… tienes que comprender que, en esta región, él no es solo una persona cualquiera. Tiene amigos poderosos. Y… amigos violentos.

Su papá agita su paraguas:

—No tiene caso que yo esté aquí si voy a actuar como un cobarde, ¿o sí? ¡Si vamos a destapar un escándalo necesitamos una buena historia! Y ¿sabes quién es una buena historia? ¡Peter Andersson!

—Mmm, ya extrañaba tus clases… —dice ella con una sonrisa socarrona.

Él la interrumpe malhumorado:

—Deja de tontear, no me llamaste porque soy tu padre, ¡me llamaste porque realmente quieres destruir la vida de estos sinvergüenzas y no hay nadie mejor para eso que yo!

El señor parece tan complacido con su última frase que olvida plantar su paraguas en el suelo al tiempo que camina y por poco se cae. Ella alcanza a sujetarlo y siente lo viejo que es. Entonces susurra:

—Habías estado anhelando esto, ¿verdad? ¿Tener un enemigo otra vez?

Él se rasca la barba.

—¿Es tan notorio?

Él era el reportero estrella de su periódico, el que vigilaba a los políticos y a las celebridades, los ricos y poderosos temían enterarse de que él estaba hurgando en sus negocios. Pero eso fue hace tiempo, ahora el periódico les encarga los trabajos pesados a los talentos más jóvenes, ahora él es más un amuleto que un periodista. Echaba en falta una pelea, una sola, una última.

—Esto va a ser condenadamente difícil, papá.

—Así es como sabes que vale la pena hacer algo, mi niña.

Ella odia que él la llame así, pero había extrañado oír esas palabras.

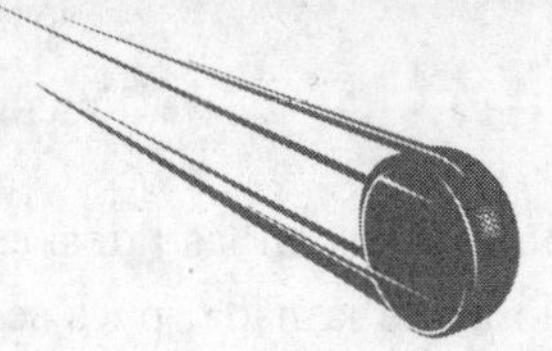

ODIO

Johnny cumple su promesa y llega a casa para la cena, todo lo que Hannah y los chicos tienen que hacer es fingir que las 10:30 de la noche es una hora normal para cenar. Pueden notar que se siente apenado, así que dejan que salga impune de esta, porque también pueden notar que ha trabajado muy duro en el bosque y está exhausto. El camino entre los pueblos todavía es un amontonamiento de árboles y desechos, pero por fin está lo bastante despejado como para que el personal del hospital que vive en Beartown pueda ir a su trabajo en Hed. En la cocina, Hannah se para de puntillas y besa a su esposo en la nuca.

—¿Fuiste por la furgoneta? —pregunta ella, y toda la coloración huye de las mejillas de Johnny.

—Yo... maldita sea... ¡Mañana! Le voy a pedir a uno de los muchachos que me lleve hasta allá temprano por la mañana, luego vengo a la casa ¡y recojo a los chicos para irnos a su entrenamiento!

Ella ni siquiera tiene fuerzas para pelearse por esto.

—Okey, okey, mañana nos ocupamos de ese asunto. Solo voy a clasificar la ropa para lavar y luego empezaré con la comida... —logra decir ella, mientras sus párpados empiezan a caer.

Pero Tess, la hija más grande y la super hermana mayor, da un paso al frente, rodea a su mamá con un brazo y dice:

—Ya es suficiente, mamá. Ve a darte un baño caliente. Yo me encargo de la ropa sucia y papá puede cocinar.

Tess ya hizo la limpieza mientras su mamá ayudaba a sus

hermanos con las tareas escolares. A veces, Hannah empieza a llorar de la nada, pues se siente culpable por dejar que su hija de diecisiete años asuma todas esas responsabilidades. Tess tiene que padecer las consecuencias de ser tan organizada, si logras hacer muchas cosas tendrás que encargarte de todavía más, esa es la maldición de ser una muchacha con aptitudes.

—Gracias, tesoro, pero yo…—intenta decir Hannah.

—Esta oferta expira en cinco, cuatro, tres, do… —la interrumpe Tess, y su mamá se ríe y le da un beso en el cabello.

—¡Okey, okey, okey, gracias! ¡Voy a darme una ducha rápida!

Johnny está parado frente a la estufa friendo unos *schnitzels*, los favoritos de los muchachos. Ture, con sus siete años, está muy feliz de poder estar despierto tan tarde después de la hora de acostarse. Tess pone la mesa y se sienta en un extremo, no porque sea importante para ella sentarse ahí, sino porque, si Tobías y Ted tuvieran la oportunidad de pelearse por ese lugar, se matarían a golpes. Tobías podrá tener quince años y Ted solo trece, pero Ted ya es casi tan grande y fuerte como su hermano. Además, Ted ya es mejor para el hockey, incluso si nadie en la familia le da importancia a esto para no herir los sentimientos de Tobías. No se debe a los genes o al talento, es solo que Tobías no es un fanático del hockey, también le gustan otras cosas: las chicas y las fiestas y los videojuegos. Lo único en lo que Ted piensa —absolutamente lo único— es en el hockey. Si no tiene una sesión de entrenamiento con su equipo, practica sus disparos ya sea destruyendo las paredes del sótano o con una portería que está afuera en la entrada del garaje por varias horas seguidas. En ocasiones hay que obligar a Tobías a que vaya a los entrenamientos, pero, en el caso de Ted, apenas si puede uno llevárselo arrastrando de ahí. Tan pronto como el lago se congele, él estará en ese lugar cada mañana quitando nieve con una pala para poder jugar con sus amigos antes de que empiece la escuela.

—¿El camino ya está despejado, papá? ¿Vamos a poder ir a entrenar mañana? —pregunta Ted ahora, lleno de emoción.

—Sí, es probable que puedan hacerlo —asiente su papá, cansado pero orgulloso.

Tobías no puede evitar quejarse:

—¿De verdad tenemos que entrenar en la jodida arena de Beartown?

Tess le responde de inmediato:

—¿Eres estúpido, o qué te pasa? ¿Has visto cómo está nuestra arena? ¡Todo el techo se vino abajo!

Johnny le lanza una mirada de agradecimiento, su hija está asumiendo cada vez con mayor frecuencia el papel del progenitor que se encarga de las reprimendas, para que él pueda librarse de ello.

—No le digas «estúpido» a tu hermano —susurra él.

—Perdón. Tobbe: ¡eres una lumbrera! —declara ella a voces.

—¿Qué es eso? —pregunta Tobías con sospecha.

Su papá se echa a reír hasta que, de repente, Ture exclama desde su silla:

—¡Tenemos que a ir a la arena de Beartown porque la arena de Hed es una MIERDA!

Tess lo manda callar, Ture parece sorprendido e insiste:

—¡Eso es lo que papá dijo!

Jonny se restriega con las yemas de los dedos el nacimiento del pelo, que va en franca retirada.

—Eso… Eso no es lo que quise decir. Solo estaba un poquito molesto cuando hablaba por teléfono en la mañana.

Su papá se queda corto con esa descripción, piensan todos los chicos; pero, de manera un tanto inesperada, es Ted quien alza la voz:

—De hecho, nuestra arena *es* una mierda. La de Beartown es como cien veces mejor. ¿Sabías que tienen un kínder ahí? Solo imagínate cuánto tiempo más pueden pasar sobre una pista de hielo que nosotros los de Hed.

Johnny dirige toda su frustración a la sartén, le da vuelta a los *schnitzels* con tanta energía que la mantequilla lo salpica y le quema la mano sin que él reaccione siquiera. Eso es todo lo que cuenta en el mundo de Ted: el tiempo disponible en la pista de hielo. Cada año, su equipo tiene que luchar con mayor ahínco para poder conseguir algo de ese tiempo, tienen que luchar contra los demás equipos, contra los patinadores artísticos y contra las sesiones para el público general que el ayuntamiento trata de incluir a la fuerza cada fin de semana. Así pues, ¿qué irá a suceder ahora?

—Alguien debería soltar una maldita bomba encima de todo el maldito pueblo de Beartown —masculla Tobías a manera de respuesta.

Él es dos años mayor que Ted, lo bastante grande como para encontrarse ahora con chicos de Beartown en las fiestas. También lo bastante grande como para terminar riñendo con ellos muy a menudo.

—¡TOBBE! —ruge Tess para que su papá no tenga que hacerlo.

—¿Qué? En Beartown todos nos odian. Y nosotros los odiamos a ellos. No tiene caso mentir.

—Ya basta, Tobbe, nosotros no odiamos a nadie —dice Johnny sin mucha convicción.

—¡Tú mismo lo has dicho, papá!

—Solo cuando nosotros... Solo en el hockey... cuando los equipos de hockey juegan entre ellos, solo es algo que la gente dice... —trata de explicar Johnny con vacilación.

—¡Nosotros jugamos en el equipo de hockey, papá!

Johnny no tiene una respuesta para esto. El maldito mocoso tiene razón.

—¿Crees que mañana podremos ver el entrenamiento del primer equipo? —interrumpe Ted, de pronto iluminado por la esperanza.

—No sé si el primer equipo de Hed va a... —dice Johnny, malinterpretando a su hijo.

—Ted se refiere al primer equipo de Beartown. Quiere ver a Amat —aclara Tess con cautela.

—¿Amat? ¡Ese juega en el club equivocado! —suelta Johnny por puro instinto.

—¡¡¡Va a jugar en la NHL!!! —señala Ted, con la certeza absoluta de la que solo puede armarse un chico de trece años.

Johnny debería haberse quedado callado, desearía que Hannah no hubiera estado en la ducha, porque ella le habría dado un manotazo en el muslo antes de que dijera lo que piensa con un bufido:

—¿Amat? ¿La NHL? ¡Ni siquiera lo escogieron en el *draft*! Uf, cuánto hablaron allá en Beartown durante toda la primavera, ¡era indudable que Amat se convertiría en el mejor jugador del mundo! Y ¿qué fue lo que pasó? ¡Nada! Regresó a su casa, y ahora parece que está «lesionado». Tal vez está un poquito sobrevalorado, igual que el resto de Beartown, ¿no?

Johnny ya se odia a sí mismo mientras pronuncia estas palabras. Hannah dice que, a veces, el hockey saca lo peor de él, pero desde luego que eso no es verdad. Solo el Club de Hockey de Beartown saca lo peor de él. Tobías suelta una carcajada burlona.

—¡Ese jodido Amat es de lo peor!

—¡Va a jugar en la NHL! ¡Es mejor que cualquiera de Hed! —replica Ted con obstinación, hablando entre dientes.

—Carajo, estás enamorado de él —dice Tobías con una sonrisa de mofa y, en cosa de un segundo, la pelea ya está en marcha a todo vapor por encima de la mesa de la cocina, Tess les grita y Ture los anima.

Johnny suelta la sartén y sale disparado para agarrar a alguien, a quien sea, de en medio del caos. Hannah alcanza a oírlos desde la ducha, en la planta alta, y piensa en lo razonable que es el hecho de que Johnny la llame la «sensible» de la familia. Sí, cómo no.

Abajo, en la cocina, Johnny ruge:

—¡DEJEN DE PELEAR! Maldita sea, qué no ven que estoy cocinan… ¡¡¡TOBBE!!! ¡Ya deja eso y discúlpate con tu hermano! ¡Ted para nada está enamorado de Amat, con un carajo! Él no es un…

Johnny se contiene y carraspea cuando siente la mirada de

desaprobación de su hija, y entonces se corrige de manera un poco torpe:

—... o sea, quiero decir, si es que lo fuera no habría nada de malo en ello. Pero... no está enamorado de él. ¿O sí?

Johnny voltea a ver a su hija para saber si dijo las palabras correctas. Ella pone los ojos en blanco. No es tan fácil decir algo correcto estos días, piensa su papá. Así que él respira hondo y mejor dice:

—Si se pelean una vez más te voy a prohibir tus videojuegos, Tobbe. ¡Y tú no vas a poder ir a entrenar mañana, Ted!

Esto es lo único que funciona, los dos se tranquilizan de inmediato, en especial Ted. Tess pone los ojos en blanco de nuevo. Johnny está considerando contar un chiste para que Ture se eche a reír, pues el pequeño es la única persona en esta familia que todavía aprecia los chistes de Johnny, pero ya no tiene tiempo de hacerlo porque el móvil de Tess vibra al recibir un mensaje. Entonces llega otro. En poco tiempo, el móvil de Tobías también está vibrando. Al final incluso el de Ted. Johnny se inclina por encima del hombro de Tess cuando ella abre la foto que todos los de la escuela han empezado a enviar por internet. La imagen muestra el letrero del pueblo de Beartown, en el camino del bosque, justo en la frontera con Hed, alguien ha estado ahí y ha cubierto el letrero con bufandas verdes. Debajo de él se encuentra colgada una enorme lámina de metal, en la que está escrito con pintura de aerosol: «NUESTRA ARENA ES NUESTRA ARENA!!! VÁYANSE A SU CASA, PERRAS!!!».

Mañana, todos los equipos infantiles y juveniles de Hed tendrán que viajar por ese camino; los jugadores más jóvenes tienen la edad de Ture, y eso es lo que les va a dar la bienvenida. Tess borra la foto, Johnny no dice una sola palabra, pero piensa en lo mucho que le gustaría llamar a uno de los periodistas del diario local que últimamente han escrito muchas cosas hermosas acerca del benévolo y noble Club de Hockey de Beartown y su benévolo y noble «sistema de valores», para preguntarle si esto es a lo que se refieren. Sirve la comida con los dientes apretados y se sienta a la mesa. Todos comen en silencio hasta que Tess, mediante una serie de gestos elocuentes, trata de hacer que Tobías deje su teléfono. Él obedece al final, pero no sin decir con un gruñido:

—Entonces, ¿ahora me creen? ¿Qué les dije? ¡Nos odian!

Esta vez, nadie protesta.

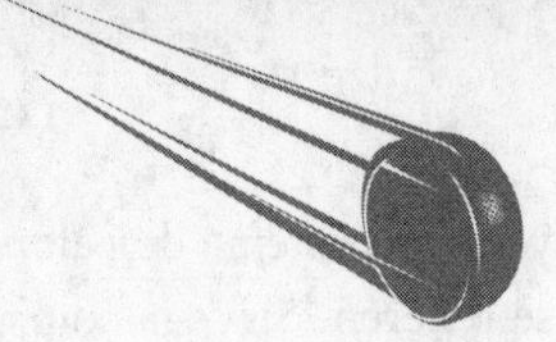

REPATRIADOS

«Es muy fácil engañar a la gente. Quieren creer gustosamente en tantas tonterías que, si te esfuerzas lo suficiente, puedes hacer que crean casi cualquier cosa».

Fue Adri Ovich quien le dijo esto a su hermano menor hace muchos años, después de que su papá había tomado su rifle y se había marchado al bosque, y algunos de los niños más grandes de la calle donde ellos crecieron esparcían rumores acerca de por qué lo hizo. Cada rumor era más ridículo que el anterior, como es natural, desde que Alan Ovich le debía dinero a la mafia hasta que en realidad lo habían asesinado porque era un criminal de guerra que se había escondido aquí y sus enemigos finalmente lo habían encontrado. «La gente es estúpida. No los escuches. Pégales en la cara si quieres, pero no los escuches», le dijo Adri a su hermano menor, y él hizo lo que ella le había dicho y se volvió bastante bueno tanto para golpear como para no escuchar.

Sin embargo, la gente en verdad sigue siendo estúpida, si le preguntas a Adri, y por eso ella prefiere a los animales. También por eso no vive en el pueblo, sino bastante lejos, bosque adentro, lo que por lo general es una bendición, mas no es así en los días posteriores a una tormenta. Aunque sus hermanas Gaby y Katia la han ayudado, apenas si han podido empezar a despejar y arreglar toda la destrucción. Repararon la cerca alrededor del criadero y despejaron toda la basura que había caído en el patio, pero el granero que había sido convertido en un gimnasio de artes marciales recibió una severa golpiza y va a necesitar muchas horas de trabajo duro. La energía eléctrica todavía va y viene aquí en las afueras, y aún hay varios puntos donde los caminos son del todo intransitables. Sin embargo, Adri no se queja, se recuerda a sí misma que se las ha arreglado mejor que la mayoría de la gente, a pesar de todo. Los cazadores que le compran a ella sus perros —y en estos días eso significa casi todos los cazadores que hay tanto en Beartown como en Hed— conocen cada árbol que hay por aquí. Ellos le dijeron a Adri con buena anticipación cuáles necesitaba derribar con una sierra. Esto los salvó a ella, a su casa y a los perros.

Adri puede oírlos ladrar ahora. Desde luego que ladran todo el tiempo, pero justo en esta ocasión ella se detiene a mitad de lo que estaba haciendo y endereza la espalda, consciente de lo que está pasando mucho antes de que lo vea llegar. Si uno dedica su vida a los perros, sus ladridos se vuelven algo lleno de matices; al oírlos Adri puede saber de inmediato si están ladrándole a un animal o a una persona, y si lo hacen para marcar su territorio, para proteger a otros o por miedo. Por lo general, los más jóvenes son los que necesitan afirmarse, pero, en este momento, solo ladran los perros más viejos, los que ella nunca vendió, los que han estado con la familia desde que eran cachorros. Ladran porque están felices.

«Es muy fácil engañar a la gente», piensa Adri al tiempo que se echa a correr. Benji viene en bicicleta por el camino de grava, y ella sabe que se trata de él antes de que siquiera haya avistado su silueta, lo reconoce gracias a los esplendorosos, efervescentes y eufóricos ladridos, y a los ansiosos arañazos de las patas contra la cerca. Durante los últimos dos años han corrido muchos rumores acerca de su hermano menor, porque es muy fácil engañar a la gente: que él es una decepción, que no se atrevió a defender lo que era, que renunció al hockey y se largó de aquí porque era un cobarde. Que ahora no es más que un drogadicto y un alcohólico, y que ya no tiene ningún valor como persona. Sin embargo, nunca podrás engañar a los perros.

Ellos saben reconocer lo mejor de ti.

•••

Maya ni siquiera ha pensado en cómo va a llegar a su casa en Beartown desde la última estación de trenes. Confundida, permanece de pie en el andén durante unos cuantos segundos, y reflexiona que, después de todo, fue una estúpida al no haberle pedido a Ana que la recogiera; pero, entonces, oye una voz que la llama desde la carretera.

—¿Maya? ¡Me da gusto verte! ¿Quieres que te lleve?

Se trata de una vecina que vive en la misma calle de su casa, quien se está asomando de su auto, y es entonces cuando Maya se acuerda de cómo es la vida aquí, siempre hay alguien que va en la misma dirección que tú. No importa en dónde estés, las cosas siempre terminan por salir bien de alguna forma, siempre hay alguien que te ofrece su ayuda. Maya no sabía que lo iba a extrañar.

Entabla una plática cortés con la vecina mientras viajan en el auto, pero, entre más se acercan a Beartown, menos habla Maya. Para cuando están atravesando Hed, apenas si puede respirar.

—Increíble, ¿verdad? Parece que hubo una guerra aquí… —asiente la vecina.

Maya ya se había despertado varias veces el día posterior a una tormenta, pero ninguna de esas tormentas fue como esta. No entiende cómo podría arreglarse todo esto de nuevo, ni siquiera puede imaginarse cuánto va a costar.

•••

Benji viene en bicicleta por el estrecho camino del bosque, un par de años más grande que la última vez que sus hermanas lo vieron, y mucho más delgado. Su piel es más oscura y su largo cabello, más claro, pero su sonrisa socarrona es la misma. Adri suelta todo lo que trae en las manos, corre y lo arranca de la bici, besa su cabello y le dice que es un pequeño cabeza dura desprovisto de inteligencia y que es su adoración.

—¿Cómo llegaste aquí? ¿Por qué no llamaste? ¿De quién es la bicicleta? —quiere saber ella.

Él se encoge de hombros, sin saber a cuál de las preguntas responde con ese gesto. Los perros se abren paso a la fuerza para salir del patio cercado y se arrojan a los brazos de Benji, seguidos de inmediato por Gaby y Katia. Cuando su mamá oye todo ese bullicio en la casa y sale al exterior, al principio apenas si puede mantenerse de pie, pero un instante después sale corriendo a toda prisa por encima de la grava y ya va a la mitad de un regaño en el idioma de su lugar de origen, pues este país no está ni cerca de tener suficientes adjetivos para describir las maldiciones y las amenazas que su hijo se merece después de haber deambulado por todo el orbe como un vagabundo y no haber llamado a su mamá más a menudo. Entonces, lo abraza con tanta fuerza que la espalda le cruje, y dice entre susurros que moriría sin los latidos del corazón de Benji, y que apenas si se había atrevido a respirar desde que él se marchó porque tenía miedo de exhalar de sus pulmones el último rastro del aire de su hijo. Benji sonríe abiertamente como si nada más se hubiera ido por un par de horas, y le susurra a su mamá que la ama; entonces, sus hermanas le dan una tunda porque está muy demacrado, y, si él se hubiera muerto de hambre, jamás habrían dejado de oír a su mamá sermonearlas por ello, y es que ¿cómo podrían haberlo soportado? ¿Por qué nada más piensa en él mismo, maldito mocoso? Entonces lloran en el cabello de su hermano, y luego se van a comer.

•••

La vecina deja a Maya afuera de su casa; Maya le agradece con tanta efusividad por haberla traído que la vecina le responde:

—Oh, no fue para tanto, ya deja esos modales de la gran ciudad.

Por suerte, no se ofreció a pagar la gasolina, pues entonces bien podría haber recibido una cachetada, piensa Maya, y no puede evitar sonreír. Recoge algunos pedazos rotos de madera y otros desechos esparcidos en el arriate antes de abrir la puerta principal de la casa de su infancia. Como es habitual, no está cerrada con llave. Antes creía que eso era del todo normal, pero, ahora, no puede evitar pensar que es una de esas cosas chifladas y excéntricas que la gente solo hace en Beartown.

Todo en la casa luce como de costumbre. Los mismos muebles, el mismo empapelado, la misma vida cotidiana. Es como si sus papás creyeran que pueden engañar al tiempo negándose a reconocer que ha estado transcurriendo. Maya se detiene en las escaleras, aspira profundo la esencia de su hogar, posa las yemas de sus dedos sobre las fotografías de ella y de sus hermanos que cuelgan en las paredes por todos lados. La foto más vieja es de Isak. Los padres que pierden a un hijo jamás vuelven a confiar en el universo. Alguna vez Maya oyó a su papá admitirlo por teléfono, ella no supo con quién hablaba; Peter también le dijo a esa persona que a veces creía que todas las bendiciones que había recibido quizás fueron la razón por la cual Dios o quien quiera que fuera necesitó equilibrar la balanza, y por ello les quitó a Isak. Peter Andersson había tenido en su vida una esposa que lo amaba y tres hermosos hijos y una carrera como jugador profesional de hockey en la NHL y luego el puesto de director deportivo en el club que lo había criado, y es de suponer que pensaba que nadie puede tenerlo todo. Maya recuerda haber reflexionado que eso era increíblemente abnegado e inconcebiblemente egocéntrico al mismo tiempo. Como si los hijos tuvieran una buena vida o acabaran muy mal solo porque sus padres tienen un saldo a favor o en contra en alguna especie de sistema de reglas cósmicas. Pero quizás tener hijos es así, ella no lo sabe, quizás uno no puede evitar volverse estúpido por completo.

A solas, de pie en las escaleras, Maya respira muy, muy hondo. A veces, los recuerdos de todo lo que pasó todavía se sienten como descargas eléctricas, a veces se despierta gritando en medio de la noche; pero, cada vez que llega a su casa, se vuelve un poco más hábil para no pensar en Kevin. Cada vez crece un poco más y su armadura se hace más resistente y más gruesa. Sin embargo, cada ocasión que Maya llama a sus padres por teléfono, puede oír en sus voces que a ellos no les pasa lo mismo. Se han quedado atascados en ese instante, todavía creen que todo es su culpa. Cuando el papá de Maya se sentó al lado de ella en el hospital después de la violación, le preguntó qué podía hacer por ella, y lo único que Maya pudo susurrarle en medio de su desesperación fue: «Ámame». Y él lo hizo. Toda la familia lo hizo. A veces, Maya siente que los arrastró a todos con ella al interior de un hoyo negro, y cuando ella salió de él, ellos se quedaron abajo en el fondo. No importa que ella sepa que eso no es verdad. La culpa siempre es más fuerte que la lógica.

Maya sube las escaleras de forma silenciosa, solo Leo y ella pueden pisar los escalones sin hacer que crujan. Entra en la recámara de sus padres. Su papá está parado frente a un espejo, practicando cómo hacer el nudo de su corbata, pero sus dedos no obedecen y su rostro tiene vetas de dolor.

—Hola, papá.

La palabra favorita de Peter. «Papá». Él ni siquiera se vuelve pues cree que se lo ha imaginado. Ella tiene que decirlo de nuevo, esta vez con más fuerza. Él la ve en el espejo, parpadea confundido.

—¿Amor…? ¡Amor! ¿Qué… qué estás haciendo aquí?

—Quiero ir al funeral de Ramona.

—Pero ¿cómo… cómo llegaste al pueblo?

—Tomé un tren. O bueno, tan lejos como pude. Entonces

alguien me trajo a la casa. Son un caos los caminos, debió haberse puesto horrible durante la tormenta. ¿Cómo estás, papá?

Todas las palabras brotan de ella de una sola vez y él todavía está luchando por asimilar que ella está aquí.

—Pero… ¿y el conservatorio? —logra decir él mientras la abraza; por siempre su papá, al parecer.

—El conservatorio va bien, no te preocupes —sonríe ella.

—Pero ¿cómo… cómo supiste siquiera que el funeral iba a ser este fin de semana?

Maya sonríe con indulgencia ante su ingenuidad.

—La temporada de caza de alces comienza la semana que entra. Luego empieza el hockey. ¿Cuándo más podían enterrarla?

Él se rasca el cabello con la corbata.

—Pero amor, no hacía falta que vinieras a casa por Ramona, ella…

—Vine por ti, papá —susurra Maya.

Ella siente que su papá por poco y se derrumba hasta quedar hecho una pila de polvo.

—Gracias —logra decir él.

—¿Qué puedo hacer, papá?

Él intenta sonreír y encoge los hombros tan despacio y sin energía que parecen las puertas desvencijadas de un establo colocadas con goznes viejos. Cuando se abrazan de nuevo ella es la adulta, él es el niño.

—Ámame, Calabacita.

—Lo hago cada segundo, papá.

Entonces, oyen el sonido de la puerta principal abriéndose en la planta baja. Mira llega a casa, atraviesa el umbral de la entrada y se detiene solo durante un suspiro cuando ve los zapatos de su hija en el piso del vestíbulo. Su corazón de mamá se salta un latido. En la planta alta, Maya suelta a su papá con una sonrisa discreta y comprensiva cuando oye los gritos y los golpes sordos de unas pisadas, y se para de espaldas a la cama porque quiere aterrizar con suavidad cuando su mamá suba corriendo las escaleras, entre volando a la recámara y se lance a los brazos de su hija.

•••

Esa noche, antes de que alguien fuera de su familia se entere siquiera de que él está de vuelta en el pueblo, Benji sale a hurtadillas de la casa de su hermana y se va a la arena de hockey en la bicicleta. El camino está cubierto de árboles caídos y el estacionamiento está lleno de basura, pero, para efectos prácticos, la arena parece estar intacta. Es como si el propio Dios hubiera revelado a quiénes apoya. Benji abre a la fuerza la ventana de un baño en la parte trasera del edificio y entra, vaga sin rumbo por todos lados mientras lo agreden los recuerdos de su infancia y su adolescencia. ¿Cuántas horas habrá pasado en este lugar? ¿Alguna vez volverá a ser tan feliz como lo fue aquí? ¿Habrá algo más que pueda sentirse tan bien como entrar deslizándose a la pista de hielo al lado de su mejor amigo y jugar contra todo el mundo? ¿Cómo podría haber tal cosa?

Benji avanza a tientas en la oscuridad y encuentra los interruptores de las luces de abajo junto a la valla, no enciende las lámparas principales del techo porque el conserje podría verlas desde su casa, y entonces vendría a toda prisa y haría un gran alboroto. Benji encuentra un par de patines viejos de su talla en el fondo del almacén, amarra las agujetas con tanta fuerza que se le duermen los pies y camina hacia la luz. Sabe con exactitud cuántos pasos hay que caminar antes de tener que alzar el pie del suelo para plantarlo en la pista de hielo; de todas las cosas que ha amado acerca del hockey, es probable que no haya amado nada más que esto, mil partidos y un millón de sesiones de entrenamiento, pero sus pulmones y su estómago todavía creen estar dando un paso al abismo desde el borde de un acantilado, y esto le sucede en cada ocasión. Todo lo demás desaparece en esa primera zancada con la que entra a la pista deslizándose sobre el hielo, ahí donde fue libre durante toda su infancia. Solo ahí. Era el único lugar en el mundo entero donde siempre sabía con exactitud quién era y qué se esperaba de él. Sin confusiones, sin miedos.

Benji patina con zancadas lentas y dolorosas, en círculos cada vez más amplios y más salvajes. Se detiene junto a la caja de castigo para los jugadores expulsados temporalmente, le da unos golpecitos al vidrio con nostalgia. Cuando, de niño, vino a la arena por primera vez, todo resultó ser muy sencillo y muy evidente, el deporte era como un idioma mágico y él había sido elegido para entenderlo. Le encantaba el ritmo de los demás cuerpos, los encontronazos, las respiraciones, los cortes de las cuchillas en el hielo y los gritos desesperados del público cuando, de repente, el rumbo del juego cambiaba. El tamborileo frenético de los bastones y el estruendo en sus oídos cuando volaban juntos hacia delante: imparables, inseparables, inmortales. No sabe a dónde se fue esa parte de él cuando se perdió a sí mismo por completo, pero, sin Kevin, ya nunca fue lo mismo. Benji jamás pudo perdonarse de verdad por seguir sintiéndose así.

Hace dos años metió un disco de hockey en su maleta, se fue del pueblo y viajó y viajó sin parar, y solo se detuvo cuando pudo poner el disco encima de la barra de un bar, en una parte del mundo donde nadie supo qué carajos era eso. No había ningún turista ahí. Se fue de un lugar donde siempre había sido diferente por dentro, y encontró otro donde era diferente por fuera. No sabe a qué esperaba que eso lo condujera. A nada, quizás. Quizás solo tenía la esperanza que el ruido en su cabeza por fin cesara. Que hubiera calma en su pecho. Tal vez lo logró en cierto modo, pues ahora está mirando la enorme imagen del oso enfurecido pintada en el círculo central y está a la espera de sentir algo, lo que sea, pero nada se manifiesta. Ni añoranza ni odio, ni un sentido de pertenencia ni uno de exclusión. Solo se siente cansado. Muy, muy cansado.

Se quita los patines, los coloca de vuelta en el almacén, apaga las luces y sale por la misma ventana por la que había entrado. Entonces camina despacio por el estacionamiento, alejándose del pueblo e internándose en el bosque. El suelo está desgarrado y hecho jirones. Benji deja la bicicleta en la arena de hockey, no es suya, ya nada aquí es suyo en realidad. Cuando el viento deja de soplar hacia el poblado y cambia de dirección, él está sentado en lo más alto de un árbol, como hacía cuando era niño.

•••

Matteo pasa todo el día buscando su bicicleta en la parte del pueblo donde la había abandonado durante la tormenta, después de que la cadena se zafó. No la encuentra sino hasta la mañana siguiente, mucho más allá de donde incluso los vientos podrían haberla arrastrado: apoyada con cuidado contra una pared de la arena de hockey. Alguien la encontró, le arregló la cadena y la usó, sin siquiera sentirse lo bastante culpable como para tratar de esconderla después de habérsela llevado. A Matteo no le sorprende, no cuando la encuentra justo aquí, afuera de la arena. Los chicos del mundo del hockey aprenden desde pequeños que todo les pertenece. Que todos les pertenecen.

•••

Esa noche cae la primera helada sobre Beartown y sobre Hed. El silenciador del universo. Es ensordecedora de una forma que las palabras nunca pueden alcanzar a describir. Si le preguntas a alguien que se mudó de aquí qué es lo que más extraña del bosque, es probable que diga justo esto: el pequeño presagio del invierno, el pesar sosegado por un verano ido, el otoño que, en estos rumbos, solo parece durar lo que un parpadeo. Los pájaros se vuelven cautelosos, el lago se congela, en poco tiempo veremos nuestro aliento por delante de nosotros y las huellas de nuestros pies por detrás. El aire es más fresco, todo cruje por las mañanas, la nieve todavía no se asienta sobre el piso formando una capa espesa, pero uno ya tiene que cepillar la primera sábana blanca de las lápidas en el cementerio para ver quién reposa debajo de ellas. Dentro de poco, en una de ellas estará escrito

«Ramona», sin apellido alguno, pues no hace falta, todos lo saben. Pero en otra de ellas, un poco más apartada, en una esquina casi olvidada junto al muro, puede leerse «Alan Ovich». Con su nombre completo, pues son muchas menos personas las que lo recuerdan. A veces pasan semanas sin que alguien lo visite, pero esta vez, cuando sale el sol, su hijo está sentado ahí, fumando.

Los relatos sobre muchachos y sus padres son iguales en cualquier época, en cualquier lugar. Nos amamos, nos odiamos, nos extrañamos, nos contenemos, pero nunca podemos vivir sin afectarnos. Tratamos de ser hombres y nunca sabemos cómo serlo en realidad. Los relatos acerca de los que vivimos aquí son la misma clase de relatos que se cuentan sobre todas las personas, en todas partes; creemos que estamos a cargo de la forma en la que van desarrollándose, pero, como es obvio, eso pasa con tan poca frecuencia que es insoportable. Simplemente nos llevarán a donde sea que quieran ir. Algunos tendrán un final feliz, y otros terminarán justo como siempre temimos que iban a terminar.

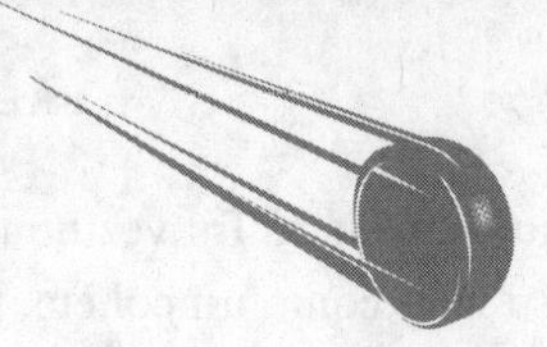

PERSONAS COMPETITIVAS

«En el hockey, las cosas pasan muy rápido». «Mantén la cabeza en alto». «La soberbia siempre termina siendo castigada». Los clichés podrán ser clichés, pero, a menudo, empiezan siendo una verdad. Este es un juego que todo el tiempo encuentra formas cada vez más ingeniosas de dar una lección de humildad a aquellos de entre nosotros que más pecan de engreídos; pero, aun así, de algún modo olvidamos una y otra vez que cada victoria solo es un número más del conteo regresivo hacia nuestra próxima derrota.

Cuando la temporada estaba llegando a su fin la primavera pasada, Beartown ocupaba el primer lugar de la liga entera, pero Lev podía ver lo inflamada que estaba la muñeca de Amat, y la lesión iba empeorando cada vez más.

—Ya no deberías jugar —dijo Lev.

—Tengo que hacerlo, necesitamos ganar nuestros últimos partidos —respondió Amat.

Lev posó su mano en el hombro del muchacho y, con un tono de voz serio, le preguntó:

—Si dañas tu muñeca todavía más y no te escogen en el *draft* de la NHL, ¿quién le va a comprar a tu mamá esa máquina lavaplatos, entonces?

Amat no supo qué responder. En esa sesión de entrenamiento, el mismo tipo que había dicho aquella broma sobre Lev en los vestidores golpeó a Amat en el brazo con su bastón, en una tonta jugada sucia. Tal vez no fue intencional, Amat estaba pasando a su lado como un cohete, moviéndose mucho más rápido que él, a un grado tal que el tipo simplemente perdió los estribos, harto de ser humillado. Amat explotó y los dos se dieron de puñetazos como si hubieran perdido la razón; si Bobo no se hubiera interpuesto entre ambos con todo y su enorme cuerpo, la riña podría haber terminado con un saldo mucho peor que unos cuantos pequeños moretones y un par de egos lastimados.

—¿Qué estás haciendo? No te pegaron tan fuerte, ¿o sí? —le preguntó Bobo a Amat con timidez y con cautela cuando iban saliendo de la pista, y, puesto que Amat no supo qué más decir, respondió con las peores palabras que llevaba en su interior:

—¿Crees tú que esto es un juego, o qué? ¿Crees que este equipo de mierda sería algo sin mí? ¡Ese maldito don nadie no debería ni tocarme! Yo jugaré en la NHL algún día, y él ¿qué va a hacer? ¿Conseguir un empleo en el almacén del supermercado? ¿Trabajar en la fábrica? ¿Terminar como un jodido… como un jodido…?

Amat logró contenerse antes de exclamar «como un jodido mecánico de autos», pues eso era el papá de Bobo, y lo que Bobo llegaría a ser. Amat debió haberse disculpado de inmediato, pero estaba demasiado furioso durante esos primeros instantes, y después ya fue demasiado tarde. Bobo se dio la vuelta y se fue, con sus anchos hombros casi tocando el piso, y Amat rompió su bastón de un golpe. Nadie en el equipo volteó a verlo siquiera mientras recogía sus cosas de forma apresurada y desordenada en los vestidores y salía de la arena de hockey hecho una furia.

Amat no jugó en el siguiente partido. Zackell solo le informó al equipo que estaba «lesionado». Qué tan seria era esa lesión o cuánto tiempo tardaría él en recuperarse, nadie lo sabía. En ese juego y el que le siguió, Amat estuvo sentado en las gradas, pero, en los últimos partidos, no se apareció para nada. Empezaron a circular rumores de que nada más estaba fingiendo, de que ya estaba pensando en la NHL y el club que le había dado todo ya le importaba un bledo.

—¿Se supone que tengo que ir a enseñarles mi muñeca o algo así? —le dijo Amat a Lev, al borde de las lágrimas, cuando estaban en su auto. Beartown acababa de perder su último partido, y no logró obtener el ascenso a una división superior con el que todos habían estado soñando. De entrada, nunca habrían estado tan arriba en la tabla de posiciones de los equipos sin Amat, pero ¿de pronto, ahora todo era culpa suya?

—Eso no importa. Lo que hagas nunca será suficiente. Este es su juego y estas son sus reglas, tú nunca serás uno de ellos. La gente como tú y como yo tenemos que hacer nuestras propias reglas, ¿sí? —respondió Lev.

Amat no acudió a los últimos entrenamientos del equipo y no se presentó a la cena del club con motivo del final de la temporada. Bobo le marcó por teléfono unas cuantas veces para preguntarle por qué, pero Amat no le tomó la llamada, sabía que Bobo quería que se disculpara con él, pero Amat ya no sentía que le debía una disculpa a nadie. Ya se había disculpado lo suficiente, ya había estado agradecido lo suficiente. Entrenaba a solas en el bosque, pero, aparte de eso, rara vez dejaba la manzana donde vivía; la única persona con la que hablaba por teléfono era Lev, y todo lo que Lev le decía sonaba como si fuera verdad:

—Créeme, Amat, a ellos no les importas. Si te lesionas otra vez y no puedes jugar al hockey nunca más, ¿ellos te van a cuidar? ¿Van a pagar la renta de tu mamá? ¡Claro que no! Ellos solo quieren ser tus dueños. ¡Ya lo verás! Los hombres ricos van a decirte que no vayas al *draft*. Van a tratar de hacer que creas que no estás bien, porque entonces van a tener poder sobre ti, ¡entonces te quedarás aquí y jugarás en su pequeño club de mierda! ¡Ellos no quieren que te conviertas en un jugador profesional porque entonces demostrarías que todos estaban equivocados acerca de ti!

A finales de la primavera, resultó que Lev tenía razón. Fátima abrió la puerta de su apartamento y Peter Andersson estaba parado ahí afuera de nuevo. El antiguo director deportivo se vio patético cuando intentó decir, mientras sopesaba sus palabras con mucho cuidado:

—No quisiera entrometerme, Amat…

A lo que Amat respondió de inmediato:

—¡Entonces no lo haga!

Peter miró de reojo a Fátima, pero ni siquiera ella trató de atemperar la ira de su hijo, tal vez porque sabía que no tenía caso intentarlo, pero tal vez también porque pensaba que él tenía cierto derecho a sentirse así.

Peter respiró hondo e hizo un último intento:

—No sé qué te habrán dicho otras personas, Amat. Qué es lo que ese individuo… Lev… te habrá prometido… pero he hablado con un agente que conozco de aquellos rumbos. Pienso que también deberías hablar con él. Además, platiqué con un cazador de talentos que pertenece a un club de la NHL, un antiguo jugador que fue mi compañero de equipo, él se ha dedicado a esto por mucho tiempo y… bueno… tienes que entender que no te digo esto porque quiera ser malo contigo… pero él me dice que vas a ser de los últimos jugadores seleccionados en el *draft*. En la sexta o séptima ronda. Tal vez en el lugar ciento ochenta o algo así.

Amat bufó:

—¡Gracias por el voto de confianza!

Peter parecía desesperado.

—Solo quise decir… Los clubes ni siquiera entrevistan en persona a la mayoría de los jugadores que son seleccionados al final del *draft*. Simplemente no quisiera que viajes hasta allá y termines decepcionado. Tal vez sería mejor que te quedes en tu casa, te recuperes de tu lesión y entrenes; aun así, te seleccionarán en el *draft* si creen que eres lo suficientemente bueno. Y podrías seguir todo el proceso del *draft* por internet, de verdad creo que…

Amat lo interrumpió con una mirada oscura en sus ojos:

—¡La diferencia entre Lev y los agentes que usted conoce es que Lev cree en mí lo suficiente como para pagar mis boletos de avión y mi hotel!

Peter parpadeó con tristeza y se rindió. Se dio la vuelta para marcharse, pero entonces se detuvo y dijo:

—Okey. Ya eres un hombre, Amat. Puedes hacer lo que tú quieras. Pero... ¿puedo darte un consejo?

Amat se encogió de hombros, así que Peter le dijo:

—Cuando llegues al hotel donde te vas a hospedar, ve al gimnasio. Y desayuna como debe ser. Los cazadores de talentos que trabajan para los equipos verifican cosas como esas. Ellos se fijan en quiénes se atiborran de donas y de bebidas gaseosas, y quiénes se toman su dieta en serio. Si la noche antes del *draft* te ven en el gimnasio en lugar de que estés jugando videojuegos o pasando el rato en el bar, entonces sabrán que estás dispuesto a hacer lo necesario para ser el mejor.

Sin decir una sola palabra, Amat cerró la puerta. A la mañana siguiente se despertó cuando alguien estaba tocándola. Al abrir se encontró con un mensajero de pie afuera del apartamento, con una máquina lavaplatos nueva y una nota: «No es un regalo! Dile a tu mamá que la pagarás con tu primer sueldo en la NHL. LEV».

Como era lógico, su mamá masculló que esto era demasiado, pues, para ella, invariablemente cualquier cosa era demasiado. Sin embargo, aceptó la máquina lavaplatos, pues podía ver lo que eso significaba para Amat.

—Cuando vuelva a casa vas a tener un castillo —le prometió él, y ella le dio un beso en la mejilla y susurró:

—Tonterías. ¡No te preocupes por mí!

Pero él era su hijo, y no podía impedirle que se preocupara por ella.

Fue hasta que Amat se encontró en el aeropuerto, que se dio cuenta de que Lev no iba a cruzar el océano Atlántico con él.

—A la gente como yo no le dan visas. Tengo un pequeño expediente de antecedentes penales, y a ellos les encanta vigilar de cerca a la gente como nosotros, ¿sí? No te preocupes, tengo un amigo por allá, ¿sí? ¡Ya tenemos todo arreglado! Te van a entrevistar los mejores clubes. ¿Crees que te entrevistarían si quisieran seleccionarte hasta la sexta o séptima ronda? ¡No le hagas caso a Peter! Él no quiere que te conviertas en una estrella más grande que él, porque entonces ya no tendrías que estar agradecido, ¡y entonces la gente como él no tendría ningún poder sobre ti! ¿Sí?

Cuando Amat llegó a su destino, se encontró con el amigo de Lev en el aeropuerto, un hombre irritable de mediana edad que sostenía un letrero con el nombre de Amat mal escrito. Amat tuvo que pagar el taxi, el amigo de Lev apenas si alzó la mirada de su teléfono durante todo el trayecto hasta la ciudad, y solo dijo «¡Nos vemos mañana!» cuando cada uno se fue por su lado en la recepción del hotel. Esa noche, Amat estuvo sentado en su habitación a solas, y estaba tan nervioso que consideró vaciar el minibar, pero, al final, mejor se fue al gimnasio. Levantó tantas pesas como pudo y, de manera silenciosa, se alegró en su interior por no sentir dolor en la muñeca. Llevaba ahí una hora, cuando un hombre de sesenta y tantos en muy buena forma física entró y luego corrió un rato en una caminadora de banda sin prestarle atención a nadie más; pero después, cuando estaba marchándose, de pronto asintió en dirección de Amat y le dijo en inglés:

—Que tengas buena suerte mañana, muchacho.

Después de todo, Peter había tenido razón en algo.

A la mañana siguiente, el amigo de Lev llamó a la puerta y le pidió dinero a Amat para pagarle a una camarera. Cuando Amat le pregunto por qué, el amigo de Lev se molestó:

—¿Crees que podemos entrar al hotel donde los equipos grandes llevan a cabo sus entrevistas sin sobornar a alguien?

Amat tartamudeó:

—Lev... Lev me aseguró que ustedes ya me habían conseguido varias entrevistas...

El amigo de Lev puso los ojos en blanco.

—Lev dijo que eras una estrella, ¡pero más bien suenas como un niñito consentido! ¿Vamos a hacer esto o no?

Un tanto renuente, Amat se fue con el amigo de Lev a un hotel más grande; el amigo de Lev desapareció y Amat permaneció sentado en el vestíbulo durante varias horas, esperando. El amigo de Lev nunca volvió a aparecerse. Amat estuvo ahí todo el día. El hombre del gimnasio se presentó en el vestíbulo, ataviado con un costoso traje, pero ni siquiera vio a Amat. Estaba ocupado con otros jugadores jóvenes y con sus padres, todos ellos llenos de seguridad y confianza en sí mismos, de esa clase de gente que sabe que el mundo le pertenece. Ya entrada la tarde, el hombre del traje regresó al vestíbulo a solas, se detuvo frente a Amat y fijó la vista en él.

—Amat, ¿cierto? —dijo el hombre del traje, de nuevo en inglés. Amat parpadeó aterrorizado y creyó que lo iban a echar del hotel, pero, en vez de ello, el hombre le preguntó:

—¿Tienes tiempo para una entrevista?

Inseguro y con la sensación de estar fuera de lugar, Amat respondió que sí con la cabeza; estaba tan sorprendido de que Lev en verdad hubiera logrado organizar esto que no pudo decir una sola palabra. El hombre del traje lo condujo por un pasillo hasta llegar a una sala de conferencias; ahí dentro se encontraban varios hombres sentados, todos ellos pertenecientes a uno de los mejores clubes de la liga. A Amat le daba vueltas la cabeza, su inglés era casi tan deficiente como su capacidad para controlar el temblor de sus manos, pero contestó todas las preguntas lo mejor que pudo. Estuvieron menos centradas en el hockey de lo que él esperaba, y no tenía idea de cómo rayos se habían enterado de tantas cosas sobre él: le preguntaron cómo fue crecer con una mamá que no tenía una pareja, cómo era su relación con sus compañeros de equipo en Beartown, por qué no jugó los últimos partidos de la temporada. Amat sudaba, la entrevista parecía un interrogatorio policial, y no fue sino hasta que hubieron terminado que el hombre del traje le dijo:

—Dale mis saludos afectuosos a Peter Andersson, ¿okey? Él y yo somos viejos amigos. Me pidió que estuviera al pendiente de ti.

Los demás hombres ya habían empezado a revisar sus papeles

y a hablar de otro jugador, ni siquiera se despidieron de él. Amat parpadeó con un gesto ausente, se puso de pie con piernas temblorosas y se fue de la sala de conferencias destrozado. Así que solamente lo habían entrevistado para hacerle un favor a Peter. Lev y su amigo habían intentado sobornar a medio hotel para conseguir una entrevista, y todo lo que Peter tuvo que hacer fue tomar su teléfono en Beartown. «Lev tenía razón», pensó Amat, «este es su juego, estas son sus reglas».

A la mañana siguiente, el amigo de Lev se apareció de nuevo y le preguntó a Amat si tenía algo de dinero, y entonces se esfumó una vez más. Cuando por fin empezó el *draft* de la NHL, Amat estuvo sentado en las gradas, sin nadie que lo acompañara, durante toda la primera ronda, y vio a cada equipo escoger a su nueva superestrella. Más tarde, esa misma noche, se puso a hacer ejercicio en el gimnasio hasta que se desplomó. Al día siguiente se sentó de nuevo en las gradas, desde las diez de la mañana hasta las seis de la tarde, y contempló a más de doscientos chicos de alrededor de dieciocho años abrazar a sus padres cuando un equipo los seleccionaba; pero nadie seleccionó a Amat. La arena de hockey se vació, él se quedó sentado ahí, el amigo de Lev jamás se dejó ver.

Amat llamó a Lev y se echó a llorar al teléfono, pero Lev se oía impasible.

—No te preocupes, ¿sí? Esos estadounidenses, ¡no saben cómo hacer negocios! ¡Tengo un amigo en Rusia! Él puede conseguirte un lugar en un equipo de allá, ¿sí? Vamos a ganar más dinero allá que en…

Lev siguió hablando, pero todo lo que Amat podía oír era un zumbido. Entonces, ¿eso era todo? Amat fingió que no tenía buena recepción, colgó la llamada y se derrumbó.

Cuando regresó al hotel, el hombre del traje estaba esperando en la entrada. Estrechó la mano de Amat y sonrió de forma genuina:

—Lamento que las cosas no hayan resultado bien, muchacho. Realmente nos agradabas, pero nosotros simplemente no hacemos negocios de la forma que tu tío quiere, ¿okey? Ve a casa, trabaja duro, pídele a Peter que te consiga un agente de verdad y vuelve el año que entra. ¿Está bien?

Amat balbuceó:

—¿Qué...? ¿A qué se refiere con... mi tío? ¿Cuál tío? ¿Cuáles negocios?

El hombre del traje no le contestó, solo le dio unas palmadas en el hombro y se fue. Amat llamó a Lev por teléfono de nuevo y le espetó a gritos:

—¿QUÉ CARAJOS HAS HECHO?

La voz de Lev se oscureció:

—¿Quién crees que eres, Amat? ¿Me gritas después de todo lo que he hecho, sí? ¿Crees que pago tus vuelos y tu hotel, y luego no espero recibir algo a cambio? Yo no soy como todos los demás agentes, tú no me pagas a mí, ¡el club para el que vayas a jugar es el que tiene que pagarme! ¡Pero esos estadounidenses creen que pueden conseguirte gratis! Ellos no quieren negociar, creen que son mejores que nosotros, ¿sí? Ahora escúchame, mis amigos en Rusia...

Amat arrojó el móvil al suelo, con tanta fuerza que se rompió. Tuvo que usar el teléfono de la recepción para poder llamar a su casa y pedirle a su mamá que le enviara dinero para comprar un boleto de avión. Ella tuvo que pedirles ese dinero prestado a sus vecinos, y él se odió a sí mismo. Bebió y lloró en su habitación toda la noche. Bebió, bebió y bebió. A primera hora de la mañana siguiente, alguien tocó a la puerta. Amat todavía estaba espantosamente ebrio cuando respondió ese llamado. El hombre del traje estaba de pie afuera del cuarto, con sus maletas en las manos, y retrocedió de forma brusca por el tufo a alcohol. Amat abrió la boca para dar una explicación, pero se dio cuenta de que ya era demasiado tarde. Peter había llamado una vez más al hombre del traje y tal vez incluso le había rogado; quizás Amat habría podido tener una última oportunidad en uno de los campamentos de entrenamiento que reunían a jugadores que no habían sido seleccionados en el *draft*. Pero ya no iba a tener esa posibilidad abierta. No así. El hombre suspiró:

—Dile a Peter que hice todo lo que pude. Espero que puedas poner tu vida en orden, muchacho. Peter dice que eres el mejor jugador que jamás haya visto. No lo hagas quedar como un mentiroso.

El hombre del traje se fue. Amat se quedó parado ahí, sin moverse. Así de rápido, todo había terminado. Tomó un vuelo y un tren y un autobús en su viaje de regreso a casa, y se encerró en su apartamento en la Hondonada. Le dio de patadas a la máquina lavaplatos con todas sus fuerzas, a un extremo tal que creyó que se había roto el pie. Al día siguiente estaba terriblemente hinchado, y Amat no volvió a correr durante varios meses.

¿Y ahora? ¿Qué pasa ahora?

Cuando Beartown comenzó sus entrenamientos de pretemporada, Bobo llamaba a Amat varias veces al día, todos los días. Amat no respondía las llamadas, solo había enviado un mensaje de texto diciendo que estaba lesionado. Tras una semana, Bobo solo le marcaba dos veces cada día cuando antes eran tres, luego una en vez de dos, al final dejó de marcarle por completo. El silencio se adueñó del apartamento en la Hondonada; Amat dormía todo el día y salía toda la noche, el contenedor de reciclaje para los envases de vidrio en el sótano del edificio se llenaba cada vez más rápido, y las hojas del calendario fueron cayendo una por una hasta que el verano entero se le hubo escapado de las manos.

Amat no había vuelto a correr sino hasta esa noche en que su mamá estuvo sola afuera en la tormenta. El cuerpo de Amat soportó el esfuerzo, al igual que su pie. A la mañana siguiente vuelve a correr, en medio del bosque, hasta vomitar. Un sábado en la mañana, por fin se arma de valor y le envía un mensaje de texto a Bobo. Solo son dos palabras: «Necesito ayuda». Bobo le contesta, también con dos palabras: «Dónde estás?».

Cuando las ramitas truenan debajo de los enormes tenis de su enorme amigo en el claro que está detrás de él, Amat ya tiene preparadas mil excusas, pero no necesita mencionar ni una sola. La sonrisa de Bobo le dice que todo ya quedó en el pasado.

—¿Has visto a mi amigo Amat en algún lado? ¡Se parece a ti, solo que con quince kilos menos!

Amat se pellizca el estómago, burlándose de sí mismo.

—¡Estuve en Estados Unidos, y ahí aprendí a desayunar igual que tú!

—Siempre has sido chaparro, pero ahora estás más grande a lo ancho que a lo largo —se ríe Bobo.

—Yo estoy gordo y tú eres feo, ¡al menos yo puedo bajar de peso!

—Tú eres rápido y yo soy fuerte, ¡podrías romperte las piernas por una casualidad!

—¡Yo podría pesar doscientos kilos y aun así no me atraparías, maldito elefante!

Bobo suelta una carcajada.

—Te hemos extrañado en los entrenamientos, amigo.

Amat baja la mirada.

—Perdón por no contestar el teléfono. Yo... tú sabes... me porté como un gran imbécil por un tiempo.

Bobo estira su cuello hasta que truena.

—Al diablo con todo eso, ¿vamos a platicar o a vamos a correr?

Así de fácil es recuperar a un amigo como Bobo. La mejor clase de amigos. Empiezan a correr juntos, de arriba abajo, de arriba abajo. Amat vomita primero, pero Bobo se le une poco después; ahora que es entrenador tiene peor condición física que cuando era jugador, y tampoco es que haya estado muy en forma en ese entonces. Siguen corriendo de arriba abajo diez vueltas más. Cuando van caminando a tropezones de vuelta a casa, Bobo vomita una última vez en la cuneta del camino principal.

—Altramuces —dice entre jadeos Bobo, cuando ha terminado de vomitar.

—¿Qué? —gime Amat, tirado en el piso un poco a lo lejos, tan cansado que ni siquiera tiene fuerzas para esperar a Bobo de pie.

Bobo repite la palabra, y hace un gesto con la cabeza hacia las flores color violeta encima de las cuales acaba de arrojar su desayuno.

—Altramuces. A mi mamá le gustaban. En realidad no deberían gustarte, porque son una de esas «especies invasoras».

Amat resume todos sus sentimientos con un:

—¿Qu… qué?

Bobo suena irritado, lo que no sucede a menudo:

—¡Altramuces, te dije! Mi mamá decía que eran hermosos, pero una vecina, una vieja bruja que trabaja en el ayuntamiento, decía que son como la maleza. El gobierno municipal está tratando de erradicarlos, ¿sabes?, porque «están suplantando a la vegetación local» o algo así. Pero no puedes erradicarlos porque simplemente vuelven a aparecer. Son fuertes como el carajo.

Amat ríe exhausto.

—Okey, ¿con qué te has estado drogando?

Bobo endereza la espalda. Extiende el puño a su amigo y lo ayuda a ponerse de pie de un solo tirón.

—Son como tú.

Amat sonríe de forma abierta, pero sin entender a Bobo.

—¿Quiénes?

Bobo se encoge de hombros y empieza a caminar.

—Los altramuces. Son como tú. Tú también creciste en una cuneta, y tampoco hay nada que pueda detenerte.

No dicen nada más hasta que llegan a la puerta del edificio de Amat. Amat se siente avergonzado cuando se da cuenta de que abriga la esperanza de que Bobo le pregunte si hoy quiere ir a entrenar con el primer equipo. Bobo se siente avergonzado porque no puede hacer eso. No hay otra cosa que desee más, pero Zackell no trabaja así; si Amat quiere jugar, tiene que ir él mismo a la arena de hockey y hablar con ella. Amat también lo sabe en lo profundo de su ser. Así que, en lugar de seguir pensando en todo esto, Amat pregunta:

—¿Quieres ir a correr otra vez mañana?

—Por supuesto —asiente Bobo.

Se dan un abrazo muy breve, y entonces Amat observa al grandísimo tonto mientras se aleja con pesadez, completamente agotado. Amat no puede evitar desear que Bobo se convierta en papá, pues tiene las mejores cualidades de un padre: un gran corazón y una mala memoria.

Amat sube a su apartamento y se sienta ahí, con el teléfono en la mano y el número de Zackell en la pantalla. Sin embargo, se siente demasiado avergonzado de su peso, le asusta demasiado la posibilidad de aparecerse en la arena y terminar siendo lento y malo, así que opta por no llamar a la entrenadora. En su lugar, amarra las agujetas de sus tenis y sale de su apartamento otra vez, porque ese es otro cliché que recuerda de los vestidores: «Si quieres lograr algo que nadie más pueda conseguir, tienes que hacer las cosas que nadie más quiera llevar a cabo». Amat resoplaba ante esas palabras, pero ahora, las repite en su mente una y otra vez durante todo el tambaleante trayecto de subida por la colina hasta llegar al claro en la cima. Cuando su estómago deja de agitarse con violencia, pues ya no queda nada más en su interior, levanta la mirada y alcanza a divisar hasta la arena de hockey. Desde donde está parado puede ver con exactitud qué tan largo es el camino de vuelta hacia todo lo que ha soñado. Faltan diez meses para el siguiente *draft* de la NHL, y solo puede hacer la diferencia durante un solo día hasta entonces.

Ese día es hoy.

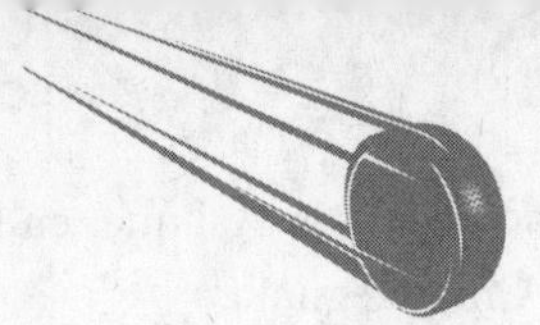

ESCONDITES

Matteo llega a casa en su bicicleta y se sienta frente a su computadora. Inicia una partida de su videojuego y se concentra al máximo en cada movimiento que hace con el arma en la pantalla, de la forma en que lo haces cuando estás tratando de obligarte a olvidar algo. Todavía puede oír con claridad la voz de su hermana mayor: «¡Solo mantente alejado de ellos, de los chicos que juegan hockey!». Fue el consejo más importante que le dio en su primer día en la escuela, cuando él tenía seis años. Ella sabía que lo iban a hostigar, pues Matteo era pequeño y débil y diferente. Ella sabía que él no iba a poder defenderse y no había nada que hacer al respecto, así que intentó enseñarle todo lo que pudo, para que su hermano menor lograra sortear el tiempo que pasaba en la escuela relativamente ileso: dónde estaban los escondites, qué maestros te dejaban permanecer en el salón durante los recesos, qué camino era el más seguro para irse a casa. «A partir de ahora y hasta tu último año en la escuela preparatoria, son nada más trece años. Solo tienes que superar esos trece años y después serás libre, ¡entonces tú y yo nos iremos de aquí y saldremos al mundo!», le dijo su hermana la noche anterior al primer día de clases de Matteo. «Solo mantente alejado de los chicos que juegan hockey».

Matteo amaba a su hermana mayor y confiaba en ella, así que le hizo caso. Se mantuvo alejado de los chicos que jugaban hockey. Fue ella quien no lo hizo.

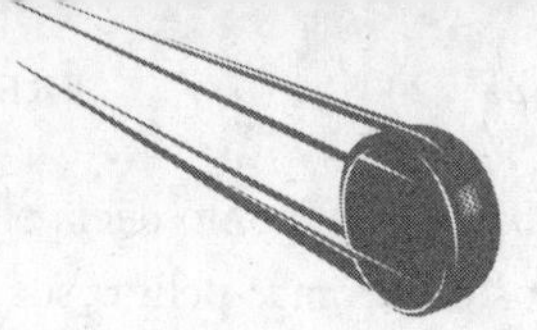

MÚSCULOS

Peter se levanta temprano el sábado; durante la noche la temperatura descendió por debajo de los cero grados y el jardín afuera de la ventana está cubierto por una fina manta blanca, que todavía se encuentra intacta. Han pasado dos días desde la tormenta y falta un día para el funeral. El duelo que sufre por Ramona hace que su cabeza se sienta pesada, pero la presencia de Maya, que está de vuelta en casa, hace que su pecho se sienta muy ligero; y por eso, sus pies casi se tropiezan el uno con el otro, pues no pueden decidirse entre avanzar arrastrándose o bailar. Peter carga su tocadiscos hasta la cocina y pone un disco muy viejo, y hornea un pan muy bueno a solas, mientras el resto de la familia sigue dormida. Por un instante muy breve, mantiene para sí mismo la farsa de una existencia normal.

Sin embargo, en cuanto abre la puerta principal para sacar la basura, se acuerda de lo que la tormenta dejó detrás: ventanas rotas en la casa de al lado, cercas destrozadas, la puerta de una bodega arrancada de sus goznes como si hubiera sido una hoja de papel, y desechos, desechos, desechos por todos lados. Peter encuentra su bote de basura a varios cientos de metros calle abajo, y solo después de haberlo arrastrado por todo el camino de regreso se fija en el auto estadounidense estacionado al otro lado de la vía. El mismo de ayer. El hombre detrás del volante tiene puestas una gorra y unas gafas de sol, y sus hombros son demasiado anchos para el asiento. «No es musculoso, solo está lleno de músculos», como decía el antiguo entrenador de Peter acerca de los orates más peligrosos de los equipos contrarios, «ese cuerpo no lo obtienes en un gimnasio, sino cargando madera durante todo el verano y caminando con dificultad a través de la nieve para ir al retrete fuera de tu casa durante todo el invierno». El hombre observa a Peter, pero no se mueve. En cambio, la puerta del lado del acompañante se abre, y un hombre considerablemente más viejo y más gordo se baja del vehículo; está vestido con una chaqueta de cuero desgastada y porta un grueso collar de oro que se balancea por fuera de un suéter tejido de cuello alto. El cuerpo de Peter se paraliza de forma involuntaria, Lev puede notarlo a la distancia, sabe qué efecto tiene él en otras personas. Es posible que Peter ya no pueda enterarse de todos los rumores, pero incluso él ha oído hablar de este hombre. Entonces Lev camina despacio, haciendo que Peter lo espere antes de establecer contacto visual, y sonríe de una forma que puedes permitirte si alguien como el hombre a bordo del auto viene contigo.

—¿Peter Andersson? Yo me llamo Lev, soy…

—Sé quién eres —lo interrumpe Peter, de manera más enérgica de lo que hubiera querido, y espera que su pulso acelerado no se le note en la voz.

—¿Ah, sí? —sonríe Lev.

—¿Puedo ayudarte en algo? —se oye decir Peter, sin alcanzar a detener su lengua.

Lev esboza una sonrisa más amplia y se acerca un poco más a Peter, a una distancia más corta de aquella con la que Peter se sentiría cómodo.

—¡Quiero agradecerte! Llamaste a tus amigos, ¿sí?, ¡cuando Amat estaba en el *draft* de la NHL! —dice Lev al tiempo que extiende la mano. Cuando Peter se la estrecha a regañadientes, Lev le aprieta la mano con más fuerza y por más tiempo del que Peter puede soportar.

—No fue nada —masculla Peter y retira su mano con rapidez.

Lev permanece en donde está, demasiado cerca. En su voz se escucha un tono de burla desenfadada.

—¡No, no, no seas modesto! ¡El gran Peter Andersson! Tu nombre es importante por aquellos rumbos, ¿sí? ¡Uy uy uy, todos estaban impresionados porque Amat te conocía! Muy, muy impresionados estaban todos ellos. Qué pena que eso no ayudó, ¿sí?

Peter se muerde la mejilla. Se le vienen a la mente las conversaciones telefónicas que sostuvo después del *draft* con sus viejos amigos y contactos de la NHL, quienes se preguntaban qué clase de «tío» mentecato había estado haciendo llamadas para presentarse como el «agente» de Amat, y quería que los clubes que estaban considerando seleccionar al muchacho le pagaran dinero por debajo de la mesa.

—Sí, es una gran pena —asiente Peter con severidad, y percibe el aliento del hombre. Lo que más querría en este momento es empujarlo para que se aleje, pero no se atreve a hacerlo.

Lev mira a Peter a los ojos mientras lo estudia, y entonces estalla en una risa alegre, por fin da un paso atrás y extiende los brazos a los lados.

—¡Okey! Ya fue suficiente de eso, ¿sí? ¿Así es como uno dice, sí? Suficiente de Amat. Quiero hablar contigo. Ayer te vi con Teemu en La Piel del Oso. Yo tengo un… ¿cómo se dice…? ¿Un «asunto delicado» que discutir? No puedo hablar de eso con Teemu porque él es… bueno… tú sabes, ¿sí?

—No, la verdad no lo entiendo para nada —logra decir Peter, bastante molesto como para ocultar que está asustado.

Las cejas de Lev se mueven hacia arriba por una fracción de segundo, parece que esto casi le divierte.

—Teemu es un hombre violento. Tú eres un diplomático. Así que acudo contigo, ¿sí?

—Y ¿qué clase de hombre eres tú? —pregunta Peter, mirando de reojo al hombre en el auto.

Lev se ríe entre dientes.

—Yo puedo ser las dos cosas, Peter, pero prefiero ser como tú, ¿sí? No somos hombres jóvenes, ¿no? Yo me levanto a mitad de la noche para orinar, soy demasiado viejo para pelear, tú sabes. Pero Ramona me debía dinero. Mucho dinero.

Entonces Lev se queda callado, como si Peter debiera responder a esto de alguna forma. Es una trampa tan obvia que a Peter se le seca tanto la boca que apenas si puede mover la lengua:

—Y ¿eso que tiene que ver conmigo?

Lev voltea las palmas de sus manos hacia arriba y se encoge de hombros en forma por demás notoria.

—Las deudas tienen que pagarse, ¿sí?

—Pero ¿cómo? ¡Ella está muerta! —responde Peter, y entonces se da cuenta de que eso es justo lo que Lev estaba esperando.

—Pero La Piel del Oso se podría vender, ¿sí?

Es una idea tan absurda que Peter no puede evitar exclamar:

—¿Vender La Piel del Oso? ¿Estás loc…? ¿Vendérselo a quién?

Lev sonríe con una calidez exagerada.

—A mí. Yo me quedo con el bar. Ya no hay deuda. Todos ganan, ¿sí?

La mandíbula de Peter cae ligeramente, y deja su boca abierta lo suficiente como para que de ella solo salga un:

—¿Per… perdón?

Lev sonríe de nuevo, esta vez con un poco más de impaciencia.

—Yo obtengo La Piel del Oso. No hay deuda. Cero problemas. Ya fui dueño de un bar antes.

—Pero no en… no en Beartown, no has llevado un pub aquí, no sabes en lo que… —empieza a decir Peter.

—Los borrachines son iguales en todos lados, ¿sí? ¿Vas a ayudarme?

Esto último en realidad no suena como una pregunta. Ahora, Peter no está tan asustado; está más enojado.

—¿Ayudarte? ¿Con qué? ¿Al menos puedes…? ¿Cómo voy a saber…? ¿Puedes probar siquiera que Ramona te debía dinero?

Lev aún sonríe, pero sus labios se endurecen y sus dientes se aprietan más alrededor de sus palabras:

—Nosotros firmamos unos documentos. Pero eso no le importa a la gente como tú, ¿sí?

—¿A la gente como… yo?

—Leyes, reglas, contratos, nada más son válidos para la gente como tú, ¿sí? ¿Su juego, sus reglas? ¿Tal vez no ayudaste a Amat? ¿Tal vez… al contrario? ¿Tal vez no lo seleccionaron en el *draft* por tu culpa?

Peter está tan impactado por esa acusación repentina que se olvida de lo que están discutiendo, y, sobre todo, olvida con quién está hablando:

—¡Tú enviaste a un… un… un maldito GÁNSTER al *draft* para tratar de extorsionar a los clubes de la NHL y así sacarles dinero! ¿De verdad creíste que eso iba a funcionar?

Los pies de Lev no se mueven, pero inclina la cabeza unos cuantos centímetros más cerca de Peter.

—Yo quiero obtener dinero del club. Tú quieres obtener dinero de Amat. Esa es la diferencia, ¿sí?

—¡Yo no quiero nada de Amat!

Lev suelta un bufido.

—Ustedes tienen un dicho aquí, me lo aprendí cuando llegué, me gusta mucho: «Él siempre tiene la mano en el bolsillo», ¿así es como se dice? Alguien generoso, siempre dispuesto a ayudar a otros, ¿sí?

—Tú no tienes la mano en tu propio bolsillo, la tienes en el bolsillo de Amat —dice Peter entre dientes, pero al mismo tiempo da medio paso atrás.

—¿Y tú, Peter? Si no quieres el dinero del muchacho, ¿qué estabas tratando de encontrar en ese bolsillo? —se mofa Lev.

—¡Estaba tratando de ayudarlo!

—¿Como ayudaste a otros muchachos de la Hondonada? ¿Sí? ¡Porque seguramente no solo ayudas a los muchachos que son buenos para el hockey sobre hielo! Qué coincidencia tan extraña,

¿sí?, que la gente como tú siempre quiere ser caritativa cuando los muchachos pobres pueden hacer algo por ustedes. Pero yo no soy un muchacho, Peter. Y solo quiero tener aquello a lo que tengo derecho: yo me quedo con La Piel del Oso y me olvido de la deuda de Ramona, ¿sí? Pero ¿tal vez no debería estar hablando contigo? ¿Tal vez debería hablar con tu esposa?

Peter jamás podrá explicar con exactitud qué ocurre en su interior justo en ese instante, simple y sencillamente explota:

—¡¿QUÉ CARAJOS DIJISTE?! —ruge él y, para sorpresa suya y de Lev, pone sus manos en el pecho de Lev con tanta fuerza que el hombre regordete se tropieza hacia atrás.

Solo alcanza a transcurrir un segundo, pero Peter podría describir cada centésima: el joven a bordo del auto sale volando por la puerta, tiene la mano metida en su bolsillo interior, Peter tiene demasiado tiempo para adivinar qué es lo que tiene guardado ahí dentro. Peter levanta las manos a la altura de su rostro, pero eso no es necesario, Lev ya recuperó el equilibrio y alzó dos dedos, y el hombre detrás de él se detiene de forma abrupta a media zancada. Lev se acomoda la chaqueta de cuero con tranquilidad, como si nada hubiera sucedido, y entonces se vuelve hacia Peter:

—Creo que ella es abogada, ¿sí? ¿Tu esposa? Yo firmé un contrato con Ramona. Yo tengo... ¿cómo dicen ustedes...? Yo tengo la justicia y la ley de mi lado. Entonces, ¿tal vez necesito un abogado?

—Consigue los abogados que quieras, pero no te acerques a mi familia, ¿me oíste? Y La Piel del Oso jamás será tuyo, la gente de por aquí nunca va a... —dice Peter antes de morderse el labio; las palabras salen disparadas por la furia caótica que siente y su pulso retumba en sus oídos.

Lev aguarda hasta que Peter se queda callado, entonces sonríe de nuevo y, aparentemente tranquilo, dice a manera de despedida:

—Piensa en lo que hablamos, ¿sí? ¡Yo regresaré contigo! ¿Así es como dicen? ¡No! Yo me pongo en contacto contigo, ¿sí? ¡Yo me pongo en contacto contigo!

Lev se queda mirando la casa de Peter por un buen rato. En la planta alta se enciende una luz, Mira y los chicos apenas están despertándose ahí dentro. Todo el cuerpo de Peter tiembla, pero ya no tiene oportunidad de formular una respuesta. Lev ya está abordando el auto estadounidense, el hombre al volante arranca y se van de ahí sin prisa alguna; pero, tan pronto como el coche está fuera de su vista, Peter saca su móvil sin saber a quién llamar. Permanece de pie donde estaba, sus puños se sienten pesados y su cabeza vacía, hasta que al final termina por llamar a Teemu.

No a la policía, no a sus amigos. A Teemu. Así de estrecha es la conexión que hay entre todo y entre todos en el pueblo de Beartown durante este otoño.

●●●

Maya da vueltas para salir de la cama, se pone una vieja sudadera verde con capucha y, somnolienta, sale de su habitación arrastrando los pies. Su mamá está sentada en el vestíbulo frente a un escritorio improvisado, acaba de levantarse, pero ya está en medio de una videollamada con un cliente o con un empleado, la tormenta ha puesto de cabeza su firma entera y esto es justo lo que ella necesitaba, reflexiona Maya: más estrés. La hija besa el cabello de su mamá cuando pasa junto a ella, y la mamá deja que su mano permanezca en la mejilla de su hija tanto tiempo como le es posible. Leo está en la cocina, con su cabeza tan metida en el refrigerador que parece creer que va a encontrar una bruja y un león al otro lado. Toda la casa huele a pan recién horneado.

—¿Quién ha estado haciendo pan? —pregunta Maya, sorprendida.

—Papá —le responde Leo, como si no fuera la cosa más rara que podría haber dicho.

—¿Papá? —repite Maya.

—Mmm-jmm. Se pone a hornear pan. ¡Como que está obsesionado con eso! —dice su hermano menor.

Maya mira al exterior, a través de la ventana de la cocina, y ve a su papá. Está parado junto al buzón. Un auto se detiene en la calle, y de él se baja un hombre que Maya puede reconocer, es solo que no puede imaginárselo en compañía de su papá.

—¿Ese es… Teemu? —exclama ella.

—Mmm-jmm —confirma Leo después de un breve vistazo por la ventana, antes de volver al refrigerador.

—¿Con… papá?

—Mmm-jmm. Creo que ahora son como amigos o algo.

Maya se queda viendo a Leo, luego mira de nuevo a través de la ventana, y luego voltea a ver a Leo una vez más.

—O sea, perdón, pero… realmente ¿cuánto tiempo he estado dormida?

●●●

Teemu desciende del auto y mira a su alrededor, no como si estuviera buscando algo sino más bien como si estuviera memorizando las cosas que ve.

—¿Así que Lev estuvo aquí? —dice él, directo al punto.

Peter sostiene dos tazas de café y le extiende una a Teemu, la han lavado tantas veces que apenas si puede distinguirse el oso verde con el que está decorada. Teemu asiente agradecido y toma la taza.

—Dijo que Ramona le debía dinero. Cuánto, no lo sé, pero necesitamos poder saldar esa deuda si es que…

Teemu mueve la cabeza de un lado a otro, no con enfado sino con frialdad.

—No quiere dinero. Quiere La Piel del Oso. Trató de comprárselo a Ramona cuando estaba viva. Lev hace muchas cosas sucias, de las que no quieres saber nada de nada. Necesita una fachada legal para sus negocios, y no hay mejor fachada que un pub.

—Pero entonces, ¿por qué Ramona le pidió dinero prestado justo a *él*? —dice Peter, y enseguida se arrepiente de su tono acusador.

Teemu suspira en su café.

—El invierno pasado, uno de mis muchachos terminó en la cárcel. Su mamá no podía pagar la renta y las demás cuentas, así que Ramona me dio todo lo que había en el fondo. Yo no sabía que ella…

Bebe un poco de su café. No dice una palabra más. Es la primera vez que Peter recuerda haber visto a Teemu avergonzado.

—¿Que ella había usado su propio dinero?

—Sí.

—¿Por qué terminó en la cárcel? Tu amigo —pregunta Peter.

—Agresión física con agravantes —es la respuesta de Teemu. Ahora es Peter quien se siente avergonzado pues, por lo visto, esta es la gente de la que se rodea en estos días.

—¿Qué vamos a hacer con Lev? —suspira.

—Tú no vas a hacer nada. Los bandidos del basurero no son la clase de personas con las que quieres pelearte, créeme.

Peter se sorprende por lo impetuosa de su respuesta.

—Entonces, ¿Lev puede simplemente venir aquí y amenazar a mi familia? ¿Quedarse con La Piel del Oso? Ramona nunca dejaría…

Teemu alza una mano, en un gesto para pedirle a Peter que se detenga.

—Yo me encargo de Lev.

—Pensé que habías dicho…

Teemu se acaba su café y le regresa la taza a Peter.

—Dije que *tú* no vas a hacer nada, que no son la clase de personas con las que *tú* quieres pelearte.

Peter busca algo que decir al darse cuenta repentinamente de lo que ha echado a andar:

—Okey. Pero ten cuidado, no vayas a causar…

—¿Crees que *yo* no sería cuidadoso? —exclama Teemu de forma dramática, como si estuviera muy ofendido; Peter suspira y casi se golpea a sí mismo en las sienes con las tazas de café.

—Okey, okey. Entonces, ¿nos vemos mañana en el funeral? ¿Una hora antes, como lo acordamos con el pastor?

Teemu asiente y Peter ya no hace más preguntas, tendrá que vivir con esto. Cuando se vuelve y camina hacia su casa, Teemu le pregunta en voz alta, con curiosidad:

—Oye, ¿qué dijo Lev para que te enojaras tanto?

—¿Enojarme? ¿De qué estás hablando? —gruñe Peter.

Teemu sonríe de manera socarrona.

—Tratas de aparentar que estás tranquilo, pero tus pupilas están totalmente dilatadas. La Piel del Oso no te importa tanto. ¿Qué te dijo?

Peter respira despacio, pero las tazas en sus manos repiquetean, y termina por confesar de muy mala gana:

—Él… mencionó a Mira.

Teemu suelta una risa apagada y triunfal que dura mucho más de lo que a Peter le hubiera gustado. Entonces, el pandillero le dice al antiguo director deportivo:

—Uno no podría creerlo de ti, don Perfecto, pero, después de todo, sí llevas un perrito por dentro.

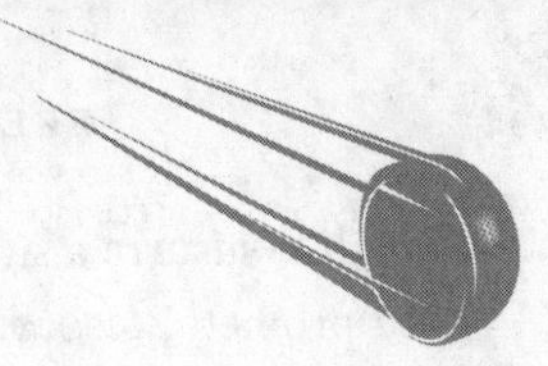

BURROS

Johnny bosteza y mira la hora con irritación. Está parado afuera de su casa y maldice la luz del amanecer, pues el colega que le había prometido llevarlo en su auto a Beartown para recoger la furgoneta está retrasado. Ted ya empacó todas sus cosas y espera en el vestíbulo, mientras que Tobías, su hermano mayor, por supuesto que ni siquiera se ha despertado aún. Tess ayuda a su hermanito Ture a empacar sus patines, y luego guarda galletas de maíz y jugos en envases de cartón dentro del bolsillo exterior de la maleta de hockey, y hace que Ture le prometa que no va a abrir nada sino hasta después de su entrenamiento. El chico tendrá que esperar durante varias horas en la arena de hockey mientras sus hermanos también entrenan, y la propia Tess les da clases de patinaje artístico a los niños más pequeños de Hed. Así son las cosas cuando eres parte de una familia que pasa más tiempo sobre el hielo que fuera de él.

—¿Ya tienen todo? Me llamaron del trabajo, tengo que… —dice Hannah detrás de Tess, y Tess voltea a ver a su mamá con preocupación.

—Te ves muy cansada, mamá. ¿No deberías quedarte en casa?

—Muchos no fueron a trabajar porque están enfermos y otros tienen que quedarse en su casa a limpiar después de la tormenta, por eso tengo que…

—¡Tienes que dormir esta noche, mamá! ¡Prométemelo!

Hannah le susurra a su hija:

—Lo prometo, tesoro. Y ahora cuida a tus hermanos... Tú sabes cómo pueden ponerse las cosas allá en Beartown...

—No te preocupes, mamá. Solo son entrenamientos de hockey.

—Claro, claro. «Solo» es eso. Y perdóname, tesoro, estas labores no te corresponden realmente, tú solo deberías... Por Dios, solo deberías tener que ocuparte de ti misma. ¡Ni siquiera te he preguntado cómo te fue en tu examen de matemáticas!

—Obtuve una calificación perfecta.

—Por supuesto que ibas a tener una calificación perfecta. Es realmente fabuloso. Creo que en toda mi vida nunca tuve una calificación perfecta, en ningún examen. ¿Estás segura de que eres mi hija?

Esta es una vieja broma, pero cada vez que su mamá la repite, siente como si la risa de Tess fuera nueva. Ella de verdad es demasiado buena para esta familia, piensa Hannah. La calificación más alta posible en todas las materias, nunca se mete en líos, cuida a sus hermanos. Ni siquiera se ensuciaba cuando era pequeña, la única niña que Hannah conocía que era capaz de ir a la escuela vestida con ropa blanca y volver a casa con las prendas todavía del mismo color. Mientras que otros chiquillos subían a los árboles y se peleaban en charcos lodosos, ella se quedaba sentada en su casa leyendo libros. Incluso su cabello siempre parece estar recién peinado, a diferencia del de su mamá, que luce como si alguien hubiera puesto un estropajo de cocina en un triturador de papel.

—Me encanta que estés creciendo, pero también odio que crezcas —susurra su mamá.

—No digas tonterías —sonríe su hija.

—Creo que deberías... tú sabes, no deberías tomarte todo tan en serio todo el tiempo. Deberías ir a fiestas y conocer chicos y...

—¿Chicos? ¿En Hed? Hay que dedicarse como unos tres meses a investigar su árbol genealógico antes de que una se atreva siquiera a tener una cita con alguien de por aquí —bufa Tess.

—¿Quién está diciendo tonterías ahora? —sonríe su mamá.

—¿Es en serio? ¡Todos los chicos del pueblo son unos inmaduros! —insiste Tess, y justo en ese momento Tobías suelta un grito desde su habitación que retumba por toda la casa, pues Ture y Ted subieron las escaleras corriendo y lo despertaron con pistolas de agua. Tess se encoge de hombros en un ademán dirigido a su mamá, como si estuviera diciéndole «¡A ver, demuéstrame lo contrario!», pero Hannah no lo nota pues está mirando fijamente al exterior por la ventana:

—¿Qué cara…? —empieza a decir ella.

—¿¿¿QUÉ CARAJOS??? —completa Johnny desde el jardín.

Su furgoneta viene acercándose por el camino a gran velocidad. Hannah y Tess tienen tiempo de salir de la casa y llegar hasta los escalones exteriores, justo cuando el vehículo se frena deslizándose de costado hasta detenerse junto a la cerca, y una muchacha de dieciocho años que está loca de atar se baja de la furgoneta de un salto.

—¡ANA! —grita Hannah con tanta felicidad que Tess se queda un poco desconcertada.

—¿Qué carajos? —pregunta Johnny de nuevo.

Hannah rodea con los brazos a la peculiar muchacha y se la presenta a los demás:

—¡Ella es Ana! ¡Fue ella quien me ayudó en el bosque durante la tormenta!

El rostro de Johnny se suaviza.

—Caramba, conozco a tu papá. ¿Cómo ha estado?

Ana no responde, solo le arroja a Johnny las llaves de la furgoneta.

—Pensé que bien podía manejar esta cosa para traerla aquí; nuestro jardín no es algo así como un estacionamiento. Esta mañana le eché un vistazo al motor, probablemente deberías llevarla a un taller mecánico para que…

—¡Okey! ¡Gracias! —la interrumpe Johnny, tan ofendido que Hannah estalla en carcajadas.

—¡Entra a la casa, Ana! ¿Quieres un café?

Pero Ana mira de reojo a Tess y puede ver el escepticismo en los ojos de la hija; a esa clase de muchachas no les agradan las muchachas como Ana, así que responde de manera casi cortante:

—No, debo irme a casa para estar con mis perros.

—Podemos… llevarte a tu casa. Solo espera mientras voy por los chicos —dice Johnny, con cortesía, pero todavía un poco resentido.

—No hay problema. Voy a regresar corriendo —dice Ana.

—¡¿Corriendo?! ¡¿Hasta Beartown?! —repite él.

—No está tan jodidamente lejos. De todas formas, acabo de recuperarme de una lesión en la rodilla y tengo que ejercitarla —asiente ella.

—¿Qué le pasó a tu rodilla? —pregunta Hannah.

—Me di un golpe.

—¿Con qué?

—Con la frente de un muchacho.

—¿Que hiciste qué? —exclama Johnny.

—Me estaba molestando mucho, ¡se lo merecía! —dice Ana en su defensa.

Hannah se ríe de nuevo, le da otro abrazo a Ana y le insiste en que algún día tiene que volver para cenar con su familia. Ana se lo promete sin mucho entusiasmo y mira a Tess de reojo una vez más, ella es un año más joven, tiene puesto un pantalón blanco y parece como si su cabello hubiera sido dibujado por un artista. Ana lleva un pantalón de mezclilla tan roto que apenas si puede seguir considerándose un pantalón, y no se ha bañado en dos días. Se siente como una vagabunda visitando un castillo. Así que da la media vuelta y se va corriendo.

Hannah la sigue con la mirada por un buen rato, y Tess mira por un buen rato a su mamá. Esa es la clase de hija que ella debería haber tenido, reflexiona Tess.

•••

Bobo toca a la puerta de la casa de Zackell. La entrenadora del primer equipo le abre envuelta en una nube de humo de cigarro y vestida con una bata tan sucia que ni siquiera ondea cuando ella se mueve. En su cocina tiene tres pantallas, en las que pueden verse tres partidos de hockey diferentes, y la mesa está atestada de blocs de notas. Bobo jamás ha conocido a una persona que sepa más sobre un deporte y menos sobre los individuos que lo practican que ella. Cuando Zackell designó a Bobo como su entrenador asistente, ella le dijo de manera explícita para qué lo necesitaba: «Cosas que tengan que ver con la gente, hablar con otras personas, todas esas cuestiones». Ella solo está interesada en las cosas que tienen que ver con el hockey.

—Amat me llamó esta mañana. Nos fuimos a correr al bosque. Creo que quiere venir a entrenar de nuevo… —empieza a decir Bobo.

—¿Cuánto pesa? —pregunta Zackell, sin mostrar emoción alguna.

—Demasiado —reconoce Bobo.

—¿Vomitó?

—Como un vertedero de aguas residuales.

Ella asiente, le da una calada a su cigarro, de repente parece estar sorprendida.

—¿Y?

—¿Y…? —pregunta Bobo.

—¿Algo más? —pregunta ella.

—No, no creo, yo solo…

—¡Okey, muy bien! Me enteré de que todos los equipos de Hed van a entrenar en nuestra arena, así que, para el día de hoy, quiero que programes nuestra sesión de entrenamiento al final, en la noche.

—¿Al final? Los muchachos del equipo no van a estar muy

contentos de tener que entrenar tan tarde… —comienza a decir Bobo, pero entonces se da cuenta de que eso es justo lo que ella está buscando, no quiere muchachos contentos; una de las primeras cosas que les pregunta a los jugadores nuevos en el equipo es: «¿Quieres divertirte o quieres ganar tus partidos de hockey?».

—¡Nos vemos esta noche! —se despide Zackell, y empieza a cerrar la puerta. Entonces, Bobo farfulla:

—¿Tal vez podrías llamar por teléfono a Amat? ¡Se siente avergonzado! Quizás no se atreve a llamar él mismo, yo…

Por la expresión de Zackell, pareciera que Bobo le estaba hablando al revés.

—¿Llamarlo por teléfono?

—Mira, yo sé que no crees en eso de «motivar» a los jugadores, ya me lo has explicado, todos deben querer hacer las cosas por su propia voluntad. ¿Qué era lo que habías dicho acerca de los burros…? ¿Que puedes llevar a un burro a donde hay agua, pero no puedes obligarlo a beberla? ¡Okey, lo entiendo! Pero tú sabes que Amat es… Digo, ¡estamos hablando de Amat! Todo lo que él necesita es un poco de aliento… así que ¿a lo mejor podrías…?

Zackell fuma en silencio, como si estuviera esperando que él diga algo más. La boca de Bobo está abierta, pero también vacía. Así que, haciendo énfasis en la palabra «nosotros», Zackell le explica con tanta paciencia como le es posible:

—*Nosotros* no entrenamos a jugadores. *Nosotros* entrenamos a un equipo. Amat no tiene que demostrar que puede jugar hockey, tiene que demostrar que no es estúpido. Porque nosotros podemos ganar con jugadores mediocres e inteligentes, pero nunca podremos ganar con jugadores muy talentosos y estúpidos. Y esto es así porque, a veces, los jugadores inteligentes pueden hacer cosas estúpidas, pero los jugadores estúpidos jamás podrán hacer cosas inteligentes.

—Yo… —dice Bobo con un gemido, pues cuando Zackell habla de esta forma, hace que a él le duela la cabeza.

—Cualquiera puede aprender a ser un idiota, pero un idiota nunca podrá aprender nada en absoluto —resume Zackell en un raro intento por ser un poco didáctica.

—Amat no es un idiota —dice Bobo, herido por esas palabras.

Zackell sacude la ceniza de su cigarro, haciendo que caiga en el bolsillo de su bata; si la prenda hubiera estado al menos un poco limpia, habría empezado a arder, pero se ha vuelto tan resistente por la cantidad de manchas que tiene encima de otras manchas que ya es a prueba de fuego. Zackell responde:

—Eso está por verse. Primero tenemos que ver qué clase de burro es él.

Entonces, cierra la puerta sin despedirse. Probablemente ni siquiera se da cuenta de que eso es una descortesía.

●●●

Johnny necesita doce intentos para poder arrancar la furgoneta. Dice entre dientes que esa Ana debe de haberle hecho algo. Los chicos suben sus maletas al vehículo, incluso Tobías por fin está listo, y parten rumbo a Beartown. Johnny está de mal humor todo el camino porque su asiento no está ajustado como a él le gusta y porque Ana cambió sus estaciones de radio predeterminadas.

—Por favor, papá, ¿tenemos que escuchar ese *rock* para viejos? —pregunta Tess, cuando Johnny al fin encuentra la estación correcta.

Como es lógico, ella está sentada al frente, para que Tobías y Ted no se peleen por ese lugar.

—No te atrevas a hablar mal de Springsteen, él es la única persona que me queda en la vida que no me rezonga —gruñe su papá.

Tess suspira.

—O sea, eres toda una reina del drama.

Su papá sube el volumen.

—Bruce me entiende.

Tess pone los ojos en blanco y se vuelve hacia el asiento de atrás.

—¿Terminaste tu composición de Inglés, Ted?

—Mmm —pronuncia Ted sin abrir la boca.

—Entonces, ¿puedo leerla?

Ted escarba en su maleta de hockey y saca la computadora portátil. Los chicos la comparten para poder hacer sus tareas en las gradas de la arena de hockey mientras esperan a que terminen las sesiones de entrenamiento de los demás.

—¿Podrías… corregirle lo de la gramática y esas cosas? —le pide Ted a su hermana mayor.

—Tienes que aprender a hacerlo tú mismo —se queja Tess, pero desde luego que ella va a corregir los errores de gramática de la composición.

Cuando se van acercando a los límites de Beartown, su papá se aclara la garganta, y Ted, Tobías y Tess, como buenos hermanos mayores, empiezan de inmediato a hacer bulla, a reír, a bromear e incluso a cantar, para distraer a Ture y evitar que mire afuera por la ventanilla y se pregunte qué está escrito en el letrero del pueblo.

Como si de todas maneras hoy no fuera a oír la palabra «perras».

•••

Elisabeth Zackell enciende un nuevo cigarro en su cocina, come unas papas cocidas directo de la olla y mira el hockey en las tres pantallas. Cuando la gente quiere elogiarla como entrenadora, a menudo habla de sus habilidades estratégicas y analíticas, pero, de hecho, su mayor talento estriba en que rara vez puedes sorprenderla. Esto se debe a que ella interpreta la información tal como es, no como ella quiere que sea. Ha visto a muchísimos entrenadores que le dan demasiadas oportunidades a un jugador, o que a otro jugador no le dan ninguna oportunidad en lo absoluto, basados en lo que creen que podría suceder. Son los mismos entrenadores que usan palabras como «instinto» y «presentimiento», pero el único presentimiento que le preocupa a Zackell es el de tener que ir al baño pronto porque está enferma del estómago. Ella no cree en las «corazonadas», todo lo que tiene que ver con el hockey lo mantiene dentro de su cabeza. Por eso puede echar a un jugador del equipo a pesar de que sea buena persona, ni siquiera tiene que ponderar si es buen jugador de hockey, lo único que le importa a ella es si se trata del jugador de hockey indicado.

La gente la llama «cínica», pero ella no comprende cómo podría alguien ganar un partido de hockey de alguna otra forma. ¿Se supone que uno tan solo debe desear la victoria? ¿Conseguirla hablando con argumentos objetivos y contundentes? Ella está convencida de que el resultado de la mayoría de las temporadas ya está decidido desde antes de que hayan empezado siquiera; los clubes campeones están cimentados en la selección del equipo, no en un entrenador que se para en la zona del banquillo a gritar hasta que le dé un derrame cerebral. La primavera pasada, cuando Beartown estaba en su mejor momento, los periodistas de pronto empezaron a decir que el club era «una fábrica de talentos», y que Zackell era «un genio». Zackell opina que deberían decidirse, ¿es mérito de ella o de los talentos? Porque ¿qué es lo que ella ha hecho en realidad? Zackell no transformó a Amat en una estrella, solo lo dejó jugar. No le enseñó a ser mejor, solo lo puso en situaciones donde cometió menos errores. La gente del pueblo dice que a ella le gusta «poner a prueba» a sus jugadores, que los somete a «experimentos sicológicos», pero es obvio que no es verdad. Nada más intenta averiguar con qué clase de burros está tratando, para saber en cuáles puede perder toda esperanza de inmediato.

Así las cosas, después de que Bobo vino a su casa para hablar acerca de Amat, Zackell pasó el día sentada en su cocina, fumando y tomando notas frente a sus tres pantallas. Es posible que ella no albergue tantos sentimientos como otras personas, pero no le hace falta empatía, comprende que el gran corazón de Bobo quiere lo mejor para todos los jugadores, y en especial para Amat. Pero, a final de cuentas, criar personas no es trabajo de un entrenador, sin importar cuántos folletos de relaciones públicas y «pliegos de declaración de valores» bellamente redactados les presente un club a los medios; el trabajo de un entrenador es ganar partidos de hockey. Los resultados no se miden en sentimientos sino en lugares en las tablas de posiciones. Así pues, en una de sus pantallas, Zackell reproduce partidos en los que Amat jugó durante la temporada pasada, y en las otras dos, partidos de jugadores de otros equipos para hacer una comparación. Ella acostumbraba hacer esto para examinar a sus oponentes y tratar de prever qué jugadores podrían ser un problema para Amat cuando jugara contra ellos. Ahora lo hace porque está buscando a alguien que pueda reemplazarlo.

Quizás sea algo cínico, tal vez incluso sea insensible, pero ella solo está interpretando toda la información que tiene: Bobo es uno de los mejores amigos de Amat, y nadie cree tanto en sus amigos como Bobo. Si hasta él cree que Amat se encuentra en un estado tan frágil que necesita una llamada de su entrenadora que lo aliente para que le den ganas de jugar hockey en lugar de quedarse en su casa a beber, entonces ya es demasiado tarde. Zackell sabe que Bobo vino para darle a su amigo una última oportunidad, pero, en vez de conseguirla, de hecho, se la arrebató.

•••

Cuando te conviertes en padre o en madre, nadie te advierte que se trata de una trampa, una pregunta capciosa, una broma cruel: nunca eres suficiente y nunca puedes ganar.

Johnny detiene la furgoneta afuera de la arena de hockey en Beartown. Su teléfono suena de forma ininterrumpida, sus colegas lo están esperando en el bosque; sin embargo, de todos modos, considera por un buen tiempo acompañar a sus hijos al interior de la arena. Tess se da cuenta.

—No te preocupes, papá. Solo fueron unos chiquillos tontos los que escribieron ese letrero. Estaremos bien. Voy a vigilar a Tobbe para que no se meta en problemas.

—¿Estás segura? No parece que… Es decir, puedo estar con ustedes adentro un rato… —empieza a decir su papá.

Tobías y Ted sacan a rastras sus maletas de hockey del maletero. Nacieron con dos años de diferencia de los mismos padres, pero bien podrían pertenecer a especies distintas. Johnny teme que a uno de ellos le está exigiendo demasiado y al otro, muy poco. La primavera pasada, Johnny acudió a uno de los partidos de Ted y, como de costumbre, le dijeron que se sentara unas cien veces. Ted no tuvo su partido más brillante; aunque de todas maneras fue el mejor jugador sobre la pista, no jugó tan bien como era capaz de hacerlo.

—Son todos esos gritos —terminó por señalar Tess. Como siempre, Johnny lo malentendió, les lanzó una mirada de odio a los padres del equipo contrario y dijo:

—Sí, sí, ya lo sé, esa gente grita mucho, ¡pero Ted tiene que acostumbrarse y jugar bien a pesar de eso!

Tess suspiró en silencio y luego le dijo la verdad a Johnny:

—Papá, los gritos de esas personas no afectan a Ted para nada. Los tuyos sí.

Johnny no pudo mirar a su hija a los ojos, solo se quedó ahí parado en la grada, metiendo las manos con tanta fuerza en sus bolsillos que les hizo un agujero, y entonces masculló:

—Le grito igual a Tobbe, eso no es nada que…

En un gesto sincero, Tess movió la cabeza de un lado a otro y contestó en voz baja:

—No, tú sabes que no es así.

Su papá permaneció sentado el resto del partido. Después de todo, lo que Tess dijo era verdad. Johnny le grita más a Ted porque puede ver el potencial de su hijo de trece años, y le grita menos a Tobías porque puede ver que él ya alcanzó el suyo.

—¡No hay problema, papá, te lo prometo! —insiste Tess ahora.

Ella ayuda a Ture a quitarse el cinturón de seguridad. El más pequeño de los hermanos se echa a reír, muy emocionado por la perspectiva de encontrarse con sus amigos. Ture parece un niño lindo y tierno, pero es un tornado. La última vez que Johnny perdió los estribos por alguna travesura de Ture y Hannah le preguntó por qué estaba tan frustrado, Johnny exclamó con desesperación:

—¡Porque es nuestro CUARTO hijo y yo ya debería ser bueno para esto!

Cómo se río Hannah en ese momento, luego besó a Johnny y le dijo:

—Amor, el día que creas que eres un buen padre serás un padre terrible.

Johnny se enfada con tan solo pensar en ello. ¿Qué quiso decir Hannah? Él no estaba preparado para Ture, creyó que su labor ya había terminado, todavía insiste en que deberían haberle puesto el nombre de «Sorpresa» al niño. Cuando le contó a Bengt en el trabajo acerca de todo esto, Bengt sonrió como solo un hombre con hijos adultos puede sonreír y le dijo a Johnny que no se preocupara, mientras sus hijos estuvieran vivos y llevaran ropa interior más o menos limpia, Johnny sería un papá suficientemente bueno. Es fácil decirlo, es más difícil sentirlo.

—¿De verdad estás segura? Podría acompañarlos un ratito… —insiste Johnny ahora, pero Tess lo interrumpe:

—¡Estoy segura, de verdad! ¡Arranca ya, papá! ¡La gente detrás de ti está tocando la bocina!

—Me importa un carajo que toquen sus bocinas…

—¡A mí sí me importa, papá! ¡Es vergonzoso!

Tess carga a Ture para bajarlo de la furgoneta, cierra la puerta, se inclina para meter la cabeza a través de la ventanilla del conductor y le da un beso a su papá en la mejilla.

—No puedes cuidarnos cada segundo de nuestras vidas. Estaremos bien. Los entrenadores de los chicos están aquí y hay muchos adultos ahí dentro. Arranca ya, ¡y ten cuidado en el bosque!

—¡No te preocupes por mí! —responde él, ofendido.

Tess imita el lenguaje corporal de su papá.

—¡No te preocupes por mííííí!

—Yo… no sueno así —gruñe él.

—Solo cuídate, papá, ¿okey? Bruce Springsteen te necesita con vida, para que *alguien* lo escuche.

Su papá se echa a reír. Tess es quien hace que Johnny tenga más cargo de conciencia, él nunca se siente lo bastante bueno para ninguno de sus hijos, pero ese sentimiento es todavía más intenso cuando se trata de ella. No ha podido ayudarla con sus tareas escolares desde que Tess tenía nueve años; ahora va a la secundaria y sueña con estudiar Derecho en la universidad, y ese es un mundo que le resulta ajeno a su papá. Cuando ella le cuenta de las ciudades a donde quiere irse a vivir y estudiar, él se defiende con emociones absurdas: ¿por qué quiere mudarse? ¿Hed no le basta? ¿Su infancia ha sido tan mala que lo único que quiere es largarse de aquí? ¿Y si elige la universidad equivocada? ¿Y si esto es culpa de él? ¿Y si ella hubiera tenido otros padres? ¿Más parecidos a ella? En ese caso, ¿le habría ido mejor? ¿Habría llegado más lejos? ¿Habría sido más feliz? ¿Qué hay de Tobías y de Ted y de Ture? ¿Johnny ha gritado demasiado? ¿Ha gritado muy poco? ¿Ha hecho todo lo que ha podido?

—Ya vete, papá —susurra Tess.

Su papá recobra la compostura.

—Vendré a recogerlos tan pronto como pueda. Vigila a Tobías para que te asegures de que no… ya sabes, de que no se parezca demasiado a… mí.

Su hija sonríe y se lo promete. A Johnny no le importa que los autos detrás de él estén tocando sus bocinas, espera en el estacionamiento hasta que sus hijos entran a la arena, y solo entonces se va. Odia que estén creciendo. Lo odia de verdad.

•••

Una verdad sencilla y dolorosa acerca de todos los adolescentes es que sus vidas rara vez se definen por las acciones que llevan a cabo, lo que en realidad importa son las acciones que por poco y llevan a cabo.

Cuando Amat sale de su casa, hay nieve en el suelo. El invierno casi está aquí, casi ha oscurecido, y Amat por poco y llama a Zackell, ha estado a punto de hacerlo unas mil veces. Por poco y logra callar las voces en su mente. Camina desde la Hondonada, y por poco y llega hasta la arena de hockey, pero se detiene a unos doscientos metros del estacionamiento. El lugar está lleno de niños, sus padres los están dejando en la arena para que acudan a su sesión de entrenamiento, los pequeños se bajan de los autos de un brinco y saludan a sus amigos y arman un alboroto. Amat reconoce a muchos de ellos, pues los ha visto gritar de alegría al otro lado del plexiglás cada vez que él ha anotado un gol para el primer equipo. Sabe que una gran cantidad de esos niños todavía dicen «soy Amat» cuando juegan en la calle frente a sus casas, pues solo recuerdan cómo era él en su mejor época, lo recuerdan como la superestrella y el ídolo. Pero ¿ahora? Si hoy entra a la pista y fracasa, si exhibe su mala condición física y lo lento que se ha vuelto, entonces ¿quién sería él? Solo un tipo más que por poco y llega a ser algo, por poco y gana el campeonato de la liga con Beartown la primavera pasada, por poco y llega a la NHL. Por poco y llama a Bobo. Por poco y cruza el estacionamiento caminando. Por poco y entra a la arena y le pide a Zackell que le permita ser parte del equipo otra vez. La gran mayoría de los adolescentes no saben que esas palabritas determinan sus vidas enteras, pero ahora están retumbando en el interior de Amat durante todo el camino de vuelta a casa. «Por poco. Por poco. Por poco». No hay nada que desee más que estar a solas, pero las voces en su cabeza nunca se callan: «La gente te había sobrevalorado. Eres un fraude. Todos lo saben. Bien podrías irte a tu apartamento y emborracharte de nuevo. Así no tendrías que sentir nada de esto. Evitarías tener que hacer el intento. Evitarías fracasar. Evitarías sentir dolor».

De vuelta en su casa, encuentra una última botella de alcohol sin abrir hasta el fondo de su guardarropa. Sale del edificio donde vive y se interna en el bosque subiendo por la colina sin correr, se sienta en el claro con la vista que da a la arena de hockey, con la botella en su regazo. El resto de su vida comenzará con un Amat que por poco y abre la botella, o con un Amat que por poco y no la abre.

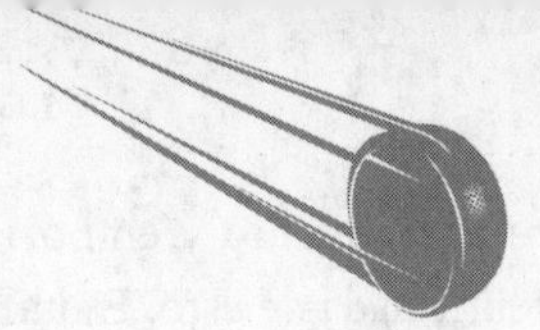

RADICALIZACIONES

Las bolsas de la basura reciclable tintinean cuando Ana las levanta, a pesar de que ha tratado de insertar cartones de leche en medio, pero no tiene tiempo de consumir una cantidad suficiente de leche para cubrir la evidencia sonora de todo lo que su papá está bebiendo ahora, ni aunque vertiera la leche directo al fregadero. Abre la puerta principal y sale al jardín, Maya viene acercándose por el camino con el estuche de su guitarra al hombro, las amigas de la infancia alcanzan a divisarse una a la otra al mismo tiempo. Uno de los detalles de Ana que más le gusta a Maya es que Ana nunca se toma la molestia de decir «hola».

—¡Ayúdame con las bolsas! —resopla ella y le extiende una a Maya, como si solo hubieran pasado horas y no meses desde la última vez que se vieron.

Las dos caminan hacia los contenedores de reciclaje.

—Te extrañé —sonríe Maya.

—¿Qué clase de zapatos son esos? ¿Vas a ir a un gran baile o algo así? —responde Ana.

—¿Y tú? ¿Ahora eres una vagabunda que vive en la calle o qué?

Ana alza las cejas:

—Yo siempre me he vestido así. Eres tú la que se ha convertido en una esnob.

—¿Una esnob? ¿Nada más porque no me veo como un extra en una película de zombis?

—¡Te ves como si te hubieras maquillado en medio de un terremoto!

Ambas ríen a carcajadas. Por Dios, vaya que se ríen. Dos minutos, y todo ya es como de costumbre. Las mismas burlas, las mismas risas, los mismos tatuajes en sus brazos: guitarras y escopetas. La artista musical y la cazadora. Nunca ha habido dos chicas con tan poco en común que sean tan inseparables. Ambas hablan al mismo tiempo, la capacidad para actuar de forma simultánea propia de la hermandad entre mujeres, ninguna de ellas tiene que callarse para poder oír lo que dice la otra. Maya solo se queda sin palabras cuando abre la bolsa que le dio Ana y ve todas las botellas.

—Hoy está sobrio porque el funeral es mañana, pero no creo que se vaya a perder la reunión después del entierro —dice Ana, pues Maya es la única persona con quien nunca tiene que disculparse.

Maya asiente con un semblante serio y empieza a meter las botellas en el contenedor de reciclaje. El día antes del funeral la gente se mantiene sobria «por respeto», y tan pronto como Ramona yazca bajo tierra, se pondrán borrachos como una cuba por la misma razón.

—Creí que tu papá había mejorado —dice Maya en voz baja.

—Por un tiempo. Pero entonces gané ese torneo y lo llamé a casa para contárselo, y la única forma que él conoce de celebrar algo es ponerse a beber —responde Ana, como si fuera su culpa.

—Lo siento… Yo… —empieza a decir Maya, pero Ana suspira:

—No sigas. Las cosas son como son. ¿Podemos cambiar de tema?

Se ha vuelto más dura, piensa Maya. O simplemente se ha convertido en adulta, ha empezado a cerrar las puertas y ventanas alrededor de todos sus sentimientos, porque eso es lo que hacen los adultos, solo los niños pueden soportar vivir en medio de vientos emocionales cruzados.

—Bueno, en todo caso, siento mucho no haberte llamado más por teléfono. He estado muy ocupada con el conservatorio, pero debería haber venido de visita más seguido. Yo…

—Estás aquí ahora —dice Ana.

—Sí, pero tú sabes a qué me refiero.

Ana se echa a reír con ganas y, de forma súbita, rodea el cuello de Maya con sus brazos.

—¡Te quiero mucho, burra tonta! ¡Eres la única persona que conozco que pide perdón por estar aquí mientras estás aquí! ¿Hablas en serio? ¡Difícilmente podrías estar más *aquí* de lo que ya estás! ¿No crees?

Maya abraza a su mejor amiga con tanta fuerza que le duelen los pulmones.

—Te extraño tanto, maldita sea.

—¡De hecho me estás abrazando en este momento, burra orejona!

—¡Ya cállate!

¿Cómo pueden aguantarlo otras personas, cómo pueden vivir sin una Ana?, se pregunta Maya. ¿Cómo rayos se las arregla la gente? Se van de regreso siguiendo el camino, cogidas del brazo. Aún hay árboles caídos por aquí y por allá, los daños tras el paso de la tormenta todavía son visibles en los jardines; es muy fácil para el viento hacer jirones la fantasía de que nosotros somos los que tomamos las decisiones.

—Me pregunto cuánto va a costar arreglar todo esto —piensa Maya en voz alta.

—Creo que me estás confundiendo con tus nuevos amigos profesores de Economía y esas cosas —sonríe Ana.

Maya también sonríe, pero las comisuras de sus labios se sienten tensas.

—A pesar de todo, lo peor de la devastación no ocurrió aquí. ¿Has visto como están las cosas en Hed?

El estado de ánimo de Ana se torna serio.

—Sí, estuve ahí esta mañana. Y oí a mi papá hablar con los tipos de su grupo de cacería. Parece que el viento destrozó la arena de hockey de allá, así que ahora todos los equipos de Hed entrenan en nuestra arena. Todo el mundo está furioso por esto. Papá dice que la situación solo va a empeorar.

Maya nota que Ana dice «nuestra arena». Esa es otra cosa que cambió en Ana: empezó a odiar más a Hed desde que Vidar falleció.

—Esta mañana vi a mi papá con Teemu… —le cuenta Maya a Ana, solo para ver si su amiga tiene alguna reacción.

—Probablemente estaban planeando el funeral de Ramona —responde Ana y se encoge de hombros, como si eso no significara nada.

—Mmm —dice Maya, tratando de convencerse.

Maya no sabe cómo seguir la conversación, pues renunció a su derecho de juzgar a Ana cuando se mudó de aquí. Esto dejó a Ana sin nadie con quién hablar acerca de Vidar en ese entonces, así que a veces platicaba con los chicos de la Banda, pues ellos comprendían por lo que ella estaba pasando. Ahora, ellos van a las competencias de Ana y se plantan en las gradas con sus chaquetas negras, mientras Maya está demasiado ocupada con su nueva vida.

—Supongo que Teemu también quería hablar con tu papá de los rumores sobre los clubes. Mi papá dice que los tipos de su grupo de cacería hablan todo el tiempo de que el ayuntamiento quiere hacer desaparecer el club de Hed y conservar nada más el de Beartown.

—¿Qué?

—Bueno, tú sabes, Hed no tiene ningún jodido patrocinador, no tiene recursos, el ayuntamiento lo está manteniendo a flote. ¿De verdad usarían el dinero de nuestros impuestos para reconstruir su arena de hockey? Por favor… ¡Sería mejor tener un solo club!

Maya sabe que esas palabras no son de Ana, son de su papá y de los otros señores. Pero no puede discutir con ellos, porque este ya no es su pueblo.

—No hace mucho era Beartown el que no tenía ningún patrocinador... —dice Maya en voz baja.

—Cierto. Pero así eran las cosas en ese entonces, y así son las cosas ahora —dice Ana y se encoge de hombros otra vez.

—Mmm —dice Maya, y entonces Ana la mira de repente con cierto aire de culpabilidad y dice, para evitar una discusión:

—¿Solo vas a andar cargando con esa guitarra por todos lados como si fuera un adorno o piensas tocar algo para mí?

Así que entran a la casa y a la habitación de Ana, y ahí, Maya toca para su mejor amiga y para los perros, como si todo fuera normal. Más tarde, las dos yacen acostadas en la cama de Ana, una al lado de la otra, mirando el techo, y Ana le pregunta a Maya en qué está pensando, y a Maya no se le ocurre otra cosa más que decir la verdad:

—En el conservatorio estuvimos estudiando las sectas religiosas, la radicalización de la gente. La misma cosa que pasa con los terroristas: «el efecto dominó» y todo eso. Nadie empieza como un loco, nadie nace siendo violento, solamente hace una cosita y luego otra. La radicalización ocurre cuando toda esa mierda enferma se va normalizando lentamente, todos se van volviendo un poco más peligrosos un pasito a la vez. Más o menos así son las cosas en este pueblo, todos creen que luchan por lo que es correcto. Todos creen que están actuando... en defensa propia.

Ana permanece acostada en silencio, se queda mirando el techo por un buen rato. Entonces toma la mano de Maya sin volverse hacia ella, y susurra:

—En ese caso, ¿qué demonios podemos hacer si está pasando en todos lados?

—No lo sé.

—Entonces no pienses en eso.

—Tú eres mejor que yo para eso de no pensar.

—Porque soy tan inteligente que hace tiempo que ya acabé de pensar todo lo que se podía pensar, y no necesito hacerlo más.

—¿En serio? ¿De verdad? Bueno, ¡es muy probable!

Ana suelta una risita tonta.

—Me gustan tus canciones nuevas, imbécil.

Maya le contesta, también entre risas tontas:

—Gracias, vagabunda.

Las dos caen presas del sueño sobre la cama y duermen con una profundidad con la que no habían dormido en mucho tiempo. Espalda con espalda, como siempre.

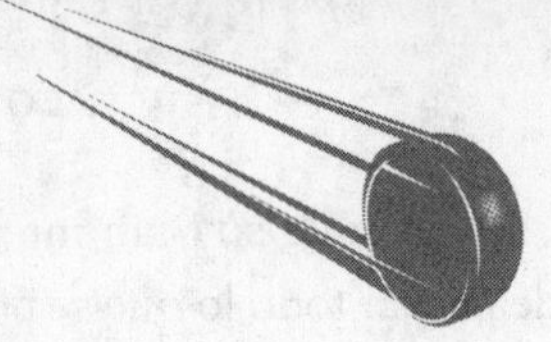

AGUJEROS DE DISPAROS

Esta mañana, el taller mecánico de Beartown se encuentra vacío, de modo que su dueño se dedica a tomar café y a leer el periódico en el garaje por más tiempo de lo usual. La gente le dice «Jabalí», porque así era como jugaba al hockey hace muchos años, como un jabalí salvaje; pero, cuando repara algo, sus manos del tamaño de la tapa de una alcantarilla se mueven de una forma inesperadamente delicada y hábil. Sus clientes no solo traen sus autos aquí, vienen con toda clase de cosas: motos de nieve y podadoras de césped y máquinas de café *espresso* y uno que otro alambique para fabricar licor casero. A este hombre no le gusta que le digan que necesita alguien que lo cuide, así que, desde que su esposa falleció hace dos años, la gente viene más a menudo a su taller, para demostrarle con ese gesto que se preocupa por él.

Su hijo Bobo está en la arena de hockey. Él es el entrenador asistente del primer equipo y, a veces, su papá tiene que inclinarse bastante por encima del motor de un auto para que no se le note cuánto piensa en lo orgullosa que habría estado su esposa por ese logro de su muchacho. Los hermanos menores de Bobo han manejado su duelo de forma positiva, considerando las circunstancias; ahora ríen de nuevo y ya no hacen tantas preguntas. Hoy están jugando en casa de unos amigos.

Teemu sabe todo esto, respeta demasiado a Jabalí como para dejar que sus hijos lo vean llegar al taller, ellos merecen poder creer que su papá no tiene nada que ver con hombres como él.

—¿Estás de vacaciones, o qué? —dice Teemu a voces desde el jardín.

Jabalí alza la mirada. Se estrechan la mano. Jabalí es un hombre de mediana edad y jamás ha sido parte del grupo de Teemu, pero no se avergüenza de su amistad con él. Cuando su esposa falleció, obviamente el primero que se presentó y le ofreció su ayuda fue Peter, su amigo de la infancia, pero justo después de él llegaron los hombres con chaquetas negras. Arreglaron el techo de Jabalí, pintaron su casa y, cuando él estaba más ajetreado con sus hijos, incluso vinieron aquí por turnos para ayudar con las labores de su taller, sin cobrarle ni un quinto, durante varias semanas. Esa clase de cosas nunca se olvidan. Jabalí le sonríe a Teemu y hace un gesto con la cabeza en dirección del estacionamiento medio vacío.

—No hay nadie en estos rumbos que quiera reparar su auto en la semana previa a la cacería de alces, ¿sabes? Aun así, la mitad de ellos terminará con agujeros de disparos en el techo de sus vehículos, porque manejan ebrios por los caminos del bosque y se olvidan de que llevan sus rifles...

Teemu suelta una carcajada.

—Cuando las personas se van de cacería con sus escopetas en estos bosques, son más los pájaros que matan sin querer que los alces que cazan de forma intencional.

Jabalí también se ríe a carcajadas. Esta es la clase de broma que a los cazadores de la región les gusta decirse entre ellos, pero que jamás tolerarían de otras personas. Ni Jabalí ni Teemu saldrían al bosque con alguien que no supiera manejar su arma. Los cazadores necesitan poder confiar a ciegas en la persona que está a su lado, pero, más importante aún, necesitan poder confiar a ciegas en la persona que está detrás de ellos.

—¿Café?

—Por favor.

Ambos beben. Charlan sobre motos de nieve y el hockey. Jabalí espera dos tazas de café antes de decir:

—Okey. ¿Qué puedo hacer por ti?

Teemu casi parece estar apenado, pero nada más casi.

—Necesito un favor. No tienes que hacerlo si no quieres…

—¿Tus amigos me están pidiendo que haga algo o tú me lo estás pidiendo?

—Yo te lo estoy pidiendo.

—Entonces sabes que lo haré.

Teemu asiente, agradecido. Entonces apunta a uno de los escasos vehículos que se encuentran estacionados afuera del taller.

—Voy a necesitar ese.

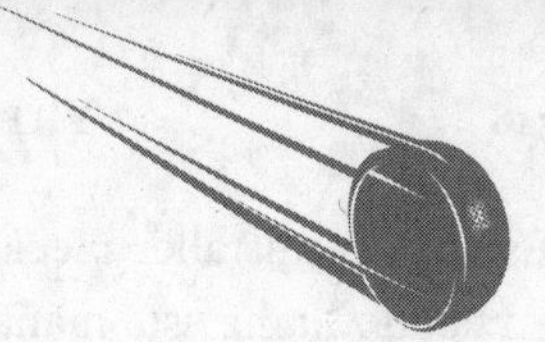

AMENAZAS

Lev renta una casita que está a tiro de piedra de la valla elevada que rodea el cementerio de coches. Los hombres que trabajan para él viven en casas rodantes que están por dentro de la valla. Él es su jefe, así que no puede ser su amigo, ellos necesitan esta pequeña distancia para poder ventilar las cosas con las que no están a gusto, sin que él lo oiga todo. Los empleos que él ofrece no son sencillos, de manera que ningún hombre sencillo le pide trabajo.

—¡Lev! ¡LEV! —grita uno de ellos desde el patio, golpea la puerta de la casa y Lev la abre con irritación.

—¿Sí?

—¡Ha venido un tipo de traje! ¡Parece un poli! —dice el hombre, en uno de los muchos idiomas que Lev entiende en un nivel básico.

Lev mira al exterior con los ojos entreabiertos, a través de la rendija de la puerta, hacia la entrada del depósito de chatarra; y, efectivamente, hay un hombre vestido con un traje ahí parado. Sin embargo, parece estar aterrado.

—Ese no es ningún poli —masculla Lev, y va por su chaqueta.

El hombre del traje está a la expectativa, hecho un manojo de nervios, al tiempo que se va aproximando. Lev cierra su casa con llave y se toma su tiempo.

—¿Sí? —dice solo hasta que está muy cerca.

—Sí... Mmm, creo, creo que mi coche se encuentra... ¿aquí?

Estaba en un taller mecánico de Beartown para su reparación, y cuando llamé esta mañana para preguntar si ya estaba listo, la gente del taller me informó que alguien ya lo había recogido y además había dicho que iba a dejar el coche… aquí.

Lev mira a su alrededor con cierto grado de cautela.

—¿«Alguien» recogió tu coche y lo dejó aquí?

—Sí, así es, eso fue lo que me dijo.

—¿Quién?

—El mecánico del taller.

—¿De Beartown?

—Sí.

Lev no le quita los ojos de encima al hombre del traje.

—¿Qué clase de coche es?

—Es… negro —dice el hombre del traje, aclarándose la garganta.

Lev asiente, sin expresión alguna en el rostro.

—Okey. Vamos a buscarlo, ¿sí? —dice él y le muestra al hombre la entrada a través de la verja.

—No… no, está bien, puedo regresar después, yo… —balbucea el hombre del traje, pero Lev insiste:

—Ven, no tienes de qué preocuparte. No somos asesinos o ladrones, incluso si eso es lo que te han dicho, ¿sí?

Solo hay una entrada, la valla es muy alta y está coronada con cámaras de seguridad; dentro huele a algo que se quema. Lev camina con pesadez a través de la nieve fresca, el hombre del traje anda con pasos silenciosos detrás de él. Se topan con un hombre corpulento, de barba espesa y vestido con una camiseta ligera; Lev le da instrucciones en voz baja, en un idioma que el hombre del traje no puede ubicar. El hombre de la camiseta se mete en una casa rodante, Lev guía al hombre del traje por el borde del terreno que abarca el depósito de chatarra, que es más grande de lo que uno podría imaginarse viéndolo por fuera, pero, aun así, el hombre del traje solo puede ver una fracción de todo lo que en realidad se encuentra ahí dentro.

—¿Está aquí? —pregunta Lev cuando le han dado toda la vuelta al cementerio de autos siguiendo la valla, pasando frente a filas y filas de coches destrozados y montones de chatarra cuyo origen no se puede identificar.

El hombre del traje responde que no con la cabeza, lleno de ansiedad. Los ojos de Lev están más entrecerrados ahora, su cuello más rígido. El hombre de la camiseta regresa de la casa rodante.

—¿Alguien estuvo aquí dentro anoche? ¿Sonó la alarma? —le pregunta Lev.

El hombre de la camiseta mueve la cabeza de un lado a otro, con expresión severa. Lev se vuelve hacia el hombre del traje.

—¿Cuál es tu trabajo?

—¿Perdón?

—¡A qué te dedicas!

El hombre del traje pasa saliva con dificultad.

—Soy el director de la funeraria de Beartown.

Lev se le acerca.

—Cuéntame qué te dijo, ¿sí? El hombre con el que hablaste por teléfono. ¿Dijo que tenías que recoger el coche justo *aquí*?

El hombre del traje se estremece con cada sílaba y contesta que no con la cabeza.

—No, no, no, mencionó... su nombre. Me dijo: «Está donde vive Lev».

Lev ya empezó a caminar.

—Espérame aquí, ¿sí?

El hombre del traje hace lo que le dicen. Lev se va del cementerio de autos, recorre el corto tramo de regreso a su casa; la puerta principal está abierta a pesar de que Lev está seguro de que la había cerrado con llave antes de irse de ahí. Sobre la mesa de la cocina se encuentra un vaso de cerveza vacío de La Piel del Oso, junto a él las llaves de un auto. Lev mira afuera por la ventana, hacia el pequeño jardín en la parte trasera de su casa. Varias tablas que formaban parte de la cerca yacen en el suelo, deben haber sido muchos hombres los que estuvieron aquí y deben haber trabajado extremadamente rápido. Así es como ellos te hacen saber que están por todos lados, que pueden encontrarte en cualquier lugar, que pueden liquidarte cuando quieran. Esta no es una amenaza sutil. Teemu no es un hombre sutil.

Ha dejado estacionado un coche fúnebre en medio del jardín de Lev.

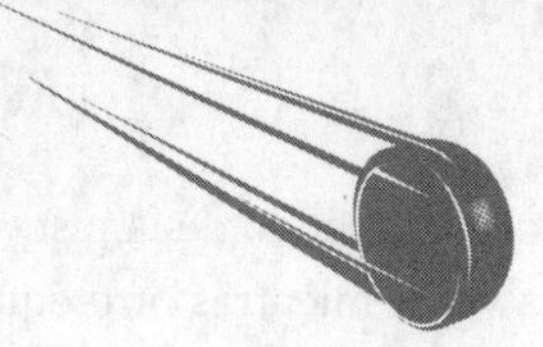

PROBLEMAS

Desde luego que en el futuro habrá unas cien versiones distintas de lo que está pasando ahora, dependiendo de a quién le preguntes; y, como de costumbre, la mayoría de ellas no tratarán de lo que sucedió en realidad, sino de lo que la gente sintió que había sucedido. Fue como si todos y cada uno de los conflictos que estos dos pueblos han tenido durante cincuenta años hubieran explotado a la vez. Por eso no será posible determinar qué fue resultado de un plan, qué fue resultado de una venganza y qué fue nada más resultado de una coincidencia. Al final, estas historias terminarán tan entrelazadas que, si jalas un pequeño hilo en un extremo, arrancarás los puntos de sutura que mantenían cerradas todas nuestras heridas en el otro extremo. Sin embargo, no importa quién cuente su versión ni de qué lado estés, todos estarán de acuerdo en una cosa: la tregua entre Beartown y Hed, si es que alguna vez existió, definitivamente se termina hoy.

El acceso a la arena se encuentra abarrotado de gente cuando entran Tess y sus hermanos, ahí dentro ya flota en el aire un murmullo que anticipa problemas, tal y como temía Tess, en lo más profundo de su ser, que podía suceder. Pero si hubiera dicho la verdad, su papá habría insistido en acompañarlos, y entonces habría sido un hecho que la situación se volvería un caos. Así que Tess pensó que podía lidiar con todo esto por sí sola. Fue algo estúpido.

Ella jala a sus hermanos hacia los vestidores. Un equipo infantil de Beartown justo acaba de terminar su sesión de entrenamiento y está saliendo de la pista de hielo, allá abajo donde se encuentra la valla, mientras otro equipo de Hed entra a la pista, y los papás y las mamás de ambos lados empujan y jalan a sus hijos y su equipamiento. Tess y sus hermanos tienen que abrirse paso usando sus codos, no porque la gente haya hecho una fila para algo sino porque una gran cantidad de personas decidieron escoger justo este día para marcar su territorio. Como de costumbre, ni siquiera son los chicos quienes se portan peor, son sus padres, reunidos de pie en grupitos por todos lados, con sus termos y sus bolsas de tentempiés, fingiendo que no se dan cuenta de que están interponiéndose en el camino de los chicos de Hed, a pesar de que es obvio que son perfectamente conscientes de ello. «¿Cómo puede alguien comportarse así con unos niños cuando ellos mismos tienen hijos?», reflexiona Tess, justo cuando alguien grita algo y un objeto golpea la cabeza de Ture y el pequeño empieza a llorar. Un instante después, una pandilla de jugadores de Hed comienza a cantar algo y, entonces, todos los padres de Beartown empiezan a gritar de forma histérica.

—¿Qué pasó, Ture? ¿Qué te pasó? —dice a voces Tess a través de todo el bullicio, y agarra a Tobías y a Ted para que no se le pierdan.

De pronto, la aglomeración de personas empeora, los padres se vuelven agresivos, Ture se siente aterrado. Tess intenta cargarlo, pero no puede porque ya lleva a cuestas con dificultades su propia maleta y la de él; unos adultos se tropiezan con ella y grita cuando sus piernas se le doblan; y en cosa de un par de segundos, Tess entra en un pánico total. Es entonces cuando una mano tan grande como una pala de nieve se extiende a través de la pila de cuerpos y levanta del suelo a Ture, a Tess y las maletas.

—¡Vengan! —dice la cara redonda y confiada dueña de esa mano enorme, jala tras de sí a los cuatro hermanos y luego a los demás niños vestidos de rojo que alcanza a ver.

El propietario de la mano enorme divide a la multitud de padres como si no fueran más que cortinas de carne y hueso frente a él, y conduce a todos los que viene jalando detrás suyo a uno de los vestidores. Una vez que se encuentran dentro, Tess jadea, en parte porque le falta el aire y en parte porque se siente llena de ira; observa fijamente al dueño de la mano enorme y se da cuenta de dos cosas: 1) el muchacho es un gigante, y 2) tiene puesto un chándal *verde*.

—¿Se encuentran todos bien? —les pregunta Tess a sus hermanos.

Ellos asienten. Ture está asustado, Tobías está enojado, pero Ted solo está mirando al gigante con admiración.

—¡Yo sé quién eres! Te llamas Bobo, ¿verdad?

El gigante se ruboriza con orgullo, pues quizás cree que sus logros como jugador de hockey lo han hecho famoso incluso hasta en Hed.

—Sí, mmm…

—Tú conoces a Amat, ¿no? ¿Él está aquí? ¿Van a entrenar? —lo interrumpe Ted, tan lleno de entusiasmo que su cuerpo entero parece rebotar.

El gigante se retuerce con tanta desilusión que Tess se compadece de él. Bobo la mira de reojo y dice:

—No, quiero decir, no sé, no creo que Amat venga hoy. Y el primer equipo cambió el horario de su sesión de entrenamiento, así que vamos a practicar hasta ya entrada la noche…

—¿Podemos quedarnos a ver? —quiere saber Ted.

—¿Estás enfermo de la cabeza? ¿Quedarnos aquí *hasta la noche* para ver a *Beartown*? —exclama Tobías.

Tess mira de soslayo a Bobo, a manera de disculpa.

—Gracias por tu ayuda allá afuera. Mis hermanos también están agradecidos, pero desgraciadamente no son lo bastante inteligentes para poder expresarlo. Pero tú… nos salvaste.

El gigante se sonroja con tanta rapidez e intensidad que tiene que hincarse frente a Ture para no tener que ver a Tess a los ojos de nuevo, pues teme que, de hacerlo, su rostro pudiera estallar en llamas.

—¿Estás bien? Eran unas cuantas personas tontas, pero voy a echarlos de aquí, ¿okey? No todos en Beartown somos así, te prometo que hay mucha gente buena en la arena que va a cuidarte, así que no tienes nada que temer. ¿Me entiendes? —le pregunta al niño.

—¡Los tontos pueden irse al infierno! —responde Ture de inmediato, y choca los cinco con Bobo.

—*¡Ture!* —exclama Tess, y Bobo no puede parar de reír. Entonces se pone de pie, mira a la muchacha de reojo y le dice:

—Yo también tengo hermanos menores.

—Se nota —dice ella, con admiración y de forma crítica por partes iguales.

Desconcertado, Bobo se rasca la barba de tres días. Es tres años mayor que Tess, pero siente como si fuera más joven, nunca ha visto unos ojos como los de ella. Tess lo mira como si bien pudiera estar a punto de regañarlo o de echarse a reír. La voz de Bobo lo traiciona cuando abre la boca:

—Si… O sea… Si Amat se aparece, prometo ir por tu hermano para que pueda conocerlo. Y si tú… digo, si cualquiera de ustedes necesita algo, solo griten mi nombre, voy a estar por aquí cerca, a menos que esté en la cafetería o algo así, es decir, yo… yo soy… —dice él con torpeza.

—Tú eres… ¿bastante fácil de encontrar? ¿Porque mides cinco metros de estatura y siete metros de ancho? —sugiere Tobías con un tono levemente burlón, lo que le gana una patada en la espinilla de parte de su hermana.

—¡Gracias de nuevo, de verdad! —dice ella.

Bobo sonríe, baja la mirada a sus zapatos y asiente.

—Lamento que algunos de por aquí sean unos estúpidos. Pero no… no todos somos así —le promete él.

—Tampoco nosotros —responde ella.

Ambos sienten que son unos mentirosos.

Todavía hay mucha gente en la arena, pero con el pasar de las horas todos se van calmando, al principio los niños y los jóvenes, y luego los papás y las mamás. Los grupos divididos por edades de cada club comparten la superficie del hielo: Ted entrena con su equipo en una mitad de la pista, mientras los muchachos de Beartown practican en la otra mitad. Luego, Ture entrena con los demás niños de siete años, y al final Tobías hace lo propio con los chicos de quince. Después de ellos, es el turno de los patinadores artísticos. Lo último que Tess le dice a Tobías antes de irse a la pista de hielo es:

—Llévate a Ted y a Ture, quédense en el vestidor ¡y no se metan en problemas! Nos iremos a casa en cuanto termine mi entrenamiento, ¿okey?

Un par de minutos después, Bobo está comprando un helado en la cafetería, cuando alguien entra y dice a voces:

—¡Se desató una pelea inmensa allá abajo, Bobo! ¡Esa chica loca la empezó!

Todo sucede muy rápido.

La gente contará muchas historias distintas acerca de lo que pasó ese día en la arena, y ninguna de estas historias contendrá toda la verdad de lo ocurrido. Por ejemplo, muchos en Beartown evitarán mencionar el detalle de que, cuando los cuatro hermanos entraron a la arena, alguien arrojó la tapa de una botella a la cabeza de Ture, y alguien más le gritó a Tess «¡PERRAS DE HED!». Ella agarró a Ture para que la gente no lo pisoteara y trató de agarrar a Tobías para que no empezara a pelearse, y con mucho esfuerzo logró sujetarlos a ambos, pero eso no fue de mucha ayuda pues el pasillo estaba lleno de más adolescentes de Hed. Algunos de ellos comenzaron a tararear una melodía con la boca cerrada, y en poco tiempo todos los demás se les unieron. Cuando la gente narre esta historia en Hed, un asombroso número de personas omitirá el hecho de que esa melodía es la misma que los aficionados de Hed usaron al entonar su canción «¡En Beartown son violadores!» hace dos años, cuando la verdad acerca de Kevin acababa de salir a la luz y el odio entre los clubes era más fuerte que nunca.

Mucha gente en Hed también «olvidará» mencionar que, en el pasillo que está afuera de los vestidores, había varias velas encendidas colocadas al pie de una fotografía de Ramona; y que, un par de horas después de la primera refriega en la entrada de la arena, un muchacho de Hed tiró esas velas de una patada. En cambio, muchos en Beartown se saltarán esa parte de la historia donde la mamá de un muchacho del equipo juvenil de Beartown ya había sujetado a una patinadora artística de diecisiete años de Hed, justo cuando la chica estaba a punto de llevar a sus pequeños alumnos a la pista, pues la mamá del chico afirmaba que no era el turno de los patinadores artísticos. En Hed, la gente se reirá y dirá que la mamá escogió a la chica de diecisiete años equivocada para hacerse la dura, pues esa chica se llama Tess y es la hija de Johnny y de Hannah; quizás tenga una mecha más larga que las de sus hermanos, pero, al final de esa mecha, hay una cantidad impresionante de pólvora. En Beartown, la gente fingirá estar consternada y afirmará que esa Tess empujó a la mamá. En Hed, la gente sostendrá que la mamá agarró a Tess primero, Tess simplemente se soltó y entonces la mamá perdió el equilibrio y cayó sobre sus posaderas. En Beartown, la gente dirá que el hermano de quince años de Tess salió al mismo tiempo de los vestidores hecho una furia y tiró a patadas todas las velas al pie de la foto de Ramona. En Hed, la gente afirmará que Tobías solo escuchó que alguien había atacado a su hermana y salió a defenderla, y que ni siquiera vio las velas.

Se dice muy a menudo que la historia la escriben los vencedores, pero aquí no hay vencedores.

Cuando Bobo se entera de lo que está pasando, baja a toda velocidad desde la cafetería y aparta del pasillo a varios adolescentes que estaban lanzando golpes de forma salvaje; hace todo lo que puede por lanzar a los verdes a la derecha y a los rojos a la izquierda; pero no son ellos quienes le preocupan más. Después del primer altercado de hoy en la arena, alguien hizo un par de llamadas telefónicas y, poco tiempo después, apareció un puñado de chaquetas negras, quienes se plantaron en el extremo más alejado de las gradas, en uno de los lados cortos de la pista. Solo los chicos más jóvenes de la Banda, los mandaderos, han hecho acto de presencia hasta ahora, pero Bobo sabe que los de mayor edad, los más peligrosos, solo están a un mensaje de texto de distancia. Si Teemu y su círculo más cercano se aparecen en medio de todo esto, Bobo no está seguro de que todas las personas en la arena puedan salir de allí por su propio pie.

—Ven, más vale que nos vayamos —le dice deprisa a Tess, y ella ve en los ojos de Bobo que el muchacho no teme por su propia suerte.

—¡Tobbe! ¡Ted! ¡Ture! —llama Tess a sus hermanos de inmediato y se los lleva a través de la arena hasta salir al estacionamiento, al mismo tiempo que le manda un mensaje de texto a su papá: «Los entrenamientos terminaron temprano. Puedes venir ya por nosotros?».

Tess sabe que no debe decirle que la situación se volvió problemática; hizo eso una vez cuando tenía doce y se encontraba en una fiesta de cumpleaños, su papá se apareció con otros seis bomberos y parecía como si estuviera dispuesto a matar a cualquier muchacho que tan siquiera se atreviera a mirarla. Falta de aliento, Tess se vuelve hacia Bobo, quien luce apenado, como si todo esto fuera su culpa. Por poco y ella se echa a reír.

—Qué... Qué bueno que solo separaras a la gente y no golpearas a nadie —dice Tess.

—No soy tan bueno para pelear. Solo soy un tipo grande —sonríe Bobo con timidez.

—Qué bien. No me agradan las personas que son buenas para pelear —responde ella.

Bobo no sabe hacia dónde mirar, de modo que casi da una

vuelta entera para evitar tener que verla directo a los ojos. Termina mirando a Tobías, quien tiene un ojo bastante morado, por lo que Bobo le extiende su helado para que se lo ponga encima de la hinchazón. El hecho de que Bobo haya logrado detener la riña dentro de la arena sin que se le cayera el helado probablemente dice mucho de él. También dice mucho de Bobo que alguien a quien le gusta tanto el helado —como es su caso— esté dispuesto a darle uno al hermano menor de Tess.

—¿Cómo está tu ojo? —pregunta Bobo.

—Bien —masculla Tobías, todavía furioso.

—Y ¿qué tal tus nudillos? —dice Bobo, con una pequeña sonrisa que desaparece de forma instantánea cuando Tess le lanza una mirada fulminante.

—Duelen como el carajo —dice Tobías, esbozando una débil sonrisa socarrona.

—¡Te dije que no te metieras en problemas! —sisea Tess.

—¡Oye, fuiste tú la que se metió en problemas! ¡Yo solamente salí de los vestidores para ayudarte! —le responde Tobías con brusquedad.

Durante todo este tiempo, Ted se limita a permanecer ahí parado, en total silencio, mirando de reojo la entrada de la arena. Todos los demás chicos de Hed salen en tropel al estacionamiento. La entrada de la arena se llena de chicos vestidos de verde, que se ponen a gritar «¡PERRAS DE HED!» y cosas todavía peores. Es obvio que les gustaría venir hasta donde se encuentra Tobías para terminar lo que empezaron, pero no lo harán mientras Bobo esté aquí.

—Deberías regresar adentro ahora —dice Tess cuando ve que se acerca la furgoneta, Johnny viene conduciéndola como si se la hubiera robado.

—¿Estás segura? Puedo… —empieza a decir Bobo.

—Créeme, no me da miedo que nos pase algo una vez que mi papá llegue. Me da miedo lo que mi papá pueda hacer dentro de la arena si no nos lo llevamos inmediatamente de aquí —responde Tess.

Ella tiene razón. Se requieren todos los poderes de persuasión de Tess y todas las miradas temerosas de Ture para impedir que su papá agarre la primera arma que encuentre y se encargue de todas las personas que atacaron a sus hijos. Él pesa el triple que Tess, pero, aun así, su hija logra contenerlo. Puede ver en los ojos de su papá, con toda claridad, eso que algunos hombres tienen, esa incapacidad para ver a otras personas como seres humanos cuando está furioso; así que lo convence invocando a voces la única cosa que ella sabe que es más fuerte que el instinto de violencia de su padre: su instinto protector.

—¡Papá! ¡PAPÁ! ¡¡¡ESCÚCHAME, PAPÁ!!! Tenemos que llevar a todos los chicos de Hed a sus casas, tenemos que sacar a todos de aquí antes de que suceda otra cosa, ¿me oyes? ¡Tienes que cuidar a todos los chicos que están aquí!

Es entonces cuando Johnny por fin baja los hombros. A su alrededor mira a todos los niños y adolescentes vestidos con prendas rojas que, asustados y confundidos, están de pie en el estacionamiento, reunidos en varios grupos. También se encuentran ahí algunos adultos —entrenadores y unos cuantos padres—, pero parecen estar tan atemorizados como los chicos. Johnny echa un vistazo a la entrada de la arena. Un muchacho de Beartown, de unos veinte años, está parado ahí en medio; tiene un rostro redondo y amable, y una figura tan robusta que pareciera que él, por sí solo, estuviera conteniendo dentro de la arena a toda la manada de idiotas enfurecidos vestidos de color verde. Johnny toma su teléfono y llama a todos sus colegas, y, en poco tiempo, un coche tras otro provenientes de Hed llegan derrapándose desde el bosque.

Todo podría haberse salido por completo de control a partir de ese momento, pero antes de que alguno de los hombres a bordo de los autos tuviera tiempo siquiera de bajarse de su vehículo y pensar en causar más problemas, Tess y Johnny ya arrearon a los chicos de Hed hasta los asientos traseros y los obligaron a marcharse de ahí. En poco tiempo vacían el estacionamiento. Johnny y sus hijos esperan hasta el final, antes de seguir a los demás coches. Tess pone a Springsteen en el estéreo y posa su mano en el brazo de su papá. Puede ver en el retrovisor a Bobo, quien sigue bloqueando la entrada de la arena, no ha dejado que ni una sola persona salga de ahí. Pero ni siquiera él puede impedirles que llamen por teléfono a alguien más.

Johnny, Tess y los chicos permanecen en silencio durante todo el camino hasta la frontera entre Beartown y el bosque. Apenas si hubo tiempo para que el sol saliera hoy, antes de que oscureciera de nuevo, los días se están encogiendo con rapidez; pero, aun así, las figuras pueden verse con claridad en la penumbra. Una docena de hombres con chaquetas negras están parados a ambos lados del camino, a la altura del letrero. Todos ellos tienen puesta una máscara, con excepción de Teemu, quien mira fijamente la furgoneta cuando pasa a su lado. Johnny jamás ha hablado con él, pero desde luego que sabe muy bien quién es Teemu, todos en Hed lo saben, siempre que hay un partido entre los rivales locales, los padres les advierten a sus hijos que tengan cuidado con una sola persona, y esa persona es Teemu. Y, ahora, Teemu también sabe quién es Johnny.

Cuando la furgoneta empieza a adentrarse en el bosque, uno de los hombres que están junto a Teemu lanza una botella de vidrio, que se estrella contra la portezuela del maletero, como un último adiós. El ruido del impacto hace que sus otros tres hermanos brinquen; Ture empieza a llorar, pero Tobías ni siquiera alza una ceja.

—¿Qué les dije? ¡Aquí todos nos odian! —se limita a constatar.

Entonces, apoya su cabeza contra el respaldo del asiento y cierra los ojos. Un par de minutos después ya está roncando. Su mamá acostumbra decir que este es el verdadero talento de Tobías en la vida: que puede quedarse dormido cuando sea, en donde sea. Tal y como su papá.

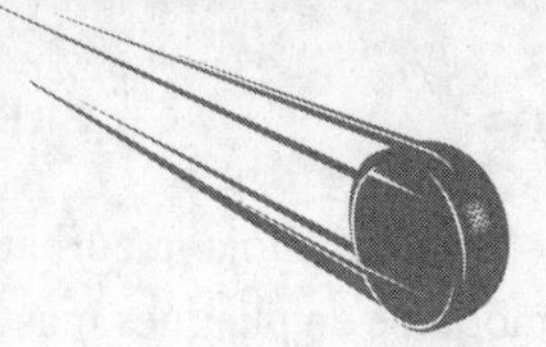

GUARDAMETAS

Frac está al teléfono con los concejales del municipio cuando se entera de la riña allá en la arena. Se va a toda prisa al lugar, pero, para cuando llega, ya está casi vacía. Toda la gente de Hed se ha ido a casa y el conflicto parece haber terminado tan abruptamente como empezó. Los papás de unos cuantos chicos que pertenecen al equipo infantil de Beartown todavía están deambulando por todos lados, diciéndose unos a otros lo que harían si cualquiera de «esos» se atreviera a dar la cara aquí de nuevo; pero, como de costumbre, no son los hombres que hablan a los que hay que temer en este lugar. El conserje los echa fuera cuando ya casi es hora de que el primer equipo tenga su sesión de entrenamiento, tendrán que irse a sus casas y hacerse los duros con las sombras en las paredes. Frac da una vuelta al interior de la arena, sintiéndose intranquilo, sin saber qué está buscando en realidad; se sienta en lo más alto de las gradas, mira el entrenamiento del primer equipo y piensa, piensa, piensa. Las ojeras debajo de sus ojos se ven como si alguien hubiera derramado una bebida gaseosa encima de una chaqueta de gamuza. Por lo regular Frac es hábil para ocultar su ansiedad, pero hoy lo está haciendo tan mal que el conserje sufre un ataque de simpatía y sube a las gradas, le entrega a Frac un vaso de cartón lleno de un café horrible, y entonces dice:

—¡Anímate, Bambi! Te ves tan triste como el perrito que tenía dos tortas y al final se quedó sin nada. No es la primera vez que la gente se pelea en la arena, ¿o sí?

Frac se afloja la corbata para que su ancho cuello pueda acomodarse en pliegues más confortables.

—No, no lo es. Pero esta vez es diferente. Hay más cosas en juego.

—Ajá. ¿De modo que los rumores son ciertos, por una vez en la vida? Es un secreto a voces, del que estamos hablando. Entonces, ¿los concejales de nuevo van a tratar de fusionar los dos clubes?

Frac ni siquiera intenta negarlo, ya no tendría sentido.

—No estamos hablando de la fusión de dos clubes, sino del cierre de uno. Ya sea Hed o Beartown.

—No podríamos ser nosotros, ¿verdad? Ellos ni siquiera tienen una arena en su pueblo.

—No, más que nada nosotros tenemos todos los patrocinadores y un equipo mucho mejor —asiente Frac, aunque sin mucha convicción.

—¿Pero...? —dice el conserje, para dar pie a que Frac siga hablando.

Frac gruñe.

—Pero hay políticos involucrados en esto, ¡y ellos no saben distinguir entre su codo y su trasero! Antes nos reclamaban que no teníamos dinero, y ahora que *sí* lo tenemos, se quejan del «pandillerismo». Les preocupa que pueda haber actos de violencia entre los aficionados de los dos clubes si asumimos todos los recursos de Hed. ¡Así que recurrieron a una agencia de publicidad y propusieron la idea de cerrar LOS DOS clubes y fundar uno nuevo aquí en Beartown, con un nuevo nombre!

El conserje casi escupe su café.

—Así que... ¿no habría un Club de Hockey de Hed ni un Club de Hockey de Beartown? ¡Pero si es la cosa más estúpida que he oído en mi vida!

—¿Qué crees que les dije? He estado sentado en un millón de reuniones con esos zoquetes en el edificio del ayuntamiento para hacer que entraran en razón y salvaran este club, ¡y les había prometido que ya no iba a haber más violencia! Y ¿de qué me entero hoy? Que hubo un disturbio total aquí dentro, ¡y que Teemu y su maldito ejército de granjeros estuvieron en el bosque arrojando botellas a vehículos que transportaban a familias enteras con niños pequeños! ¿Cómo se supone que voy a explicar esto, eh?

El conserje permanece en silencio por un buen rato. Entonces exclama entre risas:

—¿Estás esperando que *yo* conteste esa pregunta?

No, por supuesto que Frac no espera que la responda, solo está tratando de pensar, y a veces su cerebro funciona mejor si al mismo tiempo puede hablar; así que alza el vaso de cartón y dice:

—Este no es tu problema. Gracias por el café. Estaba espantoso, como de costumbre. ¿Cómo le va al equipo?

El conserje mece su cabeza de un lado a otro y masculla:

—¿Sin Amat? Bueno, más vale que Zackell encuentre a alguien que lo reemplace, porque de lo contrario estaremos muy contentos de tener un buen portero, ¡pues va a tener que trabajar muy duro!

Frac baja la mirada al hielo y asiente. Si hubo una estrella en este equipo la temporada pasada además de Amat, tendría que ser el muchacho de diecinueve años en medio de los postes; la mitad del pueblo con trabajos conoce su nombre, pues todos están acostumbrados a llamarlo «Murmullo». Si no le gustara su apodo nadie lo sabría, desde luego, pero al parecer no tiene nada en contra de él. El público de Beartown quiere a Murmullo —en buena medida gracias a su talento y a lo silencioso que es—, lo que es una gran proeza considerando que reemplazó en el puesto de guardameta a Vidar, quien creció en la grada de pie en la arena junto con su hermano Teemu. Y es una proeza todavía más grande, considerando que Murmullo proviene de Hed. Tuvo que mudarse de equipo cuando Vidar falleció en el accidente de tráfico; Hed no lo consideró lo bastante bueno en ese entonces, pero ahora daría la mitad de su primer equipo a cambio de tenerlo de vuelta. Nada le provoca a Frac un sentimiento más grande de alegría perversa por un mal ajeno que pensar en lo equivocados que estaban en Hed respecto del potencial de Murmullo; siempre hay hombres que están cien por ciento convencidos de que pueden saber qué niños llegarán a ser los jugadores más talentosos cuando sean grandes, pero este deporte todavía puede sorprendernos cuando quiere.

—Sí, cualquier equipo tiene una oportunidad de ganar con él en la portería. ¡Tiene actitud ganadora! —asiente Frac.

El conserje se echa a la boca una porción de tabaco de mascar tan grande, que es difícil creer que haya cabido en la cajita.

—A través de los años, he visto a una buena cantidad de tipos raros defender la portería en este lugar, pero que me lleve el diablo si este no gana el primer premio. Nunca dice una sola palabra, ni siquiera cuando ganan, ni parece sentirse feliz. Es como si solo jugara con una enorme… oscuridad en su interior.

—Todos los mejores jugadores cargan con eso —contesta Frac, como si fuera obvio.

—¿De verdad? —responde el conserje.

Frac sigue al guardameta allá abajo en el hielo con la mirada.

—Bastaba con que Peter tirara su leche para que le pegaran en su casa. Benji no se atrevió a decirle a nadie que era gay. Amat es el hijo de la encargada de la limpieza, en un deporte de niños ricos. Todos los mejores jugadores cargan con una oscuridad en su interior, por eso llegan a ser los mejores, creen que la oscuridad desaparecerá si tan solo triunfan las veces suficientes…

El conserje se cuestiona en silencio si con esa última oración Frac estará refiriéndose a los jugadores o a él mismo, pero no dice nada. Se pregunta si Frac también estaba por mencionar a Kevin para ilustrar ese mismo punto, pero tampoco menciona nada al respecto. En vez de ello, solo le da unas palmaditas a Frac en el hombro y le dice:

—Arriba ese ánimo, Bambi, encontrarás una forma de resolver este asunto con los políticos. ¡Siempre lo haces!

Frac se queda sentado ahí a solas, con el peso de la región entera sobre sus hombros. Él es bueno para irradiar confianza en sí mismo, pero hoy se está tambaleando. En este bosque siempre ha habido una lucha constante por los recursos; los políticos han estado hablando de desaparecer uno de los clubes de hockey por décadas, pero es más difícil defenderse de la idea de liquidarlos a ambos y fundar uno nuevo. «¿No es esto lo que querías?», le preguntó sorprendido un concejal hacía unas horas, y Frac casi arrojó su teléfono contra la pared. «¡Quería que desaparecieran el club de Hed! ¡No que nos desaparecieran a nosotros!», rugió Frac, pero solo obtuvo como respuesta del concejal: «¿Cuál es el problema? Solo se trataría de un club nuevo, podrías volverte aficionado de ese club, ¿no? No creí que fueras un sentimental». Por suerte, Frac y el concejal no se encontraban en la misma habitación, pues entonces habría sido el político quien habría terminado lanzado contra la pared en lugar del teléfono. ¿Que no creía que fuera un sentimental? Frac ha vivido aquí toda su vida, jugó para un solo club, ha levantado un solo pueblo. Si no tienes sentimientos por un lugar específico en el mundo entero, bien podrías vivir donde fuera, maldita sea. ¿Sentimental? Todo lo que él está realmente orgulloso de haber logrado en su vida se conecta de una forma u otra al Club de Hockey de Beartown. Si cambian el nombre de su club, estarían borrando por completo su identidad. Él no puede permitirlo, debe luchar con todas las armas que tenga a su alcance, y puesto que no tiene tiempo, en lugar de inventar un plan brillante, inventa uno simple.

Una vez que la sesión de entrenamiento ha terminado, Frac desciende a la valla y espera hasta que Murmullo sale de la pista de hielo, y entonces, con una sonrisa tan grande que abre un enorme agujero en su rostro, le ofrece al muchacho llevarlo hasta su casa en Hed.

—¡Solo quiero asegurarme de que llegues sano y salvo! —le asegura Frac.

Murmullo no dice nada, pero quizás ya sabe que eso no es verdad.

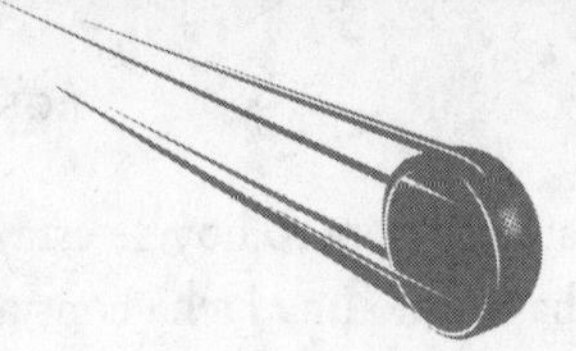

HERMANOS

Johnny y Hannah permanecen sentados en la cocina toda la noche, discutiendo como solo pueden hacerlo los padres de hijos muy jóvenes: muy enfadados, pero hablando en voz muy baja.

Hannah está molesta porque Tobías se involucró en una trifulca en la arena de hockey, desde luego, pero está igual de molesta porque Johnny no está tan molesto con su hijo como ella. Toda la ira de Johnny está más bien enfocada en Beartown, y él sostiene que Tobías peleó en defensa propia, como si eso lo justificara todo. En el fondo, Hannah quizás está molesta más que nada por sentir que Johnny tal vez tiene razón.

Una vez que regresaron de Beartown, Johnny y los otros bomberos estuvieron dos horas en el garaje, bebiendo cerveza y echando vistazos debajo del capó abierto de la furgoneta. Como es obvio, no repararon nada, pero observaron el motor con miradas severas, como si con solo hablarle pudieran hacer que funcione bien. Hannah se habría reído de esto si no hubiera oído las cosas que estaban discutiendo, pues ella ha oído con anterioridad esta clase de discusiones. A menudo, la gente dice en son de broma que los bomberos de Hed son reclutados directo de la arena de hockey, pero esto solo es una broma a medias, la mayoría de ellos jugaron juntos y el cuerpo de bomberos tan solo se convirtió en su siguiente vestidor. Si discutes con uno, discutes con todos. Con frecuencia, Hannah se mofa de Johnny diciéndole que a él le aterra toda clase de cambio, que va a querer la misma comida y la misma marca de cerveza y el mismo sillón durante toda su vida, a lo que él acostumbra responder, entre dientes, que Hannah debería estar muy contenta por ello, pues la gente que odia los cambios tampoco cambia de esposa. Esto hace que ella revire diciéndole con un bufido: «¿Vamos a El Granero para ver quién recibe más propuestas?», lo que a su vez hace que Johnny se quede callado. Sin embargo, la verdad es que a ella le desagradan los cambios tanto como a él pues, si no hay que cambiar algo, sabemos que ese algo está funcionando bien, y ella necesita poder confiar en sus colegas del hospital, tal y como Johnny necesita poder confiar en los suyos. Necesitan poder confiar en sus vecinos, pues ellos cuidan a sus hijos, y necesitan poder confiar en sus amigos de la infancia pues, cuando la vida se complica, es a ellos a quienes acuden. Si ellos te defienden, tú tienes que defenderlos. Hannah no es ninguna idiota, ella es la primera en admitir que, a veces, Johnny es el vivo estereotipo de un viejo retrógrado, conservador y prejuicioso; pero, de hecho, a veces él también tiene la razón. A veces defiende las causas correctas.

Así que este es el peor tipo de discusión. Cuando se entienden.

—Tienes que asegurarte de que tus amigos no hagan algo estúpido ahora… —susurra Hannah por encima de la mesa de la cocina.

Johnny responde de forma brusca, tan de repente y con tanta rapidez, que Hannah incluso retrocede.

—¿Nosotros? ¿NOSOTROS somos los que no deberíamos hacer algo estúpido? ¿Sabías que uno de los papás en el equipo de Tobbe llamó a la policía hoy cuando empezaron los problemas? ¿Sabes qué le dijeron? ¡Que no tenían recursos para enviar a un oficial, a menos que alguien resultara herido! Los que empezaron todo esto eran adultos, Hannah. ¡Adultos! Si hay un solo cazador sin licencia en el bosque, entonces llegan cincuenta policías con armas automáticas, pero ¿la gente puede atacar a nuestros hijos sin recibir ninguna clase de castigo?

Hannah nota que Johnny ni siquiera es capaz sostener su taza de café con manos firmes. Ella siempre ha dicho que el noventa por ciento de los amigos de la infancia de su esposo son unos completos idiotas, y la gran mayoría de ellos también tienen hijos que pertenecen a un equipo de hockey. Si esos idiotas no confían en que la sociedad va a proteger a sus familias, entonces lo harán ellos mismos, y, si eso sucede, que Dios se apiade de cualquiera que esté en el otro bando.

—Entiendo que estés enfadado, yo también me siento así, ¿crees que no quiero ir allá para partirles la cara a todas y cada una de las mamás de Beartown? ¡Pero tenemos que pensar en los chicos! —espeta ella.

—¡Eso es exactamente lo que estoy haciendo! —protesta él.

—¿De verdad? ¡Tobías no hace lo que le dices, hace lo que tú haces! ¡Tú eres su héroe! ¿Cómo vas a enseñarle que pelear está mal si tú haces lo mismo?

Cuando volvieron a casa, Hannah regañó a Tobías con tanta dureza que las ventanas vibraron, y Johnny solo permaneció sentado junto a ella en silencio; y aun así, en ocasiones como esta, por más fuerte que grite Hannah, sus palabras no tienen ningún efecto.

—No puedo decirle que está mal que proteja a su hermana, con un carajo…

—¡Yo no estoy diciendo eso! Pero tenemos que castigarlo, ¿no lo entiendes? ¡No podemos dejar que crea que está bien que empiece una pelea y se meta en problemas!

—Pero si ya lo regañamos…

—No, ¡solo yo lo regañé!

—Maldita sea, amor, ¡lo van a suspender del equipo de hockey! No podemos imponerle un castigo peor que ese —responde Johnny, su mirada cada vez más triste y el café en su taza cada vez más frío.

Permanecen sentados en silencio durante unos veinte minutos. Entonces, Johnny toma su teléfono de mal humor y deja que ella oiga todas las conservaciones con sus colegas y a los demás papás del equipo para exhortarlos a que mantengan la calma. Les dice que todos deberían consultar la situación con la almohada. No empezar ningún lío de forma innecesaria. Al final cuelga y extiende los brazos hacia Hannah, como para decirle «¿Ya estás satisfecha?», y ella bufa con irritación:

—¡Estoy harta de tener que cuidar a *cinco* niños!

Entonces va y se acuesta. Él la sigue una media hora después, ella percibe en sus pisadas que está arrepentido. Muy pasada la medianoche, por fin se queda dormida, alejada de Johnny, pero, al amanecer, se despierta rodeada por el enorme brazo de su esposo. Ella tiene la esperanza de al menos haberles enseñado esto a sus hijos: podremos discutir, pero nos mantenemos unidos. De forma muy, muy, muy estrecha.

●●●

Esa noche, Amat no se aparece durante el entrenamiento del primer equipo. A Zackell no le sorprende, pero a Bobo lo acongoja, aunque, de todos modos, se va caminando a pasos ligeros, desde la arena de hockey hasta su casa, con su teléfono en la mano y un mensaje de texto de Tess que lee como unas cien veces. «Encontré tu número en internet. No fue una linda forma de conocernos hoy, pero me da gusto que haya sucedido. Llámame si quieres».

Y él la llama. Ella está sentada en su cama y habla en voz baja para no despertar a su familia. Él hace que ella se eche a reír. Esta es la mejor llamada telefónica que Bobo ha tenido en su vida.

●●●

Es tarde en la noche y la casa por fin está en silencio absoluto cuando la puerta de la habitación de Tobías se entreabre con mucho cuidado. Ted está de pie en el umbral y susurra el nombre de su hermano sin obtener respuesta, así que termina por entrar con pasos silenciosos y jala los dedos de los pies de Tobías, hasta que él se despierta con una sacudida.

—¿Qué demonios? —pregunta Tobías, aún medio dormido.

—Solo quería… tú sabes… agradecerte por lo que hiciste —susurra Ted.

Tobías bosteza y se sienta contra la pared, haciendo espacio en su cama para su hermano menor. El cuerpo de Ted es muy grande para los trece años que tiene, pero sus ojos son los de alguien mucho menor. En su interior solo es un niñito asustado. Tobías le da un golpecito suave en el hombro.

—No hay problema, *Teddy bear.* Anda, ve a acostarte.

—No tenías que haberlo hecho —susurra Ted y, avergonzado, voltea a ver de soslayo el ojo morado de su hermano mayor.

—Sí, tenía que hacerlo —bosteza Tobías.

Su mamá le dio un regaño soberbio cuando llegó a casa, del tipo de los que solo ella es capaz, pero valió la pena. Todo el mundo da por sentado que Tobías siempre empieza todas las peleas, ya que por lo general es así, mas no en esta ocasión. No fue Tobías quien salió a toda prisa de los vestidores cegado por la ira al oír que Tess estaba en problemas en las gradas; de hecho, él hizo todo lo que su hermana le había dicho: mantuvo la calma y se aseguró de que Ture estuviera a salvo. Fue Ted quien perdió la razón y salió corriendo al pasillo, directo hacia donde se encontraban dos chicos de Beartown. Tobías le pidió a gritos que no hiciera nada, pero Ted, el suave, amable y torpe *Teddy bear*, empujó a uno de los chicos de Beartown en el pecho tan fuerte como pudo, por puro instinto. Como era obvio, el chico le devolvió el empujón todavía con más fuerza, por lo que Ted se tropezó hacia atrás y, por accidente, tiró de una patada las velas que estaban en el piso al pie de esa foto de Ramona. Entonces se levantó y, a pesar de que ni siquiera puede pelear contra su sombra, intentó pegarle al primer chico de Beartown directo en la cara. Naturalmente, el segundo chico trató de sumarse a la gresca de inmediato, yendo en contra de Ted, pero ya estaba tumbado en el suelo antes de siquiera haber podido empezar a lanzar golpes. Tobías había surgido de los vestidores y, a diferencia de su hermano, en verdad es muy bueno para pelear contra sombras y contra seres humanos. También derribó al siguiente chico que llegó corriendo, y ya era consciente desde entonces que podía olvidarse de cualquier esperanza de poder explicarle esto a su mamá. «¡Regrésate a los vestidores, cierra la puerta con seguro y cuida a Ture! ¡Yo me encargo de ir por Tess!», le había dicho entre gritos a Ted.

Ted hizo lo que su hermano le dijo mientras, allá afuera, Tobías empezó a coleccionar ojos morados y nudillos rotos. Y, entonces, todo pasó como pasó.

—No tenías que haberlo hecho —repite Ted junto a Tobías en la cama.

—Por el contrario, te habrían suspendido del equipo si se hubieran enterado de que fuiste tú quien lanzó el primer golpe —explica Tobías con un bostezo.

—Pero en lugar de suspenderme a mí, ahora te van a suspender a ti de tu equipo —insiste Ted, con tristeza en su voz.

—No importa. Estarán bien sin mí. Tú eres importante, eres el mejor jugador de todo tu equipo, yo solo soy… soy como papá —dice Tobías con tranquilidad, y pone una de sus almohadas en el piso como si el tema estuviera cerrado.

—¿Y yo no lo soy? —susurra Ted, herido en sus sentimientos, pues cree que Tobías quiere decir que Ted no es tan valiente como su papá.

Entonces, Tobías mira con semblante serio a su hermano menor, extiende la mano y agarra a Ted de la oreja con firmeza, pero también con cariño:

—Carajo, Ted, solo estoy diciendo que yo soy como papá. Voy a jugar hockey unos cuantos años más y entonces conseguiré un trabajo común y corriente. Me casaré con alguien de por aquí y me convertiré en uno de esos hombres que hacen trabajos de carpintería en la casa y arreglan su auto y beben cerveza y cuentan historias falsas en El Granero los fines de semana. Y eso será suficiente para mí.

—Y entonces, ¿yo qué voy a ser? —pregunta Ted.

Tobías se acuesta en el piso y deja que su hermano menor

duerma en su cama como ya lo ha hecho antes unas mil noches; el hermano mayor se queda dormido casi al instante, como de costumbre, pero justo antes de que se pierda en el sueño, la verdad brota de su interior con un bostezo:

—Tú puedes ser lo que tú quieras, *Teddy bear.* Cualquier cosa que quieras ser.

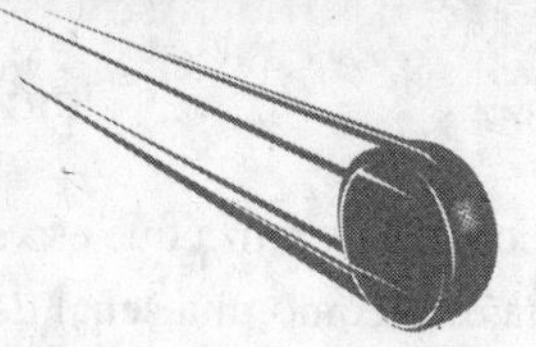

LOBOS

Los que amamos el deporte no siempre amamos a los deportistas. Nuestro amor por ellos está condicionado a que estén de nuestro lado, a que jueguen en nuestro equipo, a que compitan vistiendo nuestros colores. Podemos admirar a un oponente, pero jamás lo amaremos. No como amamos a aquellos que nos representan, pues, cuando los nuestros se convierten en ganadores, sentimos que también nosotros ganamos. Nuestros deportistas se transforman en símbolos de todo lo que nosotros mismos queremos llegar a ser.

El único problema está en que los deportistas nunca pueden elegir si quieren convertirse en ese símbolo.

●●●

Murmullo en verdad preferiría tomar el autobús de vuelta a Hed, pero Frac es un hombre demasiado importante en este club como para que el muchacho se atreva a declinar su oferta de llevarlo a casa. Cruzan el centro de Beartown, si es que puede decirse que Beartown tiene un centro.

—Parece estar en decadencia ahora, pero ¡uno tiene que ver el potencial! ¡Te aseguro que cualquiera que invierta aquí en bienes raíces estará aprovechando una ganga! ¡En unos cuantos años será una ubicación de primera! —explica Frac de muy buen humor, como si Murmullo tuviera dinero para invertir en algo.

El muchacho de diecinueve años asiente de manera cautelosa,

con la esperanza que eso sea lo que se espera de él. Frac interpreta esto como una señal de gran interés de su parte, y apunta con entusiasmo a través de la ventanilla:

—Allá junto a mi supermercado construiremos el Parque Industrial de Beartown. ¿Has oído hablar de él? Va a contar con oficinas, pero también edificaremos viviendas. Puedo conseguir un apartamento muy bonito para ti y tu mamá, ¿cómo ves? ¿No te parece que es momento de mudarse de Hed? ¡Ya eres uno de nosotros!

Murmullo no es capaz de contradecirlo, así que Frac prosigue lleno de efusividad:

—¿Sabías que, cuando trato de convencer a las empresas de Hed que mejor tengan sus oficinas en Beartown, te uso de ejemplo? «Todo se vuelve mejor en Beartown», les digo, «¡solo vean a nuestro guardameta!». Nadie vio tu talento en Hed, pero con nosotros te convertiste en una superestrella. A veces, uno solo necesita una oportunidad, ¿no crees? ¡Un poco de confianza en uno mismo! Es increíble lo que uno puede lograr entonces. ¡Mira al propio Beartown! Hace unos cuantos años estábamos al borde de la quiebra, pero ahora tenemos una arena de hockey recién remozada, ¡y dentro de poco tendremos uno de los proyectos de construcción de oficinas y apartamentos más grandes de toda esta parte del país! Algún día también contaremos con un aeropuerto y un centro comercial, ¡solo espera y verás! Competiciones importantes de esquí y una preparatoria orientada al hockey enorme de verdad. La gente no me cree, pero ¿sabes qué les digo entonces? ¡Ya deberíamos estar muertos! ¡Ni siquiera deberíamos existir! Pero todavía seguimos aquí, y ¿sabes por qué? ¡Porque solo sobreviven los pueblos que tienen ambiciones!

Murmullo ha oído a los demás jugadores del equipo cuando hacen bromas a expensas de su patrocinador, pero también ha notado que la mayoría siente cierta admiración por él. Frac podrá decir muchas cosas, pero también logra que se hagan muchas cosas, y esa es una cualidad que todos respetan. Que él acostumbra ganar.

Así que tal vez Frac tiene razón en eso de la ambición, reflexiona el muchacho de diecinueve años. Si tan solo piensas en tu mundo de forma diferente, entonces se vuelve diferente. Murmullo se pregunta si esto también funciona para el pasado, si uno puede borrarlo por pura fuerza de voluntad, le gustaría preguntárselo a Frac, pero ni una sola palabra emerge de su interior. Sin embargo, las palabras siguen emergiendo de Frac:

—¿Oíste lo de la pelea que hubo hoy en la arena?

Murmullo asiente con cautela. Frac sonríe con tanta intensidad que su papada baila:

—Por eso pensé que sería más seguro llevarte en mi auto, ¡así sabremos que nuestra estrella llegó a su casa a salvo!

Murmullo no puede evitar pensar que tal vez habría sido más seguro para él tomar el autobús a Hed, en lugar de aparecerse ahí a bordo de un auto con pegatinas del Club de Hockey de Beartown en la luneta.

—¿Sabes si los jugadores están hablando de los rumores acerca de que los clubes se van a fusionar? —pregunta Frac poco después.

Murmullo asiente con un gesto breve, no ve razón alguna para mentir. Los dedos de Frac se cierran con un poco más de fuerza alrededor del volante y habla más despacio. O al menos más despacio para sus estándares:

—Tal vez sea difícil para ustedes los jugadores comprenderlo, pero quizás seríamos más fuertes estando juntos. ¿Entiendes?

Murmullo responde que sí con la cabeza, a pesar de que no está realmente seguro de si en verdad lo entiende. Él solo quiere jugar hockey. Desearía que no fuera tan complicado. Frac le da unos golpecitos al volante con las palmas de sus manos, poseído por un súbito buen humor:

—Van a temernos de nuevo, ¿comprendes? ¡Los grandes

clubes de las grandes ciudades! En mi época, cuando yo jugaba, amábamos el hecho de que ellos nos odiaban. Decían que éramos unos pueblerinos palurdos que no podíamos jugar, y terminamos por asumir eso como parte de nuestra identidad. Jugábamos más feo y más duro de lo que ellos podían imaginarse, usábamos todas las artimañas que se nos ocurrían, cuando llegaban en el autobús de su equipo por este camino entre los árboles... internándose directo en la oscuridad... se sentían aterrados. Sentían como si estuvieran solos en el mundo. Por eso les ganábamos. Y ¿sabes algo? ¡Vamos a regresar a esas épocas! ¡Piensa en lo buenos que seríamos si pudiéramos combinar a nuestros mejores jugadores con los mejores jugadores de Hed, y además tuviéramos el apoyo total del ayuntamiento! ¡Podemos volver a ser un club de los grandes!

Murmullo asiente, aunque en realidad está aterrado, pues ni siquiera sabe si habría lugar para él en un equipo como ese. Alguna vez ya estuvo a punto de quedarse sin el hockey, él sabe lo estrechos que son los márgenes. Siempre ha estado retrasado en su desarrollo, fue el último de su calle en aprender a andar en bicicleta y el último de su clase en aprender a leer. Sentía que era el último niño en todo Hed en aprender a patinar, por eso tuvo que plantarse en la portería. Hace dos años era demasiado malo como para siquiera tener cabida en el equipo de su pueblo, de modo que, cuando Zackell le dio una oportunidad aquí en Beartown, creyó que ella estaba tomándole el pelo. Y, más que nada, creyó que todos iban a odiarlo, pues había reemplazado a Vidar. Durante sus primeros partidos, estaba tan nervioso que dejó pasar disparos que con trabajos llegaban a la portería. En cierta ocasión, Zackell hizo un gesto que él interpretó como que lo iban a sustituir, pero cuando patinó hacia el banquillo, su entrenadora resopló sorprendida: «¿Sustituirte? ¿Cuando estás jugando así? ¡Nonono, tienes que quedarte allí dentro en la pista y pasar vergüenza!». Quizás así es como ella ha formado a todos sus mejores jugadores de hockey, reflexiona Murmullo viendo las cosas en retrospectiva, comprendiendo que, en la mayoría de los clubes, la gente simplemente no se avergüenza lo suficiente.

Al día siguiente, Amat era el único jugador que había llegado antes que Murmullo a la arena de hockey por la mañana, y el único que se quedó más tarde que él por la noche; en poco tiempo, ambos ya estaban entrenando la misma cantidad de tiempo y con la misma obsesión. Murmullo nunca se atrevió a preguntarle a Amat si quería entrenar con él, pero Amat mismo se lo sugirió. Cada mañana y cada noche, Amat disparaba miles de discos desde todos los ángulos posibles, y entonces fue inevitable para Murmullo convertirse en un buen guardameta, incluso si no lo hubiera querido. Poco tiempo después, los aficionados ya estaban coreando su apodo, al principio eran los mayores en las gradas con asientos, pero, al final, incluso se sumaron los jóvenes en los lugares de pie, en la grada del hermano de Vidar. Zackell le ofreció a Murmullo la posibilidad de jugar con el número que Vidar había usado, pero Murmullo se negó; esto se esparció como un rumor que llegó hasta la Banda y las chaquetas negras lo amaron por eso tanto como lo amaban porque había partidos en los que no dejaba que le metieran ni un solo gol. Cuando cumplió dieciocho el año pasado, le regalaron un casco con el oso en un costado y las iniciales de Vidar en el otro pintados a mano. Murmullo nunca había recibido un regalo de otros hombres en toda su vida. Después de eso, no podrías haberle metido un gol con ellos en las gradas detrás de él, ni aunque hubieras estado armado hasta los dientes.

—¿Qué te parece? —dice a voces Frac junto a él, y Murmullo no tiene idea de qué debería responder, así que prueba su suerte asintiendo, y parece que esa fue la decisión correcta.

—¡Exactamente! —declara Frac.

El auto avanza entre los árboles, y Frac empieza a hablar acerca de qué partes del bosque son propiedad de tales y cuales personas por estos rumbos. Pero casi todo le pertenece al estado, precisa él.

—¡Ni siquiera somos dueños del bosque en el que vivimos! Entonces, ¿quién va a cuidar de nosotros si no nos cuidamos nosotros mismos, eh? ¡A unos kilómetros de aquí, en esa dirección, los políticos están hablando de construir un parque eólico! ¡Doscientos metros de altura! ¿Sabes lo ruidosas que son esas monstruosidades? ¿Y crees tú que algo del dinero obtenido por la venta de esa electricidad va a quedarse en nuestra región? ¡Maldita sea, ni siquiera nos van a dar electricidad! Al gobierno le encantan las energías verdes, pero ¿sabes dónde no quieren construir aerogeneradores? ¡Donde viven ellos! ¡Por eso tenemos que construir nuestra propia infraestructura aquí, tenemos que crecer, generar empleos y capital para poder oponernos a decisiones como esa! La gente dice que soy un capitalista, pero eso no es cierto, solamente soy realista. ¿Sabías que el capitalismo es como un lobo?

Murmullo no lo sabe en realidad, pero eso no importa. Frac ya está en modo autónomo.

—¿Sabes cuál es el peor mito que hay acerca de los lobos? Que solo toman lo que necesitan. Si crees eso, nunca has visto lo que hace un lobo cuando se mete en un corral. No toma lo que necesita, mata todo lo que puede matar, y no se detiene hasta que alguien lo ahuyenta. El gobierno no lo comprende, porque ellos no se dan cuenta de que los lobos no son nuestra peor amenaza, ¡es el propio gobierno! ¿Prohibir la caza de depredadores? Okey, pero entonces ¿quién sufre las consecuencias? No las grandes ciudades, eso es un hecho. ¿Construir parques eólicos? Okey, pero ¿dónde los construyen? A eso es a lo que me refiero cuando hablo de fusionar los clubes de hockey, ¡unidos tendríamos una oportunidad! Somos una región donde hay toros de un lado, osos del otro y ¡lobos por todas partes, maldita sea!

Murmullo mira afuera por la ventanilla, cuando era niño y viajaba por este camino en autobús trataba de contar todos los árboles. Había algo en ello que le inspiraba un sentimiento de seguridad, el hecho de que fueran demasiados para contarlos.

Demasiados para poder asignarles números. Si hubiera sido más hábil para no mantener la boca cerrada, quizás le habría contado a Frac lo que en realidad había aprendido de haberse criado en Hed pero jugar hockey en Beartown: para la gente de Hed, Frac es el lobo. En Hed, Beartown es visto ahora como la gran ciudad.

Frac continúa hablando, pero ya se ha puesto repetitivo. Murmullo todavía no sabe por qué este hombre se ofreció a llevarlo a su casa. No sabe que esto en realidad ni siquiera se trata de él, Frac solo necesitaba una excusa para poder manejar hasta Hed.

Los árboles se van haciendo más escasos, el bosque se abre hacia el final del camino, el auto de Frac entra a Hed y, de hecho, maneja el último tramo sin decir nada. Durante varios minutos. Eso debe ser un récord personal. Las calles están desiertas y a oscuras, lo que hace que Murmullo se sienta aliviado, tiene la esperanza de que las personas menos debidas de por aquí no vean las pegatinas del oso en la luneta del auto. Frac disminuye la velocidad frente a la casa de la mamá de Murmullo, pero no tiene prisa alguna. Se vuelve hacia Murmullo y le repite la oferta de conseguirles un enorme y bonito apartamento en Beartown.

—Gracias —dice Murmullo, la primera palabra que logra decir en todo este tiempo.

Frac esboza una ancha sonrisa.

—Ahora, entra y a dormir. ¡Hay que entrenar mañana!

Murmullo asiente, toma su maleta y se baja del auto. Nota que algunos de sus vecinos ya espían la calle detrás de sus cortinas. Desea con todo el corazón que Frac se apresure a irse.

●●●

Como es natural, Frac no se apresura en lo absoluto, más bien da un rodeo por demás excepcional y se encarga a sí mismo pequeños mandados a lo largo y a lo ancho de todo Hed, se detiene en un quiosco y compra un periódico, se detiene en una pizzería y pide prestado el sanitario. Incluso maneja hasta la casa de un empresario que conoce y bebe una taza de café. Los dos son viejos amigos, han hecho muchos negocios juntos y, de hecho, da la casualidad de que hace muy poco el empresario recibió una oferta muy ventajosa para rentar una oficina en Beartown, gracias a la ayuda de su buen amigo. Ahora, Frac necesita que le devuelvan ese favor. Estaciona su auto hasta el fondo de un oscuro callejón sin salida, a poca distancia de la casa del empresario; pasan un rato bebiendo café en la cocina hasta que están seguros de que la zona ha quedado desierta y en silencio, entonces salen juntos a hurtadillas por la puerta de atrás y agarran una piedra enorme. El empresario vigila mientras Frac arroja la piedra. Poco tiempo después, Frac llama a la policía para decir que alguien dañó su auto. Como es de esperarse, la policía no tiene tiempo ni recursos para mandar a alguien al lugar de los hechos, pero reciben su denuncia. El periódico local tarda una hora en enterarse del asunto y llamarlo por teléfono, cuarenta y cinco minutos más de lo que Frac había previsto.

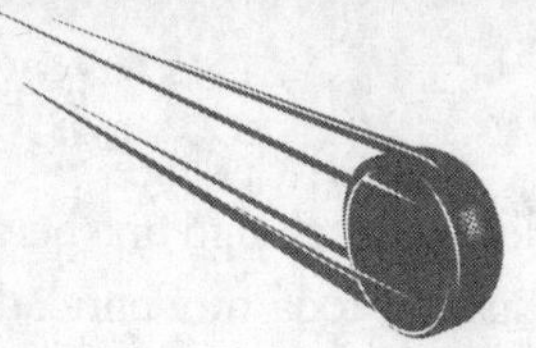

AVISPEROS

La noche previa al funeral de Ramona es la primera noche fría de verdad del otoño. No es la primera con temperaturas bajo cero, ni siquiera es la primera con nieve, solo es la primera que realmente no puede describirse con palabras, sin importar cuántos años lo hayas experimentado: la primera en la que ya estás acostumbrado, cuando el frío se siente como el estado normal de las cosas y no como la excepción. El verano murió mucho tiempo atrás, pero esta es la noche en la que nos olvidamos de su recuerdo, la última luz se escabulle y un saco engulle al pueblo entero. Mañana, de buenas a primeras, nuestros dedos no recordarán cómo era la vida sin guantes, a nuestros oídos no llegará el trino de ningún pájaro y las plantas de nuestros pies habrán olvidado los charcos que no se quiebran cuando los pisamos con nuestras botas.

La editora en jefe del periódico local ha experimentado el frío en muchos otros lugares, pero, de alguna forma, se siente más crudo aquí en el bosque, se mete debajo de tu piel de una forma tal que nunca te descongelas de verdad; si no odiara tanto los clichés, quizás habría dicho lo mismo de las personas. Sus antiguos colegas muy al sur opinaban que aceptar este trabajo era una locura, algo que, la verdad sea dicha, ella no puede contradecir. Una redacción lo más pequeña posible, con recursos inexistentes, en un lugar en medio de la nada, que además está rodeada de gente que parece haber heredado de sus ancestros un odio especial hacia toda su profesión. Entonces, ¿por qué aceptó? Bueno, ¿por qué llega a hacer algo una persona? Era un reto. Era una tarea difícil. Cuando toda tu identidad se centra en ser periodista, quizás alcanzas de forma natural un punto en la vida en el que se siente que solo las batallas imposibles valen la pena.

Ella cuelga el teléfono. La oficina está vacía y a oscuras, la única persona que sigue trabajando aparte de ella es su papá. Él ha estado sentado en su lugar todo el día: apretujado en un taburete junto a la ventana, con sus montones de papeles y su marcador.

—¿Qué fue eso? —pregunta él con curiosidad.

—La policía recibió una denuncia de un auto que fue objeto de actos de vandalismo en Hed. Al parecer, ese auto le pertenece a Frac —responde ella.

Él no le pregunta cómo se enteró; que la gente hable y los rumores se esparzan es algo que pasa en todas partes, pero ocurre con mayor rapidez en este lugar.

—¿El patrocinador?

—Así es.

El silbido sarcástico del señor arruga sus mejillas.

—Qué *increíble* coincidencia, ¿eh?, que justo *él* resultara ser la víctima de algo así, ¡precisamente hoy!

Ella ladea la cabeza, en un gesto impregnado de ironía.

—¡Papá! ¿Estás acusando a Frac de ser un *mentiroso*? ¿A esa alma buena, honesta, a ese contribuyente intachable?

Su papá resopla.

—No estoy tan seguro de que sean mentiras, si vas a su casa creo que su auto realmente va a estar dañado. Cómo pasó, ese ya es otro cantar. Pero no me estás preguntando si es mentira, mi niña, me estás preguntando si deberías publicarlo. ¿Correcto?

Ella sonríe con un suspiro, un sonido que domina mejor que cualquier otra persona que él haya conocido.

—Es una noticia. Somos un periódico.

—Suenas igual que yo.

Ella no sabe si él lo dice con orgullo o si está disculpándose.

—No, solo sueno un poco como tú.

—Ahora suenas como tu mamá.

Ella sonríe de nuevo con un suspiro.

—¿Así que tú, la persona que me enseñó que «la única misión del periodismo es la verdad», opinas que debería publicar algo que estoy bastante segura de que no es verdad?

—¡Deja de hacerte la tonta y de poner palabras en mi boca! ¿Has llamado siquiera a ese Frac?

—No.

—Llámalo. Entonces no estarías publicando algo que pasó, estarás publicando su versión de lo que pasó.

Ella se reclina en su silla.

—Realmente no sé si debería seguir tus consejos sobre ética, papá —suspira ella.

El señor solo se ríe, y aunque ella todavía está enfadada con él por haber manipulado a Maya Andersson para que conversara con él en el tren, comprende sus intenciones. Cuando ella era niña, se enteraba de cómo su papá había destapado escándalos y destruido la carrera profesional de individuos poderosos, pero también había destruido sus vidas, las vidas de sus familias y las de sus hijos. El trabajo de su papá consistía en someter a escrutinio a la gente con poder, pero era tan bueno para ello que las consecuencias eran fatales incluso para personas inocentes; y ella se preguntaba a menudo cómo podía dormir él por las noches. La respuesta era sencilla y complicada a la vez: su papá solo era leal a la historia que se iba a contar; la verdadera implacabilidad siempre exige creer en alguna clase de propósito trascendental. Honestamente, la editora en jefe no sabe si puede decir eso de ella misma.

Cuando era pequeña, su mamá le decía «¡Eres como tu papá!» cada vez que quería herirla, pero, con el transcurso de los años, esa frase se fue volviendo más y más un cumplido. «¡Eres de esa clase de personas que siempre tienen que empezar una pelea!», le decían sus maestros, y, con el tiempo, dejó de avergonzarse de ello. En cierta ocasión la expulsaron de su equipo de futbol, pues había empezado a pelearse con una de sus compañeras, que se negó a reconocer que había tocado el balón con la mano. Después de lo sucedido, su madre se limitó a suspirar: «No puedes soportar que los demás hagan trampa. Ese es un problema que tienes. Te niegas a aceptar que el mundo está hecho de áreas grises». Quizás no había una mejor descripción de la chica que, algún día, crecería y se convertiría en la editora en jefe de un periódico.

—¿Debería preguntarle a Frac directamente por la contabilidad cuando lo tenga en la línea? ¿Cómo va eso que acostumbras decir? ¿«Darle una patadita al avispero»? Quizás no tengamos una mejor ocasión para hacerlo, ¿o sí? —le pregunta a su papá ahora.

Han estado discutiendo los entresijos de esa contabilidad una y otra vez desde que su papá llegó aquí. Él ha leído cada línea de cada informe financiero anual del Club de Hockey de Beartown, y solo sigue repitiendo: «Falta algo aquí, y aquí, y aquí…». No basta con encontrar pequeñas irregularidades si uno va a meterse con un club de hockey, uno tiene que poder demostrar actos de criminalidad flagrante, así que tienen que empezar por averiguar quién es el responsable final. El municipio es el dueño de la arena, los miembros son los dueños del club de hockey, pero los patrocinadores son los dueños del dinero. Y la culpa se encuentra en algún punto en medio de todos ellos.

—Hazlo al final, ¡deja al pobre hombre que te cuente primero de los daños a su auto! —asiente su papá.

Ella marca el número de Frac. Es obvio que él estaba esperando la llamada, es muy consciente de lo que echó a andar cuando presentó la denuncia ante la policía; sin embargo, está sorprendido de que la voz que escucha al otro lado de la línea sea la de ella.

—¿La propia editora en jefe?

Los dos ya han estado en contacto antes, Frac no es precisamente el tipo de hombre al que le apena llamar al periódico con regularidad para «corregir» notas que él considera que «dijeron las cosas al revés».

—Solo quería verificar el rumor —responde ella.

—¿Cuál rumor? —pregunta Frac, bastante ducho en el arte de hacerse el muy tonto, aunque también con un ligero nerviosismo en la voz que no se le escapa a la editora en jefe, pues él había estado esperando que lo llamara algún periodista con menos experiencia.

—Que unos pandilleros vandalizaron tu auto en Hed.

Su papá sonríe ante esa pregunta capciosa, ella pone su teléfono en altavoz para que él pueda oír la respuesta tan humilde y magnánima de Frac:

—Alguien... Sí, bueno... Alguien le lanzó una piedra al parabrisas, sí. Pero creo que sería irresponsable especular sobre quién pudo haber sido.

—Pero ¿no tenías puesta una pegatina del Club de Hockey de Beartown en el vidrio, y justo habías llevado a un jugador de Beartown a su casa en Hed? —lo presiona ella.

Frac finge por un buen rato que está pensando, antes de contestar:

—Sí, así es, temía que nuestro jugador, que es muy joven... Temía que alguien atacara a nuestro guardameta en el autobús si no me encargaba de llevarlo yo mismo.

—¿Qué te hizo pensar eso?

—Por desgracia, partes de nuestra arena de hockey en Beartown sufrieron destrozos cuando los chicos de Hed estuvieron entrenando en el lugar, de hecho ¡dos de los muchachos de nuestro equipo júnior fueron agredidos físicamente!

Ella hace varias anotaciones. Mira de reojo a su papá. Entonces pregunta:

—¿Quieres decir que los padres de Beartown deberían preocuparse por la seguridad de sus hijos?

Frac baja la voz de forma dramática:

—No quiero que ningún padre tenga que preocuparse por la seguridad de sus hijos, no importa el lugar donde vivan. Y también pienso que ningún ciudadano debería preocuparse de que alguien vaya a dañar su auto por culpa de una pegatina en los cristales. En Beartown no creemos en la violencia ni en las amenazas, creemos en la cooperación y en la solidaridad, tanto en la actividad económica como en el deporte. Espero que los ciudadanos de Hed piensen igual. ¡Puedes publicar eso!

La periodista plantea la pregunta que sabe que él está esperando:

—Están proliferando ciertos rumores de que los concejales del municipio quieren desaparecer a los Clubes de Hockey tanto de Hed como de Beartown, y en su lugar fundar un club completamente nuevo. ¿Crees que estos ataques tienen algo que ver con esos rumores?

Frac se toma su tiempo para fingir que está reflexionando.

—El concejo municipal no puede desaparecer un club deportivo. Le pertenece a los miembros.

Ella finge hacer una pregunta crucial, que en realidad solo le da a Frac la oportunidad de sentirse importante:

—Entonces, ¿quieres decir que el Club de Hockey de Beartown, que juega en una arena propiedad del ayuntamiento, no necesita más dinero del municipio? ¡Creo que muchos contribuyentes estarán contentos de oír eso!

La voz de Frac baja a un tono de dolor actuado:

—Tú sabes tan bien como yo que el hockey sobre hielo le da a este municipio mucho más de lo que le cuesta. ¡Solo mira nuestro programa juvenil! ¡Y nuestra inversión en el hockey femenino infantil! ¿Deberían verse afectados por todo esto? No, todo lo que puedo decir es que realmente espero que las personas que detentan el poder en el ayuntamiento no permitan que la gente que comete actos violentos afecte las decisiones que toman respecto de nuestro deporte. Habría más que un dejo mafioso en todo esto si nuestros políticos electos castigaran ahora a Beartown, cuando nosotros somos las víctimas de vandalismo y amenazas. Creo que la gente de por aquí no lo aceptaría.

Con esto, Frac piensa que ya han terminado, cree que tuvo a la editora en jefe justo donde quería, pero ella solo toma más notas y mira otra vez a su papá de reojo. Él asiente para darle a entender que ya es momento de que entre en acción.

—¡Frac! Aprovechando que te tengo en la línea, estábamos aquí revisando los informes de las cuentas anuales del Club de Hockey de Beartown correspondientes a los últimos años…

Frac se queda tan callado que ella tiene que decir «¿Hola?» para asegurarse de que él no se ha caído de la silla.

—Bueno… Eso fue… ¿Qué…? ¿Puedo preguntar por qué están haciendo eso?

—Somos un periódico. Nos dedicamos a las noticias.

—Bueno… Okey… Pero ¿qué esperan encontrar ahí? Todo se ha hecho como debe ser, ¡eso te lo puedo asegurar!

Es entonces cuando ella empieza a tenderle una trampa a Frac con sus propias palabras.

—¿Ah, sí? ¿Cómo lo sabes? Tú no eres parte de la junta directiva, ¿cierto? Y los patrocinadores no deben tener acceso a la información sobre las finanzas de un club que es propiedad de sus miembros, ¿verdad? En especial tú, que hace poco fuiste objeto de una investigación de las autoridades tributarias.

Frac pierde la serenidad por un instante. Cosa rara en él.

—¡Óyeme! ¡En primer lugar, nunca me han declarado culpable de un solo delito fiscal y, en segundo lugar, yo no tengo nada que ver con la contabilidad del club!

—¿Por qué te irritas tanto?

—No me estoy irri… pero yo… ¡Okey, puedo ver que están tratando de encontrar alguna cuestión negativa! ¿Por qué no escriben sobre las cosas positivas que hacemos, para variar? ¡Como nuestra inversión en el hockey femenino infantil! ¡O que promovemos la integración! ¡Nuestro pliego de declaración de valores que acabamos de presentar!

—Ya hemos escrito acerca de todo eso. Todos los artículos que hemos publicado en los últimos meses han sido positivos. Ahora solo quiero hacer unas cuantas preguntas sobre la contabilidad.

La editora en jefe nunca había escuchado que Frac permaneciera en silencio por tanto tiempo. Entonces, él dice con un gruñido:

—¡No sé nada al respecto, solo soy un patrocinador como bien dices!

La voz de la editora en jefe es suave pero intransigente:

—En ese caso, ¿podrías preguntarle al consejo directivo con quién tengo que hablar? Si son ciertos los rumores de que el ayuntamiento quiere fundar un club totalmente nuevo para ocupar el lugar de Beartown en la liga, estoy bastante segura de que será necesario que auditores externos lleven a cabo una revisión detallada de todos los aspectos financie…

—¡Sí, sí! ¡Voy a investigarlo! —grita Frac, y ella puede percibir su arrepentimiento, ese arranque reveló todos sus puntos sensibles.

Ella sonríe.

—Te lo agradezco. Lamento oír lo de tu auto. Yo misma voy a escribir el artículo, probablemente lo publicaremos en internet mañana muy temprano, si se te ocurre algo más que quieras añadir puedes comunicarte directamente conmigo.

Frac termina la llamada con un cortante «¡Claro!». Ella cuelga al otro lado de la línea.

—¡Habrase visto semejante desgraciado! —gruñe su papá.

—Meh, no es tan mala persona. Posee cierto encanto. De hecho, es sorprendente cuántos de estos tipos del hockey tienen algo de eso, casi podría decir que me agradan, aunque sea un poco.

—No estarás hablando en serio.

—Sí. Me recuerdan a ti —dice ella entre risas.

Esto solo es una broma a medias. Ella de verdad guarda un respeto sincero por Frac, tal y como lo guarda por Peter Andersson, ellos luchan por algo intangible, son unos apasionados de su club y de su pueblo. Es difícil para ella no sentir afinidad con eso. Para bien o para mal, siempre es esa otra clase de personas, aquellos que no pierden la razón por nada en absoluto, con quienes ella no puede identificarse.

—¡Es un desgraciado! —repite su papá.

—Entonces, ¿qué opinas? —pregunta ella.

—¿Acerca de qué?

—¿Debería escribir sobre su auto?

—Desde luego. Eso es una noticia.

Ella tamborilea sus dedos en las sienes, meditabunda.

—Y ¿qué piensas de Frac?

Su papá junta las manos sobre su estómago.

—Pienso que está en apuros. No creo que esté acostumbrado a perder. Y es entonces cuando los desgraciados como él se vuelven peligrosos. Pero ya pateaste el avispero, así que vamos a ver qué es lo que sale...

—¡Fuiste tú quien me dijo que lo pateara!

—¿Por qué me haces caso? ¡Si no estoy en mis cabales!

Ella se ríe a carcajadas. Él también.

—¿Cuánto es lo que falta en la contabilidad? —pregunta ella.

El señor se coloca las gafas en la frente y pasa la mano por encima de sus montones de papeles en un amplio movimiento circular.

—¡Una enormidad! Nada notorio, a menos que revises con mucho detenimiento, han borrado sus huellas bastante bien, pero... tan solo partiendo de lo que he encontrado hasta ahora diría que, en los últimos dos años, el Club de Hockey de Beartown ha gastado varios cientos de miles cuyo origen nadie podría explicar. Claro que la fábrica se sumó como patrocinador, pero revisé sus transferencias bancarias y son por un monto mucho menores de lo que está registrado en la contabilidad. Así que hay dinero entrando al club, pero proviene de algún otro lugar. ¿Me vas entendiendo?

—¿Crees que es dinero sucio?

—¡En todo caso no creo que esté cien por ciento limpio! Ciertamente, una parte parece ser lavado de dinero, varias personas en la junta directiva de la compañía inmobiliaria del municipio también han sido parte de la junta directiva del Club de Hockey de Beartown, y ahora la compañía inmobiliaria y el Club están haciendo negocios juntos. También hay una firma de consultoría ahí en ese montón, propiedad de una empresa constructora local que hace negocios con el municipio, y de la nada transfirieron dinero al Club de Beartown de una forma que luce jodidamente turbia. Tengo que escarbar más en todos esos asuntos... pero échale un vistazo a esto... creo que se trata del punto más importante: ¿has oído hablar de este «centro de entrenamiento»?

—¿Cuál centro de entrenamiento?

—¡Eso es lo que me estaba preguntando! El ayuntamiento se lo compró al Club de Hockey de Beartown hace un par de años, di con un correo electrónico que un funcionario del municipio le envió al club al respecto, pero no puedo encontrar más detalles sobre esa compra. Toda la documentación se ha desvanecido.

La arruga en la frente de la editora en jefe se profundiza.

—Lavado de dinero... corrupción... Si tan solo la mitad de lo que dices fuera cierto, la federación de hockey podría enviar al club a una división inferior, incluso quizás Beartown podría irse a la quiebra...

Su papá se la queda viendo con mucha seriedad.

—Si todo esto es verdad, hay gente que va a terminar en la cárcel, mi niña. Peter Andersson, antes que nadie, pues su nombre consta en todos los documentos. ¿Y si le sumas que por una jodida coincidencia da la casualidad de que es amigo del tal Frac desde la infancia? ¿Cuánto humo necesitas para creer que hay un fuego ardiendo, eh?

Ella se reclina en su silla, mira fijamente el techo. Luego murmura:

—Tenemos que indagar más a fondo.

Entonces, su papá hace algo que es muy poco común en él: titubea.

—Primero tengo que preguntarte, mi niña... ¿estás segura de que haces esto por las razones correctas?

—¿*Tú* me preguntas eso?

Él asiente despacio. No ha bebido un solo trago desde que llegó aquí y la sobriedad lo está desgarrando por dentro, pero ya había decidido que debe darle a su hija todo lo que tiene, por una última vez.

—Tú no eres como yo. No puedes simple y sencillamente apagar tu conciencia. Así que, si deseas hacer esto solo porque quieres ganar, entonces olvídalo. Porque, si ahondo en esto, Peter y Frac son los primeros que van a terminar salpicados de mierda, y ¿me pareció que habías dicho que te caían bien?

La voz se le quiebra a la editora en jefe de forma tal que se siente avergonzada, puede oírse a sí misma sonar como una niña pequeña que aprieta los puños después de que se termina un partido de futbol, cuando las palabras emanan de su interior:

—¡Sí, me caen bien! Sí... sí me caen bien. Claro que ellos han hecho muchas cosas buenas por el deporte, por el pueblo... pero ¿qué es un deporte si no hay justicia? ¿Qué es una comunidad? Si construyeron el club con mentiras y tratos oscuros, entonces todo es... entonces es... ¡es hacer trampa, papá! Y si los dejamos que se salgan con la suya, ¿en qué nos convierte eso?

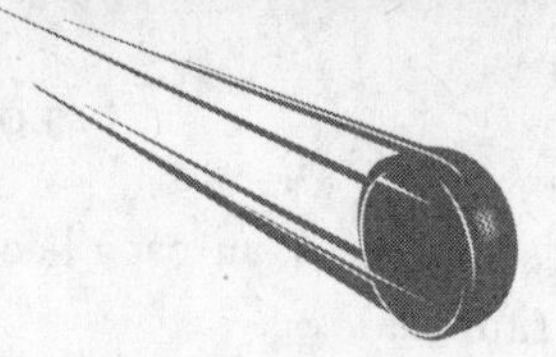

SIERVOS

La justicia no existe. En todo caso ninguna que sea aplicable a todo el mundo, en todo caso no aquí, según lo aprendió Matteo en su infancia.

Ahora tiene catorce años, y su hermana le decía todo el tiempo que esta edad es la más terrible de todas, es cuando las personas son de lo peor, ella le decía que él simplemente tenía que sobrevivir durante estos años. Pero fue ella la que no sobrevivió. Ella le decía que él podía ser lo que quisiera, pero, para Matteo, esto no es posible ahora. Porque él quiere ser feliz.

A él le gustaba dibujar, así que en estos últimos días ha intentado hacer un retrato de su hermana, pero ya no puede recordar sus detalles imperfectos, solo puede visualizarla como si hubiera estado hecha de porcelana. Cabello como si hubiera sido tallado en madera, ojos como los de una muñeca. La dibuja como si alguien se la estuviera describiendo.

Sus padres llegan tarde a casa la noche antes del funeral, no dicen nada, entran como si solo hubieran ido a la iglesia o al supermercado. Su hermana está en una caja, que colocaron encima de la cómoda en el vestíbulo. Matteo camina de puntillas hasta llegar a la cómoda y toma la caja con mucho cuidado, pero es demasiado ligera, su hermana jamás cabría ahí dentro. Ella era grande, tenía una risa que podía llenar pasillos enteros, un sentido del humor que hacía volar los techos de las casas. Su mamá le habla a voces desde la cocina y a Matteo casi se le cae la caja de las manos.

—¿No vas a llamar a alguno de tus amigos de la escuela para salir a andar en bicicleta, Matteo?

Matteo pasa saliva, y siente como si tuviera trozos de hielo en los pulmones. Su hermana acostumbraba decir que su mamá vivía en un mundo de fantasía, que ella era como una de esas fotografías chuscas en las que te paras detrás de un panel y sacas la cabeza a través de un agujero, de modo que tu cara termina siendo la cabeza de un personaje de caricaturas, o de un león, o de una señora gorda. «Así es la vida para ella, solo pone nuestras cabezas en lo que sueña que seamos», decía su hermana, lo que hacía que Matteo enfureciera. No con su hermana, sino con lo injusto que era eso. Él jamás ha tenido un amigo, jamás ha llamado por teléfono a uno solo de sus compañeros de la escuela, su mamá solo vio a otros chicos andar en bici por la calle y dio por sentado que ese es el tipo de cosas que su hijo también hace.

—Sí, mamá —responde él.

Afuera está nevando y aquí dentro hace un frío congelante, pues, de vez en cuando, a su mamá se le ocurre que el aire en las habitaciones de la casa está viciado, así que abre las ventanas de par en par y las deja así por varios días. Como si pudiera ventilar la casa para expulsar todo lo que está mal. Ella está horneando algo en la cocina, siempre lo hace cuando no quiere ver a nadie, y su papá está sentado en otra habitación con sus libros, pues él vive en otra clase de fantasía, una donde puede desconectarse y no tiene que sentir nada en absoluto. «¡Ustedes dicen que debemos ser siervos de Dios, pero esa es solo otra palabra para referirse a los esclavos!», les dijo la hermana de Matteo alguna vez, y esto alteró tanto a su mamá que se puso a temblar de pies a cabeza, se tapó los oídos con las manos y empezó a gritar. Matteo pasó toda la noche abrazándola, y a la mañana siguiente su hermana se disculpó con él. Esa noche, ella le susurró: «Nunca le dicen que no a nadie, Matteo. ¡Ni a sus jefes, ni a la gente de la iglesia, ni a Dios! ¡Solo se doblegan y obedecen y aceptan que vivamos en estas condiciones! ¿Así es como tú quieres vivir, con todas esas malditas reglas y prohibiciones y sin tener dinero jamás? ¿No quieres una vida mejor que esta?». Matteo no supo qué responder, jamás se le había ocurrido que pudiera haber alguna alternativa, pero comprendió la razón por la cual su hermana empezó a beber, era una forma de escaparse de este lugar. Poco tiempo después, su mamá encontró botellas de alcohol y prendas íntimas muy reveladoras en la habitación de la hermana de Matteo, y esa fue la primera vez que él oyó la palabra «ramera» en su hogar. Su mamá rezaba todas las noches por el alma de su hija, en voz alta para que ella alcanzara a oírla, y esto hizo que la hermana de Matteo dejara de venir a la casa. Matteo era demasiado pequeño para entender todo lo que estaba sucediendo durante esos últimos meses, todas las cosas por las que su hermana tuvo que pasar; pero, cuando ella desapareció en el extranjero, él se metió en el guardarropa de su hermana, se sentó ahí y aspiró la esencia que ella había dejado hasta que se quedó dormido. Cuando se despertó en el fondo del guardarropa, en uno de sus rincones, algo afilado le arañó la mejilla; era una de las esquinas del diario de su hermana que estaba en el suelo. Fue así como Matteo se enteró de todo. Por eso sabe que su hermana quizás habrá muerto en otro país y la policía habrá dicho que fue culpa de las drogas, pero no es verdad. A ella la mataron aquí en Beartown. Los chicos de este lugar la asesinaron. El corazón de su hermana se rompió en tantos fragmentos que se esparcieron por todo el mundo.

Ahora, sus padres ni siquiera están pensando en enterrarla en la iglesia a la que ellos mismos acuden, la que se encuentra a varias horas de aquí; piensan hacerlo en la iglesia de Beartown, la que siempre han despreciado. Así no tendrán que contarle a nadie en su propia iglesia que su hija falleció en el extranjero de una sobredosis, tan solo pueden fingir que sigue viva y está viajando por ahí en algún lugar del mundo, que todavía les manda postales.

Matteo escondió el diario de su hermana en el mismo sitio donde oculta su computadora, detrás de la secadora descompuesta en el sótano. Solo leyó el diario una vez pero recuerda cada letra, cada signo de admiración, cada rugosidad que quedó en el papel cuando se secaron las lágrimas que ella lloró mientras escribía: «Nadie me cree porque si en este lugar te revuelcas en la cama con un chico, les debes un revolcón a todos! o sea, la democracia del revolcón al estilo Beartown! aquí solo las vírgenes pueden ser víctimas de violación!! por qué la policía habría de creerme cuando ni siquiera mi propia madre me cree?? ramera ramera ramera ramera para ella y para todos los demás solo soy una ramera ramera ramera ramera así que no puedo ser víctima de una violación porque no puedes violar a una ramera!! no aquí».

Han pasado dos años y medio desde que ella empacó su maleta, mintió sobre la iglesia a la que supuestamente iría y tan solo desapareció. De hecho, se fue de Beartown poco después de que Kevin Erdahl violara a Maya Andersson; y, de repente, el pueblo entero hablaba sin parar de la violencia sexual, pero ni siquiera entonces Matteo oyó que sus padres dijeran una sola palabra al respecto. Durante un breve periodo, se preguntó si ellos se sentían avergonzados, si se arrepentían de no haberle creído a su propia hija, pero eso se terminó cuando Matteo vio lo que le pasó a Maya. A ella se le hizo justicia, se restituyó su honra, obtuvo su venganza, ¿no es cierto? No se necesitó tanto, ¿verdad? Pues no. No se necesitó tanto en absoluto. Tan solo un testigo, ese tal Amat, quien al final se atrevió a contar lo que había sucedido, en un pueblo donde esto significó que los amigos del violador lo atacaran y lo golpearan de inmediato. Tan solo que toda la familia Andersson tuviera fuerzas para plantarse cuando todo el pueblo se volvió en su contra. Tan solo que Maya acudiera al hospital y se sometiera a toda clase de exámenes horrendos, y que presentara una denuncia ante la policía que solo llevó a especulaciones humillantes sobre si ella había estado bajo el influjo de drogas, si tal vez había enviado señales poco claras y si en realidad entendía que, de hecho, ¡esto podía destruir la carrera de Kevin! Tan solo cientos de comentarios anónimos en internet diciendo que era obvio que ella mentía y solo quería llamar la atención, y que todos sabían que ella era la que se sentía atraída por Kevin y no al revés, y que de cualquier manera era demasiado fea como para que alguien quisiera tener sexo con ella, y que no era más que una maldita puta que merecía que la violaran, y que alguien debía encargarse de matarla. ¡Eso fue todo lo que se necesitó! Tan solo que el papá de Maya estuviera a punto de perder su empleo y que el club de hockey entero estuviera a punto de irse a la quiebra. Tan solo que su mamá fuera abogada y lo bastante desquiciada como para atreverse a luchar contra el mundo. Tan solo pruebas y testigos y dinero y amigos poderosos y un procedimiento ante las autoridades. Y después de todo eso, después de *todo* eso, ¡aun así Kevin no fue declarado culpable! Su familia simplemente se mudó de aquí y luego todo el mundo fingió que no había pasado nada: y, de alguna forma, se suponía que esto debía ser visto como un gesto de justicia. La restitución de una sola pizca de su reputación, eso fue con lo que Maya tuvo que conformarse. Y para que eso se diera, se necesitó todo.

Tan solo se necesitó absolutamente todo.

Entonces, ¿qué oportunidades tuvo la hermana de Matteo? Ninguna, en lo más mínimo. Matteo no entendía por qué su hermana se había ido de aquí hasta que encontró su diario; ahora desearía no haberlo hallado jamás, desearía haberse librado de vivir en la oscuridad de su hermana. En lo más profundo de su ser, él tenía la esperanza de que ella pudiera ser libre muy lejos de aquí, pero ahora sabe que los chicos de este pueblo ya habían construido una prisión, la dejaron encadenada por dentro para que jamás pudiera escapar. Matteo solo tiene catorce años, pero sus papás no son más que unos siervos, ellos nunca van a vengar a su hermana, así que ahora él tendrá que hacerlo.

Matteo toma una pequeña pluma de su mochila de la escuela y, con mucho cuidado, dibuja una mariposa en la caja que contiene a su hermana. Entonces sale de su casa y empieza a pedalear su bicicleta en la nieve, debajo de las farolas de la calle; cuando su mamá lo ve a través de la ventana, él la saluda agitando la mano, y ella le devuelve el gesto.

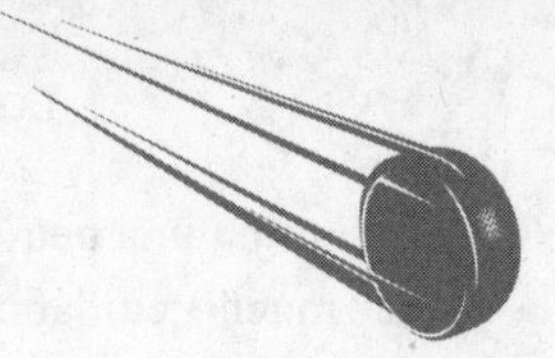

GUERREROS

El domingo ha llegado. El funeral de Ramona no honra su memoria en absoluto. Ella les dijo de manera explícita a todos estos bastardos, mientras estaba viva, que podían usarla para alimentar a los cerdos o para fertilizar las flores cuando hubiera terminado con esta vida terrenal, mientras no montaran una escena invitando a muchos más bastardos que tendrían que permanecer parados ahí y nada más, fingiendo estar tristes. Nadie la escuchó, como de costumbre. Todo el pueblo va a acudir al funeral.

•••

Adri despierta a Benji temprano. Los perros son los que reciben su comida primero, luego es el turno de los humanos, comen de pie junto a la encimera de la cocina sin decir una sola palabra. Benji apena si puede probar bocado, su cuerpo no está acostumbrado a despertarse al amanecer, por lo regular esa es su hora de acostarse. Adri lo obliga a beber café y coloca a la vista el único traje de su hermano, que apenas alcanzaba a cubrirle los hombros y el pecho cuando se marchó de Beartown hace dos años, pero que ahora le queda demasiado grande. Adri lustró los viejos zapatos elegantes de su papá y los dejó en el vestíbulo, le entrega a su hermano una corbata blanca que compró para la ocasión, y Benji no tiene energía para protestar. En los funerales, solamente los familiares pueden ponerse una corbata blanca, pero a Adri no le importa lo que Benji opine sobre el tema, o sobre cualquier otra cuestión. Ni siquiera le preguntaron dónde quería quedarse cuando volvió a casa, sus hermanas lo decidieron por él. Terminó con Adri, pues Katia vive en un apartamento demasiado pequeño y Gaby no tiene espacio para alguien más ahora que su mamá enfermó y se mudó con ella. Como era lógico, ni siquiera se mencionó la posibilidad de que Benji viviera solo, podrá viajar alrededor del mundo cuantas veces quiera, pero si tienes tres hermanas mayores, nunca te convertirás en un adulto.

Cuando la luz del día alcanza la copa de los árboles, Gaby y Katia llegan a la casa de Adri en coche, con su mamá en el asiento trasero, y Adri y Benji se suben y se sientan junto a ella, aunque los tres terminan apretujados. Su mamá se dedica a peinar el cabello de Benji en contra de su voluntad durante todo el trayecto, y las hermanas se ríen con tanta intensidad que el auto se mece. Ese muchacho puede soportar mucho dolor, pero, en este momento, lo están cepillando más duro que a un caballo.

•••

El tiempo no es de fiar cuando se trata de las personas que amamos. Si se van de nuestro lado, sentimos como si transcurriera toda una vida, como si se convirtieran en unos extraños; pero, cuando vuelven a casa, a la mañana siguiente de su regreso, parece que nunca se hubieran ido. El problema para Benji es que hay muchísimas personas que ahora lo van a ver por primera vez desde que volvió al pueblo. Muchísima gente cuyas reacciones todavía no puede predecir.

Cuando llega con su mamá y sus hermanas al cementerio de la parroquia, solo hay unas cuantas personas en la iglesia. Su mamá saca una docena de tazones envueltos con papel celofán del maletero, pues, sin importar a dónde vaya, siempre lleva comida consigo. Ella y sus hermanas caminan hacia las verjas y hacen lo que siempre hacen: encuentran algo con lo que puedan ayudar. Se olvidan de Benji por unos instantes, se olvidan de las miradas que todos los demás le están lanzando, se olvidan de lo que él era en este pueblo y de aquello en lo que se convirtió. Así que Benji se queda solo, de pie junto al auto, sin saber qué hacer, consciente de la forma en la que todos los que pasan junto a él lo miran de reojo y susurran. Sus manos sudorosas buscan con desesperación algo en qué ocuparse, pero apenas si logran encender un cigarro. De buenas a primeras, desea no haber vuelto a casa. No está preparado para todo esto, maldita sea. Entonces avista a unos hombres con chaquetas negras a la distancia, junto a la verja, Araña y unos cuantos más, el círculo íntimo de Teemu. Están ahí para asegurarse de que ninguna persona ajena acuda al funeral, y Benji no sabe si él es uno de ellos o uno de los otros. En el pasado, él era más hábil para no dejar que los demás notaran su inseguridad, pero no solo perdió esos kilos de peso durante el tiempo que estuvo lejos de este lugar. El cigarro se apaga entre sus dedos.

—¿Ese no es Benji? —le susurra un muchachito a otro, no muy lejos del propio Benji.

—Rayos, qué delgado se ve, ¿se habrá contagiado de SIDA o algo? —responde el otro chico, también con un susurro, y los dos se ríen tontamente y sin control. Un adulto enfadado los manda callar, los dos chicos extienden los brazos a los lados y uno de ellos dice entre dientes:

—¿Qué? Él es el que era gay, ¿no? *Tú* dijiste que...

Benji no espera a oír el resto, da media vuelta y camina en la dirección opuesta, resbalándose sobre la fina capa de nieve con los zapatos elegantes de su papá. No sabe a dónde va, solo desea estar en algún sitio donde no haya gente. Las palabras «¿Estás buscando algo o huyendo de algo?» hacen eco en su cabeza. Se lo preguntó un barman al inicio de su viaje, en el otro lado del mundo, y no supo qué contestar, así que dijo: «Ambas cosas». Estuvo a punto de enamorarse de ese barman, estuvo a punto de enamorarse de muchos hombres en muchas noches distintas, pero, cuando el sol salía, siempre empezaba a buscar sus prendas tiradas en el suelo y una salida. También conoció a una mujer, era instructora de buceo y se había topado a Benji cierta mañana en la que él dormía sobre un muelle; aunque la mujer hablaba en inglés, Benji no pudo ubicar de dónde era su acento vacilante, pero se hicieron buenos amigos. Tan buenos que, una noche, después de que él había pasado un largo rato intentando hacer un agujero en el fondo de las botellas con la mirada, ella sonrío y le dijo en sueco:

—Es muy fácil enamorarse de ti y terminar sintiéndose desdichado, pues tú no te enamoras, solo eres desdichado.

Fue la primera vez en varios meses que Benji había oído su propio idioma; resultó que la mujer había crecido a solo quinientos kilómetros de Beartown, es decir, prácticamente a la vuelta de la esquina.

—¿Por qué no me habías dicho que vienes del mismo país que yo? —preguntó él.

—Porque entonces nunca me habrías dirigido la palabra; tú no quieres pensar en tu lugar de origen por nada —respondió ella. Y eso era verdad.

Pasaron toda la noche parloteando en el idioma que él casi había olvidado, ella se sumó a cantar las canciones que la banda de *covers* tocaba en el escenario, y Benji estaba lo bastante ebrio como para poder cerrar los ojos y creer que estaba de vuelta en el bosque, y no junto al mar. No era la primera vez que echaba de menos su hogar, solo la primera vez que se lo admitía a sí mismo. La mujer lo hizo prometer que iba a quedarse con ella por un tiempo, pero, a pesar de su promesa, pronto Benji ya estaba empacando su maleta —que cada vez era más y más ligera—, y se marchó. En una ciudad distinta conoció a un joven atractivo, dueño de un viejo bote maltrecho, y los dos vivieron a bordo de la embarcación, en aguas abiertas, durante varias semanas; pero, en cuanto el joven logró que Benji le contara algo personal, él también lo perdió. En la última noche que pasaron juntos, Benji estaba acostado de espaldas sobre la cubierta y debajo de las estrellas, tan volado como una cometa, y le contó al joven cómo se sentía jugar hockey sobre hielo. Cómo se sentía de verdad.

Poder ser uno de los hombres sobre la pista. No ser uno de los que están en las gradas sin poder alguno, aquellos que solo pueden gritar y abrigar esperanzas, sino uno de los que pueden hacer una diferencia. Uno de los que pueden pelear y sangrar y ganarlo o perderlo todo. El joven atractivo yacía a su lado, y tocó con suavidad el tatuaje del oso en el brazo de Benji. «¿Alguna vez has visto a un oso de verdad?», preguntó. Benji se volvió hacia él y le dio un beso. La mañana siguiente, el joven despertó y el bote estaba desierto.

—¡BENJI! —grita una voz furiosa que atraviesa el estacionamiento.

Benji sigue caminando.

—¡BENJI! —ruge la voz de nuevo, y su nombre se siente como una granizada que le cae en la nuca.

Benji se detiene como una rata atrapada en un rincón y da media vuelta, preparado para cualquier cosa. Los hombres con chaquetas negras dejaron la verja atrás y vienen caminando directo hacia él. Sentían afecto por Benji, pero, cuando se enteraron de todos sus secretos, también sintieron odio por él, como solo puedes odiar a alguien a quien quisiste primero. Alguna vez, Benji fue el símbolo de todo lo que ellos anhelaban que fuera Beartown: todo el mundo le temía y él no le temía a nadie. Solo era un chico en ese entonces, pero en la pista de hielo era su hombre. Su guerrero. Benji era suyo. Ese rugido que puede elevarse desde una grada llena de chaquetas negras cuando te lanzas contra el plexiglás poseído por la adrenalina es algo que Benji jamás ha vivido en ningún otro lugar, pues simplemente no existe en otro lugar. ¿Cuántas veces ha deseado haber podido permanecer aquí? ¿Que la verdad nunca hubiera salido a la luz? Se supone que los guerreros deben amar a otros hombres, no enamorarse de ellos. Benji creía que había experimentado todas las clases de silencio que hay sobre la faz de la Tierra, hasta la primera vez que entró a una habitación llena de hombres que hacían bromas sobre homosexuales y todos callaron en cuanto lo vieron. Creía que había experimentado todas las clases de odio hasta que los aficionados de Hed lanzaron dildos a la pista de hielo mientras jugaba un partido y pudo ver en los ojos de los aficionados más fieles de Beartown que los había avergonzado. Ellos lo aborrecieron por esto y él no se lo reprocha, comprende que jamás podrían perdonarlo. Las últimas palabras que Teemu le dijo hace dos años fueron «Eres uno de nosotros», pero ¿qué significa eso ahora? Nada. Benji todavía era un jugador de hockey en ese entonces, todavía les era de utilidad, era alguien especial. Ahora no es nadie. Jamás debió haber vuelto a casa.

—¡BENJI! —aúlla Araña, el más loco de todos ellos; pero no le está pidiendo que se detenga; se lo está ordenando.

Benji no se mueve. Solo deja que los hombres se le aproximen. El primero alza las manos, el segundo también, todo sucede espantosamente rápido y siente un dolor terrible cuando lo abrazan, pues su cuerpo todavía está cubierto de moretones por aquella ocasión en la que le dieron una golpiza en el aeropuerto.

—¿Cómo rayos estás? ¡Qué bueno es tenerte en casa, carajo! No jodas, qué delgado estás, ¿tienes anorexia o algo así, maldito bastardo? —exclama Araña, y los demás hombres agobian a Benji con insultos que en realidad son cumplidos, pues esta es la única forma que tienen de comunicarse, además de los cumplidos que en realidad son insultos.

Entonces hablan sobre la caza de alces. Sobre autos y escopetas. Sobre el clima. Benji todavía está esperando a medias que alguien le dé un golpe, pero como eso no sucede, termina por relajar los hombros y dice en voz baja:

—Mis... Mis condolencias...

Hace un gesto con la cabeza hacia el cementerio, pero Araña se limita a esbozar una gran sonrisa.

—¡No me digas que ahora vas a empezar a llorar! ¿Crees que Ramona te habría dejado hacer eso? ¡Habría golpeado tu flaco trasero hasta convertirlo en astillas y entonces les habría prendido fuego hasta que todo el pueblo apestara a culo!

Pero en los ojos de Araña, en los ojos de todos ellos, se nota el peso de una pérdida inimaginable. La piel de sus rostros está hinchada por el alcohol, se ahogaron por dentro para no ahogarse con sus lágrimas. Ellos le pertenecían a Ramona, Ramona les pertenecía a ellos, la mayoría eran más unidos a esa vieja bruja que a sus propios padres. Sin embargo, el humor ni siquiera es un mecanismo de defensa ahora, es un acto desafiante; no te vas a apoderar de nosotros, maldito luto. La novia de uno de los hombres los llama a gritos a lo lejos, desde los autos, diciéndoles que necesita ayuda para cargar las sillas pues la iglesia se va a llenar de gente, de modo que los hombres empiezan a andar de inmediato mientras siguen hablando con Benji, como si fuera obvio que él los acompañará. Así que él se va caminando con ellos. Hablan de hockey, pero nadie habla de Benji y el hockey, nadie le pregunta si va a volver a jugar; alguien comenta que el ayuntamiento quiere tratar de fusionar los clubes, y Araña responde:

—Claro que pueden intentarlo, ¡y cuando los entierren no vamos a necesitar sillas adicionales!

La novia patea a su novio en la espinilla para que él a su vez patee a Araña en el mismo lugar. Araña exclama:

—¿Y ahora qué tiene de malo lo que dije?

La novia le responde entre dientes:

—¡Ten cuidado con lo que dices, estamos en una maldita iglesia!

Naturalmente, Araña revira con una sonrisa socarrona:

—¡No digas palabrotas en la iglesia, Madde!

¡Cómo se ríen entonces, todos ellos! Hasta Benji. Meten más sillas a la iglesia y conversan sobre chicas y motos de nieve. Quizás ninguno de los hombres con chaquetas negras sepa en realidad lo que están haciendo, pero, justo en ese momento y en ese lugar, le dan a Benji el mejor regalo que uno puede darle a alguien que siempre ha sido diferente: lo tratan como si no fuera diferente en absoluto.

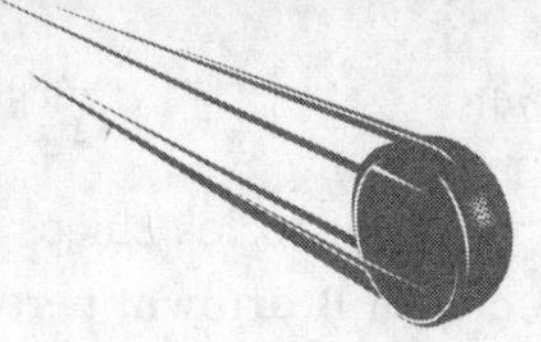

LADRONES

Temprano por la mañana del domingo, un bombero llama por teléfono a otro bombero para pedirle un favor. Bengt está en un extremo de la línea y Johnny en el otro, Johnny sigue exaltado por la trifulca en la arena de hockey, pero su jefe, quien es bastante mayor que él, le aconseja que se tranquilice.

—Están muy afectados por el funeral de la tal Ramona. ¿Cómo te sentirías tú? Olvídate del asunto por un par de días. También hay gente decente y sensata en Beartown, dales una oportunidad para que hagan entrar en razón a los tipos más idiotas, ya veremos cómo luce el panorama antes de que agarres un bate de béisbol y vayas a buscar pelea.

A regañadientes, Johnny promete que hará lo que Bengt le sugiere. Entonces charlan sobre la caza de alces; casi ningún bombero va a poder participar en ella este año, pues sus labores de limpieza después de la tormenta no dejan margen para tomar unos días de vacaciones.

—Justo lo que necesitamos ahora —se ríe Bengt—, ¡un montón de idiotas inquietos que acaban de comprar municiones y no tienen nada a qué dispararle!

—Voy a hablar con los muchachos de nuevo para tranquilizarlos lo más que pueda —promete Johnny.

—Muy bien, muy bien. ¿Cómo están tomando Hannah y los chicos todo lo que pasó?

—Cuando los chicos llegaron a casa estaban furiosos con todos en Beartown, pero Hannah estaba enfadada sobre todo conmigo. No tengo una puta idea de cómo se supone que lo que pasó sea culpa mía, pero eso no es nada fuera de lo común.

Bengt se ríe con tantas ganas que empieza a toser.

—Suena como mi esposa. Cuando despierto cada mañana, mi cuenta con ella ya está en números negativos. Si lo hago todo bien durante todo el día, podría ganar suficientes puntos para llegar a cero, en el mejor de los casos. Y a la mañana siguiente me despierto y de todos modos otra vez estoy en números negativos, caray. Pero, hablando de la esposa, ¿podría pedirte un favor?

—¿No acabas de pedirme uno? —hace notar Johnny.

—Sí, lo sé, pero como tengo la pierna enyesada no puedo manejar, y ya llegaron las llantas para invierno de mi mujer. ¿Podrías recogerlas por mí?

—Claro, ¿dónde hay que ir por ellas?

—Con los bandidos del basurero.

—¿Los bandidos del basurero? —repite Johnny con escepticismo. Nunca ha ido al depósito de chatarra desde que el nuevo dueño se hizo cargo de él, pero, como es natural, sus colegas en la estación han platicado bastante al respecto. «Yo jamás abriría la boca en ese lugar si tuviera dientes de oro, porque desaparecerían antes de que mi lengua se diera cuenta», dijo uno de sus colegas para resumir su sentir; pero Bengt responde con tranquilidad:

—Llantas baratas. No le veo nada de malo.

—¿Les pido un recibo? —sonríe Johnny.

—¡Tal vez es mejor que no! —ríe Bengt.

Al final, Johnny le promete que irá por las llantas. Maneja la furgoneta a través de Hed y se detiene en el cementerio de autos en las faldas del cerro. Si hay que ser honestos, en realidad es más una colina que un cerro, pero, una vez que la gente les pone un nombre a las cosas en Hed, es difícil cambiarlo. Johnny se baja de la furgoneta delante de la verja, sin cerrar las puertas con seguro, a pesar de que su móvil está en el asiento del acompañante. Un hombre gordo vestido con una chaqueta de cuero que está parado a un par de metros de distancia sonríe pensativo:

—¿No vas a ponerle el seguro a tu auto, sí?

Johnny alza las cejas.

—¿Y por qué iba a hacerlo?

El hombre no le quita la mirada de encima, sigue sonriendo, casi parece expectante.

—La mayoría de las personas como tú cierran su auto con seguro cuando vienen aquí. Hay rumores de que somos unos ladrones, ¿no te habías enterado? Tal vez alguien va a llevarse tu teléfono, ¿sí?

Johnny mira el interior de su auto, luego mira el depósito de chatarra a su alrededor, voltea a ver al hombre de nuevo y contesta con calma:

—Dile a uno de tus muchachos que lo intente y veremos qué pasa.

El hombre estalla en una larga y sonora carcajada, y extiende la mano.

—Lev.

—Johnny —responde él, y le estrecha la mano con firmeza.

Lev hace un gesto con la cabeza hacia la camiseta debajo de la chaqueta de Johnny, que tiene la insignia del cuerpo de bomberos en el pecho.

—Bombero, ¿eh? Sin miedo al fuego, sin miedo a los ladrones. ¿Qué puedo hacer por ti?

—Vine a recoger unas llantas para mi jefe —responde Johnny.

—Bengt, ¿sí? Muy bien. Te las vamos a traer. ¿Cómo está su pierna?

—Gracias… Bien, él está bien —contesta Johnny, un poco sorprendido.

Lev alza las palmas de las manos.

—La gente habla, ¿sí? Nos enteramos del accidente. Espero que él… ¿cómo se dice…? Espero que mejore. ¿Algo más?

Johnny se retuerce, respira hondo y hace un breve gesto en dirección de la furgoneta:

—No está funcionando como debiera. Mi mujer se queja de eso a cada rato. ¿Podrían echarle un vistazo y checar si tienen las piezas de repuesto necesarias?

Johnny no pide ayuda para arreglar la furgoneta, todavía necesita sentir que él mismo puede hacer esa clase de reparaciones; pero desde luego que uno puede comprar piezas de repuesto aprovechando que ya está aquí. Parece que Lev evalúa a Johnny y la furgoneta por un buen rato, antes de decir:

—Mi mecánico echará un vistazo. Tarda media hora. Tú bebes café, ¿sí?

Johnny asiente. Todo el mundo bebe café, ¿no es así? Lev se lleva a Johnny del depósito de chatarra y caminan hacia una casita cercana, ahí dentro Lev se mete en la cocina y enciende la cafetera. Johnny entra con cautela después de él, el lugar apenas está amueblado. Lev ha vivido aquí por varios meses, pero, aun así, la casa luce como si la habitara alguien que estuviera preparado para marcharse en un instante.

Johnny toma la taza que Lev le ofrece. Siente que debería entablar conversación con él, pero no sabe por dónde empezar, así que hace lo que acostumbra en esos casos, observa a su alrededor para tratar de encontrar algo de qué hablar, entonces mira afuera por la ventana, hacia el pequeño jardín que está atrás de la casa, y exclama:

—¿Qué pasó ahí?

A la cerca le faltan varias tablas y, aunque ha caído un poco de nieve, todavía se nota que todo el jardín está lleno de huellas de llantas que quedaron marcadas en el fango. Lev le echa tantos terrones de azúcar a su café que Johnny no puede evitar pensar que pronto dejará de ser una bebida y se convertirá en un postre. Al final, Lev responde:

—Teemu Rinnius. «La Banda». Sabes quiénes son, ¿sí?

Johnny asiente, con recelo pero también con curiosidad.

—Sí, lo sé.

—Teemu quería hacerme llegar un mensaje. No le gustan los teléfonos, supongo. Así que me dejó uno de estos… ¿cómo se llaman…? ¡Un coche fúnebre!

Lev hace un gesto elocuente que apunta hacia la destrucción en el jardín. Johnny mira a Lev con los ojos entreabiertos.

—¿Un coche fúnebre? ¿La Banda hizo eso? ¿Qué carajos les hiciste?

Lev se encoge de hombros con resignación.

—Unos negocios pendientes con Ramona.

—¿La señora que se murió?

—Sí, sí. Me debía dinero, ¿sí? Así que dije que puedo quedarme con el pub La Piel del Oso a cambio de que la deuda desaparezca. Esa fue la respuesta de Teemu.

—¿Quedarte con La Piel del Oso? ¿Le dijiste eso a Teemu? —se ríe Johnny, pues habría pagado una buena suma de dinero para poder ver la expresión en el rostro de ese idiota cuando escuchó semejante propuesta.

—No, no. Fui… ¿cómo se dice? Diplomático, ¿sí? Fui a hablar con Peter Andersson.

—Ah —dice Johnny entre dientes, y su tono revela con demasiada claridad lo que siente por ese nombre.

—¿Ustedes son amigos? —pregunta Lev con una sonrisa inocente.

—Jugábamos hockey cuando éramos jóvenes, y a veces nos enfrentábamos.

—¿Sí? ¿Antes de que él jugara en la NHL?

Johnny bebe de su café y se relame los labios, en un intento por impedir que la amargura emane de su cuerpo, pero no le resulta muy bien.

—Mucho antes. Solo éramos unos adolescentes, nunca fui tan bueno como él. ¿Has hablado con la policía acerca de lo que hizo Teemu?

La punta de la nariz de Lev se mueve de un lado a otro con resignación.

—¿Policía? No, no, policía y abogados, ellos no trabajan para la gente como yo. Trabajan para la gente como Peter Andersson. Fui a hablar con él, como un hombre, él y Teemu respondieron con el coche fúnebre.

Johnny mira afuera por la ventana e, independientemente de lo que opine de Peter Andersson, le resulta difícil imaginarse que él pudiera estar detrás de algo así. Pero la gente cambia y corren tiempos extraños en ambos pueblos.

—Cuando jugábamos contra Beartown, acostumbrábamos llamar a Peter «Jesucristo», porque todos allá creían que él era el salvador del mundo entero. Siempre fue un poco mejor y un poco más fino que el resto de nosotros. Y ahora, ¿qué les vas a hacer a él y a Teemu?

Johnny se arrepiente de todo lo que acaba de decir, pero sobre todo de esa última pregunta. Lev se pone un terrón más de azúcar en la lengua antes de decir:

—Nada.

Johnny no le cree, desde luego. Terminan sus cafés en silencio, Lev necesita una cuchara para sacar los últimos restos que quedan en su taza. Uno de los hombres del cementerio de autos viene a la casita y toca a la puerta, y luego explica cuál es el problema con la furgoneta sin que Johnny realmente lo comprenda, aunque también es incapaz de admitirlo.

—Las llantas de Bengt están en el maletero. También tus piezas de repuesto, ¿sí? —traduce Lev.

—¿Qué te debo por las piezas? —pregunta Johnny.

—¿Si hablamos de un bombero? ¡Nada! ¡Solo se trata de pequeñeces! —contesta Lev sonriente y relajado, y Johnny no tiene idea de si esto significa que las piezas de repuesto son pequeñeces, o que Johnny ahora le debe pequeñeces.

—Deberías llamar a la policía —sugiere Johnny mientras

hace un ademán con la cabeza hacia el jardín, más que nada porque no sabe qué más decir.

—No hay problema. He vivido en un Hed y un Beartown muchas veces, ¿sí? —contesta Lev.

Johnny se rasca la cabeza.

—¿Qué quieres decir con eso?

Lev sonríe con benevolencia y busca las palabras adecuadas.

—¿Cómo puedo decirlo...? ¿Pueblos como ustedes? Ya he vivido antes en pueblos como los suyos. En muchos países. Parece que la gente de aquí cree todos los inmigrantes nacieron en ciudades grandes, ¿sí? Pero yo nací en un Hed. Yo soy gente del bosque, como ustedes. En todos lados hay un Teemu. En todos lados hay una Banda. Ellos quieren decirnos: «Nosotros mandamos. Ustedes deben obedecer. Ustedes deben retroceder». ¿Sí?

—¿Y piensas hacerlo? —pregunta Johnny, más curioso de lo que hubiera deseado.

Lev ladea ligeramente la cabeza.

—Ustedes tienen un dicho aquí: «¡Única ocasión en que retrocedo es cuando tomo velocidad!», ¿sí?

—«La única ocasión en la que retrocedo es cuando tomo impulso» —lo corrige Johnny con una leve sonrisa.

—Exactamente, ¡eso era! —asiente Lev.

Extiende la mano. Johnny la estrecha. Lev sostiene la mano de Johnny por unos instantes más de lo necesario mientras lo mira a los ojos.

—Si hay un fuego te llamaré por teléfono, ¿okey?

—Por supuesto, si hay un fuego llámame —ríe Johnny.

—Y si tú me necesitas llámame, ¿okey? ¿Cómo le dicen ustedes? ¿«Ser buen vecino», sí? —prosigue Lev sin romper el contacto visual.

Johnny debería pensarlo dos veces y lo sabe, pero en vez de ello asiente con firmeza. Al tiempo que se marcha de ahí, se descubre a sí mismo deseando con todo el corazón que Teemu Rinnius y Peter Andersson y todos los demás bastardos de Beartown por fin hayan buscado pelea con alguien que sea más peligroso de lo que pueden manejar.

Johnny conduce la furgoneta hasta la casa de Bengt y entrega las llantas, y luego se va a su casa y le miente a Hannah respecto del lugar donde consiguió las piezas de repuesto. De no haberlo hecho, también se habría armado un gran escándalo por esto.

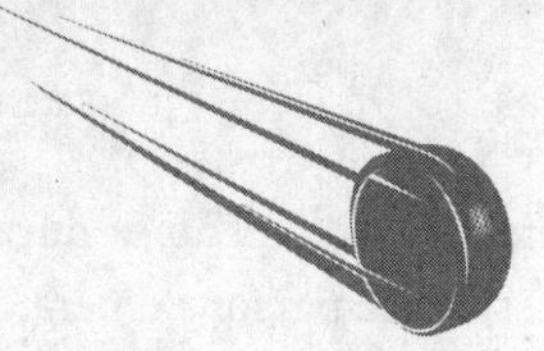

FUMADORES A ESCONDIDAS

«Matrimonio».

Debería existir otra palabra para cuando has estado casado por un número suficiente de años. Cuando pasaste, desde hace mucho tiempo, el punto en el que dejaste de sentir que era una elección. Ya no te escojo a ti cada mañana. Esas fueron unas palabras hermosas que dijimos en el día de nuestra boda; pero, ahora, simplemente no puedo imaginar mi vida sin ti. No somos rosas que acaban de florecer, somos dos árboles con raíces entrelazadas, has envejecido dentro de mí.

Cuando eres joven crees que el amor significa enamorarse, pero enamorarse es algo simple, cualquier chiquillo puede experimentar ese sentimiento. Pero ¿el amor? El amor es un trabajo de adultos. El amor requiere a un ser humano en su totalidad, todo lo mejor y todo lo peor de ti. No tiene nada que ver con el romance, pues lo difícil de un matrimonio no es que yo tenga que vivir conociendo todos tus defectos, sino que tú tengas que vivir consciente de que yo los conozco. De que, ahora, yo sé todo sobre ti. La mayoría de las personas no son lo bastante valerosas como para vivir sin secretos. Todo el mundo sueña de vez en cuando con ser invisible, nadie sueña con ser transparente.

¿Matrimonio? Debería existir otra palabra para esto, tras un debido tiempo. Porque no hay tal cosa como un «enamoramiento eterno», solo el amor dura tanto, y eso nunca es sencillo. Se necesita a la persona entera. Todo lo que tienes. Sin excepciones.

Los chicos van camino al funeral de hoy por su propia cuenta, así que los padres están solos en casa, con todas las cosas de las que no pueden hablar. Mira está de pie afuera de la recámara, sin atreverse a respirar, pues Peter está sentado en la cama adentro, tratando de anudar su corbata negra mientras llora. Ella retrocede hasta las escaleras y luego finge que acaba de subirlas, antes de decir a voces:

—¿Quieres café, cariño?

Así, Peter tiene tiempo de secarse las lágrimas y recomponer su voz, para poder contestar:

—¡Sí, querida, gracias, enseguida bajo!

Él desciende por las escaleras, la corbata le quedó un poquito demasiado larga. Ella no se interpone en su camino y él pasa a su lado como de costumbre, pero, de repente, aun así chocan. Los dedos de Mira encuentran a Peter y ella abotona su chaqueta, para fingir que no solo busca estar junto a él. Él se detiene, casi confundido, y los dos miran más allá del otro, pues, si se vieran directo a los ojos justo ahora, es probable que ambos se derrumben. Hace tanto tiempo que se tocaron por última vez que basta con las puntas de sus dedos, que para él son como choques eléctricos. Ella arregla el nudo de su corbata con cuidado, usando las uñas, pues no se atreve a colocar las palmas de la mano encima de su pecho. Por Dios, qué cerca tenemos que estar de renunciar el uno al otro para acordarnos de pelear por nuestra pareja.

Ella susurra:

—Ramona estaría orgullosa de ti.

Él le contesta, también con un susurro:

—¿Tú lo estás?

Mira asiente, con mucha pesadez en los párpados. ¿Qué piensa ella en ese momento y en ese lugar? Quizás nunca lo recuerde, o tal vez lo negará por siempre, incluso ante ella misma. En verdad debería existir otra palabra para «matrimonio», y quizás también para «divorcio». Una palabra para cuando casi estás en ese punto. Para cuando quiero decir en voz baja que no sé qué quiero, tan solo no quiero que esto sea así. Una palabra para simplemente decir que ya no puedo soportarlo. Ya no puedo soportarlo si todo lo que vamos a hacer el uno con el otro es solo soportarnos.

—Yo... Peter, yo... —empieza a decir Mira, y todo el oxígeno sale de la habitación.

Ella dice «Peter», no «cariño», y titubea justo el tiempo suficiente para que él no se atreva a dejarla terminar la oración. Así que Peter inclina de inmediato su frente cerca de la de ella, y susurra:

—¡Te amo!

La sonrisa de su esposa llega de forma precipitada, poseída por la intensidad de la mirada de Peter y su aliento tan próximo a ella, y entonces Mira dice lo mismo, con tal obviedad que ambos pueden fingir que ella nunca estuvo cerca de decir algo distinto:

—Yo también te amo.

No se habían dicho esto desde hacía mucho tiempo, pero ahora se trata de algo muy reciente. Por encima de todas las demás palabras acerca del amor, debería existir una para esto: una que diga cuántas veces estamos tan cerca de perdernos el uno al otro, pero entonces volvemos sobre nuestros pasos y empezamos otra vez. Una para los detalles más pequeños de todos, esos centímetros; cuando nos rozamos al pasar junto al otro en la cocina, en vez de solo estar a punto del contacto. Algo que diga que ya no puedo soportarlo. No puedo soportarlo si tú no puedes soportarme. No puedo soportarlo sin ti a mi lado.

Los dos se van juntos al funeral, y Peter no suelta la mano de Mira durante todo el trayecto.

•••

El papá de Ana está despierto, con resaca pero no ebrio de nuevo, no todavía. Los tipos de su grupo de cacería están de pie en el jardín, esperándolo para irse con él a la iglesia. Ellos también están sobrios por el funeral, pero todo esto no es más que una cuenta regresiva hasta la primera cerveza en la reunión después del entierro.

Ana y Maya caminan delante de ellos, por su propia cuenta, Maya todavía carga con la guitarra en su espalda. Había ido a su casa a cambiarse de ropa y Ana se enfadó en el acto porque su amiga se vistió «más elegante». Maya hizo notar que esto es lo que se acostumbra cuando una va a acudir a un funeral, y Ana respondió: «¡Maldita sea, odio que seas tan bonita, eso es lo más molesto de ti! ¡Necesito amigas más feas!». Toman el camino a través de la extensión del bosque que se encuentra un poco más allá de las residencias en la orilla de la Cima, y dejan muy atrás las voces de los hombres. Es solo hasta que ya se encuentran muy cerca cuando Maya se percata de que están caminando sobre el sendero para correr, se percata de que fue justo aquí donde estuvo esperando a Kevin con la escopeta en las manos. Parece que Ana también se da cuenta, está a punto de cambiar de rumbo, pero Maya la toma del brazo y la guía para que sigan caminando en la misma dirección. Pasan el lugar donde ella jaló del gatillo, donde Kevin se orinó encima antes de que el arma hiciera «clic», y ella sacó de su bolsillo el cartucho que nunca usó para cargar la escopeta y lo arrojó al suelo frente a él. Las dos jóvenes siguen avanzando y aplastan los recuerdos con sus pisadas firmes, y dos chiquillas invisibles las siguen con pasos silenciosos. Porque siempre caminan detrás de nosotros: las niñas y los niños que éramos antes de que sucediera lo peor que nos ha pasado.

—No sabía que iba a sentirme así… —dice Maya en voz baja cuando están más adelante, a varios cientos de metros de distancia, donde pueden andar más despacio y mirar hacia el lago y divisar casi todo el pueblo.

—¿Sentirte cómo?

—Que seguiría tan enojada.

Ana raspa su zapato a través de la fina capa de nieve y confiesa:

—Todavía sueño con matar a Kevin.

—Desearía que no lo hicieras. Él no vale la pena como para que se meta en tus sueños —dice Maya.

Ana raspa su zapato con más fuerza.

—También sueño con Vidar. Aunque ahora mis sueños son mejores. Antes solo soñaba con el momento en el que murió, pero ahora a veces está vivo. O sea, es supermolesto y un completo idiota, pero está... bueno, tú sabes... está vivo.

Maya toma su mano, Ana estrecha la de su amiga con firmeza. Caminan sin decir palabra al menos por unos quince minutos, pactan acuerdos silenciosos para tomar largos rodeos, pero, al final, de todos modos, se acercan inevitablemente a la zona habitada. Cuando ven a la distancia el cementerio de la iglesia, Maya dice:

—Extraño la luz de aquí. Es como si cambiara cuando los días son más cortos. Como si en el aire pudieras ver el frío que hace.

Ana arruga la nariz y resopla:

—Suenas como turista.

—Lo soy.

Ana ni siquiera se ríe del comentario, así que Maya tiene que hacerle cosquillas para que empiece a soltar carcajadas. Y entonces no puede parar, sino hasta que se aproximan a las verjas del cementerio de la iglesia. Un chico solitario está ahí de pie, fumando. Ha estado llevando sillas de un lado a otro toda la mañana, y solo está vestido con el pantalón de un traje y una camiseta empapada de sudor, a pesar del frío. Está mucho más delgado de lo que ellas recuerdan. Tanto Maya como Ana están demasiado ansiosas por abrazarlo, pero se contienen de insultarse entre sí por ello, y al final Maya solo lo rodea a medias con sus brazos en un gesto torpe. Benji se la queda viendo como si estuviera loca. Maya había extrañado esa mirada. Ahora, él tiene veinte años, y está desgastado por dentro y por fuera, pero, en cuanto sonríe, de nuevo parece ser tan solo un adolescente que trepa los árboles más altos y carga con los secretos más grandes. El más peligroso sobre la pista de hielo, el más solitario del mundo.

—Te ves muy rozagante —le dice a Maya como un halago cuando ella lo suelta.

—De hecho, tú te ves bastante jodido —se ríe Maya cuando le contesta.

Entonces, Benji se vuelve hacia Ana y ella le da un abrazo, al principio como si él fuera un pariente lejano, y luego como si fuera el mástil de un barco que navega en medio de una tormenta, con ella nunca hay medias tintas. Él sonríe de manera socarrona.

—¿De verdad has estado caminando desarmada por las calles del pueblo? Mis hermanas dicen que últimamente no haces otra cosa más que cazar, así que pensé que ibas a traer tu escopeta contigo. ¿Quién va a protegerme ahora si se desata una pelea?

—No te preocupes, yo puedo encargarme de quien sea en este lugar si se comportan como unos idiotas contigo —le responde Ana con una gran sonrisa, mientras sostiene los puños en el aire.

Maya mete sus propios puños en los bolsillos de su abrigo. Trata de no preocuparse por sus amigos, pero ellos no le están facilitando las cosas.

—¿Dónde has estado? Es decir… ¿a dónde fuiste? —pregunta ella y hace un gesto con la cabeza hacia la piel bronceada de Benji, sin decir nada sobre todas sus nuevas cicatrices.

—Aquí y allá. Y ahora estoy aquí —responde él con despreocupación.

—Lamento lo de Ramona —dice Maya con tristeza.

Él asiente despacio, pero no puede formular una respuesta sin que su voz le falle. Así que se vuelve hacia el poste donde había colgado su camisa blanca y su chaqueta, saca una corbata blanca de un bolsillo de la chaqueta y se la extiende a Maya, mientras le dice:

—Para tu papá.

—¿Estás bromeando? O sea, ¡apenas logró hacer el nudo de su propia corbata! —sonríe ella.

—Debería tener esta —insiste Benji.

—¿No se supone que las corbatas blancas solo son para los familiares? —pregunta Ana.

—Él era parte de su familia —dice Benji.

Maya toma la corbata, y la agarra con tanta fuerza que termina por arrugarse. Entonces, ve a alguien a lo lejos, de la nada se echa a reír y exclama:

—Okey… ¿no es mi hermano ese que está parado allá fumando a escondidas?

Ana mira con los ojos entreabiertos al chico de catorce años a la distancia, quien en realidad no parece estar tan bien escondido entre los árboles deshojados más allá de las lápidas como él probablemente desearía. Entonces Ana silba como si estuviera impresionada, nada más para fastidiar a su mejor amiga.

—¿Ese es Leo? ¿Bromeas? ¡Se ha puesto guapísimo!

—¡Ya deja eso! —ruge Maya, y Ana se deshace en carcajadas.

—No creo que sea tu tipo, Ana. Pero en mi caso… —declara Benji con desenfado, y Maya le pega en el brazo con todas sus fuerzas.

En realidad, no le duele, pero por desgracia Ana lo golpea justo después de Maya en el otro brazo, como un acto de solidaridad, y las rodillas de Benji se doblan un par de centímetros al tiempo que susurra:

—¿Estás tomando esteroides o algo así, maldita sicópata?

—Más bien eres tú, perdiste todos tus músculos en alguna playa de arena fina, mi pequeño jipi —sonríe Ana de manera burlona.

—Nos vemos adentro, ¡tengo que regañar a mi hermano! —dice Maya, y se marcha hacia los árboles.

Ana y Benji permanecen donde estaban y, cuando ella lo empuja de manera juguetona, él finge estar asustado y gime:

—¡No, no, ya no me pegues! ¡En la cara no!

Ella bufa:

—¿Y tú? ¿No te vas a poner una corbata?

Él frunce los labios, en un gesto sarcástico.

—No. Las corbatas son algo muy gay.

Ana se ríe con tantas ganas que termina gruñendo cuando

inhala y disparando mocos por la nariz cuando exhala, y él se ríe de la risa de Ana con tantas ganas que se queda sin aliento.

●●●

Ruth.

Ruth. Ruth. Ruth.

Nadie en este lugar sabe siquiera cómo se llama. Ninguno de ellos recordará quién era al ver su lápida. Ruth. Ruth. Ruth. Se llamaba *Ruth* y Matteo odia a todos los que no lo saben. Los que no la recuerdan. A cada uno de ellos.

Esa mañana, él está escondido en el guardarropa para que sus padres no vean su computadora. Se conecta al wifi de sus vecinos para ver un video que explica cómo anudarse una corbata. Si Ruth estuviera aquí lo habría ayudado, nunca ha tenido alguien más a quién pedirle ayuda aparte de su hermana, su papá ha desaparecido en las profundidades de sí mismo y su mamá vive dentro de tarjetas postales que nadie más puede ver. Ellos ni siquiera le dieron una corbata, él mismo tomó una de su papá y no van a notar que la trae puesta, pues para eso, de hecho, tendrían que mirarlo. O hablarle. La casa estaba en silencio antes de que ellos volvieran con Ruth, pero ahora está todavía más silenciosa. La ausencia de palabras es peor que la soledad.

Matteo se pregunta si sus padres están tan convencidos de su fe que creen que su hija ahora está en el infierno. Se pregunta si ellos esperan terminar también ahí, para poder encontrarse con ella de nuevo. Se pregunta si tienen miedo. Se pregunta si anoche lloraron sin hacer ruido y sin parar, igual que él.

Ruth acostumbraba decir que Matteo era demasiado blando, entonces se arrepentía al instante y le aseguraba que eso era lo más lindo de él. Ella era una buena hermana mayor, lo habría seguido al infierno si fuera él quien estuviera dentro de la cajita en el vestíbulo. Su hermana dijo alguna vez que odiaba al mundo por obligar a los niños como él a volverse duros, tan solo para poder sobrevivir, pero, entonces, vio que Matteo sintió miedo, por lo que le alborotó el cabello y le dijo que quizás era una virtud ser blando, porque en ese caso no te quiebras cuando te caes. Como sucede con los pétalos de las flores. Tal vez eso es lo que le pasó a ella, se había endurecido, como una rosa que se congela y puede hacerse pedazos con el golpe de un martillo.

Cuando van a bordo del auto, de camino al cementerio de la iglesia, la mamá de Matteo mira por la ventanilla y los tres miembros restantes de la familia tienen la única conversación que van a sostener durante todo el día.

—Miren, las banderas de la arena de hockey están izadas a media asta —dice la mamá, sorprendida y casi orgullosa, lo que lastima a Matteo, pues eso era todo lo que su hermana quería que su mamá sintiera por ella cuando estaba con vida; y es por este dolor que a Matteo se le escapa decir, sin darse tiempo de pensarlo dos veces:

—No las bajaron por Ruth. Lo hicieron por esa mujer, la que era la dueña del pub.

El miedo de que su mamá se encierre en uno de sus ataques de ansiedad, que la hacen temblar y taparse los oídos con las manos, invade a Matteo en un santiamén. Pero la mirada de su mamá simplemente desaparece detrás del velo resplandeciente de sus fantasías, y ella afirma llena de contento:

—Estoy segura de que lo hicieron por las dos.

No es así. Ni siquiera saben cómo se llama ella, piensa Matteo. Pero lo único que susurra desde el asiento trasero es:

—Sí, mamá, seguramente lo hicieron por las dos.

Cuando llegan al cementerio de la iglesia ya hay gente corriendo de aquí para allá y por todos lados en el estacionamiento. Llevan cajas y contenedores, como si estuvieran preparándose para un concierto de *rock* más que para un funeral. Matteo reconoce a muchas de esas personas, hombres que pertenecen al club de hockey; ni siquiera saben que hoy se celebrarán dos funerales, y no podría importarles menos. El pastor recibe a la familia de Matteo en la verja y, lleno de culpa, les pregunta a sus padres si considerarían llevar a cabo la ceremonia en la capilla en lugar de la iglesia.

—Sí, bueno... Como pueden ver, en la iglesia se está preparando un funeral enorme, incluso están llevando sillas para allá justo ahora, así que pensé que nosotros estaríamos más tranquilos en la capilla, y ustedes saben, no somos tantos los que estamos aquí por... sí, por... por...

Ni siquiera el pastor lo recuerda.

—Ruth. Mi hermana se llamaba Ruth —susurra Matteo, pero el pastor no alcanza a oírlo.

—No hay problema. La capilla está bien —responde su papá, con un tono suave y agachando la cabeza.

Su mamá parece no estar escuchando nada en absoluto. Todo sucede bastante rápido. El pastor lee algo de la Biblia y Matteo no necesita abrir la suya para darle seguimiento al texto, se sabe casi todos los pasajes de memoria. La única vez que su mamá exhibe alguna emoción durante todo este tiempo ocurre cuando, en cierto punto de la lectura, el pastor emplea una traducción de un verso que es más moderna de lo que su mamá considera correcto. Ella arruga la nariz y resopla en dirección de Matteo, y el muchacho le hace saber a su mamá, con la expresión de su rostro entero, que él también opina que ese es un detalle horroroso de parte del pastor.

Cuando todo ha terminado, sus padres permanecen en la capilla con el pastor por unos cuantos instantes, y Matteo sale a la luz de la mañana de nuevo.

«Odio que estés muerta, pues no puedo hablar con nadie sobre la muerte más que contigo», piensa él directo hacia el cielo, y solo entonces llegan las lágrimas, todas al mismo tiempo. Solloza con tanta fuerza que no puede respirar, se encorva y luego se echa a correr, tambaleándose y tropezándose, para alejarse de todas las voces. Se desploma detrás de un árbol que está más allá de las lápidas, y se golpea a sí mismo en los muslos hasta que quedan cubiertos de moretones y han perdido toda sensibilidad. Cierra los ojos y empieza a llorar, y no los abre de nuevo sino hasta que percibe un olor a humo.

Un muchacho de la misma edad de Matteo está de pie a unos cuantos árboles de distancia, tratando de permanecer escondido, pero con malos resultados. Sostiene un cigarro como alguien que todavía está averiguando cómo se supone que debe sostenerlo, prueba con distintas formas de agarrarlo con los dedos, inhala el humo a través de la boca y lo exhala por la nariz. Matteo lo reconoce de la escuela, pero el muchacho no alcanza a ver a Matteo, no son igual de buenos para esconderse, no han practicado la misma cantidad de veces.

Alguien dice a voces «¿Leo?» un poco más a la distancia, y el chico de inmediato suelta una palabrota y tira el cigarro sin apagarlo siquiera. Sale de entre los árboles y camina en medio de las lápidas. Una muchacha unos cuantos años mayor que él llega a su encuentro.

—¿Estás fumando, Leo? —dice ella entre dientes, aunque se le nota en la voz que la situación le resulta divertida.

—¡Shh! No seas soplona, Maya, no les vayas a decir nada a mamá y papá, ¿okey?

—¡Eso te va a costar dos cigarros, hermanito! —dice ella entre risitas maliciosas, y él maldice y le extiende la cajetilla entera. Ambos desaparecen cuando se marchan rumbo al otro extremo del cementerio, caminando muy juntos, hermano y hermana. Se empujan en el costado el uno al otro, se ríen, se irritan entre sí.

Detrás de ellos, entre los árboles, Matteo se agacha y recoge el cigarro que Leo había arrojado al suelo. Todavía está encendido. Cuando el muchacho solitario se lo fuma, nadie lo ve.

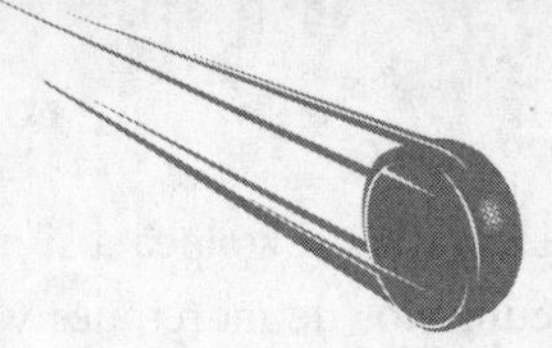

FAMILIAS

Mira se da cuenta de que el estacionamiento ya está lleno cuando Peter da vuelta hacia la iglesia. Está a punto de retroceder con el auto para tratar de dar media vuelta y buscar un lugar afuera sobre el camino principal cuando dos adolescentes con chaquetas negras que están más adelante silban y gesticulan para llamar su atención. Uno de ellos recoge tres conos rojos de un espacio que está justo a un lado de las verjas, y le hace señas con la mano a Peter para indicarle que se estacione ahí.

—¡Teemu nos dijo que te guardáramos el mejor lugar! —le dicen los muchachos a Peter cuando se baja sorprendido de su auto. Es evidente que los chicos estaban muy ansiosos por contárselo. No quieren una propina ni ningún elogio, solo quieren que Teemu sepa que son de fiar. Peter le ofrece su mano a Mira cuando ella rodea el auto, ella se toma un instante antes de tomarla con la suya, pero él puede notar que Mira lo hizo a regañadientes.

—¿Gente de Teemu? —dice ella como una acusación, mucho más que una pregunta.

—No es… No es como… Solo es… —empieza a decir Peter, pero en realidad no sabe a quién está tratando de convencer.

—¡Papá!

Es Maya quien lo salva; llega con Leo desde la dirección opuesta. Le da un abrazo a su papá y le entrega una corbata blanca.

—De parte de Benji.

—Creo que las corbatas blancas solo son para los familiares, yo... —explica Peter con afabilidad.

—Tú eres parte de la familia —responde una voz desde la verja del cementerio.

Es la voz de Teemu. Está de pie junto al pastor. «Solo en este pueblo», reflexiona Mira, «solo en este maldito pueblo puedes encontrarte a pandilleros y pastores juntos». Pero, cuando Peter la mira de reojo, ella asiente y lo alienta con palabras no del todo sinceras:

—¡Adelántate, cariño! ¡Yo veré si puedo ayudar en algo!

Él se va y ella se queda donde estaba, mirando a su esposo y al pastor y al pandillero, y una sensación de abandono la congela. Entonces, percibe un aroma a humo de cigarro que quedó impregnado en una chaqueta cerca de ella, y luego siente algo tibio en la palma de su mano. Son los dedos de Maya, que se cierran en torno a los de Mira.

—Te he extrañado, mamá.

Dios santo. Por poco y Mira tiene que regresar al auto para sentarse. Nuestros hijos no tienen idea de lo que nos hacen.

•••

Después de que terminan de hablar con el pastor, Peter y Teemu se quedan dentro de la iglesia, rodeados de un escándalo infernal: gente que azota puertas y sillas que chirrían y repiquetean cuando las colocan a lo largo de las paredes. El eco les recuerda al de una arena de hockey.

—¿Qué pasó con... Lev? ¿Han... hablado? —pregunta Peter, preocupado tanto de que no lo escuchen por el ruido como de ser escuchado.

Teemu lo mira como si estuviera preguntándole «¿De verdad quieres saberlo?», y desde luego que Peter en realidad no quiere. Pero siente que es su deber.

—Le dejamos un mensaje —dice Teemu.

—¿En dónde? —pregunta Peter.

Teemu se rasca la barbilla recién afeitada y acomoda unos cuantos cabellos de su perfecto peinado hacia atrás. Incluso su corbata está anudada de manera impecable, blanca tal y como la de Peter, podrían haber pasado por padre e hijo.

—En su jardín.

Como era lógico, Peter se arrepiente de haber preguntado. Recuerda la ira que sintió al enterarse de lo que Lev le hizo a Amat durante el *draft* de la NHL, recuerda las amenazas apenas veladas cuando Lev se apareció en su casa, pero también recuerda lo que la Banda le hizo hace unos pocos años, cuando no estaban contentos con su trabajo en el club. Cuando Mira recibió una llamada de una compañía de mudanzas porque alguien había puesto su casa en venta sin que ellos lo supieran, y cuando Frac lo llamó para contarle que alguien había publicado una esquela con el nombre de Peter en el periódico. Existe una diferencia entre perdonar y olvidar. Tal vez Mira podía rebajarse a aceptar una tregua con alguien como Teemu, pero lo que Peter está haciendo ahora es muy distinto. Ha convertido a Teemu en un aliado. Tarde o temprano, una persona tiene que preguntarse: si aquel a quien antes temía ahora es mi protector, ¿quién de los dos cambió de bando?

Cuando la congregación empieza a entrar en masa a la iglesia, Peter se siente como una avispa en un vaso de cerveza. Está de pie junto a Teemu, y hombres y mujeres se le acercan para estrechar su mano, uno por uno, como cuando era director deportivo; algunos de ellos le lanzan una mirada inquieta a su acompañante, pero mucha gente no lo hace. Varios llegan incluso al extremo de estrechar también la mano de Teemu. Quizás por respeto a Ramona, pero también porque comprenden cuál es hoy por hoy la situación política en la que está inmerso el pueblo. Todo el mundo ha oído hablar de la trifulca en la arena de hockey, y nadie se imagina que eso fue el final de algo, todos saben que solo es el principio. Dentro de una semana, el primer equipo de Beartown se enfrentará contra su homólogo de Hed en el primer partido de la temporada; hay épocas en las que uno puede permitirse tomar distancia de hombres como Teemu, pero esta no es una de ellas.

Se requieren veinte minutos para que la iglesia se llene de gente, y el doble para explicar a todos los que se quedaron afuera que ya no pueden entrar. El funeral de Ramona se lleva a cabo con las puertas abiertas.

●●●

Maya se sienta junto a Ana en una de las bancas de la iglesia, detrás de su mamá y de su hermano. Cuando ven lo despacio que Peter camina hacia el micrófono que está hasta el frente, se dan cuenta de que sus piernas le tiemblan tanto que tiene miedo de tropezarse. Él jugó cientos de partidos de hockey ante miles de personas, pero no había nada sobre la pista de hielo que pudiera asustarlo tanto como tener que dar un discurso. Se ajusta la corbata blanca, tan incómodo como si fuera una medalla que no mereciera. La iglesia queda en silencio y su carraspeo se oye mucho más fuerte de lo que esperaba, tanto que hasta se sobresalta, y la breve risa del público y el nuevo silencio que le sigue lo dejan paralizado. Pero entonces, al final consigue desdoblar una hoja de papel arrugada que traía en su bolsillo y logra decir:

—Esto… Esto va a ser breve. Yo… no podía decidirme sobre qué iba a decir el día de hoy. No quería pararme aquí y sonar como si creyera que yo conocía mejor a Ramona que cualquiera de ustedes. La verdad es que apenas la conocía. Aun así, la extraño como uno extraña… bueno… como uno extraña a sus padres. Yo… Perdón…

Baja la mirada a su hoja de papel, que tiembla con tanta fuerza que el crujido puede oírse hasta en la última fila. Aspira por la nariz, exhala por la boca, y entonces intenta leer en voz alta a pesar del estremecimiento:

—En realidad el hockey era lo único de lo que podíamos platicar sin pelearnos. Una vez le dije que este deporte es algo muy extraño, le dedicamos todas nuestras vidas y ¿qué podemos esperar obtener en el mejor de los casos? Unos cuantos momentos... y eso es todo. Unas cuantas victorias, unos cuantos segundos en los que nos sentimos más grandes de lo que realmente somos, unas cuantas ocasiones aisladas en las que nos imaginamos que somos inmortales.

Peter se serena, dobla el papel que tiene en las manos y lo guarda en su bolsillo, porque tiembla tanto que se da cuenta de que empieza a semejarse a una parodia. No sabe cuál público es el peor, el de la iglesia o el del cielo, pero hace lo que acostumbraba hacer en los vestidores: se muerde el labio con tanta fuerza que el dolor y el sabor de la sangre obligan a su mente a concentrarse:

—Unos cuantos momentos, le dije, eso es todo lo que este deporte nos da. Y, entonces, Ramona se bebió un enorme trago de whiskey, bufó y me dijo: «¿Pero qué carajos es la vida entonces, Peter, aparte de momentos?».

Teemu está sentado en la primera fila, con el rostro inmóvil pero sus puños tiemblequean sobre sus rodillas. Benji está parado a solas hasta el fondo de la iglesia, tan cerca de la puerta como le es posible, sus lágrimas caen con suavidad sobre el piso de piedra. Peter trata de afianzar la voz. Tres muchachos sin papás. Si quieres saber quién era Ramona y qué significaba ella realmente para este lugar, solo necesitas contemplar la desolación en esos tres rostros. Peter alza la mirada y lucha para poder decir:

—Eso es lo que nos dejaste, Ramona. Momentos. Historias, Anécdotas. Nadie podía narrarlas como tú. Tú encarnabas este pueblo. Tú *eras* este pueblo. Ahora le haces falta a todo Beartown. Saluda a Holger de nuestra parte. Hasta... hasta luego.

Hace una reverencia hacia el ataúd e intenta regresar a su lugar sin tropezarse. Casi lo logra. Cuando se desploma junto a Mira, ella extiende la mano con mucho, mucho cuidado para tomarlo de sus dedos, pero, justo cuando está muy cerca de alcanzar la piel de su esposo, un gruñido acongojado de Teemu rompe el silencio:

—¡Con un carajo! ¡Ahora, la cerveza será mucho más cara en el cielo!

La risa que explota en ese momento, de cientos de cuerpos pero tan repentina como si brotara de una sola boca, es tan fuerte y tan compartida y tan liberadora que eleva el espíritu de todos los presentes. Endereza sus espaldas, los jala de vuelta a la superficie, como cuando tomas aire justo antes de un gol y ruges justo después. Peter se ríe tanto que tiene que llevarse la mano al rostro para secarse las lágrimas, precisamente cuando Mira estaba a punto de tomarla con su propia mano. Ella permanece sentada ahí, impasible.

●●●

Tras el funeral, mientras cientos de sonrisas salen en tropel en medio de las lágrimas a través de la puerta de la iglesia, Maya está sentada afuera, apoyada contra el muro, con la guitarra en su regazo, tomando nota de todos sus sentimientos en su móvil. Algún día, esto quizás se convertirá en una canción, mas no será una que ella pueda soportar cantar.

Nos mudamos desde el otro lado del mundo
Hasta llegar al bosque profundo
Me dijeron que la vida es más simple aquí
No sé si lo sea, pero puede que sí
Si tan solo no te involucras tanto
Si tan solo no eres muy complicado
O lo eres de una forma ideal
Como lo dicta la sociedad
Si amas con todas tus fuerzas
Y odias con la misma dureza
Si finges que puedes aguantar la presión
Y no exhibes mucho tu verdadero «yo»
Entonces, ¿quizás la vida es más simple aquí?
No estoy segura, pero puede que sí

Entonces ve a su mamá que sale de la iglesia, sin nadie que la acompañe. Su papá todavía sigue adentro, rodeado de personas que quieren estrechar su mano. Maya se pone a escribir de nuevo:

Soy una romántica que jamás se ha enamorado, pues los niños se convierten en las cosas que ven
Siempre he creído en el amor eterno, aunque eso nunca se dé, porque les pasó a ti y a él
Pero ¿ahora? ¿Qué dicen sus ojos?
¿Todavía son el uno para el otro?
Mamá, a ustedes dos les cuesta sostenerse de pie
Papá, ustedes dos están a punto de desaparecer
Son tan inestables, tan frágiles y tan delicados
Se han desgastado tanto que el viento puede hacerlos pedazos
Cuando todo lo que deberían decirse es esto:
Sin ti, yo no existo
Dos pequeñas palabras para salvar su nexo:
Te necesito
Te
Necesito

Ana la interrumpe cuando se aparece al doblar una esquina, con una cerveza en cada mano; Maya no tiene idea de dónde las consiguió, pero si hay alguien que puede encontrar alcohol en el cementerio de una iglesia, desde luego que es ella.

—¿A quién le escribes? ¿A tu mejor amiga? —dice Ana con una gran sonrisa burlona.

—¡Sí, pero tu enorme cabezota me está bloqueando la señal de la red! —responde Maya, y guarda el teléfono en su bolsillo.

Entonces, las dos jóvenes se sientan contra el muro y beben cerveza y se insultan una a la otra, y las dos chiquillas invisibles que solían ser están sentadas a un lado de ellas. Y, casi con toda seguridad, al otro lado de las muchachas se encuentra sentada Ramona.

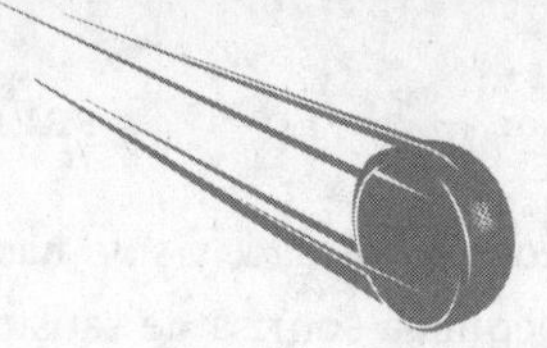

VERDADES

Para cualquiera, es difícil lidiar con el concepto de «la verdad», pero, para un periódico local, a veces es casi imposible.

La editora en jefe advierte, con cierto grado de reticencia, que cada vez piensa más en algo que su papá le enseñó cuando era niña, un principio clásico de filosofía: «A menudo, la explicación más sencilla es la correcta».

Ella no acude al funeral, no sería bienvenida, las personas en estos rumbos toleran a los periodistas, pero no van más allá en su trato con ellos. En Beartown, la gente se queja de que el periódico apoya al club de Hed, solo porque ahí es donde están sus oficinas; mientras que en Hed, la gente se queja de que todo lo que el periódico hace es adular a Beartown. No hay un terreno neutral. O estás con ellos o estás contra ellos, no existe una manera de ganar, así que se recuerda a sí misma que eso no es trabajo de un editor en jefe.

Su papá sugirió que él podía asistir al funeral, pues nadie lo conoce, y después de dudarlo un momento, ella terminó por aceptar. «¡Pero no hables con nadie, solo dedícate a tomar fotos!», exigió ella, y él se lo prometió con demasiada disposición. Ella lo miró con desconfianza, pues no se veía estresado y enfadado como de costumbre, se encontraba tan tranquilo como siempre lo estaba cuando, siendo ella una niña, había hecho un hallazgo importante al investigar a un político o a una celebridad, y sabía que ya tenía en sus manos a ese bastardo. «¿Qué encontraste?», preguntó ella con curiosidad, y solo hasta entonces su rostro se partió en una pequeña sonrisa de satisfacción al tiempo que soltaba un montón de papeles sobre el escritorio de su hija: copias de contratos que ella nunca antes había visto. Ahora, él se halla en el funeral, y ella está sentada aquí, en su oficina, leyendo los documentos con asombro, y piensa que uno puede encerrar al viejo en una habitación vacía y, aun así, saldría de ahí con secretos de estado acabados de desenterrar.

A simple vista, el contrato en lo más alto de la pila de documentos parece del todo inofensivo: en él se pactó la venta de un terreno hace un par de años, el ayuntamiento fue el vendedor y la fábrica local, el comprador. No hay nada de raro en ello, la fábrica quiere ampliarse y el ayuntamiento quiere más puestos de trabajo, y el precio de venta estuvo acorde con el valor de mercado, por lo que nadie puede quejarse. Sin embargo, debajo de ese contrato, su papá agregó copias de otros contratos que había descubierto: uno de ellos se refiere a la venta del mismo terreno efectuada poco tiempo después, aunque en esta ocasión fue la fábrica quien lo vendió y el Club de Hockey de Beartown quien lo compró. No obstante, esta vez el precio de venta fue bastante más bajo; de hecho, era tan bajo que, de ser correcto, el valor del terreno debería haber disminuido en tan solo dos meses más del noventa por ciento. Desde luego que parece un muy mal negocio para la fábrica, hasta que los ojos de la editora en jefe se posan en el siguiente contrato: un par de días después, la fábrica adquirió otro terreno, justo al lado de sus instalaciones, y todo el mundo sabía que habían querido comprar ese terreno durante años. ¿Y quién fue el vendedor? El ayuntamiento. Así que la editora en jefe puede concluir que esa fue la condición: el ayuntamiento no podía venderle al club de hockey el primer terreno a un precio barato sin que alguien alzara la voz, de modo que la fábrica aceptó actuar como intermediario, a cambio de poder comprar el lote que en realidad querían poseer.

De por sí estos arreglos ya son bastante malos, pero eso no

es todo: el siguiente contrato en el montón de papeles pone de manifiesto que, un tiempo después, el ayuntamiento compró de vuelta el terreno que está junto a la arena de hockey, el que habían vendido en un principio. Lo adquirió del Club de Hockey de Beartown, aunque por una suma mucho mayor de dinero, porque, ahora, en el contrato no solo dice «terreno», sino además «edificio», pues, de la nada, esta transacción también incluye el «centro de entrenamiento» del club de hockey. El costo se dividió en muchos pagos pequeños a realizarse durante un plazo bastante largo, pero, en lo que se refiere al monto total, estamos hablando de millones. Y, como si no fuera suficiente, el siguiente contrato en la pila de papeles está firmado por las mismas personas en la misma fecha, y, a través de ese documento, el gobierno municipal se compromete a permitir que el Club de Hockey de Beartown rente de manera casi gratuita el centro de entrenamiento que acababa de vender, y que lo siga usando como quiera.

La editora en jefe suspira con amargura, pues, a pesar de que con trabajos se le podría ocurrir una manera más clara de que el ayuntamiento canalice dinero de los contribuyentes hacia el club de hockey en secreto, sabe que esto no sería un escándalo lo bastante grande como para que alguien tenga que responder por todo ello. Es demasiado complicado para que la mayoría de los lectores del periódico lo entiendan; no es tan interesante, no es «una historia suficientemente buena», como su papá acostumbra decir. Entonces, ¿por qué se veía él tan contento cuando le dejó el montón de papeles?

Para descubrir la razón detrás de ello, la editora en jefe tiene que hojear toda la pila hasta el final. Ahí no hay ningún contrato, sino una foto impresa. La imagen está borrosa, pero se alcanza a ver el estacionamiento junto a la arena de hockey. Su papá escribió la fecha en la orilla superior de la foto, y al reverso anotó: «¡No existe ningún centro de entrenamiento!».

Ella se queda mirando la fotografía. Millones del dinero de los contribuyentes, pero no hay nada ahí, ni siquiera una grúa de construcción o alguna barrera. Ni siquiera han intentado hacer que esto se vea real, así de seguros se sienten estos tipos de que jamás los van a pillar por algo. Y es que, ¿por qué habrían de descubrirlos? Si hasta ahora se han salido con la suya en todo con demasiada facilidad.

La editora en jefe se reclina en su silla e intenta utilizar toda su educación como periodista para cuestionarse a sí misma. ¿Está siendo objetiva? ¿Está siendo justa? Porque ella puede ver la firma de Peter Andersson por doquier en esta cadena de documentos, pero ¿en verdad podría ser él la mente maestra detrás de todo esto? Las cosas sucedieron después de que él renunciara a su puesto de director deportivo; entonces, ¿por qué firmó estos papeles? ¿Será que lo hizo sin entender las consecuencias? ¿Será que lo engañaron?

Pero no, ya sabe lo que su papá diría: «Los pescados se pudren de la cabeza hacia abajo, mi niña. Este es un caso de dopaje financiero que se ha estado llevando a cabo durante años, y empezó en lo más alto de la organización. Es probable que Peter haya renunciado al cargo de director deportivo justo antes del negocio que hicieron con el centro de entrenamiento, precisamente para borrar todas las huellas. ¿Qué es lo que siempre te he enseñado? Si parece que hay varias explicaciones distintas: elige la más sencilla».

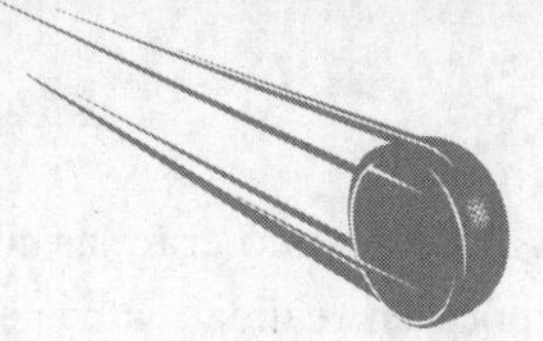

MOMENTOS

Todos necesitamos sentirnos necesitados. Para algunas personas, es tan importante como el deseo y la admiración y el amor. Para otros, en especial aquellos que han dedicado toda su vida a un deporte de equipo, es lo más importante.

—¡Qué buen discurso! —dice el viejo, mientras estrecha la mano de Peter después del funeral, y detrás de él, esperan en fila otros hombres entrados en años que quieren decirle lo mismo. Todos quieren estrechar su mano, quieren hablar un poquito sobre hockey, varios quieren decirle que lo extrañan en el equipo que dirige el Club de Hockey de Beartown, y que esperan que pueda ocupar el lugar de Ramona en la junta directiva. Peter ni siquiera sabe cómo tomárselo a risa, es una idea del todo absurda; pero, como todas las ideas absurdas, tiende a parecer menos y menos absurda cuanto más la oyes.

—Hoy en día, dentro del mundo del hockey solo hay expertos en números y analistas y demás mierdas parecidas por donde quiera, ¡sin gente como Ramona y como tú ya no queda nadie con corazón! ¡En el hockey tienes que ganar sobre la pista de hielo como se hacía en tu época, no haciendo cálculos con todos esos datos como lo hacen ahora! —afirma uno de los últimos en la fila, y cuando al final Peter se queda solo, le cuesta trabajo no empezar a anhelar.

No de la forma en que anhelas el futuro, el verano y las vacaciones, sino de esa manera en la que anhelas volver a ti mismo.

Volver a como eran las cosas «en mi época», a pesar de que esa época en realidad jamás existió, salvo en nuestros recuerdos filtrados. Anhelas ser la persona que crees que eras durante alguna especie de juventud en la que la vida era sencilla, según te dices a ti mismo; o la persona que te imaginas que pudiste haber sido si tan solo hubieras tenido la oportunidad de hacerlo todo otra vez. Para la mayoría de la gente es difícil no anhelarlo, pero a unos cuantos les resulta casi imposible.

La iglesia ya está prácticamente vacía. Peter reúne sus pocas pertenencias y sus muchas emociones, y posa sus dedos en la fotografía de Ramona una última vez. Alguien la tomó sin que ella se diera cuenta, pues nadie se habría atrevido a intentar retratarla cuando estaba atenta a la cámara; en la imagen, se ve joven y está de pie detrás de la barra, al lado de Holger, con los brazos levantados en el aire, de modo que es evidente que alguien había anotado un gol en la tele. Quizás el propio Peter.

—Solo momentos, ¿eh, Ramona? ¿Y eso fue todo? Creo que bien podrías habernos dado unos cuantos momentos más. Ahora, ¿con quién voy… a hablar de hockey?

La voz se le atora y los ojos le escuecen con esas últimas palabras, y unos instantes después todo su rostro arde de vergüenza cuando se vuelve y cae en la cuenta de que no está solo. Elisabeth Zackell sigue sentada en su lugar diez filas atrás, como si estuviera esperando su turno. La entrenadora de hockey y la dueña del bar quizás nunca compartieron algo que pudiera llamarse amistad, pero, en el caso de Zackell, probablemente es lo más cerca que ha estado de tener una amiga; ella acostumbraba comer papas cocidas y beber cerveza tibia en La Piel del Oso, y, en la medida en la que eso podía denominarse una conversación, Zackell conversaba más con Ramona que con cualquier otra persona en este pueblo. Como era de esperarse, Ramona pensaba que Zackell era una «hembra cabrona, una vegana, una abstemia y quién sabe qué más», y aunque logró enseñarle a beber un poco de cerveza, nunca pudo curarla de todo lo demás. Sin embargo, Zackell era buena para dos cosas, para ganar y para mantener la boca cerrada, y eso era más que suficiente. Así que, cuando los viejos en el bar empezaron a tratar de decirle cómo tenía que entrenar al equipo de hockey, Ramona siempre les espetaba: «¿Quieren aprender algo sobre el hockey? ¿Aprender algo de verdad? ¡Entonces no deberían hablar con Zackell, porque ustedes son demasiado estúpidos para comprender todos sus conocimientos!». Nadie sabe nada acerca de los sentimientos de Zackell porque, o no tiene tantos como el resto de nosotros, o para ella no tiene sentido exhibirlos, pero, cuando La Piel del Oso se incendió hace un par de años, fue ella quien entró corriendo al pub para salvar a Ramona. Tras lo sucedido, Zackell podía comer papas gratis, pero tenía que pagar sus cervezas. Después de todo, la beneficencia debía tener alguna clase de límite.

—Perdón... Voy a dejarlas tranquilas... —se disculpa Peter, y empieza a caminar por el pasillo entre las bancas.

—¿A quiénes? —pregunta Zackell de forma sincera, y mira a su alrededor cuando él está a unos cuantos pasos de distancia de ella.

—A ti y a... Creí que estabas esperando... —empieza a decir Peter, pero la expresión en el rostro de la entrenadora de hockey es tan impasible como un lago en un día sin viento.

—Parece que a muchas personas les gustó tu discurso —dice ella, y luce como si de verdad estuviera esforzándose por encontrar algo de qué hablar con él, como un adulto que platica con un niño, aunque en realidad los niños no le agradan en absoluto.

—Gracias —responde Peter, y se da cuenta de que esa no era la palabra correcta, pues Zackell jamás dijo que a *ella* le había gustado el discurso.

Peter jamás descifró cómo podía comunicarse con ella, ni siquiera durante la época en la que él trabajaba para el club, pero aprendió a respetar su determinación. Ramona le dijo alguna vez que Zackell quizás no encajaba en Beartown, pero probablemente no había otro lugar en todo el maldito planeta donde ella pudiera encajar mejor, pues ¿dónde más podrías designar a un entrenador así? «¿En un club de una de esas ciudades donde las personas tratan de convencerse de que hay cosas más importantes en la vida que el hockey?».

—Oí que renunciaste a tu puesto de director deportivo —dice Zackell de forma repentina.

Peter no puede evitar echarse a reír, y sus carcajadas hacen eco por toda la iglesia.

—Sí, eso fue… hace dos años.

—¿Mmm? —obtiene él como respuesta de parte de Zackell.

—¿Estás hablando en serio? ¿Apenas te enteraste? Técnicamente visto, yo era tu jefe, Elisabeth —dice él con una sonrisa.

Ella le contesta con toda la imperturbabilidad del mundo.

—Por lo regular me doy cuenta de que alguien dejó su trabajo porque lo reemplazaron. Pero a ti no te han reemplazado. Creí que estabas de vacaciones.

Avergonzado, Peter deja de reír en un santiamén. El club ya no tiene un director deportivo, la junta directiva y la propia Zackell se repartieron sus antiguas tareas; y, considerando que Zackell ignoraba todas las opiniones de él sobre su trabajo como entrenadora, Peter sospecha que debe de haber sido sencillo no percatarse de su ausencia. Entonces hace un intento por cambiar de tema:

—Me enteré de que firmaste una extensión de tu contrato como entrenadora, ¡felicitaciones!

—Como si eso fuera a servir de algo. Al final todos los entrenadores terminan siendo despedidos —responde Zackell, y si ella fuera la clase de persona que sabe hacer bromas, Peter habría creído que estaba bromeando.

—Esa es una reacción interesante ante un contrato nuevo —sonríe Peter.

Unos cuantos muchachos con chaquetas negras empiezan a recoger las sillas al fondo de la iglesia, pero Zackell no da señales de querer moverse.

—¿Cuál es el mejor trabajo para un entrenador de hockey que te puedes imaginar? —pregunta Zackell, y si ella fuera la clase de persona que sabe tomarles el pelo a los demás, Peter habría creído que le estaba tomando el pelo.

—Entrenar un equipo de la NHL —contesta él.

—¿Y cuál es el mejor equipo de la NHL?

—El que gana el campeonato y se lleva la Copa Stanley —responde él, un poco más expectante.

Zackell asiente, mostrando una paciencia que es muy poco habitual en ella.

—Durante los últimos veinte años, dieciséis entrenadores distintos han ganado la Copa Stanley. De esos dieciséis, tres todavía tenían el mismo trabajo cinco años después. Dos renunciaron por su propia voluntad, uno se jubiló, otro cayó enfermo. A los otros nueve los despidieron, cinco de ellos antes de que transcurrieran dos años. Así que, de entre los mejores entrenadores del mundo, solo tres de dieciséis conservaron su empleo por cinco años después de haber ganado el título más grande de todos. ¿Sabes cuánto tiempo habré estado en Beartown si me quedo el tiempo que estipula el contrato que acabo de firmar?

—¿Cinco años? —trata de adivinar Peter.

—¡Cinco años! Así que es obvio que van a terminar despidiéndome. Solo hay dos opciones: o no ganamos la liga esta temporada y entonces me despiden por ese fracaso, o somos campeones y ascendemos a una división superior, y luego no ganamos esa liga, por lo que entonces me despedirían por ese otro fracaso. Nunca falta un motivo para despedir al entrenador. Tú deberías saberlo, despediste a Sune para poder contratarme a mí solo porque soy mujer.

—Eso fue… Espera un momento… Eso no es lo que… —empieza a protestar Peter, pero ella se limita a encogerse de hombros.

—Eso fue un error. Porque si contratas a una mujer porque es políticamente correcto, entonces el problema es que despedir a una mujer es muy políticamente incorrecto.

—¿Despedirte? ¡El club no había sido tan exitoso en muchos años! —gruñe Peter, y comienza a entender por qué Ramona siempre estaba tan ebria cuando platicaba con Zackell en La Piel del Oso.

Entonces, de repente Zackell se pone de pie y se dispone a marcharse, y, como si lo dijera de pasada, le pregunta a Peter:

—Mañana voy a ir a ver a un jugador. ¿Quieres acompañarme?

Peter trata de procesar toda esta información de una sola vez.

—¿Qué? ¿Mañana? ¿No tienes sesión de entrenamiento con el equipo mañana?

—Pueden arreglárselas sin mí. Los entrenadores están sobrevaluados. Todos los equipos ganan un tercio de sus partidos y pierden otro tercio, el equipo que gane el tercio restante es el que terminará como campeón, y ¿sabes cuál equipo es ese?

—No, ¿cuál?

—El que tenga los mejores jugadores. De modo que voy a ir a ver a un jugador. Además, estoy suspendida, así que de todos modos no puedo acudir al entrenamiento.

—Perdón, ¿dijiste que estás suspendida?

—La junta directiva recibió una queja. Violé una regla de esa declaración de valores que acaban de publicar. Si los jugadores lo hacen, tienen que faltar a una sesión de entrenamiento, por lo que insistí en que debían aplicarme la misma sanción. En fin, ¿quieres acompañarme mañana o no?

—¿Qué...? Espera un segundo, ¿por qué te reportaron?

Zackell suspira con un poco de hartazgo.

—Una mujer me contactó para quejarse de que uno de los entrenadores del equipo juvenil había dicho que todos los jugadores del equipo de su hijo eran unos inútiles, y que tal vez eso se les podría haber disculpado si al menos algunos de ellos tuvieran mamás atractivas, pero todas eran feas. Y entonces le respondí que el entrenador definitivamente no debió haber dicho eso, porque no todos los jugadores son unos inútiles.

—Y supongo que ella no lo tomó como esperabas —concluye Peter con resignación.

—No. Se enojó bastante. Y entonces mencionó que ese entrenador había dicho que ella solo estaba enfadada porque no había tenido relaciones sexuales en mucho tiempo porque era muy fea, y entonces le dije que tal vez eso no solo dependía de su apariencia, sino también de su personalidad. Así que ahora estoy «bajo investigación» por parte de la junta directiva, pues eso iba claramente en contra de «los valores» del club. Claro que las cosas habrían sido distintas si yo fuera un hombre.

Peter desea haber tenido una aspirina a la mano.

—Espera, espera... ¿quieres decir que si fueras hombre no estarías bajo investigación?

—Quiero decir que si yo fuera hombre ya me habrían despedido. Al entrenador del equipo juvenil lo despidieron de inmediato.

—Ni siquiera sé qué decir.

—¿Debo interpretar eso como un sí?

—¿Sí a qué?

—¿Sí me vas a acompañar mañana a ver a ese jugador?

Ella mira la hora con impaciencia, como si tuviera que estar en algún otro lugar.

—¿Por qué yo? Tú sabes, ya tienes a Bobo y... —pregunta Peter, pero entonces ella responde de una forma tal que a la mayoría de la gente le sería difícil rechazarla y a él le resulta casi imposible:

—Necesito tu ayuda.

•••

«Si tuvieras que escoger, ¿preferirías ser importante o ser amada?», le preguntó el sicólogo a Mira no hace mucho, y esto aún la corroe por dentro, la vuelve loca. Está sentada a bordo del auto en el estacionamiento del cementerio de la iglesia, pensando que debería haberle respondido al sicólogo: «Si tuvieras que escoger, ¿preferirías que pagara tu factura o que la metiera donde no brilla el sol?».

Leo se fue del funeral a su casa en bicicleta, Maya se marchó caminando con Ana, así que Mira está aquí a solas, esperando a Peter mientras todo el pueblo quiere hablar con él dentro de la iglesia. Ella siente como si hubiera caído en un agujero de gusano y hubiera retrocedido en el tiempo, ahora él es alguien de nuevo y ella es la que solo puede esperar. Mira había olvidado cuánto se odiaba a sí misma por odiar tanto esa situación.

Observa a la gente a través de la ventanilla del auto, muchos de ellos con sus camisetas del Club de Hockey de Beartown, como si hubieran estado en un desfile y no en un funeral, y Mira piensa «malditos campesinos». Inmediatamente se avergüenza de ello, aunque no lo dice en voz alta, pues sabe bien que este es un caso de lo que su mamá acostumbraba llamar «el peor tipo de dolencia: la envidia. ¡Es incurable!». Mira desearía poder sentirse alegre tan rápido como todas esas personas. Explotar de felicidad porque alguien logró meter un disco en una portería, en un juego donde todas las reglas no son más que ocurrencias de alguien más. Siempre ha deseado amar algo de una forma tan irracional, parece una burbuja maravillosa en la cual vivir, esa creencia de que eres parte de algo más grande que ti mismo. Como si al hockey le importara. No se interesa por nosotros ni por nadie, solo existe y eso es todo.

Mira siente envidia tanto de los aficionados al hockey como de la gente muy religiosa por la misma razón: desearía tener su fe ciega. Ella jamás será tan importante para algo como estas personas lo son unos para otros cada vez que se agolpan en las gradas.

—¿Mira?

El hombre que está afuera del auto la llama por su nombre de una forma tan repentina y la hace sobresaltarse tanto que se golpea la cabeza con la ventanilla.

—¿Frac? ¿Qué rayos…? —responde ella entre dientes, y él interpreta esto como una invitación a subirse al auto y apretujar toda su humanidad en el asiento del acompañante.

—¡Hola! —dice él, como si esta fuera una conducta perfectamente normal.

—¿… Hola? —dice ella, mientras él cierra la puerta y echa un vistazo vigilante a los retrovisores, para comprobar si alguien alcanzó a verlo.

—Lo lamento —dice él con tristeza, ella lo malentiende y responde muy seria:

—Sí… sí, perdón… Realmente lo lamento, Frac.

Él se vuelve hacia ella, sorprendido.

—¿Qué lamentas?

Ella parpadea, un poco frustrada.

—Lamento… lo de Ramona, lamento tu pérdida. Sé que ustedes eran unidos.

La cabeza de Frac se mece de un lado a otro.

—Mmm, no sé si lo éramos, probablemente ella creía ante todo que yo solo era un maldito payaso que nunca paraba de hablar.

Mira no puede evitar sonreír.

—Todos pensamos lo mismo, Fraques, pero a pesar de ello somos unidos.

El rostro de Frac se ilumina tanto que podría haber generado suficiente energía como para reemplazar a cien de esos aerogeneradores que el gobierno quiere plantar en cada colina pequeña de por aquí. Nadie llama al dueño del supermercado por su nombre de pila, todos le dicen Frac, pero solo unos cuantos pueden llamarlo «Fraques». Ese apodo es el que le gusta más. En plural, como si nada más existiera una persona que tuviera más de un frac.

—Okey, bueno, ¡quisiera hablar contigo! —dice él, con un tono de voz que se encuentra en algún punto entre cargar con todas las preocupaciones del mundo y no preocuparse por nada en el mundo.

—¿Tiene que ver con la oficina nueva que nos ofreciste? No tengo ganas de hablar de eso, Fraques, por Dios… mi colega odia que no tengamos nuestra oficina en una ciudad más grande todavía más lejos de aquí, y Peter odia que no tengamos nuestra oficina en Beartown, Hed fue una solución intermedia y tengo que…

Pero Frac ya empezó a mover la cabeza de un lado a otro, en un gesto que busca detener a Mira.

—No, no, no se trata de la oficina. O… bueno, ahora que lo

mencionas, ¡desde luego que todavía pueden rentar la oficina, esa oferta sigue en pie! ¡Todo está arreglado! Pero no quería hablar contigo de eso. Se trata de... bueno, es un tema delicado, como tal vez podrás imaginarte... No quiero parecer insensible, pero Ramona era parte de la junta directiva del Club de Hockey de Beartown y... bueno, tú sabes.

Mira suspira tan hondo que parece que su pecho jamás podrá volver a acomodarse en su posición original. Por supuesto. ¡Por supuesto! Siempre se trata del club de hockey, incluso ahora, hay que reemplazar a Ramona antes de que siquiera la hayan enterrado.

—Ya veo. Pero si quieren que Peter ocupe su lugar no deberías estar hablando conmigo. Tendrás que ir a hablar tú mismo con él. Yo no puedo...

Una cantidad enorme de imágenes revolotean en la mente de Mira mientras pronuncia estas palabras, mil fotografías de breves instantes, toda una vida junto a su esposo. *Su* esposo. Su *esposo*. ¿Cuánto queda de él por repartir? Si se lo devuelve al hockey, entonces ¿quedará algo para ella? ¿Puede un matrimonio sobrevivir a esto, una vez más? Le dan ganas de gritar con todas sus fuerzas para desahogar su frustración, pero Frac se limita a mover la cabeza de un lado a otro de nuevo.

—No, no. No se trata de eso. O más bien sí, exactamente se trata de eso, pero no de esa forma. Es decir, tenemos un asiento disponible en la junta directiva. Pero no queremos que sea para Peter. Queremos que tú lo ocupes.

Al principio, solo hay silencio. Entonces, la conmoción se apodera de Mira con una fuerza tal que por poco y le da una bofetada a Frac. Y, entonces, empieza a gritar.

—Pero QUÉ... En serio... ¿Qué carajos...? ¿De qué estás HABLANDO? ¿Por qué me pondrían A MÍ en la junta directiva?

Frac trata de silenciarla con desesperación y eso despierta las sospechas de Mira, que no disminuyen precisamente cuando él responde:

—¿Por qué no? ¿Quién conoce a este pueblo y a este club mejor que tú?

Mira se lo queda viendo por un largo rato con los ojos entreabiertos, confundida, hasta que cae en la cuenta de cuál es la verdadera razón por la que quieren que ella esté en la junta directiva, y se siente como una tonta.

—Ustedes han hecho algo estúpido. Necesitan un abogado. Por eso acudes a mí.

La barbilla de Frac oscila a la izquierda y a la derecha con indignación, al tiempo que responde con un bufido:

—No me insultes, y sobre todo no te insultes a ti misma, Mira. ¿Un abogado? ¿Crees que no podría conseguir cien abogados si los necesitara? Pero no los necesito. Necesito al mejor. Y no conozco a nadie mejor que tú.

Es más difícil resistir un halago que una tormenta. Mira se sonroja cuando, en lugar de pedirle a Frac que se calle, se oye a sí misma decir:

—¿Por qué?

—Los medios están husmeando en nuestra contabilidad —reconoce él en voz baja, y de nuevo echa un vistazo a los retrovisores.

—¿Los medios? ¿Por qué harían eso?

—¡Por nada, por nada! Solo es el periódico local y su nueva editora en jefe, que tiene esa soberbia propia de las grandes ciudades y cree que va a ganar algún maldito premio, o qué sé yo, si revela «los secretos del pueblo donde el hockey es el rey». Tú sabes cómo es eso.

Frac guarda silencio y, solo por un instante, parece avergonzado, pero aun así Mira puede oír lo que él prácticamente dice en voz alta. Ella lo oyó durante años después de que se mudó aquí con Peter: el hecho de que todos los viejos en el pueblo querían saber «¿por qué el periódico local solo escribe cosas negativas acerca del hockey?», cuando en realidad casi siempre apoyaba al equipo. Los viejos de todos modos se quejaban, como si fueran una minoría oprimida: «¿Por qué siempre es el hockey al que tratan peor? En la equitación hay accidentes mortales, en la gimnasia hay escándalos de pedofilia, los dueños de los clubes de futbol son unos dictadores… ¡pero, aun así, a los ojos de los medios el hockey siempre es lo peor de lo peor!». En todo momento ellos son las víctimas, esos viejos, siempre los persiguen, siempre son víctimas de conspiraciones. Como si no fueran ellos mismos los que ponen las reglas de este juego, en todos lados y en todo momento. Frac dejó de decir cosas como esas desde hace un par de años, o en todo caso dejó de decirlas frente a Mira, pero lo más seguro es que todavía se queje con expresiones como «hay demasiado deporte en el hockey» cuando solo hay viejos en la habitación y los miembros del club les impiden a los patrocinadores hacer lo que ellos quieran. Tal vez preferirían que la tabla de la liga al final de la temporada se decidiera con base en estados de cuenta bancarios. «A la gente como esa tienes que golpearla donde le duele: en su cartera», acostumbraba decir Ramona. De hecho, es una de las últimas cosas que Mira recuerda de ella. Por todo esto debería ser fácil para Mira despreciar a Frac ahora. Rechazarlo. Pero, entonces, él dice:

—Por favor, Mira, todo lo que estoy diciendo es que sería bueno para nosotros tener un abogado en la junta directiva. Es decir, no tenemos ningún problema, pero ahora que el ayuntamiento está hablando de fusionar los clubes o incluso de fundar uno nuevo, esos malditos periodistas empezaron a hurgar, y tú sabes cómo es eso: ¡si encuentran la más mínima pista van a armar todo un enredo a base de mentiras! Simplemente creemos que sería bueno contar con un abogado en la junta directiva. Que revises todos los documentos, solo para estar seguros. El club no puede contratarte de forma directa, no se vería bien, pero, si el dinero representa un problema, los demás patrocinadores y yo estamos de acuerdo en que tu firma se encargue de todas las cuestiones legales relacionadas con la construcción del Parque Industrial de Beartown durante los próximos años. ¡Te prometo que será algo muy lucrativo! Aunque tal vez podríamos reunirnos mañana en tu casa para seguir platicando, ¿qué te parece? Sería mejor que vernos en tu oficina, si voy a tu casa entonces no seríamos más que dos amigos charlando, por así decirlo. Si es que alguien llegara a vernos.

Ella no puede mirarlo a los ojos, pues se siente demasiado avergonzada por el hecho de que está intentando convencerse a sí misma de que le interesa lo que él está diciendo porque podría haber un contrato lucrativo de por medio para su firma. Pero eso no es verdad. Lo que en realidad despierta su interés es lo que le dice a continuación:

—Obviamente esto tiene que quedar entre tú yo, Mira. No se lo cuentes a nadie. Ni siquiera a Peter.

Como es natural, Mira se abochorna, pero la idea de conocer el funcionamiento del club de hockey por dentro es un poco embriagadora. Por una vez en la vida, poder enterarse de los secretos del pueblo antes que todos los demás. Tal vez ella solo quiere disfrutar de ese privilegio por un tiempo muy breve. ¿Es eso tan malo? ¿Es ella una persona horrible? No quiere ni pensar en ello. Así que mejor pregunta:

—¿«Si es que alguien llegara a vernos»? ¿A qué te refieres con eso? ¿Quién nos vería?

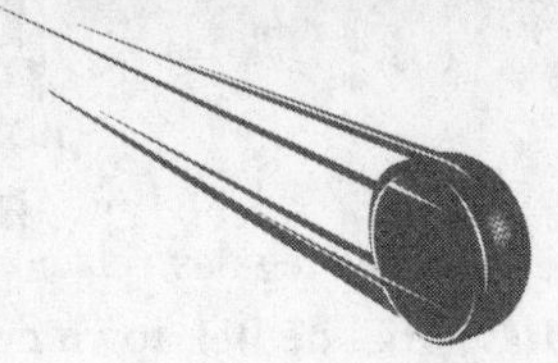

IMÁGENES

El teléfono vibra sobre el escritorio de la editora en jefe cuando recibe un mensaje de su papá. Se inclina hacia delante y ve que no le escribió nada, solo envió tres fotografías tomadas en la escena del funeral. La primera muestra a Peter Andersson entrando a la iglesia al lado del pandillero del Club de Hockey de Beartown con la peor reputación de todas. La segunda también es de Peter Andersson, cuando sale de la iglesia con la entrenadora del equipo de hockey de Beartown. En la tercera puede verse a Frac cuando se baja del auto de Mira Andersson.

Su papá no necesita escribir nada bajo las imágenes, pues la editora en jefe ya sabe lo que quiso decir: ¿cómo podría alegar ahora la familia Andersson que no tiene nada que ver con el Club de Hockey de Beartown?

La familia Andersson ES el Club de Hockey de Beartown.

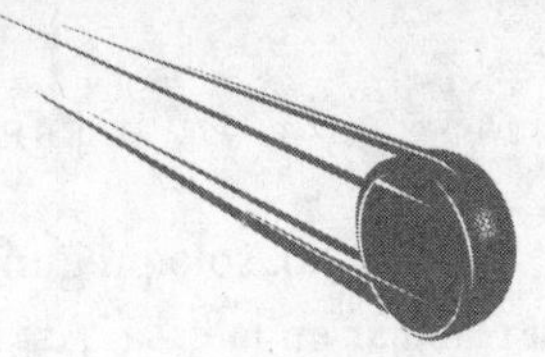

MENTIRAS

—¿Vas a estar en casa mañana? —pregunta Mira con tono de inocencia.

En el futuro, ella reflexionará en que el error más grande que Peter y ella cometen cuando tienen una discusión siempre es el mismo: se alejan cuando deberían acercarse, alzan la voz en lugar de bajar la guardia, alojan rencores en lugar de mantener los oídos abiertos. Pero el peor pecado en el que incurren, el más cruel de todos, sucede cuando no se dicen toda la verdad, y después se convencen a sí mismos de que eso no es lo mismo que mentir.

—¿Por qué preguntas? ¿Tienes algún plan? —pregunta Peter, con el mismo tono inocente.

Se fueron del funeral a su casa en silencio, sin haberse tomado de la mano, él mantuvo los diez dedos sobre el volante y ella se ocupó con su móvil. Ahora está ocupada cambiando de maceta sus plantas ornamentales en la sala, mientras él hornea pan en la cocina, y si ella le hubiera contado todo esto a su sicólogo, el viejo quizás habría sufrido un aneurisma de la emoción: Peter está obsesionado con crear algo, Mira trata desesperadamente de mantener algo con vida. Cuando ella entra a la cocina para ir por agua, se cruzan junto al fregadero, él tiene levadura en los dedos y ella tierra en los suyos, hacen preguntas inocentes y reciben respuestas inocentes. Así de fácil se apila una mentira encima de la otra:

—No, no, solo preguntaba. Estaba pensando en… quedarme a trabajar en la casa. Así puedo llevar a Leo a la escuela si estás ocupado —dice ella.

—¿En serio? Bueno, sí, eso estaría muy bien. De hecho, tengo algo que hacer, o sea, había pensado en decir que no, pero… Oh, es una tontería, no es gran cosa… pero Elisabeth Zackell me preguntó si quería ir con ella a ver a un jugador —prueba él su suerte, mientras la mira de reojo.

—¿Ah, sí?

—Sí, ¿crees que es una tontería?

—¡No, no, para nada quise decir eso! Me sorprendió, eso es todo.

Peter esparce más harina sobre la encimera.

—Como dije, solo es algo sin importancia. Ni siquiera es el club quien me lo está pidiendo, solo es la propia Zackell, casi como si fuéramos… amigos.

Mira sostiene una maceta debajo del grifo. Es muy hábil para actuar con indiferencia.

—Bueno, en ese caso creo que deberías ir.

Peter amasa su mezcla. Es casi igual de bueno para actuar.

—¿Eso crees?

—Bueno, si ella necesita tu ayuda deberías estar dispuesto a apoyarla, ¿cierto?

—Mmm, sí, puede ser. Iríamos en coche de ida y vuelta durante el transcurso del día, y eso sería todo, estaría de regreso mañana mismo al anochecer. ¿Te parece bien? ¿O me necesitas en la oficina?

Él está demasiado ansioso por obtener su aprobación. Ella se la otorga tal vez demasiado rápido.

—No, no, estaremos bien. Tú ve. No hay de qué preocuparse.

Él asiente con vacilación.

—Okey.

—Okey —asiente ella.

Peter se convence a sí mismo de que está diciendo la verdad, a pesar de que no está diciendo toda la verdad, pues no ha mencionado que tiene la gran esperanza de que la encomienda de mañana sea su camino de vuelta al club. No ha mencionado que está soñando con el hockey de nuevo, pues esto, lo que sea la vida que tienen, no es suficiente para él. No ha podido admitir que necesita sentirse necesitado, que para él es importante ser importante. Así que prepara sus piezas de pan en silencio y mete las bandejas al horno. Toc, toc, toc, suena en la cocina.

A su vez, Mira probablemente sabe que debería contarle a Peter todo lo que le dijo Frac, que le ofrecieron un lugar en la junta directiva, pero se convence a sí misma de que, en este caso, ante todo es una abogada. No una esposa. Así que solo mira la tierra que se va por el desagüe del fregadero y luego toma otra maceta, la vacía y la llena de nuevo. Entierra. Calla.

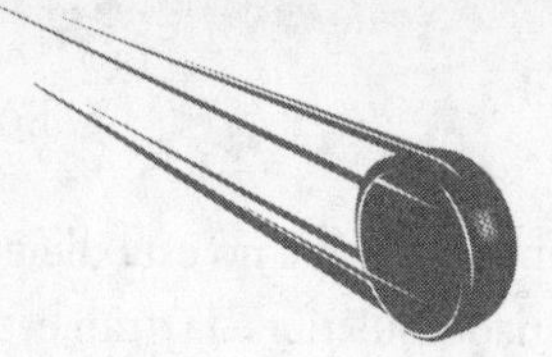

AULLIDOS

Todos están conectados en estos rumbos, y con mayor firmeza por los hilos que nunca vemos. Cuando recordemos estos días, quizás nos percataremos de lo sombríamente irónico que fue el hecho de que, mediante su funeral, Ramona —quien en vida conoció e influenció a tantas personas— haya tenido un impacto tan profundo en la existencia de personas con las que ni siquiera tuvo trato alguno. Porque todos en Beartown están ahí hoy, llorando su pérdida, así que nadie fue a trabajar, lo que significa que la fábrica tiene que llamar a todos sus empleados de Hed para que cubran ese turno. Uno de esos trabajadores, una mujer joven que acababa de salir de su propio turno hace solo unas cuantas horas, acude de inmediato. Su mamá trata de disuadirla en el teléfono, pero el dinero adicional y la prima que obtendría por trabajar en domingo son demasiado buenos como para dejarlos pasar.

—Especialmente ahora, cuando tengo que comprar tantas cosas —dice la mujer.

—¡Nada más sé precavida, no vayas a terminar agotada, en estos momentos es muy importante que cuides tu cuerpo! —la exhorta su mamá, y la mujer pone los ojos en blanco, pero promete que lo hará.

En la fábrica, la mujer se queda a cargo, por el día de hoy, de una máquina que ya tiene muchos años de uso. Durante el turno anterior, en la mañana, alguien reportó un fallo en esa máquina, pero nadie tuvo tiempo de avisarle a la mujer. Está cansada, tiene náuseas y quizás le da un poco de vueltas la cabeza. En el futuro, los investigadores de la fábrica plantearán mil preguntas al respecto para tratar de hacer que parezca que fue culpa de la mujer. Pero la verdad es que los encargados del mantenimiento no pudieron llegar por la tormenta, y la gerencia no se atrevió a correr el riesgo que implicaba detener la cadena de producción, así que falsificaron la constancia de reparación y dejaron que la máquina siguiera funcionando. Siempre debería haber dos personas operándola, pero, como hoy están cortos de personal, la mujer termina sola en ese puesto. El delegado de seguridad del sindicato ya está en conflicto con la gerencia de la fábrica por tantas otras cosas que nadie ha reparado en el hecho de que el botón de parada de emergencia está demasiado lejos para alcanzarlo si estás trabajando solo y algo queda atrapado en la máquina. Nadie que oiga el aullido podrá olvidarlo jamás.

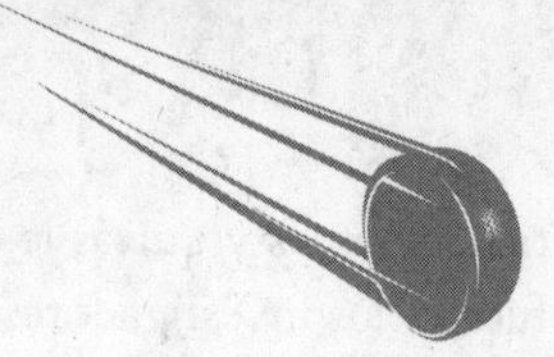

COMPAÑEROS DE EQUIPO

Después de que el funeral ha terminado, dos jugadores de hockey que no asistieron a la ceremonia se encuentran al otro lado del camino. Ambos querían expresar su respeto por Ramona de alguna manera, pero uno de ellos es tímido y el otro carga con un sentimiento de vergüenza, así que ninguno de los dos pudo convencerse a sí mismo de entrar a la iglesia. No es sino hasta que las puertas del templo se abren de nuevo y la gente sale del lugar, que el jugador avergonzado se da cuenta de que el jugador tímido está parado a unos veinte metros de distancia de él, y entonces camina a su encuentro.

—¡Hola! —dice Amat.

Murmullo le responde asintiendo con afabilidad. Sus labios se mueven para contestar de forma breve, pero no sale nada de ellos. Los dos están de pie lado a lado, con las manos en los bolsillos, mirando la iglesia.

—No... no tuve ánimos para entrar. Lo único que todo el mundo quiere es preguntarme si voy a jugar hockey de nuevo —dice Amat en voz baja, pues de pronto siente que puede hablar con Murmullo en total libertad.

Murmullo se limita a asentir despacio, pero puede verse en sus ojos que en verdad comprende a Amat, y por ello Amat no se siente tan apenado al preguntar:

—¿Crees que tal vez podríamos entrenar juntos algún día? ¿Como lo hacíamos el año pasado? Tengo que ponerme en forma. No sé si Zackell me va a recibir de vuelta en el equipo, pero tengo que encontrar algún sitio donde jugar. Necesito... necesito volver a jugar, ¿sí me entiendes?

Murmullo responde que sí con la cabeza. Porque sí lo entiende y, además, porque realmente quiere entrenar con Amat de nuevo. Antes odiaba esas muñecas de movimientos relampagueantes y esos patines que podían cambiar de dirección en el aire y esos disparos que parecían surgir de la nada, pero ahora extraña el reto. Se supone que el hockey debe ser difícil.

—Tal vez podríamos preguntarle al conserje si nos dejaría usar la pista alguna noche, o quizás podríamos jugar en el lago si se congela pronto, ¿qué opinas? —pregunta Amat.

Murmullo asiente con más entusiasmo ahora. Eso también cuenta como un lenguaje.

●●●

Benji toma el camino que rodea la iglesia por atrás, con la capucha de su chaqueta sobre la cabeza, como un gato que camina con pasos silenciosos tan rápido como le es posible para evitar que lo descubran; tiene la esperanza de que nadie lo detenga y quiera hablar de hockey con él. Es una suerte para Benji que, en medio del rugido sordo de las conversaciones en voz baja entre cientos de dolientes, alcance a reconocer el sonido de ese enorme par de tenis que vienen corriendo al galope, pues entonces tiene tiempo de doblar las rodillas y clavar los talones en el piso, y así evitar que se le rompa la espalda cuando Bobo se arroja encima de él para darle un abrazo, como un perro adulto que cree que todavía es un cachorro.

—¡BENJI! ¡BENJI! ¡CARAJO, NO SABÍA QUE ESTABAS DE VUELTA! ¿CÓMO ESTÁS? —logra exclamar la feliz y enorme masa humana antes de que haya terminado su abrazo siquiera.

Benji se escabulle con agilidad de los brazos de Bobo y, en un principio, lo hace callar, pero luego se echa a reír.

—¿Es en serio, Bobo? ¿Has hecho otra cosa desde que me fui aparte de comer?

—¿Y qué hay de ti, por lo menos has comido algo? ¿En Asia no tenían nada con qué alimentarte o algo así? —sonríe Bobo de manera burlona, y se siente tan contento que camina a pasitos y de puntillas por todos lados, hasta que ya no puede contenerse y se lanza de nuevo a darle otro abrazo a Benji.

—Yo también te extrañé —suspira Benji. Quizás suena como un sarcasmo, pero es la verdad.

Existe una clase especial de afecto que tus amigos no te pueden brindar; solo tus compañeros de equipo.

•••

—¡Amat! ¡Murmullo! ¡Miren quién está aquí!

La voz de Bobo se desplaza por encima de la multitud cuando alcanza a ver a sus dos compañeros de equipo al otro lado del camino, y de inmediato empieza a arrastrar a Benji en esa dirección. Benji, Amat y Murmullo se unen en un «¡Shh!» dirigido a Bobo, pues lo que menos desean es llamar la atención, y si no deseas llamar la atención, lo que menos deberías hacer es estar acompañado de Bobo.

—¡Maldita sea, Bobo! ¿No quieres un megáfono? ¡Me parece que los muertos no alcanzaron a oírte! —suspira Benji, y Bobo lo mira de la forma en que lo haces si no entendiste una sola palabra de lo que te acaban de decir, pero de todos modos sigues sintiéndote igual de feliz.

—Quizás podríamos… ir a algún otro lado, ¿qué opinan? —sugiere Amat, cuando nota que la gente en el cementerio de la iglesia empieza a voltear a verlos de reojo con curiosidad.

Benji asiente sin demora, pues también quiere marcharse de ahí, de modo que se van caminando, y solo se requieren unos cien metros para que todo se sienta como de costumbre. Cuatro chicos más o menos de la misma edad que charlan sobre hockey.

Benji hace un ademán con la cabeza en dirección del estómago de Amat y le pregunta:

—¿Has estado entrenando duro últimamente?

Amat sonríe y contesta:

—Eh, es complicado.

Entonces, Amat le pregunta a Benji si alguna vez ha entrenado, a lo que él responde:

—Tú me conoces. Mi método para ponerme en forma es estar echado en una cama.

Los cuatro se ríen, y entonces Bobo recibe un mensaje de texto, y luego dos más, y cuando Benji y Amat comienzan a mofarse de él diciendo que a lo mejor se consiguió una novia, en realidad no estaban preparados para enterarse de que eso es justo lo que pasó.

Tess escribe que sus papás no están en casa, si Bobo quiere verse con ella puede ir. «Solo tenemos que pensar en un plan para mantener a mis hermanos ocupados», dice ella, de modo que Bobo se vuelve hacia Amat, Benji y Murmullo, y les pregunta con los ojos más grandes e inocentes que hay en todo el bosque:

—¿Pueden hacerme un favor?

¿Qué compañeros de equipo podrían negarse?

•••

Cuando Bobo dice que va a ir por «un coche pequeñito», los otros tres se quedan esperando un automóvil común y corriente; y, cuando Bobo regresa para recogerlos, Benji, Amat y Murmullo se sienten decepcionados:

—¿Qué es eso? ¿Es una… casa rodante? —pregunta Amat, mientras mira de un extremo a otro a esa monstruosidad que se extiende al infinito. Parece tener cien años de antigüedad.

Bobo asiente, lleno de contento.

—¡Sí! Mi papá me la regaló. Alguien de su grupo de cacería

se la dio a él. Todos creían que ya no iba a poder volver a rodar, pero poco a poco la he ido reparando.

—¿Poco a poco? Te faltan muchos de esos «pocos», ¿eh? —sonríe Benji cuando sube a bordo del vehículo.

La casa rodante está tan oxidada y llena de abolladuras que Benji y Amat se entretienen durante todo el camino buscando entre los muebles y los adornos cosas que estén en una sola pieza. Por unos instantes creen que la puertecilla de la guantera tal vez se halla intacta, pero un segundo después Benji está sentado con la puertecilla y la mitad del tablero de instrumentos en su regazo.

—¿Tu papá no tenía algo más estable que darte? ¿Algo así como una patineta con tres ruedas? —sonríe Benji de manera socarrona.

—Hablando en serio, Bobo, ¿le hiciste algo malo a tu papá? ¿Está enfadado contigo? ¿Otra vez le robaste de su vodka? —se ríe Amat, y entonces les cuenta a Benji y a Murmullo de la vez que Bobo bebió un poco del vodka de Jabalí, y había escuchado que después de hacer algo así podías terminar de llenar la botella con agua para que no se notara que habías tomado de ella. Todo iba bien hasta que Bobo puso la botella de vuelta en el congelador, donde Jabalí siempre la guardaba, y, a la mañana siguiente, tuvo que explicarle a su papá por qué el vodka podía convertirse en hielo.

Todos se ríen excepto Bobo; parece tan concentrado en sus pensamientos que Benji termina por hacerle una pregunta de la que uno rara vez quiere oír la respuesta:

—¿En qué estás pensando, Bobo?

Bobo le responde con sinceridad, pues no puede hacerlo de otra forma:

—Estaba pensando en lo locos que son los congeladores. Imagínate, si metes un pedazo de carne que caduca mañana en un congelador, lo dejas ahí un mes y luego lo sacas, ¡todavía te lo puedes comer! Es como si detuvieras el tiempo… ¡Los congeladores son máquinas del tiempo!

Benji alza tanto las cejas que desaparecen debajo de su cabello.

—De entre todas las cosas en las que podrías ir por ahí meditando… ¿esta es la clase de cosas en las que piensas?

—¿Tú no piensas en eso? ¡Yo no entiendo cómo es que toda la gente no está pensando en cosas como esas todo el tiempo! —responde Bobo con mucha seriedad.

Benji y Amat estallan en risas, Murmullo permanece en silencio, no porque sea incapaz de apreciar el humor, sino tan solo porque es el único que está reflexionando sobre el lugar al que se dirigen. Bobo está enamorado, Amat probablemente no ha entendido lo grave que es el conflicto entre los dos pueblos y, como es obvio, Benji es el mismo de siempre: no le teme a nadie. Pero Murmullo está abrumado por la ansiedad, pues van directo a Hed, y sabe lo que va a pasar cuando todos estos muchachos se aparezcan ahí.

Va a haber problemas.

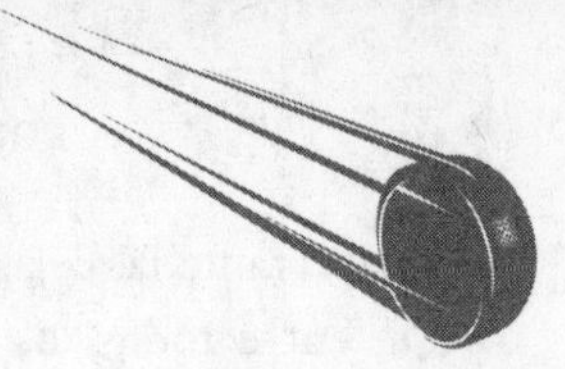

INFIERNOS

Johnny y Hannah tienen uno de esos raros y benditos momentos en los que terminan su jornada laboral casi al mismo tiempo. Deberían comprar un boleto de lotería cada vez que eso suceda. Él pasa por ella al hospital y se besan en la furgoneta como dos adolescentes, y Hannah se ríe a carcajadas de lo tonto que se pone cuando trata de ir más allá. Ella le dice que la lleve a casa primero, como un maldito adulto, pero entonces la furgoneta no arranca, y es una suerte para Johnny que ella lo ame tanto, pues de no ser así habría oído algunas cositas bastante peores que «tonto».

Johnny se baja del vehículo para revisar qué podría estar funcionando mal, y solo entonces se da cuenta de que tiene cuatro llamadas perdidas en su teléfono. ¿En solo unos cuantos minutos? Justo cuando se lleva el móvil a la oreja para hablar con la estación, oye que se abre la puerta de la furgoneta y Hannah le grita:

—¡Amor, acaban de marcarme! ¡Tengo que regresar!

—¿Johnny? ¡Te necesitamos en el trabajo! —exclama al mismo tiempo la voz en el teléfono del bombero.

Johnny suspira. Hannah también. Se sonríen el uno al otro por encima del capó de la furgoneta. En todo caso, tuvieron un par de minutos, como un par de adolescentes tontos. Eso ya es algo.

Y entonces se echan a correr.

•••

Cuando de política se trata, la planta de producción de la fábrica en Beartown siempre ha sido dinamita. Puede determinar el resultado de la elección municipal entera. Hace dos años un político local llamado Richard Theo llevó a cabo una campaña que a nivel superficial se centraba en el desempleo, pero que en realidad solo tenía como propósito grabar las palabras «Los empleos en Beartown son para la gente de Beartown» en la conciencia de la gente. Como es lógico, esto ocurrió cuando en la fábrica de Beartown escaseaban los puestos de trabajo, ahora lo que hace falta son empleados, pero un buen slogan de todos modos permanece arraigado. Para los trabajadores que vienen de Hed todavía es fácil sospechar que hay favoritismo cada vez que un puesto directivo o un turno con mejores condiciones se asignan a alguien de Beartown en lugar de que sea para uno de ellos. Bajo estas circunstancias, resulta todavía más fácil interpretar lo que hoy le ocurre a la joven como algo más que un accidente.

La joven es de Hed, y la mujer que por lo regular se encarga de esa máquina es de Beartown. Ella está disfrutando de una licencia de maternidad, pero el hombre que la está sustituyendo también es de Beartown, por lo que él acudió al funeral de Ramona. Así las cosas, la mujer de Hed era la suplente de un suplente, y alguien había reportado un fallo en esa máquina, pero un gerente que sufría de estrés había dado su autorización para que la máquina siguiera operando; y da la casualidad de que ese gerente también es de Beartown.

Es entonces cuando resulta muy fácil recordar las palabras de Richard Theo. Los empleos en Beartown. La gente de Beartown.

Cuando la máquina se atasca, la mujer no sabe por qué. Pide ayuda a sus colegas para despejar la obstrucción en el mecanismo, pero nadie tiene tiempo de echarle una mano. Empieza a preocuparse, pues podría arruinar las estadísticas de su productividad en el nuevo sistema de monitoreo digital de la fábrica si espera demasiado. Así que intenta resolver el problema ella misma. La máquina tose y empieza a funcionar otra vez cuando ella no se lo espera, y, en el transcurso de un horrible suspiro, el mecanismo succiona a la mujer atrapando parte de su cuerpo entre piezas de acero y ruedas dentadas, y ella alcanza a oír huesos que se quiebran. Es solo hasta que sus pulmones por fin encuentran algo de aire que sus gritos empiezan a emanar de su interior. Parece como si nunca fueran a cesar.

•••

En el futuro, hablaremos más de la riña que del accidente, hablaremos más de lo que los hombres hicieron después que de lo que le pasó a la pobre mujer. El cuerpo de bomberos tiene que cortarla con una sierra para liberarla de la máquina, casi cae inconsciente por el dolor, pero, al parecer, sus heridas no ponen en riesgo su vida. No es sino hasta que sus hermanos —que también trabajan en la fábrica— logran abrirse paso entre la multitud para llegar a Johnny, que él comprende por qué llamaron a Hannah para pedirle que regresara al hospital.

—¡Está embarazada! ¡Está embarazada! —aúllan los hermanos de forma histérica.

La ambulancia no se detiene por nada en el mundo durante todo el trayecto, el coche de bomberos va detrás, seguido por el auto de los hermanos de la mujer. El estruendo ensordecedor de las sirenas se extiende a través del bosque. Cuando todos entran retumbando a Hed, la comunidad entera se queda inmóvil.

—¡A un lado! ¡¡¡A UN LADO!!! ¡¡¡ABRAN PASO!!! —grita Hannah cuando sale corriendo de la entrada del hospital y despeja el camino para los paramédicos de la ambulancia. Johnny tiene que lanzarse del coche de los bomberos en movimiento, agarrar a los hermanos con brusquedad y arrojarlos a un lado, para que dejen de estorbar.

Una vez que la camilla donde transportan a la mujer entra al edificio y todo el personal médico se va detrás de ella a toda prisa, queda una mancha de sangre en el pavimento. Los hermanos se quedan parados ahí, mirando fijamente la mancha, llenos de impotencia. Casi al mismo tiempo, dos jóvenes entran al estacionamiento en un auto pequeño. Apenas si son poco más que unos muchachitos, con miradas ingenuas y un vello facial que no podría resistir una toalla de felpa. No tienen idea de lo que acaba de suceder. Ni siquiera trabajan en el hospital, sino en una construcción que está justo al lado; están tocando música un poquito demasiado alegre y tienen un osito vestido con una camiseta verde de hockey colgando del retrovisor. Y con eso basta. Los hermanos lo toman como una provocación, porque necesitan una de forma desesperada, la que sea.

La pelea estalla de manera tan repentina que ni siquiera Johnny tiene tiempo de lanzarse para interponerse entre ellos. Antes de que lleguen los demás bomberos, los dos trabajadores de Beartown ya están tirados en el piso junto a su auto, cubiertos de moretones y aterrorizados. Los bomberos se encargan de levantarlos del piso y sacudirles la ropa, pero ya es demasiado tarde para poder calmarlos, abordan su auto a toda prisa y se van de ahí llenos de pánico, y de camino a Beartown llaman por teléfono a sus amigos y les cuentan lo que los hermanos de la mujer les hicieron. Dos de esos amigos trabajan en la fábrica. Poco tiempo después, el auto de la novia de uno de los hermanos, que se encontraba justo en el estacionamiento, termina destrozado. Ella había colocado una pequeña pegatina del Club de Hockey de Hed en la luneta de su coche.

Las cosas siempre ocurren de forma muy precipitada cuando todo se va al infierno.

•••

El mundo nunca parece tan grande como cuando sostienes al ser humano más pequeño en tus brazos. Jamás te sientes tan inepto como cuando te das cuenta de que, repentinamente, eres el padre o la madre de alguien, y nadie piensa impedírtelo. «¿Yo?», exclamas cuando la partera te avisa que puedes irte a casa, «¡Pero si no tengo idea de lo que estoy haciendo! ¿Van a dejar que me encargue de cuidar a una persona?».

Si eres un padre o una madre, es probable que recuerdes cómo cargaste a tu primogénito las primeras veces. Lo lento que manejaste tu auto yendo a casa. El hecho de que todo te resultaba incomprensible cuando estabas sentado y sin moverte en medio de la oscuridad, solo para estar cien por ciento seguro de que ese pequeño y arrugado ser seguía respirando. Un pecho diminuto que subía y bajaba un solo milímetro cada vez, y, de manera ocasional, un breve gemido que llegaba desde el horizonte de los sueños, o tan solo un suspiro sibilante que te hacía dar minúsculas piruetas solitarias de puntillas alrededor de la cuna. La forma en que tu corazón apresaba tus pulmones en un acto reflejo, cuando cinco deditos agarraban uno de tus dedos y no lo soltaban.

Ser partera es una cosa extraña, pues si haces tu trabajo a la perfección, tienes que volver a empezar casi de inmediato, despedirte de una familia y darle la bienvenida a otra al mismo tiempo, sin poder familiarizarte con nadie en lo absoluto. Quizás sea esta la injusticia más terrible del oficio: los bebés y las mamás que de verdad llegas a conocer son los que requieren mucho tiempo, y esos son los casos que terminan en tragedia.

¿Qué fue lo que Hannah le dijo a Ana hace unos cuantos días en el bosque? «Tienes que disfrutar los finales felices cada vez que tengas la oportunidad». Hannah espera haberlo hecho ella también, que las lágrimas de felicidad y el aliento de los recién nacidos hayan inundado su alma muchas veces, pues, de lo contrario, no sabe cómo va a tener fuerzas para sobrevivir este día.

Dos mujeres se encuentran en extremos opuestos del hospital, cada una acostada en su cama. Una de ellas dio a luz en medio del bosque, durante la tormenta, y pronto podrá irse a su casita en Beartown con Vidar, su pequeño hijo. Él recordará esa casa como su hogar de la infancia, con el césped en el que jugó y las callejuelas en las que aprendió a andar en bicicleta. Sus peleas con bolas de nieve, sus partidos de hockey, la primera vez que le rompieron el corazón y su primer gran amor. Su vida entera. La otra mujer tendrá que ser trasladada en avión a un hospital más grande, donde necesitará que la operen para tratar varios huesos rotos, y cuando por fin pueda viajar de vuelta a su casita en Hed, lo hará sin el bebé que estaba esperando. El cochecito que su pareja opinaba que era demasiado caro, pero que ella pensaba que podía pagar con la prima del turno dominical estará en el vestíbulo de su casa, y ella se derrumbará por la desesperación. Dentro de algunas semanas, su pareja hallará en el almacén la caja que contiene la cuna; ella había estado insistiéndole que la armara. Él se echará a llorar con tanta fuerza que sentirá que sus sollozos van a romperle las costillas. Por el resto de sus vidas, cada vez que pasen frente a la vitrina de una tienda de deportes, pensarán que tienen una bicicleta de más ahí dentro. Un par de patines de más. Habrá cien mil aventuras y árboles que trepar y charcos perfectos para brincar y caer en ellos de más. Un millón de helados sin comer. Jamás los despertarán demasiado temprano por las mañanas los fines de semana, jamás tendrán que gritar con un susurro «¡Silencio!» mientras hablan por teléfono, jamás tendrán que dejar unos guantecitos sobre la calefacción. El miedo más grande, el ser humano más pequeño, jamás será parte de sus vidas.

La fábrica cometerá el error de llamar a todo lo que pasó «un accidente», según se publicará al día siguiente en el periódico, pero todo el mundo en Hed dirá que solo allá le dicen así. En Hed lo llamarán por lo que fue: «el accidente mortal». Dentro de poco, la gente murmurará en las mesas del desayuno y en las salas de personal que, si se hubiera tratado de la mujer de Beartown, la que debería haber estado en la máquina, la que dio a luz a un bebé sano y feliz y le puso el nombre de uno de los peores rufianes en el Club de Hockey de Beartown… entonces los políticos habrían puesto la fábrica de cabeza con tal de dar caza y encontrar al culpable.

Quizás no sea tan así. Pero es tan fácil estar de acuerdo en ello.

●●●

Hannah y Johnny todavía están en sus respectivos trabajos, así que Tess se encarga de ir por Ture, su hermano menor, a la casa de uno de sus amigos. En un principio, Ture se pone a parlotear de forma ininterrumpida acerca de las diferencias entre varios superhéroes, y entonces, de un momento a otro, se sumerge en un profundo dilema filosófico: «¿Por qué todos creen que estás desnudo si solo te pusiste unos calcetines, pero no estás desnudo si solo tienes puestos tus calzoncillos? Tienes la misma cantidad de tela sobre tu cuerpo, ¿no?». Tess está demasiado distraída con su móvil como para escucharlo. Tobías y Ted se encuentran con ellos en el camino, y los cuatro hermanos empiezan a planear la cena. Su papá le había mencionado a Tobías que tenían permiso de ordenar pizzas, y su mamá va a regañar a su papá por esto, pues ella ya le había dicho a Tess que para nada podían cenar eso, pero Tess hizo notar que Ted había dicho que Tobías había dicho que su papá había dicho que sí podían, y su mamá estaba demasiado cansada para ponerse a discutir sobre información proporcionada por fuentes de segunda y tercera mano, de modo que van a terminar comiendo pizza. A veces el hecho de que sean cuatro hermanos tiene sus ventajas, pueden usarse unos a otros en maniobras distractoras.

—¿Me estás escuchando o no? —pregunta Tobías, pues Tess está escribiendo en su teléfono, pero no parece estar anotando la instrucción bastante específica de su hermano, que quiere «queso extra y una base de pan bien cocida, pero sin aceitunas, y únicamente pimiento rojo, nada de pimiento amarillo», etcétera, etcétera.

—Mmm —dice ella, pero Ture logra echarle un vistazo furtivo a la pantalla del móvil, y exclama:

—¡Estás mandando un mensaje! ¿Con quién estás hablando? ¿Por qué estás mandando corazoncitos?

Tobías y Ted abren los ojos de par en par, como si la piel de lagarto de Tess se hubiera asomado de manera accidental por debajo de su disfraz de humana.

—¿*Tú* estás mandando corazones? ¡¿A quién rayos se los estás enviando?! —dice Ted.

Tess, que no tiene fama de ser la que envía los mensajes de texto más sensibleros de toda la familia, se ruboriza con intensidad, en parte por la vergüenza y en parte por la ira.

—¡Si quieren seguir vivos ocúpense de sus propios asuntos!

Si Tobías y Ted hubieran tenido el suficiente valor, se habrían atrevido a tratar de arrancarle el teléfono de la mano, pero ni siquiera Tobías descuidaría tanto su integridad física. Ture, por otro lado, no tiene la suficiente edad para haber comprendido ya lo mucho que su hermana puede enfurecerse cuando se enfada de verdad, de modo que el chiquillo trepa por las piernas y la espalda de Tess, alcanza a vislumbrar la pantalla y anuncia en voz alta:

—¡Bobo! ¡¡¡Le está mandando corazoncitos a ese *Bobo*!!!

Ted logra impedir que su hermano menor termine sobre unos arbustos cuando Tess se lo quita de encima, y Tobías se hace a un lado de un salto cuando parece que ella está a punto de empezar a repartir patadas a su alrededor sin ton ni son. Tess empieza a hiperventilar, y sus tres hermanos retroceden con las manos en el aire.

—Lo siento, lo siento... —susurra Ture.

—Solo estábamos bromeando... —concuerdan Tobías y Ted.

El teléfono vibra en la mano de Tess. Una vez, dos veces, hasta que ella termina por bajar la mirada y lee lo que le escribió Bobo. Incluso ahora, a pesar de que está tan furiosa que sería capaz de dejar varias serpientes ocultas en los cajones de la ropa interior de sus hermanos, no puede evitar sonreír.

—¿Pueden guardar un secreto? —les pregunta ella.

Por supuesto que no pueden. Pero le prometen que van a intentarlo con todas sus fuerzas. Porque en algún lugar muy por debajo de todas las diabluras y de lo fastidiosos que pueden llegar a ser, ellos aman a su hermana, y esta es la primera vez que la han visto enamorada.

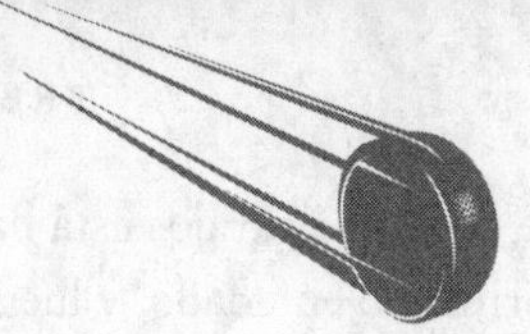

DISPAROS

Bobo detiene la casa rodante frente a la casa de la familia de Tess, y está tan nervioso que sin querer toca la bocina cuando está tratando de apagar el motor.

—¡Qué bien, Bobo, eres la discreción hecha persona! —sonríe Benji, y Bobo se ruboriza.

Para ser un domingo, hay demasiado silencio en la zona residencial. Ya llegaron las temperaturas bajo cero, así que nadie se dedica a cortar el césped, pero tampoco nadie ha sacado aún su máquina para limpiar la nieve. La mayoría de la gente está dentro de sus casas, preparándose para salir a cazar alces. Hasta los perros parecen haberse tomado el día para descansar.

Ted y Tobías se encuentran en el pequeño jardín a un lado de su casa, disparando discos contra la portería de su plataforma de entrenamiento, que construyeron junto con su papá cuando eran pequeños. Ted dispara como si estuviera jugando la final del Campeonato del Mundo, Tobías dispara como si en realidad estuviera demasiado cansado de estas tonterías, pero simplemente no puede dejar que su hermano menor le gane. Ted ni siquiera se percata de la casa rodante, pero su hermano mayor la vio a la distancia por el rabillo del ojo. Cuando Benji se baja del vehículo antes que los demás, Tobías se paraliza, y entonces deja de sostener el bastón de hockey como un instrumento y empieza a blandirlo como un arma.

—¿Qué carajos está haciendo él aquí? —masculla Tobías, al principio enfadado, y luego con temor.

Él había consentido en dejar que su hermana invitara a ese tal Bobo a que viniera a la casa, pero ella no había mencionado a nadie más, mucho menos al sicópata de Benjamin Ovich. Tobías siempre está en las gradas con los aficionados de Hed en todos los partidos del primer equipo, de modo que sabe muy bien quién es él, la gente de aquí acostumbraba llamarlo «Número 16» y nada más, como si fuera un experimento genético. Todos en Hed, incluyendo a Tobías, estallaron de felicidad cuando Benji renunció al hockey y se fue de Beartown hace un par de años, pues lo odiaban de la forma en que solo los aficionados al hockey pueden odiar a los sicópatas que les encantaría tener en su propio equipo. Lo primero que se le ocurre a Tobías justo ahora es que esto es una trampa, Benji está aquí para matarlo a golpes, en venganza por la riña de ayer en la arena de Beartown.

Benji solo tiene puesta una camiseta, ya que se había quitado su camisa blanca después del funeral, y, como era lógico, la única camiseta que Bobo tenía en la casa rodante era una de color verde con el oso en el pecho, de modo que esa prenda es la primera cosa en la que se fija Tobías. Él solo tiene quince años y Benji veinte, pero Benji entiende el lenguaje corporal de Tobías, lo dispuesto que está a armar un lío. Por unos cuantos segundos, el hombre y el muchacho se miden entre sí, y aunque Tobías es alto y musculoso para su edad, la forma en la que agarra su bastón revela que sabe muy bien que tendría pocas posibilidades de imponerse.

En ese momento Bobo se desenrolla al bajarse del asiento del conductor, y Tess lanza un grito de felicidad desde la ventana de la cocina, que Tobías nunca había oído. El muchacho deja de sujetar el bastón con tanta fuerza. Un instante después, Murmullo y Amat salen por la puerta lateral de la casa rodante, y es solo hasta entonces que Ted por fin levanta la mirada, sus ojos brillan con el sentimiento de admiración vertiginosa que acaba de despertar en su interior.

—¡Tobbe! ¡Tobbe! Ese es... Ese es... ¿lo estás viendo? Ese es... Él es... ¡Amat! ¡Ese es Amat! —susurra Ted, con el suficiente volumen para que todos alcancen a oírlo dando pena ajena.

Tobías exhala con un gruñido dedicado a su hermano, y siente que su pulso se desacelera un poco, pero no le quita los ojos de encima al Número 16. Sin embargo, parece que toda esta escena no hace más que divertir a Benji, quien enciende un cigarro.

Bobo abre el maletero de la destartalada casa rodante y saca una enorme cesta de picnic hecha de mimbre, pero luego ya no puede cerrar la portezuela. Es evidente que no le importa. Tess sale de la casa como si tuviera que obligar a sus pies a no despegarse del suelo para no salir volando. Los dos hacen todo, todo lo posible por no arrojarse a los brazos del otro frente a sus amigos y sus hermanos. Ella lo invita a pasar a la cocina, y él empieza de inmediato a hacerle mil preguntas, sobre ella y su casa y su familia. Tess no está acostumbrada a esto, está acostumbrada a que los chicos solo quieran una cosa, así que termina por preguntarle a Bobo qué trae en la cesta. Él le enseña lo que hay en su interior. Se trata de pasta y carne y verduras y consomé y crema. Ella se echa a reír y piensa en que, después de todo, estaba en lo correcto, los chicos en verdad solo quieren una cosa.

Quieren preparar la cena.

•••

Desde luego que Amat puede ver la forma en la que Ted lo está mirando, como un niño que avistó a su ídolo. Por lo general Amat odia cuando ocurre eso; no hace mucho se habría subido de nuevo a la casa rodante y habría exigido que lo llevaran a su casa de inmediato. Pero ya no es una superestrella. La arrogancia es un lujo.

Así que le pregunta:

—¿Quieres jugar?

En el futuro, se convencerá a sí mismo de que lo hizo por el chico de trece años; pero, si ha de ser del todo honesto, Amat solo quiere jugar. Eso es preferible a tener que conversar con alguien.

Todo lo que Ted puede hacer para contestarle a Amat es asentir con la cabeza, y entonces su ídolo y él empiezan a jugar. Sin decirle una sola palabra, Murmullo le enseña al pequeño Ture qué tiene que hacer cuando se planta en una portería, pues una ventaja de tratar con niños de siete años es que no requieren ningún diálogo. Ted ejecuta un tiro de muñeca, y Amat corrige con movimientos suaves la forma en la que el chico dobla la rodilla y cómo reúne fuerzas para disparar. Cuando el propio Amat dispara un disco contra la portería, Ted, Ture y Murmullo se quedan quietos y lo miran fijamente.

—¿Cómo lo haces? ¡Es como un relámpago! —dice Ted sin aliento.

Amat no puede mirarlo a los ojos, se limita a murmurar:

—Solo es entrenar y entrenar. Tus disparos son mejores que los míos cuando tenía tu edad.

Por Dios, es un milagro que el pecho de Ted no haya explotado cuando escuchó eso. Ha pasado tantas horas en esta plataforma de entrenamiento que, cierta vez, una vecina impertinente de la misma manzana amenazó con denunciar a Johnny ante las autoridades de servicios sociales, porque le molestaba el ruido y creía que los padres habían forzado a su hijo a permanecer afuera disparando discos toda una noche de junio en la que llovía a cántaros. Hannah tuvo que ir a ver a la vecina para explicarle que ella misma desearía que Johnny pudiera obligar a ese chico a hacer algo, porque entonces quizás podría obligarlo a que entrara a la casa, aunque fuera para comer. Pero la obsesión de Ted nace de su interior. Y no hay nada que se pueda hacer al respecto.

Si la vecina hubiera mirado al exterior a través de su ventana en este momento, quizás habría cambiado de parecer, pues algún día presumirá a quién tenía como vecino. Ted y Amat se ríen de buena gana mientras se retan el uno al otro. Amat vence en la mayoría de las rondas, pero cuando Ted gana una sola de ellas, el muchacho corre a toda velocidad alrededor del jardín con los brazos en el aire y cargando a Ture sobre su espalda, como si hubieran conquistado el mundo entero. Amat choca los cinco con Ted cuando termina de hacer su vuelta triunfal. Quizás algún día jugarán juntos en la NHL.

Ahí dentro, en la cocina, Tess y Bobo se ríen tontamente y comienza una historia de amor. Aquí afuera empiezan otras historias. Ninguna de ellas podría considerarse una muy mala idea.

•••

Mientras los demás están disparando discos en la plataforma de entrenamiento, Benji se apoya contra la casa rodante y enciende su segundo cigarro en cinco minutos.

—¿Piensas golpearme con ese bastón o algo así? Porque si no lo vas a hacer, quizás podrías soltarlo, me preocupa que te vayas a dar en un ojo sin querer —le dice Benji a Tobías, quien está un poco a lo lejos, con un tono que no tiene nada de hostil.

El muchacho de quince años se da cuenta de que todavía está sosteniendo el bastón como un bate de béisbol, entonces lo baja de inmediato y voltea a ver el suelo en un gesto de disculpa.

—Perdón, perdón. Últimamente hemos tenido muchos problemas con la gente de Beartown. Cuando te bajaste de la casa rodante con esa camiseta yo solo pensé carajo… aquí se va a armar una bronca…

—Me siento demasiado mal como para pelearme a golpes —reconoce Benji.

—¿Tienes resaca? —pregunta Tobías con cautela, pues, a pesar de que solo tiene puesta una camiseta en un ambiente con temperaturas bajo cero, Benji está sudando.

—No tengo ningún problema para pelear con una resaca encima. Solo lo tengo cuando estoy sobrio —contesta Benji con un resoplido. No ha tomado un solo trago desde que volvió a Beartown, y ya empieza a sentir cómo su cuerpo entero está derrumbándose a manera de protesta.

Justo cuando dice esto, una carcajada de Tess encuentra la forma de salir por la ventana de la cocina, y Tobías levanta la cabeza sorprendido, como una suricata que se asoma de su agujero en la tierra.

—¡¿Mi hermana se está riendo?!

—¿No acostumbra reírse? —pregunta Benji.

—Solo cuando Ted o yo recibimos un golpe.

Tess estalla en otro ataque de risitas tontas, y Benji sonríe.

—Creo que Bobo tal vez le contó que pasa mucho tiempo pensando en que los congeladores son como máquinas del tiempo. Tratándose de Bobo puedes reírte con él o de él, pero de que te ríes, te ríes.

—¿Máquinas del tiempo? —repite Tobías.

Benji sacude la cabeza en un ademán de resignación.

—Olvídalo. Es una larga historia. ¿Cuántos años tiene tu hermano? —pregunta Benji, al tiempo que hace un gesto con la cabeza en dirección a Ted.

—Es dos años menor que yo. Tiene trece —responde Tobías.

—¡¿Trece?! ¿Qué le dan de comer? ¿Rottweilers? ¡Es tan grande como una casa!

Tobías asiente con orgullo.

—Es buenísimo para el hockey. Va a ser mejor que Amat.

—Entonces, ¿va a ser mejor que su hermano mayor? —le pregunta Benji para fastidiarlo, y se sorprende cuando Tobías le contesta de forma instantánea:

—Ya lo es. Solo que todavía no lo sabe.

Benji sacude la ceniza de su cigarro, y casi parece como si quisiera darle al muchacho unas palmaditas en el hombro.

—Deberías jugar para Zackell, nuestra entrenadora en Beartown.

—Ted debería jugar para ella, no yo.

—No, deberías ser tú. A ella le gustan los jugadores que conocen sus propias limitaciones.

Tobías comprende que esto es un cumplido; pero odia demasiado a Beartown y tiene una conducta demasiado propia de un chico de quince años como para poder aceptarlo. Por eso, se le escapa decir por puro instinto:

—¡Es una pena que todo su equipo esté lleno de hijos de puta y de maricas!

Inmediatamente después de haber pronunciado esas palabras, Tobías tiene ganas de tirarse todos los dientes de su propia boca a punta de golpes, si es que Benji no lo hace por él primero.

Sin embargo, el rostro de Benji apenas si cambia de expresión cuando responde:

—No somos unos hijos de puta. Pero tal vez tienes razón en lo demás.

—Perdón… No quise decir eso —balbucea Tobías.

Hace un par de años, cuando todos en Beartown y Hed acababan de enterarse de lo que Benji era en realidad, Tobías se encontraba entre los aficionados de Hed cuando ambos equipos se enfrentaron. Él recuerda las cosas que le gritaron a Benji. La forma en la que lanzaron dildos a la pista de hielo. Después de lo sucedido, había sido muy fácil para Tobías y los demás excusarse de todo ello, alegando que así son las cosas en el hockey, uno solo busca el punto más débil de su oponente, en realidad nunca se trata de algo personal. No es que uno sea racista, sexista ni homofóbico. Uno solo está tratando de ganar. Pero, ahora que tiene enfrente al hombre a quien le estuvo gritando en aquella ocasión, esa excusa suena mucho menos convincente. El chico de quince años se encoge de vergüenza. Sin embargo, Benji se limita a sonreír de manera socarrona y contesta:

—Ustedes también son unos hijos de puta y unos maricas. Es solo que todavía no lo saben.

Tobías ríe con alivio, agradecido por el hecho de que todavía conserva todos sus dientes, y entonces se arma de valor para preguntar:

—¿Es cierto que una vez ganaste una pelea contra cuatro jugadores de otro equipo?

—¿Quién te dijo eso?

—Mi papá. Creo que eres el único jugador de Beartown que ha llegado a agradarle. Aunque jamás lo admitiría.

Benji enciende otro cigarro.

—Probablemente solo eran tres. Y ninguno de ellos sabía pelear sobre la pista. Así que en realidad eso no cuenta.

—¿Podrías enseñarme? ¿A pelear en una pista de hielo?

Benji le da una calada a su cigarro y, por unos breves instantes, se odia a sí mismo por haber regresado al bosque donde esto es lo único que él puede ser. Alguien que es capaz de cometer actos de violencia. Alguien a quien hay que temer.

—¿Así que crees que tu hermano puede llegar tan lejos como Amat? ¿Qué hay de ti, qué tan lejos puedes llegar? —pregunta él, para no tener que responder lo que Tobías le había preguntado.

—No muy lejos. A lo mejor al primer equipo de Hed, si es que no ascienden de división, porque si lo hacen probablemente no habría lugar para mí. Y si es que no desaparecen el club, tú sabes.

—¿Por qué crees que no podrías ir más lejos?

—Porque yo no soy como Ted. Soy como tú.

—¿Como yo?

La sangre de Tobías corre con más fuerza por su cuerpo, lo que hace que su cuello se sonroje.

—No es que yo sea… gay, o sea, yo no soy… así. No es que eso tenga nada de malo, sino que me refiero a que me parezco a ti… como jugador. No me gusta el hockey lo suficiente como para llegar a alcanzar el nivel de juego que se requiere. Yo no vivo para el hockey. No como Ted.

Benji ríe, y el humo se le atora en la garganta.

—¿Crees que eso fue lo que pasó en mi caso?

Tobías asiente, todavía apenado, pero con una convicción absoluta.

—Si no fuera así, entonces aún estarías jugando. Sin importar lo que te hubiéramos gritado desde las gradas. Si de verdad amaras el hockey, nada te habría detenido.

Benji pone los ojos en blanco, apaga su cigarro y empieza a palparse los bolsillos buscando otro más.

—Carajo. Zackell realmente se habría encariñado contigo...

Tobías trata de tomar esto como un cumplido, de verdad lo intenta.

Dentro de la casa, en la cocina, Bobo está preparando la cena y haciendo preguntas, pues su mamá le enseñó que esas eran las dos mejores formas de cortejar a una chica: «Porque las chicas no están acostumbradas a ninguna de ellas». Bobo sabe que no tiene mucho más que ofrecerle a Tess, así que tiene la esperanza de que esto sea suficiente. Y lo es.

Cuando la risa de Tess se alcanza a oír afuera en el jardín de nuevo, Tobías se queda mirando el rostro de Benji por un largo rato, todavía sintiéndose un poco receloso, y luego pregunta con toda la seriedad del mundo:

—Ese Bobo ¿es buena persona? Sé que es tu amigo, pero ¿es... es buen tipo?

Benji también tiene hermanas mayores, así que entiende la pregunta. Y por eso responde:

—Probablemente podrías hallar a unos cuantos muchachos que sean mejores que él, pero definitivamente puedes encontrar a muchísimos que son peores. Bobo es la persona más amable y leal que conozco. Pero, si quieres que sea sincero, no tengo idea de qué rayos es lo que ve tu hermana en él.

Tobías reflexiona por un largo, largo rato, antes de bajar la mirada y contestar:

—Probablemente ella ve en él a una persona normal.

—¿Y eso es bueno? —pregunta Benji con franqueza.

Tobías respira hondo por la nariz, y clava la punta de su bastón alrededor de las agujetas de sus tenis.

—Ella no quiere tener una vida extraordinaria, solo quiere una vida... normal. Nuestro papá es bombero, nuestra mamá es partera, durante toda nuestra infancia y adolescencia la gente nos ha dicho que estamos siendo criados por auténticos héroes. La clase de personas que corren hacia el fuego. Pero Bobo no es ningún héroe, y mi hermana probablemente puede notar eso. Él no va a correr hacia el fuego, va a correr hacia ella.

Tobías guarda silencio apenado cuando se da cuenta de lo tontas que podrían sonar estas palabras. Benji se pasa los dedos por su largo y despeinado cabello, y sonríe con incomodidad. Ninguno de los dos puede relajarse en medio del silencio que ahora pesa en el ambiente, de modo que Benji mira a su alrededor y alcanza a ver un charco que se congeló en la entrada del garaje, de poco más de un metro cuadrado, producto de una manguera rota de la que estuvo goteando agua. Benji camina hacia el charco de hielo y Tobías lo sigue, y, cuando están parados encima de él, Benji agarra de súbito la camiseta de Tobías y la jala de una forma tan brutal que el muchacho pierde el equilibrio y empieza a caer. Benji lo atrapa en el último instante, justo antes de que golpee el suelo, y dice:

—Tienes que pensar en la forma en la que plantas los pies. Usa mi propio peso en mi contra.

Entonces, Benji le enseña cómo se debe pelear cuando uno está parado sobre un piso de hielo. Sería imposible encontrar un mejor maestro que él.

•••

Un poco lejos de ahí, en la plataforma de entrenamiento, Ted por fin se atreve a preguntarle a Amat:

—¿Cómo fue el *draft* de la NHL?

Murmullo le está enseñando a Ture cómo tiene que moverse si quiere ser un portero, pero mira de reojo a Amat con preocupación cuando oye esa pregunta. Está bastante seguro de que nadie más había tenido el valor de interrogarlo de forma tan directa como un chico de trece años con sueños tan grandes que no le caben en el pecho. Amat lanza un disparo y responde con semblante pensativo:

—Todo el mundo era de lo mejor que hay en el hockey. Puedes

toparte con buenos jugadores aquí, tal vez alguien en la liga o en un campamento de entrenamiento o en donde sea. Pero todos los que te encuentras allá son los mejores del lugar de donde vienen. Toda su vida han estado listos para el *draft*. Es un ambiente de... presión... de muchísima presión. Es la única forma en la que podría describirlo. Más agobiante que cualquier cosa que hubiera vivido antes. Sentía como si me estuviera asfixiando.

Ted dispara un disco. Se apoya en su bastón.

—Mi papá dice que la presión es un privilegio. Si no sientes presión, solo puede ser porque nunca has hecho nada que sea lo suficientemente valioso como para que la gente espere algo de ti.

—Si logro asistir al siguiente *draft*, ¿puedo llevarte como mi agente? —sonríe Amat.

—¡Dentro de unos cuantos años tú podrás ser *mi* agente! —se le escapa decir a Ted.

Jamás en toda su vida le había dicho algo tan petulante a otra persona. Se siente muy avergonzado, aunque Amat no puede evitar admirar esto, ya que es capaz de oírse a sí mismo en la voz del muchacho. Recuerda la forma en la que acostumbraba jugar al hockey antes de que jugara solo para complacer a todos los demás. El siguiente tiro que sale de su bastón silba al viajar por los aires y casi rompe la red de la portería.

—No importa cuánto tiempo entrene, nunca podré disparar con esa fuerza —susurra un Ted impresionado.

—No necesitas entrenar más, solo necesitas pensar menos —le responde Amat.

•••

Los compañeros del equipo de Beartown están de buen humor cuando se marchan de la casa en Hed. Bobo le da un beso a Tess en la mejilla con tanta cautela que Benji dice entre dientes:

—He visto a personas que se comportaron de forma más sensual al cerrar un sobre, Bobo.

El rostro de Bobo se ruboriza de un color rosado profundo, y hasta Murmullo se ríe a carcajadas. Él jamás ha tenido un grupo de amigos, jamás ha vivido un día como este en el que uno simplemente pasa el rato con otras personas durante varias horas, sin hacer nada de nada en realidad. Esta ausencia de expectativas es algo nuevo para él, al igual que las risas; tal vez por eso baja la guardia lo suficiente como para responder que sí con la cabeza, cuando Bobo le ofrece llevarlo a su casa.

—¡Nos vemos mañana en el entrenamiento! —se despide Bobo cuando dejan a Murmullo, aunque por desgracia Bobo habla tan alto que en todas las casas a lo largo de la calle se encienden las luces.

La casa rodante se va rumbo a Beartown y Murmullo entra a su casa, pero ya es demasiado tarde, todo el mundo pudo ver quiénes lo trajeron hasta aquí. Poco tiempo después, alguien lanza una piedra a través de la ventana del apartamento que comparten su mamá y él. El mensaje de los aficionados al hockey que viven en esta zona está escrito con tinta roja, y es tan falto de imaginación como efectivo:

«¡Muérete, Judas!».

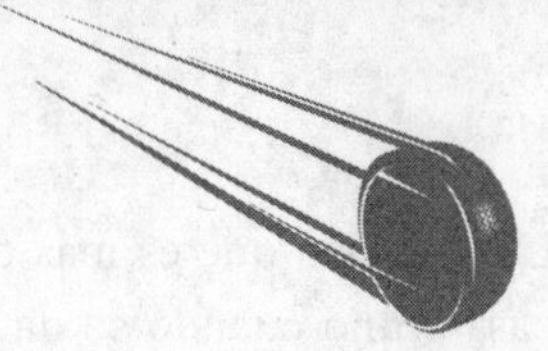

JÓVENES

Hoy falleció un bebé en el hospital. Siempre hay gente que afirma que no se trata de un bebé sino hasta que nace, pero Hannah nunca ha podido estar de acuerdo con esa forma de pensar. El dolor es el mismo, y el cargo de conciencia también, si todos los bebés son tus bebés entonces todo lo que pasa siempre es culpa tuya.

Al anochecer, ella está sentada a la mesa de la cocina de su casa en Hed, exhausta y desgarrada de tanto llorar hasta que al final solo queda un vacío en su interior. Una de sus colegas la trajo en su auto del trabajo, no se dijeron ni una sola palabra, y lo único en lo que Hannah pudo pensar fue en la vez en que Ture, cuando tenía cuatro o cinco años, le preguntó:

—¿Las personas envejecen en el cielo, mamá?

Hannah no entendió la pregunta, así que su hijo menor, frustrado, la formuló de nuevo con otras palabras:

—¿Sigues cumpliendo años cuando ya estás muerto?

Cuando Hannah admitió que no lo sabía, Ture susurró descorazonado:

—¿Qué pasa con los bebés que mueren en la pancita de sus mamás si nunca pueden crecer y ser grandes? ¿Nunca van a poder jugar? ¿Ni siquiera en el cielo?

Ese fue uno de los momentos en los que a Hannah la afectó más de lo normal el hecho de que cualquier cosa que tuviera que ver con Ture estaba viviéndola por última vez. Con su último hijo. Ella es la madre de cuatro chicos y con eso es suficiente.

Uf, en serio que es más que suficiente, pero, aun así… algo le pasa a uno cuando se da cuenta de que ya no es una elección. Los hijos jamás te permiten olvidar que estás envejeciendo. Ture tiene siete años ahora, Tess diecisiete. Todo lo relacionado con Ture son cosas que Hannah nunca volverá a hacer como mamá, y todo lo relacionado con su hija son cosas que jamás había hecho antes como mamá. «Hijos pequeños, problemas pequeños; hijos grandes, problemas grandes», le dijo una de sus colegas cuando Tess acababa de nacer, pero eso, desde luego, no es verdad. Son los errores los que se van haciendo más grandes. Los errores de la propia Hannah.

Apoya la frente sobre la mesa de la cocina. Ha tenido un día muy largo, desafortunadamente eso no es excusa alguna, pues, como siempre les dice a sus hijos: «En esta familia no buscamos excusas para justificar nuestro comportamiento». Nuestras propias órdenes siempre son las más difíciles de seguir. Han pasado varias horas desde que Tess cerró la puerta principal tras de sí de un portazo y desapareció, la discusión se dio con demasiada rapidez y fue culpa de Hannah, ella lo sabe. Había llegado a casa del hospital, se sentía muy cansada de los pies y de los pulmones, y su propia piel le dolía, así que en ese momento podía explotar con mucha facilidad. Todo empezó cuando encontró una moldura de goma en la entrada del garaje, que parecía haberse caído de un auto. Tal vez no habría pensado más en ello si una vecina, la arpía metiche que siempre se está quejando de la plataforma de entrenamiento de Ted, no hubiera venido desde su jardín para contarle a Hannah que sus hijos habían tenido «una fiesta» toda la tarde. Tal vez Hannah también lo habría dejado pasar, pues como era lógico Tobías y Ted se limitaron a negarlo todo, y aunque Ture ya es lo bastante grande para saber que no hay que ser un soplón, todavía es lo bastante pequeño para poder sobornarlo con chocolate. Para cuando Hannah se enteró gracias a Ture de quién había estado aquí y por qué, de que Tess ahora tenía novio y de que los dos habían estado a solas dentro de la casa mientras sus hermanos habían pasado el tiempo en el jardín, ya estaba subiendo las escaleras cegada por la ira y el temor y la idea errónea de que se había cometido una traición.

Un día largo, y eso no es excusa alguna, pero una de las cosas más injustas de tener tres hermanos menores es que la forma en la que eres educada siempre estará basada en expectativas. Así que Tess terminó castigada porque había acostumbrado a sus padres a esperar que ella fuera la responsable, la confiable, la hija por quien su madre nunca tenía que preocuparse. Por eso es que Hannah entró a la habitación de Tess como un huracán, con las peores palabras que un padre o una madre puede decir:

—¡Esperaba más de ti, Tess!

Desde luego, esa es solo otra forma de expresarle a un adolescente que debería esforzarse más por reducir las expectativas para la próxima vez. Hannah sabe esto en lo más profundo, pero esta fue una de esas ocasiones que casi todos los padres experimentan en algún punto, cuando empezamos a gritar y no podemos detenernos. Invariablemente, el sentirnos decepcionados de nuestros hijos en realidad no es más que sentirnos decepcionados de nosotros mismos, y no hay nada que nos tome más tiempo controlar que esa emoción. Así pues, Hannah le gritó a su hija, aunque no estaba preparada en absoluto para que le respondieran también a gritos:

—¡Ni siquiera me has preguntado qué pasó! —dijo su hija a voces, y Tess se arrepintió de inmediato por no haber dicho lo que en realidad quería decir: su mamá no le había preguntado qué *sentía*.

Porque su mamá debería saberlo. Todo lo que la hija aprendió sobre el amor verdadero lo aprendió aquí, en su hogar.

—¡No tengo por qué preguntártelo! ¡Se suponía que ibas a cuidar a tus hermanos, pero en lugar de eso trajiste a un chico a la casa! ¡¡¡Y encima de todo un chico de Beartown!!! ¿Tienes idea siquiera de lo que pasó hoy? ¡En el hospital se desató una auténtica pelea, ustedes podrían...! —gritó la mamá, pero la hija contraatacó de forma instantánea:

—SI TED Y TOBÍAS HUBIERAN TRAÍDO A UNAS CHICAS A LA CASA TÚ SIMPLEMENTE ESTARÍAS CONTENTA, ¿MIENTRAS QUE A MÍ ME ESTÁS GRITANDO? ¿CREES QUE ERES MI DUEÑA O ALGO ASÍ?

Hannah va a alegar que en ese momento estaba demasiado cansada como para dar marcha atrás y disculparse, pero, por desgracia, lo más probable es que solo estuviera siendo demasiado orgullosa. Las madres y las hijas pueden herirse unas a otras de formas totalmente únicas, quizás porque, a menudo, las hijas tienen que cargar con la responsabilidad de los sentimientos de culpa de sus madres, hasta que al final terminan discutiendo sobre pecados que ni siquiera han cometido.

—¡Tobías y Ted no pueden quedar embarazados! —espetó Hannah. Así de rápido se da uno de esos instantes que las mamás van acumulando con el tiempo, que las hacen despertarse en medio de la noche, llenas de arrepentimiento, durante muchos años.

Los gritos de los hijos no son la mejor arma de la que disponen. Su mejor arma es su silencio. La única ventaja que los padres tienen es que a los hijos les lleva varios años darse cuenta de ello.

—¿De verdad esperas tan poco de mí? —susurró Tess.

Entonces, pasó junto a su mamá y bajó por las escaleras, y Hannah está tan acostumbrada a que Tess es la hija por quien no tiene que preocuparse que al principio ni siquiera reaccionó cuando la puerta principal se cerró de golpe. No podía entender qué era lo que acababa de ocurrir. Pero la puerta no se abrió de nuevo, su hija no regresó, y, para cuando Hannah descendió a toda prisa por los escalones y salió a la entrada del garaje, Tess ya se había ido.

Hannah está sentada a solas en la cocina, llevando a cuestas todo aquello de lo que se arrepiente. Johnny todavía no ha llegado a la casa, Ted y Ture ni siquiera se atreven a bajar la escalera, de modo que es Tobías quien termina haciéndolo. Por supuesto. El hijo por quien siempre se ha preocupado más, de quien siempre ha esperado menos.

—¿Ya le hablaste por teléfono a papá para contarle que Tess se fue?

Con su frente todavía descansando sobre la mesa, Hannah masculla:

—Claro que no, ¿estás loco? Si está en la casa de Bobo tu papá podría ir hasta allá y…

Se contiene antes de decir algo estúpido, pero, de todos modos, su hijo sabe con exactitud qué quiere decir. Tobías permanece en silencio por un buen rato y entonces suspira:

—Ese Bobo es buena persona, mamá. Es un tipo amable. Adora a Tess.

—No se trata de eso… —dice su mamá a la defensiva, pero las palabras se le atoran en la garganta cuando se da cuenta de que está sonando como su propia madre.

Tobías no se sienta a la mesa, solo toca el hombro de su mamá con las yemas de los dedos y le pregunta:

—¿Qué es lo que papá acostumbra decir acerca de los jugadores de hockey? Algo sobre una correa…

Hannah se muerde la mejilla y recita entre dientes:

—«Tienes que soltar a los mejores y confiar en ellos, pues si te resistes simplemente van a destruir la correa a mordidas y entonces se habrán ido para siempre…».

—Así son las cosas con Tess —dice su hijo.

Hannah posa sus dedos sobre la mano de Tobías y hace que su hijo apriete su hombro con fuerza antes de susurrar:

—¿Me estás diciendo que este es el momento en el que voy a perder a mi hija?

Tobías no es lo bastante listo como para saber qué contestarle, pero sí es lo bastante listo como para no mentirle, así que todo lo que su mamá obtiene por respuesta es el silencio y la nariz de su hijo apoyada contra su cuello.

•••

No hay vida como la de los jóvenes. No hay amor como el primero.

La casa rodante llega a la Hondonada, y Bobo y Benji dejan a Amat frente al edificio de su apartamento. En cada uno de los vestidores en los que fueron creciendo, les habían dicho que era muy importante «jugar su propio juego» y «dirigir el rumbo del partido». No quedarte parado esperando a que algo sucediera, sino hacer algo tú mismo.

Amat es más que consciente de que en este momento debería aplicar esos principios a su orgullo. Está ahí parado en el estacionamiento, esperando y anhelando que Bobo le pregunte si quiere ir a entrenar con el equipo en lugar de preguntarle él mismo si puede ir a entrenar. El momento pasa muy rápido, como tu primer beso o el último «perdóname» que le dijiste a esa persona que estás a punto de perder; si no aprovechas la oportunidad, tal vez terminarás dedicando el resto de tu vida a pensar en lo que podría haber sido y no fue.

Pero Amat no puede pronunciar esas palabras y Bobo lo mira con ojos que poco a poco se van volviendo más nostálgicos y menos esperanzados. Dentro de poco serán adultos y, con el pasar de los años, todo aquello de lo que hablen en el futuro se centrará cada vez más en sus recuerdos y cada vez menos en sus sueños. Este es el fin de la edad en la que todo es aún posible.

Bobo alza la mano en un triste ademán de despedida, Benji posa dos de sus dedos junto a su ceja como si fuera un saludo militar. Amat asiente con un leve gesto. Ha sido un día divertido, un día divertido de verdad, uno de los últimos días verdaderamente libres de preocupaciones.

•••

La casa rodante da la vuelta y emprende el camino. Unos cuantos niños corren alrededor del patio jugando con sus bastones y una pelota de tenis, y cuando Bobo pasa manejando junto a ellos, le hacen señas con la mano y le dicen a voces:

—¿Vendes helados o algo así?

—¡Cómprate un Mercedes, vago!

—¡Ni los pedófilos tienen autos tan feos como el tuyo!

Bobo simplemente se ríe, los chicos de la Hondonada siempre han sido un poco más boquiflojos que los de cualquier otro lugar, pero Benji baja la ventanilla de su lado y asoma la cabeza, y los chicos callan de forma abrupta. Entonces, Benji jala muy fuerte la manija de la puerta, como si fuera a saltar de la casa rodante, lo que hace que los chicos brinquen alarmados. Tiene que pasar un segundo para que sus pequeños corazones empiecen a latir de nuevo, y Benji y Bobo se ríen a carcajadas al tiempo que se alejan de ahí. Las bocas de los niños que quedaron atrás se ponen en marcha otra vez en cuestión de un segundo, y todos empiezan a discutir entre sí, parloteando cosas como «¡Yo no estaba asustado, TÚ estabas asustado!».

—¿Te acuerdas de cuando éramos así de pequeños? —dice Bobo con una gran sonrisa.

—¡No jodas, tú nunca fuiste así de pequeño! —responde Benji, también con una sonrisa enorme.

Bobo tiene que admitir que hay algo de cierto en ello. Al mismo tiempo que se incorpora al camino principal alguien lo llama por teléfono, y a pesar de que trata de actuar con disimulo, su rostro se ilumina tanto al ver el nombre en la pantalla que casi se mete en la cuneta.

—¡Hola! ¡Hola! ¡No, nada! ¿Ahora? ¿A mi casa? Claro, sí... Pero ¿y tus papás? ¡No, ya voy, ya voy! —dice Bobo.

Benji suspira cuando Bobo cuelga.

—Si vas a ir por Tess, te acompaño. Probablemente no deberías estar solo en Hed si piensas acostarte con una de sus chicas...

—¿Cómo supiste que era ella? —pregunta Bobo, y Benji se ríe con tantas ganas que la casa rodante entera se mece.

—Qué estupendo es verte enamorado, Bobo. Realmente estupendo. Te lo mereces.

—¿Lo dices en serio? —susurra Bobo, no muy seguro de sí mismo.

—Lo digo en serio —le asegura Benji.

Los dos viajan por el camino que enlaza a los dos pueblos y recogen a Tess, quien estaba aguardando a Bobo donde termina el bosque y las casas todavía no empiezan, no podía esperar más para irse de Hed. Lo único que ella menciona es que tuvo una discusión con su mamá, Bobo no le hace ni una sola pregunta y ella lo ama por ese detalle, que él siempre la deja explicar lo que ella quiere explicar, ni más ni menos. Benji maneja la casa rodante en el trayecto de regreso, Bobo va atrás con la cabeza de Tess apoyada en su hombro, el esqueleto de Bobo no para de crujir mientras trata de contener sentimientos que son demasiado grandes para su enorme cuerpo.

—¿Crees que vamos demasiado rápido? —susurra ella.

—Para mí, todas las cosas siempre han ido demasiado rápido. No soy muy veloz que digamos —susurra él.

—¿Me vas a perdonar cuando esté muy enfadada contigo? —pregunta ella.

—¿Qué fue lo que hice? —pregunta él con preocupación.

—No has hecho nada. Aún. Pero tarde o temprano vas a hacer algo, si es que ahora vamos a ser una pareja.

Ella siente el corazón de Bobo latir debajo de su mejilla con la fuerza de un martillo neumático.

—Puedes enfadarte tanto como quieras, siempre y cuando no me dejes.

—Tenemos un trato —dice ella en voz baja.

Entonces se sumergen en ese primer silencio —que también es el mejor silencio— que hay en una relación. Cuando todo es seguro. Cuando se trata de un «nosotros». Un día se casarán y tendrán hijos, y Tess le dirá a Bobo las mismas palabras que alguna vez oyó a su mamá decirle a su papá: «Si nos divorciamos, espero que no nos separemos como amigos. Odio cuando la gente dice eso. Si nos divorciamos como amigos significa que ya no nos amamos lo suficiente como para poder herirnos el uno al otro. Así que, si me amas, si de verdad me amas, entonces tu amor por mí tiene que ser tan grande que te haga perder la razón». Bobo nunca dejará de amarla con esa intensidad.

—¿Bobo? —dice Benji desde el asiento del conductor cuando pasan junto al letrero de Beartown.

—¿Sí?

—¿Me vendes tu casa rodante?

—No.

—Oh, vamos, yo sé que está en pésimas condiciones, pero está empezando a gustarme, maldita sea, ¡se siente como si fuera una extensión de mí mismo!

Tess se echa a reír. Bobo sonríe y responde:

—No puedo vendértela, Benji. Pero puedo regalártela.

—¿Lo dices en serio?

—Lo digo en serio.

No hay vida como la de los jóvenes, no hay amor como el primero, no hay amigos como tus compañeros de equipo.

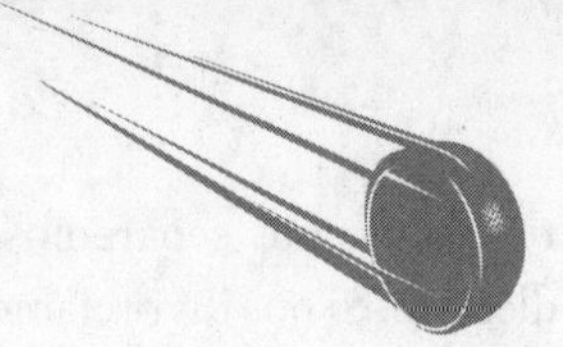

TALENTOS

Zackell pasa por Peter el lunes a primera hora. El Jeep de la entrenadora tiene partes oxidadas, la vieja chaqueta del chándal de Peter ahora le queda más ajustada, el mundo entero ha envejecido desde la última vez que él había estado en camino de ir a ver algo de hockey.

—¿Qué es eso? —pregunta Zackell, al tiempo que hace un gesto con la cabeza hacia la bolsa que Peter trae en la mano.

—¡Es pan!

—¿Pan? —dice ella, como si esa palabra le pareciera sumamente exótica.

Peter le ofrece un pedacito, pero Zackell prefiere encender un cigarro. Él aguarda a que ella le explique hacia dónde se dirigen, pero es evidente que ella no ve ninguna razón para hacerlo. Manejan durante un cigarro y medio hasta que Peter termina por perder la paciencia.

—¿Es en serio, Elisabeth? ¿Voy a ir aquí sentado sin que al menos me cuentes a qué jugador vamos a ver? ¡Si quieres que te ayude tengo que informarme y estar preparado!

—No te preocupes, no vas a ser de mucha ayuda —responde Zackell con demasiada franqueza entre dos caladas profundas a su cigarro.

Peter frunce el ceño.

—¿No habías dicho que necesitabas mi ayuda?

—¿Eso dije? Bueno, tal vez sí lo mencioné. Pero no necesito

tu ayuda. Basta con que estés ahí. Ya puedes dormirte, hay que manejar unas seis horas.

—¡¿Seis horas?!

—De ida.

—¡Pero tengo prisa por regresar a mi casa! —miente Peter, y se avergüenza de ello, pues si fuera cierto, no estaría aquí para empezar.

—Los papeles están ahí atrás, si quieres entretenerte echándoles un vistazo —sugiere Zackell, sin dar el menor indicio de que la opinión de Peter le importe en lo más mínimo.

Peter considera tratar de fingir que tiene la suficiente dignidad como para pedirle a Zackell que dé media vuelta con el auto, pero no serviría de nada, así que suspira y extiende el brazo para alcanzar una carpeta en el asiento trasero, la abre, se fija en una foto y alza las cejas:

—Espera un segundo, yo conozco a este chico. Fui a verlo hace unos cuantos años, era... no, aguarda... este muchacho se llama «Aleksandr», entonces no puede ser él. El otro chico se llamaba...

—Es el mismo chico. Se cambió el nombre —le informa Zackell.

Peter hojea los documentos en la carpeta. Ella tiene razón, se trata del mismo chico. Hace unos cinco años, cuando tenía quince, era uno de los más grandes talentos de todo el país. Era de la misma edad que la generación dorada de Beartown, la que había sido liderada por Kevin, y en esa época Peter siempre estaba al pendiente de cualquier equipo o jugador que pudiera representar una competencia. Frac y él incluso habían fraguado un brillante plan para tratar de convencer al muchacho y a su papá de que se mudaran a Beartown, así que viajaron a un torneo para verlo jugar. El viaje resultó una pérdida de tiempo, pues el chico nunca apareció. Su equipo dijo que estaba lesionado, pero Peter se enteró, gracias al director deportivo de otro club, de que eso era mentira: «Lo mandaron a su casa. Posee un talento que parece un regalo de Dios, es fuerte como un buey, ¡puede soportar cualquier cantidad de golpes! Pero no se deja entrenar. Se comporta como una diva y tiene problemas para disciplinarse. Falta a entrenamientos, discute con sus entrenadores, se niega a pasar el disco a sus compañeros, se niega a recibir indicaciones, no puede jugar en equipo. Es una gran pena, va a tirar toda su carrera a la basura». El director deportivo tenía razón; durante los años siguientes, tres equipos júnior distintos expulsaron al muchacho, quien fue quedándose sin oportunidades porque no dejaba de discutir y de quejarse, hasta que al final el teléfono dejó de sonar. Ahora tiene veinte años, y ya se convirtió en una vieja gloria del hockey. Por desgracia, en cada generación hay unos cuantos jugadores así, Peter lo sabe por experiencia: viven de su talento innato hasta que llegan a la adolescencia, pero, cuando se les empieza a exigir, acostumbran reaccionar de forma negativa.

—Lo recuerdo como una especie de... provocador —le dice Peter a Zackell con cautela.

—La temporada empieza dentro de una semana. Si no fuera un provocador, no estaría disponible —responde ella.

Zackell jamás se dedica a armar equipos, arma pandillas de rufianes. Peter reconoce el dolor de cabeza que está empezando a sentir ahora, porque sufría de uno similar todos los días cuando ocupaba el puesto de director deportivo. Por ello, le dice a Zackell sin mucha energía:

—Yo no te recomendaría que lo reclutes, pero estoy seguro de que no me harías caso, así que tal vez podrías contarme qué ves en él.

Peter cree que Zackell le va a contestar con alguna réplica incisiva, como es su costumbre, de modo que lo sorprende cuando responde:

—Existe la idea errónea de que los jugadores de hockey siguen a los líderes. Eso no es cierto. Siguen a los ganadores.

—¿Y qué hay de este... Aleksandr? ¿Es un ganador? ¿Al menos ha podido permanecer en un club el tiempo suficiente para ganar algo? Pareciera que lo han expulsado de cada equipo en el que ha estado. Aun así ¿tú crees que nosotros podríamos cambiarlo?

Peter se abochorna cuando dice «nosotros», porque puede oír la esperanza en su propia voz.

—No. Los jugadores no pueden cambiar. Pero no hay nada de malo en Aleksandr, solamente es un incomprendido —contesta Zackell.

—¿En qué forma?

—Todos sus entrenadores han tratado de engañarlo para que crea que el hockey es un deporte de equipo.

•••

Frac cuida mucho que todo su personal lo vea llegar al trabajo cada mañana. Toma el camino que pasa por el interior del almacén, formula preguntas y hace bromas, estrecha manos y da palmaditas en las espaldas, habla muy alto y se ríe todavía más alto. Podrá ser el jefe, pero nunca ha sido de esas personas que la gente sigue de forma natural, el hockey fue implacable cuando le enseñó esa lección, llegó a ser el mejor amigo del capitán del equipo, pero nunca ocupó ese puesto él mismo. Así que tiene que esforzarse para tener autoridad, tiene que dejarse ver y dejarse oír y recordarle a todo mundo quién es él, incluso si tal vez algunos de sus empleados se ríen a sus espaldas cuando se marcha del lugar. Lo importante es que sepan quién es.

Frac se dirige a su oficina y espera durante una hora. Cuando por fin se va a su reunión sale a hurtadillas por la puerta de atrás. La luz de su oficina se queda encendida, su chaqueta está colgada en el gancho del perchero y su móvil sigue encima del escritorio, como si solo hubiera ido al baño. Su auto permanece en el estacionamiento, el parabrisas todavía está roto a un lado de la pegatina del Club de Hockey de Beartown. Frac abriga la esperanza, cada vez con más desesperación, de que el daño a su vehículo será suficiente para que la gente del lugar tenga otro tema de conversación y para que el periódico se distraiga. Si tan solo consigue que todos hablen de los rufianes de Hed en lugar de la contabilidad de Beartown aunque sea por poco tiempo, quizás haya una oportunidad para resolver todos sus problemas.

Frac se arremanga la camisa y se va en su vieja bicicleta hacia la zona residencial. El supermercado y el almacén han crecido tanto en los últimos años que le lleva varios minutos escapar de sus sombras. Antes lo disfrutaba más, pero a últimas fechas no ha podido ver la obra de toda su vida por lo que es, sino solo por lo que podría llegar a ser. Pero, más que nada, por lo rápido que podría perderla. El único secreto empresarial que ha poseído alguna vez es su optimismo, que hoy se está tambaleando. Uno de sus contactos en el ayuntamiento le habló por teléfono para contarle cuáles fueron los documentos que el padre de la editora en jefe logró conseguir. Frac no es ningún tonto, él era consciente de que podía pasar, pero no estaba preparado para que un periodista local fuera tan listo. O tan perseverante.

Casi nadie sabe en realidad qué significa la palabra *corrupción*, pero, de hecho, Frac la buscó en el diccionario: «Uso indebido del poder público para obtener un beneficio económico privado». Con frecuencia se ha repetido esta frase en silencio. A menudo la gente lo acusa de no tener conciencia, pero el propio Frac siente que no posee otra cosa más que una conciencia, maldita sea. Sí, claro, quizás ha hecho «uso indebido del poder» y ha torcido una que otra regla, pero ¿acaso ha obtenido un beneficio económico privado gracias a ello? No. Al contrario, pierde dinero todos los días al patrocinar al Club de Hockey de Beartown. Todo lo que hace es por el bien del club y de la comunidad. Así de simple y de efectiva es su exoneración moral.

Del mismo modo, casi nadie sabe qué significa la palabra *éxito*. La gente cree que es la cima de una montaña que puedes conquistar, pero Frac sabe que no es así, no existe ninguna cima, solo una subida interminable. O sigues escalando con uñas y dientes, o te jalan y te patean hasta que caigas al fondo. Si te detienes por un segundo para disfrutar la vista, alguien más fuerte y con más ambición llegará desde abajo a ocupar tu lugar. Así funciona el mundo empresarial, así funcionan las comunidades, y así funciona el hockey. Una temporada más, un partido más, una batalla más por el ascenso o el descenso a otra división. La lucha jamás termina. Todo el tiempo tienes que hallar mil pequeñas formas de mantenerte al frente de los demás.

Entonces, ¿cuándo es suficiente? ¿Cuándo puedes decir que has terminado? ¿Por qué sigues adelante? Tal vez nunca, tal vez hasta tu propio funeral, tal vez solo porque quieres que tu vida haya tenido algún sentido, y esta es la única cosa en el mundo en la que sentiste de verdad que podías marcar una diferencia.

«Malditos bastardos, nunca han amado nada», dijo Ramona alguna vez cuando vio a los aficionados de los equipos de las grandes ciudades en la televisión, quienes evidentemente estaban más interesados en comer *hot dogs* y palomitas de maíz que en el partido de hockey abajo en la pista de hielo. «Todo les da igual, jamás han perdido el control de sí mismos porque no hay nada que sea realmente importante para ellos, no hay nada en sus vidas que consideren como algo sagrado con excepción de su propio reflejo», dijo ella, y por supuesto que Frac es consciente de que mucha gente en Beartown lo ve de la misma manera. Tal vez Ramona también lo hacía. Frac lo acepta casi todo el tiempo; alguien tiene que hacer el papel de villano, justo como cuando jugaba hockey y se peleaba en las esquinas de la pista para que Peter y las demás estrellas pudieran brillar sobre el hielo despejado. Pero hay unos cuantos días en los que siente que todo lo que recibe a cambio por su trabajo es la ingratitud de la gente; desearía que alguien le preguntara qué ha arriesgado en lo personal para salvar al Club de Hockey de Beartown. Para poder responder: «Todo. Absolutamente todo».

Frac lleva los dos juegos de libros contables correspondientes al Club de Hockey de Beartown en la cesta de la bicicleta, tanto el que habían entregado a las autoridades tributarias como aquel que solo Frac y unas cuantas personas más saben que existe.

Ahora, por primera vez le mostrará el segundo juego a una persona ajena a ese círculo y, una vez que esa persona lo haya visto todo, podría dejar a políticos sin empleo, poner al club al borde de la quiebra y enviar a hombres poderosos a la cárcel.

El primero de todos ellos sería su propio esposo.

•••

—Okey, tenemos mucho tiempo, explícame por qué el hockey *no es* un deporte de equipo —se ríe Peter entre dientes.

Zackell enciende un cigarro más y responde como si no pudiera creer que Peter aún no lo ha entendido:

—Solo es un deporte de equipo hasta que un jugador se ha convertido en adulto y juega en un primer equipo. Porque es entonces cuando los partidos significan algo. Pero ¿cuando son más jóvenes, como en el equipo júnior? ¿A quién le importa quién gane esos partidos en categorías inferiores? Lo único que importa a esa edad es que los mejores jugadores lleguen a ser tan buenos como sea posible. Aleksandr ha tenido entrenadores que le han ordenado a gritos que no sea egoísta, que pase el disco, pero ¿para qué? ¿Para que un compañero de equipo mediocre pueda anotar un gol? ¿Para que un entrenador mediocre pueda ganar un torneo completamente irrelevante?

Peter debe reconocer que jamás había pensado en el hockey de esa forma.

—Entonces, ¿quieres decir que, si un equipo júnior tiene un jugador estrella, el entrenador y sus compañeros de equipo solamente deben estar ahí para apoyar a ese *crack*, a fin de que logre convertirse en el mejor jugador que pueda ser? ¿Incluso si eso significa que pierdan sus partidos?

—¡Así es!

Peter se echa a reír. No sabe cómo explicarle a Zackell que ella es al mismo tiempo la entrenadora menos empática y más empática que jamás haya conocido.

—¿Por qué el chico se cambió el nombre a Aleksandr? No tenía ni idea de que era ruso.

—Es mitad ruso. Eso significa que uno de sus padres es... —empieza a decir Zackell, como si Peter fuera un niño muy pequeño y poco inteligente.

—¡Gracias! ¡Sé lo que significa «mitad ruso»! —suspira Peter.

—Primero tengo que explicarlo todo y luego no puedo explicar nada... —murmura Zackell estupefacta.

Peter se masajea las cejas.

—Si Aleksandr no quiere jugar para nadie, ¿qué te hace pensar que va a querer jugar en Beartown?

—Tú.

—¿Yo? Pero si me dijiste que no necesitabas mi ayuda.

—Creo que yo no dije eso. Lo que dije es que no necesitaba tus consejos.

Peter deja escapar un quejido tan fuerte que el parabrisas termina salpicado de saliva.

—Es como si mi mamá se hubiera reencarnado en una entrenadora de hockey...

—¿Qué significa eso? —pregunta ella.

Él pone los ojos en blanco.

—Nada, nada...

—A veces te expresas con acertijos, ¿ya te lo habían dicho? —le hace notar ella.

—¿Yo soy el que se expresa con acer...? Por Dios santo, ¿estás hablando en serio...? Pero bueno, ¿has pensado en qué podría decirle yo a este chico para convencerlo de que juegue en Beartown?

En lugar de contestar la pregunta, Zackell se limita a decir:

—Las cosas deben estar muy mal entre tu esposa y tú.

—¿Perdón?

Ella asiente.

—Que no hubieras hecho esa pregunta antes sugiere que realmente estabas buscando un motivo para salir de tu casa.

Es entonces cuando Peter pierde los estribos y le espeta a Zackell:

—Dime la verdad, ¿por qué me pediste que te acompañara hoy?

Ella responde como si se tratara de algo muy obvio:

—Porque no eres un ganador.

Peter se queda mirándola fijamente durante medio cigarro.

—Entonces, ¿para qué estoy aquí?

Con toda la paciencia que es capaz de reunir, Zackell responde:

—Tengo que reclutar a un ganador, pues los jugadores de hockey siguen a los ganadores. Pero ¿sabes qué hacen los ganadores?

—No, ¿qué?

—Los ganadores siguen a los líderes. Por eso estás aquí.

•••

Mira tiene los dedos manchados de tierra cuando abre la puerta de la terraza. Peter se fue con Zackell, Leo está en la escuela y es evidente que Maya tiene muchos más días libres de los que necesitaba para ausentarse de su colegio y acudir al funeral, pues el director parece creer que Beartown se encuentra en otro país, de manera que está en algún lugar con Ana. No hay nadie más en casa de los Andersson. A pesar de ello, Frac llega a través del jardín en lugar de hacerlo por el frente. Mira y él se comen el pan recién horneado de Peter en la cocina, con las persianas bajas.

—¿Cómo van las cosas? ¿Cómo están los chicos? —comienza a decir Frac, y Mira pone los ojos en blanco.

—Ay, Frac, por favor, entraste aquí sigilosamente como si fueras un espía, nos hemos conocido por demasiado tiempo como para que empieces esta conversación con esa clase de mentiras, como si mis hijos te importaran.

—¿Mentiras? ¿Alguna vez te he mentido? —exclama él horrorizado.

—La única vez que lo has hecho ha sido todo el tiempo, de forma ininterrumpida, cada vez que nos hemos visto desde aquel día en el que te conocí hace más o menos unos veinte años... —sonríe ella, y él se echa a reír.

Este es el talento más grande de Frac: se ríe con facilidad, con ganas y de forma contagiosa, siempre yendo hacia delante.

—Okey, Mira, okey. ¡Al grano! Como te había dicho, necesitamos un abogado en la junta directiva. Tenemos un problemita con el periódico local. Todavía no sé cuántas cosas han descubierto, pero tengo que... bueno, tú tienes que... prepararnos para lo peor. Necesito saber qué tan profunda es la mierda en la que estaremos metidos si es que algunas cosas... salen a luz.

Mira mueve la cabeza de un lado a otro con cansancio, y sirve café.

—¿Quieres una respuesta sincera, Frac? Tú no representas al club, no eres parte de la junta directiva, solamente eres un patrocinador. No puedes contratarme en su nombre.

Frac agita los dedos en un gesto de desenfado, y no se da cuenta de lo cerca que estuvo de tirar su taza.

—Deja que yo me preocupe por eso. Tú solo échale un vistazo a lo que quiero mostrarte, ¿okey?

Frac suelta los libros de contabilidad sobre la mesa, y Mira no puede evitar tener un mal presentimiento. Cuando esta conversación empieza, está enfadada porque Frac y ella ven el mundo de formas muy distintas; al final terminará odiándose a sí misma por lo pequeña que es la diferencia entre los dos.

—

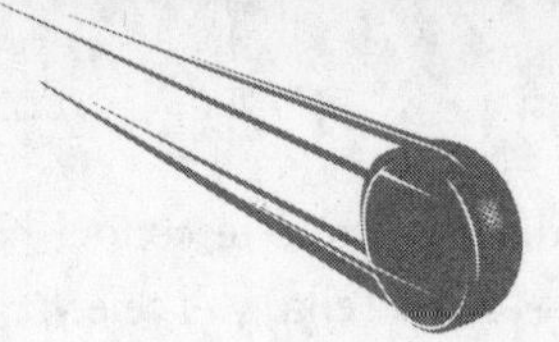

HUMO

La editora en jefe y su papá tiritan de frío sentados en sillas plegables baratas que colocaron en el sucio techo del inmueble que alberga las oficinas del periódico. El edificio no es muy alto, pero está situado sobre una colina, de modo que puedes disfrutar de una vista inesperadamente buena del pueblo. El día apenas si ha llegado a la mitad y la luz diurna ya empezó a desvanecerse, el frío está decidido a roer el poco calor que las personas tuvieron tiempo de absorber del sol.

—¿De qué te ríes? —pregunta la editora en jefe.

—Cuando eras pequeña te pregunté en dónde querías vivir, y me respondiste que en Nueva York. Esto no es precisamente Nueva York, mi niña —responde su papá.

Las luces empiezan a encenderse en las casas, unos cuantos autos ruedan por las calles, todavía pueden oírse motosierras en el bosque, como un recuerdo de la tormenta. Sin embargo, la naturaleza ya ha comenzado a recuperarse, y la gente también. A la editora en jefe le resulta difícil ignorar la fascinación que siente por la resiliencia de ambos. Mira de reojo a su papá, que fuma su pipa; recuerda ese aroma de la época en que era pequeña, siempre se podía interpretar como una señal de que era un buen día. Él solo fumaba su pipa cuando no planeaba beber.

—Gracias por no tomar, papá —dice ella en voz baja.

Las comisuras de la boca del señor se arquean, no sin algún esfuerzo.

—Ya no soy capaz de tomar y trabajar al mismo tiempo. En todo caso trabajar bien. Soy demasiado viejo como para pelearme estando ebrio, ¿sabes?

Ella sonríe.

—Sé que piensas que heredé mis peores rasgos de ti...

—Ciertamente, eso es lo que cree tu mamá —murmura él.

—No, ella sabe que también heredé algunos de los mejores. Eso es lo peor que le has hecho.

Él deja salir una risa afónica.

—Eres una editora en jefe endiabladamente buena, mi niña. Yo jamás podría haberlo sido. Para hacer ese trabajo te tienen que importar las personas. Todo eso lo adquiriste de ella.

La editora en jefe cierra los ojos y aspira el humo de la pipa. Él se perdió una gran parte de la infancia de su hija. En ese entonces nunca se entendían entre ellos, pero ahora sí. De niña le hacía falta su papá, pero de adulta ganó un amigo. Un camarada. Se pregunta si habría cambiado uno por el otro, si pudiera hacerlo todo de nuevo.

Irritado, se retuerce en su silla plegable.

—¿Qué es ese ruido? Suena como una maldita gaviota que se atoró en un conducto de ventilación... —masculla él y se levanta a medias para alcanzar a ver, pero la silla está demasiado desvencijada y su cuerpo es demasiado viejo para permitir esa clase de tonterías, así que se hunde con resignación en su asiento.

—Solo son unos chicos allá abajo en la calle que disparan pelotas contra el garaje —responde su hija, quien ya está acostumbrada a todo esto.

El señor aguza los oídos y puede escucharlos, sospecha que están en edad de ir a la escuela primaria, uno de ellos anuncia a voces: «¡cuatro a cuatro!», y otro grita poseído por una furia ciega: «¡No es cierto! ¡Estás haciendo TRAMPA! ¡Vamos cuatro a tres!». El siguiente escándalo que se oye es el sonido de los chicos que empezaron a reñir, y sus pequeños cuerpos que dan tumbos y se estrellan contra la puerta del garaje.

—Qué barbaridad, este lugar… No sé si he estado en un sitio donde todo el mundo compita todo el tiempo como lo hacen aquí… —gruñe el señor.

Su hija sonríe.

—Eso fue lo que dije. La gente de aquí es como tú. Ellos tampoco pueden vivir sin estarse peleando.

El señor tose para ocultar una risa que habría implicado reconocer que su hija tenía razón.

—No sé de qué estás hablando. Yo soy la tranquilidad y la paz hechas persona.

Ella extiende la mano y le da unas palmaditas a su papá en el brazo, solo por un breve instante, pero eso lo significa todo para alguien que creyó que había quemado todas sus oportunidades de poder ser un papá de nuevo. Entonces, ella hace un gesto con la mano hacia a la localidad que se halla debajo del edificio, y explica con un tono de voz melancólico:

—Tú me enseñaste esto, ¿te acuerdas? Que debes buscar el punto más elevado de un pueblo, ya que podrías aprender algo si contemplas a la comunidad entera de una sola vez.

—¿Y qué has aprendido sobre Hed?

Ella señala con el dedo:

—Hay una escuela por allá. Todas las mañanas paso caminando frente a ella, me recuerda el colegio al que yo iba, ¿te acuerdas? En el centro del pueblo. Los chicos de las mansiones mezclados con los chicos de las viviendas de interés social. Algunos vienen en bicicletas que están a nada de convertirse en chatarra, y a otros los dejan sus padres, que llegan en todoterrenos que cuestan una fortuna.

—¿Estás tratando de decirme que eras pobre porque ibas a la escuela en bicicleta? Pero si vivíamos a cinco minutos de distan…

—¡No, no, déjame hablar! ¡No me estás entendiendo bien! Estoy tratando de decir que mi mamá y tú hicieron algo lindo por mí: mis amigos provenían de todos los estratos sociales. Las cosas ya no son así, los padres con mucho dinero se encargaron de ello. Hoy día, en mi vieja escuela solo hay chicos que se visten con ropa de marcas de lujo y en sus vacaciones se van a practicar esquí. Y están tratando de hacer lo mismo en este lugar. Hay una zona residencial allá en Beartown que se llama «la Cima», donde encuentras las casas de más valor en toda la región, y los padres que viven ahí están tratando de establecer su propia escuela, para que sus hijos no tengan que convivir con los chicos de los barrios pobres. Si tienen éxito en su plan, no faltará mucho tiempo para que suceda lo mismo aquí en Hed.

—¿A dónde quieres llegar con todo esto?

—Me preguntaste qué he aprendido sobre Hed. Hace poco leí que los grandes clubes de hockey están tratando de convertir la primera división nacional en una liga cerrada donde siempre sean los mismos equipos. Los ingresos por los derechos de las transmisiones por televisión son muy cuantiosos y no pueden correr el riesgo de descender a una división inferior, así que quieren impedir que todos los clubes pequeños, todos los Heds y todos los Beartowns, puedan ascender hasta llegar a la cima. Los ricos quieren dejar fuera a los pobres, siempre es así en todos lados. Eso no es ninguna excusa, pero... bueno, a veces no puedo evitar pensar que por eso la gente es como es en estos pueblos. Tienen que luchar todo el tiempo. Tal vez incluso hacer trampa. De lo contrario no tienen ni una sola oportunidad.

El humo de la pipa forma una espiral alrededor de su padre.

—Es una vista hermosa, pero no dejes que tu conciencia confunda a tu intelecto, mi niña. Cuando publiques todo lo que sabemos acerca del centro de entrenamiento de Beartown, alguien por allá va a desenterrar la misma clase de porquerías sobre Hed. Para cuando todo este asunto haya concluido, bien podrías ser la responsable de haber exterminado a ambos clubes. Pero ese es tu trabajo.

Su hija no abre los ojos. Hace la pregunta a pesar de que no quiere oír la respuesta.

—¿Qué te hace creer que Hed ha cometido fraudes igual que Beartown?

El señor responde con más aflicción que cinismo:

—Todo el mundo juega sucio, mi niña, ¿Has visto últimamente los sueldos de los jugadores? ¿Has visto las reglas tributarias de este país? Si todo se hiciera como debe ser, nadie tendría posibilidad alguna. Cuando un club de hockey que está al sur se encontraba cerca de la quiebra, el ayuntamiento compró «el mobiliario y los enseres» de la arena de hockey por un valor de varios millones, para mantener las cuentas del club a flote. Mobiliario y enseres que ya eran propiedad del ayuntamiento. Si cada uno de esos políticos tuviera nueve traseros, aun así no tendrían suficientes para todos los asientos distintos que están tratando de ocupar. Uno de los clubes más grandes del país entero se refiere a la empresa local de autobuses como «el banco», pues el club jamás le paga por los viajes a los partidos de visitante, pero la empresa nunca le exige al club que liquide su deuda porque sabe que, al final del año, el ayuntamiento saldará la cuenta en su totalidad para que el club no se vaya a la ruina. Hay clubes de élite cuyas finanzas se encuentran en tan mal estado que oficialmente están reorganizándose después de una bancarrota, de modo que todos los sueldos los cubre el Gobierno mediante su programa de protección del salario, pero de todos modos esos clubes siguen reclutando jugadores, dejando que un patrocinador pague y firme todo el papeleo. ¡Y les permiten seguir jugando en su torneo! ¿Cómo podría competir con eso alguien que sigue las reglas?

Ella aspira con lentitud los últimos restos del humo que emana de la pipa de su papá, que está apagándose.

—Ahora suenas como si tú estuvieras de su lado, papá…

Él suspira.

—Claro que lo estoy, carajo. Soy un viejo sentimental que ahora bebe muy poco alcohol, así que ya no soy una persona desalmada. ¡Pero tú no puedes dar marcha atrás ahora! Tenemos que contar la verdad acerca del Club de Hockey de Beartown, incluso si eso termina destruyendo todo y a todos.

Su hija respira como uno lo hace antes de tomar impulso para saltar del borde de un acantilado:

—¿Crees que mi consciencia me hace mala periodista?

Su papá se levanta de la silla con mucho esfuerzo.

— No. Tu conciencia es lo que te convierte en la mejor clase de periodista que hay, mi niña. Pero entremos ya, caray, el clima está helado aquí afuera y ese maldito golpeteo me está volviendo loco. ¡Y la próxima vez que tengamos que destruir un club de hockey, espero que lo hayas encontrado en Hawái, maldita sea!

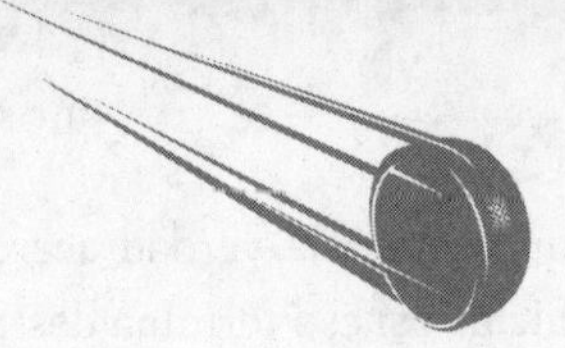

IDIOTAS

¿Qué es lo más difícil en el hockey? Si le preguntas a cien entrenadores obtendrás cien respuestas diferentes; todos ellos hablarán con la misma convicción absoluta y con la misma renuencia a imaginarse siquiera la posibilidad de que están equivocados. Porque todos lo están.

Porque lo más difícil de hacer en el hockey, lo más difícil de todo, es cambiar de opinión.

•••

La costosa camisa blanca de Frac se ha transparentado por el sudor, y su reloj, del tamaño de una taza de té, suena contra el borde de la mesa. Sus zapatos son tan caros que habría sido más barato comprar el cocodrilo entero. Mira lo sabe, pues el único tipo de reciclaje que Frac entiende es el reciclaje de chistes. Durante los últimos veinte años, cada vez que Peter ha hecho un asado y le pregunta a Frac cómo quiere su bistec, Frac le responde «¡Nada más asústalo un poco con las luces altas y ponlo en mi plato!», y Peter *siempre* se ríe. ¿Podría haber una amistad menos exigente que esta? A uno de los zapatos de piel de cocodrilo de Frac le falta la agujeta, pues se quedó atorada en la cadena de la bicicleta cuando venía rumbo a la casa de Mira. Tiene cortadas y suciedad en los dedos por haber intentado desenredar la agujeta. Siempre ha sido un verdadero zoquete. De niña, Mira acostumbraba reírse cuando su mamá empleaba esa palabra como un insulto, pero, cuando creció y conoció a Frac, comprendió con exactitud qué significaba: es un genuino zoquete de pura cepa.

Pero, desafortunadamente, no es ningún estúpido. De modo que, cuando ha terminado de beberse su café, y Mira le pide que explique por qué tenían que reunirse en secreto, él saca la computadora portátil de su mochila y reproduce un video, que el mismo grabó en la arena de hockey. El video muestra a unos niños en edad preescolar participando en una entrevista después de sus sesiones de entrenamiento. Aunque se oye la voz del propio Frac, él no aparece a cuadro, y, muy a su pesar, Mira está impresionada por lo bueno que es en su trato con los niños. Los adultos siempre lo conciben como alguien escandaloso y demasiado directo, pero, a menudo, los niños ven estos rasgos como una muestra de sinceridad.

«¿Qué es lo que más te gusta del hockey?», le pregunta a un grupo de niños, y todos responden de forma diferente, aunque en realidad se refieren a las mismas cosas: anotar un gol. Poder convivir con sus amigos. Patinar superrápido. Ganar un partido. Entonces, una niña de seis o siete años se presenta en la pantalla, es la más delgada de entre todos los niños, pero su mirada es la más intensa, y, cuando Frac le hace la misma pregunta, parece como si ella no hubiera entendido ni una sola palabra. «¿Lo que me gusta más?», dice ella, con su camiseta de entrenamiento colgándole hasta las rodillas. Frac pausa el video y, lleno de orgullo, le sonríe a Mira:

—Esa niña es tan buena que la habíamos dejado jugar con los niños, ¿sabes? Pero luego ya no pudimos seguir haciéndolo porque los padres se ponían furiosos cuando destrozaba a sus hijos. ¡Los *destrozaba*, Mira! Ella es un prodigio. Un cerezo. No sé si sabías que así acostumbramos decirles a los más grandes talentos que hay aquí. ¡Como Peter lo era cuando tenía la edad de la niña!

Frac continúa con la reproducción del video. Su propia voz pregunta: «¿Puedes decirle a la cámara cómo te llamas?». «¡Alicia!», contesta la niña sobre la pista de hielo, como si estuviera rugiendo afuera de un castillo enemigo antes de tomarlo por asalto. La voz de Frac le responde: «Okey, Alicia, solo estaba preguntándome qué es lo más divertido que hay en el hockey. Podría ser cualquier cosa. ¿Qué es lo que más te gusta del hockey?». Alicia mira fijamente a la cámara por un largo rato, hasta que responde con una voz débil y una sinceridad llena de entusiasmo: «Todo. Todo me gusta más».

Mira no sabe cómo la madre de cualquier niño sería capaz de ver a esa chiquilla sin querer meterse en la pantalla para abrazarla y prometerle que todo va a estar bien, en especial cuando Frac le pregunta a continuación: «¿Qué es lo que menos te gusta del hockey?», y la niña le contesta, con los ojos llenos de lágrimas que brotan de repente: «Cuando tengo que irme a mi casa».

Frac cierra el video. Mira se mece en su silla junto a él y le espeta:

—¡Tengo dos hijos adolescentes y voy en camino a la menopausia, Frac, maldita sea! ¿No crees que ya me encuentro en un estado bastante emocional como para que salgas con estas cosas?

Frac murmura una disculpa, y Mira se sorprende cuando él le contesta con un tono de voz que suena del todo genuino:

—Perdón. Yo solo quería... antes de exponerte todos los problemas del club... recordarnos a ambos cuál es la razón por la que estamos luchando aquí. Qué es lo que está en juego.

Podrá ser un zoquete. Pero no es ningún estúpido.

•••

Se trata de una pequeña arena de hockey al lado de un estacionamiento vacío, en el suburbio más adormilado de una gran ciudad. Peter nunca había estado ahí, pero eso no importa, de todos modos, se siente como en casa. Reconoce todos los sonidos, todos los ecos y todos los olores, incluso la luz. Y, más que nada, reconoce esa sensación de... el ahora. En cada faceta de su vida afuera en el mundo real, Peter es consciente del pasado y del futuro en todo momento, pero las arenas de hockey no dejan lugar para esas cosas. Aquí dentro siempre es el ahora, el ahora, el ahora.

—¿Estás listo? —pregunta Zackell.

—¿Para qué? —pregunta Peter, y poco tiempo después ya está deseando no haberlo hecho.

Allá abajo, en la pista de hielo, alcanza a divisar a Aleksandr, construido como si alguien hubiera diseñado un jugador de hockey en un laboratorio. Alto, ancho de hombros, se le nota a leguas que es muy fuerte, pero aun así, sus movimientos son increíblemente suaves. Cada músculo se mueve de la forma ideal, su técnica de patinaje es perfecta, incluso su cabello ondulado que le llega a los hombros es tan impecable que resulta fastidioso. A pesar de todo, hay algo que no está bien. Parece como si Aleksandr tuviera más de veinte años, tanto en los ojos como en la forma en la que se desplaza. Está trazando ochos en la pista mientras patina con toda la calma del mundo, y cada una de sus zancadas es una joya pulida gracias a todo su entrenamiento, pero le falta ese entusiasmo juvenil, es como un caballo de circo atado con una cuerda que corre en círculos. Su papá está parado en medio de la pista gritándole instrucciones. No parece que Aleksandr esté poniéndole mucha atención. Cuando Peter se acerca a la valla, el papá le grita a su hijo con más fuerza e intensidad, pero el muchacho de veinte años no acelera el ritmo en lo más mínimo.

—Se puso nervioso cuando te vio, tú eres su ídolo —comenta Zackell.

—Ya no sigas, Elisabeth, ese chico no tiene edad suficiente para saber quién soy —sonríe Peter abochornado.

Los párpados de Zackell se estremecen, como si el hecho de que Peter sea tan lento le causara un dolor físico.

—Aleksandr no se puso nervioso. ¡Me refería a su papá!

Es hasta entonces cuando Peter comprende de qué va todo esto, pues su cerebro ciertamente no puede trabajar con mayor rapidez. Él no está aquí porque Zackell necesite ayuda para convencer a Aleksandr de que se mude a Beartown, necesita ayuda para convencer al papá. Peter reconoce a ese hombre, a pesar de que nunca se habían visto, él está en todas las arenas de hockey: él mismo no llegó a ser jugador profesional, pero todos los días se convence de que eso solo se debió a que no recibió el entrenamiento idóneo. Así que ahora está viviendo su sueño de forma indirecta a través de su hijo, un chico talentoso pero aburrido y mimado: le han servido todo en bandeja de plata, pero ni siquiera se toma la molestia de extender la mano y tomarlo. Es probable que Aleksandr haya tenido entrenadores privados desde que iba a la escuela primaria, es muy posible que su papá haya patrocinado a su equipo infantil y viajado a lo largo y ancho de todo el país para llevarlo a torneos de prestigio y a campamentos de entrenamiento con tarifas de inscripción muy costosas; entonces, ¿qué sucedió? Al muchacho le faltaba voluntad. Todos los adolescentes tienen una ventana de oportunidad para alcanzar su potencial pleno, pero lo rápido que esa ventana se cierra siempre toma a todos por sorpresa.

—Me imagino que Beartown no era su primera opción. ¿Cuántos clubes vinieron aquí antes que nosotros? —pregunta Peter en voz baja.

—Cuando menos unos diez —responde Zackell con despreocupación.

—¿Y ninguno de ellos quiso reclutarlo? ¿No interpretas eso como una señal de alerta?

—¿Quién dijo que ellos no querían reclutarlo? Tal vez fue el propio Aleksandr quien no quiso que lo reclutaran.

—¿Por qué no iba a quererlo?

—Ninguno de ellos le ofreció la posibilidad de jugar contra un profesional de la NHL.

—¿Qué dijiste?

Zackell lleva una mochila al hombro, la abre y de ella saca un par de guantes y un par de patines de la talla de Peter.

—¿Estás bromeando? —pregunta él.

—No me encantan mucho las bromas que digamos —le informa Zackell a Peter, y luego la entrenadora camina hacia las vallas.

El papá de Alexander se acerca de inmediato, con mucho entusiasmo y los ojos bien abiertos, pero Aleksandr ni siquiera se preocupa por saludar.

—Hola, ¡qué tal! ¡Soy un gran admirador tuyo, de verdad lo soy! —le dice el papá a Peter en voz alta, y Peter asiente a modo de respuesta, incómodo a más no poder.

—Peter quiere entrar a la pista a jugar —anuncia Zackell.

—¡Guau, nos sentimos honrados! ¿Oíste eso? —le pregunta lleno de contento el papá a su hijo, quien no podría parecer sentirse menos honrado.

—Entonces tal vez podrías descansar un rato, ¿no te parece? —sugiere Zackell.

Al principio, el papá no parece entender la idea, luego parece ofendido y al final parece resignado.

—Siempre acostumbro estar en la pista, soy…

—Aunque podrías hacer una excepción por un viejo profesional de la NHL —afirma Zackell, sin signos de interrogación.

El papá mira de reojo a Peter con aire avergonzado, pero aun así no está dispuesto a ceder del todo. Intenta sonar como si estuviera molesto, cuando en realidad solo se siente insultado.

—Por supuesto, por supuesto… ¡pero la auténtica fortaleza de mi hijo está en su juego físico! ¿Has visto lo grande y fuerte que es? ¡Frente a la portería es todo un as, no siente miedo en lo más mínimo! Además, le he enseñado a jugar precisamente como lo hacen en los clubes de élite. Tengo todo un sistema para colocar los conos, ¿cómo podrías verlo si no estoy en la pista para mostrártelo? Pienso que…

El hecho de que a Zackell no le importe mucho lo que él piensa lo toma absolutamente desprevenido, como les sucede a todos los papás.

—¿Un sistema? No vine aquí para ver ningún sistema.

Él abre la boca para protestar, pero ella ya le dio la espalda. El papá termina por irse con pasos pesados y muy a regañadientes hacia las gradas. Mientras tanto, Peter se pone los patines con esa misma renuencia, tan despacio que, si a Zackell no le desagradara tanto tocar a otras personas, es probable que ya lo hubiera metido a patadas en la pista.

—¿Aleksandr? ¡Este es Peter Andersson! ¡Jugó en la NHL y es el ídolo de tu papá! ¡Él va a tratar de detenerte, pero si logras superarlo sin que te quite el disco te regalo mi auto! —reta Zackell en voz alta al muchacho de veinte años.

Peter y el papá se quedan boquiabiertos. Pero Aleksandr voltea a ver a alguien por primera vez y parece estar interesado en la oferta de Zackell.

—¿Estás bromeando?

—Muy rara vez lo hago —asegura ella, y pone las llaves de su Jeep encima del borde de la valla.

El muchacho de veinte años ha tenido como unos cien entrenadores. No es nada común que alguien llegue a sorprenderlo.

—¿Qué pasa si fallo? —pregunta él con recelo.

—¿Por qué habrías de fallar? —pregunta ella con sinceridad.

Aleksandr sonríe de una forma tan vacilante que da la impresión de que se le olvidó cómo hacerlo. Su papá está sentado en las gradas, con los hombros caídos, luce diez años más viejo de lo que se veía sobre la pista de hielo. Cuando sus miradas se cruzan no hay nada de amor en los ojos del muchacho de veinte años, es como si el caballo de circo se hubiera dado cuenta de que alguien cortó la cuerda a la que estaba amarrado. Peter entra vacilante a la pista detrás del joven y ya puede presentir que esto va a terminar con una lesión en la ingle y un par de dolorosas visitas al sanitario al día siguiente. Aleksandr va por un bastón para Peter. Cuando ve que el viejo da un par de vueltas de calentamiento con zancadas no tan firmes, como si eso fuera a servir de algo, le pregunta:

—¿Hace cuánto tiempo que jugaste en la NHL?

El muchacho no dice esto para mofarse de él, realmente es curiosidad sincera, aunque la mera insinuación de una burla parece despertar algo en el interior de Peter. No se siente orgulloso de ello, pero no puede evitar responderle a Aleksandr con un gruñido:

—¡Te lo diré si puedes vencerme!

Las comisuras de la boca del muchacho se curvan por un instante. Entonces da vuelta sin esfuerzo alguno, como si moviera sus patines con el poder de su mente, mientras que Peter oye que su propia espalda truena como un plástico protector con burbujas cuando se inclina hacia delante. El viejo jugador de la NHL ni siquiera parece estar preparado cuando el muchacho de veinte años parte desde el círculo central y empieza a acelerar; esto solo debería terminar de una forma, pero, cuando Aleksandr llega a la línea azul, Peter despega de una forma tan relampagueante que hasta él mismo se sorprende cuando logra pegarle al disco con el bastón y lo manda al otro extremo de la pista. Podrá ser viejo y estar un poco pasado de peso, pero hay instintos que jamás desaparecen. Aleksandr se detiene de forma abrupta, estupefacto. Sus ojos se oscurecen, los de Peter, también. Aleksandr va por el disco y arranca de nuevo, con la misma arrogancia que antes pero ahora mucho más enfadado. Se aproxima con tanta velocidad y fuerza que está convencido de que ya logró superar a Peter y dejarlo atrás, cuando el bastón del antiguo director deportivo aparece de la nada y hace contacto con el disco para alejarlo de Alexander otra vez. El muchacho lo intenta por tercera ocasión, pero Peter lee sus movimientos y, cuando se acerca al chico, puede percibir que Aleksandr retrocede para esquivarlo. El muchacho posee toda la técnica para jugar, tiene a su favor todo su entrenamiento, pero le da miedo que lo golpeen. La voz del papá retumba desde las gradas, es una voz que Peter ya ha oído antes unas mil veces, en mil arenas de hockey distintas:

—¡¡¡NO TE HAGAS A UN LADO!!! ¡¡¡MANTENTE FIRME EN TU LUGAR!!! ¡¡¡RECIBE LA CARGA COMO UN HOMBRE, MALDITA SEA!!!

Aleksandr se ajusta el casco y acelera de nueva cuenta, pero Peter se interpone con facilidad y empuja el disco lejos de Aleksandr con un toque de su bastón. Esto se repite en tres intentos más, hasta que Zackell grita desde la valla:

—¡Aleksandr! ¿Sabías que eres un estúpido?

El muchacho de veinte años se frena en seco. Esto le da la oportunidad a Peter de recobrar el aliento, con las manos apoyadas en las rodillas y el sudor escociéndole los ojos; está convencido de que así es como debe sentirse un infarto. Aleksandr se desliza hacia donde se encuentra Zackell.

—¿Qué demonios dijiste?

—¿Sabes lo que es una mangosta? —pregunta ella.

—¿Cómo carajos me llamaste?

Zackell suspira como si le hubiera mostrado una biblioteca a Aleksandr y él estuviera tratando de comerse los libros.

—La mangosta es un mamífero que caza cobras. ¿Comprendes lo estúpido que es eso? La cobra es más rápida y su veneno puede matar a cualquier animal, pero aun así la mangosta atacará a la serpiente porque es una perfecta imbécil. ¿Y sabes qué pasa? Que la mangosta gana. ¿Sabes por qué?

—¿Eres maestra de biología o entrenadora de hockey? —dice Aleksandr con un bufido.

—Esto no es biología. Es física —aclara Zackell.

Aleksandr se ajusta el casco, trata de mantener su actitud arrogante, aunque sin mucho éxito. Voltea a ver de reojo a su papá arriba en las gradas, pero Zackell llama su atención de inmediato:

—No mires a tu papá, él no está aquí. Este es nuestro mundo ahora, tuyo y mío.

El muchacho de veinte años exhala de una forma que apenas es perceptible, la piel alrededor de su mandíbula se relaja ligeramente.

—Okey… Dime, entonces… ¿Por qué gana la mangosta o como sea que se llame?

Zackell se da unos golpecitos en la sien con la punta de su dedo.

—La mangosta gana porque se adapta. La serpiente siempre

agrede lanzándose de la misma forma, sin pensarlo y sin aprender nada, pero la mangosta arremete basándose en todos los ataques previos. La mangosta hace pruebas y mide su distancia, brinca hacia atrás e induce a la serpiente para que se lance cada vez más lejos, porque, si la serpiente está totalmente extendida, se halla en una situación en que es más lenta y vulnerable. Así que la mangosta espera el momento propicio, hace fintas y entonces, ante la embestida de su rival, contraataca con una sola mordida que atraviesa el cerebro de la serpiente. Cada vez que esto ocurre, parece que fue cosa de suerte, pero no lo es. ¿Entiendes?

—Bueno… La verdad, no…. —contesta Aleksandr, rascándose la frente.

Usando los dedos y la palma de su mano, Zackell forma una pequeña boca que ataca el aire.

—Tú juegas como una cobra, de una forma predecible, porque todos tus entrenadores te han hecho creer que eres de fiar. Pero nadie puede confiar en ti. Yo no te dejaría a cargo de vigilar mi cerveza ni aunque ya me la hubiera bebido. Así que no es posible ponerte en un «sistema» y hablar contigo sobre una «posición» porque eres demasiado estúpido para algo así. Por eso terminas peleado con todos tus entrenadores y te echan de todos tus equipos. Pero, además, eso es lo que te hace un jugador brillante, porque eres tan estúpido que nadie puede imaginarse de lo que eres capaz. Si juegas como una cobra, Peter te va a quitar el disco cada vez que lo enfrentes. Tienes que jugar como una mangosta. Juega como un completo idiota.

Aleksandr no parece estar del todo convencido, durante esa explicación hubo momentos en los que miró a Zackell como si lo hubiera invitado a oler una flatulencia de la que se sentía muy orgullosa. Pero el muchacho regresa al interior de la pista, va por el disco y patina hacia el círculo central más despacio que antes, con aire pensativo. Lo más difícil en el hockey es cambiar de opinión. Y la opinión más difícil de cambiar es la que tienes de ti mismo.

Aleksandr arranca y Peter lo espera sobre la línea azul. En el futuro, el antiguo director deportivo dirá que parecía como si Zackell hubiera mandado a la pista a otro jugador. Justo cuando se encuentran y Peter se prepara para el impacto, Aleksandr simplemente se desvanece en la nada. Da la impresión de haberse tropezado y llevado el disco por casualidad. Parece que fue cosa de suerte.

Peter agita el bastón en el aire de forma descontrolada antes de caer sobre su trasero; entonces el dolor en la ingle lo hace gritar y se queda tendido sobre la pista en una posición embarazosa durante varios minutos. Aleksandr mete el disco a la portería de un disparo, da media vuelta y oye el tintineo del metal estrellándose contra el hielo de la pista. Las llaves del Jeep. Zackell ya va rumbo a la salida de la arena de hockey.

Es la primera vez en muchísimo tiempo que Aleksandr vuelve a sentir pasión por algo que tenga que ver con el hockey.

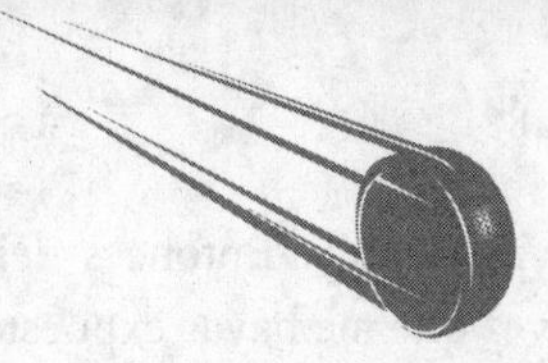

MATADEROS

Frac empuja los dos juegos de libros contables sobre la mesa de la cocina y, con una inseguridad que normalmente esconde detrás de bromas estúpidas, dice:

—Al darte acceso a esos documentos estoy depositando una gran confianza en ti, Mira. Si vas a formar parte de la junta directiva…

—Sabes que tú no designas a los miembros de la junta, Frac, los miembros del club son quienes lo hacen… —lo interrumpe ella.

—¡Tú no te preocupes por los miembros, yo me encargo de eso! —la interrumpe Frac a su vez.

—Por eso estás aquí, sudoroso y asustado, porque te has encargado de todo muy bien hasta ahora, ¿verdad? —pregunta ella con sorna, lo que sacude la confianza de Frac en sí mismo con tanta fuerza que la lámpara del techo se mece por el golpe de viento.

—Solo necesito estar seguro de que, en este momento, ante todo eres una abogada. Que estás… obligada a guardar el secreto profesional.

Mira se lo queda viendo por un largo rato.

—¿Qué te preocupa? ¿Que hable con alguien fuera de esta casa sobre lo que llegue a ver en estas carpetas? ¿O que hable con alguien que vive en ella?

—Ambas cosas.

—Okey. Entonces déjame preguntarte como abogada: una vez que me hayas expuesto todos los problemas que hay y yo me ponga a trabajar, ¿cuáles son tus expectativas?

Frac responde de forma instantánea con un discurso ensayado:

—¡Quiero hacer que el Club de Hockey de Beartown vuelva a ser un club de élite! La manera más lógica de lograrlo es hacer que el ayuntamiento desaparezca al Club de Hockey de Hed. Que eche abajo su vieja arena de hockey y mejor invierta todos los recursos en Beartown. ¡Aquí construiremos un centro de entrenamiento de vanguardia, integrado al Parque Industrial de Beartown! El doble de ingresos y la mitad de los costos: el ayuntamiento tendrá un primer equipo en lugar de dos, un equipo júnior, una administración…

Mira asiente despacio, y piensa con amargura: «Y un director deportivo en lugar de dos. Y un conserje. Y una encargada de la limpieza». Porque esto es tan típico de los hombres como Frac, sacrificarán lo que sea con tal de crecer, sin pensar en lo más mínimo sobre lo que va a ocurrir si sus sueños se hacen realidad. Despedirán a empleados si hace falta, reclutarán a estrellas de otras partes de manera que ya no habrá lugar en el equipo para el talento joven de la región, aumentarán tanto el precio de los boletos que los aficionados más fieles ya no tendrán suficientes recursos para poder acudir a los partidos. Sin darse cuenta de que, algún día, este club será tan exitoso que el propio Frac terminará excluido y al margen de todo.

Sin embargo, Mira responde como abogada:

—Y para lograrlo, tienes que demostrarle al ayuntamiento que Beartown es superior, tanto en lo deportivo como en lo económico, ¿cierto? Que la marca tiene tanto peso que sería una locura tratar de fundar otro club con un nombre nuevo.

Frac esboza una sonrisa enorme y exclama:

—¿Ves? ¡Te lo dije! ¡Podría haber conseguido otros abogados, pero necesito a la mejor!

Mira ignora el cumplido, se inclina hacia delante y clava la mirada en él:

—¿Qué es lo que han hecho, Frac?

La sonrisa enorme de Frac sigue en modo de piloto automático:

—Bueno, ¡yo no he… matado a nadie! Pero tú sabes cómo son los periodistas, han estado husmeando un poco en nuestra contabilidad… Pero ¿quién tiene una contabilidad con números impecables? ¡Tal vez ni siquiera tú!

Esto le duele a Mira, aunque él no se da cuenta. Ella no le ha contado a nadie sobre los problemas financieros de su propia firma. Ni al mismo Peter. Pasea la mirada al tiempo que repite:

—¿Qué es lo que han hecho, Frac?

La sonrisa enorme desaparece. Él hace un gesto con la cabeza en dirección de las carpetas. Ella abre la que se encuentra en la cima del montón, y solo necesita leer unas cuantas páginas antes de alzar la mirada y mover la cabeza de un lado a otro, en parte por lástima y en parte como una acusación:

—Dios santo… ¿esto es verdad? ¿Están al borde de la quiebra? Es decir, sabía que la situación económica era difícil cuando Peter era el director deportivo, pero ¿no se supone que la fábrica intervino como patrocinador y había solucionado todos esos problemas?

Rendido, Frac asiente.

—Sí, sí, pero su dinero estaba condicionado a que fuéramos buena publicidad para su marca. Y ¿sabes cuánto cuesta operar un club de hockey? ¿Especialmente un club de hockey como el nuestro?

—¿Qué significa eso?

Frac extiende los brazos a los lados, empieza a exaltarse.

—El equipo femenino infantil, como lo viste en el video. Nuestro esfuerzo en pro de la diversidad y la igualdad en nuestro programa juvenil. Nuestra declaración de valores que acabamos de dar a conocer, y lo que ha costado implementarla. Todos nuestros proyectos sociales. Todo el mundo se fija nada más en el primer equipo, pero, por el amor de Dios, ¡hasta tenemos un kínder en la arena de hockey, Mira! ¡Nosotros les enseñamos a todos los niños de la región a patinar sobre hielo! Los medios que ahora nos diseccionan son los mismos que nos presionaron para construir todo este castillo políticamente correcto en el aire; solo se dedican a decir que no somos lo suficientemente «inclusivos», pero ¿quién va a cubrir los costos para que todos puedan participar en todo? ¡Nadie quiere admitir que cualquier cosa que hagamos más allá del primer equipo es un producto de lujo! Para que podamos permitirnos tener un equipo femenino, antes que nada, se requiere que el primer equipo gane sus partidos. Tenemos que conseguir dinero de los patrocinadores. Eso es lo que hace que el club entero funcione. Es como mi papá decía: todo el mundo quiere comer carne pero nadie quiere trabajar en el matadero.

Mira voltea a ver la carpeta que está más cerca de Frac.

—¿Qué hay en esa?

Él se aclara la garganta.

—Todo lo que nadie más puede ver.

—¿El matadero?

—Sí.

—Muéstramelo. Muéstramelo todo.

Y él hace lo que Mira le pide.

•••

Es solo hasta que Peter va saliendo con dificultad de la pista de hielo cuando se fija en la mujer. Está sentada a solas, en lo más alto de las gradas. Aleksandr también la ve y, de forma súbita, esboza una sonrisa que probablemente solo está reservada para ella.

—¿Mamá? —murmura él, sorprendido.

Ella lo saluda agitando la mano con timidez y él le contesta el saludo de la misma forma, como si no estuvieran habituados a este entorno. Por su parte, el padre de Aleksandr observa a la mujer con una mirada colérica y estupefacta. Peter ya ha visto esto antes, es muy sencillo que las arenas de hockey se conviertan en el dominio de uno de los padres; en el mejor de los casos el otro se convierte en un espectador y, en el peor, termina siendo un intruso. De hecho, Peter tarda en caer en la cuenta de que, si tanto Aleksandr como su padre están sorprendidos de ver a su madre aquí, solo queda una persona que podría haberla llamado para invitarla a venir.

Con un gesto, la mamá le dice a su hijo que lo verá afuera del recinto. Aleksandr asiente y se va de inmediato hacia los vestidores. Su papá lo llama a voces, pero, en su fervor por recuperar su autoridad, exclama el nombre incorrecto, el nombre que su hijo usaba antes, así que Aleksandr finge que no lo oye. Su papá grita más fuerte y empieza a seguirlo, pero Peter lo toma del brazo.

—Permíteme... Perdón... ¿Puedo hablar con él?

El padre responde con un bufido, furioso y desesperado por partes iguales:

—¡Claro, claro, inténtalo si quieres! ¡Pero nadie puede razonar con él! ¡Nadie! ¡Menos cuando su mamá está aquí!

El papá se marcha hacia las gradas con pasos enérgicos, como si fuera un niño ofendido.

—¿Aleksandr? —lo llama Peter cuando están solos en el túnel de los jugadores.

El muchacho de veinte años se vuelve con movimientos suaves, casi delicados.

—¿Sí?

—Buena sesión de entrenamiento —dice Peter, y extiende su mano enguantada.

Aleksandr cierra el puño y lo choca ligeramente con el de Peter.

—Gracias. La tuya también.

—Ya estoy demasiado viejo para estas cosas, no voy a poder caminar por varias semanas... —sonríe Peter.

Aleksandr, presa de los nervios, empuja el interior de sus mejillas con la lengua.

—No sabía que fuera tan sencillo leerme. Me quitabas el disco con mucha facilidad.

—La última vez no fue así, ¡no tuve la más mínima oportunidad!

Aleksandr casi parece abochornado.

—Probé… algo nuevo. No tenía idea de si iba a funcionar. Mi antiguo entrenador odiaba cuando intentaba hacer cosas nuevas, pero la mujer que está allá afuera me dijo algo acerca de una maldita mangosta. Ni siquiera sé qué es eso…

—Creo que es más o menos como una suricata.

—¿Qué carajos es una suricata?

Peter estalla en carcajadas. Voltea a ver la pista y las tribunas.

—¿Cuántos equipos han venido aquí para verte?

—Tal vez unos quince.

—¿Entonces por qué no estás jugando para alguno de ellos?

—No me quisieron —masculla Aleksandr de forma esquiva.

Peter sonríe.

—En este momento es fácil leerte de nuevo. Creo que tú les dijiste que no querías jugar con ellos. O fue tu mamá la que se negó.

La lengua del muchacho de veinte años se pasea por su boca.

—Okey. ¿Te digo la verdad? ¡Solo estoy participando en estas pruebas porque mi mamá quería que las hiciera! ¡Yo quería dejar el hockey! Pero mi papá ha controlado todo lo que he hecho en mi vida, y ahora mi mamá me pidió que le diera la oportunidad de tomar una decisión por una sola vez…

—¿Y tú harías cualquier cosa por tu mamá?

Aleksandr responde que sí con la cabeza.

—Ella ha hecho todo por mí.

—Pero ¿ella no acostumbra venir a la arena?

El muchacho de veinte años mueve la cabeza de un lado a otro, con la mirada en el piso.

—No. Esto es algo así como mi mundo y el de mi papá. Bueno, antes lo era.

—¿Es tu mamá la que es rusa? ¿Por eso te cambiaste el nombre?

La respuesta tiene un tono desafiante pero frágil a la vez:

—Siempre me he llamado Aleksandr, pero mi papá solo dejó que mi mamá me lo pusiera como mi segundo nombre. Él no quería que la gente me viera como un extranjero.

Peter se apoya en su bastón, desearía poder quitarse los patines.

—¿Qué le hizo a tu mamá? —pregunta en voz baja.

—¡Le fue infiel! —responde Aleksandr con tanta celeridad que pareciera que él mismo se sorprende de ello.

Peter asiente, compadeciéndose del muchacho.

—Entonces, puedo entender por qué estás molesto…

—¿Molesto? *¡¿Molesto?!* Se metió con una maldita perra que es siete años mayor que yo. Podría ser mi hermana mayor. ¡Le rompió el corazón a mi mamá!

Peter asiente de nuevo, mostrando más tristeza que convicción.

—¿Sabes algo, Aleksandr? Creo que te gustaba jugar hockey cuando eras niño porque eso hacía que tu papá se sintiera orgulloso de ti. Y creo que disfrutaste humillándome hoy sobre la pista porque al mismo tiempo estabas humillándolo a él. Pero me parece que deberías encontrar otra razón para jugar que no tenga nada que ver con tu papá.

Aleksandr suena como si le faltara el aliento, a pesar de que los dos han estado quietos durante varios minutos.

—¿Así que mejor debería jugar para ti? ¿En Beartown?

Peter se echa a reír.

—Para mí no. Yo ya ni siquiera trabajo para el Club de Hockey de Beartown.

—Entonces, ¿por qué estás aquí?

Peter responde antes de tener tiempo de considerar lo tonto que puede sonar lo que dice:

—Porque supongo que quería tener algún valor. Porque

quiero ser una buena persona. Hacer cosas buenas. Y el hockey es la única forma que conozco en la que puedo hacer que el mundo sea un poquito mejor. Por eso no puedo dejarlo ir. Tal vez tu mamá puede ver que tú eres igual, y tal vez por eso realmente no puede dejar que te rindas.

Por un instante, Aleksandr agarra su bastón como si estuviera pensando en romperlo contra la pared, pero, en vez de ello, respira hondo, mira a Peter y pregunta en voz baja:

—Esa entrenadora, ¿es buena?

—¿Zackell? Está loca por donde se la mire —responde Peter con franqueza.

Aleksandr empieza a reír.

—¡Joder, qué buen discurso de ventas, hombre!

—Pero ella logrará que alcances tu máximo potencial —dice Peter, con la misma franqueza.

El muchacho pasea la mirada.

—¿Eso crees?

Peter asiente.

—De entre todos los entrenadores que han estado aquí, ella es la única que se dio cuenta de que tu papá no es quien decide en dónde vas a jugar. Y tú tampoco.

Esta es la primera vez que Aleksandr parece más joven de lo que es, mucho más joven que sus veinte años. Sonríe con cautela, casi esperanzado.

Su mamá, quien rechazó a todos los demás entrenadores que habían venido a esta arena, está afuera en el estacionamiento estrechando la mano de Elisabeth Zackell. No porque esta entrenadora le haya prometido convertir a su hijo en un ganador, como todos los demás. Sino porque le prometió que va a dejarlo a sus anchas para que sea libre.

•••

A Mira no le interesa qué significa la palabra «corrupción», ese no es su trabajo; pero ha estado pensando mucho en la palabra «malversación». Es un concepto traicionero, al igual que las personas que lo llevan a la práctica, porque siempre comienza con nimiedades. Unas cuantas esquinas redondeadas se convierten en atajos, un pequeño resquicio legal se convierte en fraude, la deshonestidad se convierte en criminalidad. A menudo, las esquinas redondeadas, los resquicios legales y la deshonestidad ni siquiera son contrarios a la ley, no son más que favores que se hacen y luego se reciben en pago de otros favores, amigos que ayudan a sus amigos. Por poner un ejemplo, el entrenador del equipo júnior de Beartown apenas si recibe un sueldo, pues el club no quiere pagar impuestos ni cuotas de seguridad social; en cambio, uno de los patrocinadores del club se encarga de renovar la cabaña de verano del entrenador, quien obtiene de esta forma una compensación por su trabajo. ¿Es esto ilegal? Tal vez no. Pero es una puerta que se ha dejado entreabierta. En el caso del primer equipo, en la categoría superior, el club firma los nuevos contratos de todos los jugadores en abril, aunque su vigencia dé inicio de manera oficial hasta el mes de agosto, de modo que los jugadores puedan recibir un subsidio de desempleo durante todo el verano y el club no tenga que pagarles un salario. Varios jugadores manejan coches por los que nunca tienen que pagar impuestos, ya que la agencia automotriz local los registra como autos «de demostración», y da la casualidad de que los asigna para «pruebas de manejo» durante toda la temporada de hockey. Otros jugadores viven gratis en apartamentos que son propiedad de la compañía inmobiliaria del municipio y, aun cuando el club «paga» sus rentas de forma oficial, ninguna suma de dinero cambia de manos. A su vez, el club recompensa a la junta directiva de la compañía inmobiliaria reservándole los mejores asientos en todos los partidos de hockey. ¿Es esto una malversación? ¿Se ha cruzado un límite? Tal vez no. Pero, en todo caso, esa puerta ya no está apenas entreabierta.

Al final de cada temporada, el club organiza una cena para «los amigos del Club de Hockey de Beartown», en la que los jugadores y la junta directiva brindan con los patrocinadores y los concejales del municipio que acuden con sus familias, los niños juegan en un castillo inflable, y todo el mundo se va a sus casas hablando de «un sentimiento de unión en la comunidad local». Poco tiempo después, los concejales toman la determinación de que todos los clubes deportivos locales podrán seguir rentando la arena de hockey bajo una «tarifa cero» durante el año siguiente. Esto se describe de manera oficial como un «subsidio de gran alcance para fomentar la salud popular», pero, por azares del destino, solo un club deportivo se beneficia de esta medida. El club de hockey reserva todos los espacios de tiempo disponibles, de repente descubre que apartó más espacios de los que necesitaba, y entonces vende varios de estos segmentos de tiempo a compañías locales que quieren rentar la arena de hockey para organizar «eventos». De manera conjunta con estos «eventos», las compañías también subcontratan «personal» bajo la forma de un conserje y una encargada de limpieza, que son empleados de una sociedad anónima propiedad del club. Estos «eventos» rara vez se llevan a cabo de verdad, pero las facturas tienen toda la apariencia de ser reales, y las empresas pueden echar mano de ingresos que no siempre desean declarar para mover dinero a un club de hockey cuya contabilidad no es cuestionada por nadie. A veces, durante una plática en un pabellón de caza acompañada de unas cervezas, los mismos patrocinadores sugieren que en lugar de un simple y llano patrocinio, quizás podrían comprar «materiales» para el club que el patrocinador puede deducir de sus propias actividades. Esto es un truco de magia: las piezas de repuesto para la maquinaria de una empresa industrial se convierten en equipamiento para un club de hockey, los números rojos se convierten en un área gris, el dinero sucio se convierte en dinero limpio. Nada de esto es realmente ilegal, o en todo caso no se *siente* como algo ilegal, y eso es todo lo que importa en un club de hockey lleno de gente sensible.

Pero, entonces, cada decisión y cada contrato se van acercando cada vez más a la definición de delito: el club está endeudado y le pide más dinero al ayuntamiento, pero al ayuntamiento le preocupa lo que vayan a pensar los votantes, así que el club encuentra un nuevo patrocinador, una firma de consultoría con domicilio legal en el extranjero que, por motivos inexplicables, accede a pagar todas las deudas del club. La firma de consultoría es propiedad de una empresa constructora local con sede en Beartown, cuyo cliente más importante es, por coincidencias de la vida, el ayuntamiento. Durante el siguiente año, esta empresa constructora añade unos cuantos «costos sin especificar» a todas las facturas relacionadas con proyectos de construcción municipales, y así es como, de la nada, el ayuntamiento ya patrocinó al Club de Hockey de Beartown con dinero limpio de los contribuyentes sin que la operación esté a la vista de todos. Además, el funcionario municipal que aprueba el pago de todas las facturas de la empresa constructora sin hacer preguntas consiguió un trabajo adicional muy bien remunerado: gracias a su «amplia experiencia en el campo de la sostenibilidad», fue contratado como «asesor en cuestiones medioambientales» por la junta directiva de una compañía de electrodomésticos, cuyo propietario casualmente es primo del dueño de la empresa constructora.

Mira examina una línea tras otra de los documentos en las carpetas, y solo hace una pausa para masajearse los párpados con las palmas de las manos.

—Déjame adivinar, Frac, ¿esta compañía constructora es la misma que va a edificar ese «Parque Industrial de Beartown» del que siempre estás hablando? ¿Todos los maleantes en el mismo bote?

Él se aclara la garganta.

—Tú sabes cómo son las cosas, somos un pueblo pequeño, tenemos que mantenernos unidos... Esto no es...

Ella levanta la mirada y él calla, avergonzado. Lo peor que se desprende de las carpetas es el hecho de que Mira puede darse cuenta de la forma tan ingeniosa en la que construyeron todo el entramado: los viejos del club de hockey, de la empresa constructora y del gobierno municipal saben muy bien que jamás podrían ocultar estas operaciones por completo, de modo que ni siquiera lo intentaron. Simplemente hicieron que este esquema de operaciones fuera tan complicado de explicar y tan fácil de justificar con excusas que nadie se tomaría la molestia de escuchar a algún periodista que tratara de exponerlo. No se trata de ningún crimen a gran escala, solo son miles de delitos pequeños, y mientras todo el mundo pueda culpar a los demás, nadie será castigado por ello.

Pero, entonces, Mira da vuelta a una página de un libro contable y, en cosa de un instante, estalla en ira de una manera tan impetuosa que Frac termina golpeándose sin querer en la nariz con su taza de café.

—¿Qué es esto? ¿Por qué aparece *mi* firma como uno de los patrocinadores?

—Antes de que te enfades... —empieza a decir Frac, pero, como era lógico, ya es demasiado tarde.

—¿Estás enfermo de la cabeza? ¡Dijimos expresamente que NO queríamos patrocinar al club!

—Sí, lo sé, pero lo estás malinterpretando, no tienen que pagar nada, es solo que da una buena imagen que ustedes estén incluidas en la lista. Que *tú* personalmente estés en ella, tú sabes...

Mira por fin se da cuenta de que esta es la razón detrás de todo. Frac nunca necesitó un abogado, solo necesitaba una santa para purificar el nombre del club. Mira es la esposa del antiguo director deportivo, y, más importante aún, es la madre de la hija que fue violada por la estrella de hockey. Si *ella* puede patrocinar al club, si forma parte de su junta directiva, ¿cómo podrían entonces los periodistas acusar al club de falta de ética?

—¿Así es como nos ves a mí y a mi familia? ¿Como algo a lo que le puedes sacar provecho? —pregunta ella, más herida de lo que hubiera deseado.

Frac está abochornado por la culpa que lo invade.

—Tu firma goza de mucho respeto, es un gran despacho de abogados, y eso atrae a otros patrocinadores. Desde luego que no tienes que pagar nada, solo…

—Entonces, ¿ustedes están armando un esquema piramidal?

—No, no es eso… De hecho, ¿no crees que estás exagerando un poco? Yo no lo llamaría…

Ella le agita los documentos en la cara.

—¡Pero si eso es *precisamente* lo que es! Ustedes consiguen «patrocinadores» con mucha credibilidad, aunque no aporten un solo centavo, nada más para atraer a otros patrocinadores que son los que tienen que liquidar las cuentas. Y ahora me quieren en la junta como una figura decorativa, para que todo el mundo crea que han arreglado todos sus problemas, ¡porque ahora son un club políticamente correcto con «valores» y que promueve la «igualdad»!

Frac se acurruca del otro lado de la mesa. Sus dedos rascan llenos de desdicha el borde de porcelana de su taza. Entonces susurra de manera ominosa:

—No, no es por eso. En todo caso no es *solo* por eso. Necesito… Además, necesito tu ayuda como abogada. Y no solo yo, sino también… Peter.

—¿De qué estás hablando? —dice Mira entre dientes.

Es entonces cuando Frac saca la última carpeta de su mochila y la deja sobre la mesa.

—Aquí lo tienes. Vamos a construir un centro de entrenamiento, el Club de Hockey de Beartown junto con el gobierno municipal. Es parte de los planes para el Parque Industrial de Beartown. Pero hemos tenido problemas con el financiamiento, así que lo vendimos…

—¿Cómo que lo vendieron? Ni siquiera lo han construido aún, ¿no es así?

—No, y esa es la cuestión. El municipio se lo compró al club de hockey… de manera anticipada, por así decirlo…

Mira hojea los papeles, al principio con frustración, pero luego cada vez más horrorizada. Se dedica a seguir cada uno de los hilos de la maraña: el municipio le vende un terreno a la fábrica, que luego se lo vende a un precio mucho menor al club de hockey, que luego se lo vende de vuelta al ayuntamiento a cambio de una suma millonaria; solo que, ahora, de buenas a primeras lo llaman «centro de entrenamiento». Al mismo tiempo, la fábrica recibe una autorización para comprarle al ayuntamiento otro terreno que había codiciado por mucho tiempo, sin que nadie haga preguntas respecto a esta operación. Favores que se hacen y luego se reciben como pago por otros favores.

—Esto es… No sé ni qué decir… Tal vez podría ponerlos a salvo de todas las demás cosas que me has mostrado, pero ¿este asunto del centro de entrenamiento? Alguien va a terminar en la cárcel por esto —dice Mira, no sin esfuerzo.

Frac sonríe con frialdad, entonces se prepara, como si estuviera dándose cuerda en la espalda, e intenta actuar con optimismo por una última vez:

—Sí, Mira, lo sé, pero escúchame: ¡solo es ilegal si lo revelan ahora! ¡Porque dentro de poco vamos a construir el centro de entrenamiento! ¿Te acuerdas de Alicia, la niña del video que te mostré? ¿Sabías que no ha podido entrenar desde la tormenta porque ahora tenemos tantos equipos en la arena que ya no hay horarios libres para los equipos de los niños más pequeños? ¡Solo necesitamos un poco de tiempo! ¡Solamente hay que ocultarles esto a los periodistas por un ratito! Una vez que ya hayamos construido el centro de entrenamiento, y una vez que hayan desaparecido al Club de Hockey de Hed y nada más quede el Club de Hockey de Beartown, ¡para ese entonces a nadie le importará cómo se dieron las cosas!

En este momento, Mira odia a Frac más que nada porque tiene razón. Pero los ojos de la abogada deambulan por las hojas de los documentos hasta que se quedan atascados en el último renglón, y es entonces cuando su corazón se detiene.

—Espera un momento, ¿por qué…? ¿Peter…? ¿Por qué firmó esto Peter? —pregunta ella, respirando con dificultad.

Frac se está esforzando tanto por sonreír que tiene que jalar el cuello de su camisa para no asfixiarse.

—Él era el director deportivo, así que…

Mira aprieta los puños con tanta rapidez y golpea la mesa de la cocina con tanta fuerza que hace que Frac brinque de su asiento.

—¡Ya no lo era cuando firmó *esto*, bastardo! ¡Para entonces ya había renunciado! ¡¿Qué demonios *hicieron*?!

Ya no es solo sudor lo que corre por las mejillas de Frac. El dueño del supermercado parpadea con fuerza.

—Peter lo firmó porque yo se lo pedí. Necesitábamos… Necesitábamos a alguien como él. La junta directiva de la compañía constructora, ese funcionario del municipio, los dueños de la fábrica, todos ellos se pusieron nerviosos cuando estábamos preparando la venta del centro de entrenamiento, y por eso exigieron que una persona de confianza firmara los documentos. Y todo el mundo confía en Peter. Él ya había empezado a trabajar en tu firma, pero no habíamos designado a nadie como nuevo director deportivo y yo… yo sabía que él se sentía culpable… sentía que había abandonado el club a su suerte. Tú sabes cómo es él. Quiere salvar al mundo entero.

Las mejillas de Mira empiezan a vibrar.

—¿Así que le pediste que firmara algo que tú sabías que era ilegal y él fue lo bastante estúpido como para hacerlo?

Frac pestañea con la vista clavada en su regazo.

—Lo firmó porque yo se lo pedí. Porque confió en mí.

—¡Entonces te aprovechaste de él!

—Por favor, Mira, solo estaba tratando de hacer lo que era mejor para el pueblo. Pero si esto termina mal, todo el club podría…

Ella se inclina sobre la mesa con una violencia tal que él por poco y se cae de la silla.

—¿El club? ¡El club me importa un carajo! ¿Pero es que no entiendes que PETER PODRÍA ACABAR EN LA CÁRCEL?

—Yo… —es todo lo que Frac logra decir antes de que ella lo agarre del cuello de la camisa con tanta fuerza que las costuras crujen.

—Si mi esposo termina en la cárcel por tu culpa, yo voy a terminar en la cárcel por homicidio, ¡más te vale que lo tengas muy claro! —le espeta Mira entre dientes.

Entonces suelta el cuello de Frac y se marcha con pasos furiosos hacia el vestíbulo, sin esperar a que él le conteste. Tras un breve instante, la puerta principal se cierra de golpe y la casa queda en completo silencio. Frac no sabe qué hacer, así que prepara más café y se sienta a esperar.

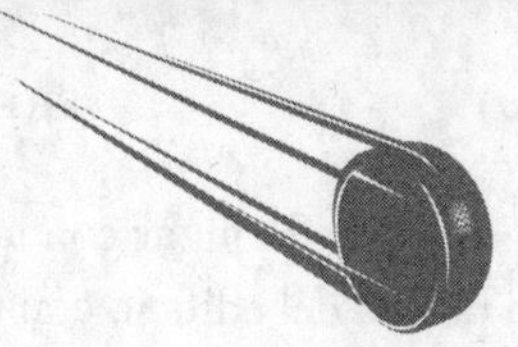

TOQUES EN LA PUERTA

Ya es lunes, y Amat sale a correr en el bosque durante horas sin compañía alguna. Cuando vuelve al patio que se halla entre los edificios de apartamentos temprano por la tarde, los primeros niños ya regresaron de la escuela, ya están afuera jugando con bastones y pelotas de tenis, tal y como lo hicieron ayer. Amat mete las manos en los bolsillos de su chaqueta y se cubre la cabeza con la capucha por costumbre, para evitar que lo reconozcan y lo llamen por su nombre. Camina hacia su apartamento, cierra la puerta y, dejándose llevar por la rutina, palpa su maleta de hockey para ver si encuentra alguna botella, antes de darse cuenta de una situación muy extraña: en este momento no siente ansiedad. O al menos no tanta como se había vuelto habitual en él. Había cargado con un peso tan grande en su pecho por tanto tiempo que casi había olvidado cómo se siente esto, sea lo que sea; ¿será «tranquilidad»? Lo que Amat está experimentando en este instante es similar a cuando tienes una pierna rota que te ha causado un dolor insoportable durante varios meses, pero que cierta mañana duele un poquito menos. Su respiración se vuelve un tanto más ligera. La ventana está cerrada, pero aun así puede oír los gritos y las risas que provienen de allá abajo, del patio. Esta vez los ruidos no lo hacen enfadar, como solía ocurrirle. Al contrario, ahogan varias voces en su cabeza, extinguen varias dudas que lo aquejaban, despiertan una leve esperanza en su interior. Solo una chispa. No hay alegría más contagiosa que la alegría de participar en un juego.

—¿Puedo jugar con ustedes? —pregunta él, cuando sale por la puerta del edificio con un bastón viejo en la mano.

—¿Tú… tú quieres jugar con nosotros? —balbucean los niños.

Él responde que sí con la cabeza.

—Así es. Vamos, ustedes dos y yo contra todos los demás.

Los niños gritan de júbilo con tanta energía que su eco recorre toda la Hondonada, los bastones tamborilean al chocar con el asfalto que se halla debajo de la fina capa de nieve, alguien grita «¡Eres un tramposo!» y alguien más exclama «¡Goool!» y varios pequeños chocan los cinco, hasta que la mamá de uno de los niños lo llama desde un balcón para decirle que ya es hora de que regrese a su casa a cenar. Entonces, uno de los chiquillos se vuelve hacia Amat y le pregunta a voces:

—¿Jugamos mañana?

Amat se cubre la cabeza con la capucha de su chaqueta una vez más, mete las manos en los bolsillos y esboza una sonrisa débil:

—Espero no tener tiempo para eso.

Los niños no entienden qué quiso decir, tan solo se van corriendo a sus casas de la mano de todos los sueños que acaban de forjar. Amat se queda parado donde estaba y deja salir sus sueños de antaño de lo más profundo de su ser.

Entonces ata las agujetas de sus tenis con mucha fuerza y corre a través del pueblo, y no se detiene sino hasta que llega a la casa de Zackell.

Toc toc toc.

Amat toca a la puerta al ritmo de los latidos de su corazón. Pero nadie le abre. Rodea la vivienda, pero en su interior todas las luces están apagadas y el lugar está en silencio. Corre hacia la arena de hockey, pero el auto de la entrenadora no se encuentra en el estacionamiento. Se queda ahí de pie jadeando, sus pensamientos nadan a contracorriente, cien voces en su cabeza le gritan «¡Ríndete!», pero esta vez, en lugar de escucharlas, da media vuelta y se va corriendo en la dirección opuesta, hacia la casa de la única persona a quien podría confesarle todo, la única persona a la que puede pedirle consejo ahora. La única persona, además de su mamá, que siempre ha creído en su potencial sin importar lo que él haya hecho.

•••

Maya se encamina a su casa justo después de la hora del almuerzo. Ana la acompaña, pues no hay comida en su cocina y se enteró de que el papá de Maya había empezado a hornear pan. Y a Ana le encanta el pan. Cuando pasan por el sendero para correr en los alrededores de la Cima, Ana hace un gesto con la cabeza y exclama:

—¿Esa no es tu mamá?

Maya se ríe a carcajadas:

—¿*Mi* mamá? ¿Estás bromeando? ¡Ella no se tomaría la molestia de echarse a correr ni aunque un volcán entrara en erupción!

Pero la muchacha escudriña entre los árboles con los ojos medio abiertos, y la persona a la distancia en verdad se parece a su mamá. Maya se restriega los ojos, pero la silueta ya ha desaparecido. Ana y ella siguen caminando y llegan a la casa, la puerta principal no tiene puesto el seguro, nadie de la familia se encuentra en el lugar, pero Frac está sentado en la cocina, bebiendo café a solas.

—Hola, ¡qué tal! —dice él con un tono bastante alegre.

Maya solo asiente con resignación y reúne varias piezas de pan y otros ingredientes para preparar bocadillos que toma del refrigerador. Ana le susurra:

—¿Qué…? ¿Qué está haciendo Frac aquí si no hay nadie?

Maya suspira con la profundidad de una colección de poemas épicos.

—Sabes, hace tiempo que decidí dejar de hacerme preguntas sobre lo que sucede en esta casa. Si te esfuerzas por entenderlo vas a terminar con una migraña.

•••

Amat aprieta el puño, lo alza y echa el brazo hacia atrás para tomar impulso.

Toc toc toc.

Tres toques contra la madera. Latidos de corazón. Pasos dentro de la casa, la puerta se abre, y Amat se prepara para confesar de inmediato: «¡Perdóneme, Peter! ¡Lo lamento! ¡Reconozco que metí la pata! ¡Ayúdeme!». En lo que dura un parpadeo, alcanza a visualizar toda su infancia dentro de su mente: la primera vez que patinó sobre el hielo, su primer gol, su primera derrota y la voz de Peter siempre presente en algún lugar de la pista o en las gradas. Una mano gentil sobre su hombro, unas palabras breves como «Todo va a estar bien» o «Buen trabajo». Eso es lo que necesita ahora. Ya había estado ensayando su discurso durante todo el camino que lo trajo a este lugar.

Pero alguien presiona la manija de la puerta y la boca de Amat se paraliza, pues no es Peter quien está de pie en el umbral, sino Maya.

—¡Hola, Amat! —exclama ella, alegre y sorprendida a la vez.

—Hola… Perdón… —murmura él, confundido y desolado a la vez.

—¡Tanto tiempo! ¿Cómo has estado? —dice ella, con una voz que suena como el canto de un ave.

—¿Qué? —balbucea él, desconcertado.

Amat se avergüenza de la mala apariencia que debe estar proyectando, luciendo miserable y perdido, mientras ella está parada ahí, en la entrada de la casa, perfecta como de costumbre.

—¿Te sientes bien? —pregunta ella, con algo de preocupación.

Él asiente despacio varias veces, repite el movimiento con mayor rapidez como si estuviera convenciéndose a sí mismo, trata de jalar aire por la nariz y exhalar por la boca. Se esfuerza por serenarse para poder recuperar su vida entera:

—¿Tu... tu papá está en casa?

Maya niega con la cabeza.

—No, se fue a algún lugar con Zackell. ¡Creo que iban a ver a un jugador nuevo!

Amat se queda mirándola. Los oídos le zumban, las sienes le estallan, el corazón le retumba por el vértigo. «Un jugador nuevo». Ya lo reemplazaron. Empieza a caer directamente en el abismo de las oportunidades perdidas que solo cabe en el interior de los chicos de dieciocho años.

—Oh... Okey... No... no era nada... Olvídalo —susurra él, con el llanto en la garganta.

—¿Estás seguro de que te sientes bien? ¿No quieres pasar? —pregunta Maya.

Pero Amat ya se dio la vuelta y va de regreso a su casa.

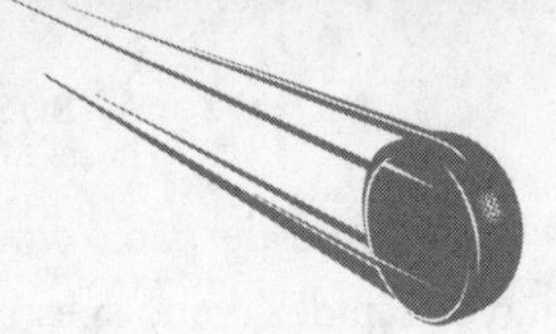

HABITANTES DE LAS METRÓPOLIS

Aleksandr detiene su nuevo Jeep en una gasolinera. Mientras va al sanitario, Peter se vuelve hacia Zackell, quien viaja en el asiento trasero.

—¿Puedo preguntarte algo?

—¿Puedo impedirte que lo hagas?

Él deja escapar un suspiro.

—¿Has hablado con Amat?

Ella parece estar sorprendida.

—¿Desde cuándo?

—Desde… el verano pasado. Cuando nadie lo escogió en el *draft*.

—No, no he hablado con él.

—¿Por qué no?

Ella mueve la cabeza de un lado a otro pensando en lo absurda de la idea.

—No ha ido a los entrenamientos. Entonces, ¿cómo se supone que podría hablar con él?

—¿Tal vez llamándolo por teléfono?

—¿Llamarlo? ¿Para qué?

—Para que averigües si va a volver a jugar.

—Si quiere jugar se va a presentar a los entrenamientos, ¿no crees?

El cuello de Peter cruje por la frustración que está sintiendo.

—Así que, en lugar de preguntarle a Amat, ¿me arrastraste

hasta este sitio con el propósito de reclutar a Aleksandr para que lo reemplace?

Zackell ladea la cabeza y tiene que esforzarse de verdad para no decirle a Peter que es un «completo idiota».

—Por lo visto eres un poco idiota. Aleksandr no va a reemplazar a Amat.

—Entonces, ¿qué va a hacer?

—Va a hacer que Amat enfurezca.

Tras decir esto, Zackell se acuesta en el asiento trasero y cae presa del sueño, y duerme tan profundamente a lo largo de todo el trayecto hasta Beartown que Peter no puede evitar preguntarse si la verdadera razón por la cual Zackell regaló su auto fue para no tener que manejar de vuelta a casa.

Peter y Aleksandr charlan sobre hockey durante todo el camino. Sobre hockey y nada más que hockey. El Jeep entra a Beartown cuando ya anocheció. Al muchacho de veinte años lo llamaban por un nombre cuando era niño, y de adolescente escogió otro nombre, pero en este pueblo recibirá un apelativo más. De hecho, es Peter quien termina inventando el apodo, de forma un poco inesperada, cuando Aleksandr de repente le pregunta:

—¿Este lugar es como uno creería que es? ¿El típico pueblecito rural?

—¿Cómo es un típico pueblecito rural? —pregunta Peter.

—Bueno, tú sabes, uno de esos donde la gente simplemente odia todas las cosas. Odia los lobos, odia a las autoridades, odia a los forasteros…

Peter se da cuenta, más que nunca, del profundo arraigo que siente en este lugar, porque esas palabras de verdad lo ofenden. Pero, en lugar de responder con agresividad, dice con una sonrisa:

—Mmm. Pero ¿sabes qué es lo que más odia la gente de por aquí?

—No, no sé.

—A los bastardos engreídos de las metrópolis.

Es muy fácil contar las ocasiones en las que alguien ha oído a Elisabeth Zackell reírse a carcajadas, pero, de hecho, esta es una de ellas. Después de ese intercambio de palabras, todo el mundo en Beartown llama a Aleksandr «Metrópoli», y nadie se referirá a él de ninguna otra manera. Por extraño que parezca, el muchacho se acostumbrará a no darle demasiada importancia a su nuevo sobrenombre.

Zackell desciende del Jeep de un salto frente a su casa con un mensaje conciso:

—¡Entrenamiento mañana, Metrópoli! ¡Debes llegar a tiempo!

El muchacho de veinte años permanece sentado al volante, pero Peter se baja del vehículo y camina unos cuantos pasos siguiendo a Zackell. Parece que esto la toma por sorpresa, Peter también luce un poco desconcertado, como si sus pies hubieran sido más rápidos que su cerebro.

—Oye, Elisabeth... solo quería darte las gracias.

—¿Por qué?

—Por haberme llevado contigo hoy. Significó mucho para mí poder... bueno, poder sentirme parte del club de nuevo.

—En mi defensa puedo decir que ni siquiera sabía que ya no trabajabas para el club —puntualiza Zackell, y Peter se ríe a carcajadas.

—No, por supuesto que no lo sabías. Pero gracias de todos modos. Fue un día divertido. Y, por cierto, ¡estabas equivocada!

—¿En qué?

—En eso que dijiste acerca de que el equipo con los mejores jugadores siempre es el que gana. No basta con eso. También necesitan a alguien que los entienda. Alguien que pueda ver lo mejor que hay en ellos.

Él le da unas patadas a la nieve. Ella mete la llave de su casa en la cerradura. Él ya va de regreso al Jeep, y ella ni siquiera voltea cuando dice:

—Casi nadie le caía bien a Ramona, Peter, pero tú le agradabas. Y yo soy como ella, casi nadie me cae bien.

Para cuando Peter comprende el significado de esas palabras, Zackell ya cerró la puerta tras de sí. Solo hasta que está sentado a bordo del Jeep y Metrópoli le pregunta a dónde van a ir ahora, Peter se da cuenta de que Zackell tal vez ni siquiera pensó en dónde va a vivir el muchacho de veinte años.

Peter no tenía que preocuparse por esto. Desde luego que Zackell tenía un plan. Es obvio que Metrópoli va a quedarse en casa de Peter.

•••

Mira regresa a su casa después de haber tomado una decisión. Cuando Frac se marcha de la casa de la familia Andersson, ambos están de acuerdo en dos cosas: Frac empezará a hacer varias llamadas telefónicas y Mira hará algo terrible. Así que ella entra a la habitación de su hija, se sienta en la cama y observa a Maya y a Ana con gran seriedad.

—Tienen que hacer algo por mí.

—¿Qué cosa? —preguntan las muchachas.

—No deben contarle a nadie que Frac estuvo aquí hoy. Ni siquiera a… tu papá. Yo misma tengo que decírselo…

El ambiente en la habitación se vuelve tenso, por decir lo menos. Maya permanece sentada en silencio durante tanto tiempo que Ana termina por sentir que es su deber decir sin rodeos lo que ambas están pensando:

—Discúlpame, Mira, pero tengo que decirte algo, si vas a tener una aventura amorosa, creo que podrías conseguirte un amante mucho mejor que Frac. ¡Eres una mujer superatractiva! Seguramente hay muchos hombres a los que les encantaría…

Al principio Mira no entiende nada, luego lo entiende todo de una sola vez, y entonces se queda mirando a Ana con una expresión tan llena de horror y repugnancia que Maya rompe en carcajadas. No recuerda haberse reído con tal intensidad en esa casa desde que su hermano menor tenía seis años y logró encerrarse en el refrigerador.

•••

Peter llega a su casa y permanece en el vestíbulo. Mira sale de la cocina. En el futuro se preguntará muchas veces por qué no le dijo la verdad a su esposo en ese momento y en ese lugar, que Frac había estado ahí y que ella sabe todo acerca de los contratos y el centro de entrenamiento. Pero no era consciente de cuánto había extrañado la mirada de entusiasmo que Peter tiene en el rostro ahora. Es una cosa irresistible.

—¡Querida! ¡Zackell y yo reclutamos a un jugador! O bueno, quiero decir… Zackell lo reclutó, pero yo… ¡Nos ayudamos mutuamente! ¡Es un muchacho singular! O sea, ¡singular en el buen sentido! ¡Podría llegar a ser alguien… extraordinario!

Mira apenas si puede creer cuál es el sonido que emana de su garganta, pero se echa a reír. De entre todas las cosas que podría haber hecho. Ríe y ríe y ríe al ver a Peter tan alegre que parece un niño, y ella había olvidado que ese era el muchachito del que se enamoró. Así que no le dice nada de todas las cosas que pasaron hoy, lo único en lo que puede pensar es en que tiene que proteger a su esposo, tiene que asegurarse de que Peter no termine tras las rejas porque no podría respirar sin él.

—Déjame adivinar, ¿no tiene un lugar en dónde vivir y tiene que quedarse aquí? —sonríe ella, y Peter se queda boquiabierto.

—¿Cómo lo supiste?

—Porque eso es lo que siempre pasaba cuando eras director deportivo. Voy a preparar la habitación para huéspedes.

Ella sube por la escalera para ir por la ropa de cama, aunque tiene que detenerse varias veces tan solo para recuperar el aliento.

—¡Nada más serán unas cuantas noches! —le dice Peter a voces.

Pero, entonces, Metrópoli entra por la puerta principal y se detiene en el vestíbulo, al mismo tiempo que Maya sale de su cuarto preguntándose a qué se debe tanto alboroto. Metrópoli y Maya cruzan sus miradas sin decir palabra alguna, pero la cara de Peter palidece en un tris. Voltea a ver a uno y luego al otro, y se da cuenta de que ha cometido un terrible, terrible error. De repente, Mira oye que su esposo vocifera desde la planta baja:

—¡UNA noche, Mira! ¡Solamente una noche como máximo!

Ana también se queda a dormir en casa de los Andersson. Antes de que las dos caigan dormidas, le susurra a Maya:

—¡Eso estuvo bueno! Primero tu mamá te pidió que le guardaras un secreto y luego tu papá se transformó en un sicópata cuando se dio cuenta de que querías acostarte con ese chico. O sea, es el comportamiento más normal que les he visto a tus papás en mucho tiempo.

—¡Yo no quiero acostarme con ese chico! —revira Maya, con demasiada prisa por responder, y Ana pone los ojos en blanco con tanta intensidad que su cabeza por poco y empieza a girar como la de un búho.

—No, claro que no, seguro... Si te lo estabas comiendo con los ojos...

—¡ESO NO ES CIERTO!

Ana se pega a Maya, le da la espalda y susurra:

—Me da gusto que quieras acostarte con un chico de nuevo.

—Vete al diablo... —susurra Maya, entonces toma la mano de Ana y se queda dormida sosteniéndola con firmeza.

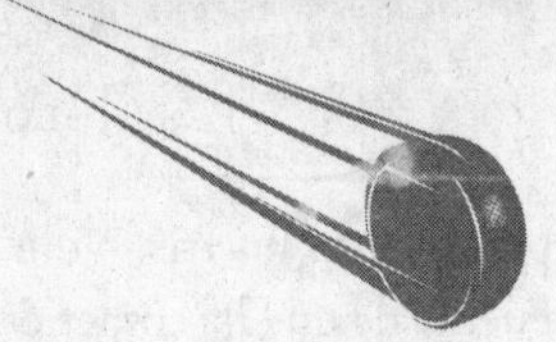

DECEPCIONES

El lunes es uno de los días más largos en las vidas de Hannah y Johnny. Tess interpreta a la perfección el papel de la hija herida, se ausenta de su casa justo el tiempo suficiente para hacer que sus padres empiecen a sentir pánico, pero no lo bastante como para darles el derecho de hacerse los mártires. Pasa la noche durmiendo en la cama de Bobo, él se acostó en el suelo junto a ella, los hermanos menores de Bobo concilian el sueño formando una pila a los pies de Tess, como si fueran cachorros. Jabalí no tiene idea de qué rayos está pasando, nunca había venido una novia a esta casa, así que le pregunta a Tess con mucho tiento qué le gusta desayunar, y luego la obliga a prometerle que, si alguna vez Bobo llegara a portarse mal con ella, se lo dirá a Jabalí para que él pueda molerlo a golpes. Tess sonríe y le responde que así lo hará. Ella se duerme con la mano colgando del borde de la cama, para poder sentir la respiración de Bobo en su piel. A la mañana siguiente, se despierta con un aroma a té, pan tostado y huevos revueltos que flota en el ambiente.

Tess toma el autobús para regresar a Hed y acude a la escuela como si nada hubiera pasado, pues sabe que sus padres van a llamar por teléfono para preguntar si se presentó a clases, lo que para ellos es un castigo peor que si tan solo siguiera desaparecida. Ahora solo pueden quedarse sentados, llenos de impotencia, a esperar hasta el fin de la jornada escolar para ver si ella vuelve a casa o no, y realmente no hay una cosa más cruel a la que podría someterlos.

A la hora de cenar, Tess mete la llave en la cerradura, y sus padres brincan de sus sillas en la cocina y salen tropezándose al vestíbulo, debatiéndose entre darle un abrazo y darle un regaño, pero ella no les da tiempo de escoger. Bobo está de pie junto a ella, con una cesta en la mano; parece sentirse al menos tan incómodo como Hannah y Johnny, pero tal vez así es como Tess lo pone a prueba. Si puede hacer esto por ella, puede hacer lo que sea.

—¡Bobo trajo comida y va a preparar la cena! Dentro de veinte minutos nos sentaremos a la mesa y comeremos todos juntos como una familia normal —declara ella, sin dejar margen para la negociación.

Dicho y hecho. Una vez que bajan a sus hermanos a rastras desde la planta alta, la familia come pasta como si la cena fuera una situación de toma de rehenes. Johnny no dice ni una sola palabra, pero Hannah no tiene la oportunidad de tomar el mando de la conversación, pues Bobo le hace una pregunta tras otra. Sobre su trabajo, sobre su infancia, sobre su casa. Cuando han terminado de cenar, Tobías y Ted salen corriendo con desesperación rumbo a sus habitaciones, para alejarse de esta plática tan incómoda que resulta sofocante. A su vez, Johnny finge que necesita ir al baño, y luego se inventa una tarea muy importante que tiene que hacer en el garaje. Está furioso y Tess lo nota, es solo que Johnny no sabe cómo expresarlo y su hija no sabe cómo pedir perdón sin pedir perdón. ¿Cómo podría explicar Tess que lamenta haber hecho que él se sienta triste, pero no lamenta haberlo decepcionado? Porque la decepción es culpa de su papá.

Bobo recoge la mesa y lava los platos sin que nadie se lo haya pedido. Ture entra a la cocina por su propia voluntad y lo ayuda con las labores. Hannah permanece sentada a la mesa en silencio, mirando a su hija de reojo, mientras trata de encontrar qué decirle. Al final toma la salida fácil y decide mejor hablar con Bobo:

—¿Eres el hijo mayor de tu familia, Bobo?

—Sí —asiente él, al mismo tiempo que le enseña a Ture cómo cargar la máquina lavaplatos de forma más eficiente.

—Se nota. Eres muy bueno para tratar con niños. ¿Quién te enseñó a cocinar tan delicioso? —pregunta Hannah.

—Mi mamá —responde él.

—Dile de mi parte que hizo un muy buen trabajo. No solo con tus habilidades como cocinero, sino… contigo. Con todo lo que eres como persona.

Hannah mira de soslayo a su hija, a la espera de una señal que le confirme que ella ya tomó nota de su disculpa, y que podría perdonar a su mamá; pero, en vez de ello, Tess levanta la mirada de la mesa y se queda mirando a Bobo, con lágrimas en los ojos. El joven en la cocina sonríe con tristeza y responde:

—Mi mamá ya falleció. Pero era genial. Todo lo que sé viene de ella.

Es probable que nunca haya caído un silencio tan profundo sobre esta casa como el de ahora, y es probable que Hannah nunca se haya sentido tan estúpida. Sus cuerdas vocales se sienten tan gruesas como una soga y todo su cuerpo se contrae, como si ya estuviera esperando el regaño de su hija. Pero nunca llega. Tess solo parece estar igual de triste.

—Perdóname, Bobo, debí habérselo contado a mi mamá… —susurra ella.

Las mejillas de su mamá se tiñen de rubor.

—¡No, no, es culpa mía, Bobo, perdón! Ni siquiera pensé…

Pero Bobo se limita a mover la cabeza de un lado a otro, casi con despreocupación, como para tranquilizar a Hannah.

—No, por favor, no se disculpe. ¡Usted le habría caído bien a mi mamá! ¡Ella se habría enfadado mucho conmigo si usted se pusiera triste por mi culpa!

Hannah siente que necesita nueve copas de vino para poder lidiar con esto, pero mejor se excusa y miente diciendo que tiene que ir al baño. Estando ahí, se enjuaga el rostro y se insulta a sí misma durante unos diez minutos antes de salir al garaje para insultar a su esposo.

—Eres un maldito *cobarde*, escondiéndote aquí afuera cuando tu hija está en la cocina con su…

—¡No digas esa palabra! —gruñe Johnny a manera de advertencia, pero ya empezó a mirar a su alrededor para ver si hay cosas que no quiere que Hannah le arroje.

—¡NOVIO! ¡Ese muchacho es su novio! ¡Y uno bueno! ¡Vas a tener que aceptarlo! —declara ella, haciendo todo lo posible por sonar decidida, pero sin conseguirlo.

Johnny podría haber escogido mil respuestas distintas, pero, por alguna especie de milagro, termina eligiendo la peor de todas.

—¿Eso es lo mejor que Tess puede conseguir? ¿Un regordete ignorante de Beartown? ¿Y ahora quiere chantajearnos para que lo aceptemos? He…

La espalda de Hannah está completamente erguida. Eso nunca es una buena señal.

—Tess lo escogió. Tal vez recuerdes que alguna vez tú me escogiste a mí, y no todos en tu familia se pusieron muy contentos por ello que digamos, igual que tú ahora.

Él sigue protestando, pero esta vez con más cautela:

—Apenas si se conocen esos dos, Hannah…

Ella suelta un bufido:

—¿Qué tan bien nos conocíamos tú y yo la primera vez que…?

Él espeta:

—Hay una gran diferencia, carajo, yo tengo… tú eras… ¡Eso fue diferente!

—¿Por qué?

Es entonces cuando Johnny comete su más grande error, juzga las intenciones de un joven basándose en las facetas más oscuras de su propia juventud:

—¿Tienes alguna idea de qué clase de muchacho es ese? ¿Crees tú que yo no sé cómo es la gente como él? Él solo quiere acostarse con una chica de este pueblo para poder presumirles a sus amigos que estuvo con una perra de Hed…

Hannah aprieta los labios, sus dedos crujen cuando cierra los puños.

—Porque así es como tus amigos y tú hablaban de las chicas de Beartown cuando tenían la edad de Bobo, ¿verdad? ¿Alguna vez se te ha ocurrido que no todos los muchachos son la misma clase de cerdos que eran ustedes?

Los hombros de Johnny se desploman a un grado tal que sus clavículas apenas si pueden soportar la presión.

—Eso no es lo que quise decir…

Ella no lo deja disculparse, solo lo interrumpe con una ira contenida:

—¿Sabes qué tiene Tess? Tiene algo maravilloso. Algo que le envidio. Algo que nadie más en esta familia posee. ¡Tiene *buen juicio*!

Hannah azota la puerta del garaje con tanta fuerza que el impacto resuena por toda la casa. Movido por la frustración, Johnny tira al suelo un bote que contiene varias llaves, de esas que nadie sabe qué es lo que abren y de las cuales todos los padres parecen tener cientos y cientos. Todas las cerraduras en las que encajan estas llaves se encuentran en algún lugar del mundo, y al otro lado de esas cerraduras tal vez se hallan todas las respuestas a la pregunta de por qué siempre terminas teniendo un saldo negativo de puntos ante tu familia, sin importar lo que hagas.

Cuando Bobo por fin se va de la casa, Tess permanece ahí. Todavía no se ha firmado la paz entre su mamá y ella, solo están en tregua, pero Hannah se conformará con lo que su hija le ofrezca. Tess sube a su habitación, pero no azota la puerta con violencia. Al tiempo que Bobo va caminando hacia su auto, un pequeño y deteriorado Peugeot de color verde, Johnny sale a la entrada del garaje. Bobo es uno de los muy contados hombres en la región que poseen un físico más grande que el de Johnny, pero aun así se detiene, como si creyera que está a punto de recibir una paliza.

—¿Ese es tu auto? —pregunta Johnny, al final de un suspiro que contiene toda una infancia.

No es fácil convertirse en adulto, pero eso no es nada comparado con lo difícil que es dejar que alguien más lo haga.

—Mmm… ¡Sí, mi papá me lo dio! O bueno, primero me dio una casa rodante, y luego se la regalé a un amigo. Un cliente nuestro quería convertirla en chatarra, pero yo la reparé. No tendrá muy buena pinta, ¡pero por dentro está bastante decente! —asiente Bobo, tratando de no sonar ni demasiado presuntuoso, ni demasiado entusiasta, ni demasiado obsequioso.

Johnny se rasca la barba y voltea a ver su furgoneta.

—Tengo problemas con el motor de esa cosa —reconoce Johnny, lo que para él es lo mismo que agitar una bandera blanca.

Bobo asiente emocionado.

—¡Nos llevaron una igual al taller! ¡Creo que podría reparar la suya!

—¿Crees que voy a dejar que mi hija y tú estén juntos nada más porque vas a arreglar mi furgoneta? —pregunta Johnny con recelo.

Bobo lo conmociona con su franqueza:

—No creo que le corresponda a usted decidir si ella va a estar conmigo o no. Creo que eso es decisión de ella.

—Buena respuesta —admite el bombero, muy a su pesar.

—Perdón —dice Bobo, pues pronuncia esa palabra con tanta frecuencia que a veces se le escapa por pura costumbre.

Johnny se rasca la barba otra vez, en esta ocasión por un buen rato.

—¿En serio crees que podrías arreglar mi furgoneta?

Bobo asiente.

—Sí. Los autos son la única cosa para la que soy bueno.

—¿Tu papá te enseñó? Eres hijo de Jabalí, ¿cierto?

—¡Sí! ¿Lo conoce?

—Jugué hockey contra él. Me rompió la nariz en una ocasión que se estrelló conmigo cuando éramos júniors.

Es solo hasta que Johnny sonríe que Bobo se atreve a hacerlo también, y luego sugiere:

—Podría haber chocado con usted por error. Mi papá solo puede patinar en una dirección.

Al escuchar esto, Johnny se ríe a carcajadas por primera vez, puede oír lo ronco que suena, ahora es la risa de un hombre viejo. Entonces dice, abrumado por todo el tiempo que pasa demasiado rápido:

—Tess es inteligente, Bobo. Muy, muy inteligente. Tiene las mejores calificaciones de toda la escuela…

—Lo sé —murmura Bobo, y ya tiene una idea de hacia dónde va todo esto.

—Si va a seguir estudiando tendrá que mudarse de aquí, en este lugar no hay oportunidades para ella.

—Lo entiendo.

—No es nada personal, Bobo. Estoy seguro de que eres un buen muchacho. Pero no quiero que seas un freno para ella. Si te soy honesto, creo que, muy en el fondo, su mamá tiene la esperanza de que Tess se quede aquí y simplemente tenga una vida ordinaria, porque Hannah no puede vivir sin Tess, pero… caray, Bobo. Ella puede ser lo que quiera. Nuestra hija puede llegar a ser algo grande. ¿Comprendes? Ella no es como…

Bobo asiente con la espalda encorvada. Parpadea demasiadas veces con demasiada fuerza, como para poder ocultar que se está derrumbando por dentro.

—¿Usted cree que yo no soy consciente de que Tess es demasiado buena para mí? ¿De que ella es especial y yo solo soy un muchacho común y corriente? ¡No seré tan inteligente, pero tampoco soy *tan* estúpido! No sé nada más que de coches y un poquito de hockey, sé que no puedo ofrecerle nada, pero jamás… jamás voy a intentar frenarla. Yo… jamás seré malo con ella. Y tal vez yo no pueda estudiar en la universidad como ella, pero soy bastante bueno para reparar cosas y soy bastante fuerte y mis amigos me aprecian y yo le agrado a Tess. Trato de ser un buen hombre y creo que algún día podría llegar a ser un padre excelente. ¡Y *no* la voy a frenar! Si ella quiere marcharse de aquí entonces me iré con ella. Puedo vivir en donde sea si puedo vivir con ella. En todos lados hay autos descompuestos que reparar. Y si está planeando hacer que Tess deje de interesarse en mí, puede intentarlo, pero yo no voy a rendirme… no puedo…

Johnny permanece de pie mirando fijamente la nieve en el suelo por tanto tiempo que Bobo termina por dejar de parlotear y no tiene idea de si el señor ha estado escuchándolo o no.

—No. Como tú dices, yo no puedo decidir por Tess —dice Johnny, después de una eternidad.

No puede evitar preguntarse por qué está enfadado, y la respuesta no es nada halagüeña. Ni siquiera se siente enfadado, solo vacío. Su hija se largó ayer de su casa sin hablar con él primero. Se consiguió un novio en secreto. Ahora tiene toda una vida de la que no le ha contado. ¿Qué clase de padre es él entonces?

Apenas si se puede oír la voz de Bobo cuando contesta:

—Ella se pone a llorar cuando hablamos de usted, y yo no quiero que se ponga a llorar. Así que hay dos opciones, o ella deja de interesarse en mí, o usted tendrá que empezar a sentir simpatía por mí.

Johnny alza la mirada, exhausto.

—¿Sabes algo? No solo eres bueno para los autos, Bobo.

—¿No? —susurra Bobo.

Johnny mueve la cabeza de un lado a otro. Esboza una leve sonrisa.

—No. También cocinaste una buena cena.

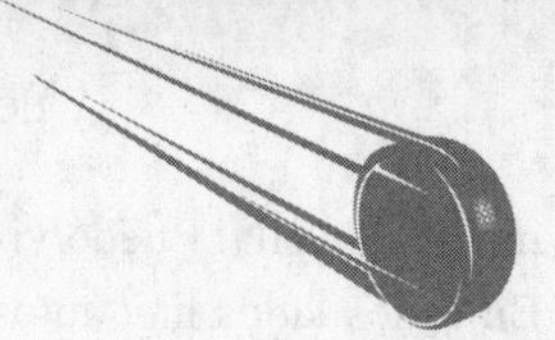

HISTORIAS DE AMOR

No deja de nevar durante toda la noche, y en la mañana del martes hace tanto frío que el pelo mojado de Metrópoli se congela cuando sale a recoger su neceser del auto; al volver adentro, tiene que despegar los mechones como si fueran Legos. Peter se ve obligado a prestarle una chaqueta de invierno, pues lo que Metrópoli pensó que era una chaqueta de invierno resultó ser una simple chaqueta.

—O sea, estamos en otoño, ¿cuánto frío hace en diciembre? —pregunta él con inquietud.

—El suficiente como para que extrañes el otoño —sonríe Peter.

Los dos se marchan juntos a la arena de hockey. Obviamente, Peter debería estar yendo a su trabajo, pero, en vez de hacer eso, finge que tiene que mostrarle el camino a Metrópoli, lo que sea para tener una excusa que le permita ver el primer entrenamiento del muchacho de veinte años. Ana y Leo deben ir a la escuela, así que Maya decide ir también a la arena, más que nada para fastidiar a su papá, lo que resulta ser un éxito total. Peter camina en medio de su hija y de Metrópoli durante todo el trayecto para mandar un mensaje, así que Maya se esmera en halagar a Metrópoli de manera constante, diciéndole que tiene muy bonito cabello y que se ve muy bien con su chaqueta nueva, hasta que Peter, bastante incómodo, deja escapar un auténtico gruñido de papá, como solo los papás son capaces de hacerlo. Cuando arriban a la arena, el conserje se lleva a Metrópoli para revisar la lista del equipamiento que el muchacho necesita, y ambos desaparecen, pero Peter merodea en el lugar por pura costumbre, sujetando la manga de la chaqueta de Maya todo el día, como si ella fuera una niñita de cuatro años y él tuviera miedo de que pudiera caerse a una piscina. Maya se lo permite. Es hasta que se encuentran sentados a solas en las gradas que ella le dice:

—Me alegra verte preocupado por cosas normales de nuevo, papá.

Él no entiende de qué está hablando su hija, y no hay nada más normal para un papá que eso. Entonces van a la cafetería a comprar bolitas de chocolate.

●●●

Mira se va a su oficina, se encierra ahí con su colega y se dedica todo el día a estudiar viejos casos judiciales y libros contables nuevos, y a prepararse para lo peor. «Espera siempre la paz, pero prepárate siempre para la guerra», le había aconsejado un tutor a Mira en la universidad cuando ella era joven. Esas palabras tienen un peso adicional ahora. Hacen que todo el cuerpo le duela.

—Gracias por hacer esto —dice ella exhausta.

—Me habría ofendido si no pensaras que sería obvio que lo haría —responde la colega.

Mira se esfuerza por sonreír.

—Sé que harías lo que fuera por mí, pero estás haciendo esto por Peter…

—Lo estoy haciendo por ti.

—Sabes a qué me refiero.

Su colega la mira de reojo detrás de su flequillo y suspira.

—Bah, qué demonios. ¿Quieres que te diga la verdad? Lo estoy haciendo por ustedes dos. Siempre he pensado que Peter no te merece, pero ¿sabes algo? Hay ocasiones en las que tú tampoco te lo mereces a él. Muchas veces he pensado «ahora sí se van a divorciar esos dos», pero realmente no son capaces de hacerlo. Para ustedes dos es imposible vivir sin el otro. Así que no tienen autorización para ello. No voy a permitirlo. Han pasado por demasiadas cosas, y si no logran hacer que su historia de amor siga escribiéndose, ¡entonces el resto de nosotros bien podríamos abandonar toda esperanza!

Mira se seca las mejillas con la manga.

—Haces que suene como una batalla interminable.

—¿El amor no es eso? Amar a alguien es una cosa, pero ¿quién rayos puede soportar que lo amen durante veinte años?

—Realmente lo amo…

La colega sonríe.

—Lo sé. Todos lo saben. Por Dios santo, de verdad que *todo* el mundo lo sabe, Mira. Él y tú son gente que lucha. Siempre encuentran algo en algún lugar, y entonces lucharán por ese algo hasta la muerte. Probablemente por eso sigo trabajando para ti. Haces que sienta que estoy del lado de los buenos.

Mira se sorbe la nariz.

—Tú no trabajas para mí, trabajas conmigo…

La colega le da unas palmaditas en la cabeza.

—No. Yo te venero, y lo digo en serio, pero todo el mundo trabaja para ti. Hasta tu esposo.

Mira cierra los ojos con tanta intensidad que le provoca dolor en las sienes.

—Yo… yo sé que Peter es ingenuo y crédulo, pero… él jamás haría algo ilegal a propósito. Jamás nos expondría a los chicos y a mí a ese riesgo. ¡Ni siquiera se atreve a estacionar el auto demasiado cerca de un hidrante de incendio, por el amor de Dios! Pero, aun así…

La colega aprieta el brazo de Mira con afecto y susurra:

—Pero ya hablando en serio, Mira, ¿qué tiene de divertido defender a alguien que es inocente? ¡Eso ni siquiera cuenta como un reto!

●●●

Todos los deportes están construidos con base en márgenes minúsculos. Milésimas, milímetros, gramos. Detrás de todos los logros más famosos en la historia deportiva se encuentran miles de «si tan solo» y «tan cerca» y «si no hubiera», que son invisibles por completo.

Benji maneja la casa rodante a través de Beartown, fuma expulsando el humo por el hueco de la ventanilla y baja la velocidad cuando llega a la arena de hockey. Se ve obligado a permanecer ahí sentado por un buen tiempo, con hierba en los pulmones y la infancia en el corazón, solamente para comprobar si desea volver, si extraña algo, pero no pasa nada. Se pregunta si habría seguido amando el hockey de haber decidido permanecer aquí hace un par de años, en lugar de marcharse. Se pregunta cada vez con mayor frecuencia quién podría haber sido él si su vida no hubiera estado tan regida por las decisiones de otras personas: si su papá no hubiera hecho lo que hizo, si Kevin no hubiera hecho lo que hizo, si todos los demás no hubieran hecho lo que hicieron y nadie se hubiera enterado jamás de la verdad acerca de Benji… ¿cómo habría sido su vida entonces? Si tuviera una máquina del tiempo justo ahora, ¿la habría usado?

Benji fuma varias caladas profundas y toma su teléfono, llama tres veces al mismo número sin obtener respuesta. Todos los deportes tienen márgenes minúsculos, de vez en cuando solo consisten en un amigo que no pierde la esperanza en ti.

Benji deja que la casa rodante siga avanzando hasta llegar a la Hondonada, maneja alrededor del estacionamiento al pie de los edificios de apartamentos de alquiler y mira la hora. No hay niños afuera, los días como este son la excepción cada año, de pronto hay demasiada nieve como para sacar los bastones y jugar en el patio, pero el hielo en el lago todavía no es lo bastante grueso como para tomar tus patines e irte a jugar ahí. La casa rodante se mueve despacio frente a la fachada de uno de los edificios hasta que llega a la puerta de un sótano. Entonces, Benji llama al mismo número de nuevo y puede oír un teléfono que resuena en las sombras.

Deportes y márgenes: una línea de gol de unos cinco centímetros de ancho puede determinar la forma en la que la gente recordará una vida entera. Una final puede decidirse en el último segundo, de una manera tal que todo un pueblo en lo más profundo del bosque todavía siga definiéndose a sí mismo con la palabra «casi» más de veinte años después. Un niño puede nacer a varios miles de kilómetros de este lugar y, aun así, es posible que termine convirtiéndose en esa persona que algún día por fin les haga sentir que son algo más.

Amat está escondido entre las sombras de las paredes, con su maleta de hockey a la espalda. Benji se detiene junto a él, a bordo de una máquina del tiempo.

—Falta poco para que empiece el entrenamiento, ¿quieres que te lleve?

Amat intenta sonreír, pero la mandíbula le tiembla demasiado, tanto por el frío como por el miedo.

—No lo sé —admite.

Benji se apoya en el volante y sopla humo por la nariz.

—¿Cuánto tiempo has estado parado ahí?

—No... no sé.

El miedo de Amat ante la posibilidad de decepcionar a todos de nuevo se deja ver en sus labios azules y sus ojos exhaustos.

—¿Por qué no vas al entrenamiento, hablas con Zackell y ya? —pregunta Benji.

—Porque no sé si ella aceptaría que regrese —responde Amat tiritando.

Benji fuma y al mismo tiempo se lleva la mano a su cabello sin pensarlo del todo, y casi se quema una ceja en el proceso. Esto hace que el pecho de Amat rebote por las risitas tontas que se apoderan de él, cosa que probablemente los reconforta a los dos. Benji se sacude las ascuas del pantalón y murmura:

—No voy a darte un discurso motivador, si eso es lo que estás esperando…

A pesar de lo mucho que tiembla, Amat logra emitir un suspiro sarcástico.

—¿No? Creí que ibas a gritar «el dolor es solo la debilidad que está abandonando tu cuerpo» o «los ganadores no desean tener éxito, lo forjan».

Benji sonríe de manera socarrona. Lía un nuevo cigarro entre las yemas de sus dedos, lo llena con cuidado y busca su encendedor.

—No, no estoy aquí por ti. Estoy aquí por mí mismo.

Amat pisotea la nieve para hacer que la sangre circule por su cuerpo.

—¿Okey…?

Benji asiente con toda la seriedad del mundo.

—Jamás he visto a alguien jugar hockey como tú, amigo. No podría soportar vivir el resto de mi vida preguntándome qué tan bueno podrías haber sido si no te hubieras dado por vencido.

Para no ser un discurso motivador, es un discurso motivador condenadamente bueno. Amat se queda sin aliento. Nunca olvidará cómo luce Benji justo en este momento: ojos curiosos y cabello alborotado en una vieja casa rodante. Un corazón afable. Una mano tendida. Un pequeño clic cuando se estira sobre el asiento del acompañante y abre la puerta. Amat deja su maleta dentro del vehículo con movimientos titubeantes, pero no se sube a bordo. Al final termina por decir:

—Okey. Entonces lleva mi maleta, y yo me iré corriendo. Como están las cosas ya va a ser bastante difícil convencer a Zackell de que me acepte de regreso en el equipo, no puedo presentarme oliendo igual que un laboratorio de hachís…

Al oír esto, Benji se ríe a carcajadas con tanta fuerza que el humo se le atora en la garganta y se echa a toser hasta que alguien le grita «¡Ya cállate!» desde un balcón. Eso es algo que le gusta de la Hondonada, uno nunca tiene que esperar mucho para descubrir lo que otros piensan. Jala la maleta para dejarla sobre el asiento y da un giro bastante amplio con la casa rodante.

Amat ya está corriendo por el camino principal cuando la casa rodante lo alcanza y lo rebasa. Benji toca la bocina con alegría, Amat sigue las luces traseras con la mirada al tiempo que desaparecen camino al pueblo. Este es uno de los primeros días realmente gélidos del año, y uno de los últimos realmente felices. Esta noche, Amat empieza a jugar hockey otra vez, y jamás se dará por vencido, pero Benji nunca sabrá lo bueno que llegará a ser.

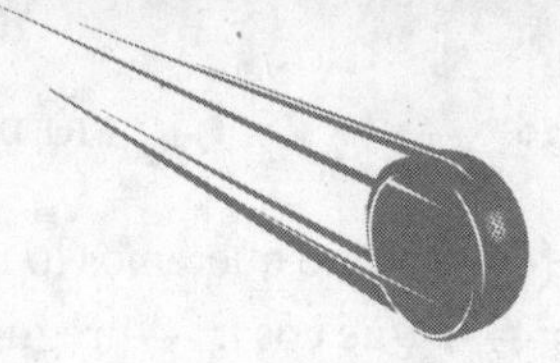

ENEMIGOS

¿Cómo evaluamos una buena comunidad? ¿Cómo decidimos si un poblado es corrupto? Eso depende de si contamos los escándalos que se revelan o los que permanecen en secreto. La justicia no se mide desde la perspectiva del residente más poderoso, sino desde la perspectiva del que carece de poder. La forma más precisa de medir la corrupción no es con base en lo que nos descubren, sino en lo que somos capaces de ocultar.

●●●

Frac está acostumbrado a los negocios complicados, ha construido mucho de lo que posee mediante negociaciones peculiares con socios sospechosos atados a lealtades turbias; pero este martes es un día extraño, incluso para él. Durante meses ha intentado convencer a varios hombres poderosos de desaparecer el club de hockey de Hed, pero ahora se halla tratando de salvarlo. Empieza una guerra buscando la paz. Necesita amigos, así que llama por teléfono a un par de enemigos.

La primera llamada es a un político, la segunda a un aficionado al hockey, lo único que esos dos tienen en común es que casi nadie se refiere a ellos con esas palabras. La mayoría de la gente se refiere a Richard Theo y a Teemu Rinnius con expresiones mucho, mucho peores.

—¿Por qué me llamaste a mí? —preguntan los dos hombres con recelo al enterarse de cuál es el tema del que Frac quiere hablar.

—Porque queremos lo mismo —les responde Frac a ambos.

—¿Qué cosa? —preguntan los dos hombres, y Frac les contesta:

—Queremos ganar.

•••

Richard Theo está sentado dentro de su oficina en el edificio del ayuntamiento, riéndose a carcajadas.

—He oído que no te gustan mis posturas políticas, Frac. ¿Por qué querrías ayudarme?

—Creo que a ti tampoco te gustan tus posturas políticas, Richard, simplemente creo que haces lo que sea necesario para derrotar a tus contrincantes —responde Frac, desde su propia oficina en el supermercado.

Richard Theo frunce los labios.

—Si necesitas un favor, deberías pedírselo a tus amistades en el partido que de hecho gobierna el municipio. Después de todo, el mío no es más que un pequeño partido de descontentos en los márgenes de la política, eso es lo que he oído. Tal vez sería mejor para ti hablar con alguien que tenga poder de verdad, ¿no crees?

Frac suspira en el teléfono.

—Tú y yo sabemos que, tras la siguiente elección, tú serás el que gobierne el municipio.

El político sonríe con satisfacción al otro lado de la línea.

—¡No digas eso! Creo que casi me conviene más estar en la oposición, a la gente de por aquí le encanta estarse quejando.

—Hay algo con lo que necesito ayuda, y los demás políticos no podrían hacerlo —reconoce Frac.

Theo se inclina hacia delante sobre su escritorio, oculta su interés detrás de una actitud de ligero sarcasmo.

—No me digas. Bueno, ya tienes mi atención. ¿Qué estás tramando?

Así que Frac se lo explica. Le cuenta que cambió de parecer respecto de la fusión de los dos clubes de hockey. Es decir, repentinamente se dio cuenta de que cada pueblo necesita su propio club, por una cuestión de bienestar público, pero sobre todo por el bien de los niños.

—Claro, claro, «por el bien de los niños», desde luego —se ríe el político con una dosis de ironía, pero Frac finge no haberlo notado.

—Voy a formar un grupo de interesados junto con otros empresarios locales con el objeto de promover la reconstrucción de la arena de hockey de Hed, como parte del mismo presupuesto en el que está incluida la construcción del Parque Industrial de Beartown. ¡Así demostraremos que las inversiones del ayuntamiento beneficiarán a todo el municipio!

Richard Theo reflexiona por unos instantes.

—Supongo que pronto me vas a contar cómo es que todo esto… me beneficia a mí, ¿no?

Frac respira hondo.

—Casi todos los concejales en el ayuntamiento han decidido que solo quieren un club de hockey en lugar de dos…

—Porque tú y tus «grupos de interesados» los convencieron, sí. ¡Ustedes son los que han estado presionando para que el Club de Hockey de Hed desaparezca, pues eso le ahorraría al gobierno mucho dinero proveniente de los impuestos! —dice el político, riéndose entre dientes, aunque de hecho el sonido de su voz delata que tiene curiosidad por saber hacia dónde va esta conversación.

—Si todos los políticos están con un bando, uno puede ganar muchos votos si se atreve a ser parte del bando contrario —responde Frac de forma enigmática.

El político suspira, fingiendo sentirse decepcionado.

—Todo mi programa político está basado en disminuir el despilfarro económico del ayuntamiento, ¿y ahora quieres que apoye un plan para que todavía más millones de nuestros impuestos se inviertan en renovar la arena de hockey en Hed y salvar al Club de Hockey de Hed? ¿Por qué haría yo algo así?

El pecho de Frac se eleva y desciende a un grado tal que puede oírse cómo cruje, y entonces se da cuenta de que no tiene caso mentirle a Theo, esa serpiente es demasiado inteligente, así que termina por confesar:

—Sé que tú orquestaste toda esa operación, cuando los inversionistas del extranjero compraron la fábrica hace unos cuantos años. Fuiste tú quien hizo que ellos patrocinaran al Club de Hockey de Beartown y arreglaran sus problemas financieros. Así que sabes muy bien lo valiosos que son los contactos y el capital. Pero también sabes que, si los clubes se fusionan, contratarán auditores externos para revisar toda la contabilidad, y hay cosas que no sería apropiado que estuvieran… bueno… «a la vista del ojo público», por así decirlo.

El político se mece hacia atrás y hacia delante en su silla, sostiene el teléfono entre su hombro y su mandíbula y empieza a teclear en su computadora. Durante los últimos días no ha leído el periódico local de forma tan diligente como acostumbra hacerlo, pero ahora encuentra el artículo que habla sobre el auto vandalizado de Frac. Entonces sonríe. Frac no les teme a los auditores, sino a los periodistas.

—¿Puedo preguntarte algo, Frac? Parece que a últimas fechas has hecho todo lo posible por pintar al Club de Hockey de Hed como una organización al borde de la quiebra, llena de rufianes que destrozan los autos de la gente. Pero ahora ¿de repente lo que quieres es salvarlo?

Frac intenta controlar su pulso.

—Podría decirse que las circunstancias cambiaron. Quisiera creer que soy alguien capaz de cambiar de opinión.

Richard Theo sigue tecleando en su computadora.

—Mmm. Déjame adivinar, ¿tu cambio de opinión tiene algo que ver con el hecho de que necesitas borrar el rastro de todo ese negocio relacionado con el «centro de entrenamiento» que el gobierno municipal le compró al club de hockey, y del que todos ustedes creen que yo no sabía nada?

Frac respira con dificultad en su lado de la línea.

—Desearía que no te enteraras de muchas cosas, Richard, pero creo que son muy pocas las que se te escapan.

El político intenta resistirse a los halagos.

—¿Así que ahora estás tratando de crear una nueva narrativa? ¿Enterrar el escándalo sobre Beartown debajo de la noticia de que el ayuntamiento está invirtiendo su dinero en Hed? ¿Porque tienes la esperanza de que si el entusiasmo por los clubes de hockey es lo suficientemente grande quizás los reporteros dejen de andar hurgando? Eso no va a funcionar para siempre, Frac. De todos modos, tarde o temprano alguien va a ponerse a investigar.

Frac se afloja la corbata, está sudando de manera tan profusa que tiene que estar cambiándose el teléfono de una oreja a la otra constantemente.

—No necesito que funcione para siempre, solo por una breve temporada, de manera que me dé tiempo para poner en orden todo el papeleo. Tú sabes cómo es eso: los escándalos no son tan interesantes para la gente si los hechos ya son cosa del pasado. Una vez que el centro de entrenamiento ya esté construido, a nadie le importará cómo sucedió. Y para entonces los periodistas ya habrán continuado su camino en su cacería de escándalos. Es como en el hockey: solo es trampa si te descubren.

Richard Theo no se ríe de esa última frase; nunca le han gustado mucho los deportes, pero, por lo demás, puede captar la lógica que hay en lo que dice Frac. Theo sabe que todo y todos están conectados en este bosque, pocas personas han sido mejores para aprovecharse de ello que él mismo, porque en una comunidad pequeña nadie es independiente. Ni siquiera los periodistas.

—Entonces, ¿qué quieres de mí? —pregunta.

Es evidente que Frac ha ensayado antes su respuesta:

—Voy a ser honesto contigo: necesito tu apoyo político, pero el Club de Hockey de Hed no solo requiere dinero del ayuntamiento, también requiere patrocinadores. Del mismo modo que Beartown tiene a la fábrica. Se vería demasiado sospechoso si yo tratara de encontrar patrocinadores para el club que odio, pero creo que tú podrías hacerlo. Así que… bueno… si me ayudas a salvar a Hed, yo puedo salvar a Beartown.

—¿Y qué gano yo?

Frac cierra los ojos y se avergüenza de las palabras que va a pronunciar:

—Me aseguraré de que todos sepan que fuiste tú quien salvó a los dos clubes.

Theo suelta un bufido.

—Desde luego que eso no basta, y tú lo sabes.

Frac inhala con rapidez, exhala despacio.

—¿Qué más quieres?

—Quiero que me involucren en lo que tenga que ver con este «Parque Industrial de Beartown» que están construyendo.

—No pensé que estuvieras interesado en ganar dinero… —exclama Frac, cometiendo el error de sonar esperanzado, pues de pronto cree que es posible sobornar a Theo. Sin embargo, por el tono de voz con el que Theo le responde, casi pareciera que esto le divierte:

—No, Frac, ya tengo suficiente dinero. El único capital que me interesa es el capital político. Pero este municipio debe crecer para sobrevivir, y uno tiene que construir para crecer. Los hombres como tú construyen, pero los hombres como yo decidimos dónde y cómo puedes hacerlo.

—Entonces, ¿pretendes que se te adjudique públicamente todo el crédito por el Parque Industrial de Beartown? —trata de adivinar Frac.

—No, mi estimado Frac, no quiero *todo* el crédito. Solo un golpe de pala por aquí y por allá. Un par de fotos en el periódico local. Y, a su debido tiempo, te plantearé una condición más.

—¿Cuál?

El político teclea en su computadora y dice:

—Todavía no lo sé. Pero me pondré en contacto contigo. Ahora dame oportunidad de ponerme a trabajar.

•••

Teemu detuvo su auto en un pequeño camino en medio del bosque. Está parado sobre la nieve, recargado en el capó, mientras fuma y escucha las estupideces de Frac con una paciencia muy corta.

—¡... así que, como puedes ver, tú y yo queremos lo mismo, Teemu! ¡Queremos lo mejor para nuestro club! Necesito...

—No es tu club. Nunca será tu club —lo corrige Teemu, con una oscuridad en su voz que hace que Frac tenga problemas para respirar en su oficina, a pesar de que están separados por varios kilómetros de distancia.

—Okey, okey. Perdón. Voy a... ¿Puedo ser honesto contigo, Teemu?

—Por favor.

—Soy consciente de que el club no habría sobrevivido sin los aficionados de la grada de pie. Pero gracias a lo que hemos hecho varios de los que ocupamos un lugar en las gradas con asientos, se ha...

—¿Te refieres a tus jodidas intrigas con el ayuntamiento? ¡Me enteré de que fue tu maldita idea fusionar a Hed con Beartown! ¿Por qué cambiaste de opinión tan de repente?

Frac pasa saliva y escoge sus palabras con mucho cuidado.

—Los políticos que están a cargo en el ayuntamiento no quieren fusionar los dos clubes. Quieren desaparecerlos y fundar uno nuevo. Creen que el hockey es un «producto», Teemu. No quieren a la gente como tú en las gradas, y en un futuro cercano tampoco querrán a la gente como yo, harán a un lado a los aficionados de verdad. Solo les interesan los consumidores. Creen que pueden echarnos de las gradas si borran nuestra historia. Ni un rastro de Hed, ni un rastro de Beartown, solo quedará un jodido club nuevo que alguna firma de relaciones públicas haya inventado...

—Probablemente no deberías equipararme contigo —le aconseja Teemu, pero ya no suena tan amenazante, así que Frac se atreve a añadir:

—Hay periodistas que están hurgando en las finanzas de Beartown. Y tú sabes cómo son los periodistas, están en búsqueda de escándalos, y los escándalos siempre deben tener un chivo expiatorio. Y la persona que escogieron para que sea el chivo expiatorio es ni más ni menos que Peter.

El tenue crepitar del cigarro de Teemu es todo lo que se oye al otro extremo de la línea durante casi un minuto. Entonces, dice en voz baja:

—Okey. ¿Qué necesitas?

Frac exhala y se seca el sudor de la frente.

—No se trata de que hagas algo, sino más bien de que no lo hagas: tú y tus muchachos no deben causar problemas por ahora. Si hay más violencia, el ayuntamiento lo verá como otra gran excusa para desaparecer a los dos clubes. Y entonces todo habrá terminado para todos nosotros. Además, realmente no quiero darles más razones a los periodistas para que hurguen en el Club de Hockey de Beartown…

—¿Exactamente qué es lo que temes que vayan a encontrar los periodistas?

—Tú no te preocupes por eso.

El tono de la voz de Teemu no es amenazante, pero casi suena así.

—No me preocupa. Me interesa saberlo.

Así que Frac no dice de forma directa qué quiere en realidad, pero casi lo hace.

—La editora en jefe ha estado husmeando en la contabilidad del club.

—¿Quieres que la vigile?

—¿Qué? ¡No, no, no vayas a hacer algo estúpido ahora!

Teemu entiende de qué están hablando con exactitud. A través de los años se ha vuelto muy hábil para captar cuando alguien no puede pedirle justo lo que le está pidiendo.

—No haré nada estúpido. Pero yo también necesito algo de ti, Fraques. Tienes que ayudarnos a salvar La Piel del Oso.

—¿La Piel del Oso? ¿Salvarlo de qué?

—¿Sabes quién es Lev?

Frac lo sabe, por supuesto. Al final todo y todos están conectados de forma cada vez más estrecha. Teemu le explica la historia de las deudas de Ramona y las amenazas de Lev. Frac le promete que hablará con sus contactos políticos y verá qué puede hacer. Antes de colgar la llamada, dice con cautela:

—Gracias, Teemu. Sé que preferirías haber visto al Club de Hed irse a la quiebra. Sospecho que has soñado con matar ese club casi por tanto tiempo como yo…

Teemu deja escapar una risa breve. A veces se le olvida que Frac también siente odio, lo que casi lo hace objeto de simpatía.

—Bueno, ¿qué más podría hacer, Fraques? Si no podemos jugar contra Hed, no podemos aplastarlos. Y si esos pequeños bastardos no tienen su propio equipo de hockey tal vez van a empezar a apoyar al nuestro, ¿y tú crees que los quiero en *mi* grada? ¡De ninguna manera!

Terminan la llamada. Así es como se mide la corrupción en una comunidad. No es trampa si no te descubren, y no es un escándalo si nunca se revela. Hasta entonces, no son más que secretos. Todos los bosques están repletos de ellos.

•••

Esa tarde, la editora en jefe del periódico local hace una parada para comprar víveres en el supermercado. Quiere sorprender a su papá con su platillo favorito. Mientras busca los ingredientes, varias veces se fija en dos jóvenes que no se paran a su lado, pero están cerca de ella de manera constante. Cuando va a pagar, los jóvenes se forman a cierta distancia detrás de ella, en la misma fila; y, cuando camina por el estacionamiento, cree verlos por el rabillo del ojo, pero cuando voltea ya han desaparecido. Cuando se sube a su auto, otro coche pasa junto a ella, un poquito demasiado cerca y un poquito demasiado rápido, haciéndola brincar en su asiento. No alcanza a ver los datos de la placa, pero casi podría jurar que el conductor tenía puesta una chaqueta negra.

Para cuando llega a su casa ya empezó a oscurecer, y ve sombras por todas partes. Esa noche se despierta al oír un ruido, como si alguien estuviera probando la manija de su puerta principal para revisar si está cerrada con llave. A la mañana siguiente, un hombre la sigue en una motoneta durante todo el trayecto hasta su trabajo. Al principio cree que se lo está imaginando. Pronto estará deseando que solo hubiera sido su imaginación.

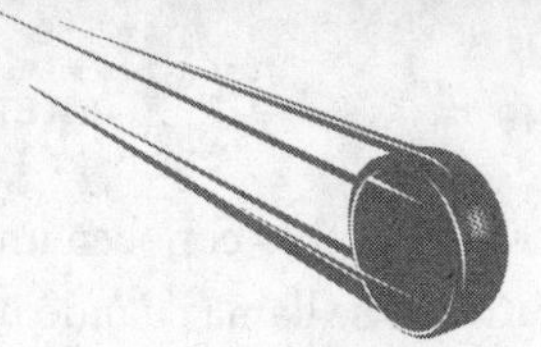

LÍDERES

Zackell está sentada en las gradas de la arena de hockey; a su lado, el conserje echa un vistazo a su reloj y sonríe de manera socarrona:

—Hacer que el primer equipo entrene tan tarde es una buena forma de irritarlos.

Ella no le responde. El conserje emite algo a medio camino entre una tosecilla y una risita disimulada. Después de que Hed empezó a usar la arena de hockey, Zackell cambió los horarios asignados en la pista para que el primer equipo de Beartown fuera el último en entrenar. Todo el mundo interpretó esto de forma positiva, como si ella hubiera querido dar un buen ejemplo mostrando que todos los equipos valen lo mismo; pero el conserje se dio cuenta de lo que Zackell estaba haciendo en realidad. Lo mismo de siempre. Estaba poniendo a prueba a su equipo.

—¿Ya decidiste quién va a ser el capitán esta temporada? —pregunta él; Zackell tampoco responde, desde luego, pero el conserje sospecha que puede ver el atisbo de una sonrisa, pues le ha preguntado lo mismo a diario durante toda la pretemporada.

Hay muchas palabras grandilocuentes que se repiten en el seno de un equipo de hockey, pero tal vez ninguna se menciona tanto como «liderazgo». El problema es que ese concepto tiene diferentes significados en diferentes lugares, pues no todos los líderes pueden liderar a cualquier equipo; hay muchas formas distintas de conseguir que un grupo se sume a tu causa y la mayoría de los líderes solo conocen una. Al conserje le gusta ese viejo dicho: «¿Cómo se llama cuando un hombre sale a caminar por el bosque y otros hombres lo siguen? Liderazgo. ¿Cómo se llama cuando el mismo hombre sale a caminar por el bosque a solas? Un paseo». Alguna vez se lo contó a Zackell y ella también sonrió, pero no como si pensara que era gracioso. El conserje nunca pudo discernir si se debía a que Zackell no había entendido el chiste o a que pensaba que él no lo había entendido.

—¿Cierro las puertas con llave? —pregunta el conserje. Zackell había querido hacer eso a últimas fechas para enseñarles a los jugadores a llegar a tiempo.

Sin embargo, ella mueve la cabeza de un lado a otro.

—No. Estamos esperando a uno más.

Entonces se pone de pie y baja a los vestidores. El primer equipo apenas se ha alistado a medias, y los jugadores están refunfuñando y quejándose constantemente de lo tarde que van a entrenar. Es hasta ridículo lo sencillo que resulta desequilibrar a un grupo de hombres hechos y derechos: lo único que necesitas hacer es romper su rutina. Zackell nunca ha tenido problemas para entender que los hombres son los que empiezan todas las guerras, pero si alguna vez uno solo de ellos logra ganar una de esas guerras, estamos en presencia de un verdadero milagro.

Cuando Zackell entra a la habitación, Bobo les ordena a los jugadores que guarden silencio, y ellos se quedan callados justo el tiempo suficiente para que ella pueda informarles algo sin tener que alzar la voz:

—Hoy vamos a compartir la pista con los júniors.

—¡Pero qué cara...! —empiezan a decir los jugadores, y la cacofonía de hombres hechos y derechos compadeciéndose de sí mismos cobra impulso.

Poco a poco, el equipo ha ido acostumbrándose al peculiar plan de entrenamiento de Zackell, o al menos ha ido aceptándolo. Todos los jugadores hacen eso si algo funciona. Ganar lo cura todo. Pero esto de entrenar en una mitad de la pista todavía los vuelve locos. Hace tiempo, Zackell leyó un artículo del periódico acerca de un pequeño club de hockey en una de las grandes ciudades al sur que, a pesar de no tener mucho tiempo para entrenar sobre una pista de hielo y de sufrir una constante escasez de recursos, año tras año formaba jugadores que terminaban siendo seleccionados en el *draft* de la NHL. Cuando le preguntaron al presidente del club a qué creía que se debía esto, respondió que tal vez obtenían estos resultados no a pesar de la falta de tiempo sobre la pista, sino gracias a ella. Dos o tres de los equipos juveniles tenían que entrenar juntos todo el tiempo, así que todos los chicos tenían que acostumbrarse a jugar dentro de una superficie pequeña, y resultó ser que esto los convertía en mejores jugadores. «El hockey sobre hielo no se juega cinco contra cinco, en realidad», dijo el presidente, y Bobo jamás había pensado en el hockey de esta forma antes de que Zackell le mostrara el artículo. Sin contar a los guardametas, durante un partido hay diez jugadores sobre la pista, pero, en cada momento, el hockey se juega solamente en el metro cuadrado donde se encuentra el disco. Tener que entrenar en espacios confinados se convirtió en una ventaja, y el hockey no consiste en otra cosa más que eso: una serie de pequeñas ventajas. Un margen de unos cuantos centímetros.

Así pues, Zackell no escucha las quejas, solo se marcha de los vestidores mientras Bobo permanece ahí y deja que todos suspiren y gimoteen y digan palabrotas durante unos cuantos minutos más, hasta que sonríe con un aire de complicidad:

—Sé que odian tener que compartir la pista. Pero justamente hoy no vamos a compartirla con los júniors para entrenar, sino que vamos a... ¡JUGAR UN PARTIDO DE PRÁCTICA!

El ambiente en los vestidores se transforma de un momento a otro, y un coro ensordecedor de gritos de júbilo estalla entre los jugadores, pues hay cosas que nunca cambian: todos los que están aquí dentro alguna vez fueron un júnior escuálido que tuvo que jugar un partido de práctica contra los hombres del primer equipo y terminó siendo destrozado. La recompensa por este suplicio consiste en que, si juegas y entrenas un número suficiente de años, algún día tú mismo serás un jugador del primer equipo, y entonces tendrás la oportunidad de destrozar a la siguiente generación.

—¿Podemos jugar con las camisetas viejas? —pregunta uno de los jugadores con entusiasmo.

Apenado, Bobo niega con la cabeza.

—No, lo lamento. Tienen que ponerse las camisetas nuevas, las blancas que tienen sus nombres —dice él y, como de costumbre, los jugadores mascullan decepcionados ante esta respuesta.

El invierno pasado, los patrocinadores mandaron imprimir dos camisetas de entrenamiento nuevas para todos los jugadores, una blanca y una verde; el club nunca antes había puesto los apellidos y los números en las camisetas de entrenamiento, pero ahora de repente se había vuelto una cuestión importante. Nadie entendía por qué, hasta que Frac se apareció durante una sesión de práctica con un fotógrafo que se plantó en el círculo central y empezó a tomar fotos en pleno entrenamiento. Frac necesitaba fotografías para sus folletos publicitarios y quería imágenes tomadas directamente en la pista de hielo, pero no era posible obtener fotos durante el partido con las características que él deseaba, así que esta fue su solución. Como era obvio, los jugadores se dieron cuenta con bastante rapidez de que el fotógrafo solo estaba enfocándose en uno de sus compañeros de equipo, así que uno de ellos le gruñó a Frac: «¿No habría sido más fácil si hubieras impreso el apellido de Amat en todas las camisetas para que el fotógrafo pudiera tomar imágenes de cualquiera de nosotros?».

Frac dio la impresión de que ni siquiera captó la pulla. Así fue como hizo que todos odiaran de verdad esas camisetas, y por eso Zackell los está obligando a que se las pongan para jugar el día de hoy. Quiere enfurecerlos. Bobo mira el reloj en la pared, sale al pasillo, regresa a los vestidores, mira el reloj de nuevo y está a punto de perder toda esperanza cuando oye que la puerta exterior rechina y Amat entra al edificio tambaleándose, sin aliento y con el rostro enrojecido. El corazón de Bobo se olvida de su propio ritmo y sus pies se tropiezan uno con otro, y apenas si puede contenerse de salir corriendo a abrazar a su amigo. Porque esto también es una prueba.

Amat desearía que las cosas fueran tan sencillas que un abrazo pudiera resolverlo todo. Camina hacia donde está Zackell junto a la valla, ella finge que no lo ha visto, él se queda ahí de pie, pálido y con sobrepeso, y ni siquiera es capaz de armarse del suficiente valor para mirarla a los ojos. Ella permanece en silencio, obligándolo a que él hable primero.

—¿Puedo... puedo entrenar? —logra decir él.

—El equipo está completo —responde ella con frialdad, y hace un ademán con la cabeza hacia la pista, donde Aleksandr justo acaba de entrar patinando.

Amat se queda observándolo. Es grande y fuerte, es más alto que Amat al menos por una cabeza, además se mueve con esa confianza natural en sí mismo y esa arrogancia privilegiada que a Amat siempre le han faltado. «El paquete completo», como los viejos del pueblo acostumbran llamar a esa clase de talento. Eso era lo que decían de Kevin.

—Okey... ¿Podría...? Es decir, ¿puedo usar el gimnasio? Si es que eso no molesta a alguien... —pregunta Amat, y nota con desesperación que tiene que luchar para contener las lágrimas.

Zackell ni siquiera voltea a mirarlo cuando le responde:

—Vamos a tener un partido de práctica contra los júniors. Hay espacio para uno más en su equipo, si quieres jugar.

Amat asiente con la mirada en el piso y tan abrumado por el peso de los pensamientos en su cabeza que es un milagro que pueda permanecer de pie.

—Por supuesto. Gracias —susurra él.

—Puedes ir por tu camiseta de entrenamiento verde a nuestro vestidor y cambiarte en el de los júniors —le indica Zackell, con una impasibilidad absoluta.

Así que Amat tiene que ir antes que nada al vestidor del primer equipo. El lugar queda completamente en silencio en cuanto entra, pues nadie lo ha visto desde la primavera. Recoge su camiseta verde y luego tiene que atravesar el pasillo para entrar al vestidor de los júniors, que también queda completamente en silencio, aunque por razones del todo distintas. Los júniors solo son unos cuantos años menores que él, pero eso no importa, en este contexto no son más que unos niños y él es todo un ídolo. Uno de los chicos se pone de pie de un salto y le ofrece su lugar en la mejor banca, la más espaciosa, pero Amat mueve afligido la cabeza de un lado a otro y se sienta en el rincón que está junto al sanitario. Ahí es donde siempre ponen a «el gusano», el peor jugador y el más joven del equipo. Fue ahí donde Amat tuvo que sentarse la última vez que jugó para el equipo júnior.

Al final, otro de los chicos se atreve a preguntar:

—¿Vas a jugar con nosotros?

Amat responde que sí con la cabeza, y un murmullo alegre se esparce por toda la habitación. Entonces el vestidor se queda callado de nuevo, y Amat siente un terror que rasga sus entrañas, subiendo desde su estómago hasta su garganta, cuando se da cuenta de que todos lo están observando. No tiene muchas ganas de quitarse la ropa, y no tiene ganas de hablar en lo absoluto, pero es evidente que estos chicos están esperando que les diga algo. De forma repentina, empieza a desear que Benji estuviera aquí, pues él simplemente se habría puesto de pie y habría dicho «¡Venga, muchachos, salgamos a la pista y acabemos con ellos!» o algo por el estilo, y entonces todos habrían saltado de sus asientos con entusiasmo, habrían gritado de emoción y lo habrían seguido. Pero Benji es Benji y, por desgracia, Amat es Amat.

Mientras piensa todo esto, un jugador que está junto a él exclama:

—¡Perdón!

Los dedos del chico se le habían resbalado cuando se amarraba los patines y golpeó a Amat en la pierna sin querer. Amat ve que las manos del chico están temblando.

—¿Nervioso? —pregunta Amat en voz baja.

El chico asiente.

—¡Vamos a jugar contra el maldito primer equipo! ¡Nos van a aplastar!

Amat no sabe qué responderle, así que no dice nada. Mientras se desviste, el silencio a su alrededor se siente como si tuviera insectos debajo de la piel. Cuando toma su camiseta de entrenamiento, nota que el chico a su lado lo mira de reojo con envidia. Los júniors tienen camisetas similares, pero no llevan sus apellidos en la espalda, quizás para el primer equipo todo ese asunto de los nombres solo fue un truco publicitario, pero para los júniors se convirtió en un símbolo de estatus. Si tu apellido está impreso en una camiseta de entrenamiento, significa que el club no tiene pensado deshacerse de ti.

—¿Alguno de ustedes tiene un cuchillo? —pregunta Amat con voz tenue.

Los júniors parecen estar confundidos.

—¿Un cuchillo? —repite uno de ellos.

Amat asiente.

—Yo tengo uno… —responde un muchachito desde el rincón opuesto, pues uno puede confiar en el hecho de que, en cada vestidor de Beartown, siempre habrá al menos un cazador, y siempre traen un cuchillo consigo.

El cuchillo del júnior pasa de mano en mano por encima de las bancas y, cuando llega a Amat, él lo toma y de inmediato empieza a remover su apellido de la camiseta. Letra por letra, hasta que la prenda se ve igual a las de todos los demás. Entonces Amat se pone de pie, pasa el cuchillo de vuelta y dice:

—No soy bueno para dar discursos y demás mierdas parecidas. Y ustedes tienen razón: el primer equipo va a aplastarlos en el juego de hoy. Son más grandes y más fuertes.

Se aclara la garganta y guarda silencio justo lo suficiente para que alguien diga:

—¡Qué buenas palabras de ánimo!

Toda la habitación rompe en carcajadas, incluido el propio Amat, y algo se libera en su interior. Algo que había estado aprisionado por mucho tiempo. Entonces empieza a improvisar un discurso, aunque no sabe a dónde quiere llegar:

—Yo… Bueno… Alguna vez leí sobre una patinadora artística. No recuerdo cómo se llamaba, pero iba a participar en un campeonato mundial, y era la gran favorita. Antes de comenzar, su entrenador le dijo que quitara todos los saltos difíciles de su primer programa, que solo hiciera las cosas sencillas, pero tenía que hacerlas de forma perfecta, y así ganaría el campeonato. Entonces, la patinadora entró a la pista… y lo hizo todo mal. Se cayó con cosas en las que nunca se había caído. No logró ejecutar nada bien. Cuando terminó estaba en el último lugar. El peor momento de su vida. Entonces entró a los vestidores, se sentó a solas y pensó… «al diablo con todo», básicamente. Luego salió e interpretó su siguiente programa, y realizó todos los saltos más difíciles sin problemas, el tipo de saltos que ninguna de las demás participantes podía hacer. La patinadora subió del fondo de la tabla al tercer lugar y se llevó la medalla de bronce. ¿Ven? Porque… mmm… bueno, no sé qué rayos estoy tratando de decir, no soy bueno para estas cosas, pero…

La habitación está en silencio y todos esperan alguna especie de moraleja. Pero Amat no tiene nada que ofrecer. Siente como si estuviera dando una presentación en la escuela y se hubiera dado cuenta de que no entendió el encargo de la maestra en lo más mínimo. Está a punto de tratar de desaparecer de la faz de la tierra hundiéndose en el piso cuando el chico a su lado dice:

—Yo también leí algo sobre ella, esa patinadora. Creo que después de la competencia dijo algo así como que no puede realizar programas de patinaje sencillos porque entonces se pone a pensar demasiado. Que solo es buena cuando se desafía a sí misma…

Otro de los chicos exclama:

—Como mi mamá siempre decía, cuando yo era pequeño y

me quejaba de que íbamos a jugar contra un buen equipo: «¡Se supone que debe ser difícil!».

Un buen número de los demás jugadores estalla en carcajadas sonoras.

—¡Mi mamá también dice eso! ¡Una frase clásica de las mamás de Beartown!

Amat se sienta y ríe con los demás, ata sus patines y otra vez se levanta sin detenerse a pensar en las consecuencias. Entonces todos los demás se ponen de pie. Cuando él camina hacia el pasillo, los júniors lo siguen, y el momento en el que toman la pista por asalto es una ocasión que todos los chicos detrás de él recordarán y podrán presumir por el resto de sus vidas: el día en el que jugaron con Amat.

Las letras de su apellido se quedaron sobre la banca en los vestidores, para que todos sepan que, esta vez, no va a jugar por él mismo.

•••

En principio, el primer equipo de Beartown no está integrado precisamente por pastores de escuelas dominicales; pero, aun así, ya había pasado mucho tiempo desde la última vez que soltaron tantas palabrotas durante una sesión de entrenamiento. Tienen que esforzarse hasta quedar empapados de sudor y de sangre, solo para no verse rebasados. Todos los júniors se superan a sí mismos cada vez que sustituyen a un compañero en la pista, dan todo de sí por Amat y él mismo parece estar en todas partes. Podrá tener sobrepeso y podrá estar patinando más lento que nunca, pero aun así nadie del primer equipo puede seguirle el paso. Así que terminan por hacer lo lógico: le pegan, usan sus bastones para obstruirlo y le hacen una carga fuerte tras otra. En un par de ocasiones lo golpean y lo empujan de forma tan brutal que sale volando, pero cuando Bobo voltea a ver a Zackell para saber si quiere que señale una infracción con su silbato, la entrenadora solo dice que no con la cabeza. Zackell quiere que Amat enfurezca, quiere saber qué es capaz de hacer con su ira. Amat termina lanzado por los aires dos veces, y pareciera que está pensando en empezar a repartir bastonazos a diestra y siniestra, pero al final logra controlarse, incluso cuando oye las risas burlonas de los jugadores del primer equipo. Alguien trata de pegarle en la espalda con un bastón, pero lo ve venir, de modo que se hace a un lado, se libera de una dura marca, recupera el disco y deja atrás a dos oponentes con un frenesí que nadie había visto en esta arena desde que él era el mejor jugador de todos el invierno pasado. La camiseta podrá quedarle más ajustada alrededor del vientre, pero entre más avanza el partido, más se parece al viejo Amat. El Amat incontenible. Si no termina anotando diez goles es solo porque Zackell invariablemente hace que se enfrente a Aleksandr, quien tal vez es más lento, pero juega de una forma mucho más inteligente. No importa qué se le ocurra a Amat, una y otra vez Aleksandr llega a tiempo con su bastón en el último segundo y despeja el disco. Al final, es casi como si los dos estuvieran jugando solos, el uno contra el otro, se cazan de ida y vuelta por toda la pista como si fueran sombras. Aleksandr tiene que pararse varias veces con las manos en las rodillas durante las pausas del juego, jadeando en busca de aliento, y Amat vomita en el banquillo al menos un par de ocasiones. Es un partido extraordinario, un partido extraordinario de verdad, Bobo lo lamenta por todos los que no están aquí para verlo. El equipo de los júniors anota cuatro goles, tres de ellos son de Amat. Aleksandr solo mete dos goles, pero el primer equipo anota seis en total y gana el encuentro. Eso no importa. Cuando Bobo toca su silbato para marcar el final del partido, los jugadores del primer equipo permanecen sobre la pista y aplauden a los júniors. Solo por unos instantes, unos cuantos golpecitos en el hielo con los bastones, pero este gesto significa muchísimo para los adolescentes.

Los dos equipos se reúnen en sus respectivos vestidores, pero Amat ni siquiera tiene fuerzas para arrastrarse al suyo, se desploma en el suelo del pasillo. Aleksandr es el último jugador que pasa por ahí, se detiene un instante, toca un patín de Amat con la punta de su bastón y le dice:

—No veo la hora de jugar contra ti cuando estés en forma.

Amat sonríe.

—Lo mismo digo.

Es un pequeño reto que los dos necesitan. Esa Zackell no tiene nada de tonta. Aleksandr se dirige al vestidor del primer equipo y Amat se obliga a sí mismo a cojear hasta el vestidor de los júniors. Entonces oye una risa retumbante detrás de él y sabe de quién se trata sin necesidad de voltear.

—Cállate, Bobo, ya sé que estoy caminando como una anciana…

—¡Pero si no he dicho nada!

—No, pero sé que estabas a punto de burlarte de mí, ¡por eso te estoy diciendo ahora que te calles! Y no me toques, ya me duele todo…

Bobo se ríe a carcajadas y abraza a Amat sin piedad con sus enormes brazos.

—¡Te lo dije! ¡Eres como los altramuces!

—Gracias, amigo —dice Amat entre gimoteos.

Rara vez piensa en ello ahora, pero, en este momento y en este lugar, Amat reflexiona sobre cómo la mayoría de la gente nunca cambia en realidad, pero unos cuantos cambian por completo. Bobo era el abusador y el hostigador más grande cuando ellos mismos jugaban en el equipo júnior, aunque nadie lo creería ahora. Tal vez del mismo modo que nadie creería que Amat era un deportista de élite.

—¿Qué crees que habría dicho de ti hoy? —dice Bobo entre risitas tontas, al tiempo que hace un gesto con la cabeza en dirección de la foto de Ramona, colocada sobre la pared del pasillo.

—Probablemente habría dicho que ahora soy un gordo —sonríe Amat.

Bobo se da unas palmaditas en el estómago, lleno de contento.

—¡Habría volteado a verme y habría dicho que el gran gordinflón defecó un pequeño gordinflón!

Amat se ríe con tantas ganas que el cuerpo le duele de pies a cabeza. Entonces se va caminando despacio, arrastrando los pies, hacia el vestidor de los júniors al fondo del pasillo, donde los chicos cantan a voz en cuello.

—¡Vas en la dirección equivocada! —exclama Bobo, no como un amigo, sino como el entrenador asistente.

Amat se vuelve, como si creyera que lo están haciendo víctima de una broma cruel.

—¿En serio? —logra decir con dificultad.

—¡En serio! ¡Zackell cuenta contigo para el primer partido contra Hed este fin de semana! Así que ¡corre, gordito, corre!

Amat trata de contener las lágrimas. Bobo ya mudó sus cosas al vestidor del primer equipo. Esta vez nadie guarda silencio cuando Amat entra, nadie alza siquiera la mirada o se hace a un lado, todos se limitan a seguir platicando como de costumbre. Como si él fuera parte de este entorno. Su antiguo lugar se encuentra libre, Aleksandr ocupa el sitio donde antes se sentaba el jugador que contó aquel chiste sobre Lev la primavera pasada, pues ese tipo ya no juega aquí. Si eso se debió al chiste o a que simplemente era demasiado malo para jugar al hockey, es algo que Amat nunca sabrá.

Amat se desviste, consciente de que todos lo están mirando de reojo, y se va hacia las duchas. Nadie lo sigue. A solas, permanece de pie bajo el agua tibia, con sus músculos adoloridos y su ego todavía más adolorido.

Cuando regresa a los vestidores, nota que alguien dejó un cuchillo sobre una banca. Todos sus compañeros de equipo removieron sus propios apellidos de sus camisetas. Nadie dice ni una palabra, solo tiran los apellidos al bote de basura y se van a las duchas uno tras otro, hasta que Amat se queda solo, con el sonido de su propio aliento, sentado en la banca del rincón. Así es como pierde un partido, pero recupera un vestidor.

•••

Las sesiones de entrenamiento del primer equipo rara vez tienen un gran público, pero hoy las gradas rebosan de rostros familiares. Maya y Peter están sentados ahí comiendo sus bolitas de chocolate, el conserje les hace compañía, y después de un rato se aparece Sune, el antiguo entrenador del primer equipo, junto con su perro. A mitad del entrenamiento se oyen unos pasos sigilosos en las escaleras y luego un susurro:

—¡Manténganse sentados frente a mí! ¡No quiero que me vea!

Se trata de Fátima. Ha deseado con fervor poder ver a Amat entrenar de nuevo, pero le aterra la posibilidad de que él alcance a avistarla y se sienta presionado. De que ella pueda romper el encantamiento de alguna forma. Peter y Sune se ríen entre dientes al decir, en son de broma, que Fátima se convertirá en una de esas mamás supersticiosas que llevan a cabo más rituales extraños en los días de partido que sus propios hijos.

—Pronto estarás sentada aquí quemando incienso y hablando de ahuyentar a los malos espíritus si es que Amat no anota suficientes goles... —sonríe Sune de manera socarrona.

Él puede decir lo que quiera, desde luego, pues de todos modos ella no le presta atención. Su muchacho está jugando hockey allá abajo y, en este momento, no existe otra cosa más en su mundo. Maya se sienta delante de a ella y, cuando Amat anota un gol, Fátima la agarra del hombro con tanta fuerza que luego se siente apenada. Maya se ríe y le asegura que no hay ningún problema, pero entonces, cuando Maya se vuelve, sus ojos alcanzan a divisar algo, y ahora es ella la que agarra la mano de Fátima con demasiada fuerza: la puerta principal de la arena se abre, una figura solitaria entra sin hacer ruido y se sienta en el rincón más alejado.

—Hablando de malos espíritus... —sonríe el conserje cuando reconoce a Benji.

Sune y Peter voltean como si su propio hijo hubiera vuelto a casa. Ninguno de ellos logra pronunciar palabra alguna, así que los ladridos entusiastas del perro de Sune tendrán que bastar para que todos puedan expresarse. Zackell está de pie en el área del banquillo y también ve al muchacho, los sentimientos no son lo suyo porque la gente no es lo suyo, pero aún no ha permitido que alguien del equipo juegue con el número 16 desde que él se marchó. Ella reservará ese número en todos los equipos que llegue a entrenar, pues, en lo más profundo de su ser, nunca dejará de abrigar la esperanza de que suceda justo esto: la puerta se abrirá de forma súbita y él entrará a la arena de hockey, como si nada hubiera sucedido. Zackell entrenará a muchos jugadores más talentosos, más rápidos y con mejor técnica, pero habría intercambiado a cualquier integrante de cualquiera de sus equipos por ese idiota de cabello largo. Él cruza su mirada con la de ella desde el otro lado de la pista y asiente con un ademán breve, ella le devuelve el gesto. Y eso es todo. Benji teme que, si se acerca a Zackell, tal vez ella podría preguntarle si quiere volver a jugar hockey, y él no podría soportar decepcionarla, así que mantiene su distancia. La entrenadora no es muy dada a arrepentirse de las cosas, pero se arrepentirá de no haber ido de inmediato hasta donde él se encontraba para decirle que lo había extrañado. Tal y como se arrepentirá por siempre de todo lo que no le dijo a Ramona.

La sesión de entrenamiento continúa, los jugadores en la pista están demasiado ocupados como para ver lo que sucede en las gradas, así que Benji se sienta en lo más alto, en medio de las sombras, y solo se dedica a escuchar los sonidos. Los patines que cortan el hielo, los ecos, los jadeos. Toc toc toc. Hace un buen rato que le entregó su maleta a Amat afuera de la arena e hizo mofa de él porque estaba muy nervioso; pero, como era obvio, luego fue el turno de Benji de quedarse afuera en el frío, temblando con tanta intensidad que tardó la mitad de la sesión de entrenamiento en atreverse a abrir la puerta y pasar por encima de todos los fantasmas de su pasado. Uno de esos espectros se pone de pie ahora, camina despacio alrededor de la pista y se sienta junto a él sin pedirle permiso, mete su brazo debajo del suyo y posa su mejilla en su hombro.

—¿Maya Andersson en un entrenamiento de hockey? ¡Ese nuevo chico del que Bobo estaba hablando debe estar guapísimo! ¿Eh? —exclama Benji, ella lo golpea en el brazo con todas sus fuerzas y se echa a reír.

—Eres todo un imbécil, ¡todos ustedes son unos imbéciles!

Benji se limita a sonreír abiertamente y hace un gesto con la cabeza hacia la pista.

—¿Es ese que está ahí?

Maya bufa:

—Sí. Se llama Aleksandr, ¡pero mi papá y Zackell solo le dicen «Metrópoli», porque son unos completos idiotas, y no puedo soportarlos!

Benji frunce el ceño.

—Sí está guapísimo, Maya…

—Lo sééé… —suspira Maya con resignación.

Benji rompe en carcajadas. Maya tiene bolitas de chocolate en el bolsillo, y como Benji ha fumado hierba todo el día, es él quien las devora, una por bocado.

—Es genial ver que al menos no has cambiado del todo —sonríe ella.

Benji cierra los ojos con rapidez y los abre despacio. Voltea a ver el techo como si estuviera tratando de atravesarlo con la mirada.

—¿Para ti es raro volver a casa? Porque para mí ha sido muy extraño. Tan solo esta arena de hockey, que ahora se siente demasiado estrecha, pero cuando éramos niños parecía… enorme.

—Sí, todo me resulta extraño. Ya ni siquiera me siento en casa en mi propia casa. Ya ni siquiera digo «voy a casa» cuando vengo aquí… —admite ella.

Él se queda callado por un buen rato. Entonces dice:

—¿Alguna vez has pensado en cómo habría sido tu vida si Kevin no hubiera existido?

Tan sorprendida por la propia pregunta como por lo rápido que contesta, Maya responde con un susurro:

—Todo el tiempo. ¿Y tú?

Benji asiente con el gesto más sutil de todo el mundo.

—¿Y crees que todavía estarías viviendo aquí?

Tras una reflexión que dura una eternidad, Maya responde:

—Sí, probablemente habría seguido siendo una muchachita ingenua y alegre. Habría ido a fiestas y habría bebido *shots* asquerosos y en la escuela habría chismorreado acerca de quién se acostó con quién. Habría pasado todas las noches oyendo a Ana parlotear en el teléfono sobre lo *sexy* que era ese tal Benji…

—¡Sigo siendo *sexy*! —la interrumpe Benji con determinación.

—Sí, sí, maldito bastardo, sigues siendo *sexy*. Pero el que seas tan consciente de tus atributos te hace un poquito más feo —sonríe ella.

Parece que Benji vacila antes de preguntar:

—¿Y luego? ¿Después de haberte graduado de la escuela preparatoria en Beartown? ¿Te habrías quedado a vivir aquí, de no haber sido por Kevin?

Maya sopesa la pregunta con gran seriedad.

—Sí… ¿Podría ser? Tal vez me habría juntado con algún chico estúpido del mundo del hockey, y habríamos tenido una casita con un jardincito y dos hijos y un gatito llamado Simba y una perrita llamada Molly…

—Me encanta que ya les hayas puesto nombre a tus mascotas del futuro, pero no a tus hijos del futuro —sonríe Benji de manera socarrona.

—Por el momento me gustan más las mascotas —dice ella, devolviéndole una sonrisa similar.

—¿Y eres feliz? ¿En esa casita?

Ella posa su mejilla de nuevo en el hombro de Benji.

—Sí. Sí, probablemente lo soy. Pero escribo canciones que son malas de verdad.

Él se echa a reír.

—Yo habría vivido ahí contigo si tu esposo te hubiera abandonado.

—Si me esposo me hubiera abandonado, es muy posible que hubiera sido porque tú te acostaste con él, infeliz.

—Es verdad —concede él.

—Estoy orgullosa de ti —susurra ella sobre la camiseta de Benji.

—Yo también estoy orgulloso de ti —responde él sobre el cabello de Maya.

Dos filas más abajo, alguien a quien le falta el aire dice a voces:

—¿Y yo qué? ¿Nadie está orgulloso de mí? ¡Qué malos amigos son! ¡Y lo digo por ustedes dos! ¿Eh? ¡Definitivamente son de lo peor! ¿Te das cuenta de que tuve que buscarte en esa maldita aplicación de rastreo que instalé en tu teléfono para poder enterarme de que estaban aquí?

Ana trepa malhumorada por encima de las sillas para llegar hasta donde se encuentran ellos. Maya advierte con vergüenza que tiene nueve llamadas perdidas en su móvil.

—Espera un segundo… ¿Instalaste una aplicación de rastreo en mi teléfono? ¿Para saber en dónde estoy? ¿Por qué hiciste eso? —exclama Maya en un tono acusador, y Ana extiende los brazos a los lados, demostrando con ese gesto que no entiende cuál es el problema en lo más mínimo:

—¡Justo por situaciones como *esta*!

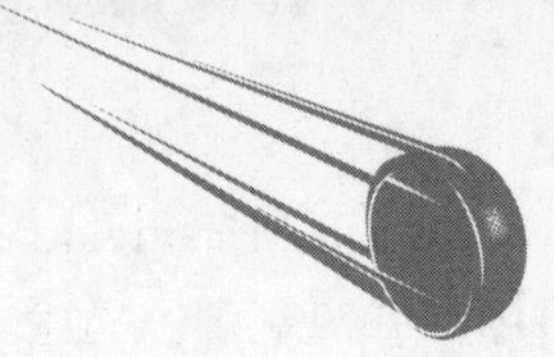

JUGADORES

Una vez que todos los demás jugadores del primer equipo se duchan y se marchan a sus casas, Amat, Murmullo y Metrópoli son los últimos en el vestidor. Casi terminan de alistarse cuando Amat reúne el suficiente valor para preguntar:

—Oye, Murmullo, ¿quieres que tengamos una sesión adicional de entrenamiento mañana temprano? Como lo hacíamos antes… solo venir aquí y practicar disparos por un rato… Puedo pedirle al conserje que nos abra.

Murmullo asiente con entusiasmo. Metrópoli alza una ceja y pregunta con timidez:

—¿Puedo unirme a ustedes?

Amat asiente con una sonrisa. Entonces permanece de pie junto a su maleta por un par de segundos mientras reúne de nuevo el suficiente valor para proponer:

—A menos que quieran entrenar… ¿ahora?

Eso ni siquiera se somete a discusión. Se desvisten y se ponen su equipo de hockey otra vez. Allá afuera, en las gradas, la pequeña multitud ya empezó a dirigirse hacia la salida, pero cuando los jugadores aparecen de nuevo todos regresan: el conserje, Fátima, Sune, Peter, Benji, Maya y Ana. A esta hora la arena ya debería estar cerrada y a oscuras, pero nadie va a mencionar eso ahora. Amat da una vuelta sobre la pista, luego dispara hacia la portería, a la derecha de Murmullo, y el sonido del disco estrellándose contra la red eleva el espíritu de todas y cada una de las personas en la arena; y cuando Amat ríe y grita de júbilo, es la primera vez que Fátima oye a su hijo lleno de felicidad en varios meses.

—Risas en una arena de hockey... Entonces el mundo todavía no se ha ido completamente al infierno, no, señor... —murmura el conserje, y luego se marcha al almacén para estar a solas con sus sentimientos.

Sune se echa a reír y su perro le lame el rostro. Peter nunca se había sentido tan en casa como en este momento. Benji, Maya y Ana están sentados en las tribunas al otro lado de la pista. Amat se detiene debajo de ellos y, con un tono burlón, le dice a Metrópoli en voz alta:

—¡Oye! ¿Ya conocías a Benjamin Ovich? ¡Es una leyenda en este pueblo! ¡De hecho era bastante bueno para el hockey! O sea, no tan bueno como TÚ, pero era un jugador con un nivel ACEPTABLE...

Benji se resiste tanto como le es posible. Más de lo que cualquiera podría creer. Pero al final suelta unas cuantas palabrotas, se pone de pie y masculla:

—Denme un par de malditos patines para romperle las piernas a ese imbécil...

Maya y Ana rompen en carcajadas con tanta fuerza que su eco se escucha como un canto en el techo de la arena, Amat también se ríe, pero Metrópoli, que está parado junto a él, le susurra:

—Se refería a ti, ¿cierto? Quiso decir que iba a romperte las piernas *a ti*, ¿verdad?

Benji irrumpe en el almacén del conserje y regresa a la pista con un par de patines puestos. El conserje ha pasado toda una vida en esta arena y ha visto más de lo que la mayoría de la gente puede imaginar, pero no es capaz de recordar un instante en el tiempo más hermoso que este. Zackell y Bobo están arriba en la oficina, planeando la siguiente sesión de entrenamiento, pero, cuando oyen el alboroto y el jolgorio que provienen de la pista, deciden volver a las gradas. Bobo alcanza a ver a Benji, y entonces se parece a un labrador que acaba de oír el tintineo de llaves en una puerta. Zackell asiente, aparentemente impasible, y le dice a Bobo:

—Yo me encargo de terminar los pendientes en la oficina. Ve a jugar con tus amigos.

Un eufórico Bobo desciende a tropezones por las escaleras de las gradas, pero Zackell no regresa a la oficina. Permanece de pie donde estaba y observa a Benji cazando a Amat por toda la pista, Amat lo esquiva y se ríe, Bobo se pone los patines y se lanza a la lid, y entonces sucede una de las cosas más bellas que hay en la vida: personas que acaban de llegar a la mayoría de edad, olvidándose de que son unos adultos.

Los que están en la pista se dividen en dos equipos: Benji, Bobo y Murmullo, por un lado, Amat y Metrópoli, por el otro. Esos números están disparejos, así que empiezan a llamar a Peter a gritos, insistiéndole en que baje de la grada, hasta que lo convencen de que vaya por sus patines y se les una. Maya apenas si puede creer lo que ven sus ojos, pero su papá entra a la pista y, de hecho, parece que… se está divirtiendo.

Metrópoli conecta con Amat mediante pases que no deberían llegar a su destino. Una y otra vez parecen obra de la suerte. Amat mete el disco en la portería y cuando pasa junto a Bobo de regreso al círculo central, le dice jadeando:

—¿Viste ese pase? Lamento cómo le va a ir a Hed en el primer partido. Pobre, pobre Hed. Este chico puede leerme la mente…

En realidad, Metrópoli comete un solo error: hace un regate y deja atrás a Benji a toda velocidad, Benji pierde el equilibrio y todos ríen. A partir de entonces Metrópoli no dispone de un centímetro de hielo libre sin que Benji esté ahí, como un tejón poseído por la furia.

—¿Tenían que reírse de él? ¡Ahora va a matarme! —le susurra Metrópoli a Peter cuando se detiene junto a la portería, pero Peter solo se ríe entre dientes:

—No, hombre, no te preocupes. Benji no va a matarte aquí.

Habría demasiados testigos. Simplemente vas a «desaparecer» de forma repentina cuando menos lo esperemos. Hay bosques muy extensos por estos rumbos, ¿sabes? ¡Allá afuera puedes enterrar lo que sea!

Metrópoli se queda mirándolo, como si realmente estuviera tratando de descifrar si el sentido del humor local es así de estúpido o si, de hecho, Peter está hablando en serio. Detrás de él Benji sigue persiguiendo a Amat de un lado de la pista al otro, y, cuando alcanzan el extremo más alejado, los dos están sonrojados por el agotamiento. Bobo llega patinando para cerciorarse de que estén bien, pero justo cuando está a punto de sugerir que todos se tomen una pausa, el cuerpo de Benji se encorva y vomita por toda la línea de gol todas las bolitas de chocolate que había comido, e incluso salpica los patines de Bobo.

—¿QUÉ RAYOS…? CON UN CARA… ¡NO! ¡NO! ¡QUÉ ASCO, LO PISÉ! —grita Bobo, presa del pánico, y trata de salirse del charco con un brinco, pero, como era predecible, termina por resbalarse y caer sobre sus asentaderas en medio de todo el desastre, haciendo un fuerte ruido de chapoteo.

Todos en la arena de hockey se quedan sin aire durante varios minutos, las risas debieron haberse oído hasta Hed. Fátima llega corriendo con un balde y unos trapos, pero Amat patina hasta la valla y la detiene, toma las cosas que su mamá traía en las manos y regresa al interior de la pista para limpiarla. Benji se siente tan culpable que casi lo golpea.

—He recogido las porquerías de cerdos más sucios que tú —sonríe Amat de manera burlona.

—¡Aunque tú no te quedas muy atrás! —afirma Bobo, asqueado, y cuando ve que la mancha se ha congelado sobre el hielo casi vomita también.

—¿Sientes el olor, Bobo? ¿Te está afectando? —se mofa Amat, y Benji y él se ríen hasta quedar afónicos.

El enorme cuerpo de Bobo sufre de arcadas y Benji tiene que sentarse en cuclillas, pues las costillas le duelen de tanto reír. Bobo termina por recargarse contra la valla, ofendido de verdad, y le jura a Amat por lo más sagrado que va a convencer a Zackell de que reconsidere los jugadores con los que va a integrar su equipo, y esto hace que Benji suelte una gran risotada y le suplique a Bobo que ya no siga hablando, pues ya no puede soportarlo más.

Al final se mueven al otro lado de la pista por el bien de Bobo, delimitan una cancha más pequeña y colocan gorras y botellas de agua a modo de postes para las porterías. Y entonces empiezan a jugar otra vez, como cuando eran pequeños y usaban el lago como su pista de hockey: a toda velocidad y sin reglas. El deporte en su estado puro, sin complicaciones. Nosotros contra ustedes.

Amat recordará esta noche como un nuevo comienzo. Bobo, como el final. Peter siente como si pudiera pertenecer a algo de nuevo. Para Murmullo significa pertenecer a algo por primera vez. A Metrópoli le parece una segunda oportunidad de volver a ser un chiquillo y enamorarse perdidamente del hockey. Pero nadie sabe qué sentimientos le provoca todo esto a Benji. Es la última vez que lo ven jugar.

Algún día, Maya se pondrá a escribir acerca de lo que pasó esta noche en un bloc de notas empapado de lágrimas:

Recuerdo esa noche que llevo en el alma
Una de las últimas antes de la desgracia
Por un breve tiempo fuiste aquel
Que soñábamos con volver a ver
Tu cuerpo jugaba y jugaba sin cesar
Y tu corazón por fin podía reposar
Tu vida era tal y como la querías vivir
Sintiéndote libre y a salvo y feliz
Querido amigo, no sé dónde estás en este momento
Pero espero que aún sigas volando sobre el hielo

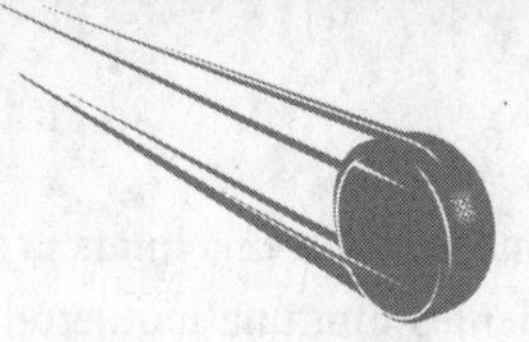

ASESINOS

Todos los niños son víctimas de la infancia de sus padres, pues todos los adultos tratan de darles a sus hijos las cosas que tenían o que les hacían falta. A final de cuentas, todo es o una rebelión contra los adultos que conocemos o un intento por imitarlos. Esa es la razón por la cual las personas que odiaron su infancia a menudo son capaces de sentir una mayor empatía que quienes amaron su niñez. Porque aquellos que la pasaron mal soñaban con otras realidades, pero aquellos que la pasaron bien difícilmente podían imaginarse que la vida pudiera ser de otra forma. Es muy fácil dar la felicidad por sentada si contamos con ella desde un principio.

Tal vez por eso es muy difícil explicarle qué es el hockey a alguien que no lo comprende en lo absoluto. Porque el hockey es algo que, o siempre hemos tenido, o nunca hemos tenido ni por asomo. Si no te enamoras de él a tiempo, vas a crecer tanto que pensarás que es un deporte. Tendrías que haber sido un niño la primera vez que tu cuerpo lo jugó y tu corazón se apaciguó para saber que no es más que un juego. Si tienes suerte, mucha suerte, nunca dejará de serlo.

En Beartown están cayendo copos de nieve del tamaño de un guante para horno, y las risas en el interior de la arena de hockey pueden oírse afuera del recinto, incluso hasta el estacionamiento. Quizás suena como algo del todo lógico o como una completa locura, dependiendo de quién seas, pero en ciertos lugares un juego puede salvar una infancia entera. Si siempre estás inmerso en él no sientes ninguna inquietud, ningún temor, porque no hay espacio para esas cosas. En el juego solo caben gritos entusiastas y risas sin aliento, y cuando todos tus amigos son tus compañeros de equipo nunca estás solo de verdad. En las noches no te quedas dormido, te desmayas, y tus padres tienen que quitarte la camiseta de hockey con mucho cuidado mientras estás tendido en la cama. A la mañana siguiente te despiertas con un apetito voraz, engulles el desayuno y sales corriendo por la puerta pues ya hay otros chicos jugando en la calle. Siempre hay un partido nuevo y siempre hay un último gol que lo decide todo. Si amas un juego, si lo amas en serio, no recuerdas casi nada más de los años de tu infancia. Todos tus momentos más felices se dieron cuando tenías un bastón en la mano, hombro a hombro con tus mejores amigos, el planeta entero abarcaba unos cuantos metros cuadrados en medio de dos porterías y nosotros éramos los mejores de todo el mundo. Lo más hermoso que le puedes dar a un niño es un lugar al cual pueda pertenecer. Lo más grande que puedes llegar a ser es ser parte de algo.

Por eso duele tanto ser un niño diferente. Aquel de cuyo nombre nadie se acuerda cuando la gente mira sus viejas fotografías de la escuela, porque ese niño nunca fue parte de la infancia de nadie, excepto la de él mismo. Hace tanto frío cuando vives afuera de las demás personas que en tu interior mueres congelado.

Envuelto en la oscuridad, Matteo está de pie en medio de los árboles que se encuentran a la orilla del estacionamiento de la arena de hockey. Pisa con cuidado un charco congelado y escucha el crujido del hielo al romperse. Se pregunta si el lago ya habrá empezado a congelarse. Cuando eso ocurre, para los chicos del hockey en este pueblo es un día más importante que la Navidad, y ha habido inviernos en los que este acontecimiento ha sido motivo de felicidad hasta para el propio Matteo, pues entonces los chicos están tan ocupados con su juego que incluso se olvidan de acosarlo por una temporada. Por desgracia, eso nunca dura mucho tiempo.

Ruth siempre le decía: «¡Solo tienes que aguantar estos años! ¡Solo tienes que sobrevivir a este pueblo! Y entonces serás libre. Saldremos al mundo de afuera, tú y yo, ¿okey? Solo tienes que volverte invisible en la escuela y mantenerte alejado de los chicos del hockey». Pero eso no es tan fácil cuando todo el pueblo está lleno de esos chicos. Por estas fechas, hace unos tres años, cuando Matteo tenía once, estaba paseando en su bicicleta junto al lago cuando varios chicos de la escuela más grandes que él lo detuvieron. Al principio lo engañaron haciéndole creer que podía unírseles —cosa que siempre es muy fácil de hacer y a la vez muy cruel—, y luego lo convencieron de que caminara sobre el hielo del lago para ver si resistía el peso de una persona. «¡Más adentro! ¡Más adentro!», le gritaron, en un inicio para alentarlo, pero poco después lo hacían para amenazarlo: «¡Sigue caminando o vamos a romperte las piernas cuando regreses!».

Al final Matteo estaba tan lejos de la orilla que, cuando el hielo empezó a crujir, supo que, si se echaba a correr, firmaría una sentencia de muerte, pues todo su peso concentrado en un solo pie lo hundiría de forma directa en el frío y la oscuridad, y no podría encontrar la forma de salir a la superficie de nuevo. Desde entonces, ha tenido cientos de pesadillas acerca de este incidente: puede ver la luz, pero está atrapado, golpea el hielo por debajo con sus pequeños puños, trata de encontrar una abertura, pero su esfuerzo es inútil y se ahoga lentamente. Así pues, hizo lo único que se le podía ocurrir a un chico de once años: se acostó boca abajo sobre el hielo y trató de distribuir su peso de forma tan equilibrada como le fue posible. Había pensado en arrastrarse para regresar a tierra firme, pero no se atrevió a hacerlo, de modo que solo se quedó ahí tendido y se echó a llorar.

No sabe si los muchachos en la orilla del lago se arrepintieron entonces de lo que habían hecho. Para esos bastardos todo empieza siempre como una broma, esa es la excusa que los padres siempre esgrimen después de lo ocurrido. Fue solo una travesura infantil. Tú sabes cómo son los niños. Solo estaban divirtiéndose un poco. Matteo no alcanzó a oír si los muchachos reían o gritaban, pues estaba llorando con demasiada intensidad lago adentro y tenía los labios presionados contra el hielo. Hizo falta un rugido para que Matteo reaccionara:

—¿QUÉ CARAJOS ESTÁN HACIENDO?

Con mucho, mucho cuidado, Matteo levantó la barbilla trémula y miró con los ojos entreabiertos hacia tierra firme. Dos adolescentes de la edad de su hermana habían detenido su motoneta cuesta arriba sobre el camino y bajaban por la pendiente. Los chicos en la orilla del lago se echaron a correr horrorizados en todas direcciones, uno de los adolescentes estuvo a punto de perseguirlos con los puños en alto, pero el otro lo detuvo y señaló hacia donde se encontraba Matteo. El hielo crujió y Matteo gritó por primera vez. Los adolescentes miraron a su alrededor desesperados, buscando algo que usar como cuerda, cuando no encontraron nada se quitaron las chaquetas y los suéteres y los amarraron uno tras otro. El más ligero de los dos se arrastró tan cerca de Matteo como le fue posible, le arrojó la cuerda improvisada y jaló al chico despacio, muy despacio, hasta que lo trajo a terreno seguro.

Matteo siempre ha tenido dificultades para recordar lo que los adolescentes le dijeron, sus dientes le castañeteaban demasiado y el rugido en sus oídos era demasiado intenso. Pero ellos le preguntaron en donde vivía y Matteo consiguió apuntar en la dirección correcta; uno de ellos se subió en su bicicleta y el otro lo dejó ir en la motoneta. Sus padres estaban fuera, ocupados con uno de sus trabajos de caridad coordinados por la iglesia, de modo que Ruth estaba sola en casa. Salió corriendo en cuanto los vio y asfixió a Matteo con sus abrazos antes de preguntarles a los adolescentes qué había sucedido, y ellos se lo explicaron. Matteo no sabía en ese entonces que los muchachos eran de Hed, ni que las chaquetas rojas que tenían puestas eran del equipo de hockey de su pueblo. Uno de ellos le extendió la mano a Ruth y se presentó.

Así fue como ella conoció a su asesino.

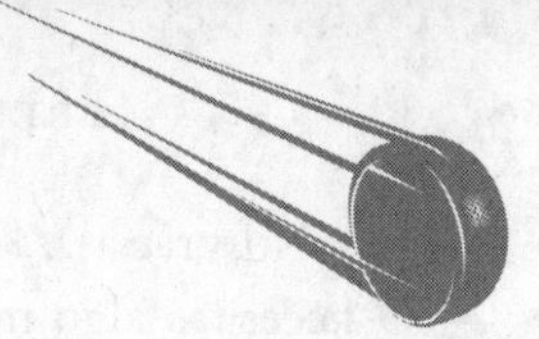

CAMPISTAS

Todos los adultos se van a casa primero. Saben que la magia en una arena de hockey llena de jóvenes riendo puede desaparecer si otra generación se les acerca demasiado, como un tesoro que se convierte en cenizas cuando abres el cofre. Maya, Ana y Bobo se quedan solos en el estacionamiento, esperando a que Benji, Amat, Murmullo y Metrópoli se cambien y se les unan. El perro de Sune olisquea el suelo alrededor de sus pies, acostumbrado desde cachorro a que este es su reino. De hecho, desde que Sune se jubiló, su mascota ha pasado tanto tiempo en la arena que incluso le permitieron aparecer en la foto oficial más reciente del primer equipo. Murmullo juega con él, todos los animales lo aman, tal vez porque perciben que él tampoco puede hacerse entender, por más que quiera.

—¿Quieres que te lleve a tu casa? —le pregunta Bobo, pero Murmullo responde que no con la cabeza y se va caminando rumbo a la parada del autobús.

—¿Entrenamos mañana? ¡Temprano! —le dice Amat a voces.

Murmullo asiente sin palabras, pero con una sonrisa que las vuelve innecesarias. Cada uno se marcha por su lado. Bobo transporta la maleta de Amat a la Hondonada en su auto y luego maneja directo a su casa para llamar a Tess por teléfono. Amat se va corriendo. Esta noche dormirá profundamente, y mañana se despertará con mucha hambre.

—¿Y tú? ¿Necesitas que te lleven a alguna parte? —pregunta Benji de forma casual, mientras mira a Metrópoli de soslayo.

—No… No, gracias… —responde Metrópoli de forma evasiva.

—¿O necesitas algo más? ¡Puedo ayudarte con lo que sea! —insiste Benji, con una gran sonrisa y un guiño desvergonzado.

Metrópoli voltea a ver a Maya de reojo y contesta abochornado:

—Bueno… Puede ser que necesite algún lugar donde vivir. La verdad siento que Peter no quiere tenerme en su casa. O sea, fue genial de su parte que se ofreciera a hospedarme, pero las cosas se pusieron un poco extrañas. Creo que anoche me encerró en mi habitación poniendo el seguro de la puerta por fuera…

Sus mejillas se sonrojan. Podría resultar embarazoso tratar de discutir el tema en este lugar, teniendo a Maya justo al lado. Por suerte, Ana está aquí para garantizar que la situación se vuelva embarazosa:

—¡Solo le preocupa que Maya entre a tu habitación por la noche sin hacer ruido y se arroje encima de ti!

—¡Ana! ¡Eres una IMBÉ…! —gruñe Maya entre dientes, y Ana se ríe mientras esquiva los intentos de Maya por golpearla con movimientos que parecen pasos de baile.

—¡Oooh! ¿Maya Andersson quiere pelear? ¿Tu nueva mejor amiga te enseñó a boxear o algo así? ¡Venga, entonces! ¡Pégame con todas tus fuerzas! —se burla ella, con la calma y la confianza en sí misma propias de una luchadora de artes marciales; y, como era lógico, Maya podría haber pasado diez años lanzándole un golpe tras otro sin acercársele siquiera.

Metrópoli las observa, ligeramente sorprendido, y Benji observa a Metrópoli con cierto interés.

—Tengo una casa rodante —dice Benji.

—¿Perdón? —dice Metrópoli.

—Una casa rodante. Si necesitas un lugar donde vivir.

—Estás bromeando…. ¿Lo dices en serio?

—Estás bromeandooo… ¿Lo dices en seriooo? —repite Benji, imitando el acento de Metrópoli, quien raspa la nieve con la suela de su zapato y se ajusta la chaqueta que Peter le prestó para que le quede más ceñida al cuerpo.

—¿Te refieres a una de esas casas rodantes en las que la gente... tú sabes... se va a acampar?

Benji se ríe con tantas ganas que todo su cuerpo se estremece.

—Es una suposición muy loca, pero déjame adivinar: ¿nunca has acampado en tu vida, Metrópoli?

—¿VAN A IRSE DE CAMPAMENTO? ¡NOSOTRAS LOS ACOMPAÑAMOS! —grita Ana de inmediato a unos pocos metros de distancia, mientras una furiosa Maya trata salvajemente de darle de golpes, aunque sin éxito, pues Ana la mantiene alejada sin problemas con una sola mano, como si fuera una niñita.

—Estamos con temperaturas bajo cero —hace notar Metrópoli.

—¿Y? —pregunta Ana, sin comprender cuál es el punto.

—También tengo hierba y cervezas —les informa Benji.

Así que se van de campamento.

Benji maniobra la casa rodante a través de caminos en medio del bosque que apenas si son transitables, y de forma milagrosa consigue llevar el vehículo hasta la orilla del lago sin volcarlo, a pesar de haber estado bastante cerca de hacerlo, y se estaciona de manera que pueden alcanzar a ver la isla de Maya y Ana desde ahí. Antes les pertenecía a Kevin y a Benji, el lugar más secreto para dos chicos en todo el universo, y su refugio cada verano, pero esos veranos se terminaron hace mucho tiempo y, cuando Kevin se marchó, Benji les regaló la isla a las dos muchachas. Ahora, ellas son todas unas mujeres. Maya posa las puntas de sus dedos sobre el hombro de Benji, solo por un instante, y le susurra:

—Este lugar es muy romántico, así que voy a decirte esto sin rodeos: si traes aquí a mi futuro esposo y tratas de acostarte con él, voy a matarte.

Benji se ríe a carcajadas. Ana y él tratan de encender un fuego, hasta que Ana hace la finta de que va a golpear a Benji con una rama enorme por estar haciendo las cosas mal, y entonces

Ana tiene que prender la fogata por sí sola. Hay árboles caídos por todos lados, víctimas de la tormenta que pasó por aquí como un bandido en fuga, pero poco a poco la nieve y el olvido están cubriendo las grietas y las heridas en el paisaje. Para cuando llegue la primavera, la naturaleza habrá reprimido el impacto de los vientos que bramaron esa noche de la semana pasada, como también lo hará la gente. Los jóvenes están sentados hechos un ovillo dentro de sus sacos de dormir frente a las llamas, beben cerveza y fuman hierba, miran las estrellas mientras van sumergiéndose en la neblina. Es una noche genial, una de las mejores que puede haber, de esas en las que te mantienes despierto casi hasta al amanecer porque estás aferrándote a una sensación en tu alma muy cercana a la paz absoluta. Como si hubieras estado a punto de encontrar las respuestas a casi todas las preguntas. Mañana todo eso habrá desaparecido otra vez, desde luego, y tú lo sabes. Es por eso que no quieres caer presa del sueño. De todos modos, Maya termina por bostezar y, metida dentro de su saco de dormir, se levanta tambaleándose de su silla plegable y balbucea:

—Maldita sea. Hacía mucho tiempo que no me ponía así de borracha. Tengo que irme a oír. No, tengo que irme a OÍR. No, tengo que irme a oííír… ¡CARAJO, USTEDES SABEN LO QUE QUIERO DECIR!

Los demás se ríen tanto que al final les duelen las mejillas.

—Vete a *dormir*, borrachina. ¡Por Dios, tu nueva mejor amiga de la escuela de música debe ser muy mala para beber si te has vuelto tan poco tolerante al alcohol! —resopla Ana.

—¿Cuál nueva mejor amiga? —pregunta Benji.

—¡Esa por la que Maya me abandonó! —asiente Ana, tan ebria que sus pupilas se encuentran en códigos postales diferentes.

—¡Bueno, voy a acostarme con su futuro esposo solo por eso! —afirma Benji, y Ana y él fracasan de manera estrepitosa en su intento por chocar los cinco.

Maya les promete que mañana los va a mandar al infierno

como es debido, cuando esté sobria y pueda pronunciar esas palabras. Ella concilia el sueño antes de que su cabeza aterrice en la almohada, en el interior de la casa rodante. Ana se queda afuera un rato más, solo para poder decir que Maya cayó primero en los brazos de Morfeo, entonces les dice a los muchachos de manera cortés y solemne que se vayan al diablo, y luego entra a la casa rodante y se queda dormida espalda con espalda junto a su mejor amiga.

Benji y Metrópoli permanecen en su lugar, Benji mira a Metrópoli y Metrópoli mira el cielo.

—¿Ahora vas a hacer lo que hacen todos los turistas y vas a decir que nunca habías visto tantas estrellas? —dice Benji en tono burlón.

—En el lugar de donde vengo también tenemos estrellas —sonríe Metrópoli.

Benji casi suena ofendido:

—No tan buenas como las nuestras. Y lo mismo podría decirse de los jugadores de hockey.

Desde luego que es una mentira, hoy se fijó en los movimientos de muñeca y los pases de Metrópoli, y sabe con exactitud lo bueno que es. Metrópoli lo mira a los ojos y sabe que Benji lo sabe, de modo que no necesita decir nada al respecto, y en su lugar pregunta con un ánimo pensativo:

—Busqué a Peter en internet, él fue el capitán del equipo de Beartown hace unos veinte años, ¿verdad? Casi ganaron el campeonato de la primera división con él, si recuerdo bien.

Benji fuma varias caladas profundas con los ojos cerrados.

—Eso es Beartown, precisamente. Casi somos los mejores, casi siempre.

Metrópoli se masajea los dedos, como si estuviera girando anillos de boda invisibles.

—Peter me dijo algo cuando él y Zackell viajaron al sur para verme entrenar. Le pregunté por qué estaba ahí si ya ni siquiera trabaja para el club, y me contestó algo así como que… quería ser bueno. Que el hockey era su manera de hacer del mundo un lugar mejor.

—Él es especial —declara Benji, y la forma en que lo dice contiene todo lo mejor y todo lo peor de una persona.

Metrópoli da un par de caladas lentas y responde:

—Debe ser algo muy especial poder… tú sabes… poder ser parte de un equipo así. Uno que los conmocione a todos. Debe ser una verdadera hermandad, ¿sabes? De esas que hacen que todos se superen a sí mismos… Es como las dinastías en la NHL… nunca duran para siempre… Solamente son invencibles por unos cuantos años, antes de que todos envejezcan y la gerencia destruya al equipo mandando a varios jugadores a otros clubes. Me pregunto si realmente te das cuenta de lo especial que es todo eso cuando estás inmerso en ello.

Benji abre los ojos a medias y cruza su mirada con la de Metrópoli, que solo está iluminada por las llamas danzarinas.

—¿Por eso estás aquí? ¿Para poder llegar a ser especial?

Metrópoli sonríe abochornado.

—Puede ser.

Benji se lo queda viendo por un largo rato, y entonces la pregunta llega tan rápido y de forma tan directa que toma por sorpresa a Metrópolis, quien se ahoga con el humo.

—¿Cuántas conmociones cerebrales has sufrido?

—¿Por… por qué me preguntas eso? —logra responder Metrópoli en medio de su ataque de tos.

Benji se encoge de hombros con toda tranquilidad.

—Cuando jugamos hoy fuiste muy hábil cada vez que yo iba por el disco, no tuve ninguna oportunidad de quitártelo. Pero siempre que buscaba hacer contacto con tu cuerpo, me esquivabas. En alguna época jugué con un muchacho que era tan hábil como tú, pero que también empezó a comportarse así por un tiempo cuando teníamos catorce y sufrió una conmoción cerebral. Durante varios meses se la pasó evadiendo todos los golpes.

Metrópoli termina de toser, coloca un par de ramas en la fogata y, como era predecible, se quema cuando lo hace; y entonces murmura:

—¿Estás hablando de Kevin Erdahl?

Por primera vez en toda la noche, Benji parece sorprendido.

—¿Cómo lo supiste?

Ahora es el turno de Metrópoli para encogerse de hombros.

—Cuando teníamos esa edad, mi papá estaba al pendiente de todos los jugadores talentosos en todo el país. Puso una lista con un *ranking* en mi pared. De hecho, a ustedes los vi jugar alguna vez, mi papá manejó durante cuatro horas para ir a un partido, solo porque quería mostrarme contra quiénes estaba compitiendo. Recuerdo que sentí mucha envidia de Kevin.

—Era condenadamente bueno.

—Sí, pero no era por eso. Sentí envidia de él porque te tenía a ti. Nadie se atrevía a tocarlo.

Benji permanece en silencio durante varios minutos. Entonces se limita a repetir:

—¿Cuántas conmociones?

Metrópoli suspira.

—Seis. La primera fue cuando tenía doce y la más reciente el año pasado. Me empujaron por la espalda con el mango del bastón, salí volando y me estrellé contra la valla. Al otro chico solo lo castigaron con una expulsión temporal de dos minutos, mientras que yo estuve fuera de circulación durante nueve semanas. Los primeros tres días no hice más que vomitar. No podía pensar, solo quería morirme. Ni siquiera podía estar fuera de la casa porque el sol me desollaba la cabeza, es la peor cosa que he vivido, no tengo ningún recuerdo de ese fin de semana. Todavía sufro de migrañas. En mis oídos suena un repiqueteo que nunca se calla. A veces solo hay oscuridad aquí dentro. Una vez vi a un chico en un partido transmitido por la televisión al que le dieron un golpe muy parecido. Y ¿sabes que dijeron los comentaristas? «¡Eso fue responsabilidad del que recibió la carga, debió haber mantenido la cabeza en alto!».

Metrópoli se da unos golpecitos en la sien. Benji puede ver el dolor en sus ojos, y asiente.

—Entiendo. Yo leí algo sobre ese jugador de la NHL que sufrió cambios en su personalidad y demás mierdas. Daño permanente a su cerebro, pero nadie lo supo hasta que murió y le hicieron una autopsia…

Metrópoli cierra los ojos.

—Cuando volví al equipo, el entrenador quería que jugara usando más mi cuerpo, frente a la portería, solo era «lucha» contra esto, «lucha» contra aquello. Estaba completamente obsesionado con ganar el juego físico, tú sabes, «controlar el juego junto a la valla» y todas esas estupideces…

—«¡Cómete el disco! ¡Mastica alambre de púas!» —dice Benji haciendo una imitación, pues él se ha encontrado a esa clase de entrenadores un millón de veces.

—Exactamente —ríe Metrópoli con cierta amargura.

—¿Y entonces qué pasó?

—No me atreví a hacerlo. Y él se dio cuenta. Ya no encajaba en su sistema. Así que me mandó al banquillo porque no tenía «fortaleza mental» y, cuando me enojé por esa decisión, fue con la gente del club a decirles que yo tenía «problemas de disciplina».

—¿Y eso era cierto?

—Probablemente ese fue el único club donde no tuve problemas de disciplina. Fui un inmaduro por muchos años, un cabroncito arrogante, pero realmente me gustaba ser parte de ese club… Quería que las cosas funcionaran. Pero ya no puedo jugar como esos entrenadores quieren…

—¿Y qué tal aquí?

Metrópoli respira despacio por la nariz.

—Esa Zackell parece ser… diferente.

—Por decir lo menos —sonríe Benji.

—Entonces, ¿crees que me deje jugar de una manera diferente?

—Todo lo que puedo decir de ella es que probablemente ya sabe cosas de ti que tú mismo todavía desconoces. A veces eso es bueno —señala Benji.

—¿Y cuándo es algo malo?

—La mayoría de la gente no quiere saber la verdad sobre sí misma.

Metrópoli se toma un buen tiempo para digerir estas palabras. Abre una última cerveza.

—Peter me agrada. Creí que era un hijo de puta engreído como todos los demás viejos que fueron jugadores profesionales, pero resultó ser…

—¿Especial?

—Ustedes son especiales, el pueblo entero. ¿Es por la endogamia o algo así? —dice Metrópoli entre risas.

—Y por la hierba —dice Benji mientras tose.

Los dos ríen a carcajadas por un buen rato, solos bajo las estrellas. Una noche realmente genial.

—¿Qué tan bueno era Peter? —pregunta Metrópoli después de un tiempo.

Benji responde de inmediato:

—Era el mejor. En serio que era un hombre obsesionado. No creerías las historias que la gente cuenta sobre cómo entrenaba. Cuando eres pequeño crees que esas cosas son un mito, tú sabes, pero he visto videos viejos y no hay nada que se le parezca. Parecía moverse lentísimo, pero no dejaba pasar a nadie. ¡A nadie!

—Algo así como si pudiera hacer que el tiempo transcurriera más lento. Noté eso cuando Zackell me puso a jugar contra él.

Benji asiente con semblante serio.

—Todos creen que era talento, pero sus habilidades solo eran el resultado de tanto entrenar. De su obsesión. Era lo único que tenía en su vida. ¿Qué tan bueno crees que podrías haber sido si fueras como él?

—¿Qué te hace creer que no lo soy? —sonríe Metrópoli.

—Tienes un partido este fin de semana y estás aquí fumando hierba y bebiendo cerveza en una casa rodante en medio del bosque —hace notar Benji.

Metrópoli se echa a reír, relajado y agobiado a la vez.

—En todo caso no podría haber llegado a ser tan bueno como Amat. Él es cosa seria. Creo que nunca he conocido a alguien más rápido que él. Es capaz de llegar a la NHL. ¿Pero yo? Ni de broma. Mi papá siempre creyó que podría hacerlo, pero no entiende qué se necesita para lograrlo. Debes ser realmente excepcional en algo, y yo solamente soy… bueno. Mi papá pudo ver que yo era el mejor en mi pequeña burbuja, ¿sabes? Pero en todos los pueblecitos siempre hay alguien como Amat. ¿Y en la NHL? Allá juegan unos cien partidos cada año… ¿tienes idea de lo que sacrifican? Su vida no es más que hockey las veinticuatro horas del día durante todo el año. Creo que no podría soportarlo. Mi papá está loco, ¿sabes?, se habría dejado cortar el brazo a cambio de una sola temporada en la NHL. Él tenía la voluntad, pero le faltaba el talento, y quizás yo tengo el talento, pero me falta la voluntad…

—La voluntad es un talento —dice Benji.

El corazón de Metrópoli casi se rompe cuando escucha esto.

—¿Y tú? ¿Por qué dejaste de jugar? —susurra él.

—Estaba enamorado, pero ese sentimiento desapareció —responde Benji.

Metrópoli permanece en silencio por un buen rato, y entonces se atreve a preguntar:

—¿Crees que podrías enamorarte de nuevo?

Benji lo mira directo a los ojos, y esta es una de esas noches en las que pareciera que todo es posible, de modo que contesta:

—Tal vez.

Los dos se meten a la casa rodante y, ahí dentro, se acuestan con los pies apuntando en sentido contrario a los de Ana y Maya; hace muchísimo frío, pero, aun así, Metrópoli duerme toda la noche de corrido, sin despertarse ni una sola vez. Hacía mucho tiempo que no dormía así. A la mañana siguiente, se despierta temprano y sale al bosque, se sienta a solas y escucha algo que jamás había oído antes, en todo caso no de forma tan absoluta ni avasalladora.

Es entonces cuando Metrópoli descubre lo que es el verdadero silencio.

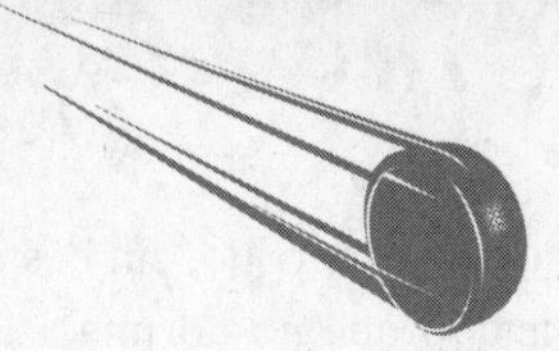

RASGUÑOS

La noche se ha apoderado de Beartown, pero el pueblo ya había estado a oscuras por tantas horas que apenas si se nota. Una verja rechina cerca de la iglesia y una figura solitaria camina con cautela a través de las sombras, pisa la nieve con tanta delicadeza como si fuera vidrio y estuviera descalzo. Unas cuantas velas vacilantes sobre las tumbas son todo lo que tiene para orientarse, pero de todos modos parece saber a dónde se dirige.

Los cementerios están destinados a ser puntos finales, pero, para muchos de nosotros, todas las lápidas son signos de interrogación. ¿Por qué? ¿Por qué tú? ¿Por qué tan pronto? ¿Dónde estás ahora? ¿Quién podrías haber llegado a ser si todo hubiera sido diferente? ¿O si el más mínimo detalle hubiera sido distinto? ¿Si hubieras tenido otros padres, otro nombre, si hubieras vivido en algún otro lugar?

Casi nadie recordará su nombre. La gente dirá: «Oh, cierto, ella estaba en una de mis clases, fue la que simplemente desapareció hace unos cuantos años, ¿no? Me enteré de que se había fugado de su casa. Sus papás como que eran fanáticos religiosos o algo así, ¿verdad? De esa Iglesia rara, ¿cómo se llamaba? Oí que ella consumía drogas. Que se largó al extranjero y murió de una sobredosis. Por Dios, ¿cuál era su nombre? ¡No lo recuerdo!».

Ruth. Su nombre era Ruth. Está escrito en la lápida. Debajo de él solo hay fechas y nada más, ni un poema ni una breve semblanza de quién era ella. Sin embargo, en una de las esquinas superiores de la piedra alguien talló un dibujito con mucho cuidado y con mucho amor. Uno tiene que acercarse bastante para poder ver que los rasguños forman una mariposa.

La figura mira a su alrededor en la oscuridad. Algún día su nombre también estará grabado en una piedra y muchos dirán: «¿Quién? No, no me acuerdo de él…». Entonces alguien tendrá que recordarles el apodo con el que todos lo conocen, el que le pusieron porque casi nunca habla, y cuando lo hace siempre se expresa en voz baja: «Murmullo».

Él se acerca a la lápida de Ruth, cae de rodillas y posa sus dedos en las letras. Entonces, temblando de desesperación, repite la misma palabra una y otra vez en medio de la noche:

—Perdón. Perdón perdón perdón.

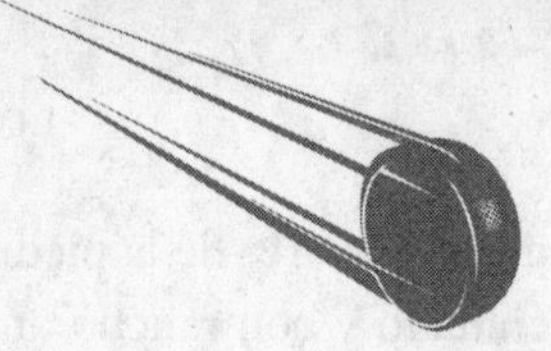

OPORTUNIDADES

Mientras Maya, Benji, Murmullo y todos los demás estaban afuera de la arena de hockey hace un rato jugando con el perro de Sune como si el mundo fuera un buen lugar, donde no existen los problemas, Matteo los observa escondido en la oscuridad. Vio que Amat y Bobo se despidieron de todos, Bobo llevó a la mamá de Amat a su casa y el propio Amat se fue corriendo. Benji, Maya, Ana y ese jugador nuevo del que Matteo no conoce el nombre se marcharon caminando hacia una vieja casa rodante. Murmullo partió solo y a pie rumbo a la parada del autobús, como si fuera a tomarlo para irse a su casa en Hed; pero, cuando creyó que nadie lo estaba viendo, se desvió de su camino y se dirigió al cementerio de la iglesia. Matteo lo siguió a hurtadillas. Ahora está escondiéndose entre las lápidas, mientras escucha a Murmullo sollozar frente a la tumba de Ruth.

Matteo no sabe si esto lo hace odiar más a Murmullo o si lo hace odiarlo menos. Siempre había creído que a los muchachos que asesinaron a su hermana les daba igual, que no lloraban su pérdida, que ni siquiera la veían como un ser humano. Pero al final, decide que probablemente esto es todavía peor. Es peor que Murmullo la haya visto como un ser humano pues, si ella hubiera sido otra cosa, si no hubiera sido más que un objeto que puedes usar y descartar, entonces al menos eso tendría sentido. Pero ¿hacerle lo que le hicieron a un ser humano? ¿A una persona de verdad? Entonces solo eres malvado. Entonces lo único que te mereces es el infierno.

Si Matteo hubiera tenido un arma, habría enviado ahí a Murmullo, justo en este momento y en este lugar. Pero ahora tendrá que esperar unos cuantos días para tener su oportunidad.

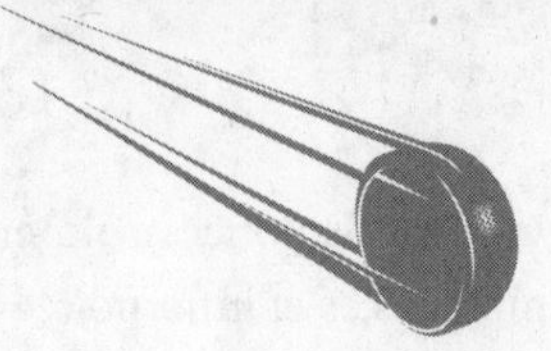

EMPAREDADOS DE MERMELADA

¡Toc!

¡Toc!

¡Toc!

Cuando Sune se jubiló, algunas personas en el pueblo temieron que el antiguo entrenador del primer equipo fuera a pasar sus días sentado y a solas, sin nada que hacer. Ahora, él no puede entender cómo es que alguna vez tuvo tiempo para trabajar. Tiene un perro al que le importa un carajo si Sune le dice a gritos que deje de morder los muebles y una niña de casi siete años que está en el jardín disparando discos de hockey contra el muro. «Esos dos trabajan muy bien juntos, demoliendo la casa desde ambos lados de la pared», masculla Sune con frecuencia cuando está en la cocina preparando emparedados de paté de hígado para el vándalo que está dentro y emparedados de mermelada para la vándala que está afuera. La última vez que Sune fue a una cita médica, el doctor le preguntó si se sentía más cansado que de costumbre, y él respondió: «¿Cómo voy a saberlo?». No tuvieron tiempo de ir más allá de este punto en la revisión, pues Alicia se había quedado con la responsabilidad de cuidar al perro en la sala de espera, pero de repente se oyó un estrépito, y luego Alicia asomó la cabeza en el consultorio del doctor y preguntó si las plantas ornamentales de maceta eran caras. «¿Es su nieta?», preguntó el doctor con una sonrisa, y Sune no tuvo idea de cómo podía explicar que ni siquiera eran parientes. Una vez, hace unos treinta y cinco años, ocurrió lo mismo en el supermercado, aunque en ese entonces se trataba de un niño pequeño que seguía a Sune a todos lados de forma impaciente con un bastón de hockey en la mano, y alguien comentó: «Tu hijo es un niño muy lindo». Sune tampoco supo qué decir en esa ocasión. Ese niño se llamaba Peter Andersson, nadie le había enseñado a disparar con la técnica correcta y nunca había comido un emparedado de mermelada preparado como debe de ser, así que Sune asumió la tarea de remediar ambas cosas. Su relación se convirtió en una amistad para toda la vida. Peter es el cerezo más hermoso que Sune haya visto en Beartown, así es como él visualizaba a los talentos más grandes del pueblo: capullos rosas abriéndose en flor contra todo pronóstico en medio de un jardín congelado.

Sune nunca tuvo hijos propios; al final de su carrera no entrenaba a niños, solo a hombres, había dejado de pensar en cerezos cuando Alicia, con apenas cuatro años y medio, tuvo su primer entrenamiento de hockey. La menor de su grupo, la más pequeña sobre la pista de hielo, claramente la mejor desde un inicio. Pronto tendrá siete años, y es tan buena que provoca protestas entre los padres cuando el club la deja jugar con los niños. «Algunos adultos son unos tontos», respondió Sune apenado cuando ella le preguntó por qué no pudo seguir entrenando con los chicos, aunque él no necesitó explicarle nada. Ella ya sabía todo acerca de los adultos. No tiene tantos moretones desde que Teemu visitó su casa y les informó a todos los presentes quiénes protegían ahora a la niña, pero ella todavía vive en un entorno en el que nadie nota si llega a casa para cenar, y es probable que haya muchos días en que agradezcan que no lo haga. Así pues, cuando sale de la escuela se va directo a la arena de hockey si tiene entrenamiento, y se va a la casa de Sune si no le toca entrenar. Quizás otros niños habrían hecho dibujos para Sune, que él podría haber colocado en su refrigerador, pero a Alicia no le gusta mucho dibujar, así que las marcas que los discos han dejado en las paredes de su casa se han convertido en la misma cosa: pequeños grabados en el tiempo que revelan que un ser querido creció aquí.

Sune comenzó por enseñarle a jugar hockey, pero luego continuó enseñándole todas las demás cosas que uno debe saber en la vida: a atarse las agujetas, a recitar las tablas de multiplicar, la importancia de tener el hábito de escuchar a Elvis Presley. Alicia empezó a acompañarlos a él y a su perro en sus excursiones al bosque, y el viejo le transmitió todos sus conocimientos sobre árboles y plantas, con interrupciones ocasionales para decirle «corre y adelántate con el perro, luego los alcanzo» cuando le faltaba el aliento y sentía dolor en el pecho. A últimas fechas eso ocurría cada vez con mayor frecuencia, tan seguido que así fue como le enseñó a la niña a andar en bicicleta: él corría detrás de ella en la calle, agarrando el portaequipajes de la bici, y cuando ya no podía más susurraba «pedalea y adelántate», y ella lo hacía.

Cierto día, poco después del inicio del calendario escolar, Alicia llegó a la casa de Sune y le dijo que él necesitaba preparar un almuerzo para llevar porque tenía que acompañarla a una excursión del colegio. Sune no entendió de qué estaba hablando, y ella suspiró irritada y le dijo que él era «un adulto más». Sune seguía sin entender, por lo que Alicia tomó su bastón de hockey y declaró que no tenía tiempo para estas cosas, y que, si iba a seguir así de lento, él mismo tendría que llamar por teléfono a la maestra. Así que Sune lo hizo, con el sonido del TOC TOC TOC que provenía del jardín como acompañamiento, y la maestra al otro lado de la línea le explicó que les había dicho a los niños de su clase que necesitaban «un adulto más para la excursión», y entonces Alicia había alzado la mano y dicho que ella conocía a uno de esos.

Por eso, ahora Sune y su perro van a todas las excursiones escolares. Cuando Sune oyó que la niña presentaba la mascota a sus compañeros de clase como «el perro de Sune», se sintió obligado a corregirla: «También es tu perro». Esa tarde, cuando disparaba discos, parecía que necesitaba un bastón más grande, porque había crecido al menos unos diez centímetros.

Hoy, Alicia toca a la puerta de Sune temprano, antes de que empiecen las clases. Es la mañana del miércoles, a mitad de semana y a mitad de mes, no siempre hay comida en la casa durante esas fechas. Sune y ella van a la tienda para comprar leche y pan y mermelada y paté de hígado. Sune camina despacio en el trayecto de regreso. Alicia le pregunta cuántos años debes tener para poder jugar en la selección nacional, él le contesta que eso no depende de la edad sino de qué tan bueno seas.

—¿Cuántos años crees que vas a tener cuando yo pueda jugar en la selección nacional?

Sune sonríe.

—¿Cuántos años crees que tengo ahora?

—¿Cien? —dice Alicia, tratando de adivinar.

—Sí, a veces siento como si de verdad tuviera cien —suspira Sune.

—¿Puedo llevar la bolsa? —pregunta ella.

Él le da unas palmaditas en la cabeza.

—No, no, está bien, corre y adelántate con el perro. ¡Yo los alcanzo!

Ella hace lo que él le ordena. Le quita la correa al perro en el jardín y luego empieza a disparar discos contra la pared por un rato más antes de que comiencen las clases.

Toc. Toc. Toc.

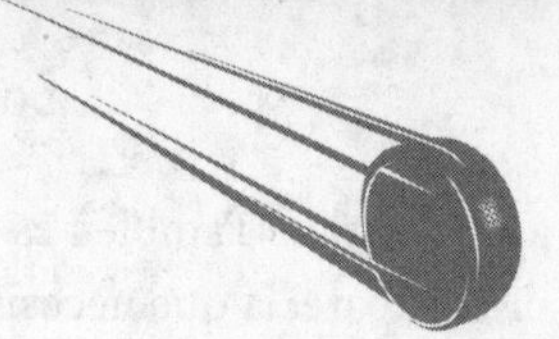

RODEOS

Benji llama por teléfono a sus hermanas el miércoles a primera hora, y Adri no hace más que soltar palabrotas durante todo el trayecto hasta el lago. Al burro le regalaron una casa rodante y, como era lógico, la condujo por toda la pendiente hasta la orilla del agua y la atascó en la nieve durante la noche.

—Es una casa rodante, no un vehículo todoterreno, ¡era obvio que te ibas a quedar atorado aquí, burro orejón! —le informa Adri cuando desciende de su auto con un brinco, pero, naturalmente, decir eso no sirve de nada tratándose de este burro.

—Ya no es una casa rodante, ahora es una cabaña de verano, ¡bastante genial si me lo preguntas! —sonríe Benji con socarronería.

Metrópoli, Maya, Ana y él se apretujan en el auto de Adri, y ella tiene que bajar las ventanillas porque todos huelen tanto a adolescencia y a resaca que podrían ahuyentar a una jauría de zorros. Cuando llegan al criadero, las risas de Benji llenan el espacio de la cocina de una forma tal que sus hermanas y su mamá no habían oído en años. Si Adri no lo conociera mejor, habría dicho que sonaba como si recién se hubiera enamorado de alguien. Casi le resulta imposible seguir enojada con él. Solo casi.

Ana falta a la escuela, y es evidente que Maya no tiene planes de regresar al conservatorio, así que desayunan y parten al bosque de nuevo. No saben con exactitud a dónde van, pero si estos son los últimos días en los que pueden fingir que son unas niñas y la vida es algo sencillo, entonces los dioses saben que van a aprovechar esa oportunidad al máximo.

Adri y Benji llevan a Metrópoli en auto a la arena de hockey. Cuando él se despide con un gesto de la mano y entra al edificio, Benji lo sigue con la mirada, y Adri observa a Benji.

—Apestas —dice ella con afecto.

—Yo puedo bañarme, pero ¿qué puedes hacer tú por tu cara? —responde él con el mismo afecto, y entonces ella le da un golpe en el pecho con un puño tan veloz que le saca el aire.

Los dos hermanos dan un enorme rodeo alrededor del pueblo, sin prisa alguna, escuchan música y platican sin decir gran cosa. Cuando su papá tomó su rifle y se marchó al bosque, Adri, como hermana mayor, tuvo que encargarse de muchas cosas que consideró que estaban dentro de los deberes de un padre. Le enseñó a Benji a pelear, tal vez debería haberle enseñado más sobre cómo evitar liarse a golpes. Ella quiere decirle que él puede escoger no actuar con violencia, pero él solo va a fingir que cree que ella se refiere a no pelear con otras personas. Ella se refiere a que no debería actuar con violencia contra sí mismo. Aunque, de hecho, hoy él se ríe de una forma que la hace pensar que tal vez está dejando de actuar así.

—Te quiero mucho, maldito burro orejón —dice ella, y lo jala de la oreja hasta que él se ríe a carcajadas y empieza a gritar.

—Te quiero mucho, Adri. Gracias por venir siempre por mi cuando estoy atascado —dice él con una sonrisa.

Ella jamás olvidará esto.

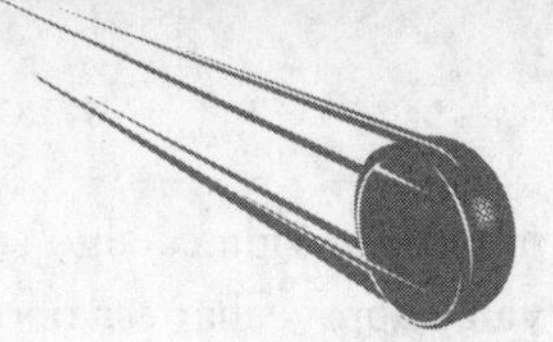

ESPALDAS

Cuando la editora en jefe llega a las oficinas del periódico el miércoles por la mañana, todo el edificio parece estar retorciéndose con incomodidad. La mitad de los empleados ni siquiera alza la mirada de sus escritorios cuando ella pasa caminando. Es solo hasta que llega a su lugar de trabajo y ve quién está sentado ahí esperándola que entiende el porqué de todo esto.

—¡Hola!, ¿qué tal? ¡No nos conocemos, pero he oído mucho acerca de ti! ¡Me llamo Richard Theo! —dice el político cuando se pone de pie, con la conciencia propia de alguien con mucha confianza en sí mismo que sabe que no necesita presentación.

—¿Estás buscando empleo? —pregunta ella de inmediato.

Richard se sorprende en secreto de lo rápido que ella se adapta a la situación, la mayoría de las personas solo se atreven a actuar con ese desprecio en contra de Richard Theo a sus espaldas. Y muy, muy lejos de él.

—Ya tengo un trabajo, gracias. Pero veremos qué pasa en la siguiente elección. ¡Tal vez me ponga en contacto contigo entonces! —sonríe él.

Ella le concede a su vez una sonrisa, aunque solo una pequeña.

—¿Así que puedo suponer que estás aquí para decirnos que estamos haciendo una excelente labor en el periódico local?

—Algo por el estilo. ¿Sabes cuál es la cosa más mezquina que la gente dice de mí a mis espaldas?

—¿Perdón? —exclama ella sin poder ocultar su confusión;

es evidente que esa era la intención de Theo, quien casi parece sentirse ofendido cuando dice:

—Citan al primer ministro, quien mencionó que «la política es tener voluntad», y luego se burlan diciendo que mi versión de esa frase es «la política es querer ganar». En mi muy humilde opinión, eso no es cierto. Para mí, la política es hacer. Llevar a cabo cosas. No solo palabras vacías. ¿Entiendes a qué me refiero?

—Lo dudo —dice ella con recelo, y él esboza una amplia sonrisa, como si todo lo que acababa de decir no fueran más que habladurías espontáneas, cuando, de hecho, ya había sopesado cada una de sus palabras con el mayor de los cuidados.

—¿Cuál crees que sea la cosa más mezquina que la gente dice de ti a tus espaldas? —pregunta él con curiosidad.

Ella lo mira con los ojos entreabiertos y desea por un instante que su padre estuviera aquí, pero él está en casa durmiendo después de haber pasado toda la noche revisando la contabilidad del Club de Hockey de Beartown. ¿Qué habría dicho él sobre Richard Theo? Que hay dos clases de políticos, concluye la editora en jefe: el provocador y el manipulador. El primero palpa y pincha al azar para ver dónde están los puntos sensibles, pero el segundo sabe con exactitud qué está buscando.

—No hago especulaciones sobre lo que la gente dice de mí —responde ella de manera cortante.

—¿No? Yo creía que el trabajo de ustedes, los que publican periódicos, era conocer la opinión pública.

Theo sonríe, ella trata de hacer lo mismo, pero mentir se le da mucho menos que a él. Ella nota que él tiene el periódico de hoy abierto en su regazo. La sección de cartas de los lectores. La editora en jefe sabe muy bien qué está impreso en esa página, pues ella misma tomó la decisión de publicarlo. Una madre anónima de un jugador joven escribió una fuerte crítica a «la cultura machista» en el seno del Club de Hockey de Beartown. Al parecer, ella había presentado una queja en contra de uno de los entrenadores del equipo juvenil y la propia entrenadora del primer equipo del club. La señora había recibido la promesa de que iban a despedir al entrenador del equipo juvenil e iban a suspender a la entrenadora del primer equipo. Sin embargo, descubrió que la entrenadora del primer equipo solo había faltado a una sesión de entrenamiento y el club solo había «puesto en pausa» durante un mes su relación laboral con el entrenador del equipo juvenil, quien pronto se hará cargo de un nuevo equipo. La señora escribió que todo esto era una muestra clara de la «cultura patriarcal» del club de hockey.

—Si quieres hablar de esa carta, la enviaron de forma anónima —le informa la editora en jefe.

Richard Theo alza una ceja, como si esto lo divirtiera.

—¿La carta? No, no, eso no me incumbe. Más bien me parece sano que estos días la gente se sienta libre de atreverse a expresar sus opiniones sobre el club.

—Sí, anónimamente —hace notar la editora en jefe.

El político levanta las palmas de las manos.

—¡Yo siempre he dicho que la confidencialidad de las fuentes de información es uno de los fundamentos de la democracia! Aunque, ¿no te parece extraño que hayan elegido usar la expresión «cultura patriarcal», cuando la entrenadora del primer equipo es una mujer?

La editora en jefe suspira, como lo haces cuando alguien que no tiene ni idea de lo que significa «confidencialidad de las fuentes de información» utiliza esa frase como herramienta retórica; y entonces dice:

—Creo que en este caso «patriarcal» describe más a una mentalidad que a un género.

—¿En serio? ¡Qué pensamiento tan moderno! —exclama el político, muy animado.

—Pero asumo que ese tema no es el que te trae aquí, ¿cierto? —pregunta la editora en jefe, con un temblor en la voz que revela su impaciencia.

Es por eso que Richard Theo se toma su tiempo para acomodarse en la silla y charlar un poco sobre la decoración y la vista antes de ir al grano:

—Solo estoy aquí en calidad de ciudadano preocupado. En los últimos días he oído muchos rumores de que hay un ambiente tenso entre Hed y Beartown, que está empezando a convertirse en, cómo podríamos llamarlo... ¿frustración? Me gustaría hablar contigo acerca de qué podríamos hacer tú y yo para que la situación no se complique de manera innecesaria.

La editora en jefe lo observa por un largo rato, sin poder determinar realmente cuáles son las intenciones de Theo, de modo que decide hacerse la tonta para ganar tiempo:

—¿Mmm? ¿Qué quieres decir?

Theo comprende muy bien lo que ella está haciendo, pero, tal y como ocurre con la mayoría de los hombres en una posición de poder, no puede resistirse ante la oportunidad de aleccionar a una mujer, de modo que le dice a la editora en jefe:

—Tuvimos una enorme batalla campal entre los jugadores de los equipos juveniles, allá en la arena de hockey de Beartown. Luego, alguien dañó el auto de un patrocinador de Beartown aquí en Hed. Y luego tuvimos ese trágico accidente en la fábrica que provocó más actos de violencia, primero en el estacionamiento del hospital y después otro auto sufrió daños en Beartown. Me temo que esto solo es el inicio si no hacemos algo para arrojarles agua a esas brasas ardientes.

—Y supongo que estás aquí con un balde de agua —dice la editora en jefe con escepticismo.

Theo respira con una lentitud exagerada.

—Me enteré de que uno de tus reporteros está hurgando en la contabilidad de uno de los clubes de hockey. A decir verdad, se trata de tu padre, ¿no es cierto? Naturalmente, los políticos lo conocemos muy bien. ¡Casi una leyenda, podría decirse! Y quiero que sepas que siento un profundo respeto por el derecho que tiene la prensa libre de llamar a cuentas a la gente con poder; de hecho, desearía que ustedes llamaran más a cuentas a los poderosos en este municipio, solo un poco, ciertamente hay una o dos piedras que habría que levantar para revisar si esconden algo...

—Puedes ir al punto cuando quieras —sugiere la editora en jefe.

—Solo quisiera asegurarme de que ustedes no empiecen una cacería de brujas innecesaria. Avivar los sentimientos de la gente hasta que hagan algo violento. Porque hasta los medios informativos tienen cierta responsabilidad social, ¿no es así?

La editora en jefe se reclina en su silla. Se habría sentido más envalentonada si esta conversación hubiera tenido lugar hace un par de días, pero ahora parece estar viendo fantasmas a plena luz del sol y chaquetas negras por todas partes durante el crepúsculo, y al final todo eso termina por afectar incluso a las personas con la piel más curtida.

—Yo no hago comentarios sobre investigaciones en curso de mis reporteros, pero puedo asegurarte que, independientemente de si es mi padre o alguien más quien las realiza, es un hecho que serán veraces e imparciales...

El político casi salta de su asiento con desesperación fingida, por haber sido malinterpretado.

—¡Claro, por supuesto! Yo jamás sugeriría qué deberías publicar y qué no. ¡Nunca haría eso! Solo estoy aquí para llamar la atención sobre la importancia de... elegir el momento oportuno para hacer las cosas. En un contexto en el que a muchos les preocupa lo que sucederá con sus clubes de hockey, seguramente ni tú ni los dueños del periódico quieren arriesgarse a que la gente crea que ustedes... escogieron un bando, ¿no te parece?

Ella nota la manera en la que él acentúa «los dueños del periódico», como una amenaza sutil, pero no dice nada al respecto.

—No importa lo que hagamos, alguien pensará que hemos tomado partido. Si escribimos algo positivo sobre Hed recibimos cien llamadas telefónicas airadas de Beartown, y viceversa. Pero como ya dije: todo lo que hagamos será con veracidad e imparcialidad. No quiero hacer más comentarios sobre cualquier posible investigación centrada en algún político, porque eso bien podría interpretarse como que estoy escogiendo un bando, ¿no te parece?

Richard Theo sonríe con complacencia, como si todavía no hubiera decidido si los dos van a ser muy buenos amigos o enemigos jurados.

—Tú no eres de por aquí, ¿cierto?

—No. Pero eso ya lo sabías.

—Yo me crie en Beartown, de hecho, pero casi no se me nota, ¿verdad? Perdí el acento en el tiempo que viví en el extranjero. Cuando regresé, aprendí a ver las cosas como un forastero y como un nativo del lugar al mismo tiempo, por así decirlo. ¿Puedo darte un consejo?

—¿Puedo impedírtelo? —pregunta ella fingiendo un tono de voz duro, aunque en realidad termina bastante sacudida cuando Theo se queda mirándola con una expresión muy severa, mientras le dice:

—Nadie debería creer que puede arreglárselas para todo por sí mismo. Aquí, vivimos cerca de la naturaleza. En el bosque y en el lago, uno necesita amigos. Pueden suceder muchas cosas para las que uno no está preparado. Como acaba de pasar durante la tormenta, uno de verdad no hubiera querido estar solo allá afuera en ese momento. Habría sido algo temerario, por no decir peligroso.

Theo se pone de pie antes de que la editora en jefe tenga tiempo de contestarle. Extiende la mano con tanta rapidez que a ella no se le ocurre negarse a estrecharla.

—¡Gracias por venir! —dice ella en voz alta, tratando de sonar segura de sí misma.

Él le aprieta la mano con firmeza por un buen rato, luego hace un gesto con la cabeza hacia la sección de cartas del periódico que dejó sobre el escritorio, y entonces declara con una sonrisa:

—Eso jamás habría pasado cuando Peter Andersson era el director deportivo del Club de Hockey de Beartown, estoy seguro. Él es un hombre honesto. Muchas otras personas y yo sentimos el mayor de los respetos por él. *El mayor* de los respetos.

La editora en jefe aborrece lo perpleja que esto la ha dejado y la forma en la que Theo disfruta verlo en sus ojos. Que la investigación sobre el Club de Hockey de Beartown se filtrara es algo para lo que ella estaba preparada, pero cómo fue que Richard Theo se enteró de que su objetivo era Peter Andersson es algo que la editora en jefe nunca sabrá. Puede haber sido alguien en el ayuntamiento que vio cuáles documentos había solicitado su padre, pero también podría haber sido alguien aquí en su propia oficina quien lo reveló; todos son periodistas, pero algunos de ellos, antes que nada, son gente de Beartown. La editora en jefe nunca entenderá por completo la forma en que todo y todos están conectados. En lo que concierne a esto, por desgracia, Richard Theo tiene la razón.

Uno debe ser de aquí para poder comprenderlo.

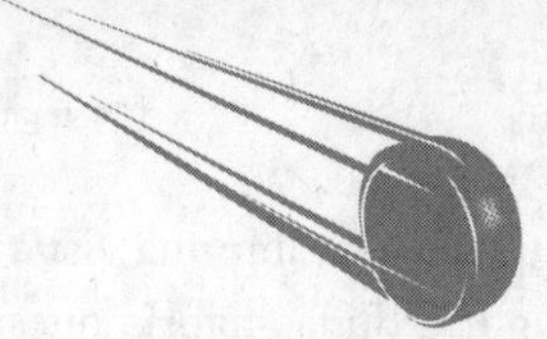

PERROS OFICIALES DEL EQUIPO

Adri y Benji se desvían para pasar por la casa de Sune. Adri va a recoger una carpeta vieja con ejercicios de entrenamiento que quiere probar con el equipo femenino infantil. Ella nunca tuvo la intención de convertirse en entrenadora, pero realmente muy pocas cosas en la vida se dan de manera intencional. Tampoco había planeado empezar a criar perros, tan solo se dio porque ella era buena para eso. El perro de Sune fue un regalo de Adri cuando el animalito era un cachorro y él acababa de jubilarse, hace unos cuantos años. Benji lo escogió para el viejo entrenador de hockey, y su argumento fue: «Ese de ahí. Porque es todo un reto». Sin duda lo fue, y ahora Adri está enseñándole a Sune cómo entrenar a un perro, y él le está enseñando a ella cómo entrenar a unas niñas de casi siete años en el juego del hockey. Fueron ellos dos quienes pusieron en marcha la idea de fundar un equipo femenino infantil; así fue como descubrieron a Alicia, cuando recorrieron todo el pueblo de puerta en puerta preguntando si había alguna niña que quisiera jugar. Nunca ha existido alguien con más ganas de jugar que Alicia. Adri no se lo ha dicho a nadie, pero haber sido parte de esto es su mayor orgullo.

—¿Café? —pregunta Sune, como si hubiera alguna duda al respecto.

—¿Está quemado como de costumbre? —revira Adri.

—Mis más sentidas disculpas, su majestad, no estaba al tanto de que iba a recibir una visita tan distinguida, ¡de haberlo sabido sin lugar a dudas habría puesto la champaña a enfriar! —responde Sune.

Adri le da un abrazo, y ella casi nunca abraza a nadie. A Sune no le queda familia en el mundo, pero hoy en día cuenta con una familia tan grande en este pueblo que casi no tiene tiempo para regañarlos a todos.

—¿Ya viste el periódico? —pregunta él, señalando con un gesto de su cabeza el diario abierto sobre la mesa de la cocina. Adri y Sune deben ser dos de las últimas personas en el planeta que todavía se niegan a leer las noticias en una tableta u otras mierdas por el estilo.

—¿La sección de cartas de los lectores? Cobardes escondidos en el anonimato, como siempre —bufa Adri.

Sí, ya lo vio.

—¿No acostumbras decir «El hecho de que seas un idiota no significa que estés equivocado»? —sonríe Sune.

Adri también esboza una sonrisa débil. En efecto, todo lo que dice la lectora anónima que envió la carta es verdad: las discusiones eternas por los recursos, los padres que tratan de influir en la conformación de los equipos, los entrenadores que se expresan como hombres de la Edad de Piedra. Adri lo sabe, pues ella está al tanto de lo que todos dicen acerca de la inversión en el equipo femenino infantil, incluso si nadie se atreve a decirlo frente a ella. Cuando Adri y Sune echaron a andar el equipo, tuvieron que olvidarse de conseguir un patrocinio para su equipamiento y pelear contra el resto del club tan solo para poder disponer de un rato sobre la pista; pero cuando había que promocionar al Club de Hockey de Beartown, de pronto resultaba conveniente para todos tener a las niñas en cada uno de los folletos de relaciones públicas. La hipocresía enferma a Adri, pero aun así dice entre dientes:

—No me gusta la frase «cultura patriarcal».

Porque la gente que escribe esas cartas olvida que hay hombres como Sune y que en un principio los clubes como este fueron construidos sobre sus hombros.

—El hecho de que seas un hombre entrado en años no significa que seas un idiota —sonríe Sune.

Adri se sorprende de que la casa esté en silencio, se asoma al vestíbulo y se da cuenta de que eso se debe a que el perro está afuera y Benji se sentó en un sillón y se quedó dormido. Hay fotografías colgadas en todas las paredes a su alrededor, las imágenes más viejas donde aparecen veteranos del hockey terminaron apiñadas en las esquinas para ceder espacio a todas las fotos de Alicia y el perro. Incluso hay un pequeño artículo enmarcado del periódico local acerca del «perro oficial del equipo», escrito después de que lo incluyeron en la fotografía oficial del primer equipo.

—¿Azúcar? —dice Sune a voces desde la cocina.

—Nop —responde ella.

—¿Te enteraste de que alguien vandalizó el auto de Frac en Hed?

—Sí. También supe de la riña en la arena. Los jugadores de los equipos juveniles. No sé qué esperaban cuando decidieron permitir que Hed entrenara aquí.

—También están los problemas en la fábrica después de ese accidente.

—Sí, lo sé.

—Y mañana juegan los chicos de trece años de Hed contra los de Beartown.

—Eso fue lo que oí.

Sune dice lo siguiente como si justo acabara de pensar en ello, pero Adri lo conoce lo bastante bien como para darse cuenta de que todo este intercambio de palabras los ha llevado inocentemente hasta este punto:

—Oí que los chicos de Teemu tal vez vayan al partido. Hay

mucha tensión entre ellos y los muchachos de Hed después de todo lo que ha pasado.

Adri alza una ceja por encima de su taza de café.

—¿De verdad esos idiotas están pensando en llevar su disputa a un juego entre… chicos de trece años?

Sune se encoge de hombros con resignación.

—Es lo mismo de siempre, supongo: los muchachos y su territorio. Bah, tal vez solo soy un anciano que se preocupa de más. Pero solo quería mencionarlo, en caso de que puedas hacer que alguno de ellos entre en razón. O en caso de que al menos quieras… mantener a alguien lejos de ahí.

Adri asiente pensativa. Ella conoce a Teemu desde que eran pequeños, nadie podría hacerlo entrar en razón. Pero Sune no se está refiriendo a él. Quiere que Adri se asegure de que Benji no termine en medio de todo el barullo. Porque el burro orejón tiene una tendencia a hacer justo eso.

Toc.

¿Toc?

¿Toc toc toc?

Sune siempre ha anotado las cosas. Durante muchos años anotaba sobre todo conceptos de hockey, como es obvio, frases cortas mezcladas con círculos y triángulos y líneas que apuntaban en todas direcciones. Fue hasta que empezó a envejecer cuando comenzó a anotar otras cosas. Lo que sentía y cómo se siente ahora. Al principio fueron detalles físicos, pues el médico le había pedido que llevara un diario de sus dolencias, pero las palabras crecieron hacia su interior. A últimas fechas ha escrito mucho sobre la muerte. Ahora ha llegado a una edad en la que eso se ha vuelto inevitable, no como en la juventud cuando puedes negarlo, o en la edad madura cuando lo reprimes. Sobre todo, Sune redacta listas. Instrucciones sobre cómo funciona todo en la casa, qué ventanas se atoran cuando hay mal clima y qué tomas de corriente hay que evitar si no quieres recibir una fuerte descarga eléctrica que jamás olvidarás. Qué lado del jardín se inunda durante la primavera y qué tablas del piso de la terraza acaban de ser reemplazadas. Y luego está el perro, por supuesto. Sune tiene un bloc entero que solo contiene su historial veterinario, sus marcas favoritas de paté de hígado e indicaciones muy claras para el día en el que Sune fallezca y alguien tenga que cuidar del can. No hace mucho, el viejo trató de darle ese bloc a Adri, pero ella solo perdió los estribos. «¡Tú no te vas a morir, vejete miserable!», rugió ella, y entonces se negó a discutir el asunto ni por un segundo más.

Esa fue una declaración de amor, la más grande que podía dar.

¿Toc?

Sune nunca ha tratado de escribir acerca del amor. Tal vez debería haberlo hecho. Algo que hablara del amor que puedes experimentar sin haberte casado o sin haber tenido hijos propios. Cuánto de su propio amor ha expresado sin decir nada, se lo ha dado a otros y lo ha recibido de vuelta sin una sola palabra de validación. El hockey no habla, por supuesto, simplemente existe. Los perros tampoco hablan. Solo te dan su amor.

¿Toc?

Ese condenado animal. Incontrolable e incorregible, salvaje y loco, nunca le da un solo instante de tranquilidad, y no hay nada por lo que Sune esté más agradecido. Nunca estuvo preparado de verdad para el amor que iba a sentir por su perro. Eso es lo que él dice, mi perro, a pesar de que la raíz de lo que siente cuando el animalito lo mira es exactamente lo opuesto: Sune le pertenece al perro. Él es su humano. El perro confía tanto en Sune que a veces es insoportable para el viejo, pues no está seguro de si puede lidiar con la responsabilidad. No sabe si puede soportar que el perro lo necesite tanto. Que lo ame tanto. No importa cuántas mañanas lo despierten esas patitas ansiosas al borde de la cama y esa lengua áspera en su rostro, el hecho de que el can lo acepte todavía lo toma por sorpresa. Los perros son como el hockey, una nueva oportunidad en cada amanecer, todo empieza de nuevo sin cesar.

«¿Cómo vas a llamarlo?», le preguntó Adri la primera vez que el viejo cargó al cachorro, y Sune se puso a reflexionar. Nunca había pensado en un nombre. De pronto se sintió como una enorme responsabilidad, y ese travieso pedacito de perro tampoco podía decirle qué opinaba al respecto. Así que, al final, Sune no eligió un nombre, pues todos sus amores se han expresado sin palabras. Eligió un sonido. El que ama más que a cualquier otro. El que ha oído en la arena de hockey toda su vida y que ahora oye contra la pared de su casa todas las tardes. El sonido que le cuenta que aún hay vida, que él aún está aquí, que aún hay alguien que lo necesita.

«Toc», dijo él. «Tal vez le voy a poner Toc».

¿Toc?

Ahora Sune está llamándolo a voces por toda la casa, jadeante y con una mano en el pecho —en estos días, todo el tiempo siente que tiene indigestión—, pero el animalito no acude a él. Tras unos instantes, Adri presiente que algo anda mal, de modo que sigue los pasos de Sune al exterior de la casa y también comienza a llamar al perro a gritos, tan fuerte que Benji se despierta y sale corriendo. Toc podrá ser una alimaña testaruda, pero ya es hora de comer y el gordito glotón nunca la deja pasar.

¿TOC? ¿TOC? ¿TOC?

Él yace en lo más profundo de los arbustos detrás de su árbol favorito. Parece que estuviera durmiendo. Pero sus orejitas no reaccionan cuando Sune pisa el césped, sus patitas no se mueven, su corazoncito no late. No está destruyendo las pantuflas del viejo a mordidas. No está ladrando, por lo que Sune no puede decirle que se calle. No está lamiendo su rostro. Toc ya se marchó de este mundo.

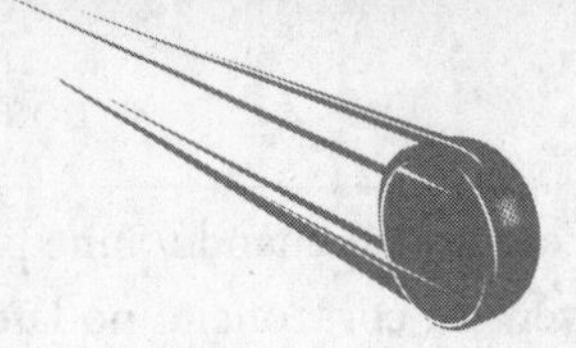

LÁGRIMAS

El veterinario permanece sentado en la cocina junto a Sune durante más de una hora sin decir una sola palabra. Adri lava cada plato y cada vaso que hay en toda la casa a pesar de que no es necesario, solo lo hace para mantener las manos ocupadas y así evitar destruir a golpes todo lo que tiene a la vista. Benji se va al bosque con los ojos oscurecidos y regresa con los nudillos ensangrentados y una piedra lo bastante grande para una pequeña tumba. Un vecino consigue las herramientas requeridas para grabar el nombre y las fechas. Sune le pide que escriba debajo de esas letras y esos números el único mensaje que es capaz de pronunciar.

Corre y adelántate.

Cuando Alicia termina su día de clases, Adri y Benji están esperándola en el patio de la escuela. La niña no para de llorar durante horas, llora tanto que es inconcebible que todavía queden lágrimas dentro de ese cuerpecito, llora hasta que la luz del día se ha ido y está sentada en el suelo, acurrucada junto al árbol de Toc en medio de la oscuridad, negándose a moverse sin importar lo que le digan. Llora hasta que yace exhausta sobre la nieve y Benji tiene que salir a recogerla para que no muera por congelamiento. Él sabe lo que la muerte significa para un niño, sabe que es como ser atacado de golpe por una sensación de vacío, así que no le dice nada para consolarla. No le formula ninguna promesa que tenga que ver con el cielo y no le cuenta ninguna mentira sobre el paraíso. Solo hace la única cosa que está a su alcance para ayudarla. Le pone un bastón en la mano y le susurra:

—Ven, vamos a jugar.

Los dos llegan a la arena de hockey en medio de la noche. Adri llamó con anticipación para que el conserje les dejara una ventana abierta por la que pudieran meterse. Benji y Alicia juegan hasta que apenas si pueden respirar. Entonces se acuestan de espaldas en el círculo central, encima de la imagen pintada del oso, y la niña que casi tiene siete años le pregunta al muchacho que acaba de cumplir veinte:

—¿Tú odias a Dios?

—Sí —responde Benji con sinceridad.

—Yo también —susurra ella.

Él sopesa qué tan irresponsable sería contarle a la niña de siete años que será más fácil lidiar con esos sentimientos cuando tenga la edad suficiente para fumar hierba realmente buena, pero entonces conjetura que Adri le rompería todos los dedos muy despacio, de modo que decide no hacerlo. En su lugar, le dice:

—Vas a sentir un dolor del carajo durante mucho tiempo, Alicia. Unos cuantos adultos te dirán que el tiempo cura todas las heridas, pero eso es una jodida mentira. Solo te vas volviendo un poco más duro, maldita sea. Y solo sientes un poquito menos de dolor.

—Dices muchas groserías —sonríe ella, y es la primera vez en todo el día que las comisuras de su boca se mueven en esa dirección.

—¡Con mil demonios, yo nunca digo ninguna estúpida grosería, maldita bastarda! —sonríe él de manera socarrona.

Entonces ella se echa a reír con tanta energía que el sonido de sus carcajadas resuena por toda la arena de hockey, y en ese momento todavía hay esperanzas para la vida. Mientras siguen acostados sobre el hielo, Benji le cuenta que Adri tiene una perra en el criadero que acaba de parir cachorritos, pero en vez de decir que Alicia puede quedarse con uno de ellos, solo le pregunta cómo cree que deberían llamarse. Así que, en vez de enfadarse y gritar que no quiere tener otro perro más que a Toc, ella se pone a pensar. Se les ocurren unos cien nombres, cada vez más tontos, se ríen tanto que se quedan sin aire. Los últimos cincuenta tienen algo que ver con la palabra «mierda», y el favorito de Alicia es «Dulce de mierda», porque es la cosa más asquerosa y más linda que jamás haya oído. Benji ya está anticipando el regaño que le va a dar Adri cuando la niña grite eso en su siguiente entrenamiento.

—¿Tenías miedo cuando ibas a jugar un partido? —pregunta Alicia después de un rato.

—Siempre —admite Benji.

—A veces me siento tan nerviosa que vomito —dice ella.

Él extiende su puño enorme con cuidado por encima del oso en el hielo y toma la mano minúscula de la pequeña.

—¿Quieres que te enseñe un truco? Cuando yo era niño, acostumbraba acostarme como estamos ahora. Si iba a jugar un partido, la noche anterior me metía a la arena por esa ventana. ¡Pero no se lo vayas a contar al conserje!

Alicia asiente y se lo promete.

—¿Y entonces? —pregunta ella.

—Entonces me acostaba aquí, miraba el techo y pensaba: «Ahora estoy solo en el mundo». Y memorizaba el silencio, por decirlo así. Porque nunca he sentido miedo cuando estoy a solas, nada más lo siento cuando estoy entre la gente.

—Yo también.

Benji odia que la niña sepa con exactitud cómo se siente eso. Es demasiado pequeña para algo así. Pero él le dice las cosas como son:

—Nadie puede herirte cuando estás solo.

Los dedos de Alicia aprietan los de Benji con un poco más de fuerza, el oso está debajo de ellos, la eternidad por encima. La voz aguda y exhausta de la niña pregunta:

—¿Y luego?

Benji responde despacio:

—Y luego, cuando estaba jugando el partido y de repente me sentía nervioso, solo miraba el techo y me imaginaba que otra vez estaba solo en la arena. Y entonces todo lo que había dentro de mi cabeza se quedaba callado. De un momento a otro podía apagar todos los sonidos. Me sentía completamente solo, y entonces no había nada de peligro. Todo estaba bien.

Alicia permanece en silencio por varios minutos. Sufre de un dolor intenso en muchos rincones de su interior, pero justo en ese momento y en ese lugar no siente nada, porque Benji está acostado junto a ella y ya llegó el otoño y pronto empezará una nueva temporada de hockey y todavía hay esperanza de que todo vaya a estar bien. El techo sobre ella es infinito y no hay nada de peligro. No es sino hasta que Benji siente que los dedos de Alicia se relajan entre los suyos cuando se da cuenta de que se ha quedado dormida. Se la lleva cargando hasta la casa de Sune. La acuesta en el sofá y duerme en el piso junto a ella.

A la mañana siguiente, Adri le cuenta a Benji que encontraron veneno para ratas envuelto en paté de hígado por todos lados en el jardín de Sune. No había nada en los lotes de los vecinos, solo aquí. Ninguno de los hermanos Ovich puede expresar con palabras sus pensamientos más oscuros en ese momento, pero no necesitan echar mano de ningún principio de filosofía, solo requieren de instinto para saber que, casi siempre, la explicación más sencilla es la correcta: los aficionados de Beartown y de Hed justo acaban de entablar una guerra, todo es ojo por ojo, y todos saben que Toc era la mascota del club verde. Incluso había aparecido en una foto del periódico, bajo el titular «el perro oficial del equipo». Si de verdad quieres lastimar a Beartown y eres demasiado cobarde para atacar a un ser humano, entonces esto es lo que haces.

La voz de Benji no parece exaltada, no es amenazante, lo que dice no es más que una fría declaración:

—Voy a matarlos. A todos y a cada uno de ellos.

En alguna otra ocasión, Adri habría protestado; pero no ahora. Mientras los hermanos Ovich se suben a su auto y se van a su casa, Sune está de pie junto a la ventana de la cocina, pensando que alguien se ganó a esos dos como sus enemigos mortales, y es probable que uno no pueda tomar una peor decisión en este bosque.

El viejo siente que algo se mueve junto a la pernera de su pantalón, y por un instante se dispone a agacharse para acariciar la cabeza de Toc, pero entonces la pérdida y la desesperación se apoderan de él, y casi empieza a llorar. Entonces Alicia le jala la pernera de nuevo, posa su manita en la enorme mano de Sune y le pregunta:

—¿Podemos hacer emparedados de mermelada?

Por supuesto que pueden.

Todos los emparedados que ella quiera.

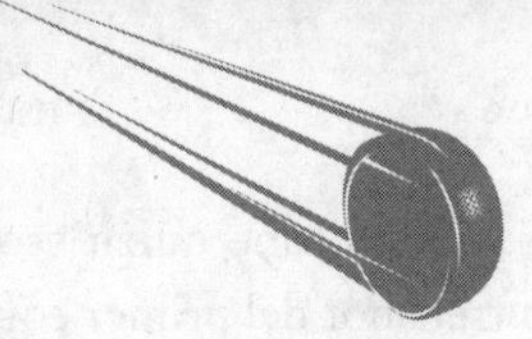

GOLPETEOS

En la noche entre el martes y el miércoles, Murmullo se va de la tumba de Ruth en el cementerio de Beartown y luego toma el autobús a Hed, como si nada hubiera pasado. Matteo permanece escondido entre las sombras, deseando poder aparentar exactamente lo mismo. En verdad desearía poder matar a Murmullo con sus propias manos, pero Matteo solo tiene catorce años y Murmullo es un hombre. No tendría ninguna oportunidad en contra de él. En el futuro, diremos que Matteo y los chicos como él cometen sus crímenes porque quieren sentirse poderosos, pero eso no es verdad, solo quieren dejar de sentirse impotentes.

Matteo se va en su bicicleta rumbo a su casa, atravesando el pueblo, pero las llantas patinan en la nieve y se cae varias veces. La cadena se zafa de nuevo y se corta la piel cuando intenta ponerla en su lugar. La sangre le cae a gotas por el dorso de la mano, pero tiene tanto frío y está tan empapado que al principio ni siquiera lo nota. Gimotea de frustración y de ira, pero ¿eso de qué le sirve? Se lleva su bicicleta arrastrándola, y está tan cansado que en realidad no se da cuenta de cuál camino escoge. Cuando llega a las casas adosadas oye a un viejo llamar a su perro. Salieron a su paseo vespertino, acostumbrados a tener las calles para ellos solos; Matteo no se esconde, pero ni así se fijan en él.

—¡Toc! ¡Ven aquí! ¡Sí, anda, ven aquí! ¡Buen perro! ¡Ahora vámonos a la casa a comer paté de hígado! —dice a voces el viejo, con un tono alegre.

Matteo sabe quién es él. Su nombre es Sune, y antes era el entrenador del primer equipo de Beartown. También sabe quién es el perro, ha salido en el periódico, todos en Beartown lo aman.

Matteo no se siente poderoso, solo quiere dejar de tener esa sensación de impotencia, aunque sea por un instante. Piensa en la chaqueta verde que Murmullo traía puesta en el cementerio, Sune tiene una igual. Matteo solo quiere quitarles algo para que sepan lo que se siente. Porque está seguro de que llorarían más la pérdida del perro de lo que alguna vez lloraron por Ruth. En el pueblo de los osos, las muchachas valen menos que los animales.

Matteo lleva su bicicleta a rastras hasta su casa. Entonces se acerca con sigilo a la casa vecina, la que le pertenece a la pareja de ancianos, y considera la posibilidad de intentar abrir su armario de las armas una vez más, pero abandona esa idea y en lugar de ello se mete a su almacén. No sabe qué está buscando hasta que ve las etiquetas de advertencia pegadas en dos cajas pequeñas que se encuentran en lo más alto de un estante.

Ya es temprano por la mañana del miércoles cuando Matteo se dirige a las casas adosadas y ubica el jardín de Sune. Cuando ya va de regreso se cruza con Alicia, quien golpetea la puerta de Sune y lo despierta porque quiere desayunar. Los dos se van a la tienda y, cuando vuelven a la casa, ella abraza a Toc con todo su cuerpo y lo deja salir al jardín. Esa es la última vez que ella lo ve.

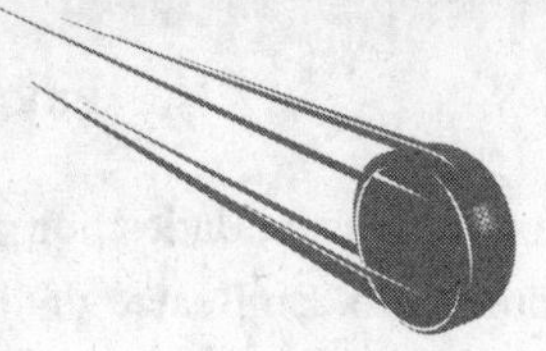

ADVERTENCIAS

Ya es la mañana del jueves en Beartown y en Hed, y todo el mundo se despierta enfadado. Ha pasado exactamente una semana desde la tormenta, pero parece que hubieran sido meses. Han transcurrido dos años desde el último brote de violencia entre los dos pueblos que condujo a la muerte de una persona, pero dentro de poco ya no podremos decir eso. Tendremos muchas excusas, siempre es así, diremos que el conflicto entre los pueblos es complicado y que, en situaciones como esta, nada es blanco o negro. Con un suspiro condescendiente, explicaremos que el odio entre dos comunidades y dos clubes de hockey no es nada nuevo, se remonta a varias generaciones. Alegaremos que no se trata del hockey sino de diferencias culturales, diferencias en las tradiciones, diferencias en la forma en la que los pueblos se ganaban la vida ya desde el principio. Hablaremos de las prioridades del ayuntamiento y de los recursos económicos y de cuáles industrias podrían ser el verdadero sustento para que el municipio sobreviva. Mencionaremos los empleos y los impuestos, y cómo es que las autoridades no comprenden que lo único que de verdad desea la gente común en lugares como este es que la dejen en paz. Gobernarse a sí mismos, vivir en libertad, cazar en sus propios bosques y pescar en sus propias aguas y conservar lo que se produce en lugar de enviarlo todo al sur del país. Describiremos a detalle cuántas de las disputas locales muy a menudo son consecuencia de decisiones políticas tomadas en las grandes ciudades por gente que jamás ha puesto un pie en el municipio. En Beartown, la gente dirá que esos bastardos al otro extremo del camino principal solo sienten envidia, y, en Hed, la gente dirá que esos bastardos que viven más allá de los árboles son unos hipócritas pagados de sí mismos que creen que son mejores que todos los demás. Alguien mencionará la riña entre los chicos en la arena de hockey, otra persona hablará del auto que vandalizaron en Hed, luego alguien más aludirá al accidente en la fábrica y, entonces, hasta los individuos más sensatos alzarán sus voces más allá de los límites de la razón. Lo que empieza como una discusión sobre el ambiente de trabajo y la seguridad en la fábrica pronto se rebajará a un ir y venir de lemas políticos y, cuando un bando afirme que son víctimas de discriminación, el otro bando responderá a gritos «¡Entonces no vengan a trabajar aquí! ¡Regresen a su propio pueblo de mierda y róbense los empleos de los demás ahí mismo!». Todo el mundo conoce a alguien que conoce a alguien que, o conoce a la muchacha que se quedó atrapada en la máquina, o conoce a la muchacha que tiene licencia de maternidad a quien le habría correspondido ese turno. Todos conocen o a los hermanos que golpearon a los jóvenes en el estacionamiento del hospital o a los jóvenes que fueron golpeados. Todos en Hed se han encontrado en algún momento con algún bastardo de Beartown en una boda o en un partido de hockey; y todos en Beartown se han encontrado con algún imbécil de Hed en una arena o en un lugar de trabajo. Siempre podemos sustentar las peores cosas que creemos unos de otros con una anécdota que oímos de alguien que la oyó de alguien más.

Diremos que todo esto tiene extensas raíces históricas. Profundas razones culturales. Que el antagonismo se ha heredado por generaciones. Que no puedes comprenderlo si no eres de aquí. Diremos que es algo complicado, oh, qué complicado es, pero desde luego que no lo es en lo absoluto. Porque si Ramona estuviera aquí habría dicho las cosas como son: «Esto no tiene nada de complicado, con mil demonios. ¡Solo dejen de matarse unos a otros, malditos zoquetes!».

Pero ahora ya no sabemos cómo ponernos un alto a nosotros mismos.

•••

«Pero si solo era un perro».

Por supuesto que nadie lo dice, pero Sune tiene la impresión de que todos sus vecinos lo piensan. La vida cotidiana simplemente sigue su curso afuera, en la calle, mientras él está sentado en su cocina, roto en mil pedazos. Cuando sale a recoger la correspondencia, alguien pasa caminando y le dice «Lamento tu pérdida», pero eso no es lo que él quiere que lamenten. Quiere que lamenten la vida del propio Sune, que ahora tendrá que vivirla sin ese bribón malcriado e incontrolable. Sin patitas al borde de la cama ni marcas de mordidas en las muñecas. ¿Cómo va a ser posible eso? ¿Quién se va a comer todo el paté de hígado que queda en el refrigerador? El viejo recibe unos cuantos mensajes de texto y alguna llamada telefónica de la junta directiva del club de hockey y de un par de entrenadores de los equipos juveniles, todos lamentan lo ocurrido, pero no como si se hubiera tratado de una persona. Están apesadumbrados por el pesar de Sune, desde luego, pero no comprenden su pérdida de verdad. Porque solo era un perro, por supuesto. Es muy difícil explicar que es más que un animal, cuando tú eres el humano de ese animal. Tal vez se requiere más empatía de la que casi todo el mundo puede llegar a sentir. O más imaginación.

Por ese motivo, resulta inesperado y a la vez del todo lógico que, cuando llaman a la puerta y hay alguien parado afuera con lágrimas en los ojos, esa persona sea Teemu. Detrás de él lo acompaña una docena de hombres con chaquetas negras. Le extienden una corona de flores enorme, de esas que la gente coloca sobre el ataúd de un humano, y Teemu dice:

—Los muchachos quisieron darte sus condolencias. ¿Hay algo que podamos hacer para ayudarte?

—Es muy amable de su parte. Pero solo era un perro, tú sabes.

Teemu le da unas fuertes palmadas en el hombro.

—Nunca es solo un perro. Es parte de la familia. Todos saben cuánto lo querías. Nosotros también lo queríamos. Él era el perro oficial del equipo de Beartown, maldita sea…

Uno de los hombres detrás de él, con tatuajes en el cuello y en las manos y tal vez en la mayoría de la piel que hay de por medio, dice con voz temblorosa:

—Sé que no lo conocía muy bien, pero realmente voy a extrañarlo. ¡Lo sentíamos como parte del club!

Sune está ahí de pie, con la corona de flores en las manos y la pérdida en sus mejillas, y no sabe qué responder. Pero si hay personas que pueden entender el amor irracional y desenfrenado que uno puede sentir por un animal, es probable que sean aquellos a quienes toda su vida les han dicho que aman algo más de lo que deberían: «Pero si solo es un juego de hockey».

La Banda también lo siente justamente todo, exactamente todo el tiempo. Ellos saben que el tamaño del luto no se mide por lo que perdiste, sino por quien eres. Ellos están dotados de imaginación. De hecho, es tanta imaginación que la sola idea de perder algo sin lo cual no podrían vivir los vuelve peligrosísimos.

—Café —dice Sune sin signos de interrogación, y los guía al interior de la casa.

Las chaquetas negras lo siguen y beben café. Uno de los hombres se da cuenta de que el grifo del baño está goteando, así que lo repara. Otro lava las tazas. Uno más las seca. Cuando se retiran, Teemu deja un sobre con efectivo en la encimera de la cocina.

—No es mucho —se disculpa en voz baja.

—Conserva tu dinero, yo… —empieza a decir Sune, pero Teemu alza la mano con un gesto amable.

—No es para ti. Es para Alicia. Sabemos que también era su perro.

Mientras se está marchando, Sune le dice:

—Teemu… Tú y yo no nos conocemos tan bien, y yo sé que estás enfadado… Deberías saber que yo mismo estoy furioso, pero… no tomes venganza por el perro, ¿okey? No le agradaba mucho que la gente se peleara. Y yo quisiera que Alicia piense igual que él.

—¿Vengarme? ¿Vengarme de quién? —pregunta Teemu, aparentemente sin entenderlo en lo más mínimo.

Es entonces cuando Sune sabe con absoluta certeza que alguien en Hed va a pagar caro por esto.

●●●

Benji y Adri Ovich les sirven su alimento a los perros allá en el criadero, ellos dos comen en silencio de pie junto a la encimera, y después levantan pesas todo el día en el gimnasio que Adri montó en el granero. Su hermana mayor se da cuenta de que Benji es más débil ahora de lo que era antes, pero también se da cuenta de otras cosas: cuando volvió de sus viajes la semana pasada, sus ojos se veían más claros, como si hubieran palidecido bajo el sol de las playas de arena, pero ahora se han oscurecido de nuevo. Se ve más fuerte, pero también más duro. Ayer, antes de que tuviera que ir por Alicia al patio de la escuela y le contara lo que le había pasado al perrito que ella amaba tanto, Benji se movía en la casa de Adri de una forma que a ella le recordaba a un pájaro lastimado. Hoy se está moviendo como un oso herido. Ayer era frágil, hoy es mortífero.

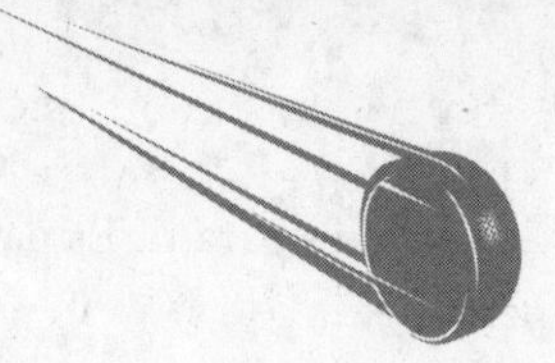

PATINES

Peter pasa la mañana horneando pan y esperando a que suene el teléfono. Toca la pantalla cada cinco minutos para asegurarse de que no se le ha acabado la batería, pero el maldito aparato permanece en silencio. Al parecer Mira ni siquiera se ha dado cuenta de que él no está en la oficina. Así de importante es él para la firma. Le cuesta trabajo encontrar las palabras para expresar cómo lo hace sentirse esto: ¿herido? ¿Enfadado? ¿Incompetente?

Hornea muchas piezas de pan, caray, muchas de verdad, al final toda la encimera de la cocina está atestada de pan. Entonces toma su chaqueta verde y se va caminando a la arena de hockey. Al fin y al cabo, da igual; de todos modos, nadie más lo necesita. Los chicos de trece años van a jugar un partido, y Peter no pueden pensar en una edad para el hockey más divertida que esa. A los trece años, todo sigue siendo potencial y talento en bruto, y nada más. Todos los sueños aún permanecen intactos.

Todavía es temprano cuando llega a la arena, no hay mucha gente en el lugar, pero unos cuantos hombres de edad avanzada que deambulan por ahí alzan la mirada cuando entra al recinto, y le dicen:

—¡Oye, Peter! Supimos de ese jugador nuevo… ¿Alexander, se llama? ¿Es bueno?

Peter sonríe:

—Le decimos «Metrópoli». Y sí, es bueno. Ya lo verán en acción.

A los viejos les gusta esto, como era obvio.

—¿«Metrópoli»? Vaya, un apodo fácil de recordar. ¿Y sabes si Amat está de vuelta? ¿Acaso podrían formar una buena pareja esos dos?

Peter asiente con alegría:

—Zackell sabe lo que hace.

Por unos breves instantes, se siente casi como en los viejos tiempos. Los señores le palmean la espalda, y entonces afirman:

—No seas tan jodidamente modesto, Peter, ¡todo el mundo se enteró de que fuiste con Zackell a reclutar al chico nuevo! ¡Y, si Amat regresa, seguramente también tuviste algo que ver con eso! Todos quieren que vuelvas a tu puesto de director deportivo. Debes saber que, en cuanto te canses de servirle café a tu esposa o lo que sea que estés haciendo ahora en esa firma de abogados allá en Hed…

Peter hace un muy buen intento de reírse como si fuera una broma graciosa. Lo hace muy, muy bien.

Cuando se sienta en las gradas, el conserje hace acto de presencia y se sienta a su lado. Es entonces cuando Peter se entera de lo que pasó con el perro de Sune y de que las chaquetas negras vienen en camino para asistir al partido.

—Tal vez deberíamos prepararnos para unos cuantos problemas —masculla el conserje con preocupación, y entonces, realmente todo esto se siente otra vez como en los viejos tiempos.

Solo que un poquito de más.

•••

Mira y su colega están en la oficina sentadas bajo pilas tambaleantes de carpetas abiertas encima de más carpetas abiertas.

—¿Qué opinas? —pregunta Mira exhausta.

—Creo que nuestra gran ventaja es que esto es tan, pero tan complicado que ninguna persona normal va a entender qué hizo Peter de forma indebida —responde la colega en un intento de animar a Mira, que no le funciona porque Mira comprende a la perfección qué ha hecho su esposo.

—Voltear a ver a otro lado cuando se comete un crimen puede ser tan malo como el hecho de cometerlo —dice ella.

La colega tiene razón, un buen abogado podría lograr que se desestimen muchas de las cosas que el club ha hecho haciéndolas ver como fruslerías legales, esa es la causa de que Mira esté tan enfadada con Peter por haber firmado esos documentos relacionados con el centro de entrenamiento. Están ahí como huellas digitales en un arma homicida. Porque todo el mundo es capaz de entenderlo: no puedes robarte millones del dinero pagado por los contribuyentes y vender aire, y dejar que el municipio compre un edificio que no existe. Eso hace de ti una persona inmoral y un delincuente.

—¿Ya le dijiste a Peter que estás al tanto de todo esto? —pregunta la colega.

Mira niega con la cabeza.

—No. Solamente va a decir que no entendió qué estaba firmando. Y yo voy a creerle. Voy a… preferir creerle.

La colega esboza una sonrisa débil.

—Yo también voy a creerle. Tu marido podrá ser un tonto, pero no es tan estúpido.

Mira exhala un suspiro.

—La estupidez está en no leer las cosas antes de firmarlas. ¿Qué tan inteligente puede ser eso? No sé si yo podría alegar que no cometió un delito, con el argumento de que él es así de ingenuo…

La colega asiente despacio.

—¿Quieres saber qué pienso? No creo que el periódico se atreva a publicar esto. La gente se subiría por las paredes si trataran de hacerlo, tú sabes que ven a Peter como un santo venerable… y si los periodistas llegaran a publicarlo entonces puede ser que tal vez no necesiten un chivo expiatorio. Tal vez enfoquen todas sus críticas en la junta directiva y los concejales más que en una persona en particular…

Mira pregunta sin querer oír la respuesta:

—Pero ¿y si necesitan un chivo expiatorio?

La colega se ve afligida.

—Entonces Peter sería perfecto. Absolutamente perfecto.

Mira trata de contestar, pero tiene el llanto atorado en la garganta. Abriga la esperanza de que Frac encuentre una forma de salvar al Club de Hockey de Hed y de que pueda encontrar suficientes aliados para frenar al periódico local. Y de verdad abriga la esperanza de que eso sea suficiente para ocultar lo que hizo Peter. Porque es muy probable que ni siquiera ella pueda enterrar todo esto.

•••

Un equipo infantil está entrenando allá abajo en la pista. El conserje se marcha para reemplazar unas bombillas y revisar las ventanas y las salidas de emergencia antes del partido entre los chicos de trece años, Peter lo acompaña para echarle una mano. Cuando era el director deportivo, siempre se sentía orgulloso de saber todo no solo sobre el equipo, sino también sobre la arena: qué requería mantenimiento, qué necesitaba ser aceitado, reemplazado o reparado. En un club de hockey pequeño nadie tiene solo un empleo, todo el mundo tiene al menos tres.

—Maldición… —masculla Peter cuando se va a quitar la chaqueta y se rompe la cremallera.

—¿La chaqueta se encogió o el estómago creció? —sonríe el conserje de manera socarrona.

—Un poquito de esto y un poquito de aquello —reconoce Peter.

—Tengo unos alicates en el almacén. Yo te la reparo. No puedes andar así por ahí, muchacho —gruñe el conserje, pues, incluso si Peter llega a los ochenta años, seguirá siendo un «muchacho» para este hombre.

Cuando llegan al almacén, Amat está afuera, de pie con sus

patines en la mano. En cuanto avista a Peter, parece que empieza a sentirse muy incómodo, y mueve las manos con tanta torpeza que se le cae un patín al suelo.

—¿Hay que afilarlos? —pregunta el conserje, con ese tono afectuoso muy especial que reserva para los jugadores que más le agradan.

—Solo si… Es decir, solo si usted tiene tiempo… No necesito… —logra decir Amat. Quería decirle muchas cosas a Peter el otro día que fue a su casa, pero, cuando no pudo expresarle nada, fue como si las palabras hubieran echado raíces en su interior.

—Tengo que arreglar una chaqueta primero —le informa el conserje.

Sin embargo, Peter se agacha, recoge el patín del piso y dice:

—Yo puedo afilarlos, Amat. Ven conmigo adentro y dime cómo los quieres.

Los tres hombres de generaciones distintas se quedan uno junto al otro, en medio de los chirridos y gruñidos de la máquina afiladora, y discuten en voz baja sobre el ángulo de la cuchilla. El conserje señala que hay que afilar menos los patines ahora que Amat parece haber subido unos diez kilos, y Peter le hace un guiño a Amat y dice:

—Solo está haciéndose el listo, ni siquiera sabe cómo cambiar el ajuste de la máquina, lleva unos cien años afilando todos los patines exactamente de la misma forma.

—Uno bien podría haber pasado tus patines a través de un puñado de gravilla; de todos modos, nunca patinabas ni cinco metros durante un partido entero… —revira el conserje, y entonces se va a buscar unos alicates que le sirvan mejor.

Peter y Amat permanecen frente a la afiladora, y Peter pregunta por encima del sonido chirriante:

—¿Vas a quedarte a ver a los chicos de trece años? Parece que fue ayer cuando tú mismo tenías esa edad. Bueno, lo que quiero decir es que sé que eso fue hace mucho tiempo, pero a veces parece que solo…

La mirada de Amat está clavada en sus patines.

—Entiendo a qué se refiere. A veces yo también me siento así.

Peter pasa las puntas de sus dedos con suavidad por la cuchilla.

—Por eso a todo el pueblo le encanta ver jugar a los niños. A esa edad todo es esperanza.

La voz de Amat se quiebra cuando responde:

—Debí haberlo escuchado a usted la primavera pasada.

Peter mueve la cabeza despacio de un lado a otro.

—No, no, tú tenías razón. Ya eres un adulto. No tenía ningún derecho a darte lecciones sobre lo que debías hacer…

—Si le hubiera hecho caso quizás ya estaría jugando en la NHL —logra decir Amat con mucho esfuerzo.

Entonces Peter se vuelve hacia él y lo obliga a hacer contacto visual.

—Algún día jugarás en la NHL. Pero no gracias a mí ni a nadie más, sino a que eres un jugador de hockey condenadamente bueno.

Peter le extiende los patines. Amat los toma y dice con la mirada en el piso:

—Sin usted no estaría donde estoy.

—Ya no sigas, tú tienes un talento que es un don divino, habrías… —protesta Peter, pero Amat lo interrumpe en voz baja, aunque de manera decidida:

—El talento no es suficiente. O en todo caso, no habría sido suficiente para mí. También se necesita alguien que crea en uno. Y no soy solo yo… Usted ha hecho lo mismo por Benji y por Bobo y ahora lo está haciendo por Aleksandr… No somos sus hijos, pero usted siempre ha hecho que nos sintamos como si lo fuéramos. Siempre ha creído en nosotros más que nosotros mismos.

El conserje regresa. La puerta se cierra. La afiladora rechina. Amat asiente apenado, murmura «Gracias» y se va a toda prisa. Peter se queda de pie donde estaba, sin atreverse a ponerse la chaqueta, pues ahora sería imposible que alcanzara a cerrarse alrededor de su pecho. El conserje lo mira de soslayo con irritación y gruñe:

—¿Te vas a quedar ahí parado? Porque tengo veinte pares de patines que hay que afilar.

Así que Peter permanece en ese lugar durante varias horas. No se había sentido tan útil en mucho tiempo.

•••

Para cuando Amat sale del almacén, la arena de hockey ya empezó a llenarse de gente. La multitud lo pone nervioso, de manera que decide no quedarse a ver el partido. Al salir del recinto ve a Murmullo en el estacionamiento, con su maleta al hombro y la misma expresión facial tensa que le provoca la aglomeración de personas. Ha empezado a nevar de nuevo.

—¡Murmullo! ¿Quieres ir a jugar a otro lado? ¡Podemos ver si el lago está congelado! —dice Amat a voces y, como era de esperarse, Murmullo asiente.

Matteo está a cierta distancia de ellos, en medio de los árboles, y los observa mientras se marchan de ahí.

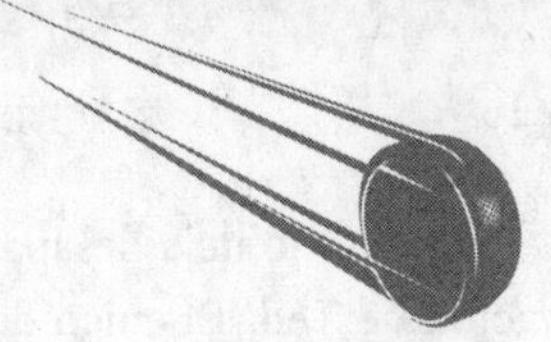

PROVOCACIONES

Es la tarde del jueves, y los cuerpos que suben y bajan por la escalera chirriante hacen vibrar la casa en Hed. Ted prepara su maleta, pues hoy tiene un partido contra los chicos de trece años de Beartown. Tobías sigue suspendido de su equipo, así que por una vez en la vida podrá ser un acompañante más y ver jugar a Ted, ya que en los últimos años los partidos de los dos siempre han coincidido. Tess pasa a dejar a Ture con los vecinos. Como es lógico, Ture está muy enfadado por esto, pero, aunque nadie sabe todavía lo mal que se van a poner las cosas hoy, su instinto le dijo esta mañana a Johnny que era mejor que su hijo menor no fuera con ellos a la arena de hockey. Tanto Johnny como Hannah tratan de contener sus sentimientos lo mejor que pueden, sin conseguirlo del todo. El accidente en la fábrica los dejó muy afectados, ni siquiera han tenido tiempo de hablar de lo sucedido entre ellos, tal vez incluso lo han estado evitando. Johnny ayudó a cortar a la mujer con una sierra para liberarla de la máquina y Hannah la recibió en el hospital. Ahora, Hannah está emotiva y Johnny está sensible. Ella expresa sus sentimientos, él se los guarda. Ella deja salir la presión como si tuviera una válvula de escape, él va a explotar.

—Voy a subir las cosas a la furgoneta —dice él, a pesar de que no hay nada que subir; simplemente sale y se queda sentado frente al volante, a solas, con Springsteen sonando a bajo volumen.

Hannah lo deja desaparecerse allá afuera, y va hacia la habitación de Ted. El chico de trece años ya tiene puesto su chándal rojo y, como de costumbre, ha estado listo para irse antes que todos los demás; a diferencia de Tobías, el quinceañero, quien como de costumbre apenas acaba de despertarse y todavía no puede localizar un par de calcetines que hagan juego. Hannah lo ayuda en esa tarea, mientras murmura sin pensar:

—¿Estos calcetines son tuyos? ¡Se parecen a los de tu papá! ¿Qué tan grandes tienes los pies? Si fue tan solo hace un instante que tenía que sentarme a atar tus patines cada vez que ibas a jugar…

—Han pasado como diez años desde que nos atabas los patines, mamá —dicen Tobías y Ted al mismo tiempo, con una gran sonrisa.

—¡No, fue hace como cinco minutos! ¡La semana pasada, cuando mucho! —objeta su mamá con testarudez.

«No es que ustedes hayan crecido, solo es el resto de mi mundo el que se ha encogido alrededor de ustedes», piensa ella y abraza a sus muchachos. Ahora solo le queda un hijo que necesita que lo ayuden a atarse los patines, y Ture a duras penas la deja hacerlo en estos días. Que te despojen de esto es algo terrible, pues ese instante en el que uno de tus hijos se mete a la pista de hielo, cuando da su primera zancada en un entrenamiento o en un partido, ha sido uno de los muy pocos momentos, en toda su vida y en la de sus muchachos, en los que ella se ha sentido como una buena madre. Como una madre que está al tanto de lo que sucede. Tan solo por un segundo. Hoy día, ellos lo hacen todo por sí mismos, tal y como ella lo deseaba cuando eran pequeños y fastidiosos; y ahora querría poder recuperarlo todo, pues ya son grandes e independientes.

Ted y Tobías discuten sobre qué música van a escuchar en el camino a Beartown. Tess reproduce a Springsteen nada más para molestarlos, pero, como era de esperarse, Johnny cree que lo hace por él y sonríe muy ufano hasta que salen del bosque y ven la fila de autos que se dirigen a la arena de hockey.

—¡Mierda, cuánta gente! ¿Qué está pasando? —exclama Tobías.

—¿Todos esos van a ver NUESTRO partido? —dice Ted con un grito ahogado.

Johnny y Hannah permanecen sentados en silencio, pasean la mirada con recelo de un lado a otro del estacionamiento a través de la multitud. Hay grupos pequeños de hombres con chaquetas negras esparcidos por aquí y por allá; desde luego que no acostumbran acudir a los partidos de los chicos de trece años, pero hoy es diferente. La violencia que viene en camino se convierte en una profecía de esas que influyen tanto en la gente, que terminan por hacerse realidad. La Banda oyó rumores de que hombres de Hed van a venir aquí buscando pelea, de modo que los de las chaquetas negras creen que deben proteger a sus chicos en Beartown; y, a su vez, los hombres de Hed creen que ahora deben venir aquí para proteger a sus propios chicos. Y entonces ni siquiera se necesita una provocación. Este odio progresa por sí solo.

«Esto no va a terminar bien», piensa Hannah, pero en vez de expresarlo en voz alta solo dice:

—¡Va a ser genial tener tan buen ambiente en el partido! ¿No creen? ¡Miren cuánta gente de Hed está aquí, será casi como un juego de local!

—Este *es* un juego de local —gruñe Johnny disgustado.

Debería haberlo sido, en todo caso. Deberían haber jugado en la arena de hockey de Hed este fin de semana si el techo no se hubiera venido abajo. Ahora, el partido se movió a este lugar, en jueves porque ya no había más espacios disponibles en el horario de la pista; y, como era de esperarse, alguien de Beartown tuvo mucho cuidado de poner primero el nombre del Club de Beartown en el tablero que está a la entrada con la lista de los partidos del día. Como si fuera un partido de local para ellos.

—Tal vez no es algo tan importante, amor —intenta alegar Hannah, y él guarda un silencio malhumorado.

Su furgoneta sigue a los demás coches entre las astas con las enormes banderas verdes que ondean en la cima. El nuevo y elegante techo de la arena está cubierto de nieve que brilla a la luz del sol. Todos los lugares del estacionamiento cercanos a la arena están ocupados por costosos todoterrenos, propiedad de padres del mundo del hockey que tienen el mismo aspecto. Todos tienen pegatinas del Club de Hockey de Beartown en la luneta. Johnny pasa junto a los todoterreno con la furgoneta, cuyo motor resuella como si hubiera trabajado durante cuarenta años en la recepción de una gerencia y hubiera fumado ese mismo número de cigarros todos los días. El chasis traquetea, Springsteen canta a voz en cuello y, a cierta distancia, un grupo de adolescentes, de repente, empieza a corear a gritos: «¡SOMOS LOS OSOS! ¡SOMOS LOS OSOS! ¡SOMOS LOS OSOS! ¡LOS OSOS DE BEEEARTOWN!». En algún otro lugar, un pequeño grupo de niños vestidos de rojo responde: «¡HED! ¡HED! ¡HED!», y luego una tormenta de abucheos proveniente de todos los rincones del estacionamiento es coronada con un nuevo cántico de los adolescentes: «¡PERRAS DE HED! ¡PERRAS DE HED! ¡PERRAS DE HED!».

—El buen pueblo de Beartown, con sus finos, finísimos «valores»… —masculla Johnny por lo bajo, y a Hannah le da pereza decirle que guarde silencio.

Tobías y Ted se bajan de la furgoneta de un brinco, y, sin decir una palabra, Tobías toma la maleta de su hermano menor y la carga por él, para que no se quede atrapado en medio de la multitud con ella en caso de que haya algún conflicto. Alcanzan a ver al entrenador de Ted y al resto de su equipo junto a la entrada de la arena y se dirigen ahí, con la advertencia de Hannah resonando en sus oídos:

—¡Concéntrense en el hockey ahora! ¡No vayan a causar problemas! ¿Me oyeron?

Tess está de pie junto a su mamá, con la vista puesta un poco más allá de la entrada. Hannah mira a su hija, luego voltea a ver la entrada, y entonces suspira:

—¿Puedes ver a Bobo?

Tess asiente llena de contento.

—¿Puedo…?

Su mamá asiente.

—Sí, sí, anda y ve. ¡Pero mantente cerca de él! Si se desata una pelea, al menos puedes asegurarte de que sea él quien reciba los golpes. En todo caso es un blanco bastante grande…

Tess se va corriendo, tan despreocupada como si estuviera en un parque de atracciones; de todos modos, en estos momentos casi parece serlo. Ríe con tanto entusiasmo que Hannah por poco se relaja pues, aparte de un par de cánticos enardecidos, tiene que reconocer que la gente parece estar de buen humor: la expectación en el aire, niños con maletas pesadas, maleteros abiertos con bolsas de pastelillos y termos con café. Los dos pueblos han albergado un gran odio mutuo durante la última semana, pero aquí es como si estuvieran frotándose las manos en el frío mientras recuerdan el calor que hay en el deporte. Abrazan a viejos amigos que no habían visto desde la primavera, ya pasó un largo verano en el que todo el mundo se marchó a sitios para acampar y a cabañas para vacacionar, pero la vida real está comenzando ahora otra vez. Ahora, la vida cotidiana de nuevo es regida por los viajes para dejar y recoger a los hijos en algún lugar, y cada noche, cientos de familias tendrán algo de qué platicar, algo en común, pues, si todos estos chicos no jugaran hockey, sus papás nunca tendrían tanto espacio en sus vidas. ¿Cuántos años más de esta forma de existencia le quedarán a la propia Hannah, en el mejor de los casos? Pronto se habrá terminado. Pronto serán adultos. Las madres no tienen ninguna armadura para transitar por la vida, pues visten a sus hijos con todas y cada una de las piezas que la componen; y, al final de su adolescencia, ni siquiera queda piel a la cual renunciar, de manera que, ahora, cada sentimiento de pérdida es una cuchillada directa en la carne viva.

—Voy a comprar un *hot dog*, ¿te quedas aquí? —pregunta Johnny al lado de Hannah con total despreocupación, y ella no puede evitar desear que un rayo le caiga encima a su esposo en este momento, para que «casi» lo mate.

—¿Un *hot dog*? ¿Justo ahora? —bufa Hannah, pero no debería sorprenderla, este hombre es un triturador viviente de basura, ella ha dedicado la mitad de su vida a «esconder» chocolates baratos en el cajón superior de la cocina, donde él puede encontrarlos con facilidad cuando ha estado bebiendo cerveza, para que no siga buscando en plena ebriedad los chocolates caros que ella escondió más abajo.

Hannah ve a los familiares de dos compañeros de equipo de Ted que están a cierta distancia, así que se encamina hacia ellos. Johnny se va a buscar su *hot dog*. Así de rápido se separa toda la familia entre la multitud.

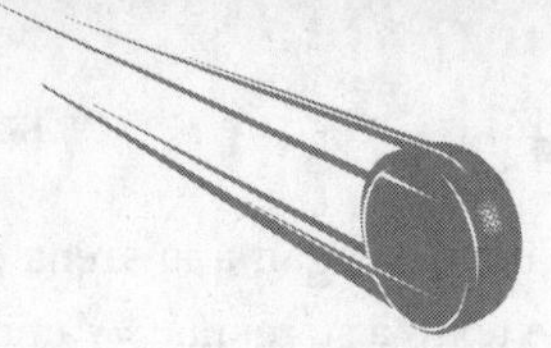

ABOGADOS

Toda la familia Andersson termina en la arena de hockey esta tarde, ninguno de ellos podría explicar en realidad por qué. Maya y Ana pasan por la casa para comer pan, Metrópoli está ahí para recoger sus cosas, pues va a mudarse de manera permanente a la cabaña de verano que solía ser una casa rodante. Durmió solo ahí la noche anterior, Benji se reubicó en la casa de su hermana por razones que Metrópoli no ha entendido del todo aún, pero él se sintió tan a gusto entre los árboles a la orilla del agua, que decidió quedarse ahí.

—¿Vas a ir a ver el partido de hoy? —pregunta Maya con inocencia, cuando se topan en la cocina junto a la encimera.

—¿Qué partido? —dice Metrópoli.

—Los chicos de trece años de Hed se van a enfrentar a los de Beartown.

—¿De trece años? ¿Eso es… algo importante en este lugar? —pregunta él, sorprendido.

—Es Beartown contra Hed. En ese caso todo se vuelve importante en este lugar —responde Maya.

—Y… ¿ustedes van a ir? —pregunta él.

—¡AHORA SÍ vamos a ir! —declara Ana.

Ellas convencen a Leo de que los acompañe, aunque él finge que lo hace a regañadientes. De camino a la arena, comparte un cigarro con Maya y con Ana, y nunca se había sentido más adulto.

Cuando llegan a la arena de hockey, Maya le envía un mensaje de texto a su mamá: «Vamos a ver el partido. Vienes?». Mira está en la oficina con su colega, enterrada debajo de una infinidad de documentos, y contesta sorprendida: «El de los chicos de trece años? No creí que fuera a interesarte». Entonces recibe la respuesta: «A quién le importa quien esté jugando mamá, solo ven a pasar el rato con nosotros».

Buena suerte con tratar de resistirte a algo así si eres la madre de unos adolescentes. Buena suerte.

•••

En realidad, Johnny no quiere un *hot dog*, solo avistó el carrito de *hot dogs* desde el camino principal cuando dio vuelta para entrar al estacionamiento y reconoció al vendedor. Un tipo joven y delgado de barba hirsuta. Ya lo había visto en el cementerio de coches, es uno de los muchachos de Lev. Sin embargo, cuatro hombres de mediana edad con chaquetas verdes están parados alrededor de él, uno de ellos se ha acercado demasiado a su rostro y le discute a gritos. Otro más jala el carrito de *hot dogs*, poseído por la ira; el muchacho de Lev se resiste, pero no responde a la agresión, a pesar de que tiene pinta de que podría hacerlo. Las chaquetas verdes le llevan ventaja, aunque los hombres tengan sobrepeso y usen un peinado que parece luchar contra unas entradas que retroceden con rapidez.

Johnny baja la cremallera de su chaqueta al tiempo que va acercándose, se detiene a un par de metros y se aclara la garganta:

—¿Hay algún problema?

Los hombres con chaquetas verdes se vuelven hacia Johnny, consumidos por una furia que se desvanece casi al instante, en parte por el tamaño de Johnny, por supuesto, pero también por la camiseta con el emblema del cuerpo de bomberos que se asoma debajo de su chaqueta abierta. Y no es porque los hombres les tengan respeto a los bomberos, esa clase de individuos no le tienen respeto a nada, sino porque saben que, si te lías a golpes con un bombero, vas a tener que liarte a golpes con él y todos sus colegas. Que Johnny haya venido solo es lo mismo que si lo acompañara una pandilla entera.

—¡Está prohibido vender *hot dogs* aquí! —exclama al final uno de los hombres, con un tono de voz más duro de lo que probablemente él mismo es.

—¿Vender *hot dogs* está prohibido? ¿Estás hablando en serio? —dice Johnny entre risas.

—¡El equipo juvenil está vendiendo *hot dogs* en la cafetería de la arena, pero este bastardo está aquí afuera ofreciendo sus *hot dogs* a mitad de precio! ¿Cómo van a poder vender algo nuestros chicos allá adentro?

El muchacho de Lev voltea a ver a Johnny y dice, con una ira que apenas si puede contener:

—¿No es este un país libre? ¿Un pueblo libre?

—¡En todo caso este no es *tu* maldito pueblo, así que tal vez solo deberías largarte de aquí y regresar al lugar de donde vienes! Y, por cierto, ¿de qué están hechas esas salchichas? ¿Carne de ratas y murciélagos? —bufa uno de los hombres.

Johnny solo se lo queda viendo por tanto tiempo que el tipo termina por encogerse, como siempre sucede con los hombres que tienen bocas grandes y puños pequeños. Otro de los hombres toma a su amigo del brazo y, hablando entre dientes, se disculpa con Johnny:

—Eso fue… Perdón… No dejemos que esto se salga de control. Nuestros chicos solamente están tratando de vender *hot dogs* y ganar algo de dinero para el fondo de su equipo. Los padres solo están molestos…

Johnny resopla y hace un gesto con la cabeza hacia el muchacho de Lev.

—¿Por qué están molestos? ¿Creen que son los dueños del estacionamiento, o qué? ¡El municipio es el propietario de este estacionamiento! ¡Y él es parte de la comunidad local tanto como ustedes!

—Okey, okey, perdón… —dice el hombre al tiempo que levanta las manos.

—¡No te disculpes conmigo, estúpido! ¡Discúlpate con él! —espeta Johnny, mientras señala con la cabeza al muchacho de Lev una vez más.

Los hombres miran a Johnny como si no pudiera estar hablando en serio. Entonces, uno de ellos agarra a los demás del brazo y masculla:

—Vámonos, mejor entremos a la arena, el partido ya va a empezar. Podemos encargarnos de esto más tarde.

Johnny y el muchacho de Lev permanecen donde están, mientras ven marcharse a los hombres con chaquetas verdes. Johnny siente que su pulso está acelerado. Ninguno de esos hombres era Peter Andersson, pero se da cuenta ahora de que cada uno de ellos le recordó a Peter. Y al parecer eso fue suficiente.

—¡Gracias! —dice el muchacho de Lev.

Johnny se vuelve hacia él y asiente con un leve gesto.

—Avísame si te molestan de nuevo. El estacionamiento no les pertenece. El Club de Hockey de Beartown no es el dueño de todo el municipio, aunque eso crean.

El muchacho de Lev posa la mano en su corazón y hace una pequeña reverencia para expresar de nuevo su agradecimiento. Johnny no tiene la más mínima idea de qué hacer para responderle, así que termina jugando con la cremallera de su chaqueta y hace alguna especie de seña con la mano que se convierte en un saludo militar a medias. El muchacho de Lev le prepara un *hot dog* y se lo entrega. Johnny mete la mano en el bolsillo trasero de su pantalón de mezclilla para sacar algo de dinero, pero el muchacho le da a entender con un ademán de su mano que no es necesario que le pague.

—¡Cortesía de la casa para los bomberos!

Johnny asiente agradecido. Come mientras camina. Llega

a la conclusión de que es un *hot dog* endiabladamente bueno, en definitiva, mejor que la mierda que sirven en la cafetería de Beartown.

●●●

Ana, Maya, Leo y Metrópoli deambulan por todas partes afuera de la arena de hockey, caminan en zigzag entre los grupos de gente. Ana desaparece de la vista de los demás durante un minuto como máximo y regresa con ocho latas de cerveza en una bolsa de plástico.

—¿Cómo… cómo hiciste eso? —dice Leo con un grito ahogado de asombro.

—Solo le pedí a un muchacho —dice Ana, como si fuera una obviedad.

—Ella puede encontrar cerveza en donde sea, ¡hasta en un funeral! —certifica Maya.

—Es el lugar donde es más fácil encontrar cerveza, ¿no crees? —exclama Ana.

Los cuatro se sientan encima de unas rocas en el extremo más alejado del estacionamiento, y el alcohol empieza a fluir. Maya deja que Leo beba una lata, ella misma consume dos, Ana tres. Metrópoli rechaza con cortesía la cerveza que le ofrecen, pues esta noche tiene que entrenar.

—¿Tienes miedo de que la entrenadora te regañe? —le dice Ana para fastidiarlo.

—No es por eso. Simplemente no quiero decepcionarla —termina por admitir Metrópoli, al no haber podido pensar en alguna buena mentira.

Maya le da unas palmadas de ánimo en el hombro, y luego dice con su acento del bosque lo más marcado posible:

—Si no quieres decepcionar a la gente, estás en el pueblo equivocado. Aquí no estamos contentos a menos de que nos sintamos un poquito decepcionados, ¿sabes?

Metrópoli sonríe con incomodidad. Maya jamás había visto a

alguien actuar con tanta timidez, a pesar de tener tan pocas razones para ser modesto.

—Soy bueno para decepcionar a la gente. Estoy tratando de volverme malo en eso.

La cerveza era más fuerte de lo que Maya esperaba, y se bebió las suyas bastante rápido, de modo que está a punto de decir algo de lo más inapropiado, pero no tiene tiempo de hacerlo porque Leo murmura:

—No me siento bien…

—¿TE TOMASTE TODAS LAS CERVEZAS, MALDITO MOCOSO? —vocifera Ana, mientras voltea la bolsa vacía.

Leo está demasiado mareado como para poder contestar.

•••

Por una vez en la vida, Mira agradece que la temperatura esté bajo cero, pues eso le da la oportunidad de esconderse bajo un abrigo enorme con el cuello levantado y un grueso gorro de lana que le cubre hasta los ojos. Pasa desapercibida al deslizarse entre la multitud afuera de la arena de hockey, le envía un mensaje de texto a su hija preguntándole en dónde está, y entonces se lleva una pequeña sorpresa cuando encuentra a Maya y a Ana detrás del mostrador de la cafetería, donde están vendiendo *hot dogs* y bolitas de chocolate junto con un grupo de jugadores del equipo juvenil vestidos con sus chaquetas verdes.

—¡Hola, mamá! —exclama Maya sorprendida, como si se le hubiera olvidado que fue ella misma quien le pidió a su mamá que viniera.

—¡Somos aprendices! —le informa Ana muy alegre.

Mira se inclina sobre el mostrador y susurra a través del aliento de las dos muchachas:

—¿Han… estado bebiendo?

—¡Un poquito! —ruge Ana, aunque en su mente cree que solo está susurrando.

—¿Dónde está Leo? —pregunta Mira.

—¡En el baño! —dice Ana riéndose tontamente, aunque de forma moderada, y entonces Maya también se echa a reír tontamente, aunque sin control. Mira hace lo más que puede para enfadarse con ellas. De verdad lo intenta. Pero Ana y Maya están muy felices, y ella se siente muy cansada y tiene una enorme necesidad de no tener que preocuparse por nadie de la familia. Así que rodea el mostrador y obliga a las muchachas a que beban agua, y entonces la propia Mira se queda ahí, vendiendo bolitas de chocolate y *hot dogs*. Como en los viejos tiempos.

●●●

Tess y Bobo suben a la cafetería tan cerca uno del otro como les es posible, pero sin tomarse de la mano. Tan cerca que, cuando sus manos oscilan al caminar, sus dedos se enredan de vez en cuando. Vistazos momentáneos, sonrisas fugaces, pequeños choques eléctricos por todos lados.

Metrópoli está de pie en un rincón comiendo bolitas de chocolate, Bobo se detiene para platicar con él, Tess se vuelve y, de pronto, posee el mismo aspecto que tenía su hermano menor cuando avistó a Amat el otro día.

—¿Esa es...? ¿Esa es Mira Andersson, la abogada? —le sisea a Bobo mientras lo jala del brazo.

—¡Sí! ¡Mira! ¡HOLA, MIRA! —grita Bobo y hace señas con la mano, y entonces Tess adopta la expresión facial que tendrá cada vez que él la avergüence en público, hasta que envejezcan juntos. Mira levanta la vista y le devuelve el gesto, y, cuando su mirada se cruza con la de Tess, la muchacha se sonroja tanto que Bobo cree que algo se le atoró en la garganta y está a punto de aplicarle la maniobra de Heimlich antes de recibir un buen regaño de su novia, el primero mas no el último, sin duda. Mira se acerca y abraza a Bobo, y luego extiende la mano:

—Hola, me llamo Mira...

—¡Lo sé, lo sé, usted es la abogada! —deja escapar Tess.

—Así es, ¿cómo lo sabes? —se ríe Mira, sorprendida.

—Paso por su oficina cuando voy a recoger a mi hermanito a la escuela. He visto el letrero, así que… la busqué en internet… —confiesa Tess, y se ruboriza de nuevo.

—¡Tess quiere ser abogada como usted! —interviene Bobo, pues aún no ha aprendido a cerrar la boca en situaciones como esta.

Con el tiempo lo conseguirá. Tendrá muchos años para practicar.

—Yo… Todavía no hay nada decidido… pero quiero estudiar Derecho. Aunque todo el mundo dice que es superdifícil —dice Tess, abochornada.

—Se supone que debe ser difícil. Por eso vale la pena hacerlo —sonríe Mira de manera amistosa, y puede ver todas las inseguridades que a ella misma la aquejaban cuando tenía esa edad, esa época en la que lavaba los platos en el restaurante de sus padres por las noches y se preguntaba si alguna vez tendría la oportunidad de destacarse entre todos los niños ricos de la universidad.

—¿Usted cree que yo podría lograrlo? —pregunta Tess de forma tan directa que las toma por sorpresa tanto a ella como a Mira.

La muchacha empieza a disculparse entre tartamudeos por hacer una pregunta tan tonta, pero Mira la toma del brazo con calidez y le responde:

—Te diré lo que mi mamá me decía a mí: solo hay una manera de averiguarlo.

A Tess le brillan los ojos, y susurra sin pensarlo:

—Quiero ayudar a otras chicas. Chicas que son víctimas de violación o de maltrato o… O sea, ¡no es que eso me haya pasado a mí alguna vez! ¡Pero yo sé qué le pasó a su hija! Yo quiero ser una de esas personas que… ayudan a los demás. ¡Como usted!

Mira no vino a la cafetería preparada para que la hicieran perder el aliento, así que le lleva unos instantes poder recuperarlo.

—En ocasiones puede ser un trabajo pesado —dice ella en voz baja.

—Todos en mi familia tienen un trabajo pesado —le responde Tess con un susurro.

Mira puede ver el fuego en los ojos de la muchacha, y reflexiona que así es como debe haberse sentido Peter todos estos años: esta es la viva imagen de un cerezo en flor. Mira sonríe, asiente despacio y saca la cartera de su bolsillo.

—Aquí tienes mi tarjeta, el número de mi móvil está al reverso. Llámame cuando quieras. Ven a mi oficina cuando quieras. Si realmente quieres hacer esto... si de verdad quieres hacerlo... entonces prometo ayudarte.

Tess sostiene la tarjeta como si fuera un billete dorado para una fábrica de chocolate. Se da cuenta demasiado tarde de que suena como una loca obsesionada que acecha a Mira todo el tiempo cuando le dice:

—Oí que su hija se mudó a una gran ciudad para estudiar en un conservatorio. ¿Eso hizo que usted se sintiera muy triste?

Las comisuras de la boca de Mira le tiemblan.

—Sí. Pero también me siento muy orgullosa.

Las palabras brotan de Tess como si alguien la hubiera puesto de cabeza:

—Todas las universidades donde enseñan Derecho están superlejos y mi mamá no quiere que me mude de aquí.

—Las madres nunca queremos eso —admite Mira.

Hay mil cosas más que Tess querría preguntar, pero no tiene oportunidad de hacerlo, pues alguien en la escalera que desciende a la pista de hielo grita de repente:

—¡SE DESATÓ UNA BRONCA! ¡SE ESTÁN PELEANDO!

Entonces se oye todo el escándalo que proviene de abajo. Hombres llenos de pánico que llaman a gritos a sus hijos, otros hombres llenos de furia que se gritan entre sí. Y luego, un estrépito de pasos cuando todo el mundo huye de algo mucho peor.

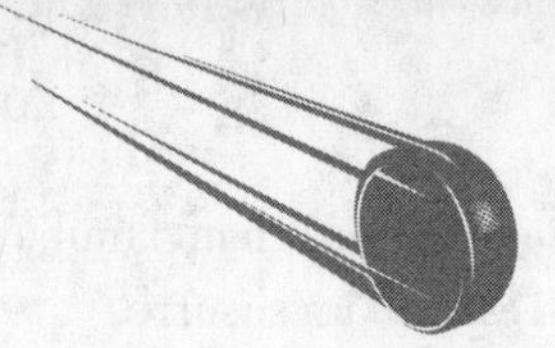

CORAZONES

Los chicos de trece años del Club de Hockey de Hed entran al vestidor del equipo visitante, pero salen tan rápido como entraron, con los rostros teñidos de verde. Huele muy mal adentro, un olor nauseabundo, corrosivo y repugnante que llena las fosas nasales con tanta celeridad que es imposible contener las arcadas. Una pandilla de muchachos que apenas acaban de llegar a la adolescencia, vestidos con camisetas verdes y gorras con la visera hacia atrás, se ríen tontamente sin control, hasta que el conserje se da cuenta de lo sucedido y persigue a los muchachos hasta el estacionamiento con un martillo en la mano. Los chicos de trece años de Hed siguen parados donde estaban, con ganas de vomitar. Es posible que el vestidor esté apestando a ácido butírico, a cáscaras de camarón rancias o a carne podrida, es el truco más viejo del manual de Beartown para acosar a un equipo contrario. El buen pueblo de Beartown, con sus folletos de relaciones públicas que dicen que patrocinar su Club de Hockey es lo correcto, pero siempre se comportan de manera inmadura. Todo el mundo en Hed ya está acostumbrado, ni siquiera les sorprende, pero lo habitual es que les hagan este tipo de cosas a los equipos de los adultos. No a chicos de trece años. Este partido es diferente.

«¡SOMOS LOS OSOS!», ruge una multitud desde la grada de pie. «¡SOMOS LOS OSOS!», repite un mar de chaquetas negras, haciendo que las paredes vibren en el pasillo donde se encuentran Ted y sus compañeros de equipo. Su entrenador trata de indicarles en dónde se van a cambiar ahora, pero nadie puede oírlo por culpa de todo el escándalo. En el aire retumba el grito de «¡PERRAS DE HED PERRAS DE HED VAMOS A MATARLOS PERRAS DE HED!», y Tobías, quien está con el equipo de Ted, puede ver el terror en los ojos de los jugadores; solo son unos muchachitos, mandarlos a la pista de hielo esta noche será como mandarlos a la guerra. Tobías sujeta a su hermano menor.

—¡Ted!

—¿Sí?

Tobías toma a Ted del brazo y grita:

—¡Piensa en un pastel!

Ted deja escapar una risa de sorpresa y todo su cuerpo se relaja mientras su hermano mayor lo sostiene.

—¿Qué dijiste?

—¡A ti te encanta el pastel! ¡Piensa en uno y eso te tranquilizará!

—Estás mal de la cabeza…

Tobías asiente con seriedad.

—No les tengas miedo a los gritos, ¿okey? ¡Mejor da las gracias por esto! ¿Quieres jugar en la NHL? Entonces tienes que poder jugar frente a un público desquiciado, y no vas a encontrar un público más desquiciado que esa manada de sicópatas. Si puedes sobrevivir esto, en el futuro podrás enfrentar lo que sea. Solo entra a la pista y juega tu juego y cállales el hocico a todos los que estén berreando. Cada vez que griten, mételes un gol. Hazlos pedazos. Arrebátales todo lo que aman.

El hermano menor acerca su cabeza a la de su hermano mayor, y logra decir:

—Gracias, Tobbe.

Su hermano sisea:

—No me des las gracias. Ve y gánales. Aplasta sus malditos corazones.

Sus miradas se cruzan por un instante. Afuera de la pista, el hermano mayor siempre ha sido duro como una piedra, pero a menudo se vencía dentro de ella; el hermano menor es todo lo contrario. Siempre y cuando Tobías proteja a Ted de este lado de las vallas, nadie podrá detenerlo del otro lado. Tienen quince y trece años, pero la carrera de Tobías como jugador está cerca de terminar y la carrera de Ted justo acaba de comenzar. Cuando Ted sigue a su equipo a través de las puertas que dan al estacionamiento para poder cambiarse en los autos de sus padres, Tobías permanece en el pasillo de los vestidores, con las manos en los bolsillos. Mientras el hermano menor se prepara para el partido, el hermano mayor da media vuelta, se va y se mete a la grada de pie para los aficionados de Hed. Unos muchachos mayores que él lo reconocen, iban a la misma escuela, ahora lo llaman a voces y le hacen señas con la mano, invitándolo a que se les una.

—Fuiste tú quien el otro día les dio de golpes a esos maricas de Beartown en esta arena, y por eso te suspendieron de tu equipo, ¿cierto? —pregunta uno de los muchachos.

Tobías asiente, con un poco de renuencia de su parte. Los muchachos le palmean la espalda.

—¡No deberían haberte suspendido! ¡Deberían haberte dado una medalla!

Tobías sabe quiénes son ellos, desde luego, su papá siempre le ha dicho que se mantenga alejado de ese tipo de personas: «Esos idiotas solo buscan problemas, Tobbe, cuando seas mayor entenderás que ya hay suficientes problemas que te encuentran en la vida sin que tú tengas que salir a buscarlos…». Sin embargo, cuando los muchachos cantan y brincan en la grada, el corazón de Tobías late con fuerza. Los oídos le zumban, la adrenalina fluye a toda velocidad. Así que él también empieza a cantar y a brincar.

Cuando el equipo de Ted entra de nuevo a la arena después de haberse cambiado, los papás de varios de los jugadores los siguen hasta el túnel de los jugadores, están furiosos por la pestilencia en el vestidor que obligó a los chicos a cambiarse en condiciones tan humillantes en el estacionamiento. Se quejan a voces de una «conducta antideportiva» y alguien agarra a un chico de trece años de Beartown que respondió algo indescifrable también en voz alta, lo que obviamente provoca que todos los papás del equipo de Beartown bajen de manera precipitada al túnel de los jugadores a defender a sus muchachos, y así de fácil empieza todo. Así de rápido sucede.

●●●

Benji y Adri llegan a la arena justo antes del inicio del partido. Sune estaba demasiado triste como para acompañarlos. El viejo salió a dar un paseo por la misma ruta que siempre recorría con su perro, a la misma hora, y seguirá haciéndolo por mucho tiempo. Cuando le falta el aire y tiene que detenerse y agarrarse del pecho, todavía susurra «corre y adelántate» por pura costumbre.

Benji y Adri suben a la grada de pie para los aficionados de Beartown. Las chaquetas negras se agrupan en torno a los hermanos Ovich por todos los flancos, sin decir una sola palabra. Adri sabe que muchos de ellos salieron a cazar alces esta semana e interrumpieron su cacería para volver a casa y acudir a un partido entre unos chicos de trece años. Eso no es una buena señal. Para nadie.

Teemu es el que está más cerca de ella y de Benji. «MARICONES DE BEARTOWN», rugen los aficionados de Hed, «PERRAS DE HED», responden los aficionados de Beartown. Hasta el momento son solo palabras, pero Teemu observa de reojo a Benji y a Adri para ver su reacción. De parte de Benji no recibe ninguna, solo una respiración pausada y unos ojos impasibles, como si estuviera bajando la velocidad después de algo o preparándose para algo. De parte de Adri, Teemu solo recibe una mirada breve y un sorprendido:

—No puedo creer que estés tan tranquilo.

Teemu asiente con un aire enigmático.

—Prometí que hoy estaríamos tranquilos.

—¿A quién se lo prometiste? —pregunta ella.

—Al club —responde él.

Teemu ni siquiera les ha contado a sus asociados más cercanos acerca de su conversación con Frac. Solo les dijo a todos sus muchachos que deben mantenerse tranquilos, a menos que él les dé una señal directa; y ellos le obedecen, no por temor sino porque lo aprecian. Es una hermandad que nadie más en este pueblo entiende, él lo sabe, pero si hay alguien cerca de hacerlo quizás sea Adri. Aun así, Teemu tiene dificultades para interpretar la expresión facial de Adri en este momento, tal vez porque ella misma no está segura en realidad de qué es lo que siente: se debate entre sentirse orgullosa de Teemu y sus muchachos por no haber empezado ya una trifulca y el anhelo de que hagan justo eso. Durante toda su vida, Adri ha visto a tantas personas hacerles daño a otros que se ha endurecido, pero, cuando alguien lastima a un animal, pierde todas sus inhibiciones. Una oscuridad total se apodera de su mente. En momentos como ese, ella comprende a Teemu más que nunca.

«MARICONES DE BEARTOWN», resuena el grito desde la otra grada.

«PERRAS DE HED», es la réplica a viva voz.

Los cánticos son como olas que van y vienen por encima del hielo de la pista. Normalmente, en un partido entre chicos de trece años las gradas estarían casi vacías; pero esta no ha sido una semana normal. Este sábado, el primer equipo de Beartown se enfrentará al de Hed en el partido inaugural de la temporada, y Adri se pregunta qué rayos traerán estos muchachos ese día. ¿Tanques de guerra?

«¡MATAR, SAQUEAR, VIOLAR, QUEMAR! ¡NOS

ACOSTARÍAMOS CON SUS HERMANAS SI USTEDES NO LO HUBIERAN HECHO YA!», entonan algunos de los aficionados en la grada de Hed.

«¡VENGAN POR NOSOTROS SI CREEN QUE SON TAN RUDOS! ¡NINGÚN IMBÉCIL DE HED SE ATREVE A USAR LOS PUÑOS!», cantan los chicos de Teemu alrededor de Adri.

El número de los aficionados de rojo en la grada de Hed no puede igualar al número de aficionados de verde, sobre todo porque no están tan bien organizados; cuando ellos cantan son cientos de voces dispersas, pero, cuando los muchachos de Teemu alzan sus voces, lo hacen como si fueran un solo hombre. Un hombre terrible, capaz de cualquier cosa. Todos los que están en la grada de Hed lo saben, desde luego, saben que están en desventaja, así que hacen lo que todos los aficionados acostumbran hacer en una situación como esta: buscan el punto más débil de sus oponentes. Lo que sea que les puedas gritar para atacarlos, para hacerles daño, para lastimar su orgullo. Y los aficionados de Hed dan con el recurso más sencillo y más terrible que tienen a su alcance.

A medida que Ted y los demás chicos de trece años se abren camino a punta de codazos entre la competencia de empujones que sus padres empezaron en el túnel de los jugadores y entran a la pista para hacer sus ejercicios de calentamiento, un rumor empieza a circular por la grada de Hed: algo acerca de Sune, el antiguo entrenador del primer equipo. Algo acerca de un perro que apareció en la fotografía oficial del equipo de Beartown. Algo acerca de que hasta los miembros más temidos de la Banda han llorado la pérdida de ese animal.

Lo que sucede a continuación es algo muy simple y muy efectivo, muy espontáneo y muy obvio, estúpido de verdad y destructivo al instante: un muchachito que está a un lado detrás de Tobías empieza a ladrar.

—Guau guau guau —se escucha, y al principio solo unos cuantos jóvenes a su alrededor se echan a reír.

Entonces, alguien más ladra más fuerte:

—¡Guau! ¡Guau! ¡Guau!

Y, de pronto, toda la grada de pie se pone a ladrar. Empieza como una broma, pero en poco tiempo se vuelve algo amenazante. Sal en la herida. Una provocación directa. Los aficionados de Beartown no responden con un cántico, ni con gritos, hacen algo mucho peor: se quedan completamente callados. Y luego, todo lo demás a su alrededor queda también en silencio.

Es difícil explicar cómo suena una arena de hockey repleta de gente si nunca lo has vivido, pero incluso la gente común, como los padres de familia con hijos pequeños que comen palomitas de maíz y los jubilados que mordisquean sus *hot dogs*, posee la habilidad de ignorar el muro de sonido después de un tiempo. Y esto se da de manera especial en Beartown. Todo mundo está tan acostumbrado a que los aficionados en las respectivas gradas de pie se canten «PERRA» y «MARICÓN» unos a otros, que bien podrían estarlo haciendo en un idioma extranjero, los comedores de palomitas de maíz y los amantes de los *hot dogs* ni siquiera los oyen, se reclinan en sus asientos y parlotean sobre sus hipotecas y los nietos y el clima con despreocupación. Es posible que también se hayan vuelto un poquito confiados, pues hace más de dos años que no hay una riña de verdad aquí. Todos han olvidado ya cómo se oye cuando la Banda embiste, todos se sienten seguros, como unos niños con sus narices aplastadas contra el vidrio de la jaula de un león. Los gritos de las chaquetas negras son como una campana extractora zumbando en una cocina, que solo notas hasta que alguien la apaga.

Pero ahora, en el silencio absoluto que de repente envuelve a todo el mundo, lo único que hay es miedo y terror. Habían pasado más de dos años desde la última vez que había ocurrido, pero ahora es algo muy, muy reciente.

—¡GUAU! —grita un muchacho solitario en algún lugar de la grada de Hed, demasiado cargado de adrenalina como para darse cuenta de que todos los demás han cerrado la boca. Alguien le dice entre dientes «Cállate», alguien más empieza a entonar un cántico diferente, pero ya es demasiado tarde.

—¿Qué quieres hacer? —pregunta uno de los muchachos que están debajo de Teemu.

Teemu tiene la vista clavada en la grada de Hed, en el lado opuesto de la arena. En sus ojos no hay absolutamente nada. Nada de empatía, nada de indulgencia, nada de misericordia. Tal vez está pensando en lo que le prometió a Frac, que durante esta semana no iban a causar problemas. Pero, de hecho, no fue Teemu quien causó esto. Es decir, los hombres de Hed vinieron a su arena, a su casa, para jactarse de haber matado al perro de Sune, ¿y se supone que él debe quedarse atado de manos sin hacer nada al respecto? De ninguna manera, joder. Su voz carece de toda emoción cuando da la señal:

—Al carajo. Rómpanles el cuello a todos.

Las chaquetas negras saltan por encima de las barreras y de inmediato ya están corriendo como si fueran un solo ser. Parece que toda la gente en las gradas con asientos contiene la respiración, y entonces empiezan a gritar y a huir, las familias con hijos pequeños y los jubilados se tropiezan unos con otros en su prisa por hacerse a un lado. Las chaquetas negras avanzan como una ola de oscuridad, pisoteando *hot dogs* y palomitas de maíz por todos lados.

Adri agarra a Teemu del brazo y le pregunta a gritos:

—¿NO ME DIJISTE QUE LE HABÍAN PROMETIDO AL CLUB QUE IBAN A ESTAR TRANQUILOS?

Teemu se queda mirándola, sin arrepentimiento alguno, aunque tal vez con algo de compasión:

—¿El club? Nosotros somos el club.

Y luego él también se echa a correr, con Benji a su lado. Adri intenta detener a su hermano, pero le resulta imposible. De hecho, tal vez en el fondo ni siquiera desea hacerlo. Los ladridos de la otra grada ya se han extinguido en medio de un rugido exaltado, pero las manos de Adri todavía recuerdan el peso del animalito cuando lo cargó para depositarlo en su tumba. Quizás ella no quiere que haya violencia, pero ya no puede criticar a las personas que la practican.

Los padres en el túnel de los jugadores perciben el peligro como cuando uno oye el estruendo de un tsunami que se avecina, les gritan a los chicos de trece años en la pista que salgan del hielo, el pánico se desata y el caos se apodera de la arena de hockey entera en cosa de un instante.

•••

Tobías ve venir a las chaquetas negras desde la grada al otro lado de la arena, y advierte que su propia grada está dividiéndose en dos grupos: los que empiezan a retroceder y los que avanzan a toda velocidad para enfrentarse a la amenaza. Tobías tiene dos padres que le enseñaron a siempre correr hacia el fuego de modo que ni lo piensa, solo salta por encima de una barandilla, cae varios metros y aterriza sobre un piso de concreto, y entonces corre lo más rápido que puede directo hacia la pista. Lo único en lo que puede pensar es en que tiene que llevarse a su hermano menor de aquí.

Hannah y Johnny vienen a toda prisa bajando por las gradas con el mismo objetivo en mente, pero la multitud es demasiado grande y el caos demasiado avasallador. El caudal de gente los empuja hasta la esquina de la arena más cercana a los vestidores, y ahí es donde Bobo extiende el brazo y logra agarrar a Johnny del hombro. Johnny se vuelve y se derrumba por dentro de todas las maneras posibles cuando oye a Bobo gritar:

—¡TESS ESTÁ CONMIGO! ¡NO SE PREOCUPE POR ELLA! ¡ENCUENTRE A TOBBE Y A TED! ¡NOS VEMOS EN EL ESTACIONAMIENTO!

Desde la otra dirección, Hannah no puede evitar soltar los dedos de Johnny por un solo instante, y es como si una implacable corriente submarina los arrancara al uno del otro, en un parpadeo ya hay diez metros de distancia entre los dos. Tobías y Ted aparecen de la nada, Ted todavía tiene puestos los patines y todo su equipamiento de hockey, y Tobías está agitando los brazos con frenesí para despejar el camino. Detrás de ellos, Teemu y las primeras chaquetas negras llegan hasta la grada de Hed, algunos de los hombres vestidos de rojo que permanecieron ahí para defenderla arrancaron pedazos de las tablas del piso y están blandiendo estas armas improvisadas de forma brutal en contra de las chaquetas negras, que están tratando de subir por la tribuna. A algunos les rompen la nariz o les destrozan la mandíbula, pero las chaquetas negras simplemente siguen avanzando. Johnny tiene tiempo de pensar «alguien va a terminar muerto», pero Hannah se abre paso entre la multitud con las uñas y agarra a su esposo antes de que él pueda concluir su reflexión.

—¡LOS MUCHACHOS! ¡SACA A LOS MUCHACHOS DE AQUÍ!

Detrás de ella, el papá de uno de los compañeros de equipo de Ted está enfrascado en una pelea intensa contra dos papás del equipo de Beartown. Hannah recibe un codazo en la sien y casi pierde el equilibrio. Johnny lo ve y arroja al aire a todas las personas que se interponen entre su esposa y él. Justo cuando llega al lado de Hannah, Tobías llega también desde la dirección opuesta. Johnny apenas si puede reconocerlo, el chico de quince años parece un hombre hecho y derecho, no siente temor en lo absoluto. Está jalando detrás de sí a Ted con una mano y con la otra ayuda a su mamá a levantarse. Un pequeño hueco se abre entre la multitud, toda la familia lo ve al mismo tiempo y se precipitan hacia la salida. Primero los muchachos, luego Hannah, Johnny viene hasta atrás, pero comete el error de echar un vistazo por encima del hombro mientras avanzan a toda velocidad. No ve al hombre que viene corriendo a la vuelta de la esquina desde el almacén, más allá de los vestidores. Los dos chocan cabeza contra cabeza por accidente, aunque de lleno, y todo lo que hay en la mente de Johnny guarda silencio por unos cuantos segundos. Entonces, percibe que su frente se va volviendo pegajosa, pero no siente ningún dolor. Parpadea confundido a través de sus ojos llenos de humedad, y ve que el hombre frente a él ha caído al suelo de rodillas y tiene una ceja partida de la que emana sangre a borbotones. Ese hombre es Peter Andersson.

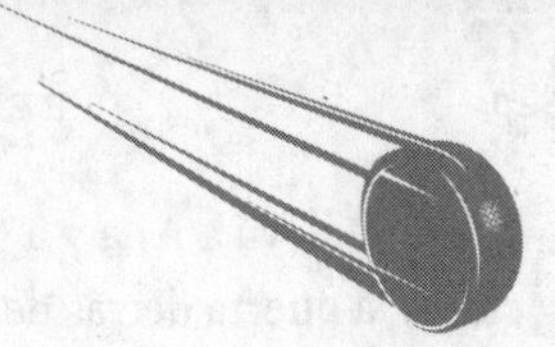

SANGRE

La cafetería se llena con rapidez de familias enteras que huyen de la violencia, presas del pánico. Mira no tiene tiempo de reflexionar cuál es la mejor acción a seguir, de modo que solo se planta en la entrada con las piernas abiertas. Supone que tiene alguna clase de noción ingenua que la hace creer que ella cuidará este acceso en caso de que los hombres en la pista se decidan a tomar por asalto la cafetería, aunque ahora una duda cruza por su mente: «¿Cómo, Mira? ¿Cómo vas a detenerlos?».

Pero, entonces, siente que alguien la roza al pasar por su lado izquierdo, y luego alguien más a su derecha. Maya y Ana. Maya está ahí para proteger a su mamá, Ana está ahí para proteger al mundo entero. Por una sola vez, dos muchachos vienen subiendo por la escalera a toda velocidad, a Mira ni siquiera le alcanza el tiempo para distinguir si son de Hed o de Beartown, pero llevan unos tubos de hierro en la mano, y eso es suficiente para que Ana se limite a esperar, hasta que el primero de ellos se encuentra lo bastante cerca como para recibir una patada en el pecho que jamás olvidará. Sale volando hacia atrás, y su amigo se detiene a media zancada, con los ojos desorbitados. Entonces toma la mejor decisión de su vida y huye.

—¡CARAJO! —grita Ana y regresa saltando con una pierna, pues se siente como si se hubiera fracturado el maldito pie de nuevo. ¿Por qué rayos los chicos tienen que ser tan jodidamente duros cuando los pateas?

Mira se lleva a Ana y a Maya de vuelta al interior de la cafetería y cierra la puerta detrás de ella. Transcurren un par de minutos, y luego es como si el infierno allá afuera de pronto se apagara, como si alguien hubiera desconectado el cable de un altoparlante. Cuando abren la puerta de nuevo, la arena se encuentra casi vacía.

●●●

Peter está arrodillado, gime de dolor mientras la sangre fluye hacia sus ojos. Johnny está de pie, inclinado encima de él, no para golpearlo sino para ayudarlo, pero eso no es lo que parece. Teemu ve esta escena desde arriba en las tribunas. Y entonces todo se va al demonio.

●●●

Adri sigue en la grada de Beartown. Ni siquiera le pasa por la mente la idea de correr en alguna dirección. No quiere pelear, pero tampoco quiere huir. No está llena de odio ni de miedo, solo se siente vacía. No es sino hasta que oye que alguien la llama por su nombre que vuelve a la realidad, y entonces mira hacia atrás. Es Benji. Sostiene a Alicia en sus brazos. Adri nunca entenderá cómo fue que su hermano halló a la pequeña, pero, en algún punto entre la grada de Beartown y la de Hed, Benji oyó la voz de Alicia y, mientras todas las chaquetas negras siguieron avanzando al frente, él cambió de dirección.

«¿Qué rayos estás haciendo aquí, niña loca?», gritó él.

«Quería ver el partido, pero Sune no tenía ganas, ¡así que vine yo sola!», le respondió Alicia con un bufido, tratando de sonar muy molesta, aunque en realidad se sentía aterrada.

Benji se agachó y la levantó para llevársela lejos del alboroto, y ahora la carga como si fuera su hijita. Ella lo abraza como si siempre lo hubiera sido, se aferra a él como las algas a un cuerpo que recién acaba de salir del mar. La furia de Adri desaparece de inmediato y solo queda el cansancio. Endereza la espalda como si necesitara recuperar la sensibilidad en todas sus extremidades, y luego lleva deprisa a su hermano y a la pequeña hacia una salida de emergencia. Cuando llegan al estacionamiento todas las tensiones se liberan y Alicia empieza a llorar, y los hermanos Ovich ni siquiera voltean a echarle un vistazo al tumulto en la arena, solo siguen avanzando hacia los árboles. Caminan hasta la casa de Sune, dándole la espalda a toda la porquería que dejan atrás en lugar de correr directo hacia ella, cuidan a alguien en lugar de desquitarse por todo con alguien más. Alicia no suelta a Benji en todo el camino. Esa noche duerme en el sofá al lado de Adri. Ellos quizás no cuenten como una familia ante las autoridades, pero algún día, dentro de muchos años, esa niña jugará su primer partido con la selección nacional, y, cuando le pregunten qué apellido quiere portar en la espalda de la camiseta de su uniforme, pedirá que le pongan el apellido de Adri y Benji.

•••

Peter alza la mirada y parpadea a través de la sangre, ve la mano extendida de Johnny y a Teemu bajando de un brinco desde las gradas, con alguna clase de tubo de metal en la mano. Haciendo uso de todas sus fuerzas, Peter apenas si logra emitir un pequeño grito, un entrecortado y lastimero:

—¡Cuidado!

Que no va dirigido a Teemu, sino a Johnny. El bombero se da cuenta del peligro y esquiva el tubo de metal en el último instante. Teemu se tambalea y se tropieza contra Peter, esto le permite a Johnny ganar un par de segundos para retroceder y, para cuando Teemu se pone de pie y está a punto de abalanzarse sobre Johnny, alguien más se ha interpuesto entre ellos. Es un hombre gordo y bajo de estatura, pero la cremallera de su chaqueta está entreabierta y Teemu se fija en la pistola metida en su cinturón, mucho antes de ver el rostro de Lev un poco más arriba.

—¡Ven! —dice Lev con decisión, y arrea a Johnny para que se coloque detrás de él.

Ahora está agarrando la pistola, escondiéndola a medias en la palma de su mano, apunta al suelo pero tiene la vista clavada en Teemu.

Hannah, Tobías y Ted están a unos pocos metros de distancia. Retroceden detrás de Lev y Teemu permanece de pie, tan quieto que pareciera que todo a su alrededor también va desacelerándose. Tal vez es una reacción en cadena directa cuando algunos miembros de la Banda ven lo que le está pasando a su líder y se detienen de inmediato, luego otros hacen lo mismo, luego unos cuantos más, y cuando suficientes chaquetas negras dejan de pelear, los demás siguen su ejemplo. La multitud sigue siendo muy densa, pero se va volviendo menos agresiva. Con menos pánico, la gente se precipita en tropel hacia el estacionamiento. Las últimas personas prácticamente salen caminando como si estuvieran marchándose de un cine. Casi nadie tuvo tiempo siquiera de ver la pistola, excepto aquellos que estaban más cerca de Lev. Todo pasó muy rápido, y de un momento a otro todo se ha terminado.

—Ser buen vecino, ¿sí? —le dice Lev a Johnny con una pequeña sonrisa, casi como si esto lo divirtiera, cuando salen a la nieve.

Johnny está demasiado conmocionado para responder, tan cegado por el miedo de que algo podría haberles pasado a sus hijos y tan agradecido de que Lev haya logrado sacarlos de la arena que ni siquiera piensa en la pistola que desaparece debajo del cinturón de ese hombre. Se despiden con un leve gesto de cabeza, y Lev parece desvanecerse en el aire entre los vehículos que se hallan en el estacionamiento.

•••

Teemu no se ve asustado, más bien parece solo sorprendido. Casi fascinado, de hecho. En cuanto Lev ha desaparecido, Teemu da la impresión de haberse olvidado de todo lo que pasó, como si solo hubiera sido un juego entre niños en el que esto es lo que deberías haber esperado que sucediera. Teemu se agacha y pregunta:

—¿Estás bien?

—No lo sé —responde Peter con sinceridad.

—¡¡¡PETER!!! —grita una voz, con tanta fuerza que taladra los oídos.

—Carajo, ahora sí te van a regañar —sonríe Teemu de manera burlona.

Peter nunca dejará de sorprenderse por lo tranquilo que se siente en este momento. Pareciera que se ha vuelto inmune a la adrenalina.

—¡PAPÁ! —grita Maya, corriendo junto a su mamá, y detrás de ellas viene Leo a trompicones; parece haber vomitado, pero esa ya es una historia demasiado larga como para que alguien tenga ganas de contársela a Peter justo ahora.

—¿QUÉ PASÓ? —grita Mira con tanta intensidad que incluso Teemu se quita de su camino, pero aun así no puede contenerse y se le escapa decir:

—Bueno, tú sabes, solo esas maneras propias de un rufián, ¡es tan típico de Peter liarse a golpes! Tratamos de detenerlo, pero tú sabes cómo se pone cuando está furioso…

Teemu de verdad está bastante seguro de que Mira lo habría asesinado ahí mismo y en ese instante si Peter no se hubiera interpuesto entre ellos. La mentira brota de Peter con tanta facilidad que lo toma por sorpresa a él mismo:

—Iba corriendo y me estrellé contra un poste, querida, eso es todo. Solo fue un estúpido accidente.

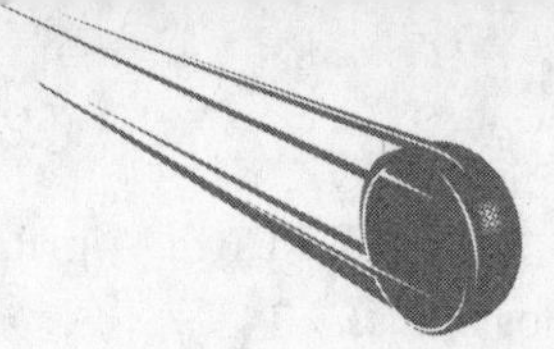

GANANCIAS

De entre todos los hombres que hoy se encuentran en la arena, solo dos están vestidos con traje y corbata. Los asientos que ocupan están muy alejados entre sí, quizás no son conscientes de la presencia del otro en el lugar. Uno de ellos es Frac, el otro es Richard Theo, el dueño del supermercado y el político; ambos tienen una reputación igual de mala, cada cual en su respectivo ramo, pues sus rivales consideran que no siguen las reglas. Ellos afirman que eso es justo lo que hacen, simplemente conocen el juego mejor que todos los demás. Han venido a la arena por razones diferentes. Frac espera poder guiar el curso de los acontecimientos, Theo solo los analiza. Frac observa a los chicos de trece años sobre la pista, Theo solo observa al público. Uno mira a los jugadores, el otro a los electores.

Frac ha pasado todo el día deseando con desesperación poder orquestar una tregua entre Beartown y Hed que dure lo suficiente para salvar a ambos clubes, pero, cuando ve el tamaño del público y oye el primer «¡guau!» de la grada de Hed, sabe que todo ha terminado. Ya no importa que Teemu le haya prometido que iba a permanecer tranquilo. Nadie va a tener una sola oportunidad.

Sin embargo, Richard Theo está sentado ahí, en apariencia imperturbable, contemplando el momento en el que estalla la trifulca. El dueño del supermercado corre hacia la pista como un hombre poseído y trata de evitar que todos se maten a golpes entre sí, pero el político reflexiona que, de hecho, tal vez esto es justo lo que se necesita: tal vez lo que puede salvar a los dos clubes no es la paz, sino la guerra. Solo tiene que descifrar cómo usar esto a su favor.

Es Peter Andersson quien resulta ser la respuesta, siempre lo es en este pueblo, de una forma u otra, piensa Theo con una leve sonrisa. Está sentado tan arriba en las gradas que al final él es la única persona que tiene un panorama general completo de todo el caos allá abajo. Él acostumbra decir que sus éxitos políticos se deben a que, cuando todos los demás corren en una dirección, él corre en la otra; pero, esta vez, solo tiene que permanecer inmóvil en su asiento. Ve a Peter Andersson cuando sale a toda velocidad del almacén y se estrella contra un hombre enorme de su misma edad, vestido con una camiseta del cuerpo de bomberos. Ve que la ceja de Peter se parte y se convierte en una fuente de sangre, pero también ve cómo reacciona Teemu de inmediato, como si fuera su responsabilidad defender a Peter, y se abalanza hacia donde está él; y ve cuando Lev se aparece para defender al bombero. Las alianzas podrán ser inesperadas mas no ilógicas, en todo caso, no para un político que ha construido toda su carrera con base en amistades fuera de lo común.

Cuando, justo después de esta escena, todo se tranquiliza en un abrir y cerrar de ojos, cuando la trifulca ha terminado y la arena de hockey se vacía de gente como un lavabo se vacía de agua, Frac está empapado de sudor, pero Theo está fresco como una lechuga. Uno solo está pensando en todo lo que podría perder ahora, el otro ya tiene planeado cómo va a conseguir todo lo que quiere.

Mientras Frac deambula por todo el estacionamiento para ver si hay algún herido de consideración, Richard Theo camina a paso lento rumbo a su oficina. Es una noche hermosa, las estrellas brillan en el cielo después de la nevada, hay hielo en sus fosas nasales y el suelo cruje bajo sus pisadas. Theo ama este lugar, desde luego que la gente no lo creería si lo oyera, pero ha recorrido medio mundo en sus viajes y, de todos modos, nunca ha visto algo como esto. El bosque y el lago, la naturaleza salvaje y la nieve, no hay nada que lo supere.

A Theo no le sorprende que el pueblo empuje a las personas hacia la violencia, también podría haberlo empujado a él mismo hacia la violencia si creyera que alguien estaba tratando de quitárselo. Esa es la revelación que lo ayudará a resolver los problemas de toda la gente. Así es como va a ganar.

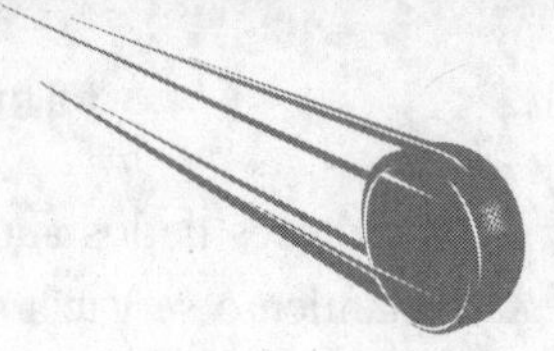

PANDILLEROS

Bobo y Tess están esperando junto a la furgoneta. Johnny y Hannah dejan a sus hijos con ellos y regresan por donde vinieron para ver si alguien está herido o necesita ayuda. Por más asombroso que parezca, la respuesta es «no». Como es lógico, los chicos de trece años que iban a jugar el partido salieron ilesos, pues todo el tiempo tuvieron puesto su equipamiento de hockey; e incluso entre los padres y otros espectadores solo se presentan unos cuantos casos de moretones y rasguños, que se dieron cuando la gente se agolpó, por lo que no son consecuencia de ninguna riña. Los hombres de las gradas de pie solo estaban buscando pelea entre ellos. Johnny sabe que algunos de los bomberos más jóvenes de la estación acostumbran llamar a esto «honor entre pandilleros». Varios de ellos tienen tatuajes del toro rojo, bastante más grandes que el suyo. Son bomberos, pero por encima de todo, son gente de Hed, y son distintos a él. Llevan más furia en su interior. Es eso, o es solo que Johnny se ha hecho más viejo. De vez en cuando reflexiona que los muchachos que crecen en su pueblo natal ahora tienen menos referentes con los que pueden identificarse que en su época. Todas las personas necesitan sentirse importantes, todos buscan algo a lo que puedan pertenecer, pero cada vez hay menos cosas a las que aferrarse en Hed. «Solo peleamos contra la Banda, jamás tocaríamos a los civiles», dijo uno de ellos en alguna ocasión, y Johnny no pudo evitar pensar que ese era el problema, que usan la palabra «civiles» como si ellos fueran militares.

Los motores de los autos se encienden por todas partes y el estacionamiento se vacía con rapidez. En otros pueblos y entre otra clase de personas, es probable que el pánico hubiera sido más grande, pero parece que aquí la gente se sobrepone a ello en cosa de un par de minutos. Casi todos han visto antes una pelea entre pandilleros: tan pronto como el drama se termina, todo vuelve a la normalidad, para mañana la mayor parte de lo sucedido ya se habrá olvidado.

Johnny se da cuenta de que lo único que quizás se siente distinto en esta ocasión es que hacía mucho que esto no pasaba. Dos años desde la última riña grande de verdad, que terminó con una pandilla de Hed incendiando La Piel del Oso, entonces la Banda de Beartown los cazó a través del bosque, luego un auto se estrelló y al final un adolescente de Beartown perdió la vida. Tras estos hechos, fue como si todo el mundo se hubiera dado cuenta de que las cosas habían ido demasiado lejos, y si el conflicto se prolongaba, los llevaría a una guerra sin cuartel. Incluso los peores hombres de Hed se serenaron lo suficiente como para ponerse de pie y entonar el cántico de Beartown en el siguiente partido: «Somos los osos». Ese gesto fue una bandera blanca, y Teemu y sus muchachos la aceptaron. Todo el mundo se replegó. Durante dos años. Pero ¿ahora? Incluso si la bronca de hoy se termina pronto, Johnny sabe que, o es el final de una pequeña contienda, o el inicio de una mucho, mucho más grande.

En el ambiente flotan los sonidos de sirenas que vienen por el camino, de llantos infantiles por aquí y por allá, pero también de conversaciones relajadas e incluso de una que otra carcajada. Johnny regresa a la furgoneta por delante de Hannah; Tobías no los ve, así que se vuelve hacia sus hermanos y dice en voz alta, muy emocionado:

—¿Vieron la pistola? ¿Vieron la expresión en la cara de todos esos imbéciles de Beartown? ¿Vieron cómo se cagaron encima? ¡Ahora saben que no deben meterse con nosotros, joder!

Pero Tess está a un metro de distancia, junto a Bobo, y ella solo mueve la cabeza de un lado a otro con tristeza y susurra:

—No. Ahora lo único que creen todos es que también tienen que conseguirse una pistola.

Hannah no alcanza a oír esto. Johnny finge que no lo oyó. Pero espera que Tess esté equivocada. Dios santo, de verdad que abriga esa esperanza.

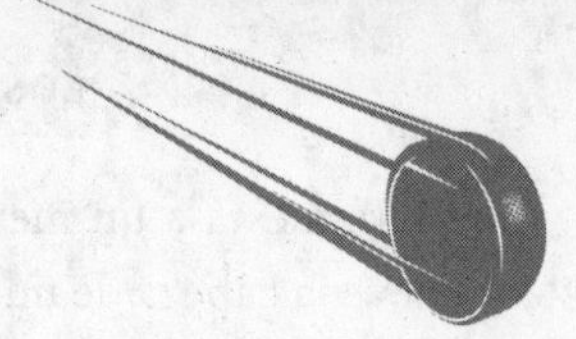

VERDADES

Ya entrada la noche del jueves, todas las chaquetas negras de Beartown están sentadas en la sala de urgencias del hospital en Hed. Teemu se fracturó dos dedos contra la mandíbula de alguien, y dos de sus muchachos se fracturaron la nariz con el puño o el codo de alguien más; a pesar de, o quizás justo por ello, están de muy buen humor, tanto que resulta hasta ridículo. Bromean y cantan canciones subidas de tono. Más que nada están mofándose de Peter, pues el antiguo director deportivo tuvo que venir aquí con su ceja partida, y las enfermeras decidieron rápidamente poner a todas las personas de Beartown en una sala aparte, para que ya no hubiera más conflictos con la gente de Hed. Cada vez que una enfermera entra para llamar a alguien, todos los miembros de la Banda le ruegan que «¡Atienda al jefe primero!», y entonces hacen un gesto con la cabeza hacia Peter con los ojos muy abiertos y susurran: «¡Por favor, no se preocupe por nosotros, solo somos soldados de infantería, ayude al Padrino primero! ¡Él es el que da las órdenes!». Peter le pide a Teemu que los mande callar, pero Teemu se está riendo demasiado como para que eso sea posible.

—Todos ustedes no se toman nada en serio, realmente no se toman nada en la vida en serio… —masculla Peter.

—Bueno, en todo caso no somos nosotros los que nos peleamos con los bomberos y a los que luego amenazan con una pistola, así que tal vez deberías tratar de tomarte la vida un poquito menos en serio, ¿no crees? —le responde Teemu con una sonrisa socarrona.

No es fácil para Peter refutar esto, de verdad que no lo es. Uno de los hombres de la Banda recibe una llamada telefónica y le hace un gesto con la cabeza a Teemu, quien de inmediato se va con él a un rincón, donde hablan en voz baja. Tal vez se trata de los hombres en la grada de Hed, tal vez se trata de Lev, Peter nunca podrá saberlo porque es justo en ese momento cuando una enfermera lo llama, entonces se lo llevan de ahí y le vendan la ceja. El médico le pregunta qué le pasó, y Peter responde «Estaba corriendo y me estrellé contra un poste». Considerando lo duro que es ese bombero, no parece del todo una mentira. El médico lo envía a su casa sin mayores ceremonias cuando termina de curarlo, hay una larga fila esta noche y no hay tiempo para charlas triviales.

Cuando Peter regresa a la sala de espera, Teemu sonríe de manera burlona:

—¡Qué bueno tenerte de vuelta, Padrino! ¿Cómo te sientes?

—Como si me hubiera estrellado contra un poste —dice Peter con una sonrisa.

Teemu pone la mano en el hombro de Peter de modo confianzudo y le pregunta por lo bajo:

—Oye... Quisiera abrir La Piel del Oso esta noche, para los muchachos. Solo los más cercanos. Tomar unas cuantas cervezas y... bueno, tú sabes... como en los viejos tiempos. ¿Te parece bien? ¡Prometo que al final limpiaremos todo el lugar!

—Tú tienes las llaves de La Piel del Oso, ¿no? —pregunta Peter sin entender en realidad de qué va esto, y entonces no sabe cómo responder a lo que Teemu dice a continuación:

—Lo sé. Pero no quiero hacerlo si no te parece bien. No... no tengo a nadie más a quien pedirle permiso.

Así que Peter asiente. Teemu le devuelve el gesto, moviendo

la cabeza despacio, agradecido. Entonces, uno de los muchachos detrás de él le pasa un ramo de flores, y Teemu a su vez se lo entrega a Peter.

—¿Para mí? Vaya, no tenían que ha… —empieza a decir Peter, pero Teemu lo salva de seguir haciendo el ridículo, susurrándole de inmediato:

—No son para ti. Son para tu esposa.

—¿Para… Mira?

Teemu asiente.

—Los muchachos se enteraron de que está ayudando al club como abogada. Tenemos un pequeño lío con unos periodistas y Mira ha estado dispuesta a darnos su apoyo. Los muchachos querían darle las gracias.

Peter parpadea, confundido.

—¿Mira? ¿Ella está ayudando al club? ¿Dónde oyeron eso?

No tenía que preguntarlo, desde luego, pues la respuesta es más que obvia:

—Tú sabes. La gente habla.

●●●

Mira está sentada a bordo de su auto, en el estacionamiento del hospital, esperando a Peter. Primero dejaron a Maya, a Ana y a Leo en su casa en Beartown, en parte porque Leo vomitó en el coche y en parte porque Ana le dio tantos consejos a Peter sobre lo que debía hacer «la próxima vez que termine en una pelea», que habría sido insoportable tenerla de acompañante durante todo el camino hasta Hed. Mira está contenta de haberlo hecho, pues varios jóvenes con chaquetas negras estacionaron sus autos alrededor del de ella para protegerla de alguna posible turba de aficionados de Hed, y así no tiene que explicarles esto a sus hijos. La Banda, que acostumbraba amenazar la vida de Peter cuando era director deportivo, y de cuyas chaquetas negras logró arrancar a Leo con las uñas sangrantes para que ya no quisiera ser parte de ellos… ¿ahora es su defensora? Ni siquiera puede explicárselo a sí misma. Pero estos son tiempos extraños. Días terribles.

Su teléfono suena y lo contesta casi aliviada cuando ve el nombre de la colega.

—¡Me enteré de la trifulca! ¿Estabas en la arena? ¿Te encuentras bien? —exclama la colega, quien es evidente que se ha bebido más o menos una docena de copas de vino.

—Sí, sí, pero Peter se partió la ceja, así que estamos en el hospital.

—¿Se partió la ceja?

—Él dice que se estrelló contra un poste mientras corría.

La colega permanece en silencio por un buen rato.

—Es increíble cuántas cosas absurdas les ocurren justo a ustedes.

Mira exhala un suspiro.

—Mejor no empecemos. ¿Tú cómo estás?

—¡Bien! ¡Estoy en mi casa, bastante ebria! ¡Encontré algo que podemos usar si presentan cargos en contra de Peter!

Mira se endereza en su asiento.

—¿Qué cosa?

—¡Podemos decir que alguien falsificó su firma! Hablando en serio, ¿has visto la firma de tu esposo? Parece la de un niñito.

Ella tiene razón. Antes de que Peter se marchara a la NHL tuvo que dar tantos autógrafos en los partidos que Beartown jugaba de local, que aprendió a trazar su firma de una manera muy simple, para poder hacerlo con rapidez. Probablemente cualquiera podría imitarla, con tan solo unos cuantos minutos de práctica.

—¡Eres un genio!

La colega suspira:

—¿Verdad que sí? Pero… bueno… tú sabes, mentir al respecto sería total y absolutamente ilegal, desde luego. Tú y yo podríamos terminar en la cárcel si tratamos de hacerlo. Pero sería … un último recurso. Si nada más funciona.

Mira asiente con lágrimas en los ojos.

—Gracias.

—Lo que sea por ustedes, tú lo sabes.

Mira respira hondo, y mientras inhala no puede evitar temblar de repente.

—Visto desde una perspectiva puramente moral, ¿crees que lo que estoy haciendo está mal, defender a Peter de esta forma?

La colega respira con lentitud al otro lado de la línea, no como si estuviera vacilando, sino como si de verdad estuviera tratando de encontrar las palabras adecuadas.

—Sabes, Mira, toda mi concepción sobre la moral y la ética se reduce a una sola cosa: no si se trata de tu familia. Puedes tener mil principios, pero no aplican si se trata de tu familia. Protegerla es tu prioridad, por encima de la moral, incluso por encima de la ley. La familia es primero. Tú eres muchas cosas, pero antes que nada, eres una madre. Antes que nada, eres una esposa.

Mira apoya la frente en el volante.

—Una vez más, muchas gracias. Sé que lo he dicho antes, pero muchas gracias de nuevo.

La colega suena casi ofendida.

—Ustedes también son mi familia.

•••

Peter sale caminando del hospital, sintiéndose mareado, y pasa dos veces junto al auto de Mira antes de reconocerlo. Entonces trata de abordar el asiento del conductor, y Mira resopla:

—¡De ninguna manera voy a dejarte conducir! ¡Estás más vendado que una momia!

Así que él rodea el auto con pasos pesados y se sube al asiento del acompañante. Mira está furiosa, desde luego, pero así es como debe ser. Ella se enfada cuando tiene miedo. Es la clase de persona que regaña a sus hijos cuando se lastiman, así es como ellos saben que los ama.

—Era un jodido poste muy duro —dice Peter tratando de bromear, mientras se toca la ceja.

Mira lo ve de reojo sin encender el auto. Su tono es suave, pero sus palabras atraviesan la piel de Peter como cuchillos bien afilados:

—Por mí está bien que no siempre me digas toda la verdad. Pero no trates de mentirme. Eres malo para mentir porque no has tenido mucha práctica, y yo amo ese detalle de ti. Por eso eres la única persona en todo el mundo en quien puedo confiar.

Peter siente dolor en toda la cara cuando cierra los ojos con fuerza.

—Fue… un accidente. Iba corriendo cuando choqué con un tipo de Hed, no quise decir nada porque no quería que lo malinterpretaras…

La furia de Mira aparece de la nada, como las burbujas de una bebida carbonatada que alguien agitó:

—¿Malinterpretarlo? ¡Mira a tu alrededor! ¿ESTOS son tus amigos ahora?

Con un gesto de sus manos, Mira señala a las chaquetas negras a bordo de los autos que están a su derecha y a su izquierda. La verdad sea dicha, la pregunta está dirigida a ella misma tanto como a su esposo. Ella ha odiado a estos pandilleros por mucho tiempo, pero, justo ahora, agradece que estén del lado de Peter, pues quizás eso ahuyente a los periodistas. Pero ¿cómo se supone que una abogada puede estar conforme con todo esto?

Peter luce avergonzado y decidido al mismo tiempo. Cuando entrega las flores, dice con tono acusador y de disculpa por partes iguales:

—Me las dieron Teemu y sus muchachos. Dijeron que estás trabajando como abogada para ayudar al Club de Hockey de Beartown, y querían agradecerte. ¿Por casualidad quisieras contarme de qué se trata todo ese asunto?

Es solo hasta entonces que Mira lo comprende. Los hombres con chaquetas negras no están en el estacionamiento para proteger a Peter, están ahí para protegerla a ella.

—Yo… —empieza a decir, lista para inventarse una excusa,

porque si hay algo de ella misma que la avergüenza es el hecho de ser muy buena para mentir.

Pero entonces mira a su esposo a los ojos, y él luce como la primera vez que entró al restaurante de los padres de Mira hace más de veinte años, después de perder un tonto partido de hockey que había sido el más importante de su vida. Ella se acuerda de todo aquello de lo que se enamoró: un muchacho que estaba en búsqueda de algo, un buen padre, un hombre decente. Así que le dice la verdad. Toda la verdad. De una sola vez.

—Frac fue a la casa el otro día, cuando viajaste con Zackell para ver a Aleksandr. Creo que tal vez ese fue el plan de Frac desde un principio. Necesitaba alejarte de la ciudad para poder hablar conmigo…

Mira respira tan hondo que eso la hace sentirse mareada, y luego le cuenta a Peter sobre el puesto que le ofrecieron en la junta directiva. Sobre el trabajo que su firma obtendría por todos los asuntos legales concernientes al Parque Industrial de Beartown, y cómo esa es la forma en la que Frac y los demás patrocinadores la están sobornado y la están ligando más al club. La forma en la que están haciendo que ella dependa de la red de favores y pagos de favores del pueblo igual que todos los demás, de modo que se vea obligada a salvar al club al mismo tiempo que salva a Peter.

—¿Salvarme… a mí? —susurra Peter de manera apenas audible, sonando tan lastimero y conmocionado que sus cuerdas vocales apenas si son capaces de emitir las palabras.

Mira le cuenta con calma y objetividad acerca de todos los contratos que ha visto, todos los huecos en la contabilidad, el centro de entrenamiento que no existe y todos los documentos relacionados con él que tienen la firma de Peter al final.

—Lo que ustedes han hecho en ese club durante los últimos años, cariño, eso es… Ni siquiera sé qué palabras usar… Básicamente es lavado de dinero. Corrupción. En términos legales, definitivamente estamos hablando de delitos contables y «deslealtad al cliente». El periódico local trajo de fuera a un reportero para que hurgara en todo este asunto, y tarde o temprano va a encontrar todas las cosas que ustedes escondieron. Considerando cuánto dinero del municipio está involucrado… maldita sea, cariño… ¡podrías acabar en la cárcel!

Mira se queda sin aire antes de que se le acaben las palabras. Sus dedos vibran con el volante a pesar de que el motor todavía está apagado. Peter, sentado a su lado, tan pálido como un cadáver, está cayendo miles de kilómetros directo a un agujero negro. Toda su identidad se derrumba. Está sudando e hiperventilando, quiere bajar la ventanilla con desesperación, pero teme que todos los secretos dentro del auto salgan volando. Termina por sentirse tan mal que apoya la frente en la guantera. Pasan varios minutos antes de que logre decir:

—¿El centro de entrenamiento? No… No sabía qué estaba firmando, querida, sé que ahora suena como una mentira, pero si hubiera sabido que era algo ilegal nunca habría… ¡nunca! Creí que solamente estaba haciéndole un favor a Frac… Sabes que firmé cientos de documentos cuando trabajaba en el club, y cuando él me llamó después de que renuncié me sentí culpable y pensé… por Dios, querida, no estaba pensando para nada. Soy un completo idiota. ¡Soy un completo IDIOTA! Me dijo que todo estaba bien con el ayuntamiento, que solo necesitaban un «nombre reconocido». Yo solo confié en que él…

—Lo sé —susurra Mira, pero él no la escucha. Está demasiado ocupado cuestionándose todas y cada una de las decisiones que alguna vez tomó.

Ella piensa en que la cosa más inconcebible respecto de Peter y de Frac es, de hecho, lo mucho que les sorprende que los periodistas hayan desenterrado esto: como si fueran unos niños pequeños que, a la mitad de un juego, se dan la vuelta y se quedan atónitos al descubrir que alguien ha estado observándolos todo el tiempo. ¿Quiénes se creen que son? ¿Qué creen que hacen los periodistas? ¿Nadie en el club tenía un plan de acción en caso de que alguien lo revelara todo?

Peter deja escapar un resoplido:

—No puedo creer que he sido tan idiota. No puedo *creerlo*. Yo solo… Es decir, yo sabía que algunos detalles de los contratos con los jugadores se ubicaban en un área gris. Que tal vez la junta directiva y los patrocinadores hacen trampa. Pero siempre fingí que no me enteraba de esas cosas. Me convencía a mí mismo de que no sabía nada sobre las finanzas, solo debía enfocarme en el hockey. Pero yo… JAMÁS haría algo ilegal, cariño, no con…

—¡Lo sé! ¡Lo sé! ¡Sé que eres inocente! —lo interrumpe Mira de repente con un tono más duro.

La voz de Peter se convierte en algo que es apenas poco más que un jadeo.

—¿Cómo? ¿Cómo lo sabes? ¡Ni siquiera yo lo sé!

Los ojos de Mira están exhaustos, sus mejillas húmedas, sus labios secos.

—Porque te conozco. Yo te oculto muchos secretos, pero tú casi no me ocultas ninguno. Empecé a ver a un sicólogo de nuevo, no te lo había dicho porque pensé que podía arreglarlo todo por mí misma. Hace algún tiempo, el sicólogo me preguntó cómo me sentía, y le dije que era como si estuviera ahogándome; me preguntó qué impedía que me ahogara por completo, y le respondí «mi esposo». Le respondí… que tú. Porque en ti veo tierra firme, cariño. Tú me proporcionas el aire que respiro. Y no conozco a alguien que sea peor mentiroso que tú. Por eso sé que no has cometido ningún delito a propósito.

—Te amo, eres la única… tú y nuestros hijos… ustedes son lo único…

—Lo sé.

Apenas si pueden verse el uno al otro, sin importar cuánto parpadeen.

—¿Qué vamos a hacer? Tengo que ir a la policía para confesarles todo, tengo que… —empieza a decir él con desesperación, pero ella mueve la cabeza de un lado a otro.

—No. Hablé con Frac, y justo ahora él está hablando con todos sus contactos, todos los patrocinadores y todos los políticos. Vamos a resolver esto.

—¿Cómo? —pregunta Peter entre sollozos.

La mirada en los ojos de su esposa podrá estar rota, pero su voz no tiembla en lo más mínimo cuando le responde:

—Todavía no lo sé, pero tienes que confiar en mí. Encontraré la manera.

—No puedes detener a los periodistas si ellos… —susurra él.

Mira observa por la ventanilla a los hombres con chaquetas negras, y se pregunta en silencio de qué sería capaz ella misma. Hasta dónde está dispuesta a llegar. Entonces se oye a sí misma decir:

—Vamos a convencer al periódico de que no escriba acerca de todo esto. O vamos a crear una situación en la que ya no quieran hacerlo.

—El periódico *debería* escribir acerca de esto, he hecho cosas malas… Ellos están haciendo lo correcto… —responde Peter.

—Esto no se trata de hacer lo correcto —dice Mira.

—Entonces, ¿de qué se trata? —pregunta Peter, con la respiración entrecortada.

Ella ni siquiera tiene una respuesta que dar. Porque ¿de qué se trata todo esto? ¿De estar del lado correcto? ¿De convencerse a uno mismo de que está luchando por las causas correctas? ¿O solo se trata de sobrevivir? ¿Eso es de lo que somos capaces cuando las cartas ya están echadas: tratar de ganar a cualquier precio? Mira no lo sabe, y por el resto de su vida estas interrogantes la harán reflexionar; pero, por ahora, solo se limita a decir:

—De proteger a nuestra familia. Por encima de todo. Tú y yo y los chicos. Es lo único que importa ahora. Voy a encontrar la forma de arreglar esto. Tienes que confiar en mí.

—Confío en ti —susurra él.

Ella mueve la mano muy, muy despacio, como si ese gesto

pudiera romperle el brazo, extiende sus dedos hasta que encuentran los de su esposo. Esboza una sonrisa tan frágil como desafiante, un pequeño acto de rebelión en contra del caos.

—Y cuando todo esto se termine, cariño… quiero que entonces salgamos de vacaciones, con mil demonios. Quiero disfrutar de una sola mañana en la que nadie me pida nada de nada, ¿okey? Quiero un desayuno de hotel y uno de esos vasos chiquititos de jugo de naranja y unos croissants. Quiero mis malditos *croissants*, cariño, ¿okey?

Él apenas si consigue sonreír, pero se lo promete de todo corazón. Ella conduce el auto de regreso a su casa en Beartown y sostiene la mano de su esposo durante todo el camino.

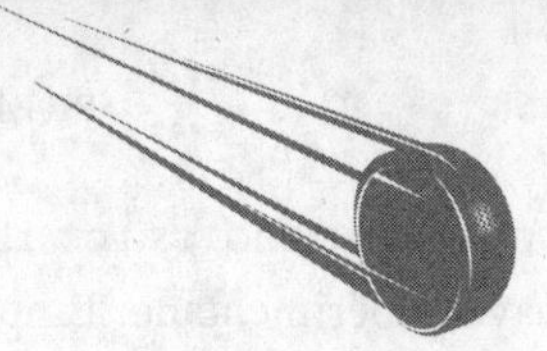

HERENCIAS

La caravana de vehículos que transportan a los aficionados de Hed llega a su pueblo a través del bosque. Las familias de las gradas con asientos dan vuelta en una dirección, hacia las zonas residenciales, mientras que los jóvenes de la grada de pie dan vuelta en otra dirección, hacia El Granero. Tienen unos cuantos ojos morados y narices rotas que deberán vendarles en el hospital, pero la mayoría de sus lesiones son lo suficientemente superficiales como para que una borrachera pueda curarlas. Para sorpresa de todos, el pub que solo conocen como El Granero sobrevivió a la tormenta en buenas condiciones, a diferencia del techo de la arena de hockey, como si Dios hubiera tenido que escoger entre dejar que sus hijos fueran al hockey o se embriagaran después de los partidos. Si hubieras obligado a la clientela del pub a hacer la misma elección esta noche, tampoco les habría sido tan fácil decidirse.

•••

Hannah ya no bebe hasta emborracharse en El Granero, ya es adulta. Ahora bebe hasta emborracharse en la cocina de su casa. Johnny está sentado frente a ella. Hannah se sirvió vino en su taza de café, Johnny se sirvió whiskey en un vaso que —Ana no se atreve a decirle— en realidad es un portavelas. Tess subió para acostar a Ture y se quedó dormida junto a él en su cama. Tobías se apagó como una lámpara en su habitación, con la ropa puesta, es como si su cuerpo durmiera mejor mientras más estrés haya experimentado. Empieza a hacerse tarde, y por fuera de las ventanas todo es oscuridad como en la boca de un lobo, pero, aun así, pueden oírse los impactos que provienen del jardín. Ted está afuera, disparando discos a la luz de todas las linternas que pudo encontrar. Los vecinos en kilómetros a la redonda deben estar oyéndolo, pero ni siquiera los más intolerantes se aparecen para quejarse del ruido esta noche. Tal vez tienen cosas más importantes de qué preocuparse, tal vez solo están mostrándole compasión a un chico de trece años al que le cancelaron su partido y ahora tiene que desahogar su adrenalina de alguna otra manera.

—Debí verlo venir. Para empezar, nunca debimos haber ido al juego —se reprocha Johnny.

—Nadie podría haber sabido que las cosas se iban a salir tanto de control —dice Hannah con firmeza, pero él puede oír cómo rechinan los dientes de su esposa, como el pequeño chisporroteo que se escucha cuando se enciende una mecha.

—No conozco a Lev, si es que estás pensando en preguntármelo. Fui con él a recoger las llantas de Bengt y platicamos un poco, eso es todo. Teemu ha estado amenazándolo por algo relacionado con una deuda, fue por eso que Lev nos defendió.

—¿Nos defendió? ¿Así es como lo ves? —revira ella.

—¿Cómo lo ves tú? —pregunta él disgustado, a pesar de que puede advertir que es una trampa.

—¡Solo empeoró las cosas! ¡Era un partido de hockey entre muchachitos y traía una pistola! ¿Dónde crees que vivimos, en una zona de guerra?

Johnny suspira. Le da vueltas a su vaso. Es ahora cuando se da cuenta de que más bien es un portavelas, pero ella puede olvidarse de la idea de que él vaya a reconocerlo. De todos modos, es whiskey barato, así que un poco de cera no va a hacer una gran diferencia.

—Voy a hablar con él…

—¡Con quien tienes que hablar es con Tobías! ¿Viste sus

ojos? Se parecía a… —farfulla Hannah, pero se detiene antes de terminar con «ti».

Porque esa es la verdad sobre su hijo varón más grande. Se parece a su padre cuando está furioso. Johnny baja la vista a su vaso y deja que el whiskey gire de un lado al otro.

—Se las apañó bastante bien. Lo primero que hizo fue ir por su hermano menor. ¿No es eso lo que le hemos enseñado?

Hannah suspira con la mirada puesta en su vino. Sí, así es. Eso es justo lo que le han enseñado. Entonces, ¿qué la enoja tanto? ¿Lo sabe ella siquiera? Resignada y exhausta, como si solo estuviera poniendo a prueba en voz alta lo que piensa, se le escapa decir:

—Por mucho tiempo he odiado la idea de que Tess decida mudarse a otro sitio para estudiar. Hoy es la primera vez que he deseado que lo haga. Que se vaya lejos de todo esto. Quiero que su mundo sea… más grande.

—También hay mucha violencia allá afuera en el mundo. En todos lados hay idiotas que se agarran a golpes —resopla Johnny.

—Así es. Pero, allá afuera, al menos escaparía de esa clase de violencia que se hereda de generación en generación —responde Hannah y, al oír eso, Johnny levanta su mentón de inmediato y, herido, dice con un susurro:

—¿Porque yo soy de esas personas que quieren matar a otros a golpes?

Hannah niega con la cabeza.

—No. Porque ha habido instantes en esta última semana en los que yo misma he querido hacerlo.

El silencio encoge la cocina, succiona todo el oxígeno. Johnny considera decir un chiste malo, acerca de que Tess no puede heredar de su mamá ninguna inclinación a la violencia porque Hannah es pésima para pelear, pero este no es el momento para algo así. Él comprende bien a qué se refiere ella. Termina de beber su whiskey, besa a su esposa en el cabello y sube a la planta alta, arropa a Tess y a Ture, y luego se sienta en el piso junto a la cama de Tobías. Su hijo ronca con fuerza, pero su corazón late despacio. Hay nieve fresca en las ventanas y Johnny se siente como un anciano. Al igual que todos los padres, solo sueña con que las cosas sean un poco mejores para sus hijos que para él, un poco más fáciles, pero no hay forma de protegerlos de este mundo. Ni siquiera podemos protegerlos de ellos mismos. Así que cierra los ojos y piensa que, si Hannah tiene razón, si el muchacho en esta cama realmente va a terminar siendo como su papá, entonces solo hay una cosa que Johnny puede hacer.

Volverse una mejor persona.

•••

Ted dispara un disco tras otro, cada vez con más fuerza, y, en algún lugar de su interior, está tan sorprendido de que nadie haya salido aún para decirle a gritos que deje de hacerlo que, cuando ve a su mamá por el rabillo del ojo, suelta el bastón sin ponerse a discutir siquiera. Está empapado de sudor a pesar de que es una noche gélida. Su mamá tomó prestados la chaqueta de Tobías y el gorro de lana de Tess, Ted está bastante seguro de que también trae puestos unos zapatos viejos que le pertenecían a él. Está a punto de decirle a su mamá que ya va a dejar de practicar y va a entrar a la casa para irse a acostar cuando ella parpadea con fuerza mientras lo mira, y entonces pregunta:

—¿Puedo jugar yo también?

Por supuesto que puede.

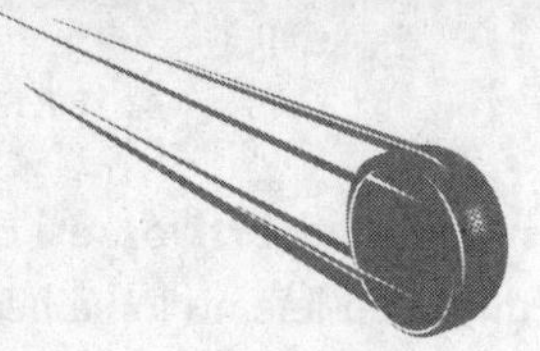

HUELLAS

En el futuro, cuando narremos esta historia, tal vez será obvio que se trató de una reacción pausada en cadena en la que todo fue sucediendo poco a poco. Pero algunas de las personas involucradas sentirán por siempre que casi todas las cosas de importancia ocurrieron de una sola vez, de la nada, en el transcurso de unas cuantas horas.

Es una noche fría de verdad y, cuando llega la mañana del viernes, la editora en jefe ya está afuera antes que la quitanieves. Camina con dificultad por el manto blanco hacia la oficina, en medio de la oscuridad, con zapatos muy malos para estas condiciones, y se promete a sí misma que, si permanece aquí un invierno más, se va a comprar un par nuevo. Al inicio mira por encima de su hombro, sigue un poco paranoica porque ha creído ver chaquetas negras por todas partes en los últimos días, pero va sola por las calles. Nadie está despierto aún, excepto los periodistas. Es el día después del disturbio en la arena de hockey, y ella sabe que dos de sus reporteros ya están en la oficina redactando sus artículos al respecto. Cuando la editora en jefe tomó el empleo en este lugar y se reunió con ellos por primera vez, los dos se presentaron como periodistas deportivos, pero resultó que uno de ellos trabajaba en la mesa de redacción y el otro era el responsable de la página de anuncios familiares. En todo caso, la broma a costa de la editora en jefe era bastante sencilla: aquí, todos trabajan en temas deportivos, así que más vale acostumbrarse. Tal vez la editora en jefe no lo ha hecho aún.

Cuando se levantó de la cama esta mañana, su padre todavía no se había ido a acostar. Se relevaron el uno al otro, como dos empleados en turnos distintos de una fábrica. Él había pasado toda la noche sentado, inclinado sobre la mesa de la cocina de su hija, rodeado de documentos y carpetas, que en su mayoría la editora en jefe ni siquiera había visto.

—¿Qué es esto? Creí que ibas a tratar de averiguar los detalles del disturbio en el partido de ayer —dijo ella, pero su papá desestimó sus palabras con un gesto de la mano, como si ella fuera una niña pequeña de nuevo.

—Esto es más importante. ¡Mira! Todos estos documentos muestran los pagos que se han hecho con dinero de los contribuyentes en la forma de subsidios falsos y préstamos ilegales en conexión con varios proyectos de construcción del ayuntamiento durante los últimos diez años. ¿Recuerdas cuando el ayuntamiento de este lugar sufrió de delirios de grandeza y presentó su candidatura para ser sede del campeonato mundial de esquí? Mira todos estos pagos que esta empresa constructora recibió de los empresarios acaudalados de la región. Creo que son sobornos para los políticos. Sobre todo, para esta política, ¡la líder del partido mayoritario en el ayuntamiento! Y mira esto, ¿quiénes trabajan para la empresa constructora? ¡Su esposo y su hermano!

La editora en jefe preparó café y trató de poner en orden las notas de su padre.

—Papá... Puede ser que tengas razón, tal vez esto es un gran escándalo... pero ¿qué tiene que ver con nuestra investigación sobre el centro de entrenamiento y el Club de Hockey de Beartown?

—¡Esto es mucho más importante que el Club de Hockey de Beartown! ¡Esa investigación no es NADA comparada con esto!

Ella se quedó mirándolo, sorprendida.

—¿Puedo preguntar de dónde obtuviste estos documentos?

—Hice mi trabajo, encontré una fuente, no te preocupes por eso…

Entonces, a su padre se le cruzaron los ojos por el cansancio. Ya no era posible sacarle más cosas que tuvieran sentido, así que le dijo que se fuera a dormir.

Ahora, ella camina a zancadas a través de la nieve, sin poder dejar de rumiar lo que le dijo su padre: «Esto es más importante que el Club de Hockey de Beartown». Toda la semana han estado indagando sobre el club y sobre Peter Andersson, pero ahora ¿de repente cambió de rumbo en el transcurso de una noche? Su cavilación obsesiva la distrae tanto que mira el suelo al caminar en lugar de estar atenta a su alrededor. Cuando llega a las oficinas del periódico, no ve a los hombres que están de pie afuera sino hasta que ya está demasiado cerca de ellos como para poder escapar. Se vuelve casi por instinto y, de todos modos, trata de huir, hasta que se da cuenta de que no usan chaquetas negras. Están vestidos con chaquetas rojas.

—¡Hola! —dice uno de ellos a la vez que extiende una mano enorme, y ella alcanza a ver el tatuaje del toro en su antebrazo, que se asoma por debajo de la manga de su chaqueta.

Ella no le estrecha la mano, pero tampoco la aparta de golpe. Otro de los hombres sonríe de manera amistosa. Tiene un ojo morado enorme, tal vez un recuerdo de la riña en la arena de hockey.

—¡Solo estamos aquí para mantener un ojo atento! Nos enteramos de que esos bastardos de la Banda de Beartown los han estado amenazando a ti y a tus empleados. Pero no hay problema, no tienes de qué preocuparte, ahora estamos aquí vigilando el lugar.

La editora en jefe mira primero a uno y luego al otro, confundida, y entonces exclama:

—No sé de qué me están hablando. ¿A qué amenaza se refieren?

El primer hombre le guiña el ojo, como si estuvieran compartiendo un gran secreto.

—Si no puedes decir nada lo entendemos. Pero alguien nos dio el soplo de que ustedes están investigando al Club de Hockey de Beartown, y esos desquiciados de la Banda están tratando de callarlos. ¡No lo permitan! Todo mundo sabe que son unos ladrones, todos ellos, ¡espero que los pongan en su lugar! En fin, vamos a colocar a unos muchachos aquí para asegurarnos de que no te pase nada.

La editora en jefe no sabe ni qué decir. Por todos los cielos, apenas si acaba de despertarse, ¿qué tan extraño puede volverse este día antes de que el sol siquiera haya tenido tiempo de asomarse? Resulta ser que bastante, como ya lo verá.

—Tienes que estar bromeando… —masculla la editora en jefe, cuando entra a la oficina y ve quién está sentado frente a su escritorio, reclinándose confortablemente.

—¡Buenos días! —dice Richard Theo con actitud alegre.

La editora en jefe suspira.

—Okey. ¿Cambiaste de idea en cuanto a eso de buscar trabajo? Tal vez puedo emplearte como caricaturista.

Theo sonríe, algo impresionado por el rápido instinto de la editora en jefe para entablar un conflicto. Muchas personas se comportan así la primera vez que se encuentran con Theo, pero la mayoría tienden a ser un poco más cuidadosos en la segunda.

—No voy a robarte mucho de tu tiempo, lo prometo. Estoy seguro de que tienes mucho que hacer después del incidente de ayer.

Ella sonríe.

—¿«Incidente»? Qué manera más interesante de ponerlo. Fue un disturbio provocado por pandilleros.

Él parece estar sorprendido.

—Mmm, no, yo no lo describiría así para nada. Yo mismo estuve ahí. Nunca temí por mi seguridad ni la de los demás. Las frustraciones de unos cuantos jóvenes de los dos bandos se desbordaron, eso fue todo, esas cosas pasan en todos lados. Creo que incluso en las grandes ciudades, ¿no es así?

Theo añade este último comentario con tanta acidez que la editora en jefe se relaja un poco.

—La última vez que estuviste aquí, mencionaste que te preocupaba la posibilidad de que estallara la violencia entre los aficionados de los dos clubes. ¿Ahora me estás diciendo que todos son muy buenos amigos?

Theo extiende los brazos a los lados, a manera de disculpa.

—Simplemente no quiero que las cosas se malinterpreten. No quiero que la gente lea algo en el periódico que pueda entender de manera equivocada. Porque eso podría provocar que estallara la violencia, ¿no crees?

—Nosotros vamos a reportar lo que sucedió… —empieza a decir ella.

—¿Sabías que Peter Andersson terminó con la ceja partida ayer? —interviene Theo con rapidez.

—No… No lo sabía —reconoce ella.

—¡Fue un mero accidente, puedo asegurártelo! Chocó con otro hombre en medio del tumulto. Pero, como es natural, hay gente en Beartown que quiere interpretar esto como un ataque contra Peter. Tú sabes que él es muy popular en Beartown. Muchas personas quieren defenderlo. Y sí… hablando de eso… Por lo visto también hay muchas personas que quieren defenderte a ti, ¿eh? ¡Vi a tus amigos allá afuera!

Theo se ajusta la corbata por encima de su camisa planchada de manera impecable. A la editora en jefe le irrita mucho lo elegante que luce Richard tan temprano.

—Si te refieres a los hombres junto a la puerta principal, no los conozco… —comienza a decir ella.

—Por supuesto que no. Pero parecen estar bajo la impresión de que necesitas protección. Tampoco quiero que eso se malinterprete —asiente él.

Una repentina sensación de frío empieza a descender por la espina dorsal de la editora en jefe cuando comienza a caer en la cuenta de qué está sucediendo. De quién esparció los rumores que provocaron que esos hombres en la puerta principal se aparecieran aquí.

—¿Qué estás tratando de decir? —dice ella entre dientes, sin poder evitar aborrecer la sonrisa relajada de Theo.

—Si ustedes escriben acerca de Peter Andersson justo después de que, según los rumores, aficionados de Hed lo agredieron físicamente, los mismos aficionados de Hed que ahora están parados allá afuera vigilando tu puerta, ¿no crees que eso podría verse como que tú… escogiste un bando?

—No me amenaces, Richard. Soy periodista. Eso sería una mala idea.

—¿Amenazarte? ¡De verdad que esa no era mi intención! ¡Por favor, discúlpame! —exclama él, con una expresión tan desesperada en su rostro que casi parece auténtica.

Él se pone de pie. Ella ladea la cabeza

—¿Eso fue todo? ¿Viniste aquí tan temprano solo para decir esto?

Él finge que está reflexionando, como si hubiera olvidado algo importante, entonces se da una palmadita en la frente con un gesto delicado y teatral, y agrega:

—Ahora que lo dices: ¡Tengo un dato confidencial que podría interesarte! ¿Ya te enteraste de que el Club de Hockey de Hed tiene un nuevo patrocinador? Tal vez estás familiarizada con el hecho de que los dueños de la fábrica patrocinan al Club de Hockey de Beartown, ¿no? ¡Pues ahora otro dueño ha aportado dinero al club de Hed!

La curiosidad de la editora en jefe vence a su cautela.

—¿Qué dueño?

—El tuyo.

Theo siente una enorme satisfacción cuando dice esto último, como un papá que acaba de dejar en la ruina a todos en una partida de Monopoly. Menciona el nombre de una compañía que la editora en jefe, obviamente, conoce muy bien. Es la propietaria de la empresa que es dueña de su periódico.

—¿Por qué querrían patrocinar un club de hockey que está tan lejos de todo? —pregunta ella, ajustándose sus prendas con incomodidad para esconder los escalofríos que está sintiendo.

—Un viejo amigo de mis épocas de estudiante es miembro de la junta directiva. Lo llamé por teléfono y le conté que el Club de Hockey de Hed tiene problemas financieros y le sugerí que los dueños del periódico local podían hacer una buena obra si ayudaban al club patrocinándolo. Porque eso es lo que hacemos en estos rumbos. Ayudarnos unos a otros. ¿No es verdad?

Ella responde con los dientes muy apretados:

—¿Tu amigo sabe que la mitad de los suscriptores del periódico viven en Beartown?

Theo mueve la cabeza de un lado a otro.

—No, no, él no sabe nada de hockey. Cree que solo es un deporte.

La editora en jefe aprieta los labios con una mezcla de ira y resignación.

—¿Así que crees que ya no me voy a atrever a investigar al Club de Hockey de Beartown porque parecerá que lo estoy haciendo solo porque el periódico está patrocinando al Club de Hed?

La seguridad en sí mismo de Theo es repugnante:

—No, no, me estás malentendiendo. Creo que vas a dejar de investigar al Club de Hockey de Beartown porque acabas de conseguir otra historia mucho mejor para publicarla en tu periódico.

—¿Cuál historia?

Theo se echa su fino abrigo al hombro y alza una ceja.

—¿Tu papá no te ha contado?

El político sale por la puerta y desaparece antes de que ella tenga tiempo de contestar. Los hombres con los tatuajes del toro siguen en la puerta principal cuando ella se va corriendo a su casa. Para cuando su padre despierta, ella ya discutió con él en su cabeza tantas veces que ya no tiene ganas de hacerlo en la vida real.

—¿Así que vendiste toda nuestra investigación sobre Peter

Andersson para obtener otra historia? —se limita a decir ella, desconsolada.

—Una historia… mucho mejor —objeta él medio despierto, pero ella puede notar que está avergonzado.

—No esperaba esto de ti, papá. No creí que huirías de una pelea.

Su padre la mira por un largo, largo rato. Ella ve que las lágrimas empiezan a brotar, y esto la conmociona de una forma tal que tiene que sentarse. Él susurra:

—Escogí una pelea que podemos ganar, mi niña. Hablé por teléfono con un viejo colega de Richard Theo y… él es un hombre peligroso. Peligroso de verdad. Ha destruido la carrera de otras personas solo por diversión. No soy alguien fácil de asustar, pero, caramba, ¿qué pasaría contigo cuando yo me fuera de aquí y ahora tuvieras de enemigo a un hombre como él? Theo no es como los demás tipos de este lugar. Es más inteligente. Tiene contactos que están en otro nivel. Él no va a mandar pandilleros a asustarte, va a mandar abogados que destrozarán tu vida entera. Las personas como él vendrán por ti con todo lo que tienen, y no se detendrán hasta que te hayan quitado todo y a todos los que amas…

La voz de su hija tiembla de decepción, y eso es algo que él jamás podrá superar del todo:

—Cuando era niña, decías todo el tiempo que un periodista que no tiene enemigos es un periodista que no está haciendo su trabajo, papá.

Él asiente.

—Pero tú eres demasiado joven para tener enemigos, mi niña. Demasiado joven para tener enemigos como *este*. Tienes mucho futuro por delante. Y yo… maldita sea… quizás ya estoy demasiado viejo para pelear. Al menos en contra de hombres como Richard Theo. Los documentos que me envió, mi niña, no son poca cosa. Él consigue lo que quiere en donde sea. ¿Sabes cuánto dinero ya ha conseguido para el Club de Hockey de

Hed con solo chasquear los dedos...? Piensa en las cosas que él podría hacerte... No dejes que tu carrera se muera aquí en medio de la nada, solo por puro orgullo. Por favor. No seas como yo, no pelees contra todo el mundo al mismo tiempo. Espera hasta que estés sentada en una sala de redacción más grande, con más apoyo, y ve por él entonces si eso es lo que quieres. Pero yo vine aquí para ayudarte, y esta es la mejor forma en la que puedo hacerlo. Así que, si quieres mi consejo, toma la historia que él te está ofreciendo. Es una historia mejor que la de Peter Andersson. Él es solo un hombre, sin mucho poder en realidad, pero lo que Richard Theo nos dio se refiere a un vasto clima de corrupción que se ha extendido hasta la cúpula del gobierno municipal...

—¿Y si resulta que todo es una mentira?

—Entonces podemos seguir investigando el Club de Hockey de Beartown, podemos...

La editora en jefe esconde su rostro con las palmas de sus manos.

—No, no, no podemos hacer eso, papá. Para entonces ya habrán borrado todas sus huellas. Ya es demasiado tarde.

Toda su energía la abandona. Se desploma sobre la mesa. Así se siente perder.

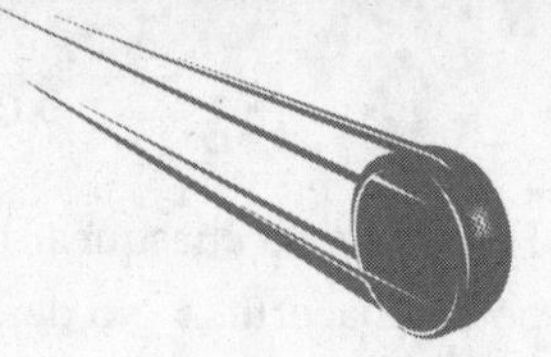

ISLAS

La oscuridad se cierne y el viernes empieza a llegar a su fin. Benji apenas si deja huellas en la nieve cuando se mueve entre los árboles. Esto siempre sorprendía a la gente que se lo topaba en la pista de hielo, esa combinación de delicadeza y fuerza. Adri acostumbra decir que es increíble que alguien tan grácil de cuerpo pueda ser tan malo para bailar, y él siempre responde que es increíble que alguien que es tan mala para cocinar pueda estar tan gorda. Entonces, ella le da un golpe bastante duro, y quizás eso es lo que ella va a extrañar más por encima de todo. Ella, Alicia y Sune están en el criadero ahora, mirando los cachorros nuevos, Benji se fue de la casa sin tener una idea clara de a dónde ir, así que se dirige al lago. Ya no tiene sueños reales a los cuales aspirar, se contenta con buscar compañía. Metrópoli está sentado en una silla plegable afuera de la casa rodante, envuelto en un saco de dormir; ya aprendió a encender una fogata y se alegra cuando Benji aparece, pues eso significa que ahora tiene a alguien a quien mostrarle sus nuevas habilidades.

—Lo haces como lo hacía Ana —se percata un Benji malhumorado.

—Su manera de hacerlo funcionó, a diferencia de la tuya —sonríe Metrópoli.

No parece que le sorprenda en lo más mínimo que Benji esté aquí. Así es su relación ahora: pueden intuir qué es lo que va a hacer el otro. Si alguna vez hubieran jugado hockey juntos habrían sido invencibles. Benji se hunde en la silla plegable más desvencijada de todas, sin tomarse la molestia de meterse en un saco de dormir, y asiente con la cabeza, en un gesto que denota que está algo impresionado:

—No creí que fueras a sobrevivir solo ni por una noche aquí afuera. Pero ya eres parte de la gente del bosque.

—Nunca había visto un bosque en toda mi vida hasta hace un par de días —dice Metrópoli.

—Que seas o no gente del bosque no tiene nada que ver con el bosque —responde Benji.

Los dos alzan la vista al cielo del anochecer. Benji piensa en algo que Ramona le dijo una vez: «Los hombres les tienen miedo a los telescopios, no pueden mirar las estrellas sin cagarse en los pantalones porque no pueden pensar en lo grande que es el universo sin ver lo pequeños que son ustedes en comparación. Nada asusta más a los hombres que la idea de que tal vez todo lo que hacen no tiene ningún sentido». El lago está congelándose, el invierno que viene en camino está aislando la isla que se encuentra no muy lejos allá afuera; no parece gran cosa desde aquí, pero Benji pasó todos sus veranos más felices en ese lugar, cuando Kevin y él se marchaban a esa isla tan pronto como terminaban los entrenamientos de hockey y vivían en ella como náufragos durante semanas. Allí todo quedaba sin decir, pero no había ningún secreto. Benji jamás ha sentido esto con alguien más.

Metrópoli observa las estrellas por un buen rato antes de decir:

—Tenías razón. Tus estrellas son mejores que las del sitio de donde yo vengo. Aquí hay menos contaminación en el aire.

Benji asiente despacio.

—Pero hay más aerogeneradores. También son una porquería. Ahuyentan a las presas de caza.

Metrópoli se echa a reír e imita el acento de Benji.

—«Las presas de caza». ¿Ese es lenguaje de los cazadores?

Benji esboza esa sonrisa suya, como si pudiera ver a través de todo y de todos.

—Para serte honesto, prefiero la pesca.

—¿Cuándo tienen oportunidad de pescar algo en esta región? ¿Durante quince minutos un día de agosto? —pregunta Metrópoli, haciendo un gesto con la cabeza en dirección al lago, que ya se está convirtiendo en hielo a pesar de que, en su mundo, solo están a inicios del otoño.

—Durante todo el año. En el verano te sientas en un bote, cuentas mentiras durante nueve horas y atrapas cero peces. En el invierno perforas un agujero en el hielo, te sientas en una silla, cuentas mentiras durante nueve horas y atrapas cero peces.

—Esas son muchas mentiras —hace notar Metrópoli.

—No tienes ni idea. A veces duele tanto que tenemos que decir la verdad —responde Benji.

Va por unas cervezas a la casa rodante y le ofrece una a Metrópoli, quien solo mueve la cabeza y dice:

—Tengo un partido mañana.

Benji asiente, y si Metrópoli no lo conociera, casi diría que parece que está sintiendo un poquito de envidia.

—Contra Hed, ¿cierto? No sabes lo que eso significa en este lugar. Eso es bueno. Juega como si no significara nada.

Metrópoli se pasa el dorso de la mano por la barba de tres días; por lo regular se afeita cada mañana como parte de una estricta rutina de hábitos y detalles que lo ha regido toda su vida, pero aquí afuera eso no le importa. Se vuelve hacia Benji y, con una actitud que no es condescendiente sino curiosa nada más, le pregunta:

—Supe que Hed se pone a cantar «Maricones de Beartown» durante los partidos. ¿Eso te molesta?

—¿Dónde oíste eso?

Metrópoli se aclara la garganta.

—Oí que uno de los muchachos del equipo dijo algo al respecto en los vestidores.

Benji asiente con lentitud.

—¿Por qué habría de molestarme?

Metrópoli busca las palabras en lo más profundo de su ser. Cuando emergen, suenan afónicas y tensas.

—Solo me preguntaba cómo puedes soportar ser... diferente.

Benji fuma en silencio por tanto tiempo que Metrópoli termina por convencerse de que no oyó la pregunta, pero entonces llega la respuesta:

—En lo personal, acostumbro fumar hierba y golpear a otros tipos hasta dejarlos sin dientes. Pero seguramente hay otras formas. ¿Meditación, tal vez? He oído cosas muy buenas sobre la meditación, pero es tan jodidamente difícil fumar al mismo tiempo...

Metrópoli sonríe, ignorando el sarcasmo.

—¿Fue más fácil o más difícil ser tú mismo cuando estabas viajando?

Benji suelta un bufido.

—Es más fácil ser lo que sea si nadie sabe quién eres. Y es más fácil ser de Beartown entre más lejos estés de aquí.

Metrópoli se reclina en la silla, quiere hacer más preguntas, pero no se atreve, de modo que decide olvidarse del tema y, después de un rato, reconoce:

—Ustedes son gente complicada. Pero tengo que admitir que las puestas de sol les quedan muy bien. Nunca he visto una como las de este lugar.

—Es porque nunca habías visto el sol ponerse justo después de la hora del almuerzo.

—Es verdad, es verdad —ríe Metrópoli.

De pronto, Benji dice en voz baja pero con certeza:

—Vas a encajar muy bien aquí. Mejor de lo que crees.

Esto significa más para Metrópoli de lo que deja ver. Nunca había encajado en ningún lugar.

—¿Qué otra cosa podría hacer? ¿Seguir viajando más al norte hasta que encuentre gente todavía más loca que todos ustedes?

—La única persona al norte de aquí que está más loca que nosotros es Santa Claus.

Los dos estallan en carcajadas. Benji bebe su cerveza y fuma su hierba, y Metrópoli cierra los ojos y abre los oídos, pero no escucha ni un solo ruido.

—¿Cuánto tiempo hace que no juegas hockey? —pregunta después de un rato.

—Poco más de dos años —responde Benji.

—¿Qué has estado haciendo en vez de jugar?

—Viajar. Fumar. Bailar.

—¿En dónde?

—Asia, sobre todo.

—¿Por qué ahí?

—Porque ahí casi nadie sabe qué es el hockey.

—¿Encontraste lo que estabas buscando?

—¿A qué te refieres?

El tono de voz de Metrópoli es suave pero firme.

—Nadie viaja tan lejos a menos que esté buscando algo.

Benji expele humo por la nariz.

—Si lo hubiera encontrado, probablemente se me habría olvidado volver a casa. Y tú, ¿encontraste lo que estabas buscando?

—¿En dónde?

—Aquí.

Es entonces cuando la seguridad en la voz de Metrópoli se desvanece.

—No tengo idea de qué podría ser lo que busco, si te soy sincero.

Benji abre otra cerveza.

—Ese es el punto de emprender una búsqueda, ¿no?

Metrópoli permanece callado un momento. Entonces susurra:

—Yo… quisiera pagarte una renta por vivir aquí, en la casa rodante.

—Olvídalo. Eso me convertiría en tu casero.

—¿Y qué eres ahora?

Benji se vuelve hacia él.

—Tu amigo.

Benji reconoce la mirada de alguien que nunca había tenido uno de esos. Metrópoli se ha dedicado a mentir una parte tan grande de su vida que eso le provoca dolor justo ahora, y deja salir la verdad sin querer:

—Si me gustaran los chicos, podría enamorarme perdidamente de ti. Lo sabes, ¿verdad?

Por supuesto que lo sabe. Pero aun así Benji sonríe de manera socarrona, esa maldita sonrisa que puede ser tanto la de un pájaro como la de un oso. Entonces dice:

—Ya estás enamorado de mí. Solo que todavía no te has dado cuenta.

Metrópoli se echa a reír. Benji también. Sus risas son como un canto que suena en medio del bosque, a través del lago, por todo el camino hasta llegar a la isla.

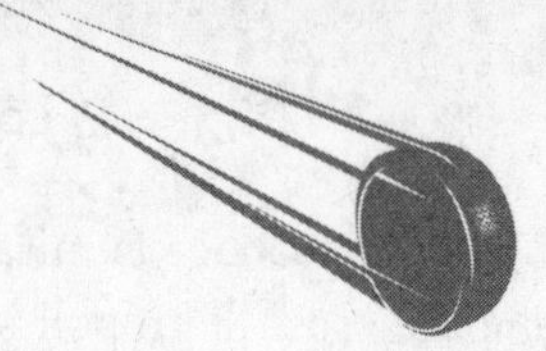

CHIVOS EXPIATORIOS

Frac está sentado en su oficina del supermercado. Contesta el teléfono antes de que el primer timbrazo haya dejado de sonar.

—Ya resolví tus problemas —le informa Richard Theo de manera concisa.

—¿Qué…? ¿Ya? ¿Cómo…? —empieza a preguntar Frac, y cuando el político le explica todo, Frac queda impresionado, aunque también siente un poco de miedo.

El nuevo patrocinador del Club de Hockey de Hed es una solución muy sencilla. Un alivio para Frac, devastadora para el periódico local.

—Esos periodistas ya no van a representar ningún problema. Pero todavía hay que convencer al ayuntamiento de que mantenga los dos clubes de hockey. Así que necesitamos un favor más de tu amiga Mira Andersson —continúa el político.

—¿Mira? ¿Qué quieres que haga ella? —pregunta Frac, con un ominoso nudo en el estómago.

—Que haga eso para lo que es la mejor, según he escuchado: convencer a la gente. Solo tienes que convencerla a ella primero.

—¿De qué?

—De una procesión con antorchas.

Frac está a punto de empezar a formular preguntas tontas, pero el político no tiene ni el tiempo ni la paciencia para ello, así que por una vez en la vida simplemente expone su plan. Cuando termina de hablar, Frac exclama:

—Es una idea… inteligente. Podría funcionar. Pero si Mira va a hacer eso en Beartown, ¿no debería alguien más hacerlo en Hed también?

—Te tengo un nombre y una dirección, anótalos… —contesta el político.

—Okey, okey, ¿me repites el número de la casa? —masculla Frac mientras escribe en su brazo con un bolígrafo.

—Y tal vez te acuerdas de que yo tenía una condición adicional para hacer todo esto —señala Theo.

—¿Qué es lo que quieres? —dice Frac con ansiedad.

—Dentro de poco, el periódico va a publicar una investigación diferente, relativa a otra clase de corrupción, y toda buena historia necesita unos cuantos chivos expiatorios.

Frac intenta pasar saliva, pero su boca está demasiado seca.

—¿Y entonces?

—Quiero escoger a los chivos expiatorios. Y tú vas a ayudarme.

•••

Cuando Mira llega a su oficina, Frac está sentado afuera en una banca. Tiene la corbata aflojada, y el botón superior de la camisa debajo de su abrigo está desabrochado.

—El periódico va a abandonar la investigación en contra de Peter y el Club de Hockey de Beartown —dice él sin mayores preámbulos.

Ella solo se lo queda viendo. Las palabras de Frac la hacen sentirse mareada. ¿Acaso puede ser verdad? Mira no sabe si brincar de alegría o arrojarse al suelo para hacer ángeles de nieve, e incluso por un instante le dan ganas de abrazar a Frac, pero afortunadamente ese impulso se desvanece casi de inmediato.

—¡Frac! Por Dios, Fraques, ¿lo dices en serio? Nosotros… Estoy… ¿cómo rayos lo hiciste? —dice ella entre jadeos.

—Pedí muchos favores. Y me ofrecí a pagarlos con otros favores —confiesa Frac sin una pizca de orgullo.

Aliviada, Mira se deja caer sobre la banca al lado de Frac.

—Pero ¿estás seguro de que Peter está… a salvo? ¿De que nada le va a pasar ahora?

Frac asiente.

—Completamente seguro. Pero tengo que pedirte un favor.

—¡Lo que sea!

—No digas nada hasta que te haya dicho de qué se trata.

Ella lo mira con los ojos entreabiertos.

—¿Es algo ilegal?

Él se echa a reír. Una carcajada ronca y efusiva que empieza en las profundidades de su vientre y retumba por todo el estacionamiento.

—No, no, no, aunque no sé si habrías preferido que fuera algo ilegal cuando sepas en qué consiste el favor…

Frac le cuenta qué necesita. Qué le pidió Richard Theo. Ella se queda estupefacta.

—¿Una procesión con antorchas? ¿Ese es tu grandioso plan para salvar a los dos clubes de hockey? ¿Una procesión con antorchas, en serio?

Frac mueve despacio la cabeza de un lado a otro. Alza la mano y le enseña a Mira los dedos índice y medio extendidos.

—Dos. No una procesión con antorchas. Dos.

Entonces Frac le entrega a Mira un trozo de papel.

—¿Quién es esta persona?

—Alguien a quien tienes que convencer de que se ponga de nuestro lado, si es que esto va a funcionar.

●●●

«Eres un persona engañosamente simple pero terriblemente complicada», le dijo el sicólogo a Mira alguna vez. Era una cita de un libro que él había leído, y le siguió una larga explicación sobre alguna teoría acerca del funcionamiento del cerebro que era muy del agrado del sicólogo, pero Mira no escuchó nada. Su mente se quedó atorada en esas palabras: simplemente complicada. Complicadamente simple. ¿Acaso existe otra clase de persona?

Después de su encuentro con Frac, Mira se va manejando directo a su casa desde la oficina. Se sienta frente a Peter, con la mesa entera de la cocina cubierta con los dedos de uno que se extienden para alcanzar los del otro. Ella le cuenta todo lo que Frac le dijo, y Mira nunca antes había visto a Peter inhalar y exhalar de una manera tan profunda. No se dan cuenta sino hasta ese momento de lo cansados que están. De lo destrozados que se sienten. Cuando por fin se relajan, los músculos empiezan a dolerles, cuando el estrés disminuye las lágrimas empiezan a brotar detrás de sus párpados. Les quedan muchos años por delante en los que van a luchar contra sus conciencias, y se preguntarán una y otra vez: ¿de qué eres culpable si no cometiste un delito, pero guardaste silencio al presenciarlo? ¿Cuando no lo detuviste aunque podrías haberlo hecho? ¿Si no opusiste resistencia cuando tuviste la oportunidad? En ese caso, ¿puedes considerarte inocente? ¿Puedes ser una buena persona?

Ninguno de los dos dice nada, pero ambos están pensando en Isak. Cómo fue que aprendieron a llorar para sus adentros cuando él falleció. Lloraron en silencio, en silencio, en silencio durante años para que sus otros hijos no los oyeran. Se acuerdan de todas aquellas cosas que luchaban por alejar de su mente, porque, si no lo hacían, era insoportable pensar en ellas y el mismo aire les causaba demasiado dolor: la manera en la que querían yacer con la mejilla pegada al césped para susurrarle a su hijo que estaba ahí debajo. El deseo que tenían de arrojarse a su tumba para acompañarlo a su destino, sin importar cuál fuera. Era tan pequeño, tan pequeñito, ¿cómo podías dejar que alguien tan indefenso viajara solo al interior de la oscuridad? Ni por asomo era lo bastante grande como para que lo dejaran a solas en la cocina, pero de pronto ¿todo el mundo esperaba de ellos que lo dejaran en el cementerio? ¿Toda la noche? ¿A quién podría llamar a voces si tenía una pesadilla? ¿En qué cama se iba a poder meter? ¿Encima de cuál hombro podía quedarse dormido? Cómo se odiaron a sí mismos sus padres, porque no pudieron morir junto con él. Porque ellos siguieron viviendo.

¿Cuántas cosas de todo lo que han hecho desde entonces solo ha sido un intento de lograr algo importante, algo grandioso, algo por lo que valga la pena llegar tarde? ¿Para poder susurrar «Mamá y papá simplemente tuvieron que salvar al mundo» cuando por fin vuelvan a encontrarse con él en el cielo? Casi todo.

¿Se sentiría él orgulloso de ellos ahora? ¿Han vivido una vida digna? ¿Han sido personas lo suficientemente buenas?

Los dos lloran para sus adentros. En silencio, en silencio. Entonces, Peter se pone de pie, se lava las manos, enciende el horno y empieza a preparar *croissants*. Mira besa a su esposo, toma su chaqueta, sale, sube al auto y se va a Hed.

Ambos son personas simples y complicadas. «Siempre encuentran algo en algún lugar, y entonces lucharán por ese algo hasta la muerte», le dijo la colega a Mira. Y eso es lo que Mira hace ahora.

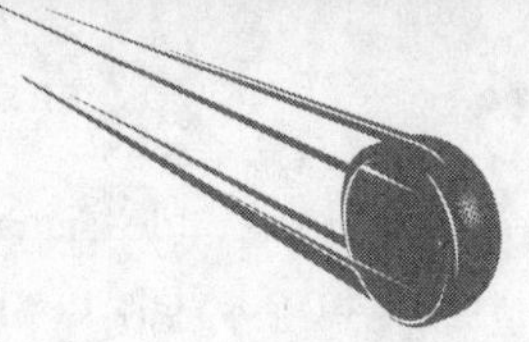

MUJERES

Hannah quita la nieva de la entrada del garaje con una pala y luego limpia el jardín. Johnny se encuentra en el trabajo, los chicos en la escuela, sus cosas están regadas por todos lados. Por lo regular es Johnny quien va por ahí mascullando mientras recoge los objetos que no están en su lugar, pues es muy meticuloso por naturaleza, pero hoy lo hace la propia Hannah. El sentimiento que más extrañas cuando tienes una familia es la sensación de estar aburrido. Jamás vuelves a experimentarla. No hace mucho, Hannah oyó en el hospital a algunas enfermeras más jóvenes que hablaban de una colega que le había sido infiel a su pareja, y lo único en lo que Hannah pudo pensar fue: por el amor de Dios, ¿quién tiene tiempo para esas cosas? ¿Es que la gente nunca duerme?

Hannah recoge los discos de hockey de los arriates, cuelga los guantes olvidados para ponerlos a secar y reúne todos los bastones de hockey y los deja apoyados contra la fachada de la casa. Puede ver un auto a la distancia por el rabillo del ojo, es un poco más caro que los que manejan las personas que viven en esta calle. De verdad necesitas creer que eres alguien para sentir que mereces estar detrás del volante de uno de esos coches. La mujer que lo conduce detiene el vehículo y se baja de él, verifica un domicilio en un trozo de papel y voltea a ver las casas, su mirada se cruza con la de Hannah por encima de la cerca y, de pronto, parece insegura.

—Perdón… ¿de casualidad tú eres Hannah?

Hannah todavía está sosteniendo uno de los bastones de Ted en la mano cuando camina hacia el límite de su propiedad. Ella sabe quién es Mira Andersson, pero Mira todavía no sabe que Hannah la reconoce, de modo que Hannah decide hacerse la tonta.

—¿Quién pregunta?

Mira por poco y sonríe. En Hed, incluso las mujeres hablan como si estuvieran listas para empezar a pelear en cualquier momento.

—Me llamo Mira. Mi esposo es Peter Anderson. Creo que él y tu esposo se chocaron ayer en la arena de hockey. Peter se partió la ceja…

—¡Fue un accidente! —responde Hannah con tanta aspereza que Mira se estremece.

—¡Lo sé, lo sé! Perdón, no me expresé muy bien. Sé que fue un accidente. No estoy aquí por eso. O, bueno, *sí* estoy aquí por eso, pero… es una larga historia. ¿Puedo… empezar de nuevo?

Mira esboza una sonrisa incómoda, se frota las palmas de las manos sudorosas. Hannah se apoya en el bastón de hockey de su hijo. Por la expresión de su rostro pareciera que Mira estuviera intentando convencerla de que cambie de religión.

—Por favor.

Mira inhala y exhala varias veces con un semblante pensativo, y hace un nuevo intento:

—Okey. Mi esposo y el tuyo chocaron sus cabezas cuando se estrellaron ayer… así que antes que nada quisiera preguntarte, ¿tu esposo se encuentra bien?

Hannah no puede evitar sonreír.

—¿Si está bien de la cabeza? Él nunca ha estado bien de la cabeza. ¿Cómo está tu esposo?

Mira también sonríe con cautela.

—¿Cómo está Peter? Bueno, cuando él jugaba hockey su entrenador decía que su cabeza dura era la que protegía su casco y no al revés, de modo que probablemente va a estar bien.

—Qué bueno. Tengo unas cuantas cosas que hacer, así que si me disculpas… —dice Hannah, aclarándose la garganta.

Mira asiente en señal de que la comprende y se fija en la plataforma de entrenamiento de Ted.

—Claro, claro, por supuesto. Puedo verlo. ¿Cuántos hijos tienes?

—Cuatro. De hecho, ya conoces a uno de ellos —responde Hannah con un poco de irritación, pues empieza a creer que ahora Mira está tomándole el pelo.

—No entiendo… —logra decir Mira.

Hannah ladea la cabeza.

—¿Por qué estás aquí? ¿Qué quieres de mí?

—Yo… Perdón… Tal vez hay un malentendido. ¿A cuál de tus hijos… conozco?

—A mi hija. Esta mañana encontré tu tarjeta de presentación en su chaqueta.

Hannah se arrepiente de haber dicho esto, no quiere sonar como una madre que husmea en los bolsillos de su hija, aunque no parece que Mira estuviera juzgándola por ello.

—¿Tess? ¿Tess es tu hija? No lo sabía. Discúlpame. Ella solamente me preguntó por mi trabajo, yo…

—¿Y hoy estás aquí para hablar de mi esposo?

Mira mete las manos en los bolsillos de su abrigo y asiente.

—Entiendo que debe parecer una coincidencia muy extraña.

Hannah observa a Mira por un momento, para ver si hay algo ahí que la haga desconfiar. Pero no encuentra gran cosa. Así que dice:

—Mi hija quiere estudiar leyes. No conoce a nadie que lo haya hecho. Supongo que por eso te preguntó.

Mira puede oír la punzada de celos en la voz de la madre. La reconoce, pues así suena ella misma cada vez que Maya menciona a uno de sus maestros del conservatorio de música. Sabe lo que se siente tener un hijo que vive en un mundo que no entiendes.

—Ella solo quería un consejo acerca de los estudios que hay que cursar. Yo…

—Yo soy partera. Nosotras también tenemos que estudiar para nuestro trabajo —hace notar Hannah.

Mira se sonroja.

—Lo sé. No lo dije en ese sentido. Tess es muy inteligente y está muy bien educada. Me doy cuenta de que eso viene de ti.

Hannah suelta un bufido.

—No tienes que halagarme. Me enfadé cuando encontré tu tarjeta, pero Johnny dice que tengo que dejar libres a mis hijos. Estoy tratando de hacerlo. Tú tienes una oficina aquí en Hed, ¿cierto? Si Tess se va de aquí para estudiar Derecho, ¿puede regresar a trabajar en tu firma?

La pregunta llega de forma tan brusca que toma por sorpresa a Mira. No es exactamente así como se había imaginado que iría esta conversación.

—Claro, por supuesto… Es decir, si es lo suficientemente buena.

Hannah responde como alguien que no sabe ni una pizca de derecho, pero sabe todo sobre su hija:

—Va a ser la mejor.

Mira se ríe por lo bajo. «Dios, concédeme la autoconfianza de una madre de Hed», piensa la abogada, pero en lo más profundo de su ser sabe que es idéntica a Hannah. Ella y Mira tienen muy poco en común, pero, aun así, de alguna forma son afines en casi todo.

—Es bienvenida en la oficina cuando guste ir si tiene más preguntas.

Hannah asiente con la cabeza, celosa pero agradecida. Entonces dice, sin sonar descortés ni hospitalaria:

—¿Quieres una taza de café? ¿O piensas ir al grano? ¿Por qué estás aquí?

Mira está a punto de pedir el café, de hecho, pero no quiere provocar a Hannah de manera innecesaria. Así que le explica todo con la mayor sencillez posible:

—Unos amigos míos vieron a nuestros esposos cuando se estrellaron en la arena de hockey ayer. Y eso los hizo sentirse.... preocupados. Peter es una especie de ícono del hockey en Beartown, y creo que tu esposo es más o menos lo mismo aquí en Hed. Mis amistades temen que la gente piense que se liaron a golpes. Eso podría dar pie a un conflicto todavía peor. A uno de mis amigos se le ocurrió que, de hecho, nuestros esposos tal vez podrían... traer la paz. Supongo que has oído los rumores acerca de que el ayuntamiento quiere desaparecer a los dos clubes de hockey.

Hannah entierra el bastón de hockey de su hijo en la nieve, como si estuviera intentando plantarlo.

—Yo solo he oído que el ayuntamiento quiere desaparecer al Club de Hockey de Hed. Que no quieren pagar por la reconstrucción de nuestra arena de hockey.

—Mis amigos están bastante seguros de que el verdadero plan es desaparecer a ambos clubes, al de Beartown y al de Hed, y luego fundar un club deportivo completamente nuevo. Estamos tratando de hacer que los concejales cambien de idea, de manera que podamos salvar a los dos clubes.

Hannah deja salir un resoplido lleno de dudas.

—¿Por qué querrías tú salvar al club de Hed?

Mira suspira de una manera tan profunda que se inclina al frente y apoya las manos en las rodillas, sin mirar siquiera a Hannah.

—¿Puedo ser honesta contigo? ¡Ni siquiera me interesa salvar al club de Beartown! Pero qué le vamos a hacer. ¡Solamente estoy tratando de mantener a todo el mundo contento, maldita sea!

No es su intención parecer tan molesta, solo se siente muy, muy cansada. Hannah sonríe porque nunca ha oído a alguien sonar más como una madre.

—¿Eres del sur? —pregunta ella.

—Mmm-jmm —responde Mira, aún con las manos en las rodillas y la mirada en la nieve.

—Solo se te nota cuando te enfadas, por lo demás, suenas como nosotros —dice Hannah.

Eso es un enorme cumplido. Enorme de verdad. Mira voltea a verla de soslayo.

—Ten cuidado. Algún día tu hija volverá a casa de la universidad con un acento diferente.

—Mientras no llegue en uno de esos autos estúpidos creo que todo va a estar bien — responde Hannah al tiempo que hace un gesto de desprecio con la cabeza hacia el coche de Mira.

—La próxima vez voy a romper la luneta antes de venir aquí, para no desentonar —responde Mira.

Hannah suelta una carcajada tan encantadora que cualquiera depondría las armas. Se apoya en la cerca. Titubea antes de poder preguntar:

—¿Conoces a una joven de Beartown que se llama Ana?

Mira se echa a reír con ganas.

—¿Bromeas? ¡Es la mejor amiga de mi hija!

Los ojos de Hannah empiezan a brillar por el esfuerzo que hace para no revelar el tamaño de sus sentimientos.

—Yo soy la partera a quien ella ayudó en el parto de un bebé en medio del bosque durante la tormenta. Solo quería darle las gracias de nuevo.

—¿El parto? ¿Cuál parto? —pregunta Mira.

—¿Ella no... no te ha contado nada?

—No, pero, de hecho, eso es justo lo que esperaría de Ana —dice Mira con una sonrisa amplia.

—¿Que ayude en un parto en medio del bosque o que no se tome la molestia de contárselo a nadie?

—Ambas cosas.

Las dos mujeres se ríen en voz baja. Mira se yergue y su espalda le hace saber con exactitud la edad que tiene. Hannah baja la mirada a sus dedos.

—Ana es bienvenida en el hospital cuando guste ir. Por si tiene preguntas acerca de… mi trabajo.

Mira asiente, agradecida.

—Prometo decírselo y saludarla de tu parte. Sería una excelente partera. Y… necesita en su vida mujeres fuertes que sean un modelo a seguir. Tantas como sea posible.

Las miradas de Hannah y de Mira por fin se cruzan en una tregua.

—Okey. Entonces, ¿qué quieres que haga mi esposo para ayudar? —pregunta Hannah.

—No necesitan a nuestros esposos ahora. Nos necesitan a ti y a mí —responde Mira.

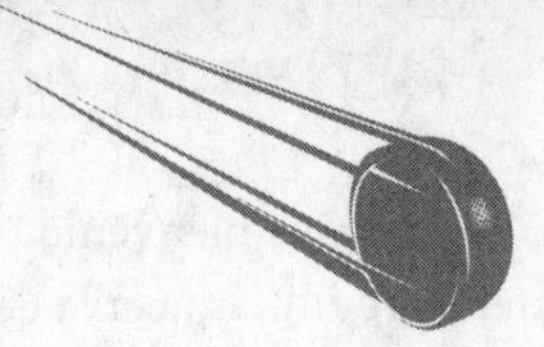

CANCIONES

Las llamas de la fogata junto a la casa rodante saltan en la oscuridad, tan obstinadas como un niñito de tres años que se niega a irse a la cama. El teléfono de Benji vibra y él lo toma. Son Ana y Maya. Están aburridas. Le preguntan en dónde está. Él dice que en la casa rodante y ellas solo contestan: «¡Vamos para allá!». Aunque Benji preferiría estar a solas con Metrópoli un rato más, si tiene que aceptar la compañía de otras personas, ciertamente hay peores opciones. Ha extrañado a esas dos tontas, son como dos ardillas locas que deambulan por el mundo, parecen abrazar cada momento y él espera que nunca dejen de hacerlo. Que nunca dejen de reírse en medio de un abrazo, que nunca dejen de dormir espalda con espalda. Vienen en la camioneta del papá de Ana, y ella suelta palabrotas durante todo el camino porque su papá otra vez dejó el rifle en el vehículo cuando estaba ebrio. Maya llamó a Amat y a Bobo por teléfono y les ordenó que también fueran a la casa rodante, y es evidente que no se atrevieron a desobedecerle, a pesar del partido de mañana. Así que Bobo estaciona su auto en lo alto de la pendiente, sobre el camino, y desciende con pesadez entre los árboles, mientras Amat y Murmullo lo siguen, porque no iban a dejar que Murmullo se librara de esto si ellos no podían, de modo que primero fueron por él hasta Hed. Toda la pandilla se reúne para pasar una última noche juntos. Se ríen tanto que en el futuro estarán agradecidos por ello, por el hecho de que cada vez que vuelvan la vista atrás empezarán a reírse como tontos, del mismo modo que lo hicieron Benji y Ana cuando la hierba de verdad les hizo efecto, y comenzaron a hacer juegos de palabras malos, malos en serio. Después de un rato, Benji y Amat se alejan para ir a orinar y, mientras cada uno está apoyado en su respectivo árbol, Benji le dice a su amigo:

—Oye, nunca olvides que vienes de la Hondonada.

—Estás ebrio y volado, ni creas que voy a escucharte —se ríe Amat a carcajadas, pero Benji lo toma del hombro con tanta fuerza que casi lo hace caer en la nieve.

—Insisto, nunca olvides que vienes de la Hondonada. Porque los bastardos de este pueblo jamás te han dejado olvidarlo, así que ahora no dejes que ellos lo olviden. Cuando juegues en la NHL y alguien te pregunte de dónde eres, di «¡Soy de la maldita Hondonada!», ¿okey? Eso significará mucho de verdad para los mocosos que juegan hockey en el patio afuera de tu apartamento.

Amat se lo promete. Se dan un abrazo junto a los árboles en los que acaban de orinar. Amat nunca romperá su promesa. Cuando van de regreso a la casa rodante, Benji se queda atrás y se detiene a contemplar el paisaje del lago. Después de un rato, Bobo también llega para orinar, y Benji orina una vez más tan solo para hacerle compañía.

—Si pudieras evitar convertir a Aleksandr en un alcohólico, sería genial, ¡Zackell y yo lo necesitamos esta temporada! —dice Bobo, con tanta severidad como le es posible.

—No puedo prometer nada. Quién sabe, tal vez el alcohol lo salve de las garras del deporte —responde Benji.

Bobo deja salir esa carcajada que retumba como un trueno, y si, contrario a lo que pudiera esperarse, todavía quedaban animales de caza en estos bosques, ya no debe haber ninguno después de este escándalo.

—Te he extrañado mucho, amigo. Ojalá que esta vez te quedes aquí. Sabes, algún día tú, Amat y yo seremos como Peter y Frac y los demás señores del viejo equipo de hace veinte años. Estaremos sentados en La Piel del Oso y seremos gordos y ricos, seremos los dueños de todo el pueblo y charlaremos sobre los viejos tiempos.

Benji tose y suelta un poco de humo.

—El tiempo es algo relativo, Bobo. Este es el ahora, pero se convertirá en los viejos tiempos... ¡ahora! Tal y como lo dijiste: ya se convirtió en los viejos tiempos.

Bobo se rasca la cabeza, confundido.

—¿Cuánto dijiste que habías fumado?

—¡Lo suficiente! —declara Benji.

—Solo quédate esta vez, ¿lo prometes? —repite Bobo.

Benji mueve la cabeza de un lado a otro.

—No, no voy a hacerlo. Pero voy a tratar de acordarme de volver a casa.

—Te quiero mucho, carajo —susurra Bobo, y el mejor detalle de su parte es que no hace el más mínimo intento de tomárselo a risa con un «aunque no de esa forma, tú sabes». Ese gigante bondadoso tiene una enorme capacidad para simplemente amar a otras personas.

Benji sonríe.

—Yo también te quiero. Pero no de esa forma, así que no te hagas ideas equivocadas, ¿eh?

Bobo rompe en carcajadas una vez más. Se van caminando hacia la casa rodante. Benji agarra una cerveza, Bobo también, algunas ventajas debía tener ser entrenador en vez de jugador. Los dos brindan mientras se miran a los ojos. Todo es perfecto.

•••

A Ana se le mete en la cabeza que quiere bajar al lago «para ver si el hielo resiste». Inquieta como siempre. Los demás la acompañan, desde luego, ¿qué otra cosa podrían hacer? Benji y Maya van hasta atrás y comparten un cigarro. Ella mete su brazo debajo del de él.

—Pareces feliz. Eso me pone contenta.

—Tú también —dice él.

Ella respira hondo con los ojos cerrados, confía en que él no la va a dejar caer.

—¿Crees que al final podremos hacer las paces con este pueblo? ¿Tan solo regresar y vivir aquí como si nada hubiera sucedido?

—Puede ser —dice él.

—No sé a dónde pertenezco.

Él le da un beso en la cabeza con ternura.

—Tú perteneces a un gran escenario frente a cien mil personas, en cualquier lugar del mundo.

Ella sujeta el brazo de Benji como si tuviera miedo de que esta fuera la última vez.

—Puedes hacer lo que quieras, mientras no te hagas daño a ti mismo. Prométemelo.

En este momento, el corazón de Benji late más despacio, su sangre está en calma, como si esto de verdad pudiera, por fin, ser posible: hacer las paces con todo.

—Si me gustaran las chicas, tal vez me habría enamorado de ti —dice él.

—¡Si me gustaran los burros, tal vez me habría enamorado de ti! —responde Maya, y todo el cuerpo de Benji se sacude por las risas.

—¿Cuándo regresas a la escuela de música? —pregunta él tras unos instantes.

Ella suspira.

—No lo sé. Prácticamente me peleé con todos antes de irme.

—¡Muy bien! —declara Benji.

—¿Muy bien?

—Sí. Compones mejores canciones cuando te sientes sola y enfadada.

—¡Ese es el peor cumplido de la historia!

—Sabes que tengo razón. Canta algo para mí —le pide él.

—No traigo mi guitarra.

—No estoy seguro de si sabes qué es una «canción» —señala Benji, y ella le da un golpe en las costillas.

—¡Deja de comportarte como un imbécil! ¡Tú sabes a qué me refiero! No puedo cantar si no toco al mismo tiempo. No funciona. No… no se siente natural.

—No hay nada en ti que sea natural.

—Mmm. Dijo la persona más normal del universo, evidentemente.

Él esboza esa sonrisa. Libres de preocupaciones, caminan hacia la orilla del lago. Ana y los muchachos están compitiendo para ver quién se atreve a adentrarse más en el hielo. Ella les gana, por supuesto, y de manera contundente. Maya posa su cabeza en el hombro de Benji y le promete:

—Mañana cantaré para ti.

A partir de mañana, ella cantará para él todas las noches.

●●●

En la oscuridad, a la distancia, un chico solitario está de pie sobre el hielo, lejos de la orilla. Oye las risas de Ana y los demás cuando se retan a adentrarse cada vez más en el lago congelado, un paso a la vez. Cuando Murmullo se resbala y empieza a reírse, se le nota lo contento que se siente. Matteo está solo, dejando que la ira recorra todo su ser. Casi lo disfruta. Cuando los muchachos en la lejanía desaparecen de regreso a su casa rodante, Matteo avanza y se interna tanto en el hielo que al final siente como si estuviera caminando sobre una lámina de papel encerado. Ahí es donde se detiene, con los pies juntos y plantados con firmeza. Se hace tan pesado como puede. Piensa con calma para sí mismo: «Si el hielo se quiebra, yo me muero. Si resiste, morirán ustedes».

El hielo resiste.

El chico camina de regreso a su casa y se mete por la ventana al sótano de sus vecinos. Esta noche la vivienda está vacía y a oscuras, tal vez la pareja de ancianos se fue de viaje, así que Matteo recorre todo el lugar y contempla sus vidas. Se imagina quién habría sido él si hubiera tenido a personas como estas. Sobre la cómoda de la recámara hay una hilera de fotografías de su único nieto, un niñito rubio, al parecer siempre está tan alegre que casi podría estallar. En la imagen más reciente el chiquillo tiene puesto todo su equipo de hockey, su camiseta verde le queda un poquito demasiado grande, hay euforia en sus ojos. La foto más antigua es de cuando era un recién nacido. La fecha está grabada en el marco. Matteo la observa durante mucho tiempo. Se la aprende de memoria. Entonces baja al sótano, introduce esa fecha como el código en la cerradura y el armario de las armas se abre.

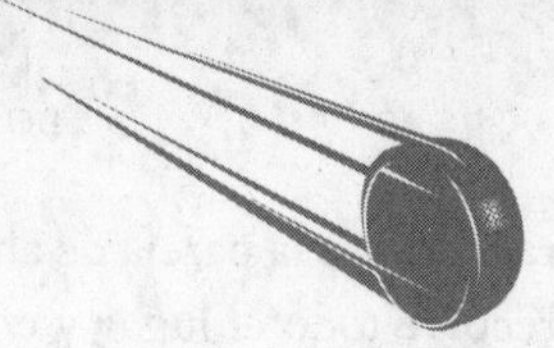

ANTORCHAS

La idea de Richard Theo es simple pero no sencilla. Mira y Hannah se estrechan la mano por encima de la cerca, la abogada y la partera, una mujer de cada pueblo. Entonces Mira se va a su casa y Hannah va a ver a sus vecinos. Empieza con los que son conocidos por ser los más chismosos; no menciona de quién fue la idea, así pronto parecerá que todo sucede de manera espontánea.

Los móviles empiezan a vibrar en Hed. Cuando Mira llega a su casa y va con sus vecinos, lo mismo sucede allá. Las palabras que lo echan a andar todo son muy simples, pero no hay nada de sencillo en ellas:

> *El ayuntamiento quiere desaparecer a nuestros dos clubes de hockey. Más allá de si te gusta el hockey o no, tienes que oponerte a ello. Porque los clubes son solo el primer paso, luego los políticos vendrán por todo lo demás. Empezarán con la demolición de la arena de hockey de Hed y la reemplazarán con casas tan caras que nadie que haya crecido aquí tendrá suficientes recursos para vivir en ellas. En poco tiempo ya habrán construido más edificaciones por todo el bosque y no nos daremos cuenta del momento en el que nuestros pueblos crecieron tanto que se fusionaron. Al final, ya ni siquiera habrá un Beartown o un Hed, pues primero crearán un club de hockey nuevo y luego un pueblo nuevo. Si dejamos que los políticos decidan en qué condiciones*

vamos a poder ver el hockey, pronto van a decidir también en qué condiciones vamos a poder vivir nuestras vidas. Ellos no tienen ningún respeto por nosotros ni por nuestra historia, solo quieren que toda esta región sea su cajero automático. ¡No dejen que se salgan con la suya!

Nadie recuerda si fue Hannah quien lo dijo primero o si fue Mira o alguien más. Pero la gente repite el mensaje hasta que todos lo han oído. Richard Theo está sentado en su oficina, a la espera. Todos los demás políticos ya se fueron a sus casas al final de la jornada laboral, pero él sabe que pronto regresarán aquí corriendo, presas del pánico. Para entonces, será demasiado tarde, habrán perdido su oportunidad. Habría bastado con que una docena de personas salieran a la marcha, pero toda la gente ha salido de sus casas. Es una de esas raras ocasiones en las que la combinación de las circunstancias en las últimas semanas, cada pequeño elemento de la reacción en cadena, ha afectado a todo el mundo de una u otra forma.

Frac iza las banderas afuera de la arena de hockey de Beartown y la caravana de vehículos parte por el camino a través de los árboles. Una fila tras otra de compañeros de trabajo, compañeros de equipo, amigos de la infancia y familias. En solo unas cuantas horas parece que la exhortación ha alcanzado a todos, los de mayor edad son jubilados, los más pequeños van en sus cochecitos de bebé. Incluso Teemu y sus muchachos hacen acto de presencia, es la primera vez que alguien los ha visto portar chaquetas que no sean negras. Ahora podrían ser cualquier persona entre la multitud. Aficionados de Beartown. Ciudadanos. Electores. Los vehículos se detienen en el límite del bosque, todo el mundo desciende de ellos y se coloca en una fila. Tomó unas cuantas horas conseguir todas las antorchas, las últimas fueron elaboradas por la misma gente con ramas y tela metálica. Y, entonces, el bosque arde.

La editora en jefe y su papá lo ven desde la azotea del edificio del periódico. Richard Theo está parado junto a la ventana de su oficina, a solas. Nunca le preguntarán cómo fue con exactitud que logró armar todo el rompecabezas, pero si le hubieran planteado esa interrogante habría respondido: «En mi experiencia, la mayoría de la gente solo puede soportar tener un enemigo a la vez». Así que en lugar de dejar que los pueblos se pelearan entre sí, les dio un oponente en común. Los políticos. «Porque todo el mundo odia a los políticos, hasta los políticos», habría dicho si alguien le hubiera preguntado. Pero nadie lo hará, porque todo esto parece ser algo muy espontáneo. Como un movimiento social con una base popular. Todas esas palabras que hacen que suene como si el cambio tan solo brotara de la tierra y creciera de una forma natural.

La procesión con antorchas de Beartown se dirige al edificio del ayuntamiento como una serpiente de fuego infinita. La otra procesión, con el mismo número de familias y vecinos y aficionados al hockey, pero de Hed, está esperando a unos doscientos metros de distancia. Ambas multitudes se encuentran justo afuera de la ventana de Richard Theo. Él es el único político que sigue en el trabajo, de manera que es el primero que puede salir a encontrarse con ellos.

—Entiendo su frustración. ¡Créanme, incluso la comparto! —les garantiza él a las personas que están al frente, antes de que hayan formulado sus demandas.

La gran mayoría ni tienen tiempo de darse cuenta de que en realidad no han presentado ninguna demanda, pero eso no importa, Richard Theo ya lo hizo por ellos. El político se sube a un muro y empieza a dar un discurso. Palabras simples:

—¡Los entiendo! ¡Y les aseguro que, dentro de poco, todos los demás políticos también los van a entender! Ellos quieren un solo equipo, un solo pueblo, y también quieren que al final solo haya un partido político. Quieren que toda la gente opine lo mismo de todas las cosas. Pero yo apoyo su demanda de que haya dos clubes de hockey en dos pueblos, no porque yo ame el hockey, sino porque amo la democracia. Poder elegir a quién amas es un derecho humano, ¡pero también es nuestro derecho poder elegir a quién odiamos! Puedes reprimir a la gente, puedes someterla, incluso puedes encarcelarla, pero nadie podrá jamás obligarnos a amar algo. Tenemos derecho a odiar a la gente que no es como nosotros. Tenemos derecho a definirnos a nosotros mismos. Así que nuestros sentimientos y nuestros límites no están a la venta. Se trata de nuestros pueblos y nuestro modo de vida. Y se trata de… nuestros clubes de hockey.

Theo pronuncia esas últimas palabras con lentitud, como si apenas se le hubieran ocurrido. Cuando dice «clubes de hockey», una solitaria voz se escucha desde muy atrás en medio de las filas de Beartown, hay demasiada oscuridad como para que puedan ver quién está alzando la voz, pero esa persona exclama:

—¡VENGAN POR NOSOTROS SI CREEN QUE SON TAN RUDOS!

Un poco después, incluso la multitud de Hed canta la misma frase. Es un clásico grito de guerra en el conflicto entre los dos pueblos, pero ahora está apuntando en otra dirección. Porque las personas solo pueden soportar tener un enemigo a la vez. Como es natural, los demás miembros del ayuntamiento se han dado cuenta de la seriedad de la procesión de las antorchas demasiado tarde, algunos de ellos ni siquiera se han aparecido, y otros cometieron el error de mezclarse entre la gente de la multitud, con la esperanza de verse como personas ordinarias, como parte del pueblo. En vez de ello, se ven como unos don nadie. La era en la que tenían el poder en sus manos ha llegado a su fin; ahora empieza la era en la que ese poder le pertenece a Richard Theo. En el bolsillo de su abrigo tiene una hoja de papel en la que había escrito su discurso completo, y ahora está comprimiéndola, pues ya ni siquiera necesitó pronunciar todo el sermón que había preparado. Tenía pensado decir que cada club de hockey es como el barco de Teseo, el de los antiguos mitos griegos; cada tabla de ese navío que se pudría iba siendo reemplazada, hasta que al final ya no quedó ninguna tabla de la embarcación original, lo que llevó a los filósofos a preguntarse: «¿Sigue siendo el mismo barco?». Las arenas de hockey también se restauran tabla por tabla hasta que todo es nuevo, los patrocinadores desaparecen, los entrenadores son despedidos, y todos los jugadores envejecen y son reemplazados por nombres más jóvenes. Todo cambia. Lo único que en realidad es eterno tratándose de un club de hockey son sus aficionados. Richard había pensado terminar su discurso diciendo «Ustedes son el barco», pero entonces alguien empezó a gritar «¡Vengan por nosotros...!», y desde luego que eso era mucho mejor. Mucho, mucho mejor. Al final, dos pueblos se hallan ahí, cada cual con su procesión de antorchas, entonando la misma frase que habla de cuánto se odian uno a otro, mostrando una unidad absoluta en torno a su derecho a estar divididos por completo. Ni siquiera un político podría haber ideado esta solución.

•••

La editora en jefe y su padre están sentados bebiendo cerveza en la sala de redacción del periódico local. Planean publicar, dentro de un par de días, sus revelaciones sobre la corrupción que hay entre políticos y empresarios del municipio; revelaciones que también se centran en la líder del partido mayoritario, quien da la casualidad de ser la mayor oponente de Richard Theo, y en que su esposo y su hermano trabajan en una empresa constructora que recurre a medios deshonestos para lograr beneficios. El periódico escribirá sobre las sospechas de manejos turbios, en los que se incurrió de manera generalizada, relacionados con la presentación de la candidatura para ser la sede del campeonato mundial de esquí, así como con la propuesta de construir un hotel con salones para reuniones, que se ha discutido durante años. Pero no se mencionará una sola palabra acerca del centro de entrenamiento. Los poderosos se quedarán sin poder de la noche a la mañana y unos cuantos terminarán en la cárcel, solo que no serán aquellos que la editora en jefe había tenido en mente desde un principio.

Sin embargo, toda esa serie de artículos se va a retrasar. Eso es algo que ni la editora en jefe ni su padre ni nadie más sabe aún. Tendrán que reportar otras noticias primero. Noticias más grandes y más terribles.

•••

En algún lugar del bosque, cerca de la casa rodante, un móvil empieza a vibrar.

—¿Es el tuyo? —pregunta Maya.

—Lo apagué cuando Ana y tú llegaron —dice Benji, pues ¿quién podría tratar de comunicarse con él que fuera más divertido que ellas?

El móvil vibra de nuevo y Maya dice entre risas:

—¡En todo caso no es el mío! ¡Todas las personas que conozco están aquí!

—¿«Procesión con antorchas»? —oyen que dice Bobo en voz alta, no muy lejos de donde están ellos.

Ana se inclina para alcanzar a ver el teléfono de Bobo y exclama en medio de la oscuridad de la noche:

—¿Alguno de ustedes oyó algo acerca de una jodida procesión con antorchas? O sea, te vas del pueblo por *una* sola noche, ¿y de pronto sucede algo?

El móvil de Amat también vibra, es un mensaje de texto de su madre. Entonces suena el de Maya, quien recibe un mensaje de Leo: «Mamá se volvió loca y como que organizó una manifestación muy grande aquí afuera. Todos traen algo así como antorchas? Puedes volver a casa??».

Maya y Ana se marchan en la camioneta del papá de Ana. Maya tiene que sostener el rifle del señor en sus manos. Bobo las sigue en su auto, con Benji, Amat, Metrópoli y Murmullo apretujados alrededor de él. Cuando arriban a Beartown el pueblo se encuentra vacío, pero alcanzan a llegar a Hed justo a tiempo para sumarse a la procesión. Al principio no entienden de qué se trata todo esto en lo más mínimo, pero entonces pueden ver, a la luz de cientos y cientos de antorchas, varias pancartas con un lema escrito a mano de manera apresurada: «¡Dos pueblos, dos equipos!». Notan que hay camisetas verdes por todos lados, y luego ven a la distancia la procesión vestida de rojo. Maya camina entre sus amigos de la infancia, y tiene la sensación de que puede evitar tener que ser una adulta por un poquito más de tiempo. Por unos cuantos minutos, los últimos que le quedan. Por una sola noche, se siente completamente en casa de nuevo. Sabe que casi ninguno de sus compañeros de clases en la escuela de música lo entendería, pero, para la gente que participa en esta procesión, un pueblo no es solo un lugar en el que vives, es un lugar al que perteneces. Un club de hockey no es un club de hockey, es todas las personas que conoces. Es el club de las abuelas y de los abuelos, es el club de las madres y de los padres, hay un pub en el pueblo que era propiedad de una vieja loca y un viejo amable, y ese también era su club. Les pertenece a tus vecinos y a tus amigos y a la chica en la caja del supermercado y al mecánico al que le dejas tu auto y al maestro que educa a tus hijos. Le pertenece a las abogadas y a los directores deportivos y a los bomberos y a las parteras. El club de hockey es la muchacha con quien jugaste en el bosque y con quien dormiste espalda con espalda durante toda tu infancia, a la que ni siquiera le gusta el hockey. Es el muchacho más hermoso y más salvaje, con esa sonrisa que es tan grande que él puede albergar todas las cosas más bellas y todas las cosas más oscuras dentro de sí. El club de hockey no juega para sí, juega para todos nosotros. Si ustedes vienen aquí y juegan contra Beartown, no se enfrentarán a cinco jugadores de campo y a un guardameta allá abajo en la pista de hielo, se enfrentarán a todo el pueblo. Por eso son tantas las antorchas. Todo el mundo está aquí.

Cuando llegan al edificio del ayuntamiento, un señor que debe ser un político está dando un discurso a voces acerca del derecho a odiarse unos a otros, pero, al final de la noche, el ambiente es casi alegre. Ana encuentra cerveza en algún lugar, de modo que Amat tendrá que manejar la camioneta del papá de Ana para que ella pueda beber con toda paz y tranquilidad. Cuando él trata de explicarle que no tiene licencia para conducir, ella le espeta:

—¿También necesitas una maldita placa de policía para atreverte a comer leche cuajada? ¡Son tres pedales y un volante! Estoy consciente de que eres un *chico*, pero ¿qué tan difícil puede ser?

La cerveza no saca la faceta más diplomática de Ana, en lo más mínimo, pero Amat hace lo que le dicen. Bobo lo sigue junto con el resto de la pandilla, dejan a Murmullo afuera de su casa y por poco y gritan «¡VAMOS, BEARTOWN!» por todo el vecindario solo para fastidiarlo, pero Maya logra hacer que desistan de ello. La gente también ha arrojado piedras a través de la ventana de su recámara, y ella sabe cómo afecta eso a una persona. Murmullo desciende del auto al pavimento y voltea a ver a Maya, y de la nada sus ojos se impregnan de un dolor que ella no puede entender, tal vez incluso podría haber sido vergüenza lo que él estaba sintiendo.

—¿Estás bien? —le pregunta Maya.

Murmullo asiente con timidez hacia la nieve en el suelo. Maya tiene puesto el gorro de lana verde de su papá, ajustado de forma que le cubra las orejas; sus ojos resplandecen cuando extiende la mano a través de la ventanilla.

—No dejes que te anoten mañana, ¿eh? Ni un solo gol, amigo. ¿Okey?

Él asiente de nuevo. Ella sonríe. Entonces los autos dan vuelta y se van rumbo a su casa, y Murmullo se queda parado ahí, sin pronunciar una sola palabra de todas las cosas que querría decir.

•••

Cuando todos los vehículos se dirigen de regreso a Beartown después de la procesión, Mira se vuelve hacia Peter en el asiento del acompañante y dice:

—Teemu y tú deberían abrir La Piel del Oso esta noche. Abran el pub para todos. La gente lo necesita.

Y eso hacen. Afuera en la calle se forma una larga fila. Hasta la propia Mira acude para tomar una cerveza, y solo una, al lado de Frac. Peter bebe café quemado y Teemu baila encima de las mesas, con el torso desnudo y una bufanda verde atada alrededor de la cabeza. Todos los hermanos Ovich están en el bar. Benji lava los vasos y se los pasa a su hermana Katia, quien ha trabajado en El Granero en Hed por tantos años que ha estado sirviendo alcohol a borrachines desde que apenas si tenía la edad suficiente para embriagarse ella misma. Gaby les cobra a los clientes mientras sus hijos están sentados en el suelo, jugando videojuegos en su móvil; y Adri va y viene por todo el pub, haciendo lo que hace mejor: decirles a los hombres que cierren el pico antes de que se los cierre ella.

Al final de la noche, Frac está sentado a solas en el extremo más alejado de la barra. Le queda una promesa por cumplir, la que le hizo a Teemu. Mira le entregó a Frac los documentos que necesita, él mismo vendió sus costosos relojes de pulsera y tiene el dinero dentro de un sobre. Espera hasta que todos los demás se hayan ido a casa y Benji haya terminado de lavar los trastes y salido a fumar para acercarse a las tres hermanas y decirles:

—Les tengo una propuesta de negocios.

•••

El cementerio de coches en Hed podrá parecer un lugar desierto, pero tiene muchos ojos y oídos. Detrás de las cortinas de unas cuantas casas rodantes hay luces tenues que brillan, y una perra solitaria de pelaje blanco y negro camina con pesadez desde la verja hasta la casita que se halla a una corta distancia, pero es tan vieja que parece haberse extraviado a la mitad del camino, por lo que tiene que andar de regreso y volver a empezar. Un auto se detiene afuera de la casa y Adri se baja de él, toca a la puerta hasta que Lev abre.

—¿Sí?

—¿Tú eres Lev?

Él está vestido con un pantalón deportivo y una camisa de franela mal abotonada. Luce como si acabara de despertarse, pero parece que a pesar de ello siente curiosidad.

—¿Sí?

—Estoy aquí para pagar la deuda de Ramona —dice Adri, y le extiende el sobre con dinero en efectivo que le dio Frac.

Adri jamás habría creído que terminaría siendo socia de ese esnob amante de los trajes, ni que ella compraría junto con él el pub más destartalado que hay al sur del Polo Norte, pero la vida nunca deja de sorprenderlo a uno. Ramona no dejó testamento, pero, con la ayuda de Mira, Frac solucionó todas las cuestiones legales pendientes relativas a su herencia, tanto con el casero de Ramona como con el banco. Lo único que necesitan ahora es llegar a un acuerdo con Lev. Por desgracia, él no está interesado.

—Yo no quiero dinero, ¿sí? Quiero un pub.

Adri lo mira a los ojos. Parece una desquiciada. A Lev le agrada mucho esto, ella le recuerda a sus sobrinas, también son unas sicópatas, todas y cada una de ellas.

—Si quieres nuestro pub entonces no quieres un pub, solo quieres tener problemas —dice ella.

La punta de la barbilla de Lev oscila de un lado a otro como un viejo metrónomo, mientras él tiene una expresión pensativa en el rostro. Parece estar considerando la amenaza de Adri con mucho cuidado, entonces se sube un poco más el pantalón por encima del estómago y dice:

—Bebamos, ¿sí?

Ella le sostiene la mirada por unos cuantos instantes llenos de precaución, que se sienten eternos. Ella está desarmada, y sabe que él está armado. Pero de todos modos lo sigue al interior de la casa. Lev sirve un par de tragos de botellas sin etiquetar. Ella se lo queda viendo y pregunta:

—¿No tienes vasos más grandes?

Adri le simpatiza mucho de forma instantánea. Le simpatiza en serio. Mujeres desquiciadas.

—Tazas de café, ¿sí?

—Claro. Lo que sea menos estas hueveras —masculla Adri en dirección de los vasos para *shots*.

Los dos se ponen a beber. Y beben bastante. Charlan de trivialidades, rodeando de puntillas el tema real de conversación sin lanzarse de lleno a él, como dos buscabroncas que están midiendo el alcance del otro. Lev hace preguntas sobre el bosque y el pueblo, y Adri hace preguntas sobre el depósito de chatarra y las máquinas que hay en él. Platican sobre las bandas de ladrones que pasan por aquí con regularidad y roban de todo, desde combustibles y herramientas hasta cobertizos de trabajo enteros que se llevan en camiones a altas horas de la noche. Los dos tienen muchas cosas en común, ambos odian a los ladronzuelos, pero a ellos mismos los han llamado así en multitud de ocasiones. No son personas que vean las cosas en blanco y negro, para ellos todo es gris, han aceptado su propia naturaleza. Lev le pregunta si acostumbra irse de cacería, y Adri se ve como si le hubieran preguntado «¿Acostumbras comer?». Por supuesto que sale a cazar. Lev se echa a reír y le cuenta que él ha practicado la cacería por todo el mundo, excepto en este país.

—Aquí solo hay reglas, ¿sí? Solo puedo cazar en estas épocas, solo estos animales, solo puedo tener esta arma, reglas y reglas y reglas…

Adri se ríe con amargura. La burocracia en torno a los permisos de armas es suficiente para volver loco a cualquiera, pero lo que menos quieres es estar loco, porque entonces no obtendrás tu permiso para portar armas.

—Tú sabes cómo son las cosas. Cada vez que las pandillas en las grandes ciudades se matan a tiros, algún político declara a gritos que hay que prohibir las armas de cacería. Como si esas pandillas estuvieran corriendo por todos lados con nuestros rifles en las manos. Ellos usan pistolas metidas al país de contrabando, maldita sea... —suspira Adri.

El hombre al otro lado de la mesa sonríe de manera indulgente al oír esto.

—El cazador es el gánster más peligroso en este país, ¿sí?

Lev sirve más alcohol. Ella se reclina en su silla.

—Eso pareciera, si le preguntas a las autoridades. Se quejan de que la policía no tiene recursos cuando muchachos de diecisiete años juegan a la guerra en sus propias ciudades, pero cuando la gente acá en el norte sale en su tiempo libre y coloca bloques de sal para los alces, entonces hay policías armados asaltando nuestras cabañas de caza solo para asegurarse de que no hemos olvidado cerrar con llave el armario donde guardamos nuestras armas, o, Dios no lo permita, para asegurarse de que no hayamos ofendido a un lobo...

Lev deja salir una risa ronca. Ella deja de hablar y terminar su trago, deja el vaso sobre una mesita con un golpe seco y con una mirada que indican que la charla se terminó. Él acepta estos términos, y por eso dice:

—Ramona me debía dinero. Es mi deuda, ¿sí? Yo quiero el pub.

Adri baja la mirada a su vaso vacío, y se balancea en el límite entre la diplomacia y un arranque de ira. De hecho, está más cerca del segundo que de la primera. Pero justo cuando alza la vista, la perrita de pelaje blanco y negro entra por la puerta de la terraza, se acerca caminando sin hacer ruido y posa su cabeza en el regazo de Lev, quien acaricia al animalito con ternura. Adri conoce todos los rumores que circulan sobre Lev, sobre las drogas y las armas que se supone que oculta en el cementerio de coches, pero este hombre está tratando a la perra como si fuera el último lirio de los valles sobre el planeta.

—¿Qué raza es? —pregunta ella.

—Es... ¿cómo dicen ustedes...? ¡«Una mestiza de raza pura»! —se ríe Lev entre dientes.

Parece que la perrita se queda dormida mientras está sentada, con la cabeza descansando en las palmas de las manos de Lev.

—¿Eres bueno con ella? —pregunta Adri.

—Soy más bueno con ella que con la gente. Tú eres igual, ¿sí?

—Así es.

Él le da unas palmaditas a la perra con tristeza.

—Era una buena perra guardiana. Cuando era joven. Pero ¿ahora? Casi ciega. Casi sorda. Solo es amable. Pero ¿qué puedo hacer? Nunca he tenido un amigo que haya sido tan bueno. ¿Me entiendes?

Adri responde que sí con la cabeza. Ella lo entiende.

—Tengo una buena perra guardiana. La mejor que podrías hallar. Acaba de parir cachorritos. Voy a traerte dos. También puedo entrenarlos para ti. Pero tú vas a aceptar el dinero y a dejar a nuestro maldito pub en paz, y entonces estaremos a mano. ¿Entendido?

Lev sonríe mientras pondera esto por un largo rato.

—¿Y Teemu? —pregunta él al final.

—Teemu no va a hacer nada en tu contra si yo le digo que no lo haga —responde ella.

Lev se echa a reír. Beben más alcohol. Se estrechan la mano. Y, entonces, el pub La Piel del Oso le pertenece a las hermanas Ovich, y lo primero que Adri hace es ir al bar y subir el precio de la cerveza. Si Ramona la está viendo sentada desde el cielo, la vieja bruja se va a poner de pie y empezará a bailar.

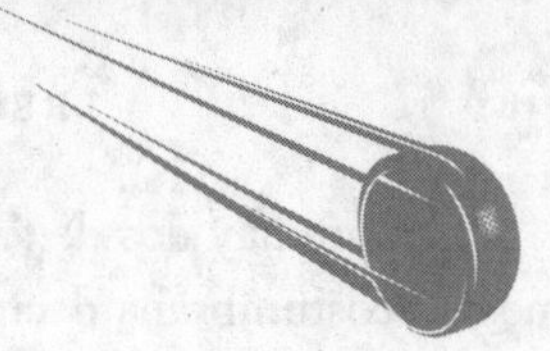

CULPABLES DEL CRIMEN

Las historias acerca de Beartown y de Hed podrían haber concluido en este punto, pero las historias acerca de un pueblo nunca terminan en realidad. Las únicas historias que se terminan son las que se centran en las personas.

Han pasado dos años y medio desde que Kevin violó a Maya. Dos años desde que ella se fue de Beartown. El relato de Maya fue lo que dio inicio a todo esto, lo que transformó a los clubes de hockey e influyó en los juegos de la política y sacudió los cimientos de un pueblo entero y la mitad de un bosque. Maya no tenía ninguna mariposa tatuada en el hombro pero bien podría haber sido así, pues ella bien podría haber sido Ruth. Las dos eran muy parecidas, de muchas maneras.

Lo único que las diferenciaba era todo.

Ruth está muerta, Maya está viva. Ruth se fue de Beartown seis meses antes de que Maya lo hiciera. Ruth huyó, Maya se mudó. Ruth jamás tocará la guitarra frente a miles de personas, ni dormirá espalda con espalda al lado de su mejor amiga en una casa rodante, ni se reirá tanto que el eco resonará entre los árboles al amanecer de uno de los primeros días de invierno del año. Ruth ha quedado en el olvido, es como si jamás hubiera habitado este mundo, como si todas las cosas por las que tuvo que pasar no importaran en lo más mínimo.

«Siempre hay dos de todo, uno que vemos y uno que no vemos», acostumbraba decir Ramona. Ella nunca supo quién fue Ruth, casi nadie lo supo. El relato de Ruth no dio inicio a nada. Pero será el final de algo.

Porque una de las peores cosas que por siempre haremos en este bosque es intentar que nuestras hijas crean que las chicas como Ruth son la excepción. Desde luego que eso no es verdad. Maya es la excepción. En realidad, nuestras hijas casi nunca ganan. Esa es la razón por la cual quienes de hecho sí lo hacen, quienes consiguen obtener la restitución de su honra en la menor medida posible, o una sola pizca de justicia, se llaman a sí mismas «sobrevivientes». Porque ellas saben la verdad acerca de todas las chicas como Ruth.

●●●

Hace muchos años, dos niños que crecieron en Hed se convirtieron en el único amigo del otro, pues nunca tuvieron con qué compararse. Uno de ellos era bastante grande, el otro bastante pequeño, uno no le temía a nada y el otro le temía a todo. Otros muchachitos acosaban al pequeño en la calle porque fue el último que aprendió a andar en bicicleta, el último que aprendió a leer, el último que aprendió a patinar sobre hielo. El chico más grande los ahuyentó, no porque fuera el más fuerte o el más peligroso, sino porque era impredecible. Los chicos de la calle se referían al pequeño como «el tonto», pero al más grande le decían «el sicópata». Ese muchachito carecía de límites, y todo el mundo ya lo sabía desde entonces.

Los chicos empezaron a jugar juntos en el bosque durante el día, y por la noche veían películas en la casa del pequeño. Él vivía solo con su mamá y al más grande le gustaba eso, pues él tenía cuatro hermanos y dos padres que siempre estaban enfadados, de modo que en su propia casa nunca podía oír la televisión. A su vez, el pequeño deseaba haber tenido cuatro hermanos y dos padres. La envidia es el destino de casi todos los niños.

Cuando se conocieron, el más grande de los dos extendió la mano y dijo: «Me llamo Rodri». El pequeño le estrechó la mano, pero no sabía que más se esperaba de él, pues ningún niño le había preguntado alguna vez cómo se llamaba. Rodri esbozó una amplia sonrisa: «Voy a llamarte Murmullo, ¡pues las pocas veces que abres la boca nunca alzas la voz! ¡Y eso no importa, a mí me gusta mucho hablar!».

Fue Rodri quien le enseñó a Murmullo a patinar sobre hielo. Los dos fueron juntos a su primer entrenamiento de hockey en Hed, y fue Rodri quien sugirió que Murmullo debía convertirse en guardameta. «Así, nunca tendrás que ser bueno para patinar y nunca tendrás que preocuparte de que te golpeen, pues nadie puede tocar al guardameta en el hockey, ¡todo tu equipo te defiende! Es algo así como una regla secreta, incluso si ellos piensan que eres un tonto, ¡en la pista solo eres el guardameta!». Ese fue el regalo más lindo que alguien le había dado a Murmullo, la oportunidad de esconderse debajo del casco y las protecciones, y tan solo poder ser parte de algo. Ambos jugaron en el mismo equipo durante varios años. Rodri tenía grandes sueños pero un talento limitado, para Murmullo era lo opuesto.

Se reunían al salir de la escuela todos los días. En las vacaciones de verano no se separaban ni por un segundo. Siempre era Rodri al que se le ocurría qué iban a hacer. A menudo jugaban a la guerra. Rodri soñaba con ser un héroe, podía pasar horas ideando escenarios en los que rescataba a niños de una casa en llamas, o a mujeres indefensas de asesinos sedientos de sangre. A menudo se sentaban en el sótano de Murmullo, hojeaban el anuario de la escuela y discutían acerca de a cuáles chicas les gustaría más rescatar, y cómo debían ellas demostrarles su gratitud. Desde luego que las chicas ni siquiera sabían quiénes eran Rodri y Murmullo, pero pronto se darían cuenta de lo mucho que se habían estado perdiendo. Rodri estaba convencido de ello.

Si Rodri hubiera sido mejor para el hockey, quizás el deporte habría hecho de él un héroe, pero sentía que el entrenador nunca le daba la oportunidad de demostrar qué era capaz de hacer. Siempre era uno de los chicos adinerados, populares y guapos quien podía jugar en vez de él. Era una injusticia insoportable que Rodri nunca pudo asimilar: los chicos con quienes de por sí todas las chicas querían acostarse eran, encima de todo, los mejores jugadores de hockey. Así pues, en cierta ocasión, Rodri se lio a golpes con un compañero de su equipo durante una sesión de entrenamiento, y, cuando el entrenador se interpuso, Rodri le asestó un puñetazo tan fuerte que le fracturó la mandíbula. «Ese muchachito no tiene límites y nunca los ha tenido, ¡siempre ha sido un pequeño sicópata!», aseguró uno de los otros entrenadores, que vivía en la misma calle que Rodri, y entonces echaron a Rodri del club. Murmullo siguió perteneciendo a él. Era tan callado y ocupaba un espacio tan pequeño que ni siquiera hubo alguien que reflexionara en el hecho de que seguía siendo el mejor amigo del sicópata. Murmullo era un guardameta, después de todo, y uno no puede tocar al guardameta.

Rodri siguió yendo a la casa de Murmullo por las noches. Lo esperaba afuera de la arena de hockey después de los entrenamientos. Murmullo se fue volviendo cada vez mejor para el hockey, pero casi nadie se dio cuenta de ello. Rodri se fue volviendo cada vez más peligroso, pero tampoco hubo alguien que lo notara. Los dos llegaron a la adolescencia, y cierto día Rodri llegó a la arena de hockey en una motoneta. Dijo que uno de sus hermanos se la había conseguido. También tenía cigarros. En poco tiempo le enseñó a Murmullo todo sobre las drogas, sin que el propio Murmullo llegara a probarlas alguna vez. Rodri acostumbraba sentarse en su cama y hablar de manera frenética durante horas sobre cosas que había visto en internet: política, conspiraciones, pornografía, armas, química. Soñaba con producir su propia metanfetamina. Eso lo haría rico y no se necesitaba mucho equipo para hacerla, decía él. Podían fabricarla aquí en la casa de Murmullo. En la de Rodri no era posible, porque entonces sus hermanos simplemente consumirían todo lo que ellos produjeran.

Luego, Rodri hablaba de chicas, como siempre lo había hecho desde que los muchachos estaban en la primaria. Rodri aún no se había acostado con ninguna, pero juró que lo haría pronto. Las palabras que usaba para referirse a las chicas cambiaron de forma tan lenta y gradual que apenas si se notaba. «La dulce» se convirtió en «la bonita» que luego se volvió «la sexy», «la de los ojos lindos» evolucionó a «la de las tetas enormes», y «la malvada» se transformó en «esa maldita puta». Poco tiempo después, estaba sentado en la habitación de Murmullo, señalando a las peores putas en el anuario de la escuela, una tras otra. Le contaba con exactitud cuáles chicas se habían acostado con cuáles chicos en todas las fiestas a las que nunca los invitaban a él y a Murmullo. Desde luego que las peores putas eran las putas del hockey, según Rodri, porque solo se acostaban con jugadores de hockey. Lo que no era justo. Ellos ya eran los más grandes y los más fuertes y los más populares. Ya lo tenían todo. Cierta noche, Rodri impartió una conferencia desde la cama de Murmullo: «¡El feminismo lo jodió todo para los hombres! Es algo biológico, ¿sabías?, ¡que las mujeres deben quedarse en la casa y tener bebés y atender el hogar, y los hombres deben construir la sociedad y proteger a sus familias! Las mujeres dicen que buscan la igualdad, pero lo que en realidad buscan es una tiranía, ¿captas? Nunca quieren a los chicos como nosotros. Porque somos perdedores. Así que nos vamos a extinguir. Porque hoy día, las chicas solo quieren acostarse con tipos que son unos cerdos. Solo quieren a los chicos más malos. Porque ellas dicen que quieren tener libertad, pero biológicamente quieren que alguien las domine. Es parte de su naturaleza. Quieren que un hombre las arrincone contra una pared. ¿Sabes cuántas chicas fantasean con ladrones? ¿Que un asaltante enmascarado las ataque? Ellas no sueñan con héroes. Eso solo pasa en las películas. ¡En la vida real los héroes nunca se quedan con las chicas!».

Murmullo no tomó nada de esto en serio. O no lo entendió. Solo trató de asentir y hacer feliz a su único amigo. Cuando las drogas se desvanecían del cuerpo de Rodri, comenzaba a sudar, luego empezaba a congelarse, y después tomaba prestada una de las chaquetas deportivas rojas del equipo de hockey, que le pertenecían a Murmullo. Su amigo se quedaba dormido en el suelo junto a la cama de Murmullo. Rodri también pasó ahí la noche siguiente, pues dijo que su hermano se había enemistado con otros muchachos del pueblo, y podía haber problemas en su casa. Antes de caer presa del sueño en esa segunda noche, relató una nueva fantasía que se le había ocurrido, acerca de cómo Murmullo y él detenían a esos muchachos, los mataban y se convertían en héroes.

Al día siguiente se convirtieron en héroes de verdad.

•••

Ruth se fue del país hace dos años y medio, justo después de que lo que ocurrió entre Maya y Kevin saliera a la luz. Maya había acudido a la policía y el pueblo entero se había vuelto en su contra. Todo cambiaría con el tiempo, pero nadie lo sabía en ese entonces. Ruth no se quedó aquí para averiguar qué ocurriría al final. Ella misma había pasado por todo eso unos cuantos meses atrás, era consciente de lo que este bosque les hacía a las chicas como Maya y ella.

Dispara. Entierra. Calla.

Durante los últimos dos años y medio de su vida, muy lejos de aquí, Ruth se odió a sí misma sobre todo por dos razones: había dejado solo a su hermanito Matteo en esa terrible casa con sus terribles padres, y había olvidado llevarse su diario. No se atrevió a contactar a Matteo porque temía que sus padres descubrieran en dónde se encontraba. Ruth hizo anotaciones en su diario hasta el día en que se marchó, y tan pronto como se hubo ido, ya era demasiado tarde para regresar por él. Se preguntó si alguien lo encontraría, y tenía la esperanza de que, en todo caso, no fuera su hermanito quien lo hallara. Deseaba que él tuviera una infancia de verdad, que pudiera andar en bicicleta y jugar videojuegos y solo se encontrara con el mal en los cómics. Todos los días llevaba la cuenta de las semanas y los meses que habían transcurrido y los que faltaban para que Matteo cumpliera dieciocho años, y cuando eso sucediera podría volver para llevárselo. No tuvo tiempo de hacerlo. Seis años de diferencia eran demasiados. Tal vez él ni siquiera habría querido irse con ella, aunque hubiera podido.

Los dos hermanos ya se querían desde que eran pequeños, pero nunca tuvieron muchas cosas en común. Además, Matteo tenía algo que a Ruth le faltaba: el amor de su madre. Ella siempre estaba donde él se encontraba, y puesto que Ruth no podía soportarla, se mantenía tan alejada como le era posible. Su madre y todas sus neurosis. La fobia que le tenía al olor a humedad encerrada que la hacía ventilar toda la casa hasta que estaba helada, su convicción de que los vecinos los espiaban, su temor de que los perros de la manzana en realidad eran el diablo que había tomado una forma animal. No había fin a todo esto. Su padre solo se sentaba con sus libros en otra habitación, todavía presente en cuerpo físico pero cada vez más distante de espíritu. Como si estuviera invocando una enfermedad mental para huir de aquí. Ruth odiaba y envidiaba esa habilidad al mismo tiempo.

Todos los fines de semana acudían a su iglesia, llena de otras familias que eran distintas del mismo modo que lo era la de Ruth. Que tenían la misma cantidad de reglas, la misma cantidad de prohibiciones, en las que todos se limitaban a decirles a sus hijos que debían temer a Dios, pero nadie hablaba de amor. Cierto día, Ruth le dijo entre gritos a su madre: «Ustedes dicen que debemos ser siervos de Dios, ¡pero esa es solo otra palabra para referirse a los esclavos!». Su madre tuvo uno de sus ataques de histeria. Varios años después, Ruth seguía sin poder estar segura de si eran reales o su madre solo estaba fingiendo. Sin embargo, Ruth no estaba arrepentida, tan solo se odiaba a sí misma por haber hecho que Matteo se sintiera triste.

Ella se largó de su casa y azotó la puerta al salir, pero se vio obligada a volver en la noche. No tenía a nadie que le pudiera proporcionar un lugar a donde huir. No contaba con ninguna amiga en la escuela, todas las chicas ahí eran muñequitas perfectas vestidas de manera perfecta con padres perfectos y vidas perfectas. Se susurraban en secreto a espaldas de Ruth, diciendo que ella era parte de una secta religiosa y que su familia estaba loca. Esa situación terminó por volverse tan normal que ya ni siquiera le causaba dolor. Se volvió muy hábil para mantenerse alejada, para hacerse invisible, lo único en lo que podía pensar era en sobrevivir a la escuela hasta cumplir dieciocho años, y entonces poder marcharse a algún lugar lejos de aquí y elegir una vida diferente. Al menos tuvo esto en mente hasta que, cierto día, encontró a su primera amiga de verdad y todo cambió. Por ironías del destino, sucedió en la iglesia. Ahí acudió una familia que justo acababa de mudarse a Hed, y su hija tenía la misma edad de Ruth. Ella se llamaba Beatrice. Se hicieron mejores amigas al instante. Las dos odiaban las reglas y las prohibiciones con la misma intensidad, ambas tenían la sensación de que vivían en el planeta equivocado. En cuanto Ruth tuvo la oportunidad de hacerlo, empezó a tomar el autobús a Hed y, cuando los padres de Beatrice no estaban en casa, las chicas escuchaban música, se maquillaban y veían películas que usualmente les estaban prohibidas. Esa fue la mejor época en toda la vida de Ruth. Jamás volverás a tener amigos como los que tienes cuando eres adolescente. Ni siquiera si los conservas por el resto de tu existencia, pues nunca será lo mismo que cuando eras joven.

Cuando tenían dieciséis, Beatrice consiguió que las invitaran a una fiesta en Hed. Bebieron y fumaron como todos los demás chicos, y esa fue la primera vez que Ruth se sintió como una persona casi normal. Incluso besó a un muchacho y terminó con él encima de un sofá en una habitación a oscuras, donde él trató de tener relaciones con ella pero no pudo levantar lo que tenía que haber levantado. Ruth se rio de él con nerviosismo, y él se puso furioso. Salió a toda prisa del cuarto y se fue corriendo a su casa. Al día siguiente, Ruth se enteró por Beatrice de que el muchacho les había dicho a todos en su escuela que se había acostado con ella y que era pésima en la cama. Así fue como Ruth aprendió que la verdad no significa nada para los muchachos. El rumor de que ella había ido a la fiesta en Hed se esparció hasta la escuela de Beartown, y por un tiempo las chicas perfectas no pudieron decidir si la iban a llamar «la puta de Hed» o «la zorra de la secta». Cuando Ruth cumplió diecisiete, Beatrice le regaló unos audífonos de excelente calidad, para que no tuviera que oírlas. Esa noche, las dos bebieron licor casero a solas en el bosque, y Beatrice le siseó al oído, llena de contento: «¡Carajo, cómo me encanta estar borracha! ¡Uf, ahora tengo que orinar! ¡Y voy a orinar como un camello!». Ruth se echó a reír con tantas ganas que terminó rodando por el suelo. Nunca volvió a tener una amiga como Beatrice, nadie tendrá algo parecido.

El mensaje de texto llegó de forma repentina al día siguiente, cuando Ruth iba camino a su casa desde la escuela. Estaba escrito con tanto pánico que la sangre se le heló: «Mis papás descubrieron mi escondite!!! Y llamaron a tus papás!!!!!!». Ruth corrió el tramo que le faltaba, pero ya era demasiado tarde. Su madre había revisado hasta el último rincón de su cuarto, y lo había encontrado todo. La ropa interior reveladora, los cigarros, las píldoras anticonceptivas, Ruth no tenía idea de qué le parecía más deplorable a su mamá. Pero a Beatrice le fue todavía peor, pues su padre había hallado su móvil y todos los mensajes que unos muchachos le habían enviado. Una semana después, Beatrice ya se había mudado de Hed, la enviaron a un pueblo todavía más pequeño, a casi mil kilómetros de distancia, para vivir con uno de sus parientes. Ruth no pudo evitar pensar que las chicas de su escuela tenían razón: de verdad formaban parte de una maldita secta.

•••

Desde luego que fue idea de Rodri, como siempre. «¡Vamos por la motoneta y larguémonos a Beartown! ¡Busquemos unas putitas de allí! ¿Sabías que a todas las chicas de Beartown les excitan los chicos de Hed? Eso es porque los muchachos de Beartown tienen pitos muy chiquitos. ¡Está en sus genes!».

Murmullo no tenía ganas de ir, pero tampoco quería negarse. No tenía el corazón para decepcionar a su amigo cuando estaba tan de buen humor. Así que se pusieron sus chaquetas rojas, para que las chicas supieran de inmediato que provenían de Hed, y partieron a Beartown. Como era lógico no hallaron ninguna chica, hacía demasiado frío afuera, de modo que simplemente se detuvieron al lado del camino en el bosque que pasa cerca del lago, y Rodri empezó a beber cerveza y a contar cosas que había leído. En ese entonces le interesaba la religión, y habló y habló sin parar. Mucho tiempo después, Murmullo reflexionaría que quizás eso era lo peor acerca de Rodri: el hecho de que era muy inteligente. Y el hecho de que podía hacer cosas terribles como las que en poco tiempo habría de cometer, a pesar de ello.

Estaba empezando a hacerse tarde, y con la oscuridad llegó un frío todavía más crudo; estaban a punto de dar la vuelta e irse de regreso en la motoneta rumbo a Hed, cuando Murmullo miró con los ojos entreabiertos hacia el lago y alcanzó a ver al niño encima del hielo. No podía ni ponerse de pie, estaba en medio de un ataque de pánico, acostado con el cuerpo extendido para hacerse lo más ligero posible. En la orilla del lago se encontraban varios muchachitos un poco más grandes, gritando y burlándose del chico sobre el hielo. Murmullo se echó a correr, al principio Rodri no entendía por qué, pero, cuando cayó en la cuenta, vio su oportunidad de convertirse en héroe.

—¿QUÉ CARAJOS ESTÁN HACIENDO? —gritó, y, cuando los muchachitos en la orilla del lago huyeron, quiso perseguirlos para atraparlos y matarlos a golpes, pero Murmullo lo detuvo, y apuntó con la mano al chico encima del hielo.

Fue idea de Rodri quitarse sus chaquetas y sus suéteres, y amarrarlos para formar una cuerda. Murmullo era el más ligero de los dos así que se arrastró sobre su estómago hacia el interior del lago, lo bastante cerca como para arrojarle la cuerda improvisada al chico, y luego jalaron a Matteo hasta que se encontró a salvo. Matteo tenía tanto frío y estaba tan asustado que decir una sola palabra a través del castañeteo de sus dientes le costaba muchísimo trabajo, pero Rodri y Murmullo lograron sacarle un nombre y la dirección en la que se encontraba su casa. Murmullo condujo la bicicleta de Matteo y Rodri lo siguió despacio en su motoneta, con el chico sentado detrás de él.

La hermana de Matteo era la única persona que estaba en casa. Salió corriendo y abrazó a su hermano con tanta fuerza que él no podía respirar. Entonces, ella les dio las gracias a los chicos de las chaquetas rojas desde el fondo de su corazón.

—¡Ruth! —se presentó ella con la mano extendida.

—¡Rodri! —dijo Rodri con una sonrisa.

Tres años después, ella muere en un país a miles de kilómetros de aquí. Él ni siquiera ha estado en ese lugar. Pero Matteo sabe que, aun así, Rodri es quien le quita la vida a su hermana.

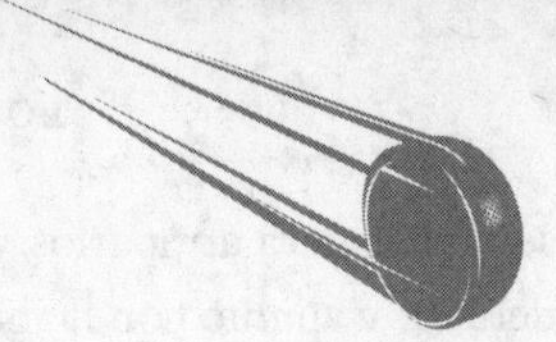

PIEDRAS

En todas las comunidades hay lugares con nombres extraños; nombres cuyos orígenes ha olvidado todo el mundo. Beartown tiene «la Hondonada» y «la Cima», que probablemente en un inicio solo eran apodos basados en las condiciones geográficas, pero que, en algún punto, se volvieron nombres de verdad usados en las señales de tráfico. Al final nadie puede acordarse en realidad de cómo se dio esto. O de quién fue la idea.

El sábado a primera hora, alguien toca a la puerta de la familia Andersson, con fuerza pero sin agresividad. El puño que golpea la madera pertenece a una persona que fue vencida, que estuvo cerca de ganar, pero ella sigue sintiéndose lo bastante orgullosa como para plantarse con la espalda erguida.

Peter abre la puerta, un olor a *croissants* recién horneados sale de la casa y envuelve a la editora en jefe que sostiene una caja de cartón en sus brazos y parece estar tan sorprendida por ese aroma como él está sorprendido de verla.

—Hola… Yo… —empieza a decir Peter.

Nunca se habían encontrado, pero desde luego que sabe quién es ella. El bosque no es tan grande.

—Quería darte esto —dice ella sin solemnidad alguna, y le da un leve empujón a Peter en el pecho con la caja.

Es más ligera de lo que él creía. Echa un vistazo a su interior entre las pestañas y se da cuenta de que está llena de documentos.

—No entiendo qué…

Ella respira despacio para no gritar.

—Tienes buenos amigos, Peter. Amigos poderosos. Yo odio la corrupción en estos pueblos olvidados de la mano de Dios, pero parece que ahora también soy parte de ella. Richard Theo quería que te diera todo esto, para que pudieras estar seguro de que no vamos a escribir nada sobre ti. Esto es todo lo que desenterramos acerca de ti y del Club de Hockey de Beartown.

Peter baja la mirada hacia la caja. La editora en jefe está esperando que él se haga el tonto o quizás estalle en un arranque de ira, casi podría decirse que ella tiene la esperanza de que ocurra lo segundo, eso le habría venido bien a su amor propio. Pero en lugar de todo ello, Peter pestañea con los ojos llenos de humedad y pregunta:

—¿Así que esto es mi culpa?

Los pies de la editora en jefe se mueven de manera involuntaria sobre los escalones.

—Sí… Sí, tal vez es una manera de verlo. Por si sirve de algo, de cierta forma me da gusto no haber tenido que destruir tu vida. Sé que tu hija pasó por un infierno. Pareces ser un buen padre, así que supongo que tú también pasaste por ese infierno. He oído que haces muchas cosas buenas por los niños y los jóvenes en este pueblo. Tal vez eso… equilibra las cosas.

Él puede ver en sus ojos que eso no es verdad. Ella sigue deseando haber podido atraparlo. Haberlo enviado a la cárcel. Él hizo trampa, y ella es de esas personas que en realidad nunca pueden vivir con eso. La editora en jefe da la media vuelta y se va caminando hacia su auto, cuando de pronto él le dice a voces:

—¿Puedo preguntarte…? ¿Crees que uno puede purgar su crimen sin cumplir con la condena?

Ella mira hacia atrás por encima del hombro.

—¿Qué quieres decir?

Peter se aclara la garganta, angustiado.

—Sé cuál fue mi crimen. Miré para otro lado. No hice ninguna pregunta. Fingí que no sentía que algo andaba mal. No me involucré. Yo... guardé silencio.

La editora en jefe aspira profundamente el aire frío a su alrededor, y experimenta una sensación muy cercana a la paz. Esa confesión de parte de Peter casi se siente como una pequeña reivindicación, quizás a ella le baste con esta victoria.

—¿Cómo dicen ustedes en el club? ¿«Techos altos y paredes gruesas»? —dice ella.

—Exactamente. ¿Así es como puedo enmendar las cosas ahora? ¿Haciendo las paredes más delgadas? —pregunta él con sinceridad.

La editora en jefe no estaba preparada en lo más mínimo para que la conversación tomara este rumbo. Titubea buscando argumentos y conclusiones, hasta que al final se le ocurre decir:

—A mi papá le encanta la historia. Sobre todo la Edad Media. Siempre que salíamos de vacaciones cuando yo era niña, teníamos que ir de un lado a otro para contemplar las iglesias, y él se ponía a disertar sobre todas y cada una de las piedras con las que estaban construidas. Lo recuerdo explicando que, cuando un hombre rico había cometido pecados graves, los sacerdotes le decían que podía obtener el perdón de Dios si erigía una catedral. Obviamente, en realidad solo era una forma en la que los sacerdotes engañaban a las personas para que financiaran sus ridículas edificaciones ostentosas. Lo que no es muy diferente de la forma en la que los clubes de hockey se aprovechan de los gobiernos municipales para construir arenas de hockey en la actualidad. Pero cuando yo era niña, eso era... bueno... no sé... también pensaba que de cierta manera eso era algo bueno. Que al final de sus vidas, los hombres poderosos tuvieran que hacer un acto de humildad convirtiendo todo su dinero en piedras.

Peter sigue mirando la caja. Los documentos en su interior se humedecen.

—Gracias.

La editora en jefe se muerde el labio. Entonces susurra:

—Gánatelo.

Ella se va manejando de ahí, con lágrimas furiosas en los ojos y una bolsa de *croissants* recién salidos del horno en el asiento del acompañante.

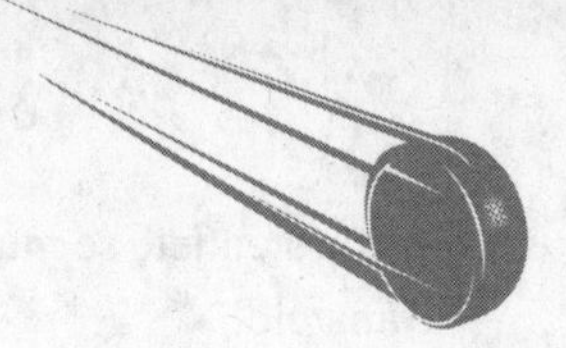

VÍCTIMAS

Después de que Beatrice desapareció, Ruth se quedó sola de nuevo. Esta vez fue peor para ella, pues ahora era consciente de cuál era la alternativa, y de cómo se sentía. Sus padres estaban tan avergonzados que ni siquiera la obligaban a ir a la iglesia, quizás porque querían fingir que también habían enviado lejos a su hija; a juzgar por las apariencias, eso es lo que uno tenía que hacer. Siempre que iban a uno de sus trabajos de caridad organizados por la iglesia también dejaban a Matteo en casa, pues la gente de las iglesias en otros pueblos acudía a esos eventos y sus padres temían que Matteo le contara a alguien sin querer la verdad acerca de su hermana. En uno de esos días en los que estaban solos en la casa, Ruth tomó prestada la computadora que su hermano tenía escondida, para enviarle un mensaje a Beatrice. Matteo solo tenía once años, pero había logrado conectar la computadora al wifi de sus vecinos; Ruth estaba maravillada por el hecho de que Matteo hubiera descubierto su contraseña, pero él solo se encogió de hombros y dijo que casi todo el mundo usa los nombres de sus hijos o sus nietos, de modo que simplemente buscó los nombres de sus vecinos en internet y probó todas las combinaciones que se le ocurrieron, hasta que una de ellas funcionó. «¡Eres un genio!», dijo Ruth, y Matteo se sonrojó. Entonces tomó su bicicleta y se marchó para que su hermana pudiera hablar con Beatrice en paz. Él creyó que eso era lo que ella quería, siempre daba por sentado que solo era un estorbo, y ella ni siquiera notó que él se había ido.

Varias horas después, Ruth vio a través de la ventana a su hermano cuando venía de regreso a bordo de una motoneta, congelado y aterrorizado, detrás de un muchacho desconocido que venía conduciendo. Salió corriendo de la casa, poseída por el pánico, y abrazó a su hermano con todas sus fuerzas. Los muchachos vestidos con chaquetas rojas le contaron lo que había sucedido. Parecían ser amables, aunque eran un poco extraños, uno de ellos hablaba sin parar y el otro no hablaba en lo absoluto. El primero dijo que se llamaba Rodri y que a su amigo le decían Murmullo, pues en las raras veces que abría la boca siempre se expresaba en voz baja.

—¿Ustedes juegan hockey? —preguntó Ruth, al tiempo que hacía un ademán con la cabeza en dirección de sus chaquetas.

—¡Sí! —respondió Rodri, con la rapidez de un rayo.

—Qué pena. Estoy harta de los chicos del mundo del hockey —dijo Ruth con una sonrisa. Rodri empezó a obsesionarse con ella de forma instantánea.

En los días que siguieron, él manejaba su motoneta desde Hed para pasar frente a la casa de Ruth. Rodri había oído que sus padres eran una especie de lunáticos religiosos, por lo que no se atrevía a llamar a la puerta, pero circulaba de ida y vuelta por la calle, con la esperanza de que ella se encontrara en su casa y se fijara en él. Cierto día, ella dejó de fingir que no lo había visto, y salió de su casa de manera sigilosa para ir a su encuentro. Rodri la llevó en su motoneta a una zona del bosque justo en las orillas de Hed, donde él y Murmullo habían descubierto un pequeño cobertizo abandonado que habían convertido en su propio centro de recreación juvenil. Murmullo leía cómics y Rodri le dio a probar a Ruth drogas que ella jamás había consumido. Cuando Ruth vomitó, Murmullo y él cuidaron de ella. «Solo estás teniendo un mal viaje, no te preocupes, pronto se te va a pasar», le susurró

Rodri mientras sostenía su cabello con delicadeza para que no le cayera vómito encima. Poco después la llevó a su casa y, cuando ella se bajó de la motoneta, él trató de darle un beso, ella se resistió y él la tomó de la muñeca con tanta fuerza que ella soltó un grito. «Te haces la difícil, eso me gusta», dijo él. Ella no supo qué responder, se sentía muy asqueada por todo y la cabeza todavía le daba vueltas, de modo que lo único que hizo fue meterse a su casa, y entonces cayó dormida.

Él empezó a enviarle mensajes de texto, a veces cincuenta en un solo día, y ella no sabía qué hacer. Le escribió a Beatrice para preguntarle, pero Beatrice contestó que a veces los chicos tan solo se comportaban así, con un poquito de lujuria de más, y eso no tenía nada de extraño, ¿cierto? Y él parecía ser amable, quizás simplemente no sabía cómo comportarse con las chicas.

Ruth no estaba tan segura. Un par de días después hacía tanto frío cuando salió de la escuela que se fue a la parada del autobús en lugar de caminar hasta su casa. Algunas de las chicas perfectas se encontraban ahí, y empezaron a reírse entre dientes en cuanto la vieron. «Linda ropa, ¿es el uniforme de la secta?», dijo una de ellas, y las demás soltaron una carcajada. «Se visten así porque sus papás no quieren que otros hombres se vean tentados, ¡de ese modo sus papás pueden acostarse con ellas!», exclamó otra de las chicas, y todas estallaron en risitas ahogadas, menos ruidosas pero más descontroladas. Ruth quiso que la tierra se la tragara, y al mismo tiempo quiso estrellar el rostro de las chicas contra el vidrio de la marquesina. Entonces, alguien gritó en la calle, y cuando Ruth levantó la mirada, se dio cuenta de que era Rodri. Había cambiado su motoneta por una motocicleta todoterreno, o al menos creía Ruth que así se llamaban. Él dijo que la había conseguido de uno de sus hermanos. «¿Quieres acompañarme a una fiesta en Hed?», preguntó. Ruth miró a las chicas perfectas y se dio cuenta de que estaban muy asustadas, era evidente que pensaban que Rodri parecía un tipo muy peligroso. Así que Ruth se montó en la motocicleta de un salto, tan solo para poder ver la expresión estúpida en las caras de las chicas, y Rodri aceleró y se fue de ahí.

Rodri no había sido invitado a la fiesta, pero todos en el equipo de hockey de Hed habían sido convocados, de manera que nadie cuestionó qué hacían Rodri y Ruth ahí cuando llegaron al lugar de la reunión, pues Murmullo estaba con ellos. La fiesta se celebraba en la residencia enorme de un chico adinerado, y se encontraba tan atestada de gente ebria que, una vez que ya estabas adentro, a nadie le importaba quién eras. Rodri no dejaba de ofrecerle tragos a Ruth, y ella nunca vio lo que él estaba echándole a las bebidas. Ruth empezó a sentirse extraña. Él le susurró al oído que ella era muy linda. Que estaba enamorado de ella. Que quería hacer que ella se sintiera bien. Ruth ni siquiera supo cómo terminó en esa habitación, o si al menos seguían en la misma casa de la misma fiesta; él empezó a desvestirla y ella le gritó que no lo hiciera. Le gritó que la dejara en paz. Pero la música sonaba demasiado fuerte y él era demasiado pesado. Ella perdió la conciencia, nunca supo por cuánto tiempo, y cuando despertó estaba desnuda. Su vista se vio invadida por una multitud de destellos. Se sentía terrible, pero, cuando trató de arrastrarse para alejarse de él, Rodri la sujetó del cuello y le dijo entre dientes que iba a matarlos a ella y a su hermanito. Estaba tan aterrada que su cuerpo se paralizó. Para ella, la violación nunca tuvo fin, pero, para él, ni siquiera empezó. Nunca pudo comprender que él era un violador, en ningún momento del resto de su vida. Creía que era un héroe.

Cuando él por fin exhaló, soltó un gemido y se relajó, ella vio su oportunidad: tensó todo su cuerpo, se lo quitó de encima con una patada y se levantó de golpe, pero todavía estaba tan drogada que apenas si podía mantenerse de pie. Caminó a tropezones hacia la puerta mientras trataba de abotonarse la blusa y de subirse el calzón. Alcanzó a oírlo detrás de ella, no estaba segura de si él se reía o se trataba de algo más. No habría podido describir con posterioridad qué apariencia tenía la habitación, ni cuánto tiempo estuvo ahí dentro, pero nunca se le olvidó que, cuando salió al pasillo estrecho que daba a la escalera, Murmullo se encontraba ahí de pie. Ruth vio con claridad el terror y la vergüenza en los ojos del chico. Él la había oído gritar, estaba segura de ello, pero no se había atrevido a hacer nada. Tan solo se quedó petrificado ahí afuera, tal y como a ella le sucedió adentro mientras Rodri hacía lo que quería.

Lo único que Ruth hizo fue echarse a correr. Su cabeza le daba vueltas y su corazón latía con fuerza y sus piernas apenas si podían sostenerla. Cuando descendió por la escalera, la fiesta aún seguía ahí abajo, alguien le silbó y alguien más le dijo a voces: «Acabas de hacerlo, ¿eh? ¡Súper! ¿Quieres un segundo *round*?». Con desesperación, se abrió camino a codazos entre la multitud de adolescentes ebrios, y solo hasta que había logrado salir de la casa se dio cuenta de que estaba semidesnuda, pero el frío casi era algo liberador. La enmudeció. Ni siquiera pudo llorar pues los dientes le castañetearon con mucha fuerza durante todo el camino hasta su casa.

•••

En su diario, Ruth escribió:

> *Cuando las niñas empezamos a ir a la primaria y los niños nos pegan y nos jalan del cabello durante el recreo, si vamos con un adulto para pedirle ayuda, los adultos nos dicen: Los chicos solo hacen eso porque ustedes les gustan!! Así es como ustedes les enseñan a los niños que tienen poder sobre nosotras. Luego crecemos y entonces nos violan, pero solo somos unas putitas estúpidas porque no tomamos eso como un CUMPLIDO? Nos golpean y nos matan pero solo hacen eso porque les gustamos. Por qué no lo entendemos?*

La siguiente página dice:

Ni siquiera me acosté con ese chico de Hed pero les dijo a todos que lo había hecho y eso significa que ya soy una puta. Y no se puede violar a una puta.

En una de las últimas páginas, ella anotó:

Estoy perdida si ni siquiera mis propios padres me creen. Entonces por qué creería en mí la policía? Por qué me creería alguien? Todos ustedes solo van a creerme hasta que Rodri me mate.

En la página final está escrito con letra temblorosa:

Ustedes siempre creen que tienen que hablar con sus hijas acerca de los chicos. No debemos usar faldas cortas y no debemos salir solas y no debemos emborracharnos y no debemos hacer que los chicos se sientan demasiado atraídos por nosotras. Pero ustedes no tienen que hablar con nosotras acerca de los chicos porque ya sabemos todo eso con un carajo, porque ellos nos violan justo a nosotras, joder!!!! En lugar de hablar con nosotras hablen con sus malditos hijos!!! Enséñenles a que hablen entre ellos y enséñenles a que se pongan el alto unos a otros! Eduquen en algún lugar a un maldito muchacho que pueda llegar a ser un maldito director de una maldita escuela, que entienda que cuando los niños jalan a las niñas del cabello los malditos niños son el problema. Díganles a sus hijos que si tienen DUDAS de si se acostaron con una chica que en realidad no quería tener relaciones, entonces SÍ lo hicieron!!! Si no pueden entender si la chica con la que están teniendo relaciones quiere hacerlo o no, entonces nunca se han acostado con una chica que sí quiere, con mil demonios. Ya no hablen con sus hijas. Ya lo sabemos todo.

●●●

A la mañana siguiente, Ruth vomitó tanto que creyó que iba a morirse. Casi podría decirse que tenía esa esperanza. Deseaba haber podido verter ácido corrosivo en su cerebro para borrar todos los recuerdos de la noche anterior. Su aliento, sus manos por todas partes, él dentro de ella. «Te amo», había susurrado él. «¡No te hagas la difícil! ¡Sé que tú también quieres! ¡Sé que ya te has acostado con otros chicos!», dijo después entre dientes. Luego llegaron las amenazas de matarlos a ella y a Matteo. Entonces, ella simplemente se quedó tendida sin moverse. Solo tratando de sobrevivir.

Al día siguiente, justo antes del almuerzo, Ruth recibió el primer mensaje de texto: «Gracias por lo de ayer hermosa!!», escribió él. Ella no entendía nada. ¿Se estaba burlando de ella? ¿Estaba amenazándola? El siguiente mensaje decía: «Te amo. Nos vemos esta noche de nuevo? Besos!!». La situación continuó durante varias horas, hasta que Ruth tomó su teléfono y, todavía aturdida por la resaca, escribió: «Yo no quería hacerlo. Estaba ebria. Yo no quería maldita sea». Él le contestó: «Deja de decir eso!! Claro que querías hacerlo! No hice que fuera una experiencia agradable para ti? Puedo practicar!!! Ve al cobertizo para que lo hagamos otra vez!!!». Entonces, ella le envió un mensaje más: «Olvídalo engendro asqueroso, voy a denunciarte ante la policía».

El teléfono permaneció en silencio durante varios minutos. Luego llegó una foto. Luego una más. En ellas Ruth aparecía vestida, pero era consciente de que ya no llevaba nada puesto justo después de que esas imágenes fueron tomadas. Una vez que transcurrió un minuto desde que recibió las fotos, Rodri la llamó. Al principio no se atrevió a contestar, pero él siguió marcándole y marcándole hasta que al final ella ya no tuvo valor para no responder. El tono de Rodri no reflejaba sentimiento alguno, era como una de esas voces artificiales de una contestadora automática: «Entonces voy a publicar todas tus fotos desnuda en internet para que todos puedan ver lo putita que eres». Eso habían sido los destellos que vio cuando se despertó en aquella cama. Él la había fotografiado cuando estaba inconsciente.

Ruth no podía respirar. No podía pensar. Apagó su móvil y lo escondió debajo de la cama, como si eso pudiera ayudarla en algo. No se atrevió a salir de su casa, por si él estaba esperándola allá afuera. No podía dormir. No podía comer. Solo se quedó acostada en el suelo, y lloró y lloró y lloró.

Esa noche, Rodri empezó a enviarle más mensajes de texto. Le exigió que se reuniera con él. «Puedes quedarte con las fotos, no voy a mostrárselas a nadie, solo ven!!», escribió. Ella no se atrevió a decirle que no. Se vieron en el cobertizo del bosque en las afueras de Hed y lo peor de todo fue lo gentil que comenzó a comportarse él de repente. Casi temeroso. Le dijo entre susurros que lo lamentaba y que la amaba y que no se había dado cuenta de que ella no quería. También estaba ebrio, dijo él. No sabía lo que estaba haciendo, fue su excusa. Pero también fue más o menos culpa de ella, alegó él. ¿Por qué lo acompañó a la fiesta si no lo deseaba? ¿Nada más lo estaba usando? ¿En realidad solo quería acostarse con otra persona en ese lugar? ¿Por qué no era él lo suficientemente bueno para ella? ¿Qué había de malo en él?

Él le tocó la mejilla, ella tembló de terror y él interpretó eso como una muestra de amor. «Podemos pasar un buen rato. Me encargaré de que sea algo lindo. Te lo prometo», dijo él, y empezó a besarle el cuello. «Yo solo quiero que resolvamos el asunto de las fotos», susurró ella. Así que él le hizo una promesa. Se lo prometió y se lo prometió y se lo prometió. Si ella tan solo se acostaba con él una vez más, por su propia voluntad, él borraría todas las fotos. Ella podría ver mientras él las eliminaba de su teléfono.

Así que ella se acostó con él. Y él borró varias fotos. Pero no todas. Durante los días que siguieron, él le mandaba mensajes de texto por las noches y ella tenía que hacerlo todo de nuevo una y otra vez. Él traía drogas consigo y ella las consumía, para poder soportarlo y para poder olvidarlo y para poder irse corriendo directo a su casa cuando terminaban. Él entendía esto como otra señal de amor.

Al final, él terminó por derrumbarse y rompió a llorar frente a ella, y le dijo que el hecho de que estuviera haciendo esto no era culpa de él. Ella lo había obligado. Era culpa de Ruth. Él la tomó de la muñeca, pero ella le apartó la mano de un golpe y se echó a correr. Él la cazó a través del bosque, pero ella era más rápida. Cuando llegó a su casa, Matteo estaba dormido en su cama, y lo único en lo que ella pudo pensar fue que no importaba si las fotos terminaban en internet, tenía que mantener a Rodri lejos de aquí, tenía que proteger a su hermano. Así que, a la mañana siguiente, Ruth acudió a la policía.

Se sentó en un cuarto pequeño con un vaso de agua que no pudo beber, pues sus manos le temblaban demasiado. Tenía diecisiete años. El policía le sugirió que llamara a sus padres. Ella no quiso hacerlo. El policía habló y habló y diferentes personas entraron y salieron de la habitación. Ruth sintió como si estuviera flotando en la nada. Alguien le preguntó si había consumido drogas. Le dijeron que si les contaba la verdad iba a recibir ayuda y nada malo iba a suceder. Cometió el error de creerles. Reconoció que había tomado drogas. Reconoció que había tenido relaciones con Rodri varias veces. Incluso reconoció que estuvo muy cerca de tener relaciones con otro chico en otra fiesta, pero él no pudo estar preparado para el acto en sí. Le mostró al policía los mensajes de texto de Rodri, le enseñó las fotos que él le había enviado, pero todo lo que el agente vio fue una chica de diecisiete años que tenía puesta su ropa y que parecía estar ebria y feliz. Como si ella hubiera querido hacerlo. Nada de lo que Rodri le escribió implicaba que la hubiera amenazado. Más bien parecía estar arrepentido, ¿no? ¿Como si hubiera habido algún malentendido entre ellos?

Ruth protestó y protestó, pero ya no sabía cómo podía darse a entender. A final de cuentas, ¡ni siquiera podía recordarlo todo! ¡Ni siquiera sabía qué le había echado él a sus bebidas! El policía le preguntó por qué no había reportado esto antes. La única respuesta que pudo dar fue que había tenido mucho miedo. El policía le dijo que ellos la entendían, y entonces la convencieron de que, a pesar de todo, llamara a sus padres. Le prometieron que iban a hablar con ellos. Que todo iba a estar bien. De nuevo cometió el error de creerles.

Ella recordaría la expresión en el rostro de su madre ahí en esa habitación. Era la de una persona herida. Como si Ruth la hubiera lastimado. Recordaría a su padre, incómodo y temeroso, como si solo hubiera querido irse de ahí a cualquier precio. «No decimos que estés mintiendo, jovencita, pero supongo que puedes entender cómo se oye todo esto, ¿no es así?», dijo una voz, y le llevó varios minutos a Ruth comprender que esa era la voz de su madre. Desde luego que ella era consciente de que su madre la odiaba, pero ¿hasta este extremo? La voz de Ruth enronqueció, las lágrimas empezaron a correr. «¡Él me violó, mamá!». Su madre soltó un suspiro dirigido al agente de policía, que dejaba ver lo que estaba pensando. «Desgraciadamente creo que tenemos que hablar con nuestra hija en casa. ¿Podríamos regresar mañana? Es un poquito mitómana. Y una drogadicta, como ustedes se habrán dado cuenta. En su cuarto tiene un cajón lleno de tangas y píldoras anticonceptivas, ¡así que difícilmente debe tratarse de su primer muchacho! Tal vez él no quiso empezar una relación con ella después de lo que pasó, y entonces ella se arrepintió e inventó todo esto, ¿no? ¡Ustedes saben cómo son las chicas a esta edad!».

La mente de Ruth empezó a dar vueltas sin control. Al final terminó vomitando en el suelo. Ella recordaría que uno de los oficiales, un joven que parecía tener el presentimiento de que quizás algo no estaba bien, posó una mano fresca en la frente de Ruth, le dio agua y susurró: «Tal vez podrías volver aquí mañana cuando te sientas mejor, podrías tratar de explicar todo lo que pasó de nuevo, ¿qué te parece? Todo esto suena muy complicado. Pero quizás mañana podríamos entenderlo bien, cuando estés un poco más... ¿serena?».

Ruth no pudo recordar cómo dejó la estación de policía. Tampoco recordó gran cosa del viaje a casa en el auto de sus padres. Lo único que recordaría después fue que su papá dijo, al tiempo que daban vuelta para tomar la calle donde vivían: «Debes tener en cuenta que ese muchacho puede demandarte por difamación. Lo que estás haciendo es peligroso. Podrías destruir su vida entera». Cuando descendieron del auto, la mamá de Ruth hizo algo que casi nunca había hecho: tomó la mano de su hija, con cuidado y con ternura, casi como una madre de verdad. «Vamos, jovencita, entremos y comamos algo. Le rezaremos a Dios para que te proporcione una guía. Dios nos ayudará. Y luego nos olvidaremos de todo esto. Creo que el fin de semana que viene puedes acompañarnos de nuevo a la iglesia. Verás que entonces nos sentiremos mejor».

Ruth nunca volvió con la policía. El joven en la estación se quedó esperándola. Es posible que, más adelante, se haya odiado a sí mismo por no haber hecho más. Quizás logró reprimir todo este asunto. La gente como él solo está intentando hacer su trabajo. Todos dicen que solo están siguiendo lo que dicta la ley. El problema es que las leyes no están escritas para las muchachas como Ruth. Están escritas en contra de ella.

En las semanas siguientes, Ruth se hizo más y más pequeña cuando estaba rodeada de otras personas. Se hirió a sí misma todavía más cuando estaba a solas. Por extraño que parezca, su madre pareció comportarse con ella más amable que de costumbre, como si su amor fuera un soborno, como si la hija tan solo debiera guardar silencio respecto de todas esas tonterías y entonces ¿tal vez podrían volver a ser una familia perfecta? Como si siempre lo hubieran sido. Su papá casi no hablaba con Ruth, excepto cuando le dijo: «Esperemos que la policía no contacte al chico. Si lo hacen probablemente va a demandarnos. ¿Cómo podríamos pagar todos los gastos que resultarían de eso?».

Si hubieran tenido parientes la habrían enviado lejos de este lugar, como le sucedió a Beatrice, pero habían roto todo contacto con los demás miembros de su familia cuando se unieron a la Iglesia. Ahora se mantenían cautivos los unos a los otros. En las noches, Rodri le mandaba más mensajes de texto. Siempre diciéndole que la amaba. Que la extrañaba. Con el tiempo, comenzó a escribirle acerca de lo bien que la habían pasado en «la cabaña», como había empezado a llamar al cobertizo en el bosque, y Ruth fue cayendo en la cuenta de que él había construido en sus fantasías un universo paralelo entero donde todo lo que había sucedido era una historia de amor. Cierta noche, ella lo vio en la calle afuera de su casa. En otra ocasión, él pasó por su escuela a bordo de su motocicleta todoterreno. Ruth comenzó a recibir mensajes en las redes sociales, de cuentas anónimas que le decían que ella era «una putita engreída» que creía que era mejor que todos los demás. Desde luego que sabía que era él, pero ¿cómo podía demostrarlo? ¿Quién iba a creerle?

Unos meses después, en la escuela empezó a circular el rumor acerca de lo que Kevin le había hecho a Maya. O, más bien, lo que Maya le había hecho a Kevin. Ruth lo oyó en el comedor, todo el mundo hablaba del tema. Maya era unos cuantos años menor, y Ruth no la conocía, pero ella había denunciado a Kevin ante la policía después de una fiesta y, como consecuencia de esa denuncia, a Kevin no se le permitió jugar con sus compañeros de equipo en un partido de hockey crucial para su club. Todos habían perdido la razón por completo.

Ruth no se atrevió a mirar a su alrededor, pues tenía mucho miedo de que, al verla, alguien pudiera darse cuenta de las cosas por las que ella había tenido que pasar. Les había dado tantas vueltas en su mente a las acusaciones de la policía y de sus padres acerca de que era una mentirosa, que estaba empezando a creer que tenían razón. Tal vez lo que sucedió no había sido tan malo. Tal vez había sido culpa de ella.

Por las noches leía los comentarios en internet acerca de Maya.

Todos los que decían que ella era una puta. Que solo estaba mintiendo. Que deseaban que alguien la matara.

Ruth cumpliría dieciocho años esa primavera, y fue entonces cuando, de un momento a otro, cayó en la cuenta de que tenía que irse lejos de aquí y desaparecer. De modo que eso hizo.

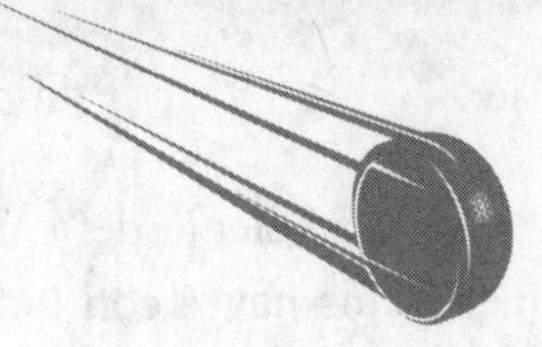

VASOS DE JUGO

Es la mañana del sábado. Mira se fue a su oficina para poder sentarse ahí y mirar afuera por la ventana, de modo que Maya casi le quita la vida de un susto cuando grita desde la recepción de forma inesperada. Mira llega corriendo y su hija exclama con irritación:

—O sea, ¿en serio necesitan una oficina tan grande? Eso es lo que yo llamo arrogancia. ¡Una podría celebrar conciertos de *rock* aquí!

Mira está tan feliz de que su hija la sorprenda y la declare una idiota justo el día de hoy, que se lanza a darle un abrazo torpe, lo que trae como consecuencia que Maya se enfade porque casi se le cae todo el pícnic. Ana la trajo hasta aquí, para que ella pudiera llevarle a su madre termos con café y *croissants* recién horneados hechos por Peter, y lo más importante de todo: vasos chiquititos para beber jugo de naranja. Se sienta en el piso con las piernas cruzadas y come con su mamá, como cuando era pequeña y Mira aceptaba acampar dentro de la casa, pues se sentía culpable por trabajar demasiado, y Maya sabía con exactitud cómo sacarle provecho a eso.

—Tengo que volver a casa después de este fin de semana. O bueno… Quiero decir… Tengo que regresar al conservatorio —dice Maya, y odia el hecho de que se le haya escapado decir «casa».

Su mamá solo esboza una sonrisa comprensiva.

—¿Sientes que te está costando trabajo regresar?

Maya asiente con un aire ligeramente lastimoso, como uno solo hace frente a su propia madre.

—Sí. Se siente del carajo. Más o menos podría decirse que quemé mis naves con todo el mundo antes de venir aquí. Pero quizás debería volver, y simplemente ponerme a luchar. Tal vez Benji tenía razón: probablemente escribo peores canciones si soy feliz todo el tiempo.

—Lamento que las cosas sean tan difíciles, corazón —susurra Mira.

— Se supone que debe ser difícil, mamá —sonríe Maya.

—Lo sé, lo sé, pero yo... ¡yo solamente quiero que seas feliz todo el tiempo!

—No te preocupes por mí.

—¡Soy tu mamá, no puedes impedirme que lo haga!

Maya sonríe de una forma tal que es imposible saber si está a punto de hacer una broma o si va a echarse a llorar.

—Lamento que lo que me hizo Kevin casi los quebrara a ti y a papá.

Ahora es Mira quien parece estar a punto de romper a llorar.

—No, corazón, no lo hiz...

Maya asiente, con mucha madurez y mucha fuerza, con una gran honestidad y una gran vulnerabilidad.

—Sí, mamá. Sí lo hizo. El amor de todos ustedes fue como una donación de órganos. Tú y papá y Leo me dieron pedacitos de sus corazones y sus pulmones y sus huesos para que yo pudiera reconstruirme. Y, ahora, ustedes apenas si tienen fuerzas para mantenerse de pie y respirar. Pienso en eso con mucha frecuencia, y pienso mucho en las chicas que no los tienen a ustedes en sus vidas. Siento que yo apenas si pude sobrevivir a esto. ¿Cómo rayos podrían salir adelante todas aquellas que no cuentan contigo?

Buena suerte si tienes una hija y tratas de no derrumbarte cuando oyes algo así.

Buena suerte.

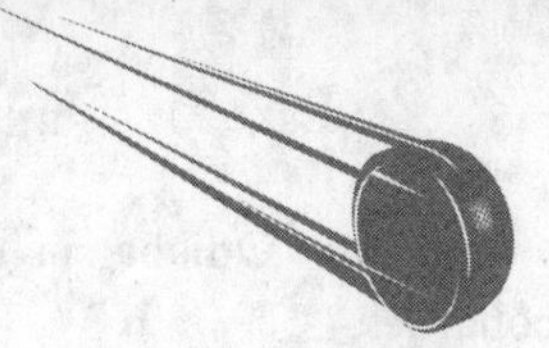

TUMBAS

Murmullo lo había oído todo. Lo recordaba todo. Había permanecido de pie afuera de la recámara en esa fiesta, cuando Ruth le gritó a Rodri que no lo hiciera y le rogó que se detuviera, pero Murmullo no irrumpió en el cuarto. Lo último que Rodri hizo antes de que sucediera todo fue preguntarle a Murmullo si quería unírsele. «¡Ven, podemos compartirla!», dijo él muy alegre, pero Murmullo respondió que no con la cabeza, lleno de pánico, y Rodri pudo ver en sus ojos que estaba a punto de irse corriendo de ahí. Así que la mirada de Rodri se oscureció en cosa de un instante, cerró la mano alrededor del cuello de Murmullo en un abrir y cerrar de ojos y con una fuerza tremenda, y le dijo entre dientes: «Quédate a vigilar. Si te vas de aquí te mato».

Murmullo solo se quedó parado ahí sin decir nada, pero lo oyó todo. Cuando Ruth salió a toda prisa, él se hizo a un lado y ella pasó corriendo junto a él, salió de la casa y se fue de ahí. Cuando Rodri dejó la habitación después de Ruth, se plantó tan cerca de Murmullo que sus frentes se tocaron, y Rodri le juró: «¡Si se lo cuentas a alguien diré que tú también participaste en esto!».

En los meses siguientes, la vida de Murmullo transcurrió como si hubiera estado inmerso en una especie de letargo. Empezó a entrenar tan duro que en las noches caía rendido de cansancio; era la única forma en la que podía dejar de pensar, la única forma de poder quedarse dormido. Cada vez que se despertaba odiaba la luz. Odiaba todas las imágenes que volvían a su mente. Odiaba sus cuerdas vocales débiles y su corazón cobarde.

Rodri lo llamaba por teléfono y le mandaba mensajes todo el tiempo; al ver que Murmullo no le respondía, Rodri le envió todas las fotos que le había tomado a Ruth. Murmullo las borró una por una, pero él sabía lo que eso significaba. Era la forma en la que Rodri lo hacía su cómplice.

De vez en cuando, Murmullo iba al lago por las noches y tenía la esperanza de que el hielo se quebrara debajo de sus pies. Estuvo a punto de colgarse un par de veces, pero al final no se atrevió a hacerlo. La única cosa que lo ayudaba a olvidar era el hockey, así que terminó por dedicarle todo su tiempo, y fue por eso que se volvió tan bueno en el juego.

Cuando todo sucedió entre Kevin Erdahl y Maya Andersson, desde luego que Murmullo se enteró de los rumores, al igual que los demás. Cómo fue que suspendieron a Kevin y todo Beartown se alzó en protesta. Murmullo era unos cuantos años menor, el equipo de Hed de su categoría iba a jugar un partido en contra de los chicos de Beartown de su misma edad, pero el juego se canceló pues los entrenadores temían que pudiera generar problemas. Todo el mundo olvidó avisarle de esto a Murmullo, como de costumbre, así que él se encontraba solo en la parada del autobús para viajar de regreso a Hed, cuando Ruth llegó caminando por el otro lado de la calle. Los dos quedaron igual de conmocionados. Ninguno podía respirar.

•••

Ruth había ido al buzón del servicio postal en el centro del pueblo. Había encontrado una iglesia en internet que recibía a «jóvenes con problemas», y tenía que enviar una carta por correo, solicitando que le permitieran irse a vivir ahí. Pasó caminando por la arena de hockey y, a la altura de la parada del autobús, simplemente se paralizó, justo como en la noche de la fiesta. No había visto a Murmullo desde entonces. Ella no tenía idea de qué quería decirle. No sabía si él pensaba siquiera que Rodri hubiera hecho algo malo. Tal vez Murmullo también pensaba que ella merecía que la violaran, como todos los demás.

Ella se armó de todo el valor del que podía disponer y gritó hacia el otro lado de la calle: «¿Puedes decirle a Rodri que me deje tranquila? ¡Él ganó! ¡Nadie me creyó! ¿Tan solo podría dejarme en paz?».

Murmullo no le respondió. Solo quedó hecho trizas por dentro. Ruth se fue a su casa y se encerró, y dos días después una mujer de la iglesia la llamó por teléfono. Ruth recitó una serie de mentiras tan excepcional acerca de sus «problemas» que la mujer empezó a llorar. Ruth lo inventó todo, pues nunca habrían creído la verdad.

Así pues, Ruth se fue del pueblo, pero desde luego que nunca se apareció en esa iglesia. Para cuando todos se dieron cuenta de que se había largado al extranjero, todo lo que ella tenía que hacer era mantenerse alejada hasta su cumpleaños número dieciocho, y entonces sería libre. Había robado todo el efectivo de sus padres antes de irse de su casa, esa era una de las ventajas de tener una madre que creía que los bancos eran una conspiración de ateístas y adoradores del diablo; no era mucho dinero, pero sí suficiente para comprar boletos de tren y de barco, y para sus primeros pasos vacilantes en el mundo de allá afuera. Ruth llegó a otro país. Las primeras noches fueron un caos, pero logró encontrar nuevos amigos, resultó ser que en realidad no era tan extraña aquí como lo había sido en casa. O solo era extraña de una forma que los demás apreciaban ahora. Deseaba poder ponerse en contacto con Matteo y contarle esto, pero no se atrevió a hacerlo, solo contaba los meses hasta que él también cumpliera dieciocho años y entonces podría ir por él para llevárselo. Conoció a dos chicas que trabajaban en un café y tomó prestada su computadora. Por una vez tuvo el valor de entrar a internet, y se encontró con que había recibido un mensaje de Beatrice. Su antigua amiga le contó que había hecho las paces con su familia, pero había abandonado la Iglesia, había conocido a un muchacho y se había comprometido con él. Entre los dos iban a comprar una casita. Había logrado emerger al otro lado de la oscuridad y ahora era feliz, y Ruth reflexionó en ese momento que quizás todo había valido la pena. Si una de ellas había alcanzado la felicidad. Apagó la computadora y jamás volvió a encenderla. Las chicas del café la llevaron a una fiesta. Las tres se pusieron a bailar. Por primera vez desde hacía una eternidad, Ruth se divirtió de una forma que no exigía nada de ella y por la que no tenía que sentir vergüenza alguna. El mundo se le abrió de par en par. Todo era posible. Durante dos años y medio rio muchísimo de verdad, reemplazó cada pequeño fragmento podrido de su ser como si fuera el barco del antiguo mito, hasta que se convirtió en una persona nueva. Su universo se volvió tan grande que su infancia comenzó a sentirse como si no hubiera sido más que un invento. Pensó en escribirle a su hermanito un millón de veces, pero nunca lo hizo. Fue a fiestas y bailó, y una noche las drogas le quitaron la vida. Sucedió tan de repente, en medio de todo el movimiento, su corazón simplemente se detuvo bajo las luces de la pista de baile. Ya había fallecido antes de estrellarse contra el suelo. Los paramédicos les dijeron a sus amigas que quizás ni siquiera había tenido tiempo de sentir dolor.

•••

Matteo nunca verá esto como que su hermana murió. Solo pensará que fue asesinada. Cuando encontró su diario y se dio cuenta de qué la había motivado a irse de aquí, del dolor que ella aplacaba con las drogas y lo que la llevó a su sobredosis, entonces él ya había tomado su decisión. Alguna vez oyó a una mujer decir en la iglesia de sus padres: «Si estás planeando vengarte, cava dos tumbas». Su madre regañó a esa mujer, pues ella creía que esa expresión provenía de la Biblia, pero eso no era cierto. Quizás por eso Matteo la recordaba.

Ahora no está haciendo planes para dos tumbas. Está haciendo planes para tres. Una para Rodri, por sus crímenes. Otra para Murmullo, por no haber ayudado a Ruth a pesar de que pudo haberlo hecho. Y una más para él mismo.

•••

La historia de Maya fácilmente podría haber terminado como la historia de Ruth. Fueron detalles insignificantes los que hicieron que todo tomara un rumbo diferente. Una mamá que luchó, un papá que amó, un hermano que estuvo ahí, una mejor amiga que se enfrentó a todo el maldito mundo. Una vieja bruja dueña de un pub que entró a una reunión de los miembros del club de hockey y habló en defensa de Maya. Y, por último, un testigo que lo vio todo y al final se atrevió a alzar la voz.

Eso fue todo. Solo eso y nada más.

Amat contó lo que había presenciado, e incluso si Kevin nunca fue declarado culpable ni apresado por su crimen, el pueblo ya no pudo mantener los ojos cerrados.

Pero, ahora, cada vez que contamos esta historia cometemos nuevos pecados, pues fingimos que lo que Amat hizo es lo normal. Pero desde luego que no lo es. Casi nadie obra como actuó él. Murmullo es lo normal. Él es como el resto de nosotros.

Cierta mañana, alguien tocó a la puerta de Murmullo en Hed. Era Rodri. No había nada de cordura en sus ojos cuando sostuvo un cuchillo contra el cuello de Murmullo y le susurró:

—¡Si le cuentas a alguien lo que pasó voy a venir aquí a matarlos a ti y a tu mamá! ¿Entendido?

Murmullo asintió sin atreverse a respirar siquiera. Su madre estaba sentada resolviendo un crucigrama en la habitación contigua. La mirada de Rodri deambuló por unos instantes, y luego corrió hacia una motocicleta que se encontraba en la calle y se fue montado en ella. La siguiente vez que Murmullo supo algo acerca de él fue cuando alguien dijo que un hermano de Rodri había terminado en la cárcel, y Rodri había aprovechado la oportunidad para irse de aquí. Se había mudado a un pueblo a unas cuantas horas de distancia para vivir en el apartamento de su hermano.

El último mensaje de texto que le envió a Murmullo decía: «Piensa en lo que le pasó a Kevin. Nadie va a creerte. Tú eres tan culpable como yo. Los dos acabaremos en la cárcel y tú jamás podrás volver a jugar hockey».

En la siguiente temporada, Murmullo recibió la oportunidad de cambiar de club, pasando de Hed a Beartown después del fallecimiento de Vidar, el guardameta de Beartown. Su primera sesión de entrenamiento con Zackell como su entrenadora fue el mejor momento en la vida que Murmullo apenas si sentía que estaba viviendo. Zackell parecía entenderlo. Vio lo que él podía llegar a ser en vez de lo que era. Murmullo ni siquiera sabía que poseía un talento auténtico, pero Zackell lo transformó en una estrella. Empezó a ser el primero en llegar a la arena de hockey por las mañanas y el último en irse a su casa por las noches. Entrenó y entrenó. Por primera vez tuvo amigos de verdad. Una vida plena.

¿Se lo merece? Si no se lo puede perdonar, entonces ¿se le puede permitir… tener esto? ¿Vivir una vida? Jugar hockey. Reír. Tal vez incluso ser feliz, aunque sea por unos cuantos instantes. ¿Merece recibir indulgencias? ¿Es eso justo? ¿Es lo correcto?

No lo sabe. Y nunca lo sabrá.

●●●

Durante la noche entre el viernes y el sábado, cuando las procesiones con antorchas han concluido y todos se han ido a sus hogares y los pueblos duermen, Matteo encuentra tres rifles de caza en el armario de las armas de sus vecinos. Busca cartuchos por todos lados pero no encuentra ninguno. Así que cierra el armario, sale por la ventana y corre a su casa, donde envuelve los rifles en los suéteres viejos de su hermana y los esconde en su guardarropa. Luego busca en internet cómo conseguir municiones. En vez de ello, encuentra un foro de discusión donde alguien más planteó la pregunta que él se está haciendo con insistencia: «¿Puedes matar a alguien con un rifle de caza?». Una de las respuestas más rápidas llega de una cuenta anónima: «Por supuesto que puedes si eres un tirador extremadamente bueno. Pero es mucho mejor conseguirse una pistola, cualquier inepto puede matar a alguien con una pistola. También es mucho más efectiva si tú mismo vas a darte un tiro después. ¿Es eso lo que quieres?». Matteo no lo sabe. Realmente no lo sabe. ¿Es eso lo que quiere?

Después de mucho titubear, Matteo sale a hurtadillas de su casa con el envoltorio de los suéteres bajo el brazo y cruza el bosque en su bicicleta, por todo el camino hasta Hed; en el trayecto se cae unas cien veces pero no suelta ni una sola palabrota. Ya no siente dolor. Ni siquiera está furioso. Un vacío lo está consumiendo ahora y eso es una bendición.

Sus piernas están exhaustas para cuando llega a Hed, pero hay antorchas consumidas por todos lados en el suelo, y la nieve está lo bastante compacta por los pisotones de la gente como para que él pueda andar en su bicicleta sin terminar en el suelo a cada rato, y todo se vuelve un poco más fácil. Cuando llega al cementerio de coches puede ver que todavía hay luces en las casas rodantes que se encuentran ahí dentro, de modo que se acerca caminando y toca en la verja. Un muchacho barbudo de unos veintitantos años la abre, pero no tiene tiempo de decir nada antes de que una voz detrás de Matteo declare:

—Ya está cerrado, ¿sí?

Matteo se vuelve y mira a Lev a los ojos. El hombre está acompañado de una perra de pelaje blanco y negro, que observa a Matteo con los ojos entreabiertos y olfatea en el aire. Matteo obliga a su voz a permanecer estable y dice:

—Tengo tres rifles de caza. Quería saber si me los intercambiarías por una pistola.

Lev frunce las cejas, aprieta los labios, su mandíbula se tensa.

—¿Pistola? No hay pistolas aquí.

Matteo se mantiene firme en su exigencia, con la incapacidad propia de un niño para darse cuenta del peligro en el que se halla:

—¡Yo estuve en el partido! ¡Te vi en la arena de hockey! ¡Vi que traías una pistola! Yo solo quiero... ¡Yo también quiero tener una! ¡Vamos! ¡Son buenos rifles de caza!

Lev se acomoda la cadena de oro alrededor del cuello y luce bastante pensativo.

—Tú quieres tener la pistola... ¿para qué? ¿Herir a alguien, sí? Mala idea, mi amigo. Muy mala, niñito, ¿okey? Mejor ve a tu casa en tu bicicleta. Duerme. Ve a la escuela. Vive una vida buena.

Matteo pierde los estribos con gran rapidez:

—¡NO SOY UN JODIDO MUCHACHITO! ¿QUIERES HACER NEGOCIOS O NO?

Lev permanece de pie frente a él en completa calma, pero su mirada hace que el chico de catorce años se tropiece hacia atrás y caiga encima de su bicicleta.

—Ningún negocio. Ya está cerrado, ¿sí? —repite Lev y hace un gesto firme en dirección de la verja detrás de él, y luego mantiene la palma de la mano en el aire como si la siguiente advertencia fuera a ser una bofetada.

Matteo se sorbe la nariz y gimotea con desesperación. Arranca la bicicleta de la nieve y se apresura a salir por la verja, pero se resbala sobre un charco congelado y se le caen todos los rifles, y apenas si logra contenerse de soltar un grito y echarse a llorar a todo pulmón. Le pasa por la mente que, si no tuviera ya una misión, también habría matado a Lev. Porque Matteo no es ningún jodido muchachito. Ya lo verán todos. Entonces oye una voz diferente, más joven que la de Lev, que proviene de un punto más alejado a lo largo de la valla:

—Psst, amigo, ven aquí.

Quizás Lev se niegue a venderle una pistola a un chico de catorce años, pero no todos sus empleados tienen los mismos escrúpulos. Matteo tiene que volver a su casa en Beartown para tomar todo el dinero en efectivo de sus papás y su computadora, y luego intercambia todo eso más tres viejos rifles de caza por una pistola que tal vez debería servir tanto para abrirse paso a tiros como para irse con un disparo.

En la madrugada del sábado encuentra una motoneta en el patio de una residencia, algún adolescente malcriado no se tomó la molestia de guardarla en el garaje incumpliendo la promesa que sus padres lo obligaron a hacer. Matteo se mete por una ventana del sótano, sube al vestíbulo a hurtadillas y encuentra la llave en un gancho. Maneja muchos kilómetros más allá de Hed hasta llegar al siguiente pueblo; en el camino va resbalándose sobre el hielo en medio de la oscuridad y varias veces está a punto de estrellarse. Llega a estar muy cerca de morir. El mundo llega a estar muy cerca de que nadie más muera.

El sol está saliendo cuando Matteo llega a las orillas de un pueblo más grande. Se dedica a esperar afuera de un edificio de apartamentos gris hasta que pierde la sensibilidad en los dedos y casi no puede sentir el gatillo. Cuando Rodri sale, despeinado y soñoliento, Matteo aguarda hasta que ya está sentado a bordo de su auto. Por un instante piensa en la posibilidad de tomarse su tiempo y seguirlo, tan solo para ver a dónde va. ¿Tendrá un empleo? ¿Tendrá amigos? ¿Tendrá alguien en su vida que lo ame? Matteo nunca lo sabrá. Se frota los dedos como un poseído para hacer que la sangre le circule de nuevo, entonces avanza caminando a través del estacionamiento y espera hasta que Rodri lo ve a través del parabrisas. Matteo quiere estar seguro de que el asesino de su hermana lo reconozca. Entonces dispara tres tiros que atraviesan el cristal delantero. Aguarda hasta que Rodri se desploma y está seguro de que ha muerto. Matteo se sube de nuevo a la motoneta y se va de regreso a Beartown. A mitad del camino, la motoneta se descompone. Él se para en el arcén de la carretera y les hace gestos con las manos a los vehículos que circulan por ahí para pedirles ayuda, pero los que alcanzan a verlo no se detienen y los que quizás se habrían detenido no lo ven. Uno de los vehículos que pasa en la dirección opuesta es una patrulla policiaca. Esta historia podría haber terminado de una manera muy diferente si esa patrulla no hubiera pasado de largo para seguir su camino, pues la policía tenía prisa en atender el reporte de un tiroteo en un estacionamiento del pueblo. En ese caso Rodri habría sido la única persona que hubiera perdido la vida.

Un camión disminuye la velocidad, sus luces altas parpadean a cierta distancia sobre el arcén, y Matteo corre hacia él. El chofer está tan sorprendido por el hecho de que el chico nada más tiene catorce años y está solo aquí afuera que, por pura benevolencia, se desvía bastante lejos de su camino cuando oye a dónde se dirige el muchacho. Lo lleva casi hasta Beartown. Nunca sabrá lo que causó.

Matteo llega a su casa justo antes de que empiece el partido. Recoge el diario de su hermana y cruza el pueblo en su bicicleta. Se detiene en la casa de la familia Andersson. Permanece ahí por un largo rato, considerando la posibilidad de dejar el diario en su buzón. Él sabe lo que le pasó a Maya, sabe que su madre es abogada, quizás ellas podrían contar la historia de Ruth. Quizás ella podría obtener alguna especie de reivindicación. Pero Matteo no se atreve, tiene demasiado miedo de que alguien encuentre el diario demasiado pronto, deduzca lo que él está planeando hacer y trate de detenerlo.

Además, se da cuenta con desesperación de que no puede hacerle esto a su madre. Cuando haya perdido a sus dos hijos necesitará inventar una fantasía inmensa en su mente tan solo para poder sobrevivir. Matteo no puede privarla de esto obligándola a que sepa qué sucedió en realidad.

Así que Matteo encuentra un almacén en un jardín calle abajo que no está cerrado con llave, se roba una sierra y se va en su bicicleta hacia el lago. En ese lugar hace un agujero en el hielo, y deja caer el diario a través del hueco. Regresa a la zona habitada del pueblo, abandona su bicicleta y sigue el río de gente, camina hacia la arena de hockey junto con miles de personas, solo uno más entre la multitud. Invisible.

•••

Es la mañana del sábado, el día en el que se juega el primer partido de la temporada. Los pueblos han esperado esto mucho tiempo y sobre el bosque pesa una atmósfera extrañamente alegre. No hay ningún indicio de violencia flotando en el aire, todos los hombros están relajados, ya que después de las procesiones con antorchas la paz ha llegado de nuevo. Podrá ser una paz frágil, pero sigue siendo una pequeña pausa para todos. Hoy, de alguna forma estamos del mismo lado. Hoy solo se trata del hockey.

Amat se va de su casa con la maleta al hombro. Su mamá le da un beso en la cabeza. El muchacho atraviesa el estacionamiento y empieza la caminata que va desde la Hondonada hasta la arena de hockey en medio del pueblo, como lo ha hecho un millón de veces. ¿Cuántos pasos serán en total? ¿Cuántos kilómetros? ¿Podrá medir la distancia que hay hasta un sueño cuando por fin lo alcance?

Amat oye la voz que lo llama por su nombre, pero está tan sorprendido que en un primer momento no puede ubicar a quién le pertenece. Se da la vuelta y el peso de la maleta casi lo hace perder el equilibrio.

—¿Hola...? ¿Qué hace usted aquí? —le dice a Peter, quien está de pie con las manos en los bolsillos y la mirada en el horizonte.

—Esperándote. ¿Tienes tiempo de ir a ver algo?

—¿Ahora? Tengo que ir al partido...

—Lo sé, perdón. Pero yo puedo llevarte. ¡No nos tardaríamos mucho, y alcanzaríamos a llegar a tiempo!

Hay algo en el entusiasmo puro que ilumina el rostro de Peter que hace que se despierte la curiosidad de Amat. El antiguo director deportivo lo guía lejos de los edificios de apartamentos, hacia el bosque que está a la orilla del viejo yacimiento de grava; no se detienen sino hasta que llegan a un enorme espacio abierto. En una época se habló de que se iba a construir un supermercado en ese lugar. Luego se dijo que quizás podría ser una clínica. En algún punto alguien soñó incluso con un pequeño centro de negocios. Ninguna de esas cosas se volvió realidad, desde luego, pues uno no construye en esta parte de Beartown. Quizás el pueblo esté expandiéndose, pero es imposible encontrar algo que brote y crezca en la Hondonada.

—¡Ahí! —dice Peter, mientras apunta con el dedo hacia donde no hay absolutamente nada.

—No... No entiendo... —dice Amat, quien no ve otra cosa más que nieve y grava.

Peter ve algo más. Ve su penitencia.

—He estado pensando mucho acerca de lo difícil que fue para ti recorrer todo el trayecto hasta llegar al primer equipo, Amat. Te fue casi imposible. No deberías haberlo logrado, pero tú eres... único. El motor que te impulsa, tu corazón, nunca he visto nada igual. Quisiera que los chicos y las chicas que vengan después de ti no necesariamente tengan que ser como tú para tener una oportunidad de progresar. Quiero que el siguiente talento que provenga de la Hondonada tenga un camino que sea... un poco más fácil de andar. Tan solo un poco más fácil.

—¿Y eso qué tiene que ver con la grava? —pregunta Amat, conmovido pero desconcertado

Peter sonríe.

—Quiero construir una arena de hockey justo ahí. No una grande, solamente un lugar para entrenar, un lugar para... pasar el rato. Un lugar donde podamos tener una escuela de patinaje, un equipo infantil, un lugar donde puedas entrenar un tiempo adicional si quieres hacerlo. El ayuntamiento va a construir un centro de entrenamiento de lo más moderno junto a la arena de hockey, pero creo que también podemos construir algo aquí. Mucho más pequeño, obviamente, solo sería una... pista de hielo clásica. Pero me aseguraré de que esta vez se cumpla con todo el papeleo como debe ser. Voy a pedirles ayuda a todos mis amigos. Me parece que tú también tienes muchas amistades. En esos edificios de apartamentos viven muchos trabajadores manuales, ¿cierto? Yo mismo conozco a unos cuantos. Creo que vendrán si se lo pedimos. Creo que podemos concretarlo, tú y yo y algunos más. No lo sé, tal vez algún día la Hondonada tenga su propio equipo. Uno tal vez puede soñar, ¿no? ¿O es algo tonto? ¿Crees que suena... ridículo?

El pecho de Amat sube y baja al menos unas veinte veces. Entonces saca su móvil de la maleta y lo apunta hacia la grava.

—No. No suena ridículo.

—¿Qué haces? —pregunta Peter.

—Voy a tomar una foto. Para poder mostrarles a todos los mocosos malcriados de mi barrio de dónde vengo, cuando ellos tengan su propia arena de hockey en este sitio dentro de unos cuantos años y no aprecien lo que tienen...

De repente, Amat parece muy alto, como si hubiera crecido tanto que rebasó a Peter de la noche a la mañana. Peter se echa a reír. Todo esto es solo un sueño hasta ahora. Él no sabe si se atreve a creer que tendrá las fuerzas necesarias para hacerlo realidad. Pero Beartown es un lugar especial en la faz de la tierra. Vaya pueblo tan jodidamente singular. Aquí hay muchos sitios y cosas que poseen nombres peculiares, y todo el mundo ya se ha olvidado del origen de esos nombres.

Dentro de unos cuantos años, casi nadie recordará por qué a la arena de hockey que está más allá de los edificios de apartamentos de alquiler y el yacimiento de grava en la parte más pobre del pueblo siempre la han llamado «la Catedral». Pero el hombre que la soñó lo sabe, y el muchacho que algún día anotará su primer gol en la NHL también lo sabe. Al final del partido en el que mete ese gol, un reportero de la televisión lo va a entrevistar:

—¿Quieres decirle algo a todos los que te están viendo en el lugar donde creciste? Tú eres de Beartown, ¿cierto? —le preguntará el reportero al otro lado del Atlántico.

Amat mirará directo a la cámara y responderá:

—No, yo vengo de la Hondonada.

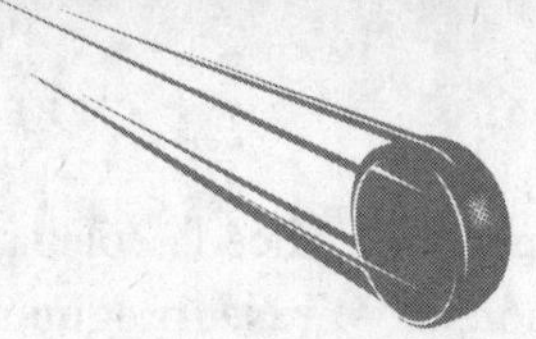

MEJORES AMIGOS

El picnic de Mira y Maya en la oficina es maravilloso, lleno de bromas estúpidas y risas fáciles, hasta que de pronto lo interrumpe el sonido de algo que se rompe en pedazos contra el piso del vestíbulo, seguido de alguien que empieza a proferir palabrotas con tanta energía que resuenan por todo el lugar. Mira y Maya se levantan de un salto y corren a toda prisa en esa dirección. La colega de Mira se tropezó al entrar por la puerta, y ahora está parada en un charco rojo en plena expansión, mientras masculla:

—¡Ese era mi *mejor* vino! ¿Por qué tenemos umbrales tan altos en las puertas?

El tono de voz de Mira oscila entre la inquietud y la confusión.

—¿Qué haces aquí? Se supone que hoy no íbamos a trabajar, ¿o sí?

La colega alza con orgullo una bolsa que contiene tres botellas de vino que aún siguen intactas.

—Yo no voy a trabajar. Acostumbro venir aquí a disfrutar de un poco de tiempo para consentirme.

—¿No vives… sola? —pregunta Maya con cautela.

—¡Aun así, una puede tener algo de tiempo para sí misma! ¿No? —exclama la colega.

Maya se echa a reír.

—Okey, okey. ¿Puedo tomar un poco de vino?

Sí puede. Mira no, pues ella tiene que manejar, y lo tiene bien merecido, dice la colega. Cuando ella y Maya se terminan la botella, Mira les pregunta en voz baja:

—¿Puedo decir algo? He… estado reflexionando un poco.

La colega y Maya la miran con ojos que contienen media botella de vino, y dicen:

—¿Mmm?

Mira habla despacio, como si las palabras estuvieran tratando de zafarse de su correa:

—Hace poco platiqué con una muchacha. Unos cuantos años más joven que tú, Maya. Se llama Tess. Quiere estudiar Derecho, su madre preguntó si ella podía venir a trabajar aquí con nosotras cuando se haya graduado. Por supuesto que le dije que sí, pero desde luego que es una mentira. Porque Tess quiere trabajar ayudando a mujeres que han sido víctimas de maltrato físico y violación. Quiere defenderlas cuando nadie más quiera ayudarlas. Quiere luchar por… por…

Maya extiende la mano, toca el brazo de su mamá y termina la frase:

—Por la siguiente chica que tenga que vivir lo que yo viví.

Mira asiente, bajando la mirada a la mano de su hija.

—Pero eso no es lo que nosotras hacemos aquí. Ya no más. Ahora trabajamos por dinero. Trabajamos para compañías enormes y empresarios. Yo… ya no quiero seguir haciendo eso.

—¿De qué estás hablando? —exclama la colega, de repente espantada.

Mira voltea a verla a los ojos.

—Te quiero mucho. No sé cómo voy a poder ir al trabajo todos los días sin ti. Pero necesito hacer algo… diferente. Quédate con la firma, voy a suscribir los documentos que hagan falta para transferirte mi parte. Frac justo acaba de encargarnos todo el trabajo legal relacionado con la construcción del Parque Industrial de Beartown… Eso es… No vas a tener dificultades económicas. Te lo prometo.

—Pero, entonces, ¿tú qué vas a hacer? —pregunta la colega, consternada.

Todo brota como un torrente del interior de Mira:

—Voy a fundar una firma de abogados más pequeña. Una donde la gente como Tess pueda venir a trabajar para luchar por la siguiente Maya. Para que no todos puedan actuar como si Maya fuera... la última. Para que todos esos viejos no puedan comportarse como si ya lo hubieran arreglado todo, lanzando varias acciones juntas como un pliego de declaración de valores nuevo y unas cuantas denuncias de acoso y unos folletitos de relaciones públicas y declaraciones floridas en la prensa, como si bastara con esas cosas. Quiero que las personas como Tess vengan aquí a luchar, para que esos viejos jamás se olviden de que esta labor es eterna. No tiene fin. Quiero que alguien se plante aquí y grite «¿Cuál justicia? ¿Para quién?», cuando ellos aleguen que «Hay que permitir a la justicia hacer su trabajo» para proteger a sus muchachos. Quiero que alguien diga a voces «¿Qué tan lejos? ¿Qué tan lejos puede ir esto?» cuando ellos digan «También tenemos que proteger a los chicos, esto tampoco puede ir demasiado lejos en la otra dirección». No quiero que ellos puedan... carajo... ¡Alguien tiene que pararse aquí con firmeza para recordarles que las chicas no son el problema! ¡Que esta no fue la última vez! ¡Kevin no fue el último hombre!

Maya y la colega solo pueden asentir, y, por más que se esfuerce, Mira no puede comprender por qué no parecen estar sorprendidas.

—Okey. Cuenta conmigo —dice la colega en pocas palabras.

Mira mueve la cabeza de un lado a otro con frustración.

—No, no, no me estás entendiendo. No voy a ganar dinero con eso. Tú puedes tener toda esta firma. Con los contratos y demás cuestiones legales del Parque Industrial de Beartown será...

La colega parece estar desconcertada pero alegre al mismo tiempo.

—¿Qué se supone que voy a hacer? ¿Quedarme aquí y hacerme rica? Ni siquiera me gustan los vinos caros. Yo te acompaño. A donde quiera que vayas.

Maya está sentada junto a ellas, mira a las dos mujeres de mediana edad darse un abrazo, y se pone a pensar en que, cuando sea vieja, muy, muy, muy vieja, espera en ese entonces estar tan loca como ellas. Mira empieza a beber vino sin pensar en las consecuencias, de modo que al final Maya tiene que llamar a Ana por teléfono para que venga a recogerlas a las tres. Ana va por ellas de inmediato, sin hacer ninguna pregunta. A ninguna de las cuatro mujeres les gusta el hockey, pero de todos modos deciden acudir a un partido.

Mira cierra la oficina con cerrojo. Dentro de unos cuantos meses cederá esas llaves y les entregará la firma entera a algunos de sus empleados, y venderá su auto lujoso. La primera oficina de la nueva firma de abogadas estará en la cocina de su casa. Algún día, las mujeres del país entero sabrán quiénes son ellas. Esta también se convertirá en una especie de catedral.

•••

En Hed, Johnny está limpiando la furgoneta. Nunca puede deducir quién la ensucia más, si los chicos o Hannah. Cada mañana con todos ellos es como despertarse en medio de un basurero después de un tornado. Pero Hannah sale, le da un pellizco en las posaderas a su marido cuando él está inclinado hacia delante con la aspiradora pequeña, y le susurra al oído:

—Ten cuidado hoy. No te metas en problemas que hagan que termines lastimado, porque cuando vuelvas a la casa y los chicos estén dormidos, tú y yo vamos a hacerlo, ¡y la única persona que puede lastimarte es tu esposa! ¿Me oíste bien?

Él se echa a reír. Es una mujer desquiciadamente hermosa. Una mujer hermosamente desquiciada. Ella entra de nuevo a la casa pues tiene que alistar a los chicos, y en el camino baila un poco para provocarlo. Sus hijos van a ir a ver el partido con él, Hannah tiene que ir al hospital a trabajar. Cuando Tess sale por la puerta, su mamá la detiene y le entrega la tarjeta de Mira Andersson:

—Se… se te cayó esto. Se salió de tu chaqueta.

Tess sonríe, le perdona la mentira a su mamá.

—«Se salió». Mmm-jmm.

Hannah respira a través de sus dientes apretados.

—Me… me es difícil aceptar que ahora admiras a otras mujeres aparte de mí. Es… condenadamente difícil. Pero Mira dijo que puedes ir a su oficina. Tal vez algún día podrás trabajar ahí. Yo…

Ya no tiene tiempo de seguir, pues es complicado hablar cuando te abrazan con tanta fuerza que te estás asfixiando. Tess bufa:

—¡Mamá, eres una tonta! ¡Nunca voy a admirar a alguien como te admiro a ti!

•••

Adri llega manejando a través del bosque y se detiene en la cumbre de la cuesta que está encima de la casa rodante. Alicia la acompaña. La niña desciende corriendo a toda prisa entre los árboles y se lanza a los brazos de Benji.

—Hola, mi mejor amiga —susurra Benji.

—Hola, mi mejor amigo —responde ella entre risitas.

Se van al partido juntos. Metrópoli aprovecha para que lo lleven también, pero casi se arrepiente cuando Alicia le hace medio millón de preguntas antes de que siquiera hayan dejado los caminos del bosque. «¿Eres bueno? ¿Qué tan bueno? ¿Puedes disparar muy fuerte? ¿Eres más rápido que un gato? O sea, un gato normal, no un gato superhéroe, ¡solo un gato que sea una mascota! ¿Eres muy rápido? Benji, ¿qué tan rápido es un gato? ¿Un día podemos entrenar juntos? ¡A lo mejor hoy! ¿Puedes hoy? ¿Cuántos años tienes? ¿Cincuenta? Benji, ¿el equipo de Hed es bueno? ¿Vamos a ganarles? ¿Por cuántos goles? ¿Cómo que "no sé"? ¡Solo dime más o menos por cuanto!». Esto nunca se termina. Para cuando llegan a la arena de hockey, a Metrópoli ya le duele la cabeza. Benji se echa a reír y le dice a Alicia:

—¿Quieres ir a los vestidores para saludar a Amat y a los demás?

Alicia se lo queda viendo con la boca abierta, como si Benji acabara de preguntarle si quiere ir a saludar al Hombre Araña y a la Mujer Maravilla. Benji le sostiene la mano cuando entran a la arena de hockey. Al principio ella actúa envalentonada, pero las gradas ya están llenas de gente y el ruido del ambiente retumba en sus pequeños oídos, y, justo afuera de los vestidores del primer equipo, Alicia se paraliza por los nervios y susurra:

—¡No, mejor no, ya no quiero, olvídalo!

Benji sujeta su mano con un poquito más de fuerza. Le dice con toda tranquilidad:

—Mira el techo. Nada más somos tú y yo en todo el mundo. Estamos solos. Nadie va a hacernos daño.

Se quedan ahí parados hasta que Alicia ya no puede oír al público. Todo está en silencio. No hay nada que temer. Todavía sostiene a Benji de la mano cuando entran a los vestidores, con fuerza como si fuera la última vez.

•••

Zackell está sentada en su oficina, ocupada con los últimos preparativos para el juego. Alguien toca a la puerta con suavidad, Metrópoli se encuentra parado ahí, ella levanta la mirada:

—¿Sí?

A Metrópoli le cuesta trabajo encontrar las palabras adecuadas.

—Solo quería decir… gracias. Gracias por creer en mí y por haberme dado una oportunidad allá afuera, yo… bueno, creo que nunca pensé que podría sentirme a gusto en un lugar como este. Pero ahora casi se siente más como estar en casa que… el lugar de donde vengo.

—¿Sí? —repite Zackell, con su habitual oído perfecto para esas ocasiones en las que la gente expresa sus sentimientos.

Metrópoli se aclara la garganta.

—¿Quieres que esta noche juegue de alguna forma en particular? Tácticamente hablando.

Parece que ella se pone a reflexionar por unos instantes. Entonces dice:

—Sorpréndeme.

Zackell jamás se lo dirá, porque ella no hace esa clase de cosas, desde luego; pero, a través de los años, serán pocos los jugadores que le darán tantas alegrías como él. Pocos los jugadores que hagan algo inesperado tan a menudo. Que sean tan distintos.

Metrópoli se va hacia los vestidores. No está familiarizado con nada aún, pero se quedará en este pueblo por muchos años. Comprará una casita no muy lejos del lugar donde ahora se encuentra la casa rodante de Benji, y pasará mucho tiempo a bordo de un bote y atrapará cero peces. Aprenderá a decir mentiras como debe ser, pero ya no dirá jamás ninguna sobre él mismo. Con el tiempo, su madre se mudará aquí. Bueno, quizás no se mude, pero vendrá de visita y nunca volverá a casa. Resultará que ella también es gente del bosque. No siempre sabes eso, sino hasta que tienes un bosque en el cual puedas ser parte de esa gente.

●●●

Bobo está parado en el pasillo afuera de los vestidores. Tess le da un beso fugaz antes de dejarlo para que siga con su trabajo. Ella se mudará para estudiar en una ciudad lejos de aquí, pero regresará después de graduarse y trabajará con Mira. Hannah está en lo correcto, Tess llegará a ser la mejor. Bobo se encargará del taller mecánico junto con su papá. Seguirá siendo el entrenador asistente de Zackell por unos cuantos años más, pero, cuando Tess y él se casen y tengan su primer hijo, Bobo dejará de entrenar al primer equipo y, en su lugar, empezará a dirigir al equipo infantil, pues ellos entrenan más temprano, y así Bobo siempre podrá llegar a su casa a tiempo para preparar la cena de su esposa, que ya estará lista para cuando ella llegue del trabajo. Algún día, Bobo entrenará a sus propios hijos, a todos ellos.

•••

Jabalí ocupa su asiento en las gradas, tan orgulloso como el que más. Está sentado en el lado de la arena para el público de Beartown, pero, aun así, un hombre de Hed se desvía hasta llegar ahí. Johnny extiende su mano enorme, Jabalí la estrecha con cierta vacilación.

—Es un buen muchacho, tu hijo Bobo —dice Johnny.

Jabalí asiente, primero sorprendido, y luego de manera agradecida.

—Aun así, no se merece a Tess.

Johnny esboza una leve sonrisa socarrona.

—No, no se la merece. Pero ninguno de nosotros nos merecemos a nuestras mujeres.

Jabalí se mueve a un lado, los dos hombres son tan enormes que tres asientos apenas son suficientes para ellos. Hace una media vida estaban haciendo todo lo posible por matarse a golpes sobre la pista, pero ahora se van a convertir en parientes, y tienen que volverse amigos de alguna forma. Puede ser útil recibir un poco de ayuda con cosas como esa. Por suerte, Ana y Maya están sentadas a un par de lugares de distancia, de modo que Jabalí se inclina hacia ellas y pregunta si Ana tendrá algo de cerveza. Y sí, sí tiene. Por supuesto que está prohibido meter cerveza a la arena de hockey, pero si Ana nunca pudiera hacer algo prohibido, jamás saldría de su hogar. De hecho, ni siquiera podría estar en su propia casa. Jabalí y Johnny beben a escondidas de vasos de cartón, no porque Johnny les tenga miedo a los guardias de seguridad, sino porque le tiene miedo a Hannah.

—Tendrán que venir a la casa para una cena familiar —declara Johnny con los dientes apretados.

—A Bobo le gustaría eso —responde Jabalí de forma escueta.

—Eso espero, porque él es quien va a tener que cocinar —dice Johnny con una gran sonrisa.

Al escuchar esto, Jabalí rompe en carcajadas. Los dos brindan. Permanecen sentados uno al lado del otro y, de hecho, platican acerca de hockey durante casi diez minutos antes de empezar a reñir. Algún día, serán abuelos de los mismos chiquillos. Buena suerte tratando de hacer que esos nietos se atrevan a escoger un equipo favorito.

•••

Amat viene caminando por el pasillo afuera de los vestidores, con su maleta echada al hombro. Se detiene junto a Bobo, y se dan un largo abrazo.

—Esta es nuestra última temporada juntos, luego te convertirás en un jugador profesional —dice Bobo con voz ronca.

—Vas a decir eso en cada temporada —sonríe Amat.

Pero, de hecho, Bobo tiene razón. El resto del equipo ya está en los vestidores, Amat se sienta entre Metrópoli y Murmullo, mientras se cambian Amat les pregunta:

—¿Les gustaría tener un entrenamiento adicional mañana?

Ellos asienten. Entonces, Metrópoli dice:

—¿O qué tal esta noche? ¿Tienen algo que hacer después del partido?

No, no tienen nada que hacer. Allá afuera en las gradas miles de voces retumban como una sola: «¡VENGAN POR NOSOTROS SI CREEN QUE SON TAN RUDOS!». Las dos gradas de pie cantan la misma tonada, todo el bosque está convertido en un hervidero. El rostro de Murmullo luce impasible, pero sus rodillas rebotan sin cesar.

—¿Nervioso? —le pregunta Metrópoli.

Murmullo asiente lleno de vergüenza.

—Tranquilo, ni siquiera vamos a prestarles el disco a los de Hed —sonríe Metrópoli de manera socarrona, como si ya hubiera empezado a contagiársele el orgullo desmedido de la gente del bosque.

«¡LOS RETAMOS A PELEAR! ¡LOS RETAMOS A PELEAR! ¡NO SE ATREVEN A ENFRENTARNOS PORQUE NO VAN A GANAR!» rugen las gradas de pie allá afuera, con dedicatoria a los políticos y a los dueños del poder y al mundo entero, para todos ellos a la vez.

—Ya se me había olvidado lo fuerte que gritan —dice Amat.

—Nunca había oído algo como esto —reconoce Metrópoli.

—Espera a que salgamos. Es como un huracán —testifica Amat.

—¿Algún consejo sobre cómo manejar esto? —pregunta Metrópoli.

Y Murmullo los sorprende a todos en ese momento, especialmente a sí mismo, cuando de pronto sonríe de manera socarrona y responde:

—Sal a ganar.

Todos estallan en carcajadas. Y, justo en ese momento, Benji entra a los vestidores de la mano de Alicia. Ella tiene preguntas por hacer.

Muchas, muchas preguntas.

●●●

Zackell baja de su oficina, camina despacio de ida y vuelta por el pasillo afuera de los vestidores. Se siente nerviosa, lo que no sucede a menudo. Así que termina fumando más cigarros de los que acostumbra. El conserje empieza a soltar palabrotas, y va y abre la salida de emergencia para que la alarma de incendios no se active. Se le olvida cerrar la puerta.

●●●

El papá de Ana está sentado en la fila debajo de la de su hija. En estos momentos se encuentra sobrio. Ella llamó por teléfono a los tipos del grupo de cacería de su papá, y le dijeron que él no había bebido nada ayer porque sabía que iba a ir al partido de hoy con ella. «Ojalá y se beba un trago antes de la próxima vez que salgamos de cacería, porque es el mejor cazador de todo Beartown cuando está sobrio, y eso no es justo para el resto de nosotros» mascullaron los viejos. Ahora, Ana se inclina hacia delante y pregunta:

—Papá, ¿viniste en la camioneta?

Él asiente de inmediato, pero le asegura con mucho empeño:

—¡Sí, sí, pero no estaba bebiendo, te lo juro!

Él tiene mucho miedo de abochornarla, le aterra la posibilidad de que ella se avergüence de él. Pero ella le sonríe y luego él sonríe también, esa sonrisa que solo es para ella. Entonces, ella pregunta pensativa:

—Papá, ¿te acordaste de no dejar el rifle en la camioneta?

Los ojos de su papá se abren como platos.

—No fue… Yo no estaba ebrio… ¡solo estaba estresado!

Ella mueve la cabeza de un lado a otro con cansancio.

—¿Al menos cerraste la camioneta con llave?

Él se pone de pie al instante y se abre paso a través de la fila para irse corriendo al estacionamiento y ponerle el seguro a las puertas de la camioneta. Ella lo llama a voces. Cuando él se vuelve está preparado para que ella empiece a regañarlo por algo más, pero Ana grita de una forma tal que toda la grada puede oírla:

—¡Te amo, papá!

Su viejo no es perfecto. Pero es suyo. Y Ana jamás se avergüenza de ello.

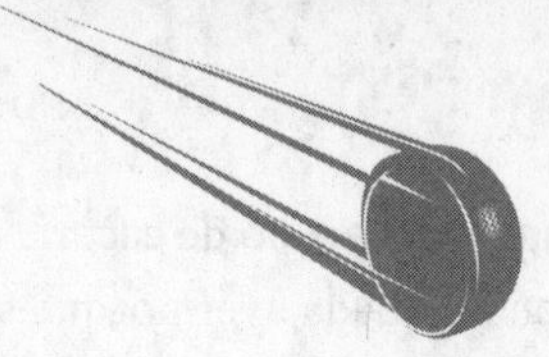

PREGUNTAS

El partido va a comenzar dentro de poco, pero nunca se jugará. En su lugar, ahora está empezando todo aquello de lo que nunca dejaremos de arrepentirnos. Todas y cada una de las personas en la arena de hockey repasarán estos minutos una y otra vez en su mente por el resto de sus vidas, y se preguntarán en silencio: «¿Podría haber hecho algo de una forma diferente? ¿Algún pequeño detalle, algo microscópico, cualquier cosa en lo absoluto? ¿Podría haberlo detenido?».

Estamos adentrándonos en una noche en la que cuestionaremos cada cosa que hayamos hecho alguna vez, todo lo que somos y la comunidad entera que hemos construido. Porque ¿qué es esto? ¿Qué es todo este conjunto? No es más que la suma total de nuestras decisiones. No es más que el resultado que se obtiene de nosotros. ¿Podemos lidiar con la forma en la que se dieron las cosas?

Este partido de hockey jamás se jugará, y muchos de nosotros sentiremos como si nunca hubiéramos salido realmente de la arena de hockey. Estaremos atrapados en esa pesadilla para siempre. Somos gente que cuenta historias, que trata de usar los relatos para poner en un contexto lo que hemos vivido, para explicar por qué cosas hemos luchado, con la esperanza de que eso justifique lo que hemos hecho. Pero las historias revelan todo lo mejor y todo lo peor acerca de nosotros, y hay que preguntarse: ¿lo primero puede compensar lo segundo alguna vez? ¿Nuestros triunfos son más grandes que nuestros errores? ¿De qué somos responsables? ¿De qué somos culpables? ¿Podremos vernos en el espejo el día de mañana? ¿Podremos vernos a la cara los unos a los otros?

No.

No después de esto.

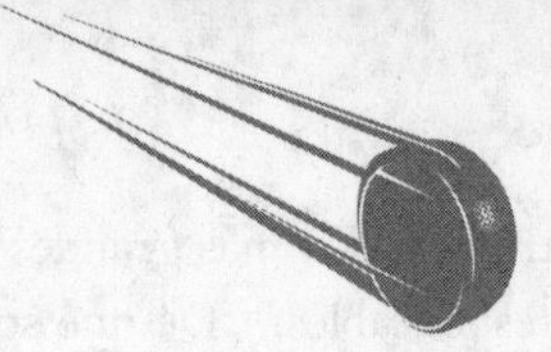

ARREPENTIMIENTOS

Lev está sentado en la terraza, afuera de su casita junto al cementerio de coches en Hed. La perrita de pelaje blanco y negro reposa a sus pies. Es de noche y hace frío, el aire se siente fresco, el pecho le duele por culpa de la soledad. Es muy bueno para nunca dejar que los muchachos que trabajan para él lo noten, porque de lo contrario, sería imposible controlarlos. Siempre le han asombrado los hombres hechos y derechos que dejan ver que sienten miedo, ese es un gran lujo, como un conejo que no sabe nada acerca de los depredadores porque nunca ha visto uno. En el lugar donde Lev creció, uno nunca mostraba el miedo que estaba experimentando, ni siquiera cuando se le rompía el corazón. Por eso escogió Hed. Ha vivido en muchos lugares, pero eligió asentarse en este bosque, pues las personas de aquí también son sobrevivientes, no podría decirse que son mucho menos peligrosas que él. Lev pensó que quizás en este sitio no es tan diferente de los demás como sí lo era en los lugares de donde lo ahuyentaron, quizás en este sitio los habitantes del pueblo le permitan vivir una vida tranquila entre ellos. Quizás en este sitio tendrá tiempo para construir algo.

Él es un hombre violento, pero, si le preguntas por qué, te responderá que es porque odia la violencia. Tiene una pistola para no tener que matar a alguien. Prefiere ahuyentar a otras personas antes que tomar el riesgo de dejar que se acerquen demasiado.

Esto le ha permitido sobrevivir, aunque también lo ha dejado solo. No se permite sentir esto a menudo, pero esa tal Adri, la mujer que estuvo aquí y le compró La Piel del Oso, echó a andar algo dentro de él, abrió una puerta de una patada en algún lugar dentro de su pecho. Ella lo hizo recordar a sus sobrinas. Por ellas quiere construir algo. Por sus hijos. El mismo Lev nunca tuvo hijos propios, casi toda su familia pereció en una guerra que el resto del mundo ni siquiera se dignó a llamar «guerra». Él ha visto a gente buena ser capaz de cometer actos de una gran maldad, pero también ha visto a gente malvada ser capaz de cometer actos de una gran bondad. Y así es en todas partes: casi todo el mundo ama demasiado, odia con demasiada facilidad y perdona demasiado poco. Sin embargo, la gran mayoría de las personas quieren lo mismo que él: vivir en paz, dejar que tu corazón lata un poco más despacio cuando cae la noche, ganar un poco de dinero para mantener a tus seres queridos.

Lev construye su negocio alrededor del depósito de chatarra para poder enviarles recursos a sus sobrinas y a sus hijos. Quizás algún día pueda edificar una casa enorme en este lugar, en la que todos puedan venir a vivir. ¿Es él un buen hombre? No. Él lo sabe. Ha hecho muchas cosas de las que debería estar arrepentido, pero prácticamente no lamenta ninguna de ellas, y ¿no es esa la definición del mal? Un hombre puede hacer muchas cosas malas para proteger a su familia, puede estar preparado para defender de forma violenta lo que ha construido, si lo ha construido por ella. Quizás algún día las hijas y los hijos de las sobrinas de Lev puedan llegar a ser abogados y directores de empresas, él abriga esa esperanza. Quizás algún día puedan pertenecer a un lugar como este, de una forma tan obvia como el propio Peter Andersson pertenece a esta región, sin tener que disculparse o estar dando las gracias todo el tiempo, sin tener que robar ni pedir limosna. Pero ¿hasta entonces? Hasta entonces Lev hará lo que tiene que hacer.

Aunque ¿arrepentirse? Sí, hay una cosa de la que Lev se arrepiente. El muchacho. Amat. Todo lo que pasó en el *draft* de la NHL. Amat le recordó a Lev a su hermano menor cuando era un niño pequeño, en otro bosque y en otra época, ellos también jugaban hockey de la misma forma. Así que no importa lo que Peter Andersson y otros hombres puedan decir, no fue la codicia lo que movió a Lev a tratar de ayudar a Amat. En todo caso no fue una codicia más grande que la que motivó al propio Peter Andersson. Lev quiso ayudarlo porque vio reflejado en ese chico a alguien a quien él amaba, y ahora se arrepiente de no haberlo visto justo como lo que es: un chico. Donde Lev creció no había chicos de la edad de Amat, ya eran considerados hombres, pues en un lugar violento la infancia solo dura lo mismo que un parpadeo. Si es que llega a durar eso. Lev no es un hombre que reconozca sus errores con facilidad, pero él sabe ahora que debería haberle preguntado a Amat qué preferiría recibir: reconocimiento o dinero. Para Lev era muy obvio que solo a quienes ya son ricos les importa tener reconocimiento, pero para el chico podría haber sido distinto. Tal vez quería algo que Lev ni siquiera puede llegar a comprender.

¿Arrepentirse? Sí, Lev probablemente se arrepiente de unas cuantas cosas, a pesar de todo. Se arrepiente de no haber escuchado. Se arrepiente de no estar en el partido justo ahora. Habría querido ver a Amat en la pista una vez más. Avanzando a toda velocidad, volando sobre el hielo, tal y como el hermano de Lev lo hizo alguna vez. Es un juego increíble. Un juego maravilloso.

Lev cierra los ojos. Oye pasos sobre la grava allá afuera. Una respiración pesada.

Uno de los hombres que trabajan en el depósito de chatarra sale de una de las casas rodantes, con una mirada frenética. Corre lo más rápido que puede, sale por la verja y sigue el camino hasta la casa de Lev. Ahí golpea la puerta con desesperación, hasta que un Lev irritado le abre sosteniendo un vasito con licor fuerte en la mano.

Así es como se entera de lo que otro de sus empleados ha hecho. Qué le vendió a ese muchachito de catorce años que vino aquí porque quería conseguir una pistola. Otro de los hombres en el depósito de chatarra vio a Matteo en Beartown más temprano hoy, iban en camino de vender *hot dogs* afuera de la arena de hockey cuando vieron al muchacho que se dirigía hacia el partido. «Parecía que dentro de él solo había oscuridad», dice el hombre. Es probable que nadie haya manejado su auto a través del bosque tan rápido como Lev lo está haciendo ahora, ni antes ni después de él.

●●●

No hay nadie más en el estacionamiento cuando el papá de Ana sale rumbo a su camioneta. En la arena, el partido empezará dentro de muy poco. En algún lugar sobre el camino, un viejo auto estadounidense viene acercándose a demasiada velocidad, al parecer tiene prisa por llegar antes de que comience el juego. El papá de Ana trata de abrir su camioneta para comprobar si está cerrada, y se derrumba por la vergüenza cuando descubre que la puerta no tiene seguro. El rifle está ahí dentro, desde luego, lo olvidó ahí tal y como Ana lo había predicho, pero no por culpa de una borrachera sino por su edad. Lo que es peor.

Justo cuando está a punto de esconder el rifle debajo del asiento, cerrar la camioneta con llave y regresar a la arena, alcanza a ver una figura solitaria que camina con paso silencioso junto al costado del edificio. Al principio solo es un movimiento por el rabillo del ojo, como cuando ha visto algo en el bosque y no sabe de inmediato si es un animal o un ser humano, pero siempre puede confiar en sus instintos. Puede percibir cuando algo anda mal y cuando algo se mueve de una forma que no es natural. Toda una vida en el bosque le ha enseñado qué aspecto tiene el miedo, qué aspecto tiene un ser que huye y qué aspecto tiene un ser que caza.

Camina unos cuantos pasos entre los autos y observa a la figura, un muchacho joven que se asoma a través de todas las ventanas y prueba todas las puertas. Entonces el muchacho se fija en una que está abierta, una salida de emergencia al final del pasillo de los vestidores que solo se puede abrir desde adentro y que debería estar cerrada, pero el conserje la dejó entreabierta para ventilar el humo de cigarro.

De un momento a otro, el muchacho corre hacia la puerta y es entonces cuando el papá de Ana alcanza a ver la pistola en su mano. No tiene tiempo de gritar para advertirle a alguien antes de que el muchacho se meta al edificio a hurtadillas. Todo sucede muy rápido. Increíble, despiadada y terriblemente rápido.

El auto estadounidense entra derrapando al estacionamiento. El papá de Ana toma su rifle y corre hacia la arena.

●●●

Murmullo está sentado en una banca dentro de los vestidores. Matteo entra caminando. En un primer momento nadie ve la pistola, pero después es como si todos la descubrieran al mismo tiempo. Al principio alguien cree que se trata de una broma, la mano de un chico de catorce años sosteniendo el arma es una imagen que no tiene sentido. Pero, luego, todos se fijan en sus ojos. No hay nada ahí. Si alguna vez existió un ser humano ahí dentro, ya se ha ido. Entonces llega el primer disparo.

PUM

El segundo y el tercero.

PUM PUM

Y todo el mundo empieza a gritar. A correr. Huyen a las duchas y a los sanitarios. A donde sea. Se agachan debajo de los lavabos y detrás de las puertas. Nadie que esté ahí olvidará lo que se siente cuando dejas de creer que vas a morir, y en su lugar empiezas a saber con certeza que efectivamente morirás en ese momento. Que tu fin ha llegado. Mucha gente dice que ves pasar tu vida frente a tus ojos, pero la mayoría de nosotros solo tenemos tiempo de pensar en detalles minúsculos: una sola persona. Una mano pequeña en la nuestra. Una risita feliz. Un aliento sobre la palma de nuestra mano.

PUM

•••

Murmullo sabe que va a morir. Matteo está apuntándole a él. Murmullo se da cuenta de que todo ha terminado en el mismo instante en el que el chico entra a los vestidores, así que tan solo se queda sentado sin moverse, cierra los ojos con fuerza y espera que sea rápido. Que no sea demasiado doloroso. Pero no siente ningún dolor en lo absoluto. Está esperando que su pecho explote y que su cuerpo se desplome y se estrelle contra el suelo, pero no pasa nada. Cuando abre los ojos hay sangre por todas partes, y dos cuerpos yacen sobre el piso.

•••

Alicia se pasea por todo el cuarto de los vestidores como si fuera una pequeña pero persistente flatulencia. Preguntas, preguntas, preguntas. Una camiseta que quiere que le firmen, un tipo de patines del que quiere saber más, una forma de envolver con cinta un bastón de hockey que tiene un secreto detrás, el cual ella quiere conocer. Amat le da un abrazo y parece como si ella fuera a desmayarse. Benji está sentado sobre una banca en el lado opuesto de la habitación. Se encuentra relajado, reclinado hacia atrás, casi a punto de quedarse dormido. No se da cuenta del momento en el que Matteo entra a los vestidores. No ve que Alicia está parada en medio del piso. Justo enfrente de Murmullo.

PUM

•••

Hannah está en el hospital. No oye los gritos que suenan en el pasillo, no sabe que la alarma llegó de la arena de hockey donde se encuentra su familia, no oye que algo se quiebra en las voces de sus colegas. Una esquirla de cristal en el alma de cada enfermera y de cada doctor que va transmitiendo la información. Hannah ni siquiera sabe que algo está sucediendo, pues se encuentra aquí dentro, haciendo su trabajo. Por duplicado, de hecho.

Es como una broma cruel, es como si Dios quisiera poner de relieve que puede hacer lo que quiera con nosotros. O se trata de lo opuesto. Su penitencia.

Al mismo tiempo que las vidas de dos personas que fueron amadas llegan a su fin allá en la arena de hockey, los corazones de unos gemelos empiezan a latir en los brazos de Hannah. Este es el inicio de dos infancias. Juegos del cucú. Cosquillas y risas hasta quedarse sin aire. Trepar a los árboles. Charcos y botas demasiado grandes. El hielo sobre el lago. Un millón de helados. Guantes sobre la calefacción. Gritos con susurros de los padres que hablan por teléfono cuando uno juega dentro de la casa con una pelota. Columpios. Mejores amigos. El primer amor.

Este día nos trae una violencia inconcebible y una gracia infinita. El miedo más grande, los seres humanos más pequeños. Todo esto nos pertenece.

•••

¿Cómo vamos a contar la historia de Alicia?

Todas nuestras historias tratan acerca de ella, desde luego. Todas las que concluyen en este punto, todas las que comienzan aquí, ella ha constituido la razón de ser de todas ellas.

PUM

Matteo está parado en la puerta, y Alicia no entiende qué sostiene él en la mano. Ella no puede ver otra cosa más que oscuridad, se acerca como el humo y la envuelve, solo puede oír los gritos y el estrépito de las cosas que caen al suelo. Todos los hombres a su alrededor se echan a correr.

PUM PUM

El primer disparo es demasiado alto. El culatazo es muy fuerte y a Matteo le tiemblan demasiado las manos, así que baja el arma y aprieta el gatillo de nuevo. El segundo y el tercer disparo aciertan de lleno. Directo en el pecho. El cuerpo se ha quedado sin vida antes de caer sobre el piso.

PUM

Todos los hombres en la habitación corren. Algunos hacia los sanitarios, otros hacia las duchas, unos más tratan de arrastrarse y salir por las ventanas. Todos huyen excepto Benji. Porque él es de esas personas que corren hacia el fuego.

Siempre lo ha sido.

•••

El papá de Ana corre a toda prisa a través del estacionamiento hasta llegar a la salida de emergencia, y, sin aliento, escudriña las penumbras. Alcanza a ver que Matteo dispara su primer tiro hacia el interior de los vestidores, ve que el muchacho atraviesa el umbral para meterse al cuarto y disparar de nuevo, pero entonces alguien se lanza contra él con todas sus fuerzas desde el interior de la habitación. Matteo cae hacia atrás y termina de regreso en el pasillo, tirado en el suelo, con un cuerpo mucho más grande encima de él.

PUM PUM

Esos son los dos disparos que le quitan la vida a Benji. Ambos al corazón. ¿Qué otra cosa podrían haber impactado ahí dentro? Si él era todo corazón. Matteo arroja su cuerpo a un lado, se pone de pie de un brinco y apunta sin control a su alrededor para seguir cobrando vidas.

•••

Diremos que no hay manera de que sucediera de la forma en la que lo describen la policía y los medios. Diremos que nadie podría haber dado en el blanco desde esa distancia, en esas condiciones, ni siquiera el más extraordinario tirador de entre todos podría haberlo logrado. Juraremos que ni siquiera podría haberlo hecho el mejor cazador de todo Beartown. Pero eso no es verdad.

Ana está de pie sobre las gradas y oye el primer disparo. Como todos los demás, cree que solo son petardos que encendieron unos mocosos. Entonces oye los gritos y, desde el ángulo que tiene cuando se para sobre su asiento, alcanza a ver el pasillo, abajo junto a las vallas, y la puerta que da a los vestidores. Ella ve cuando Benji se lanza de forma directa a través de la entrada de esa puerta, de forma directa hacia la pistola, y derriba a Matteo. Los siguientes dos disparos atraviesan su corazón, atraviesan su cuerpo, atraviesan el techo. Cuando Matteo se pone de pie, un tiro más lo impacta en la cabeza. Ana ni siquiera necesita ver quién ejecuta ese disparo para conocer la identidad del tirador. Nadie más podría haberlo hecho.

Ella corre directo hacia la salida de emergencia, pues sabe que su papá está parado ahí con el rifle en las manos. Matteo ya está muerto antes de que su cuerpo se estampe contra el piso.

Pero Benji también ha perdido la vida.

•••

Todos los que conocieron a Benjamin Ovich, en especial quienes lo conocimos lo bastante bien como para solo llamarlo Benji, deseábamos que la historia de su vida fuera muy extensa. Le deseábamos una existencia segura. Un final feliz. Esperábamos que así fuera, por Dios, cómo lo deseábamos. Pero, en lo más profundo de nuestro ser, quizás sabíamos que él jamás sería de esas personas que pueden tener todo esto. Porque él siempre fue una de esas personas que se interponían en el camino, una de esas personas que se dedicaban a proteger, una de esas personas que se ponían en acción. Creyó en todo momento que él era el villano de todas las historias, los héroes de verdad siempre piensan así; por eso los relatos acerca de muchachos como él nunca terminan en que llegan a ser viejos. Los relatos acerca de muchachos como él solo terminan en que dejamos de soñar con máquinas del tiempo pues, si ya se hubiera inventado alguna, en algún lugar, en un futuro distante, alguien que amó a Benji ya la habría usado para viajar de regreso a este momento.

Y somos muchos los que lo amamos.

•••

No podemos pelear contra la maldad. Esa es la cosa más insoportable acerca de este mundo que hemos construido. Es imposible erradicar el mal, no podemos encerrarlo bajo llave; entre más violencia usamos en su contra más se fortalece, cuando se filtra por debajo de las puertas y a través de los agujeros de las cerraduras. Jamás podrá desaparecer pues crece en nuestro interior, a veces incluso dentro de las mejores personas que hay entre nosotros, a veces incluso dentro de chicos que solo tienen catorce años. No tenemos ningún arma para enfrentarnos al mal. Solo se nos ha dado el amor como un regalo para poder lidiar con él.

Todo el mundo corre para todos lados, buscando una vía de escape. Pero Ana y Maya se bajan a tropezones de las gradas y luchan para abrirse paso entre la multitud; cuando a Maya se le atora el pie por un instante y suelta un grito, Ana aparta a empujones a todos los que las rodean hasta que su amiga logra liberarse, entonces corren a toda prisa hacia los vestidores. Lo primero que ven en el pasillo es a Amat y a Bobo, cubiertos con la sangre de Benji. Bobo sostiene a su amigo en sus brazos y lo mece como si solo estuviera durmiendo. Pero él se ha ido. Ha dejado de existir.

Justo en ese momento, los instintos de Maya le están diciendo a voces que haga miles de cosas diferentes, pero lo único que puede oír es el grito. No el suyo, sino el de una niñita. Ella está de pie a unos tres metros detrás del cuerpo de Benji, y no puede dejar de gritar. Nadie parece oírla. Todos están paralizados, no hacen otra cosa más que mirar la sangre y los cuerpos, ninguna otra persona se fija en la niña. Quizás Maya se ve a sí misma reflejada en Alicia. Quizás este es el momento en el que se convierte en adulta, no lo sabe en realidad. Pero, en lugar de hincarse junto a Benji como todos los demás, levanta a Alicia de en medio del caos y se la lleva corriendo, abandonan la arena por la salida de emergencia, pasan junto al papá de Ana, atraviesan el estacionamiento y se internan en el bosque. En ese lugar, se sienta y mantiene a la niña escondida entre sus brazos para que pueda llorar y gritar sin tener que ver lo que está pasando en la arena. Maya solo quiere protegerla de la sangre y de las imágenes y de los recuerdos, eso es lo único en lo que puede pensar, ni siquiera deja que su propio cerebro asimile el hecho de que Benji ha muerto. No puede hacer eso. «Protege a la niña, protege a la niña, protege a la niña», es en lo único que piensa. Tal vez hay más hombres armados ahí dentro, tal vez seguirán los disparos, así que protege a la niña protege a la niña protege a la niña. La gente sale a toda prisa al estacionamiento. Los gritos y las sirenas retumban entre los últimos rayos de luz del día. Maya desearía poder dejar de temblar, desearía poder sostener a la niña con más firmeza, desearía que su abrazo fuera suficiente para que pudieran deshacerse de toda la conmoción y la desesperación y la terrible oscuridad que nunca las abandonará a ninguna de las dos a partir de ahora. Pero no sabe cómo lograr todo eso, no es lo bastante grande ni lo bastante resuelta. No puede respirar, está jadeando en busca de aire, trata de alejar de su mente la sangre y la muerte en el piso dentro de la arena, pues tiene que ser fuerte por la niña. Pero ¿cómo lo haces? ¿Dónde hallas la fortaleza para ello? Maya no la posee. Está bastante segura de que va a derrumbarse y a caer al suelo sobre la nieve, cuando siente dos brazos que se posan encima de sus hombros. Es su mamá. Mira no corrió hacia el fuego, corrió detrás de las chicas. Después de ella llega Tess, y en poco tiempo las alcanzan otras mujeres, que vienen de todas direcciones, vestidas con chaquetas rojas y verdes, e incluso unas cuantas de color negro. Se enlazan mutuamente con sus brazos, formando un círculo tras otro, construyendo un muro alrededor de Alicia.

En el futuro, la niña no vivirá ninguna experiencia que sea peor que esta, por el resto de su vida. Pero en su momento más terrible, en medio del horror más grande que hubiera sentido, madres y hermanas mayores provenientes de todo el bosque corrieron hasta ella para protegerla.

Nadie puede pelear contra la maldad. Pero, si quiere llevarse a Alicia, tendrá que pasar por encima de cada una de ellas primero.

•••

Casi toda la gente corre como si no entendiera qué está pasando. Adri Ovich corre como si ya lo supiera.

¿Palabras? No hay palabras para esto.

Todo no es más que conmoción.

Todo no es más que oscuridad.

Todo no es más que un enorme vacío.

Nos hemos acostumbrado a muchos tipos de violencia, pero jamás podríamos haber previsto este. Jamás podremos entenderlo. Jamás podremos superarlo. Adri levanta a su hermanito y se siente muy pequeño en sus brazos. Se lo lleva cargando de la arena y a todo el pueblo se le corta la respiración. Un hueco en todos y cada uno de los corazones.

¿Cómo podrá el sol atreverse a salir mañana? ¿Cómo podrá seguir existiendo la luz del día? ¿Qué sentido tiene?

•••

Lev ya se bajó de su auto antes de que se haya detenido siquiera. El papá de Ana está parado en la salida de emergencia, solo, con su rifle en las manos. Adentro, en la arena, todo el mundo grita. No le toma muchos segundos a Lev comprender qué sucedió, cuando se acerca y ve la sangre y los cuerpos sobre el piso. Sus ojos se posan en la pistola, podría correr a toda prisa y tomarla, pues es lo único que se podría usar como una pista cuyo rastro llegaría hasta el cementerio de coches y hasta él mismo. Pero Lev ya tiene demasiadas cosas de las que arrepentirse, demasiadas noches de insomnio por delante con el rostro de Matteo acompañándolo en la oscuridad. La gente buena es capaz de cometer actos de una gran maldad, y la gente malvada es capaz de cometer actos de una gran bondad. Así que en lugar de pensar en salvarse, Lev da la media vuelta y salva a alguien más. Ve a Ana que llega corriendo al pasillo, de modo que sujeta al cazador junto a él y le pregunta:

—¿Tu hija?

El papá de Ana asiente confundido, es como si hubiera perdido la conciencia, pero su cuerpo todavía no se hubiera dado cuenta de esa situación. Lev le hace señas a Ana con los brazos de manera frenética para pedirle que venga con ellos, Ana se echa a correr y brinca por encima de la sangre. Ella jamás olvidará ese detalle, jamás se lo perdonará. A pesar de que Benji ya ha fallecido, a pesar de que ella lo hizo para proteger a los que seguían vivos, a pesar de que Benji habría querido que ella lo hiciera.

Ni ella ni su papá saben quién es Lev en realidad. Han oído los rumores, como todos los demás, pero eso es todo. Él no parece estar en shock, quizás es el único que no se encuentra en ese estado, ha visto demasiadas cosas en otros bosques.

—¿TU AUTO? ¿CUÁL ES TU AUTO, SÍ? —grita él.

Es solo hasta ese momento que Ana entiende lo qué está pensando Lev, qué tiene que hacer para ayudar y lo mal que esto puede terminar para su papá si no actúa de inmediato. Ana se lleva a su papá jalando de él, lo arrastra por el estacionamiento como si fuera un niño que creció de más, él ya está llorando, pero ella no puede permitirse ese lujo. Ana se va manejando, su papá está sentado junto a ella, Lev los viene siguiendo. Se detienen en el bosque, junto al lago, donde nadie puede verlos desde el camino. Ana toma las herramientas de la caja de la camioneta y trabajan juntos para hacer muchos agujeros en el hielo, bastante separados entre sí. Entonces desarman el rifle y esparcen las piezas en zonas diferentes del lago.

Luego conducen hasta la casa del papá de Ana, donde Lev se mete directo a la cocina sin pedir permiso. Los perros olisquean con curiosidad, pero no lo detienen. Busca en las alacenas y encuentra las botellas de alcohol que el papá de Ana había escondido con la esperanza de poder evitar que su hija las descubriera y las vaciara, y así tener suficientes municiones en caso de una recaída.

—Bebamos, ¿sí? —dice Lev y empieza a servir tres vasos.

—¿Estás totalmente mal de la cabeza o qué? ¿Vas a empezar a tomar justo ahora cuando estamos en un jodi…? —espeta Ana, pero Lev solo le extiende un vaso y le responde:

—¿Cómo le dice la policía? ¿«Coartada», sí? Coartada. Nunca

estuvimos en la arena de hockey. Estuvimos aquí, ¿sí? Estábamos borrachos. Tu papá no puede disparar a nadie borracho, ¿sí? Coartada.

Ana y su papá exhalan con un largo suspiro de melancolía, cuando aceptan los argumentos de Lev. No tienen otra opción. Entonces vacían sus vasos de un solo trago. Lev les sirve más de esa coartada. No dicen nada en lo absoluto, y poco tiempo después ya están bebiendo cada quien por su cuenta: Lev sentado en el suelo del vestíbulo, el papá en su silla junto al fuego, Ana en la cocina. Ella llora y llora y no para de llorar, y esta es la última vez que se emborracha.

Ana nunca ha tenido ni idea de qué tipo de trabajo le gustaría hacer, pero ahora va a dedicar toda su existencia a salvar las vidas de otras personas. Aún no lo sabe, pero este es el punto de partida de esa vocación, porque no pudo salvar la vida de Benji. Así que no puede permitirse beber alcohol de ahora en adelante. Ella ama a su padre, pero no puede correr el riesgo de convertirse en esa clase de persona que se queda dormida en una silla frente a la chimenea la próxima vez que alguien llame a la puerta a golpes en medio de una tormenta. La próxima vez que alguien grite pidiendo ayuda. La próxima vez, ella quizás podría salvar al mundo.

•••

«Qué lugar tan increíble es este, a pesar de todo», dijo la madre de Maya alguna vez. Su padre respondió: «Lo increíble es que todavía sigue aquí. Que todavía hay gente aquí».

Maya recordará lo inconcebible que fue el hecho de que el sol se asomara el día después de la muerte de Benji. El hecho de que ella siguiera viva. El hecho de que ella tuviera fuerzas para seguir adelante. Pero ahora entiende a sus padres por primera vez, los entiende de verdad. Cómo fue que aprendieron a llorar para sus adentros cuando falleció Isak. Lloraron en silencio, en silencio durante años para que Maya y Leo no los oyeran. Cómo el mismo aire debe haberles causado dolor al rozar su piel. Cómo deben haber deseado yacer con la mejilla pegada al césped para susurrarle a su pequeño que estaba ahí debajo. Cómo deben haberse odiado a sí mismos porque no pudieron morir junto con él.

¿Cuántas cosas de todo lo que han hecho desde entonces solo ha sido un intento de lograr algo importante, algo grandioso, algo por lo que valga la pena llegar tarde al cielo? Casi todo.

Es insoportable que el sol salga de nuevo, que Maya esté aquí y Benji no, casi todos los días del resto de su vida hará un alto y reflexionará: «¿Se sentiría él orgulloso de mí? ¿He vivido una vida digna? ¿He sido una persona lo suficientemente buena?». Porque desde luego que eso es todo lo que ella es, lo que cada persona con la que creció en Beartown es: engañosamente simple pero terriblemente complicada. Gente ordinariamente inusual. Gente inusualmente ordinaria. Solo tratamos de vivir nuestras vidas, de vivir unos con otros, de vivir con nosotros mismos. Aceptar las alegrías cuando las encontramos, cargar con las tristezas cuando nos encuentran. Maravillarnos de la felicidad de nuestros hijos, sin derrumbarnos cuando nos pasa por la mente que, en realidad, no podemos protegerlos.

Maya nunca ha sentido que perteneciera a este lugar, pero este lugar al fin le pertenece a ella más que a cualquier otra persona. El pueblecito en medio del amplio bosque. Ella hablará acerca de la gente de aquí con la espalda erguida y la voz firme, dirá que la mayoría de nosotros no queremos nada del otro mundo: un empleo, una casa, buenas escuelas. Largas caminatas con el perro. Salir a cazar alces. Una taza de café cuando el día comienza y una cerveza fría cuando llega a su fin. Reír con ganas. Buenos vecinos. Calles en las que sea seguro andar en bicicleta. Un lago en el que uno pueda aprender a patinar durante el invierno y pasar nueve horas a bordo de un bote y atrapar cero peces durante el verano. Peleas de bolas de nieve. Trepar a los árboles. Una nueva temporada de hockey. Todo eso. Solo exigimos todo eso.

Ella dirá que la gente de estos rumbos ama un juego simple, incluso aquellos de nosotros que no lo amamos en lo absoluto.

Cada uno con su bastón, dos porterías, nosotros contra ustedes. Toc toc toc. Ella contará que solo estamos tratando de vivir, maldita sea. Vivir a pesar de los demás. Vivir para los demás.

Seguir adelante con nuestras vidas.

En un futuro no muy lejano, millones de personas conocerán el nombre de Maya; pero, cada noche, ella solo cantará para Benji. No todas sus canciones tratan acerca de él pero, de alguna forma, cada una de ellas terminará por pertenecerle a ese muchacho salvaje y solitario, incluso las que son de Ana. Maya será tan famosa que una noche, dentro de unos cuantos años, dará una presentación en una de las arenas más grandes de todo el país. Las localidades estarán agotadas. Solo hasta que entre a ese recinto, se dará cuenta del uso que le dan cuando no se celebra algún concierto. Es una arena de hockey. Es el momento más grande de su carrera, y llorará a lo largo de cada una de las canciones.

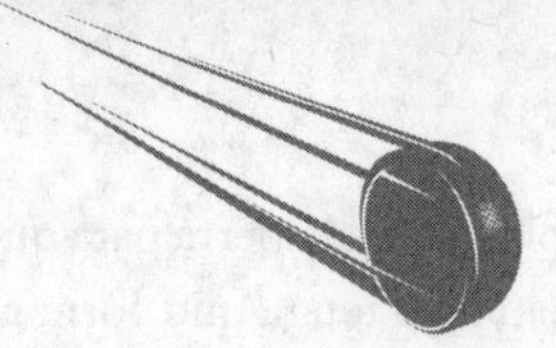

ÁRBOLES

El funeral de Benji no se celebra en una iglesia a puertas abiertas, sino bajo el cielo abierto. Dos pueblos enteros hacen acto de presencia. La esquela publicada en el periódico está de más, todos conocen el lugar, la fecha y la hora, incluso la fábrica misma suspende sus actividades; pero, debajo del nombre de Benjamin, está impreso lo que todo el mundo siente:

Esto duele demasiado como para tocarlo con palabras.

Fue el hombre de la funeraria quien les mostró esta cita a las hermanas Ovich. «Es de mi poeta favorita, Bodil Malmsten», dijo el hombre, un poco avergonzado por su propia declaración de amor. Ahora, ella también es la poeta favorita de las hermanas Ovich.

Entierran a su hermano al lado de su padre, no muy lejos de Ramona y de Vidar. En estos rumbos acostumbramos decir que nosotros enterramos a nuestros hijos a la sombra de nuestros árboles más hermosos, pero ni siquiera los más expertos de nuestra comunidad pueden encontrar un árbol que sea lo suficientemente hermoso como para cuidar de Benjamin Ovich. De modo que plantaremos nuevos árboles, por todos lados alrededor de la lápida que lleva su nombre, dejaremos que Alicia y otros niños los planten en la tierra para que crezcan alrededor de Benji. Hasta que él ya no tenga que dormir en un cementerio, sino donde siempre se sintió más seguro y feliz. En un bosque.

¿Palabras?

Esto duele demasiado.

•••

Alicia acude al funeral tomada de las manos de Adri y de Sune. Los suelta en cuanto ve a Maya y se echa a correr, no por ella misma sino por Maya.

—¿Tienes miedo? —pregunta la niña.

—Mucho miedo. Y estoy muy triste —responde Maya, con su rostro hundido en el cabello de la niña.

—¿Tú crees que Benji tiene miedo? ¿Estará oscuro y frío allí abajo en la tierra? —pregunta Alicia.

—No, no, Benji no tiene miedo. Él ni siquiera está aquí —responde Maya.

—¿No está aquí? —pregunta la pequeña con una sonrisa. Había respirado miles de veces desde la última vez que había sonreído.

Los ojos de Maya parpadean sin cesar.

—Está en una pista de hielo en algún lugar, y seguramente está riéndose en este momento. Ahí juega hockey con sus mejores amigos. También se acuesta de espaldas y mira las estrellas. Y no tiene miedo. Dentro de unos cien años podrás reunirte con él de nuevo, y le contarás todas las cosas que hiciste. Todo acerca de tu vida fantástica. Todas tus aventuras. Él está esperando ese momento con ansias.

Cuando Alicia se va corriendo de regreso con Adri, Maya se sienta en un rincón de la iglesia y escribe en su brazo con una pluma. Llena toda su piel. Luego les pregunta a la mamá y a las hermanas de Benji si puede cantar en el funeral. Se planta en los escalones de la iglesia. El bosque nunca había estado tan callado como en ese momento. Todo lo que ella querría decirle a Benji emana de su ser despacio, muy despacio:

Alguien que te ama quiso saber si tienes miedo
Le dije: no, no, solo se fue de este universo
La tumba solo es un recordatorio de tu existencia
Pues tú no te encuentras dos metros bajo tierra
Creo que no estoy segura de en dónde estás
Pero no estás aquí y eso lo puedo asegurar
Donde llegaste quizás hay una silla junto a una casa rodante
Ahí estás sentado, tan tranquilo que puedes reír y enamorarte
El lago congelado que envuelve tu isla te invita a patinar
Sobre el hielo se desliza un chico que se ha vuelto inmortal
Empiezas a jugar ese jueguito tonto de tu juventud
Ahí juega un chico que por fin alcanzó la plenitud.
Y tu vida es tal y como la querías vivir
Te sientes libre y a salvo y feliz
Querido amigo, no sé dónde estás en este momento
Pero en cien años tendremos nuestro próximo encuentro

●●●

Existen muchas clases de liderazgo. El que siempre admiramos con mayor facilidad es, desde luego, aquel que consiste en atreverse a guiar a tus seguidores a lo desconocido, ir valerosamente a donde nadie más haya ido antes, hacia arriba y hacia adelante. Sin embargo, lo que ayuda más que ninguna otra cosa a que Beartown vuelva a esas mañanas en las que podemos respirar de nuevo, después de todo lo que sucedió, es algo mucho más discreto. Bobo y Amat se llevan a todos los jugadores del primer equipo al pueblo, donde reúnen a grupos de niños por todas partes. Y entonces juegan y juegan y no paran de jugar. En la arena de hockey, en el lago, en los patios entre los edificios de apartamentos de alquiler. Juegan y juegan y siguen jugando. Es la única cura que conocen, la única forma de hacer del mundo un lugar un poquito mejor.

Metrópoli los acompaña, al principio bastante callado, pero muy pronto y de forma paulatina, se va convirtiendo en algo más, algo nuevo para él: se convierte en una de esas personas que hablan. A veces posa la mano en un hombro, ayuda a levantarse al que se cayó, carga a quien se ha lesionado. Con el tiempo empieza a notar que, cuando va caminando, otras personas lo siguen, y no al revés. Él, a quien siempre habían conocido en todos sus demás equipos como el complicado, el testarudo y el desleal, aquí se transforma justo en lo contrario.

Cierta noche, cuando están jugando con los niños, los padres se quedan a ver el partido. Y la noche siguiente, uno de los papás pregunta si puede unírseles. Poco tiempo después, todo el mundo ya está jugando en todos lados.

Este es de esa clase de pueblos donde todo puede cambiar y la gente puede transformarse. Donde sacamos fuerzas de flaquezas para jugar, aunque nuestros pulmones estén gritando. Quizás porque estamos acostumbrados a soportar la oscuridad, tanto la interior como la exterior. Quizás porque vivimos cerca de una tierra salvaje. Pero quizás, más que nada, porque simplemente somos como todas las demás personas en cualquier otro lugar: si no tenemos un mañana, entonces ¿cuál es la alternativa?

Existen muchas clases de liderazgo, pero el que Metrópoli, Amat y Bobo exhiben este año no es del tipo que avanza sino del que retrocede. De vuelta a todo lo que somos. En ocasiones, el liderazgo más grande que puede existir se centra en saber cuál es el camino de regreso a casa.

•••

Unos cuantos meses después, Hannah está cargando otra vez a un bebé recién nacido. Es un buen día, y resulta inconcebible que días como este vayan a presentarse de nuevo, pero sí se dan. Hannah se va a su casa y empaca una cesta para pícnic con Tess. Johnny está reparando la furgoneta en la estación de bomberos, con piezas de repuesto de Lev y la ayuda de Bobo. Cuando terminan, salen al patio frente a la estación junto con los demás bomberos, y todos participan en una pelea de bolas de nieve con sus hijos y sus hermanos y hermanas menores.

Tobías se encuentra ahí, ya tiene la apariencia de un bombero. Él será exactamente igual que su padre, y por eso su papá trata de ser tan buena persona como le es posible. Tess se mudará de aquí por unos cuantos años, pero al final volverá a casa. Ella es gente del bosque, de hecho, demasiado como para vivir en otros lugares, pero no sabrá esto sino hasta que salga y vea el mundo de afuera.

Cierta noche, el entrenador de Ted llama por teléfono a Johnny y a Hannah para contarles que algunos entrenadores de clubes más grandes, representantes de preparatorias orientadas al hockey e incluso agentes han empezado a ponerse en contacto con él para hacerle preguntas acerca de Ted. El entrenador les dice a ambos padres que «deben estar preparados porque la vida del chico va a cambiar». Ted es uno de los talentos más grandes que Hed ha visto hasta entonces. Algún día llegará a ser el mejor de todos.

Tras esta llamada, Johnny pasa varias horas sentado en la cocina, mirando el whiskey en un vaso que en realidad es un portavelas de té. Pero ni siquiera lo toca. En vez de ello se sube a su furgoneta y va a Beartown. Llama a una puerta. Come *croissants* en la cocina de Peter y confiesa en voz baja:

—La gente dice que mi muchacho puede llegar lejos. Tal vez podría recorrer todo el camino hasta alcanzar la meta. Y yo solo me preguntaba si tendrás... algún consejo que dar.

Apenado, Peter responde que no con un movimiento de cabeza.

—Me temo que no puedo darte ningún consejo sobre su carrera. No sé nada acerca del dinero y de contratos y de todas esas cosas. Pero puedo darte el número telefónico de unos viejos amigos míos, ellos podrían…

El bombero al otro lado de la mesa levanta la mirada, sus ojos resplandecen con vacilación. Johnny se empequeñece cuando susurra:

—No, no… No me refería a eso. No me refería a algún consejo para mi muchacho, sino para mí. Necesito saber qué tengo que hacer para ser un buen padre. Quisiera saber qué es lo que desearías haber tenido a su edad, cuando tu teléfono empezó a sonar…

Peter permanece callado por un buen tiempo. Entonces habla más de su infancia de lo que le había contado alguna vez a ningún otro hombre. Unos cuantos años más tarde, Ted se convertirá en el capitán del equipo de Hed más joven de la historia. Y, unos cuantos años después, llegará a ser el capitán de un equipo de la NHL. Cuando un reportero le pregunte de dónde cree que provienen todas sus cualidades de líder, él responderá de una manera muy simple.

«De la casa de mis padres».

•••

Teemu y las demás chaquetas negras acuden al hockey de nuevo. Cantan otra vez. Ahora, siempre lo hacen con voces un poco más apesadumbradas y con un sentimiento más grande de nostalgia. Y siempre tienen una cerveza en la mano después de cada partido cuando recorren a pie todo el camino hasta el cementerio. Al llegar ahí, se sientan y hablan con Vidar y con Benji y con Ramona y con Holger y con todos los demás que no pudieron ir a la arena, para que se enteren de lo que pasó en el juego. Cada detalle. Cada disparo. Cada gol y cada decisión incorrecta de los malditos árbitros. En el cielo, la cerveza es cara, y los refunfuños constantes son los mismos de siempre, casi nada cambia; pero, un día, Teemu traerá aquí a su hijo recién nacido y se los presentará a todos.

Su hijo crecerá y decidirá que no le gusta el hockey, le gusta el futbol, y maldita sea, cuántas risas se escucharán en el cielo entonces. Uf, vaya que se escucharán muchas, muchas risas.

•••

Elisabeth Zackell llegará a ser una entrenadora de renombre. Ganará cientos de partidos. Conquistará campeonatos de liga, títulos y trofeos. Lo único que no podrá conquistar de nuevo es esa alegría ingenua que sentía al inicio. Para ella, el hockey nunca volverá a ser realmente un juego. Pero algún día, dentro de muchos años, será la entrenadora de una selección nacional, la selección nacional en la que jugará Alicia, y es entonces cuando Zackell hará una excepción a su regla más estricta.

Dejará que alguien juegue una vez más con el número 16 en su camiseta. Por un solo partido.

Alicia se levanta de la banca en los vestidores, guía a su equipo hacia la pista y toma la cancha de hielo por asalto. Zackell la sigue con la mirada y, por un único instante, olvida que no es él quien está portando ese número.

•••

Leo pasa varios días sentado en su habitación después del funeral de Benji, debajo de sus audífonos, inmerso en su videojuego. Juega y juega y, como lo ha hecho noche tras noche, espera a que un nombre en especial aparezca en la pantalla. Un jugador que nunca ha conocido en la vida real, pero a quien se ha encontrado aquí en tantas ocasiones durante los últimos meses, que ahora siente como si se conocieran. Ese extraño ha matado a Leo en cada partida, es casi como si él lo hubiera buscado todos los días y se hubiera dedicado a darle caza. Leo no puede quitarse de la cabeza el deseo de vengarse. Si tan solo fuera un poco más rápido y se concentrara un poco más, está seguro de que podría vencer a ese bastardo. Quien quiera que sea.

Pero su contrincante jamás aparece de nuevo. No vuelve a

presentarse en lo absoluto. Leo nunca sabrá por qué, pero, durante varios años, mucho tiempo después de que haya dejado de jugar ese videojuego, todavía seguirá conectándose a su red de vez en cuando, solo para ver si encuentra ese nombre de usuario en específico. Si lo hubiera buscado en internet quizás habría dado con una página en otro idioma, que explicaría el significado literal del nombre «Matteo», con el que coincide ese nombre de usuario. Pero nunca lo hizo.

Alguien toca a la puerta de su habitación. Maya entra con su guitarra en la mano.

—¿Puedo quedarme aquí contigo? —pregunta ella en voz baja, como él siempre lo hacía cuando, siendo pequeño, entraba sin hacer ruido al cuarto de su hermana después de haber tenido una pesadilla.

Él responde que sí con la cabeza, desde luego. Ella se sienta en la cama de su hermano y toca la guitarra, y él está sentado frente a su computadora y juega su videojuego. Esta es la última noche que ella pasará aquí, pues mañana viajará de regreso a su escuela de música. Allá en el sur estará sola por un tiempo, muy enfadada, y compondrá algunas de las mejores canciones que jamás haya escrito.

—Estoy orgullosa de ti —le susurra a su hermano.

—Yo también estoy orgulloso de ti —le responde él, también con un susurro.

Leo logrará grandes cosas en su vida, llegará muy lejos, y su hermana realmente tendrá motivos para sentirse orgullosa de él. Ahora, solo está sintiendo eso por adelantado. Ese es el trabajo de las hermanas mayores.

En una Nochebuena, cuando los hermanos Andersson ya tengan sus propias familias y sus propios hijos, ellos dos estarán sentados en una casa muy parecida a esta. Las generaciones que están por encima y por debajo de ellos ya se habrán ido a dormir, y Maya y Leo charlarán acerca de lo que podría haber pasado con ellos si sus circunstancias hubieran sido peores. Tan solo un poquito peores. Si hubieran nacido en el seno de una familia un poco más pobre. Si la violencia de la que es capaz la gente los hubiera afectado de una manera un poquito más devastadora, a una edad un poquito más temprana. Si no hubieran tenido una madre y un padre que lucharían por ellos contra quien fuera, que correrían a toda velocidad a través del bosque y se enfrentarían a pandilleros, a todo el pueblo si fuera necesario. Que nunca se rindieron, que solo retrocedieron cuando tomaron impulso, que no tuvieron límites cuando se trató de lo que estaban dispuestos a hacer a fin de proteger a sus hijos. Incluso a pesar de que sabían que eso no era posible en realidad.

Leo esbozará una sonrisa y le dará unas palmaditas suaves a su hermana en la cabeza.

—¿Sin mamá y sin papá? De todos modos te las habrías arreglado. Tú eres una sobreviviente. ¿Pero yo? No habría tenido ninguna posibilidad de salir adelante.

●●●

La policía jamás encontrará el rifle que segó la vida de Matteo. Del mismo modo, nadie puede demostrar de dónde provino la pistola que segó la vida de Benji. La policía va de puerta en puerta desde un extremo de Beartown hasta el extremo opuesto de Hed, pero todos callan. Habrá una o dos personas de por aquí que, tiempo después, con gusto les reclamarán a las autoridades el hecho de que se hayan esforzado más en encontrar el rifle que en llevar a cabo cualquier otra acción. Como si el hombre que mató al asesino con un arma de cacería fuera un peor delincuente que la persona que le dio al asesino una pistola metida de contrabando al país.

El conflicto entre la gente que no es de aquí y los que sí lo somos nunca termina en realidad. También somos esa clase de pueblo.

•••

Lev sigue viviendo en Hed, manejando su depósito de chatarra. Todos los inviernos viaja a otro bosque lejos de aquí, con las maletas llenas de juguetes y animalitos de peluche. En ese lugar, bebe licor fuerte servido en vasos pequeños junto con sus sobrinas, y juega hockey con los hijos de ellas.

Todo lo que la gente dice acerca de él es verdad. Esta otra parte de su vida también. Por eso encaja a la perfección en los pueblos que están en lo profundo de un bosque entre los árboles. También son capaces de ser la mejor y la peor versión de sí mismos, al mismo tiempo.

•••

Quizás es el dolor lo que está consumiendo a Frac. O quizás es su conciencia que por fin lo alcanzó. Richard Theo va a verlo una semana después del funeral, y le cuenta de la serie de artículos que el periódico local publicará dentro de poco. Revelarán un escándalo de corrupción que destruirá a los contrincantes políticos de Theo, pero tendrán cuidado de no perjudicar a los clubes de hockey y a Peter Andersson. Theo ha construido una alianza de políticos que le temen y de empresarios que lo ven como alguien que les es útil. Se ha vuelto invulnerable. Pero entonces explica, con lo que parece un sentimiento de compasión genuina, que por desgracia no todos sus aliados políticos pueden aceptar que los clubes de hockey salgan completamente bien librados de todo esto. Todos necesitan un pequeño triunfo, dice él. Todos deben poder sentir que ganaron en algo. Así que Theo sugiere la solución más sencilla: de entre todos los contratos que firmó Peter, entregarles unos cuantos. No los que atañen al centro de entrenamiento, no los más problemáticos, solo los que impliquen las artimañas más simples, para que puedan sentir que están destapando algo. Pero, entonces, es obvio que se necesita a un chivo expiatorio, y si no va a ser Peter, hay que contar esta historia diciendo que alguien lo engañó. Theo extiende los brazos a los lados, en un gesto afable:

—Sugiero que sea Ramona. De todos modos, ya no está entre nosotros. Y por lo que he oído de ella, creo que no se habría opuesto a que su última acción sobre la tierra fuera salvar a Peter Andersson. Si la culpamos a ella la gente se olvidará de ese escándalo en un par de semanas, y todos podremos seguir adelante como si nada hubiera sucedido.

Frac permanece sentado frente a su escritorio, y se queda viendo sus manos. Entonces susurra:

—Peter fue mi mejor amigo durante mi infancia y mi adolescencia, ¿lo sabías? Él ya era tan bueno incluso desde antes de irse a la NHL que a veces jugadores de otros equipos que venían a enfrentarnos aquí le pedían un autógrafo para sus hermanos menores. Así que aprendí a imitar su firma, para poder vender fotos «autografiadas» sin que él lo supiera. Y todavía puedo hacer una copia perfecta de su caligrafía.

Theo sigue sentado, con las cejas levantadas y una mirada de confusión que es muy rara en él.

—¿Qué quieres decir con todo esto?

Frac responde con tranquilidad:

—Quiero decir que hagamos lo que sugieres. Démosles al periódico y a tus aliados políticos un pequeño triunfo. Podemos entregarles algunos contratos y explicarles que alguien engañó a Peter. Pero no Ramona, voy a decir que fui yo el que falsificó su firma en esos contratos.

Richard Theo parece impresionado y conmocionado al mismo tiempo. Para cuando la historia llega al periódico local, ya se ha filtrado a la policía. Frac es declarado culpable de fraude. Lo condenan a unos cuantos meses de cárcel. No deja que nadie más asuma ni una pizca de culpa. Cuando sale en libertad regresa de inmediato a Beartown y empieza a construir, pero no el Parque Industrial de Beartown, ni el centro de entrenamiento de vanguardia junto a la arena de hockey como lo había planeado. En vez de ello, ayuda a su mejor amigo de la infancia a edificar una catedral. Frac cubre el costo del techo de su propio bolsillo, trabaja en él con sus propias manos y después se sienta con Peter en lo más alto del recinto y beben una cerveza, mientras unos cien chiquillos juegan allá abajo. Solo es una pequeña y simple pista de hielo techada, no una lujosa arena de hockey; se parece a la que los trabajadores de la fábrica construyeron en Beartown hace unos tres cuartos de siglo, cuando fundaron el club. La época en la que en estos rumbos no había más que tormenta e ímpetu, amor y sueños, esperanzas y esfuerzo. La Catedral no parece gran cosa, pero es el comienzo de algo.

Nunca la habrían terminado de construir sin la ayuda de Frac, pero solo Peter sabe de lo enorme que fue la contribución de su amigo. Frac nunca se lo contará a nadie. Esa es su penitencia.

●●●

La editora en jefe y su padre se van de vacaciones. Ella se lo lleva a donde brilla el sol. Disfrutan de platillos suculentos y dan largas caminatas, contemplan las iglesias y se quedan dormidos en terrazas con sombra. Es su último viaje juntos. Su padre fallece poco después. La editora en jefe regresa a Beartown y Hed, pero pronto encuentra trabajo en periódicos más importantes de localidades más grandes. Obtiene más poder. Es algo tardado, más de lo que ella hubiera querido, pero, un día, por fin recibe la oportunidad de atacar a Richard Theo. Y la aprovecha.

Para entonces, él también vive en una comunidad más grande, y se encuentra en un pedestal más alto, lo que hace que su caída sea más terrible. Ella termina por desenterrar tantos escándalos acerca de él que destruye toda su carrera y lo arruina por completo.

No lo hace por un afán de justicia. Ni siquiera para obtener alguna satisfacción. Lo hace porque puede. Lo hace porque a la gente como él no siempre se le debería permitir ganar.

•••

Amat finalmente llega a la NHL. A pesar de la diferencia de horario, todo Beartown está despierto la noche en la que mete su primer gol. De hecho, quizás todo Hed también está despierto. Y si no es así, en todo caso tal vez se despierta cuando Amat anota y toda la maldita Hondonada explota de júbilo.

•••

Dentro de unos cuantos años, muy lejos de aquí, un hombre que aún es joven está sentado encima de un sofá en una fiesta. A su alrededor todos bailan y cantan a voz en cuello bajo los efectos del alcohol, pero él tiene la mirada puesta en la televisión. Solo es un segmento breve de un concierto que dio una de las artistas más famosas del país en la actualidad. Se llama Maya Andersson, y al joven siempre le ha encantado ese nombre. Lo común que suena. Lo sencillo que es. Él nunca ha pensado en el dialecto de Maya, no se ha puesto a reflexionar por qué le suena familiar. Pero ahora la está viendo en la televisión, y Maya entona una canción que habla de alguien que ella amó, pues él habría celebrado su cumpleaños hoy, y en la enorme pantalla detrás de ella aparece una fotografía de ese alguien, de manera fugaz. Ella sabe que en realidad nadie la verá, pues mil imágenes más pasarán a toda velocidad por la pantalla justo después de esa fotografía, que Maya incluyó en esa secuencia solo para sí misma.

Pero el hombre en el sofá reconoce a la persona de la foto. Porque recuerda las yemas de los dedos y las miradas. Los vasos sobre una barra desgastada, el humo en un bosque silencioso. La forma en que la nieve se siente cuando cae en tu piel mientras un muchacho con ojos tristes y un corazón salvaje te enseña a patinar.

El hombre en el sofá no empaca muchas cosas. Solo toma una maleta ligera y el estuche con su bajo, y se marcha a la siguiente ciudad que visitará la gira de Maya. Se abre paso con los codos entre sus guardias de seguridad hasta que casi lo arrojan al suelo, y entonces grita:

—¡Yo lo conocí! ¡Conocía a Benji! ¡Yo también lo amé!

Maya se detiene a medio paso. Se miran a los ojos y solo pueden verlo a él, al muchacho del bosque, triste y salvaje.

—¿Eres músico? —pregunta Maya.

—Toco el bajo —dice él.

A partir de entonces, él es el bajista de Maya. Nadie toca sus canciones como él. Nadie llora con la misma intensidad todas las noches.

•••

Murmullo se dedica a jugar hockey. Todos lo recordarán haciendo solo eso y nada más. Siempre está o en la arena de hockey o en su casa con su madre. Nunca le confesará a nadie para quién estaban destinadas las balas de Matteo en realidad. ¿Cómo podría explicarlo? ¿Quién lo dejaría terminar de decir todo lo que necesitaba expresar? Tiene demasiado miedo. Se siente demasiado insignificante. Así que no dice nada, no molesta a nadie, vive su vida en calma y trata de detener todos y cada uno de los discos en todas y cada una de las ocasiones que el Club de Hockey de Beartown lo coloca en su portería. Los aficionados lo adoran, tanto los de las gradas con asientos como los de la grada de pie; se convierte en una de las verdaderas leyendas del club en muchas formas distintas. Nunca juega para ninguna otra organización, solo para esta; al final la gente lo ve como el oso más auténtico de entre todos los jugadores. Él nació en Hed pero Beartown se convierte en su lugar en este mundo. Cuando se ve obligado a retirarse del hockey debido a una lesión tiene poco más de treinta años, y ya ha transcurrido la mitad de su vida desde esa tragedia. Ha pasado todos y cada uno de sus días tratando de olvidar lo que sucedió. Ha jugado cada minuto como si tratara de obtener un perdón. Como si de alguna forma por fin pudiera vivir la vida sin sentir todo el tiempo que no se la merece, si tan solo fuera lo suficientemente bueno y valioso, y tal vez incluso un poco amado. Ha jugado como si la pista de hielo fuera una máquina del tiempo. Nunca lo es. El club iza el número de su camiseta en el techo de la arena y le da las gracias con una magnífica ceremonia después de su último partido. Al día siguiente aborda un autobús con una enorme maleta de hockey al hombro. Viaja a otro pueblo que queda a bastantes kilómetros de distancia, una vez ahí atraviesa el lugar a pie y llega a un pequeño cementerio, camina entre las lápidas hasta dar con un monumento de dimensiones modestas, escondido en el rincón más apartado. Ese monumento se encuentra debajo de un árbol hermoso, de esos que dan protección en el invierno y sombra durante el verano. Murmullo quita la maleza que hay a su alrededor y deja un ramo de flores debajo del nombre. «Matteo». Sin apellido, pues sus padres temían que las personas que jamás dejarán de odiarlo pudieran venir aquí a vandalizar su tumba, a pesar de que se encuentra a muchos kilómetros de Beartown. Murmullo posa las yemas de sus dedos en las letras y susurra:

—Perdóname. Tú deberías haber vivido mi vida. Perdóname...

Entonces abre la maleta de hockey y mete un cartucho en el rifle que está ahí dentro. Se seca las lágrimas, toma el rifle y se marcha al bosque.

¿Es esto suficiente castigo? Nadie puede responder esa pregunta. Nadie lo sabrá.

•••

¿Qué es la vida, aparte de momentos? ¿Qué es la risa, aparte de una pequeña victoria sobre la tristeza? Un solo segundo, solo uno y nada más, en el que no estamos rotos por dentro.

Alguien toca con timidez a la puerta del hogar en el que crecieron Ruth y Matteo. Cuando sus padres se asoman, la pareja de ancianos de la casa de al lado está ahí de pie. La señora sostiene un pastel de manzana, el señor un termo. Él dice en voz baja, quizás lleno de vergüenza por lo poco que sabe de las personas que solo viven a una cerca de distancia:

—Podemos conversar si gustan. O podemos sentarnos en silencio si así lo prefieren. Pero pensábamos que sería bueno que no estuvieran solos.

Se sientan en la pequeña sala.

—Cuántos libros tan hermosos —dice la anciana de la casa de al lado.

—Se me da mejor leer que vivir —susurra el padre de Ruth y de Matteo.

Un rato después, llaman a la puerta de nuevo. Afuera está el pastor que ofició el funeral de su hija. No se atrevieron a enterrar a Matteo en el mismo cementerio. De todos modos, el pastor se hace presente. Es un tipo especial de trabajo, pero también se trata de un tipo especial de persona. Toman asiento en la sala y la mirada del pastor se pasea con lentitud por el lomo de los libros.

—Veo que tienen una Biblia ahí. ¿Me permitirían leerles algunos versos?

La madre de Ruth y de Matteo se levanta, toma la Biblia y se la entrega al pastor, con todo su cuerpo tembloroso. El pastor sostiene su mano mientras lee un pasaje del Evangelio de san Mateo, en su capítulo quinto:

Bienaventurados los que lloran, pues ellos serán consolados.
Bienaventurados los mansos, pues ellos heredarán la tierra.
Bienaventurados los misericordiosos, pues ellos recibirán misericordia.

Más abajo en esa misma página, el pastor continúa leyendo:

Una ciudad situada sobre un monte no se puede ocultar;
ni se enciende una lámpara y se pone debajo de una vasija,
sino sobre el candelero,
y alumbra a todos los que están en la casa.

Así brille la luz de ustedes delante de los hombres,
para que vean sus buenas acciones.

Los padres de Ruth y de Matteo dedican el resto de sus vidas a hacer trabajos de caridad. Se mudan al otro lado del mundo, laboran con ahínco en aldeas de escasos recursos y construyen edificaciones para los demás. La más grande de todas es un hogar para niños desamparados. Todas las mañanas se despiertan y creen que pueden oír a sus propios hijos reír. Solo por un instante.

La casita donde Matteo y Ruth crecieron permanece vacía durante varios años. Pero, con el tiempo, se llena de gente otra vez. Una pareja joven la restaura tabla por tabla, hasta que casi todo es nuevo. Sus gemelos juegan en el jardín. La pareja mantiene una conversación con los vecinos por encima de la cerca. Los bastones disparan discos de hockey contra la pared.

●●●

La vida de la mamá de Benji sigue adelante, trabajosa pero intransigente. Tiene que hacerlo, los días no se sientan a esperarnos. Ella tiene nietos, y esa es su salvación, los nietos tampoco esperan. Cumpleaños y vacaciones de verano y Nochebuenas y rasguños y picaduras de mosquito y risitas ahogadas. Helados que hay que comer y patines en los que hay que deslizarse e increíbles aventuras mágicas que hay que vivir. Y, de repente, ha pasado suficiente tiempo para que esto solo le cause dolor casi de manera constante. Ella se ha mantenido en pie. Puede extrañarlo sin gritar cada vez. Abrazar sin llorar todo el tiempo. Reír sin sentirse culpable en todo momento.

La vida sigue su curso. No nos da otra alternativa.

●●●

Alicia tiene una cama en la que duerme y un lugar en donde vive, pero casi nunca está ahí. Pasa su tiempo o en la casa de

Sune o en la de Adri. Crece entre tres hogares, uno muy malo, pero los otros dos, maravillosos de verdad. Además tiene la arena de hockey, gente que la quiere mucho y un deporte que la idolatra. La mamá y las hermanas de Benji abrazan todo el duelo que sienten por él, hasta que se transforma en simples susurros que expresan el amor que sienten por ella. Como pequeños diamantes que antes eran pedazos de carbón.

Cierto día, Alicia llega a la casa de Sune con un cachorro que le regaló Adri. La niña le explica bastante resuelta que el perro es de ella y de nadie más, pero tiene que quedarse a vivir con Sune.

—¡Debo ir a la escuela y a entrenar! ¡Y no puedo dejar al perro solo, así que vas a tener que ayudarme con él! —declara ella.

—Eso veo. Muy bien, supongo que así serán las cosas entonces —asiente el viejo.

—¿Puedo comer emparedados de mermelada? —pregunta Alicia.

Por supuesto que puede. Todos los que ella quiera.

●●●

Las hermanas Ovich visitan la tumba de Benji todos los días. Si él hubiera estado ahí, les habría dicho que hablan más con él ahora que cuando estaba vivo. Siempre que piensan en ello, desearían poder asestarle un golpe, y es entonces cuando lo extrañan más que nunca.

Siguen administrando La Piel del Oso, aunque ahora todos le dicen simplemente «Benji's». El pub no tiene ningún letrero en la fachada. Pero tampoco hace falta. Honran la tradición de Ramona al seguir ofreciendo a sus clientes cerveza simple y mala comida, al menos en un inicio, pero luego la comida va mejorando poco a poco, pues, a diferencia de Ramona, Katia sabe cómo usar un libro de cocina. Los hijos de Gaby hacen sus tareas escolares sobre la barra, y ella pasa la mitad del tiempo preocupada por ser una madre terrible; pero, cuando ellos ya sean adultos, le dirán que no cambiarían por nada la forma en la que los crio. Su tía Adri es la principal responsable de amenazar a los hombres con darles un golpe en la cara, y de darles un golpe en la cara de verdad, dependiendo de la hora del día. En cierta ocasión, Teemu y unas cuantas chaquetas negras más entran al pub y les ofrecen a las hermanas una mesa de billar nueva, que «se cayó de un camión». La llevan adentro y varios de los idiotas más grandes de la Banda tratan de usarla para jugar un par de veces, pero, como es natural, son tan pésimos que Adri considera la posibilidad de quemar la mesa, tan solo para no tener que verlos sufrir. Sin embargo, una mañana en la que ella está limpiando el local a solas, alguien llama a la puerta. Un grupo de muchachitos ansiosos e ingenuos está parado afuera, y le preguntan si pueden jugar al billar por un rato. Adri los deja entrar. Solo se van a sus casas hasta que ella los echa a la fuerza del bar. Al día siguiente, los muchachitos ya están ahí de vuelta en cuanto ella abre. Les calienta pizzas para horno de microondas y ellos juegan y juegan y se van volviendo cada vez mejores. A Adri no le sorprendería que uno de ellos llegue a ser campeón del mundo algún día.

Este es esa clase de pueblo, en verdad que lo es.

●●●

Ana cumple años hoy. No está esperando que alguien lo recuerde, pero su papá está sobrio y pasó toda la noche decorando la planta baja con globos. Los perros reventaron todos y cada uno de ellos. Ana nunca se ha sentido tan querida.

Suena el timbre de la casa, y Hannah está en la puerta. Una tímida Tess se encuentra detrás de ella, a una corta distancia. Dejaron la furgoneta estacionada junto a la cerca.

—Esto es para ti —dice Hannah, al tiempo que tiene que parpadear para contener el afecto en sus ojos.

Es un vale para unas lecciones de manejo. Ana se echa a reír por un buen rato. Entonces Hannah le pregunta si ella y su papá querrían ir a una «misión de investigación», y eso hacen. Su papá incluso se acordó de no dejar el rifle en la camioneta. Manejan por unas cuantas horas hasta llegar a un pueblo más grande. Lo bastante lejos como para tener una universidad, pero lo bastante cerca como para que Ana pueda seguir viviendo en Beartown y viajar todos los días de ida y vuelta para venir a estudiar a este lugar, si es que consigue una licencia de conducir. Hannah se aclara la garganta y dice:

—Es una... Bueno... Es una universidad pequeña. Tal vez no es con la que todo el mundo sueña. Tess no quiere estudiar aquí porque los cursos de leyes no son lo suficientemente buenos, pero tal vez para ti... o... Lo único que quería decir es que aquí imparten un curso para ser partera. Primero tienes que graduarte de enfermería. Pero yo puedo ayudarte. Puedo... Quiero ayudarte. Si es que tú quieres.

Tess está de pie junto a ellas, y pone los ojos en blanco hacia su madre. Ana no sabe realmente qué responder. Ella no es como Maya, no sabe cómo usar las palabras para expresar lo que quiere decir. Así que va a la camioneta por un sobre grande y se lo entrega con torpeza a Hannah mientras su mirada se pasea por todos lados, pero evita verla a los ojos.

—Solo es algo estúpido. En la escuela hacía una tarjeta para el día de las madres todos los años desde que mi mamá se fue, porque todos los demás niños lo hacían, pero yo nunca tuve alguien a quien darle mis tarjetas. Pero pensé que tú ayudas a todas las madres, así que... maldita sea. A lo mejor suena tonto o extraño o algo así...

Hannah no es capaz de decir una sola palabra, así que Tess tiene que intervenir:

—No, Ana. No suena tonto. Es algo muy lindo. ¡Tú eres una linda persona!

Ana mira en una dirección y Hannah mira en la otra, pues ninguna de las dos sabe qué hacer con todo lo que una lleva cargando a todos lados su vida entera sin que nadie lo vea. Hay un hospital que está a tiro de piedra de la universidad, y es un gran alivio para ambas cuando, de repente, alguien junto a la entrada empieza a gritar:

—¡Hay que mover esto! ¡Está bloqueando el paso de las ambulancias!

Se trata de una enfermera, no muy diferente de Hannah; está furiosa como un avispero al que acaban de patear. Justo afuera de la entrada se encuentra un camión con un remolque, y resulta que el hombre que lo condujo hasta aquí vino mientras sufría de una apendicitis aguda durante todo el camino. Desde luego que tomar un taxi no era una opción, ¿creen que el dinero se da en los árboles? Sin embargo, no pudo estacionar el camión debidamente, pues cuando llegó aquí ya estaba cayéndose de la cabina por el cansancio y el dolor. Así que el vehículo se quedó parado ahí. La enfermera le está hablando a voces a un guardia, quien le responde:

—¿Crees que yo puedo manejar un camión con todo y remolque? ¿Estás loca, o qué? ¿Quién carajos puede hacer eso?

Entonces Ana da un paso al frente y dice:

—Yo puedo.

El guardia, un hombre que está en la plenitud de su vida, pero también está en la plenitud de la pérdida de su cabello, se vuelve y dice con desprecio:

—¿TÚ puedes hacerlo? ¿Tú puedes manejar un camión con un remolque?

Ana se limita a encogerse de hombros, pero su papá responde con decisión detrás de ella:

—Mi hija puede manejar lo que sea. Denle las llaves.

Al principio el guardia se rasca el mentón, y luego se queda boquiabierto. Hannah y Tess están de pie a un lado, y ninguno de ellos había visto a alguien estacionar un camión con un remolque manejándolo de reversa. Cuando Ana se baja del vehículo de un salto, el guardia le hace un cumplido a voces, pero nadie lo oye pues su voz se pierde en medio de un gran estruendo. Un zumbido cortante y atronador que llena el aire y envía ondas de choque por todo el césped. Ana mira hacia arriba, y entonces corre hacia Hannah, la jala del brazo y le pregunta a gritos:

—Oye, Hannah, ¿qué necesito estudiar para poder manejar uno de ESOS?

Hannah alza la vista al cielo y sonríe, al tiempo que sus ojos siguen al helicóptero ambulancia. Vuela hacia quienes lo necesitan, aquellas personas que están heridas, que piden ayuda a gritos, que están fuera del alcance de los demás. Vuela a donde nadie más se atreve a ir. Directo hacia el fuego, si eso es lo que hace falta.

•••

Cuando se convierte en una adulta, Maya canta para miles de personas en cientos de arenas con el correr de los años, pero sobre todo canta para sí misma y para los mejores amigos que tuvo cuando era una muchachita. Cierto día, Ana la invita a dar un paseo en helicóptero, y ascienden directo hacia el cielo. Se llevan con ellas a las niñas, las chiquillas risueñas que solían ser; cómo desearían poder retroceder en el tiempo para protegerlas. Las elevan del suelo en medio del bosque y las guarecen dentro de sus chaquetas. Las aspas de la hélice giran y giran, y vuelan muy por encima de la superficie. En lo alto del mundo. Libres.

Maya vuelve a encontrarse con Kevin una sola vez, diez años después de la violación. Ella se baja del autobús de su gira en el estacionamiento de una arena, él justo acaba de terminar sus compras en un centro comercial cerca de ahí con su esposa. Retrocede en su coche pequeñito y deteriorado, y cuando voltea avista a Maya a través de la ventanilla lateral. Ha subido de peso, luce distinto, más afable y más inseguro. Su esposa está embarazada. Ella ha posado su mano encima de la de él, y se ve feliz. Él ha construido una vida completamente nueva. ¿Es algo que se le puede permitir?

Maya clava su mirada en la de él. Él se siente tan conmocionado que frena el coche de golpe. Para Maya, este incidente solo dura unos cuantos segundos, pero para él nunca se termina. Entonces, ella da media vuelta y camina hacia la arena donde cantará esa noche. El bajista está de pie a la distancia, esperándola.

—¿Quién era ese? —pregunta él.

—Nadie —responde ella, y lo dice en serio.

Ella no perdona, no olvida, pero no hace uso de la violencia solo porque puede. No destruye la vida de Kevin a pesar de que se lo merece. Es indulgente con él.

Pero la esposa de Kevin le pregunta quién era esa mujer. Kevin respira varias veces lleno de terror, pero al final se siente demasiado abrumado como para seguir cargando con las mentiras a cuestas, así que confiesa la verdad con un susurro. Toda la verdad. La realidad entera que él ha construido desde esa noche en Beartown se derrumba a su alrededor, dentro de ese pequeño coche. Termina por perderlo todo.

¿Es posible perdonarlo? ¿Es eso aceptable? ¿Es aceptable que tenga una vida?

Son cuestiones que ahora les toca discutir a otras personas. Maya ya está volando muy por encima de todo ello.

●●●

Llega la primavera, y luego el verano. Es algo casi insoportable. Pero entonces se aparece el otoño, tan breve como un parpadeo, antes de que el invierno por fin nos cubra una vez más. La vida no sigue adelante, vuelve a empezar, todo es posible de nuevo. Cualquier cosa puede suceder, todo lo mejor y todo lo que es más hermoso y todas las aventuras más grandes que el mundo puede ofrecer.

Muy temprano por la mañana, el conserje abre la puerta de la arena de hockey y enciende las luces. Alicia se ve muy pequeña y muy solitaria cuando entra patinando a la pista de hielo, pero eso es solo en apariencia. Es la más grande de todos nosotros, y nunca estará sola de nuevo. Se acuesta en el círculo central y mira el techo. Le duelen muchos rincones de su interior, pero, cuando cierra los ojos y extiende los dedos, justo en ese momento y en ese lugar ya no siente nada, porque Benji está acostado junto a ella y pronto empezará una nueva temporada de hockey y todavía hay esperanza de que todo va a estar bien. Durante toda su larga carrera, en cada arena de hockey y en cada juego de la selección nacional, hará lo mismo siempre que sienta temor o nervios: volteará hacia el techo, extenderá la mano, sentirá que él está ahí. Porque Benjamin Ovich no se encuentra en una tumba. Benjamin Ovich está presente en el partido junto a su mejor amiga.

El conserje, Sune y Adri están sentados en las gradas, y toda la arena huele a cerezo. Es muy fácil amar el hockey en estos momentos, pues el hockey no es lo que quedó en el pasado, no es lo que ocurrió ayer. El hockey solo es eso que viene a continuación: la siguiente sustitución de jugadores, el siguiente partido, la siguiente temporada, la siguiente generación, el siguiente momento mágico en el que algo que no creíamos posible se convierte en un milagro. La siguiente vez que saltas de tu asiento y gritas de felicidad. Lo siguiente que va a suceder.

Un día, Alicia llegará a ser la mejor de todo el mundo. Ella proviene de un pueblo con tristeza en el corazón y donde la violencia flota en el aire, y lleva las letras «OVICH» en la espalda. Ella no entra patinando a la pista de hielo, la toma por asalto. Buena suerte con tratar de detenerla. Buena suerte.

Cada vez que anota un gol, toda la gente que ha llegado a amarla se despega del suelo varios centímetros, y, por unos cuantos instantes llenos de dicha, se siente como si todos los sacrificios hubieran valido la pena. En eso consiste la vida. Algún día, ella volverá aquí, y les enseñará a otros niños a patinar. Algún día, a ella le tocará el turno de ser el Hombre Araña y la Mujer Maravilla.

Los cien años de Alicia se convertirán en nuestra historia más extraordinaria, la más querida, la más contada. Y eso es decir bastante, porque somos un pueblo que vive por el hockey. Aquí no tenemos otra cosa más que historias. Pero, en realidad, cada una de nuestras narraciones solamente ha girado en torno a un único eje: desde la primera de todas acerca de un muchacho que recorrió todo el trayecto que va desde aquí hasta la NHL y volvió a casa con su familia, acerca de su hija que encontró a la mejor amiga del mundo, acerca de un crimen terrible y de un amor que fue como una donación de órganos. Acerca de lágrimas y luchas, abrazos y risas, acerca de un escenario y una guitarra y miles de personas en el público. Acerca de un chico que nació en un lugar donde la naturaleza no sabe lo que es el hielo, pero un día se convirtió en el más rápido de todos en patines, acerca de otros niños que llegaron a ser los mejores siguiendo otros caminos, acerca del muchacho que se volvió entrenador y aquellos que se convirtieron en padres y la muchacha que vuela un helicóptero para rescatar al mundo entero. Acerca de un joven que nunca pudo verse a sí mismo como un héroe, pero murió como tal, que corrió hacia el fuego para salvar a una niña. Acerca de familias y amigos. Acerca de chiquillos que trepan a los árboles y gozan de aventuras. Acerca de un bosque inmenso y dos pueblos pequeños y todas las personas de este lugar que solo tratan de vivir sus vidas. Sentarse en un bote. Contar mentiras. Atrapar cero peces.

Todo esto ha girado en torno al mismo eje: Alicia. Cada persona de la que hemos hablado, cada historia que nos han contado, todas y cada una nos conducen hacia ella. Aquí es donde terminan todas las demás. Aquí es donde comienza la de Alicia.

Algún día, ella hará que nos sintamos ganadores de nuevo.

Porque ella es la osa.

La osa de Beartown.

Agradecimientos

Mi esposa y nuestros hijos. Ustedes son mi equipo, en todo momento y en todo lugar. Somos nosotros contra el mundo. Los amo. (Un agradecimiento adicional a nuestra pastora alemana a la que le falta un tornillo, quien me recordó en mis momentos más oscuros durante la edición final que no hay nada más importante que salir a lanzar una pelota en el parque). Mi editora Helena Ljungström, quien mantuvo mi tambaleante confianza en mí mismo en equilibrio a través de todo este proceso, con su mirada aguda y su serenidad inmensa; de no haber contado con ella, quizás nunca habría terminado. Mi colega y vecino de oficina Niklas Natt och Dag, porque siempre, siempre estás ahí, tu amistad es uno de los más grandes privilegios de mi vida. Mi editora adjunta Vanja Vinter, quien ha estado presente durante todo el camino y ha opinado y ha aportado ideas y, sobre todo, siempre lo ha hecho todo con entusiasmo; espero que sepas que tu apoyo ha sido invaluable. Mi agente Tor Jonasson, quien siempre lucha por conseguirme suficiente espacio para que pueda ser yo mismo. Mi publicista Marie Gyllenhammar, quien entiende que mi familia y yo somos vulnerables y humanos, y siempre cuida de nosotros.

Quiero expresar mi más sincero agradecimiento a aquellos de ustedes que, por distintas razones, me pidieron que no los mencionara aquí por su nombre. Gracias por haber tenido la fuerza para compartirme sus historias más oscuras. Espero no haberlos decepcionado.

En lo que concierne a todas las cosas relacionadas con el hockey, quiero agradecer en primer lugar a John Lind. Sin lo generoso que has sido con tu tiempo, tus pensamientos y tus contactos, esto de verdad no habría sido posible. Claes Elefalk, quien no solo respondió mis preguntas sino además revisó y corrigió diversos párrafos extensos. Tobias Stark, por todas esas largas conversaciones telefónicas. Anders Kallur y Johan Hemlin, por sus respuestas pacientes a muchas preguntas estúpidas. También quiero agradecer a Petter Carnbro, Erika Holst, Andreas Haara, Ulf Engman, Fredrik Glader, Johan Forsberg y a todas las demás personas en el mundo del hockey sueco que me brindaron sus explicaciones, y que alentaron y ayudaron a este proyecto a lo largo del camino. Espero que sepan que todo esto ha sido, de inicio a fin, mi declaración de amor a este deporte.

Gracias a A, quien fue el modelo en el que se basó Hannah, y a M, el modelo en el que se basó Johnny. Gracias a todos en Salomonsson Agency, quienes toman mis pequeñas ideas y las exponen al mundo de afuera. Alex Schulman, por esos largos, largos almuerzos y esas ideas nuevas, constantemente fascinantes, sobre lo que puede hacerse con las palabras. Marcus Leifby, por las enormes leches malteadas y esas amplias conversaciones. Isabel Boltenstern y Jonatan Lindquist, dos de las primeras personas con quienes hablé acerca de Beartown. Philip de Giorgio, por los bollos azucarados y las buenas charlas. Jakob Kakembo Andersson, por las largas caminatas alrededor de los lagos.

Negar y Daniel, por su amistad y por estar dispuestos a brindar su apoyo sin dudarlo ni un instante cuando las cosas se volvían más complicadas que nunca. Marysia, quien nunca está a más de una llamada de distancia cuando necesitamos ayuda. Amad, por todas las veces que me asistió en cuestiones tecnológicas que yo no alcanzo a entender.

Todos aquellos en Forum, Bonnier y Piratförlaget, que estuvieron involucrados en esta serie de libros de diversas formas (un enorme agradecimiento adicional a Håkan Rudels, Adam Dahlin, John Häggblom y Sofia Brattselius-Thunfors).

Toda la gente fantástica que trabajó en la serie de televisión

Beartown, y especialmente Bonnie Skoog y Mattias Arehn, quienes se entusiasmaron con esta historia y lucharon por ella cuando continuó su vida en un medio distinto, y Peter Grönlund, poder verte construir un universo entero a partir del pueblo que mi imaginación creó fue una aventura maravillosa (y también un «¡choca esos cinco!» adicional para Adam Torbjörnsson, Alexia af Kleen, Sophie Smirnakos y Cecilia Imberg Karabollaj, quienes ensamblaron todas las piezas).

Un muy cálido agradecimiento a Linda Hedenljung, quien se tomó su tiempo para contestar mis preguntas y cuyo trabajo fue una enorme contribución a estos libros. Joakim Zander y Johan Zillén, quienes leyeron y sintieron y me ayudaron a pensar un poquito más a fondo. Johan Szymanski, quien me regaló muchísimo de su tiempo y me explicó muchas cosas que yo no comprendía sobre el fuego y el bosque y la vida. Anders Dalenius, la mejor compañía para almorzar que uno podría desear, y el mejor maestro para todo lo que tiene que ver con perros, rifles y comida. Ivar Arpi, quien me explicó qué impulsa a determinadas personas de una manera tal que, si no lo hubiera hecho, yo seguiría sin entenderlo. Eric Thunfors, quien diseñó el logotipo del club de Beartown de una forma perfecta. Riad, Junes y Erik, hemos sido amigos durante veinticinco años, pero este fue uno en el que aprecié su lealtad más que nunca. Mi mamá y mi papá, quienes me llevaron a muchas bibliotecas y a muchas sesiones de entrenamiento cuando era niño, y que ahora alientan los sueños de sus nietos todos los días. Mi hermana y P y los chicos, quienes siempre están animándome. Parham y M y K, quienes siempre están riéndose a carcajadas con nosotros. Mi suegra y mi suegro, los mejores abuelos maternos del mundo.

Finalmente, un agradecimiento adicional a las siguientes personas por su inspiración, su ayuda y, a veces, tan solo su compañía durante este último año: Sofia Lundberg. Christoffer Carlsson. La familia Tedestedt. Kajsa Kalméus. Max Bergander. Fredrik Wikingsson. Miguel Guerrero. Anders Jansson. Klas Ekman.

Stina Jackson. Marjan Svab. Pascal Engman. Attila Terek. Jay Smith. Nabila Abdul Fattah. Isobel Hadley-Kamptz. Daniel y Freja L. Johan Brennmo. Björn y Lennart Nilsson. Y todos aquellos que quizás me faltaron aquí, pero a quienes de verdad no los he olvidado. ¡Gracias!

Por último: a ti que has leído toda esta saga, solo quiero decirte que espero que te haya brindado algo, pues yo le brindé absolutamente todo lo que tenía. Gracias por acompañarme en este viaje.